《演说经典之美》

福建教育出版社　2009

《孙绍振演讲体散文》

海峡书局　2015

《演说经典之美》

福建教育出版社　2017

《孙绍振演讲体散文精选》

济南出版社　2021

孙绍振文集

演说经典之美

海峡出版发行集团 | 海峡文艺出版社

图书在版编目(CIP)数据

演说经典之美/孙绍振著. —福州:海峡文艺出版社,2025.6
(孙绍振文集)
ISBN 978-7-5550-3005-8

Ⅰ.①演… Ⅱ.①孙… Ⅲ.①中国文学—文学研究—文集 Ⅳ.①I206—53

中国国家版本馆 CIP 数据核字(2023)第 072281 号

演说经典之美

孙绍振　著

出 版 人	林　滨
丛书统筹	林可莘
责任编辑	蓝铃松
出版发行	海峡文艺出版社
经　　销	福建新华发行(集团)有限责任公司
社　　址	福州市东水路 76 号 14 层
发 行 部	0591—87536797
印　　刷	上海盛通时代印刷有限公司
厂　　址	上海市金山工业区广业路 568 号
开　　本	787 毫米×1092 毫米　1/16
字　　数	410 千字
印　　张	21.75　　**插页**　1
版　　次	2025 年 6 月第 1 版
印　　次	2025 年 6 月第 1 次印刷
书　　号	ISBN 978-7-5550-3005-8
定　　价	100.00 元

出版说明

孙绍振先生是我国著名的文艺理论家、文学评论家、语文教育理论家、作家，是“闽派批评”的旗帜性人物。

他学贯中西、思通古今，全面梳理中国传统文艺理论中的重要命题，对当代西方文论进行了系统的分析和批判。他的文学研究贯穿着“实践真理论”的世界观和辩证方法论。他以一个“文学教练”的矫健身手，在“文学创作论”和“文学文本解读学”的坚实理论基础上，进行海量的经典文本分析，洞察小说、诗歌、散文等文类的艺术奥秘。由此，他建构了富有原创性的中国特色文学理论话语体系，在理论和实践结合方面发出中国声音。

他以先锋姿态投入“朦胧诗”大论战，业已留下重要的历史文献；以创新思维和精准表达，体现文学批评的力量与高度。

在语文教育改革中，他以犀利的思想拨乱反正，为语文教育的学科建设做出独特的贡献。其成就不仅深刻影响祖国大陆语文教育学界，还辐射至宝岛台湾，有力助推两岸学术、文化与教育交流。

作为一个作家，他钟情于诗歌、散文创作，产出丰硕的成果。其演讲体散文，卓尔成家。

为了全面展示孙绍振先生的研究成果和学术成就，我社组织出版“孙绍振文集”（20 册），汇编其迄今为止的全部代表性学术著述和文学作品，涵盖文学理论建构、文艺评论、演讲、语文教育、文学创作等诸方面内容。希望这套文集能全面展示孙绍振先生的理论成就、评论成果和文学创作的整体风貌，呈现中国学派崛起的绰约风姿及其在世界学术话语体系中日渐突出的自主地位。

海峡文艺出版社

二〇二五年六月

目　录

第一辑

复眼看鲁迅：杂文家和小说家矛盾……3

冷眼看钱锺书：对浪漫爱情的消解……39

正眼看余秋雨：从审美到审智的断桥……72

附：读南帆，知余秋雨——读南帆《辛亥年的枪声》想到关于余秋雨的争论……104

凤眼看古典诗歌欣赏：绝句内部的潜在变幻……107

笑眼看中国古典小说：美女难逃英雄关……154

慧眼看文学经典：真善美的“错位”……177

换眼看幽默和雄辩：“他圆其说”和“逻辑错位”……199

第二辑

演说朱自清……231

岳阳楼和醉翁亭：范仲淹和欧阳修不同的精神载体……251

演说苏东坡
——调寄余秋雨《苏东坡突围》……262

演说两个李清照
——调寄梁衡《乱世中的美神》……274

演说蘩漪……292

天眼看科学家：造福人类还是毁灭地球……318

附录

谈“演讲体散文”的现场性和互动性……331

第一辑

复眼看鲁迅：杂文家和小说家矛盾

我本来是想站着讲的，为什么呢？我看见后面有那么多同学是站着的，如果我坐着，对他们好像是不太公平。但是呢，我不得不坐下，因为这个麦克风太短，逼得我老是弓着身子。你们直着身子，而我却卑躬屈膝，（笑声）同样不公平。那么，请后面的同学同情我一下，允许我坐下来讲。（掌声）鼓掌，就是鼓励，那就坐下来，倚老卖老。还好，没有以老压小。（笑声）

一、一场突发的争论

今天讲鲁迅，为什么讲这个题目呢？有两个原因。 个原因就是，鲁迅在很长一段时间里被政治化了、意识形态化了，被神化了。想来，这有一点滑稽。改革开放以来，鲁迅从神化走向人化，关于鲁迅思想的发展、他经历的曲折，甚至于他的局限性的研究，包括他如何看待共产主义、与共产党保持距离，类似这样的研究，很多人都做过。王晓明在一本鲁迅传记性质的书的前言中，甚至说，他要研究的，就是鲁迅一直如何与绝望作斗争。当然还有比之更为敏感的，鲁迅如果活到 1949 年以后，会有什么样的下场。这个话，黄宗英女士说得有鼻子有眼的。她在 1957 年，反右派斗争搞得如火如荼的时候，参加了毛泽东召开的一个座谈会。当时有个翻译家，叫罗稷南，问过毛泽东，说："鲁迅如果今天活着的话会怎么样？"为什么要问这个问题？因为，前两年，他的门生胡风被打成了"反革命"，而且是反革命集团的头子；当年他的得意门生冯雪峰——代他执笔写过文章的人，又被打成"右派"。鲁迅如果活到 1949 年以后的话，命运会不会跟郭沫若形成鲜明的对照？问题的实质是，如果鲁迅在世，他也会随大流吗？肯定不会。他会有什么结果呢？就是在这样的思想气候中，对罗稷南的这个问题，毛泽东作了回答。黄宗英的回忆，还得到了其他与会人的证实。但是，鲁迅仍然是神，毛泽东在《新民主主义论》里给了他那么崇高的评价，光是“伟大”就好几个，伟大的文学家，伟大的思想家，伟大的革命家，五四新文化运动的旗手，鲁迅的骨头是最硬的，是殖民地半殖民地人民最可宝贵的性格。正是因为这样，所以在很长一段时期里，鲁迅是不能被批评的。1986 年前后，有一个名不见经传的作者，在《青海湖》杂志上，发表了一篇文章，批评把鲁迅神化，指责“吃鲁饭”的人士，引起了轩然大波，弄得杂志主编下台。当然到了 20 世纪 80 年代后期，特别是 90 年代，情况有所变化，鲁迅从神坛上走下来，关于鲁迅的一些隐私问题，如，他的原配妻子朱安，过去学术界是视而不见的，关于她的地位问题，都给提了出来。所以王晓明教授，就在他的《无法直面的人生——鲁迅传》中说，鲁迅在婚姻问题上，其实是很矛盾的。他不爱朱安，又不敢和她离婚，因为，这个朱安是母亲的“礼物”，几乎是强制他接收的。另一方面，朱安，也不想离开周家。我听过一个转述：那还是鲁迅在北京的时候，可能是与许广平的关系比较密切了。朱安也许是感到自己的地位有危机了，就在他们三兄弟都在的时候，突然下跪，说：“大先生，即使你不要我，也不要把我赶出去。我情愿一辈子服侍老太太。”现在一般的研究者，都说鲁迅离开北京，是因为军阀的迫害，林语堂通风报信，才去了南方。我以为，可能是回避问题。因为鲁迅去南方，许广平也去了，不久，就在中山大学会合。后来国共分裂，鲁迅在广州待不下去。照理可以回到北平啊！然而，他却回到了上海。为什么？这里，有个许广平的身份问题。所以在王晓明的书中，就有这么一句话：鲁迅一生所做最精彩的事情之一，就是和许广平在上海同居。注意，关键词是：“同居”。不是结婚。从法律意义来说，许广平和鲁迅的关系，是不合法的。那边还没有离婚，至少应该像蒋介石在和宋美龄结婚之前，和陈洁如女士，登报了断。鲁迅没有，所以，这边就不能叫老婆，否则有重婚之嫌呀。

所有这一切，都说明，学者已经把他当作一个普通人来看。连替他生了孩子的老婆，都是合理而不合法的。这比徐志摩，想离婚就离婚，想结婚就结婚，比陈独秀，把老婆丢掉，和老婆的妹妹结婚，甚至嫖妓，可是相去甚远了。但是，这并非特殊现象，在五四先驱者当中，相当普遍，和郭沫若有点相近。郭沫若在日本和安娜恋爱生孩子，也是有法律问题的，四川老家，老婆还活着。在五四运动到来之前，郭沫若为这个事情，苦闷得老想自杀。再加上，经济压力挺重，他不得已写些稿子，赚稿费。可是，最大的孩子叫作和夫，又在边上哭闹。他火起来，就打了孩子的耳光。打完了，又觉得自己没有道理，又忏悔，就打打自己的耳光，看看疼不疼。（大笑声）你们笑什么，这个郭沫若，不是神啊，他是个大活人啊，他干了坏事，还很纯洁，很天真啊！这是他第一次，也可能是最后一次，内心备受煎熬啊。20 世纪 30 年代中期，他回国抗战，把安娜丢在一边，和于立群结婚，就没有这样的天真了。

大量的事实证明，鲁迅当时活得不如郭沫若那样天真、潇洒。他的生命很沉重。这一点似乎已经成为共识。

但是，鲁迅的艺术怎么样呢？他作为一个艺术家，是不是绝对的天才，一上来就很成熟？直到最后，还是成熟，每一篇都成熟，是不是在探索的过程中，艺术家才华的发展也有波折，也有挫败，也有败笔呢？这就很少，甚至没有人敢说什么了。

我为什么想到这个问题呢？因为有一件事情的刺激。大概是十年前，我参加了一个代表团，到澳门参加学术会议。当时，国民党的一个学者，对来自北京的鲁迅专家发难，他说：你们对鲁迅为什么评价那么高？伟大的革命家、伟大的思想家，这样讲，我们没有办法对话。我说明一下，早在 1942 年前后，国民党有个理论家叫作郑学稼，写过一本《鲁迅正传》，一开头就否定鲁迅是革命家。理由是什么呢？鲁迅在辛亥革命前夕，当时在日本，参加过“敢死队”。什么叫“敢死队”，你们知道吗？就是从日本回来搞暗杀。快要出发了，鲁迅不干了。为什么？他说：“我死了，我妈怎么办哪？”这不是造谣。鲁迅的朋友许寿裳，在《亡友鲁迅印象记》里，就写了这件事。关于这一点，我们无法争论。为什么呀？因为关于“革命家”，我们的理解不一样，不能拿参加不参加“敢死队”作为标准。革命家，绝大多数，如，马克思、列宁、孙中山、毛泽东，没有参加过敢死队。蒋介石倒是参加过敢死队的，汪精卫是干过暗杀的勾当的，列宁的哥哥亚历山大也暗杀过沙皇。

革命家多种多样，有实践型的，有纯粹思想型的，也有冒险型的，其中绝大多数，是不干暗杀这档子事情的。由于对革命家的外延和内涵，理解相去甚远，我们没有办法讨论问题。我不是在讲“幽默和雄辩”时说过吗？要达到雄辩，就要用对方话语、逻辑来证明我的立场，也就是，justify my position in your terms。这位台湾地区学者说：“我不跟你讨论革命家的问题，我就问你一个问题，鲁迅作为艺术家，他究竟有什么贡献？”

当时，我们一齐把目光射向来自北京的、专门研究鲁迅的学者——他是我的学弟，希望他快刀斩乱麻，几句话把它打发掉。但是，3 分钟过去了，他还没有反应。我作为大陆来的学者，感到很郁闷呀：怎么还不讲话？这样小儿科的问题有什么难度啊？ 5 分钟过去了，还没有发言，我的脸色可能也不对了。过了 6 分钟，我忍不住了。为什么忍不住了？这太不像话了。可为什么等了 6 分钟呢？我不是研究鲁迅的，虽然我喜欢鲁迅小说。但是，再熬下去，等到 10 分钟，还是哑场，就太丢人了。我就硬着头皮开口了：“是不是允许我来替这位先生答一下？”大家很高兴，鼓掌。

我说：“鲁迅究竟伟大在什么地方？我的老师严家炎先生说：‘他首先伟大在是一个艺

术家，一个小说家，一个杂文家，一个散文诗作家，然后他才是思想家、革命家。’如果他艺术上不伟大，那在思想上是伟大不起来的。而现在我们学者，主要是大陆的学者有一个倾向，就是对这个问题，没有感觉。滔滔不绝的演讲，大块的文章，可就是没有回答：在艺术上，他伟大在什么地方？台湾地区的学者如果不同意也可以证明一下，他在艺术上并不怎么样。”

二、艺术的丰富性一例：八种死亡

我以为，作为艺术家，他伟大在对中国小说艺术发展有历史性的贡献。这个问题，我不能即兴式地作全面评论，但是我能从一个侧面提供一个线索。我说鲁迅在写人的死亡方面，是前无古人，后无来者的。此话怎讲？起码在鲁迅的笔下，起码写了八种死亡，每一种死亡都不一样。西方文艺理论史上，有一种说法，什么主题都是过眼烟云，只有两个主题是永恒的，爱和死亡。我说，鲁迅小说不大写爱，爱都是失败的，这个不是我要讲的，我也不够资格来研究。我的体会，他的精彩在于写死亡，真是丰富多彩，至少八种，没有重复，这才是大艺术家的风貌啊！小艺术家，像我的同学，刘绍棠先生，我的老师王瑶就批评说，往往就是重复自己呀！人物还是那个，不过是把帽子和名字换了一下而已。

第一种死亡，是最有名的，阿 Q，小人物，冤假错案，非常悲惨的死亡。鲁迅居然不写他的悲惨，不渲染场面的沉痛，而写他的可笑。鲁迅的伟大的艺术魄力就在于，悲剧性的死亡，用喜剧性的写法。当阿 Q 走向刑场的时候，他最在意的居然不是自己死到临头，而是关注人群里有没有吴妈。就是他曾经跪下来对她说“我要跟你睡觉”的那个人，那家伙不识抬举，大叫大喊，弄得阿 Q 挨了棒子，连阿 Q 最后的家当，一件破棉袄都被没收走了。这样一个给他带来灾难的女人，临死他还要关注。明明是冤死，还像英雄赴义一样，“再过二十年……”这是荒谬的、可笑的。这是中国古典小说上没有的。在西方小说史上，据我所知，荒谬到这种程度也是少见的。我不敢说没有，因为在科学研究上，讲有很容易，讲没有很可怕，不知哪一天会冒出一个来。

第二种，他不但善于写喜剧性的死亡，而且善于写悲剧性的死亡。他的悲剧性的死亡有什么特点呢？有，这主要是《祝福》里面祥林嫂的死亡，死得很悲惨。这个非常深刻，超过我们中国古典小说史上任何一种死亡写法的艺术高度，甚至于跟林黛玉的死亡都不一样。这一点比较复杂，请容许我下面细讲。

第三种死亡，孔乙己的死亡。它的特点是什么呢？他的全部生命投注于考试。很可惜他不会考试，考了起码几十年，居然考秀才都没有考上。秀才，按今天的学制去类比，也就是小学，居然，考到死也没有毕业，成了一个废料。这个科举制度的牺牲品，只能给别人抄抄写写。又喜欢偷书，偷笔墨纸张，典型的废料加小偷。就是这样一个人，这样一个悲惨的人，当他出现的时候，却给周围带来了欢乐。这样一个人死了，没有任何人有悲哀，也没有人有快乐。这就是既无悲剧性，也无喜剧性的死亡。作为伟大的一个人道主义者，感觉到这种死亡是让人无限沉痛的。

第四种死亡，是英雄的死亡。在鲁迅的《呐喊》《彷徨》中，基本上没有正面写过英雄，只有浑浑噩噩的小人物，只有一个英雄，就是《药》里面的夏瑜。这个英雄的死亡虽然是壮烈的，却是通过小人物的麻木心态反映出来的。大家几乎是众口一词地认定英雄的死亡是愚蠢的、疯狂的、活该的、大快人心的。到监狱里还要宣传革命。挨到拳脚，是最理所当然的。“大清人的天下”岂是他能够动摇得了的！特别是，他的鲜血染红的馒头，被当成治疗肺病的良药，内在的意蕴是冷峻的：牺牲是白费的。他的死亡是壮烈的悲剧和荒谬的喜剧交织在一起的。

第五种死亡，“孤独者”魏连殳的死亡，是冷酷的死亡，这个人临死时嘴巴上还挂着冷笑。这个人是非常孤独、非常孤傲的，跟周围公然对立，瞧不起周围的一切人，对世态炎凉、政治上的飞黄腾达、经济上的财富等等，他都采取蔑视的态度。就是这样的一个人，最后环境逼得他怎么样呢？背叛了自己的信念，去做一个军阀的副官。因此他有了地位，有了金钱权势，他是为了复仇。周围的那些俗人、势利者马上就来奉承他了，他冷眼相对。这样一个以反抗恶势力开始，以同流合污为代价，来取得复仇的本钱的人，最后鲁迅还是把他送上了死路。他死的时候，那些势利的小人表示悲哀、表示对他的尊敬，可是他脸上挂着冷笑。这个冷笑，鲁迅说既是冷笑这个世界，也是冷笑他自己。鲁迅在讲到《药》的结尾时，曾经提到过安德烈耶夫的阴冷。他说，写夏瑜的坟上，有一个花圈，以免像安德烈耶夫的阴冷。可是，魏连殳的死亡，却有安德烈耶夫式的阴冷，冷到有人哭，但没有人悲，连他自己也不悲，只有冷笑。这是第五种死亡，是冷笑着的死亡。

第六种死亡，这个大家可能会知道的，《伤逝》里子君的死亡。男主人公叫涓生。女主人公子君是一个新时代的觉醒者，她反抗封建包办婚姻，声言“我就是我的”，毫不忌讳周围的舆论压力，毅然决然地跟自己相爱的人同居。她是一个新女性，很坚强，周围的冷眼、中伤、威胁、压迫，都无所谓，昂首云天之外。但是有一点，她含糊不了，她的丈夫失业了，局子里把涓生开除了，没有钱吃饭了。涓生寄希望于翻译赚一点稿费，好不容易登出来，只得到了几张书券。这个原来宣称“我就是我的”的女性，对现实不妥协的、非常勇敢的一个女性，不得不妥协了，回到她所反抗的封建家庭里去，最后死了。这个人的死亡，是很悲惨的。可是他（鲁迅）不是直接写这个悲惨，而是写她的爱人涓生的忏悔——忏悔自己不够坚强，忏悔自己跟子君讲“我的意见和主张来：新的路的开辟，新的生活的再造，为的是免得一同灭亡”。由于这样一个想法，导致了她的覆灭。因而涓生用忏悔自己的软弱，来悼念子君。这种忏悔中，交织着多重矛盾，首先是自我批判和对现实的无奈，其次是在透露出对子君的赞美、同情和惋惜，同时也渗透着对其脆弱和沉溺于小家庭的庸俗的批判，悲剧性死亡蕴含着多元的意蕴，又用第一人称独白的抒情话语来表现，其间的悲郁和沉痛，智性的深思，构成多声部交响。你要知道，鲁迅对主人公是很少抒情的，对阿Q是绝对不抒情的，对孔乙己也是不抒情的，唯一抒情的就两个人：一个就是祥林嫂，一个就是子君。

第七种死亡在哪里？在《故事新编》里的《铸剑》。《故事新编》是根据历史和传说的故事改编的，鲁迅在《故事新编》中最喜欢的，就是《铸剑》。这是根据神话传说写的。主人公叫眉间尺，他的父亲是一个铸剑的专家，现在看来是炼钢的专家，剑铸得非常的了不得。楚王就叫他炼剑，他炼了两把剑，一把叫干将，一把叫镆铘。但他知道，铸完剑送给楚王之后，楚王肯定会把他给杀了。这是尖端武器，如果再给别人铸，不是太危险了嘛。“他必然会把我给杀掉。”他就做了两把剑，一把剑给了楚王，一把剑留在自己家里。对他老婆说，他死了之后，儿子长大了，让他为他父亲复仇，就用这把剑。他的儿子叫眉间尺，长大了以后，他母亲就告诉他这个故事。然后，他就拿着这把剑去复仇了，然后牺牲了，三个头都煮烂了，大臣们无法分辨哪是暴君的，哪是义士的，只好把三者合在一起。而《铸剑》中，慷慨赴义的英雄偏偏和暴君合葬，变成了荒诞（解构）。这个死亡的艺术价值，是英雄主义和荒谬主义的融合，比较复杂，我下面会仔细讲。

第八种死亡：在《白光》里写一个人，类似于孔乙己去考试，考不中，突然做梦想到自己父亲的遗言，在家里什么地方，有大堆银子埋着。他就做梦想着那个地方了。全篇就是写这个人梦幻，在幻觉中挖来挖去，最后掉到河里就死掉了。这个死亡很特别，但是不能代表鲁迅的艺术成就，我认为是写得比较差的。

那么总的来说，八种死亡，各不相同，至少有七种是写得很精彩的，在中国文学史上都可以说是前无古人的。

三、礼教的三重矛盾和悲剧的四层深刻

现在，先讲我认为鲁迅写得最成功的一种死亡。你们想会是哪一种呢？（一同学：阿

Q！）你们想想，我是不是同意这位同学的看法呢？我提示一下，如果，我同意阿Q的死亡最精彩，我今天还会不会来做这个讲座？大老远的，1000多公里呀！我的真实想法是，阿Q的死亡是相当成功的，但是还不是最成功的，因为阿Q死亡的写法是有缺点的，什么缺点？现在不能讲。我先讲一个写得最成功的死亡——祥林嫂的死亡。

从哪里提出问题呢？问题提得不对头，不是地方，就失败了一半。

问题要提得好，一是要新颖，就是从人家忽略了，没有感觉的地方开始。二是要深刻，有很深邃的潜在力量，有从表层通向深层的可能。像是中医讲的穴位一样，一点深刺，全身震动。

我从两个地方提出问题。

第一个，是鲁迅早期著名的小说《狂人日记》。为什么说是早期，而不说，第一篇小说呢？这有讲究。因为它不是第一篇，这一点，现在也不方便讲，后面会讲到。你们印象中的《狂人日记》里面的关键语句，那就是“吃人”。“我翻开历史一查，这历史没有年代，歪歪斜斜的每页上都写着‘仁义道德’几个字。我横竖睡不着，仔细看了半夜，才从字缝里看出字来，满本都写着两个字是‘吃人’！”这里，有一个矛盾，一方面，这是小说的思想光华所在，甚至可以说，历史价值所在。不管读过《狂人日记》没有，只要是读过中国现代史，都会知道这句名言。但这只是从思想的价值而言的，从艺术上来说呢？就有值得怀疑之处。因为，《狂人日记》所说的“吃人”是象征的，象征，只是一种思想，带着很强的抽象性，而不是感性形象，而作品中的“吃人”，恰恰是狂人的错觉、误解。比如，怀疑医生叫他好好养病，是要把他养胖了吃，自己也曾经和哥哥一直吃过妹妹的肉，甚至陌生女人骂孩子，也造成了被吃的恐惧等等，几乎所有的“吃人”的恐怖，都来自狂人的幻觉。这些不足以支持中国历史全是“吃人”的结论。我的意思是说，作品的思想和作品的感性形象之间并不相称。或者说，从艺术上来说，这篇小说，主题并没有完成，思想的宣泄和生动形象的构成之间还有比较大的距离。

从艺术上来说，这个经典小说有不成熟之处，这一点，下面会细讲。

什么样的小说，才能算是完成了“吃人”主题的呢？我觉得应该是六年以后，在《祝福》里，在祥林嫂的悲剧中。虽然《祝福》中没有“吃人”这样的字眼，但是，祥林嫂的形象显示，她是被封建礼教的观念，对女人、对寡妇的成见、偏见“吃”掉的。她的悲剧的特点是没有凶手，如果说有凶手，就是一种观念。这是我要讲的第一个契机。

第二个，有人说，鲁迅在日本“弃医从文”并不像他在《呐喊》自序里讲的那样冠冕堂皇，是在上细菌课之前，在新闻短片中，看到一个中国人为俄国人做探子，被日本人抓去枪毙，而麻木地围观的恰恰是中国人。这使他受到严重的刺激，因此想到“愚弱的国民”，也就是愚昧的、没有觉悟的国民，身体再健康，也只能做两种人，一是杀头的对象，也就是示众的材料，二是围观的看客。因此中国的问题不是身体的问题，而是脑袋问题。有人说，这不一定是老实话。有人甚至提出怀疑，日本细菌学课程之前，有没有放映过新闻短片，都还是个问题。

他们说，问题出在鲁迅成绩不太好，有点混不下去了。仙台医学专科学校——一个大专水平的学校，鲁迅的成绩单在20世纪60年代，我就看过，最好的分数是伦理学，讲道德人心的，属于文科性质，是80分，其他的成绩都是七十几分、六十几分，其中解剖学，就是藤野先生教的。鲁迅在《藤野先生》中说，这位先生特别喜欢他，特地替他改笔记，还给他打过高分，以至于引起了周围日本学生的怀疑，是不是漏题了，偏爱中国学生？看来，鲁迅的记忆可能有误。成绩单，两个学期的解剖学，第一学期60分，第二学期59分，平均59.5分。这个藤野先生也真是的，够古板的了，这么喜欢的一个学生，就那一分也不饶他。我没有研究过教师心理学，我当教师，我的学生，如果我觉得他有天分，有前途，或者人格高贵，那就不是59分了，随便加它个20分，就是79～80分了呀！不知道这个日本人是个怎么回事？！就是这样一位先生，临走的时候，还拿一张照片送给他，还要写什么“惜别”，给人打59.5分还惜别个什么劲呢？所以有人就说鲁迅是因为不及格，混不下去了。我研究了一下，好像不是这样的。为什么呢？按照学校的规定，两门功课不及格才要留级，鲁迅只有一门，还可以升级，无非要补考一下。再往细里研究，鲁迅成绩的排名怎么样呢？全年级160多人，鲁迅考了80多名，一个中国人，才到日本，用日文考试，在全班是中间可能偏上一点，还算过得去的嘛！要混是可以混下去的。可以相信鲁迅不是为了59.5分而退学，而是实在有感于疗救中国的国民性，是当务之急。所以他后来也不去念大学了，就跑到章太炎那里去学文字学，同时自己拼命自修西方小说，翻译西方小说。

五四期间，妇女婚姻题材很普遍，许多人写封建礼教、仁义道德“吃人”，但是成为经典的，能进入我们大学、中学课本，不断改编为戏曲、电影的，只有《祝福》。当然，经典是各种各样的，有些经典只有历史价值，在当时很重要，很有贡献，但是，今天读起来，却索然无味。为什么？它的思想、形式和产生的那个时代，联系得太紧密了，离开了那个时代，后代人读起来就十分有隔膜。像五四时期风靡一时的郭沫若的《女神》，其中绝大多数的作品，当代青年是读不下去的。而《祝福》却是另外一种经典，不但有历史的价值，而且有当代阅读的价值。为什么？因为，它有不朽的艺术生命力。生命力在哪里呢？

关键是它的主题“吃人”，比《狂人日记》要深刻而丰富得多。

全篇没有“吃人”这样的字眼，但是，人物命运的每一曲折，引起的周围的反应，显示了一个人被逼死，没有凶手，凶手是一种广泛认同的关于寡妇的观念。这种观念堂而皇之，神圣不可侵犯，但是，却是荒谬而野蛮，完全是一种不合逻辑的成见。

要把问题讲清楚，不能从什么是封建礼教的概念、定义讲起，而是应该从文本、从情节中分析出来。请允许我从祥林嫂死了以后，各方面的反应讲起。

“我”问，祥林嫂是怎么死的？进来冲茶的茶房说：“还不是穷死的。”

这好像不无道理，她毕竟是当了乞丐，冻饿而死的。

但这是终极的原因吗？在它背后是不是还有原因的原因呢？那她为什么会穷死呢？是因为她被开除了。她为什么被开除呀？原因是她丧失了劳动力。可是原本劳动力是很强的呀！最初到鲁家，鲁四奶奶不是庆幸她比一个男工还强吗？原因的原因是，她的精神受了刺激。什么东西使她受了这么严重的刺激呢？这就到了问题关键了。

一切都因为她是寡妇。

按封建礼教成规，寡妇要守节。五四时期写妇女婚姻题材的小说，大都写封建礼教要寡妇守节，可是寡妇不甘。鲁迅偏偏不写这个。他写祥林嫂不想改嫁，不写她想改嫁，不写她不能改嫁之苦，如，冬天晚上没人陪呀，被子里没有热气呀，屋角破了没有人来修理啊，等等；更没有写看见什么帅哥，心跳加快呀等等。他写祥林嫂不但不想改嫁，而且从婆婆家溜出来。为什么溜出来？《祝福》里没讲，夏衍改编的电影《祝福》里说，婆婆想把祥林嫂卖掉，给祥林的弟弟娶媳妇。这可能值得相信，除了别的原因以外，还因为夏衍和鲁迅是同乡，他对那个地区的风土人情有深刻的体悟和理解。祥林嫂为什么要逃？值得分析。公开的出走，像娜拉那样是不行的。因为在农村、山区，封建礼教很严酷。丈夫死了，妻子就成了丈夫的“未亡人”，也就是等死的角色。这就是封建礼教的夫权：妻子是从属于丈夫的，丈夫死了，还是属于丈夫的。鲁迅在小说里，问题提得深刻：婆婆卖了她，让她去当别人的老婆，不是违背夫权了吗？不！封建礼教还有一权，那就是族权。儿子属于父母，丈夫死了，属于自己的妻子就自动转账到了婆婆名下。这样，就产生了封建礼教内在的第一重矛盾。就是夫权要求守节，族权可以将之卖出，卖出以不能守节为前提。接着就发生了所谓抢亲。显示了，这种族权违反夫权，以暴力强制为特点，而这种野蛮却被视为常规。

鲁迅如果写祥林嫂想改嫁，那样就只有夫权一重矛盾了，思想就比较单薄了。而把祥林嫂放在这样的矛盾下：夫权让她守节，族权强迫她改嫁，其“荒谬和野蛮”，就深化了。如果光是写到这一层，也挺深刻了，可是鲁迅并不满足。他进一步提示，夫权与族权有矛盾，那是人间的事，那么到了地狱里，到了神灵那里，应该是比较平等的呀！

柳妈告诉祥林嫂：你倒好，头打破了，留下了一个疤，可是还是改嫁了，在人世留下了个耻辱的标记，这个问题还不大，但你死了以后，到了阎王老爷那里怎么办呢？两个丈夫争夺你，阎王是公平的，就把你一劈两半，一人一半。阎王代表什么权力呢？神权。神权居然是这样的一种“公平”。照理说，祥林嫂可以申辩：“我并不要改嫁，是他们强迫我改嫁的呀，你不能找我算账。真要劈两半的话，应该劈婆婆嘛！”可是，阎王是不讲理的。这样，鲁迅之所以不让祥林嫂想改嫁的原因就很清楚了，就是要通过她的处境来显示三个不讲理：夫权是不讲理的，族权是不讲理的，神权是不讲理的。要寡妇守节这一套完全是野蛮而又荒谬的！

礼教不讲理，人不讲理，神都不讲理，这就是鲁迅第一层次的深刻。

鲁迅的第二层次的深刻在于：这种荒谬而野蛮的封建礼教的观念，是不是封建统治者、封建地主才有的呢？马克思在《德意志意识形态》中不是讲过：“统治阶级的思想在每一时代都是占统治地位的思想。”鲁四老爷是封建统治阶级，他有这种思想，看见祥林嫂头上戴白花就皱眉头，鲁四奶奶有这个思想，她不过是不让祥林嫂端福礼，但这不太荒谬。荒谬的是，这种思想不仅是他们有，而且跟祥林嫂同命运的人也有，就是柳妈，这种观念也是根深蒂固。虽然鲁迅没有点明柳妈是寡妇，但从情节的上下文看来，可能也是寡妇，老寡妇，何以见得？因为，她似乎当寡妇的经验很丰富。没听说她丈夫来看她，她也没像长妈妈回家探亲什么的。大体可以断定是跟祥林嫂同样命运的女人。她坚信菩萨把祥林嫂一劈为二是公正的，劝祥林嫂去“捐门槛”赎罪。这种寡妇罪有应得，被统治阶级也当作天经地义，这才叫可怕。荒谬野蛮的观念已经深入到被压迫者的潜意识里，到骨头里去了，荒谬到感觉不到荒谬了。举一个例子，祥林嫂在改嫁被抢亲了以后，很快丈夫得伤寒症死了，儿子被狼咬死了，又回到鲁镇。这个时候，鲁迅在《祝福》里面单独一行，写了一句话。叫什么话？“大家仍然叫她祥林嫂。”

读者早就知道她叫祥林嫂了，这不是废话吗？其实，用意非常深刻。女人没有自己的名字。她为什么叫祥林嫂？因为她老公叫祥林。她姓什么，叫什么名字，谁都不知道。老公叫祥林，就叫祥林嫂。但是问题来了，嫁了第二个老公，此人名曰贺老六。再回到鲁镇来，有个学术问题要研讨一下，是叫祥林嫂还是叫老六嫂比较妥当呢？（大笑声）或者为了全面起见干脆叫她祥林老六嫂算了。你们说说？（众：说不清……大笑声）“大家还叫她祥林嫂。”对这么复杂的文化学术问题，就自动化地、不约而同地“仍然叫她祥林嫂”。碰头会都没有开啊！（大笑声）这里有一个自动化的思维套路，只有第一个丈夫算数，“好马不配二鞍”呀，“烈女不事二夫”啊，嫁第二个丈夫是罪恶呀！思想的麻木，以旧思想的条件反射为特点。

看来是一个极小的问题，可跟西方的思维模式，做一点文化比较，是很有意思的。比如说，在西方，包括在俄国，女人嫁了丈夫以后，是要改姓的。譬如，普京娶了老婆，他老婆的名字后面要加上普京的姓，变成阴性的，叫普京娜。如果从俄语第二格来理解，就是属于普京的。比如说，克林顿的夫人希拉里，这个人是女权主义者，不得了，用美国话来说，是非常 aggressive，也就是非常泼辣的。她嫁给克林顿以后，不久也改为希拉里・克林顿。又比如说，肯尼迪的老婆，她原来的名字叫杰奎琳，她嫁给肯尼迪，就改为杰奎琳・肯尼迪。但是她后来也跟祥林嫂一样，丈夫死了，又嫁了一个丈夫，是希腊的船王，名曰奥纳希思。她的名字后面，加上奥纳希思。她过世之后，墓碑怎么刻呢？美国人也没有讨论。我出于好奇心去看了一下，怎么刻的呢？是杰奎琳・肯尼迪・奥纳希思。（大笑声）你看人家嫁了两个丈夫，在墓碑上，堂而皇之。但中国人的观念不一样，要叫她祥林老六嫂。（笑）她一定很恼火，但是叫她祥林老六嫂是很符合逻辑的呀。（大笑声，鼓掌声）“仍然叫她祥林嫂”，是不讲理的呀，荒谬呀，不合逻辑呀！但是，大家都习惯于荒谬，荒谬到大家都麻木了，荒谬得失去思维能力了。

被侮辱被损害者，并不感到不合理，不觉得可悲，也不觉得可笑，这种悲剧，这种悲喜剧，是不是更为令人沉痛？荒谬而野蛮的观念，成了天经地义的前提，成为神圣的观念，成为思维的习惯——所谓习惯，就是麻木思维的套轴。

更严重的是，这种观念不仅被统治阶级广泛接受，不仅大家有，而且被侮辱、被损害最甚的祥林嫂也有。当柳妈告诉她要被劈成两半，祥林嫂对这种荒谬，完全没有反诘，没有怀疑，她只有恐怖。生而不能做一个平等敬神的人，死而不能做个完整的鬼，这太恐怖了。这完全是黑暗的迷信嘛！我们今天看得很清楚。如果祥林嫂和我们一样，也有这份觉悟，那就啥事都没有。可她非常虔诚地相信了，她毫不怀疑地去“捐门槛”。我算了一下，大概花了一年以上、将近两年的工资。她以为这样高的代价赎了罪，就可以摆脱躯体一分为二的恐怖下场，就可以成为平等的敬神者了。可是，她端起福礼的时候，却遭到了打击——鲁四奶奶觉着再嫁的寡妇，不管怎样赎罪，也不能端福礼。她跟祥林嫂非常有礼貌地讲：“你放着吧，祥林嫂！”就是说，你没有资格端福礼，或者是，你端就不吉利。福礼是什么？我最初不知道，看了夏衍改编的电影《祝福》才知道，在一个漆成红色的木盘上面，放上一条大鲤鱼。端福礼，就是把这个盘子捧到神柜上去。但是，仍然不让她端福礼，祥林嫂这一下子，就像被炮烙似的——像被滚烫的铜柱子烫了一下，从此以后脸色发灰了。她精神受到致命的打击，记忆力衰退，刚叫她做的事就忘掉了。接着是，体力也不行了。鲁迅这样描述道：

> 这一回她的变化非常大，第二天，不但眼睛窈陷下去，连精神也更不济了。而且很胆怯，不独怕暗夜，怕黑影，即使看见人，虽是自己的主人，也总是惴惴的，有如白天出穴游行的小鼠，否则呆坐着，直是一个木偶人。

祥林嫂精神恐怖的后果这样的严重，精神崩溃到这样的程度，无疑导致她走向了死亡。可是，恐怖的原因，杀人的凶手，在哪儿呢？没有人提出这样的问题。

鲁迅对祥林嫂，一方面看到她的苦难，是客观的原因造成的，叫“哀其不幸”；另一方面，祥林嫂又很麻木呀，她不让你端福礼就不要端了，不端福礼去睡大觉，身体不是更好吗？记忆力不是更强吗？这就是另一方面，“怒其不争”了。鲁迅提示了，这个观念就是这样野蛮，可是，中毒就是这么深，中毒到了自我折磨、自我摧残，自己把自己搞得不能活的程度。这是鲁迅的深邃之处。祥林嫂不仅死在别人脑袋里的封建礼教的观念，而且死在她自己脑袋里的封建礼教的观念。所以，祥林嫂尽管对外部的暴力，反抗是很强的，在抢亲的时候她拼命反抗，脑袋都打破了。可从内心来说，虽然，有怀疑，直到临死的时候，遇到作品当中的“我”——我们可以把他理解为鲁迅，也可以理解为一个人物——问：“人死了之后有没有灵魂？”在这句问话以前“我”看到祥林嫂，40 岁左右，头发就花白了，脸上不但没有悲哀，而且也没有欢乐，脸上肌肉不能动了，像木头一样，只有眼珠偶尔一转，证明她还没死。就是在问人死了有没有灵魂的时候，鲁迅写了一句话，“她那没有精采的眼睛忽然发光了”。就是说她残余的生命集中起来，还有点希望。希望什么？希望人死了以后没有灵魂。没有灵魂，家人不能见面，就不会打官司，阎王就不会把她一劈两半。她还在怀疑，这样一个有一点反抗性的人，最后还是被荒谬观念压倒了，或者用《狂人日记》中的话语来说，就是吃掉了。

鲁迅的深邃，就深邃在多层次。

第一个层次是封建礼教本身野蛮和荒谬。

第二个层次是周围的人和她自己也迷信野蛮。光是压迫者，一部分人有这种观念，可恶，但是，没有多大杀伤力，当观念被周围大多数人奉为神圣不可侵犯，就具有能杀人的力量。鲁迅自己说过，妇女的节烈观，坚持这种观念，“中国便得救了”，“是多数国民的意思”。①

第三个层次，就是写这个凶手的“凶”，其特点，其一，后果极其惨，但前因似乎不恶，就如，鲁四奶奶不让祥林嫂端福礼，也说得很有礼貌，“你放着吧”，并没有骂她呀！但是，这却是要了她的命的，这就是软刀子杀人不见血；或者用《狂人日记》中的话来说，就是“吃人”没有罪恶的痕迹。本来，这是极其恐怖的，可是，没有一点恐怖感，很平常，很平静，可是就在这种平静中，人却活不下去了。其二，人死了，后果这么严重，可是人们还是很安静。鲁迅所提示的是，没有恐怖感的恐怖，才是最大的恐怖。其三，这些心安理得的人，脑袋里有吃人的观念，曾经参与吃人，然而，却没有感到任何歉疚，心安理得。

① 鲁迅：《鲁迅全集（第一卷）》，人民文学出版社 2005 年版，第 122—123 页。

第四个层次，这里有一条重要线索，是所有研究鲁迅的艺术的人都忽略了的：为什么作品中冒出一个“我”来？这个“我”和故事情节一点关系都没有，但所占的篇幅还相当大，全文16页，开头和结尾，“我”的情绪描写占将近三页、近五分之一的篇幅。鲁迅不是说写完之后，至少要看两遍，尽量把可有可无的去掉吗？把“我”拿掉并不影响祥林嫂的命运呀！

但是作为小说，不能。这个“我”有深意。从哪儿讲起？从祥林嫂死了以后的反应讲起。

茶房认为祥林嫂“还不是穷死的”，他的看法，和故事有什么关系？没有。能够删节吗？不能。鲁迅在说明，在茶房看来，穷了就要死是很自然的，没什么不正常的，没有什么悲惨的，没有什么值得思考的。可是鲁迅以全部文本显示的，却不是这样，如果她是穷死的，那她的悲剧就是经济贫困的悲剧。但是，《祝福》所突出的，祥林嫂的死因，是受了极其野蛮荒谬的迷信观念的打击。这种打击不仅是外来的，同时是她自己的。这不是经济贫困导致的悲剧，而是精神焦虑的恐怖造成的。可是，人们普遍却看不到这种恐怖，因而麻木不仁。

这个“我”特别选了什么时刻去写祥林嫂的死亡呢？旧历年关，一年中最为隆重的节日。为什么这个题目叫《祝福》呢？所有的人，过年都敬神，祈求来年更大的幸福。祥林嫂死了，在鲁迅看来，其特别悲惨在于，表面上没有刽子手，实际上，刽子手就在每一个人的脑袋里。因而，鲁迅花了很多篇幅，正面描写了鲁镇人把她的悲剧当作谈资，当作笑料，当作自己优越的显示，没有一个人意识到这是对祥林嫂的生命的摧残。从这个意义上来说，每一个人对于她的死，都有责任。可是整个鲁镇没有一个人感到痛苦，大家都沉浸在过年祝福的欢乐之中。鲁迅特别写道：女人忙得在水里洗东西，手都浸泡红了；还可以闻到放炮仗的火药香，但是听来这炮仗的声音是“钝响”。既然是火药的香，又是欢乐的氛围，如果“我”和大家一样欢乐，听节日的爆竹，应该是“脆响”啊！怎么是“钝响”呢？这是说明，“我”内心很沉重、沉闷，节日的炮仗声在我感觉中，才是“闷”的，同样的道理，天上的云是“灰白色”的。《祝福》开头这一段，是很有匠心的，许多论者，分析祥林嫂的命运，对于“我”和开头和结尾的大段文章，占了近五分之一的篇幅，视而不见。要知道，这里的艺术感觉，是多么精深啊！一方面是非常欢乐的祝福的氛围，一方面又是非常沉重的悲痛。我这里念一段：

> 我乘她不再紧接的问，迈开步便走，匆匆的逃回四叔的家中，心里很觉得不安逸。自己想，我这答话（按：灵魂的有无？也许有也许没有，“我”说不清）怕于她有些危险。她大约因为在别人的祝福时候，感到自身的寂寞了，然而会不会含有别的什么意

思的呢？——或者是有了什么预感了？倘有别的意思，又因此发生别的事，则我的答话委实该负若干的责任……

所有的人，都不感到悲痛，只有这个和祥林嫂悲剧毫不相干的人，内心怀着不可排解的负疚感。要知道，鲁迅的深邃就在这里，祥林嫂死亡，如果有一个具体的凶手，那就比较好办，比较容易解气了，像《白毛女》，有一个黄世仁，可以拿来把他毙掉。但是，人们脑子里的封建观念，是不能枪毙的呀！思想观念，国民性，是不会这么轻易地消亡的。鲁迅的艺术，是要启示读者反思，对寡妇的成见，看不见，摸不着，但是可以吃人的。这种观念，每个人都有，当然每个人又可能身受其害，然而看着他人受害的时候，却又怡然自得。因而鲁迅对于祥林嫂的诸多情节，采取幕后虚写的办法，却把主要篇幅来描写祥林嫂所遭遇的冷嘲，那么痛苦，可得不到一丝同情，相反，招来毫无例外的摧残。鲁迅花了那么大的篇幅，写她反复讲述阿毛被狼吃掉的自我谴责。她的期待是很卑微的，哪怕是一点同情，只要有人愿意听一下她的悲痛，她的精神焦虑就减轻了。她反复陈说，引来的却是上上下下，普遍的冷漠和以她的痛苦取乐。

这里我想到了俄国作家契诃夫的《苦恼》，五四时期胡适从英文翻译了，登在《新青年》上。写一个马车夫姚纳，老了，希望让儿子来接班。可是他儿子却突然死了。小说开始时，这个姚纳，在彼得堡夜晚的街上，任雪花落在肩头。他在等待客人。他内心最迫切的需求不是得到车资，而是客人听他诉说失去儿子的痛苦。来了一个客人，他就开始诉说，可是客人没有兴趣，不听。又来了一些客人，他又开始诉说，客人不但不听，而是兴高采烈，打他的脖儿拐。但是，他并不感到太痛苦，只要有人听他诉说，哪怕打他，他的痛苦，就减轻了。一旦这些人，消失了，他反而感到，痛苦就像大海一样，把他淹没。他只好回到大车店。看到一个人，从床上爬起来，他以为又可以找到一个倾听的对象了。可是那人，喝了一点水，倒头便睡。他的痛苦实在无法解脱，只好到马圈里去，把自己的痛苦讲给小马听，小马安静地听着，还用舌头舔着他的手。契诃夫写的艺术震撼力在于，第一，人与人之间的隔膜一至于此，连马都不如；第二，小人物的心灵需求，很卑微，仅仅是倾听，这对他人并无损失，于主人公，于事无补。但是，就是这一点点同情，人间也极其匮乏。鲁迅显然受到这种美学原则的启发，强调的是，祥林嫂在精神上孤独到没有法儿活的程度。当然，鲁迅把原因归结为封建礼教，而契诃夫却并不在乎社会文化的原因，而在人性本身。人与人之间，竟有这样的隔膜，这样的自私，这样的悲哀，这样的冷漠，我甚至感到，有一点黑色幽默的性质，是不是呢？

鲁迅的艺术的匠心就在于，人们对于这样的惨剧，不但没有恐怖，相反整个鲁镇浸沉在欢乐的氛围之中，连众神都在享受香宴以后醉醺醺的。这一点也是许多论者忽略了的，为了把问题说得比较清楚，我不得不做些引述：

> 我给那些因为在近旁而极响的爆竹声惊醒，看见豆一般大的黄色的灯火光，接着又听得毕毕剥剥的鞭炮，是四叔家正在“祝福”了；知道已是五更将近时候。我在蒙胧中，又隐约听到远处的爆竹声连绵不断，似乎合成一天音响的浓云，夹着团团飞舞的雪花，拥抱了全市镇。我在这繁响的拥抱中，也懒散而且舒适，从白天以至初夜的疑虑，全给祝福的空气一扫而空了。只觉得天地众圣歆享了牲醴和香烟，都醉醺醺的在空中蹒跚，预备给鲁镇的人们以无限的幸福。

作品中的我，可以算是鲁迅，那意思是，在某种意义上，又不完全是鲁迅。什么地方不是鲁迅呢？这里，“在这繁响的拥抱中，也懒散而且舒适”，“我”是真的懒散而舒适地不再苦恼自己，摆脱了沉重的、不可解脱的负疚感了吗？当然不是，这是反话，这说明，他愤激到甚至很悲观的地步。更明显的则是，连神，天地众圣，也在享受了福礼之后，一个个“醉醺醺的在空中蹒跚，预备给鲁镇的人们以无限的幸福”。

鲁迅通过“我”的目光，看到祥林嫂面临的悲惨、绝望、暗无天日的境地：夫权不讲理，族权不讲理，神权不讲理，连同命运的寡妇，也不讲理，连自己也不懂是为自己讲理，所有的人，都感觉不到需要讲理，连最后一个想讲讲理的局外人，对这种不讲理的世道，也无能为力，也绝望了，也痛苦得难以忍受了，也觉得干脆不讲理，是一条轻松之道了。

这当然也是反语。恰好说明，这个唯一的清醒者，无可奈何的情绪。

鲁迅的深刻之处，就在于，他批判的不是一个鲁四老爷，像鲁四老爷这种人，1949 年以后“镇压反革命”或者“清理阶级队伍”，都弄不到他头上。因为，鲁四老爷对祥林嫂，皱了皱眉头，这不算犯罪，最后，祥林嫂死了，他说，死在过年祝福期间，不是时候，可见是个“谬种”，这是意识形态问题，谈不上人身侵犯。就是“无产阶级专政的铁拳头”，也拿他无可奈何。他写的是一种可怖的观念，习以为常，没有人感到的悲剧，才是最大的悲剧。

鲁迅写死亡的悲剧，最重要的成就不在写死亡本身，而在死亡的原因和死亡在人们心目中引起的感受。所以，祥林嫂的故事中有好多情节，逃出来的情节、被抢亲的情节、孩子和丈夫死的情节、“捐门槛”的情节等等，鲁迅都放到幕后去了，只让人物间接叙述。鲁迅正面写的是这些情节的后果，尤其是在人们心目中引起的思绪和感觉，这是关键。鲁迅的艺术原则，是不是可以这样讲，事情不重要，情节链可以打碎，可以省略，可以留下空白，可以一笔带过，重要的是周围的人们怎样感觉；或者用叙事学、结构主义的话来说，关键在于人物怎么“看”，感觉如何“错位”。

四、情节连锁性淡出和人物多元感知错位的强化

这里就引出了我要讲的第四个问题，就是鲁迅给中国小说带来了什么新的突破？他的作品中，显示了一种什么样的美学原则？

我说，他带来一个突破，在这以前，我们的小说是以情节性为主的，直接写人物为主的，叫一环套一环，环环紧扣，都是人物本身的动作和对话的连续性。这种方法，鲁迅是不是继承了？是，如鲁迅提倡过的白描等等。但不可忽略，鲁迅并不照搬，而是加以改造，大大地丰富了。大量本来可以白描的情节，转折的关节，在传统小说中重点描写的地方，在鲁迅写得最好的小说中，常常被放到幕后去叙述一下，或者省略了，或者变成了在场人物的交代。刚才讲到的祥林嫂的主要遭遇都是间接叙述的。又如，夏瑜在狱中的表现，孔乙己的挨打，子君之归去，七斤之辫子被剪等等。这些情节，都是决定人物命运的，却以叙述而不是正面描写，被虚写了，略写了。着重写的是什么呢？事情发生了以后，人们纷纭的感受。这些，对于事件来说，本来是所谓“余绪”“花边”，但是，在鲁迅小说艺术中，人们多元的反应，成了重点用墨之所在。换句话说，鲁迅的小说，当然是短篇小说，情节变得不重要，情节可以不做完整的交代，情节的连续性，可以处理成断断续续。这些都不重要，最重要的是，哪些环节能够引起人物各自错位的感知，这正是鲁迅为中国现代小说带来的新的艺术天地。

说起《狂人日记》，我的评价是，它基本上是小说。首先，它具有鲁迅小说最根本的艺术特征。它写的不是狂人的系统遭遇，而是他的系统感受，他的感受与具体遭遇是有距离的，是“错位”的。在人物感受和遭遇的“错位”中，营造人物的内心结构，这正是鲁迅所带来的新的美学原则。譬如，祥林嫂是怎么死的？“还不是穷死的”，这是茶坊的感受。死得不是时候，可见是个谬种，这是鲁四老爷的感受。这里，有一种错位的现象，错位包含着多个层次。如，感受与事实是“错位”的；又如，各人的感受之间又是错位的。以对改嫁的寡妇的看法为例：死了在阎王面前要一劈为二，因而要捐门槛赎罪，这个观念和事实之间的错位的幅度是很大的，这是一；在祥林嫂、柳妈和鲁四奶奶之间的错位就更大，这是二；而一般人又忙着欢乐地祝福，这是三；一个外来的人士，却背负着沉重的负疚感苦苦挣扎，这是四。又如，《风波》中，对七斤辫子的有无，展开了多元的感知错位：（1）七斤的感觉：丧气，自卑；（2）七斤的嫂的感觉：由于丈夫没了辫子而自卑，反复用恶毒的语言辱骂丈夫，绝望，迁怒于女儿；（3）九斤老太的感觉：得出哲学性的结论，一代不如

一代；（4）赵七爷的感觉：幸灾乐祸、自豪，穿上长衫的象征性；（5）村民：畅快，后来又恢复对七斤的尊敬。这一切纷扰由皇帝复辟引起，但皇帝是不是真复辟并不重要，得知皇帝没有复辟，一切照旧。鲁迅所要表现的，不是皇帝复辟，而是人们因为皇帝复辟引起的感知多元错位的喜剧。又如，革命烈士夏瑜的死，其鲜血被当成治肺病的药方，而他还在牢中鼓动。在华老栓的茶馆里，分化为驼背五少爷、花白胡子等人的自以为清醒的感觉，其中包括“疯了”“疯了”的感觉。又如，《白光》，故事本身并不特殊，鲁迅写它就是为了用主人公陈士成落榜的感觉、幻觉和疯痴的行为，来揭示人的心灵奥秘，感觉从片段性、层次性，到意识连贯、推断；从幻视到幻听，最后沉湖。这里的幻觉，可以说淋漓，但可惜的是，只有一个人的幻觉，没有人物之间的错位，因而比较单薄。①小说的多元感知错位，有利于从多方面，冲击读者原来稳定的、自动化的感知结构，让读者感到“惊异”。海德格尔说：“哲学本质上就是令人惊异的东西，而且哲学越成为哲学，它就越是令人惊异。”同时，这种惊异，又不仅仅是理念的，而是感性的。在海德格尔的惊异中，还有诗的审美。②

在《狂人日记》中的“吃人”以及主人公的那种害怕、他的呐喊救救孩子等等，都是他的感受，是幻觉，是错觉。譬如他写怕，怕什么呢？第一，怕所有的人会吃他；第二，对生命中不相干的细节的恐怖性的曲解，如对赵贵翁的眼色，妇女骂孩子也怕，小孩子也怕；第三，对关切他的大哥也怕，对给他治病的医生也怕。他生活在自己的怕里面，每种怕，都和生活拉开了错位的距离，每一种怕互相贯通为一个整体。狂人的被吃之怕，读者显然明白，不在真的被吃，“吃人”是幻觉、扭曲的错觉。所以说，鲁迅所带来的就是，情节、事件、人物实际遭遇的隐淡，人物感受的多元的错位。一种小说形式美学，在他的作品中，逐渐形成，不仅仅是写人，而且是写不同人的错位感知，情节的感染力，不在一环套一环的悬念，而是推动感知发生错位的机制。

鲁迅作为现代艺术家，他所理解的人和古典小说家是不太相同的。人不仅仅会行动，会思想，不仅仅是会说话的，人之成为人，有一个特别的方面，就是同样的事情，不同的人会有不太相同的感知，不同的感知发生错位的现象。人跟人的感觉，好像是相通的，也确有相通的一面，但是，从根本上，又是很难相通的。就是讲话，具体语句（能指）好像是听懂了，但是，其实际的意思（所指）往往是另外一回事，是误解的。哪怕关系再好，我救你，你是感激的，结果却是害了你，譬如柳妈那样的人——一心一意想救祥林嫂，却把她推向精神火坑。鲁四奶奶很含蓄地不让祥林嫂端福礼，她并没有想到，祥林嫂就活不

① 当然，还有一些感觉世界错位得比较单调，缺乏思想深度的，如，《端午节》方玄绰的矛盾，感觉只有他和妻子之不同，矛盾只是索薪参与与否。至于《一件小事》等，就更加单薄了。

② 海德格尔：《海德格尔全集》，第45卷。维多里奥·克劳斯特曼出版社1975年版，第163页。

成，直到祥林嫂死了，她也没有感觉到。

从鲁迅的小说中归纳，什么样的人物，能够使读者感动？这样的问题，不能以单独一个人物来回答，应该从人物相互之间的感知的多元错位去回答。

就《狂人日记》而言，一方面，它有感知错位，所以它是小说。但，为什么又说它基本上是小说呢？有一个问题，《狂人日记》里面有很多不属于小说的东西。那是什么？最明显的一点，就是最著名的那一段话："我翻开历史一查，这历史没有年代，歪歪斜斜的每页上都写着'仁义道德'几个字。我横竖睡不着，仔细看了半夜，才从字缝里看出字来，满本都写着两个字是'吃人'！"这不是小说，这是抽象概念的错位，不是人物的感知错位，这是鲁迅的思想，这是社会文化批评，把思想直接讲出来，讲得清清楚楚，很深刻，这是杂文。为什么不属于小说呢？因为这种思想，在小说里找不到充分的根据。狂人讲的"吃人"，都是错觉——远方村子里有吃人的传说，古典文献中有吃人的记录以及医生要他好好养病，还有他妹妹死了，说是大哥把她杀了吃的，还有他周围的人要吃他，一个女人对她的儿子大喊一声："老子呀！我要咬你几口才出气！"使他感到马上就要被吃掉的恐怖。所有这一切都是错觉。这一系列的错觉跟鲁迅的结论，中国历史所写的都是"吃人"，而且还说自己"有了四千年吃人履历"，逻辑上，并不合理。狂人的感受，不可能得出这样的普遍的结论，得出结论的主要不是狂人，而是作者。所以鲁迅自己对《狂人日记》不满意，觉得它"太逼促""很幼稚"。写祥林嫂就不逼促，就不幼稚，就很艺术。为什么呢？祥林嫂是被礼教观念害死了，但这是艺术形象显示的，作者没有一个字写到礼教杀人，或者"吃人"，没有说就是封建礼教把祥林嫂吃了，却让人感到，祥林嫂在包围着她的罗网里，走投无路，不得不死。你叫它杀人也好，吃人也好，反正是极其恐怖，毛骨悚然，然而人们却觉得，平安无事。这叫艺术。

当然，鲁迅讲抽象的观念，如中国历史满篇仁义道德，实际上是吃人，吃人。这也是很精彩的。这种精彩不是小说的精彩，是杂文的精彩。这在《狂人日记》里，比比皆是。如果诸位同意的话，我能不能这样说，在鲁迅的心灵深处，有两种才华，都是非常强大的。一种是小说家的才华，以他独特的感知错位为特点；一种是杂文家才华，以深刻和犀利为特点。两者之间有统一的一面，水乳交融；也有矛盾的一面，互相干扰。例如在《狂人日记》里面，统一的时候，有些片段写狂人的幻觉，特别是写到医生说，"不要乱想。静静的养几天，就好了"，他就想"养肥了，他们是自然可以多吃"，这是一种幻觉，这是小说，因为这是一个人物的错位感受。但是说到中国的历史，翻开来全部是仁义道德，实际上都是"吃人"，这是杂文。因为这里的"吃人"，与小说中的"吃人"，在感性系统上，在理念上，不是错位了，而是脱节了。

两种强大的才能，有时是统一，有时是不统一，有时是太不统一了，就分裂了。《狂人日记》里面杂文的力量更为强大，以致许多论者甚至是学者，只记得中国历史全部都是“吃人”的这个杂文式的辉煌结论。而作为小说，《狂人日记》是试验性的、探索性的、未完成的，是留下了遗憾的。这句话我讲得很大胆，我到现在不敢写成论文，为什么？因为现在研究鲁迅的权威太多了，他们把鲁迅的小说艺术，看成是完美无缺的，像我这样一个至今还没有写过什么关于鲁迅论文的人，如果写出来，前途堪忧呀！（笑声）他们会从四面八方来咬我，咬破我的鼻子啊！如果从我的文章里找不出硬伤，就把我说成一个疯子，或者是专门找名人来骂的投机分子。我可能也会像狂人那样，怕起来，疑神见鬼起来，怕被他们吃了，甚至见你们在笑，也可能像狂人那样发生感知变异，觉得是冷笑，是笑里藏刀。（大笑声）但是，可是，像赵本山说的那样，“可但是”，（大笑声）我为什么敢在这里讲，不怕你们传出去呢？因为我有根据呀。什么根据？鲁迅自己讲的。

《狂人日记》写出来以后，异口同声，认为好极。傅斯年，五四运动的领导者之一、北京大学的学生会主席，写信给鲁迅赞扬《狂人日记》说：“文化的进步都由于有若干狂人……去辟不经人迹的路。最初大家笑他，厌他，恨他，一会儿便要惊怪他，佩服他，终结还是要爱他，象神明一般的待他。”[①] 鲁迅却告诉傅斯年说：

> 《狂人日记》很幼稚，而且太逼促，照艺术说，是不应该的。[②]

按我的理解，不成熟，就在于杂文的、抽象的、直接的正面结论。作为杂文家，五四时期，已经成熟了，可作为小说家，虽然已经写出《阿Q正传》这样的经典之作，鲁迅自己却觉得没有成熟。

五、鲁迅为什么最喜欢《孔乙己》

那么，鲁迅认为自己的小说艺术要到什么时候才成熟呢？到《孔乙己》才成熟。鲁迅的学生孙伏园，在《鲁迅先生二三事》中有这样一段话：

> 我曾问过鲁迅先生，其（按：指《呐喊》）中，哪一篇最好。他说他最喜欢《孔乙己》，所以译了外国文。我问他的好处，他说能于寥寥数页之中，将社会对于苦人的冷淡，不慌不忙地描写出来，讽刺又不很明显，有大家风度。[③]

鲁迅为什么最喜欢《孔乙己》呢？因为，孔乙己是活在、死在多元的、错位的感受世

①《新潮（第一卷）》第4期（1919年4月）。
②《对于〈新潮〉一部分的意见》，载《新潮（第一卷）》第4期（1919年4月）。
③ 孙伏园：《关于鲁迅先生》，载《京报·副刊》（1924年1月12日）。

界之中。

我们来欣赏一下，这个标准的短篇。

《孔乙己》所写几乎涉及了孔乙己的一生，但是，全文只有2800字不到。这么短的小说，怎么能写得这么震撼人心？

鲁迅在孔乙己的故事之外，安排了一个看来是多余的人物，就是那个小店员。他本来与孔乙己的命运八竿子打不着，不管是孔乙己考试还是挨打，都和他没有关系，他只是在孔乙己喝酒的时候，能够看到孔乙己而已。和孔乙己命运有关的人物很多，如那个打他致残的丁举人老爷，还有请他抄书的人家，一定和孔乙己有更多的接触，有更多的冲突，相比起来，这个小店员就所知甚少。然而，鲁迅却偏偏选中了这个小店员作为叙述者。这是为什么呢？

第一，鲁迅的立意是让孔乙己的命运，只在小店员有限的视角里展开。孔乙己的落第，他的偷书，甚至挨打致残，都让它发生在幕后，鲁迅省略的气魄很大，那些决定孔乙己命运的事件，使得孔乙己成为孔乙己的那些情景，一件也没有写。这样就可以省略了许多场景的直接、正面的描写。

第二，对事件作在场的观看，只能以对受虐者的痛苦和屈辱的感同身受为主。而事后的追叙，作为局外人，则可能作有趣的谈资。受辱者与叙述者（非当事人）的情感就不是对立而是错位了，其间的情致就丰富复杂得多了。

小店员视角的功能就在于，自由地省略和营造复杂的错位的情致。

遵循小店员的视角，小说只选取了三个场面，而孔乙己本人在咸亨酒店只出场了两次。从某种意义来说，这两个场面，和孔乙己的命运关系并不大。第一个场面，是他偷书以后，已经被打过了，来买酒，被嘲笑了；第二个场面，他被打残了，又来买酒，又被嘲笑了。如果要揭示孔乙己潦倒的根源，批判科举制度把人弄成废物，这两个场面，不可能是重点。如果要表达对于孔乙己的同情，那完全可以正面写他遭到毒打的场面。像范进中举那样，正面描写（白描）发生在主人公身上的事件，在场人物的反应等等。但是，鲁迅明显是回避了“在场”的写法。这是不是舍本逐末呢？

关键不在于是否舍本逐末，而在于鲁迅衡量“本”和“末”的准则。

三个正面描写的场面，写作的焦点，是人们如何看待这个人。对于这个完全是局外人的小店员，鲁迅很舍得花笔墨，一开头就花了两个大段。动人之处在于，小店员的眼睛带着不以为意的观感，和孔乙己拉开情绪的错位的幅度。小说的全部内容就是这个小店员与孔乙己错位的观感。在他观感以内的，就大加描述。在他观感以外的，通通省略，从这个意义上来说，小说写的并不仅仅是孔乙己。其实，这正是鲁迅的匠心，也就是创作的原则，或者可以说是鲁迅小说美学原则，重要的不是人物遭遇，而是这种人物在他人的、多元的眼光中错位的观感。鲁迅之所以弃医从文，就是因为他看到日俄战争时期，中国人为俄国人当间谍，在被执行枪决之前示众，中国同胞却麻木地当看客。在鲁迅看来，为他国做间谍送死固然是悲剧，但是，对同胞之悲剧漠然地观看，更是悲剧。

人物的感知错位，是相对于人物的动作和对话而言的。我国古典小说，以动作和对话见长。我们前面讲过的曹操、武松、宋江、潘金莲，都是从自身的对话和动作中，显示其艺术生命。当然，也有周围人物的感知，如武松打完老虎以后，从化装成老虎的猎户眼中看武松，但是，那是同质的，几个猎户，并没有各有所感的错位，而且其功能是进入新情节的过渡。又如，三顾茅庐前，刘备见了一系列的人，许多人眼中的诸葛亮，是一元的，都是把诸葛亮当作隐居的高士。就是《红楼梦》中林黛玉初次进入荣国府，见王熙凤、贾宝玉，主观感知很独特，但并未与其他人物有不同的感知交错。特别不该忽略的是，这些主观的、一元的感知，并不是小说的主要成分，而是情节的补充成分。而鲁迅的小说，情节却是被压缩到幕后去，成了次要成分，而人物的感知，不但是多元的，而且是互动的，形成了某种错综的网络式的动态结构。

为了便于感知错位，他常常通过一个与情节不相干的人物，以第一人称的感知来展开人物和场景。当然，我们古代文言小说，已经有第一人称的传统。但其功能是以证其实。如《狂人日记》的开头的文言小记，好像是真有过这样的事情似的，言之凿凿，此人病愈，已经到某地当官。而鲁迅小说中的第一人物，身处局外，其感知与情节中人物的感知，自然而然地拉开了距离，或者用我在《论变异》中所提出的，是某种“变异”了的感知，与事件本身错开。一切人物都是其他人物感觉中的人物，就是平常的，也因为感觉的特异，变成独特的，陌生的，用俄国形式主义的话来说，就是陌生化的。[①]融多元感知错位于一炉，才造成了海德格尔所说的“惊异”。应该补充的是，小说作为一种文体、文类，并不是一般变异了的感知，而是变异感知的错位结构。所谓错位感知，就是既非简单同一，又非绝对对立。拉开距离，远离真相，然而，又部分重合。所感大抵是似是而非，似近而远，似离而合，欲盖弥彰，无理而妙。

叶圣陶说，《孔乙己》小说突出了人生的“寂寞”、冷漠、麻木[②]，但是，作为一个小店员，他的漠然麻木，又有不同的错位感受。这个不同的出发点就是“无聊”“单调”，所看的都是“凶面孔”，“教人活泼不得”。“只有孔乙己到店，才可以笑几声。”这里的笑声，不

---

① 参阅孙绍振：《论变异》，花城出版社1987年版。

② 叶圣陶：《未厌居文谈·〈孔乙己〉中的一句话》。见夏丏尊、叶圣陶：《文心》，三联书店1999年版，第274—275页。

是一般的描述，而是整篇小说情绪的逻辑起点和小说情绪错位结构的支点。孔乙己按说非常不幸，命运是很悲惨的。然而，恰恰是这样一个人，又给小店带来欢乐，为这个小店员打破沉闷无聊之感，感受世界与人物遭遇之间，人物与人物之间的错位，就聚焦在悲惨与欢乐之间。惜墨如金的鲁迅，在渲染孔乙己带来的欢乐的氛围时，很舍得花笔墨，“所有喝酒人便都看着他笑”，甚至“哄笑起来，店内店外充满了快活的空气”。小说错位结构的焦点，显然就在这种“笑”上。对弱者连续性地无情嘲弄，不放松地调侃，使得弱者狼狈，越是狼狈越是笑得欢乐，而弱者却笑不出来。错位的幅度越是大，越是可笑，也越是残酷，残酷在对人的自尊的摧残。孔乙己虽然潦倒、沦落，却仍然在维护着残存的自尊。更为深刻的是，发出残酷的笑声的人和孔乙己，并不是尖锐的二元对立，并没有太明显的恶意，其中还有知其理屈、予以原谅的意味。这就是情感错位的特点。这种错位，不仅仅在情绪上，而且在价值上。在鲁迅看来，他要揭示的不是孔乙己偷书的恶，而是周围人对他冷漠的丑。特别是，传说孔乙己可能是死了的时候，说话的和听话的，都没有震惊。“掌柜也不再问，仍然慢慢算他的账。”对于一个给酒店带来欢笑的人的厄运，居然一点反应也没有。这里，错位的潜在量很大。那些个没有偷窃的人，比这个有过偷窃行为的人，可恶多了。孔乙己最后一次出场，已被打折了腿，不能走路，只能盘着两腿，臀下垫着一个蒲包，用手撑着地面“走”。躯体残废到这种程度，在与平常这么不同的情况下，掌柜的“仍然同平常一样，笑着对他说：‘孔乙己，你又偷了东西了！’”。

对很悲惨的事，本该有惊讶，有同情，至少是礼貌性的沉默，可是，掌柜的却不但当面揭短，而且还“笑着”。错位到如此大的幅度，说明精神上的残酷的伤害，已经是够可怕的了，更可怕的是，他并没有感到严酷，也没有想到其中包含的伤害性，相反，倒是感觉到并无恶意，很亲切地开玩笑似的。错位的美学功能，特别有利于揭示微妙的精神反差。所有的人，似乎都没有敌意，都没有恶意，甚至在说话中，还多多少少包含着某种玩笑的、友好的性质，但是，却是对孔乙己残余自尊的最后摧残。从一开始，他的全部努力就是讳言偷，就是为了维护最后的自尊，哪怕是无效的抵抗，也要挣扎。这是他最后的精神底线。但是，众人，无恶意的人们，却偏偏反复打击他最后残余的自尊。这是很恶毒的，但又是没有明确的主观恶意的。这种含着笑意的恶毒，这种貌似友好的笑中，包含着冷酷。这个场景的感染力来自其中的多重错位，第一，是孔乙己的话语与被打断腿的错位，不过是幅度更大了，连“跌断”这样的掩饰性的口语，都没有信心说下去了；第二，酒店里的人，却都“笑了”。这种“笑”的错位很不简单。一方面当然有不予追究的宽容，另一方面，又有心照不宣地识破孔乙己的理屈词穷、获得胜利的意思。明明是鲁迅式的深邃的洞察，但是在文字上，鲁迅却没有任何形容和渲染，只是很平淡地叙述，“仍然同平常一样，笑着对他说”，连一点描写都没有，更不要说抒情了。但是，唯其平静、平常、平淡，才显得诸如此类的残酷无情，由于司空见惯，而没有感觉，没有痛苦，寓虐杀性的残酷于嬉笑之间。

不一会，他喝完酒，便又在旁人的说笑声中，坐着用这手慢慢走去了。

孔乙己如此痛苦，如此狼狈地用手撑着地面离去，酒店里众人，居然一个个都沉浸在自己欢乐的“说笑声”中。人性麻木至于此，错位的感觉，何等的惨烈。更有甚者，孔乙己在粉板上，留下了欠十九个铜钱的记录，年关没有再来，第二年端午也没有来。人们记得的只是“孔乙己还欠十九个铜钱呢”！过了中秋，又到年关，仍然没有再来。小说的最后一句是：

我到现在终于没有见——大约孔乙己的确死了。

一个人死了，留在人们心里的，就只是十九个铜钱的欠账，这笔账，是写在水粉板上的，是一抹就消失的。生命既不宝贵，死亡也不悲哀，这样的世道人心啊。在世的时候，人们拿他作为笑料；去世了，人们居然既没有同情，也没有悲哀，甚至连一点感觉也没有。这里不但有鲁迅对于人生的严峻讽喻，而且有鲁迅在艺术上创造性的探索。

从鲁迅的追求看来，小说美学就是人物的多元感知变幻学。鲁迅的伟大就在于，发现了人物的生命，不仅仅在行为和语言、思想的冲突之中，而且在人与人感受的部分重合、部分偏离的结构之中。各人的感知，是各不相同的，各不相通的，但是，并不仅仅是直线对立的，而是多元交错（错位）的。在鲁迅的错位感知美学中，他人的感知和自我的感知形成一个有机的结构，变异了自我感知的功能，一元化的自我独立感知失去了自主性。人物对自己的感觉，往往没有感觉，对他人的感觉却视为性命攸关。人物的自我感觉，取决于他人，主要是周围人的感知，好像是为了他人的感知而活的，最极端就是，人家不让她端福礼，她的精神就崩溃了，就活不成了。

《孔乙己》之所以受宠爱，主要原因之一，就是人物感受错位的多元而幅度巨大；原因之二，在形式风格上，鲁迅为孔乙己的悲剧营造一种多元错位的氛围。是悲剧，但是，没有任何人物有悲哀的感觉，所有的人物，充满了欢乐，有轻喜剧风格，但是，读者却不能会心而笑。既没有《祝福》那样沉重的抒情，也没有《阿Q正传》和《药》中的严峻反讽，更没有《孤独者》死亡后那种对各种虚假反应的讽刺。有的只是三言两语、精简到无以复加的叙述。这种叙述的境界，就是鲁迅所说的“不慌不忙”，也就是不像《狂人日记》那样“逼促”，“讽刺”而“不很显露”，这就是鲁迅追求的“大家风度”。反过来说，不这样写的，把主观思想过分直接地暴露出来，那就是“逼促”，讽刺“很显露”，在鲁迅看来，就不是“大家风度”。拿这个标准去衡量《狂人日记》《阿Q正传》，鲁迅就可能觉得不够理想，不够大家风度。这不仅仅是对自己的苛刻，更是对艺术的执着和追求。

六、杂文成分对小说构成干扰吗

鲁迅的第一人称的故事从多元感知中展开，构成包括幻觉、错觉和扭曲的感觉。《狂人日记》，并不像果戈理的《狂人日记》那样有情节，而是没有情节，全文由扭曲的感觉组合而成。这个扭曲的感知世界，是鲁迅为中国现代小说开拓的新的艺术世界。如第一段，对赵家的狗，“怕得有理”，其实，读者感到的是，怕得无理。如果以文言小说的笔法，只能如开头小引所写，“语颇错杂无伦次，又多荒唐之言”。但是，无伦次的荒唐之言，却成了小说的主要成分。因为，其中有人物感知的错位。

这样，可能帮助我们更深刻地理解《孔乙己》和《狂人日记》，但是，还不能直接帮助我们理解鲁迅为什么不喜欢《狂人日记》。鲁迅也许是有点偏爱吧，那是可能的。但是，为什么会偏爱呢？值得思考。一种可能是，《孔乙己》不像《狂人日记》，有那么多杂文的成分，那为什么不说最喜欢《阿 Q 正传》呢？我猜想一下，可能是他感觉到《阿 Q 正传》里面，杂文的成分，也不少。

在鲁迅心中有小说艺术和杂文艺术两根弦，两根弦有的时候构成和弦，有时就互相打架。

至于《阿 Q 正传》的伟大，我跟所有研究《阿 Q 正传》的人没有分歧。但是《阿 Q 正传》里面有没有“太逼促”的东西，例如漫画的、杂文的成分，这是可以讨论的。有些人认为伟大的经典的就是没有缺点的，其实，这个世界上所有伟大的作品都是有缺点的。

为了预防误解，我概括一下《阿 Q 正传》的成就。

阿 Q 处在社会的下层，也就是精神等级的下层，这是严峻的现实。但是如果安于现实，就没有阿 Q 了。阿 Q 不安于现实，但是，追求现实的改变，哪怕是鸡毛蒜皮的，他只有失败，头破血流。于是就另寻门路，争取精神上的优越。精神优越在现实中也不能实现，就在幻想中，也就是在“变异的感知”中，达到“假定的优越”。在“假定”中从弱势变成强势，把失败从感知中排除，在受辱中享受荣誉，在排斥异端中自慰，在欺凌弱者中自我陶醉。在惨败中追求精神的胜利，当然是虚幻的胜利。这是因为，和任何一个小人物（如孔乙己）一样，他有最后的自尊。所以，他的“精神胜利法”，以虚幻的自尊来摆脱屈辱，麻痹自己。有意识地“变异感知”、歪曲现实，这就成为他精神存活的条件。

这是鲁迅所发现的中国国民性的劣根性，是很深刻的，我就不去细讲了。我要特别讲讲的是，在写这个现实中的悲剧的时候，鲁迅是用喜剧的手法来写的，夸张其荒谬性，不和谐，不统一，用喜剧的手法来写悲剧，其间有深邃的思想批判，鲁迅杂文家的才能就不由自主地入侵到了小说当中。有时，两种文体，并不总是达到水乳交融的和谐。为什么呢？因为杂文是可以直接讲出深邃的思想的，而且可以相当夸张地讲，以导致荒谬的逻辑，讲得痛快淋漓。但是，小说，特别是鲁迅的小说，其强点则是从人物感知世界的错位中展开，结论是不能直接表述的。稍稍超越人物的感知系统，就变成了作者的思想表达，两种文体就可能分裂了，不统一了，不和谐了。比如，阿Q精神胜利了以后，鲁迅这样写："他永远是得意的。这或许是中国文明冠于全球的一个证据。"这是清朝末期，普遍存在于官僚、文人中的精神的自我麻醉。这样反讽的概括，不是阿Q的感知范围所能及的，而是鲁迅的杂文句式。于是就产生了争议，这在杂文中是深刻而警策的，在艺术上却冲击了感知错位，就像在《狂人日记》里讲整个中国历史上写的都是"吃人"一样。五四时期，就产生了两种意见，不像现在只有一种意见。一种意见，在《狂人日记》发表八个月之后有人说："唐俟君的《狂人日记》用写实笔法，达寄托的旨趣（Symbolism），诚然是中国第一篇好小说。"[①]另一种意见认为他行文"过火"，就是说直接发表言论。第一个提出他行文过火的人是谁呢？不是评论家，而是诗人朱湘，一个非常有才华后来自杀了的诗人。[②]后来有一个评论家叫张定璜，这个人对鲁迅无限崇拜，他认为鲁迅写得"不过火"[③]。这就形成了两种不同的意见。张定璜这个人说鲁迅的特点是三个方面：第一冷静，第二冷静，第三还是冷静。这个后来被李敖学去了，李敖说："五百年来，写文章写得好的有三个人，第一李敖，第二李敖，第三还是李敖。"（大笑声）

那么，鲁迅写得到底过火不过火呢？是非自有公论。阿Q受了许多侮辱后碰到小尼姑，不由自主地去把人家的脸摸一下，被小尼姑骂了一顿。阿Q就说："和尚动得，我动不得？"他是完全没有根据的，怎么知道和尚动了她？尼姑就骂他："断子绝孙的阿Q！"他（阿Q）想，不错，应该有个女人。断子绝孙是个问题呀！我想这是阿Q感知系统之内的，断子绝孙有什么坏处呢？这是鲁迅的原文：

断子绝孙便没有人供一碗饭……应该有一个女人。夫"不孝有三无后为大"。

我认为"不孝有三，无后为大"这是很有文化的人才知道的经典语录，鲁迅用来讽刺阿Q，是鲁迅式的反语，不是变异，不是错位，而是脱位了，脱离了阿Q的感觉了，阿Q没有这么文雅。下面就更严重了，用了《左传》的一个典故，这句话你们念起来都很困难：

若敖之鬼馁而，也是一件人生的大哀，所以他那思想，其实是样样合于圣经贤传

---

①《书报介绍》，载《新青年》1919年2月1日。

②《呐喊——桌话之六》，转引自张梦阳《中国鲁迅学通史（上）》，广东教育出版社，第53页。

③ 张定璜：《鲁迅先生》，载《现代评论》1925年1卷7期。

的，只可惜后来有些“不能收其放心”了。

“若敖之鬼馁而”，是《左传》里的典故，就是说，人死了，没有人供饭呀，就像若敖一样做鬼也饿死了。这句今天连我要彻底弄懂都要查注释，“‘若敖之鬼馁而’，也是一件人生的大哀”，阿Q会有这样文雅的语言吗？至于“样样合于圣经贤传的”，“不能收其放心”，这绝对是在阿Q想象之外的。这种杂文的反语，要对中国古典文献相当熟悉才能说得出的。而且由此，鲁迅还代阿Q想下去，“即此一端，我们便可以知道女人是害人的东西”。下面原文是：

中国的男人，本来大半都可以做圣贤，可惜全被女人毁掉了。商是妲己闹亡的；周是褒姒弄坏的；秦……虽然史无明文，我们也假定他因为女人，大约未必十分错；而董卓可是的确给貂蝉害死了。

这是杂文，这不是小说呀！阿Q的感觉，再变异，再错位，也不至于错到这种程度，这就是过火地放纵了杂文的议论，破坏了小说的感知结构了。

从阿Q之死来讲，鲁迅写阿Q的画押，画了个圆圈，因为他不会写字，那是用喜剧的手法来写悲剧。

阿Q要画圆圈了，那手捏着笔却只是抖。于是那人替他将纸铺在地上，阿Q伏下去，使尽了平生的力气画圆圈。他生怕被人笑话，立志要画得圆，但这可恶的笔不但很沉重，并且不听话，刚刚一抖一抖的几乎要合缝，却又向外一耸，画成瓜子模样了。

阿Q不知道这画了圆圈就算招供，招供了就被定罪，就要被枪毙的“干活”。而阿Q却为画不圆而羞愧，这种感知变异，这里有错位，的的确确是小说。没有直接用鲁迅思想的风格来代替人物。接着，阿Q发现人家并不计较他画得圆不圆，把他推进了监牢的栏杆里边。这是鲁迅写的，到此为止，用这个喜剧性的写法，其中带着一种杂文的讽刺和幽默，来写阿Q的麻木，二者还是和谐的，不算过火。下面的你们再听听，就知道怎么样了。阿Q进了监牢，他的感觉是：

倒也并不十分懊恼。他以为人生天地之间，大约本来有时要抓进抓出，有时要在纸上画圆圈。

这写得是不是有点过火了？什么过火？讽刺、夸张过火，杂文风格过火。因为杂文的作者是鲁迅，而画圆圈的感觉，却只能是阿Q：

唯有圈而不圆，却是他“行状”上的一个污点。

即使麻木，即使变异，错位，也不能错到这么有文化的程度，对自己的人生有这样的反思能力，就没有阿Q的麻木了。下面就写，他感觉到要杀头了。“他突然觉到了：这岂不是去杀头么？他一急，两眼发黑，耳朵里嗡的一声，似乎发昏了。然而他又没有全发昏，有时虽然着急，有时却也泰然”，这是阿Q的感觉。但是：

他意思之间，似乎觉得人生天地间，大约本来有时也未免要杀头的。

这是明显的过火，一个人到这个时候，知道自己要杀头，居然能有这样的感觉——“人生天地间，大约本来有时也未免要杀头的”，对于死亡，这么无所谓呀！怎么可能？我说杂文家的反讽和小说家心理探索的矛盾，就在这里。杂文家的才能一贯强大，而小说家的才能时强时弱，一不小心就失去平衡。看来这个“人生天地间”，鲁迅非常喜欢，第二次写了，还不过瘾，过不久又来了：

他不知道这是在游街，在示众。但即使知道也一样，他不过便以为人生天地间，大约本来有时也未免要游街要示众罢了。

鲁迅作为一个伟大的艺术家，完全有自由写悲剧命运，而用喜剧的荒谬来展示人的麻木、民众的劣根性。但是作为小说，其人物的可信度是要受到质疑的。第一个质疑这个的不是我，而是何其芳先生。当时在1956年，他写过一篇《论阿Q》，在那种情况下他真有勇气，表示了他的怀疑，不过没怎么展开，只是点了一句：只是在阿Q上刑场时，写他（阿Q）的麻木，把“文人的玩世不恭、游戏人间”写到了阿Q的头上。他说，自己读来感到“不安”[①]。这几句话，大概被许多人都忽略了，就是我这个醉心于艺术的人把它死死地记住了。1956年到现在共50年呀！这句话让我受益匪浅。真正有艺术感的评论家，一句话够你享用一辈子。当然，我不属于那一类，我讲了那么多话，可能你们过不了几天就忘光了。

从这里，我是不是可以作这样一个假定，那就是，《阿Q正传》不受鲁迅特别青睐，原因可能是，有些局部写得太游戏化了、太杂文化了。我刚才讲了，鲁迅强调的不是事情本身，不是情节本身，重要的不是阿Q的死，而是死了以后人们的感觉、各不相通的错位的感觉。可是鲁迅写阿Q的死亡是比较讨巧的，说得不客气一点是比较滑头的。阿Q死的时候是什么感觉？他写，“耳朵里嗡的一声，觉得全身仿佛微尘似的迸散了”。本来灰尘就很小，“微尘”就更轻飘了，还要加上“迸散”，这太轻松了，是不是？不过反正是“死无对证”，不知道他写的是真的还是假的。但是，毕竟是死到临头。鲁迅也写了阿Q的恐惧——四年前记忆中饿狼的眼睛：“又凶又怯……似乎远远的来穿透了他的皮肉，而这回他又看见从来没有见过的更可怕的眼睛了。又钝又锋利，不但已经咀嚼了他的话，并且还要咀嚼他皮肉以外的东西，永是不远不近的跟着他走。这些眼睛们似乎连成一气，已经在那里咬他的灵魂。救命……”

饿狼眼睛的感觉，就是对死亡恐怖的感觉。应该说，有一定水平，但是在世界文学史

---

① 何其芳：《论阿Q》，载《人民日报》1956年10月16日。又见《何其芳文集（第5卷）》，人民文学出版社1982年版，第181—182页。

上，不一定是高水平。托尔斯泰在《塞瓦斯托波尔故事》中写死亡，一个军官，叫布拉斯辛库，在走路，前面一颗炸弹的引信正在燃烧，发出紫色的光，炸弹在旋转，他听到“嘣”的一声，慢慢又有了感觉，“谢天谢地，我还没有死”。他的感觉变异是什么样的？首先是导火线燃烧的紫色，然后联想到与他相好的女人帽子上紫色的羽毛，然后想到遗憾，他大概是要死了，可是，赌钱的时候还输了一笔钱，这笔钱还没还，真是件很糟糕的事情。然后就感觉到身体很沉重，许多士兵向他身体旁走过来，好像那些士兵把那个墙推倒了往他身上压，压得他好沉重，以至于他呻吟的声音他自己都听到了，一直到停止为止。这是托尔斯泰写死亡时的系统错位感觉。很丰富的，是不是？他不是写痛苦、疼痛，而是写一连串的联想，变异了的感知。就是疼痛，也变成了像一堵墙往身上压。自己的呻吟声音，当然也是疼痛的效果，但又好像不是自己发出的——虽然声音大得他自己都听到了，但，还没有感觉到疼痛。

和托尔斯泰的天才，相比起来，鲁迅写得很讨巧，“仿佛微尘似的迸散了”。但是鲁迅也有写得比较精彩的，是什么呢？阿Q死了之后人们的反应。孔乙己死了之后没人哭，祥林嫂死了以后没人哭，但阿Q死了以后有人哭了，当然不是吴妈哭，是举人老爷全家号啕大哭，但不是为阿Q。为什么呢？因为他们家被偷了，把阿Q枪毙了，没处追赃呀，金钱损失无法弥补呀！赵府上也全家号啕大哭，为什么呀？秀才因为上城去报官，被革命党剪了辫子，又破费了二十千的赏钱。阿Q枪毙了，辫子并不能因而长出来，赏钱也不能赚回来呀！

这是小说人物感知变异的错位和杂文笔法的统一。

更精彩的是未庄的舆论。阿Q死了以后人们怎么评论呀？鲁迅写道：

> 舆论，在未庄是无异议，自然都说阿Q坏，被枪毙便是他的坏的证据；不坏又何至于被枪毙呢？而城里的舆论却不佳，他们多半不满足，以为枪毙并无杀头这般好看；而且那是怎样的一个可笑的死囚呵，游了那么久的街，竟没有唱一句戏：他们白跟一趟了。

这具有荒谬的喜剧性，带有杂文的讽刺性，但又是多元错位的感知变异。这是鲁迅伟大的杂文才能和伟大的小说才能的结合，表现的是悲剧性的可笑啊，喜剧性的悲凉呀！我们说契诃夫写小人物的悲剧是含泪的微笑，鲁迅的阿Q，是叫你痛苦地笑，笑得好痛苦。

所以说，我感觉到鲁迅作为一个杂文家和小说家，都是很了不得的，以至于我们现在还找不到这样一个人。但两种才华的发展（成熟）的速度不一样，杂文家的才华发展速度非常快，一下子就成熟了，在五四运动初期就成熟了。而小说家的艺术才华成熟得慢，经过探索，经过突破，经过变革，经过挫折，成熟得慢，非常曲折。

鲁迅的小说，《狂人日记》并不是第一篇，第一篇是在1911年写的，叫《怀旧》。用文言写的，写一个小孩子在私塾里念书，非常沉闷。老师非常野蛮，非常愚蠢，除了逼迫孩子们念书呀，就没有别的名堂，实在让人讨厌；长得也不好看，秃头。有一天来了个乡绅，叫金耀宗，说，不得了，长毛要过境了，大难临头了。秃头先生说，没关系，他自有办法对付。什么办法？把他的熟人请来跟他大吃大喝一顿，给他一点钱，买通了，问题就解决了。就在秃头先生非常非常忙乱、不可开交的时候，“我”却开心极了。为什么呀？因为没人管了，“我”可以捉一只苍蝇来弄死，放到蚂蚁窝边上，蚂蚁出来了，一脚把它踩死。对于蚂蚁窝，“我”去弄点水来灌它，蚂蚁都出来了，把它们弄死掉，感觉到好开心呀！由此“我”想，长毛来了，秃头先生害怕了，证明长毛是好人。家里的一个看门人叫王翁的告诉“我”，长毛有什么好怕的，他见过，好得很。很可惜，小说的结尾说，传说中要来的，不是长毛，而是饥民，饥民也没有来，小说就这样结束了。

这就是鲁迅式的新小说呀！长毛来不来无所谓，但是这消息却引起人们感知的分化/错位——金耀宗、看门的老王、秃头先生，还有他的学生，每个人都生活在自己的感知里，互相是错位的。这才是人生的奇观！从这个意义上说，这在艺术上是一篇典型的现代小说，虽然是用文言文写的，没有多大影响。从艺术构思来说，它比《狂人日记》更像是一篇小说，事情并不重要——长毛来，没有来，那不重要。小说的生命，不是情节如何，而是写在这样一个不实的传闻中，人们的感觉如何错位，就像祥林嫂、孔乙己、阿Q的死引起的反应一样。

鲁迅带来的这样一种现代性小说艺术，跟古典小说那种重人物外部行动和对话的艺术，那种悬念性强，借助于延宕，强化读者无意注意的、情节环环相扣的小说相比，这是另一片天地。

鲁迅在他最后的十年，绝大部分的精力都用来写杂文，当作匕首和投枪，来回应社会生活的急迫需要。但是他时时感觉到压力，时时辩解说，不在乎托尔斯泰和连环画的区别，宁愿就写小小的杂文，哪怕是“速朽”，也无所谓，但他这样说的时候，内心还是不甘愿，还是认真计划着写小说，而且要写大小说、长篇小说。

鲁迅有两次大计划，第一次计划，写杨贵妃跟唐明皇的恋爱，还跑到西安去考察了一下，他告诉了郁达夫，郁达夫把它写在了一篇文章里，叫《论历史小说》。鲁迅把男女主人公、核心场景、感知错位都想象出来了。唐明皇跟杨贵妃吵了一架，把杨贵妃赶回家去了，可唐明皇又想念她，通过高力士把她请回来，两个人“七月七日长生殿，夜半无人私语时”，干吗？赌咒发誓：从此以后生生世世为夫妻。鲁迅从海誓山盟永结同心的话语中，看出了感知的错位，爱情，要用赌咒发誓来取信对方，就说明爱情已经灭亡了。但是，鲁迅没有写成，工程浩大呀！后来，鲁迅又突发奇想，要写革命题材，正好陈赓大将——当时还不是大将，大概是个团长之类的——在根据地受了伤，到上海来治病，通过瞿秋白的引荐，就跟鲁迅见面了，跟鲁迅讲红军艰苦卓绝的故事。现在到鲁迅纪念馆去，还能见到陈赓向鲁迅介绍红军浴血奋战的地图。鲁迅深受感动，当即表示要写红军斗争的长篇小说，或者是长篇报告文学吧。这时，鲁迅有点过分乐观了，过分迷信自己的才华了，他压根就没有见过红军，怎么写呀！但是，他可能是受了一个小说家的启发。在俄国十月革命时期，顿巴斯的矿工组织的一支红军转移的故事，就有过一个长篇小说叫《铁流》，作者是绥拉菲莫维奇，写得像报告文学一样，文字非常漂亮，你们今天去看不知道怎么样，是曹靖华翻译的。

但是，鲁迅却没有写成长篇小说，就在这以后，鲁迅出版了短篇小说集《故事新编》，最初的一篇《不周山》是《呐喊》时期写的，拖拖拉拉 14 年后，他对小说的形式做了新的探索。小说的文本证明，他企图把杂文式的现实讽刺，特别是对上层知识分子的讽刺和对历史传说的英雄、圣贤的描述结合在一起。老子、庄子、孔子、墨子，都写到了。把他对现实的知识分子的虚伪、崇洋媚外以及他讨厌的一些人物——比如，大学者顾颉刚呀，把顾颉刚写成“鸟头先生”，因为顾先生的“顾”，考证起来就是鸟。顾颉刚考证过，说是大禹是条虫呀，都让鲁迅写到古代小说的场景中去了，甚至让古人说“Good morning”“How do you do”，显示了某种滑稽突梯的风格。

在《故事新编》中鲁迅最喜欢《铸剑》，就是我刚才开头讲的第八种死亡，是个英勇无畏献身的故事。在鲁迅的世界里没有英雄，他到哪里找英雄？现实生活中太遥远，只好到神话传说中去找。但是，这篇小说艺术上怎么样呢？我倒是看出来，小说艺术家和杂文艺术家的矛盾更加尖锐了。

故事写了一个人物叫眉间尺。原来这个人是个 16 岁的少年，非常胆小、非常懦弱、优柔寡断、心肠非常软，鲁迅用了整整一个章节写眉间尺杀死一只老鼠的心理煎熬。

主人公眉间尺，最后要完成的任务是要杀死国王，为父亲报仇，这是需要英勇无畏的气概的。在开头这一部分里，最初出现的眉间尺，是不是这样的呢？恰恰相反，这个孩子最初胆子很小，优柔寡断，性格软弱。杀死一只老鼠，对于一个后来视死如归的人物来说，本该是小菜一碟，但是，鲁迅却非常细致地描述了眉间尺的心理过程：

（1）发现老鼠落水，“很觉得畅快”，对老鼠“发生了憎恨”。

（2）看到老鼠咻咻地喘气，“忽然觉得它可怜了”。用芦秆让老鼠爬上来，看到老鼠全身湿淋淋的毛，“又觉得可恨，可憎得很”。又让老鼠落水。

（3）看到老鼠奄奄一息，又觉得“很可怜”。

（4）等到老鼠复苏，似有逃走的样子，又“大吃一惊”，一脚把它踩死，但又觉得老鼠“很可怜”，“仿佛自己作了大恶似的”。

（5）感到“非常难受”，“呆看着，站不起来”。

这么细致地描绘，意在表明眉间尺心理软弱。鲁迅借母亲的嘴巴说他性情不冷不热，指出他这样的个性，是不能担当复仇重任的。（“看来，你的父亲的仇是没有人报的了。”）这就引出了为父报仇的故事。讲故事的目的是为了人物，为了让人物心理发生变化。听了故事以后，眉间尺表示为了母亲所说的“大事”，他要“改过”。第一部分的最后，有两句话是很重要的：

> “你从此要改变你的优柔的性情，要用这剑报仇去！”他的母亲说。“我已经改变了我的优柔的性情，要用这剑去报仇去！”

这个开头，显示了鲁迅并不认为有什么天生的勇士，大无畏的勇士，也是从优柔寡断的普通孩子成长起来的。在小说的开头，鲁迅显然是把眉间尺写成一个小人物。在鲁迅的早期小说《呐喊》《彷徨》中，是没有英雄的，可以说是小人物的世界。不管是阿Q还是闰土，不管是祥林嫂还是爱姑，大抵是被讽喻的对象，鲁迅批判其麻木、愚昧、保守、落伍的性格。但在这里，却让这个本来具有小人物性情的眉间尺一下子变成了义无反顾的英雄人物。是不是表明鲁迅在中国人的心灵中，探索着另一个世界，另一种色彩呢？当然，这种小人物转化为“大人物”，不是在现实世界中寻找到的，而是在超越现实的神话传说和历史的环境中，在想象中塑造的。但是，在小说的第一部分，却是非常写实的描写。从老鼠的溺水到被踩死，到以松明燃烧来说明时间，写实的语言，更加突出了眉间尺的现实性。

到了第二部分中，鲁迅的意图很明显，要把眉间尺转化为英雄。这种转化，如果以写实的观念来看，是难以置信的。一个性情优柔寡断的人，怎么可能在听了母亲的一席话之后，就根本改变了呢？而且在第一段的最后，还特别点明眉间尺出行之时是“毫不改变常态，从容地去寻他不共戴天的仇雠”。这里的“毫不改变”，很值得推敲。“毫不改变”，难道是一如既往的优柔吗？转化显然有两个难度，第一，优柔寡断到大无畏，突如其来的心理转化，要从现实的描绘中获得可信性；第二，这种大无畏还要达到毫不改变，也就是不改变其平常人物的心态，变得临危不惧，平静自如。从艺术上来说，在这样短小的篇幅中，几乎是不可能的。然而，到了第二部分，作者仍然用写实的笔法展开环境的描写。其一，从城墙到小贩，特别是楚王的仪仗队经过的声势，其细节都是十分精细的。其二，对于平民百姓，也就是没有名字的小人物，作为背景，笔墨中明显带着漫画色彩，其中含着讽刺。例如，所有在场的百姓，一概都是“看客”的心态，麻木而愚昧。那“伸着脖子”看热闹的样子，很像是《呐喊·示众》中的群氓。大王仪仗队经过时纷纷下跪，漫画式的笔法中更是流露出鲁迅式的杂文的风格：

> 这时满城都议论着国王的游山、仪仗、威严，自己得见国王的荣耀，以及俯伏得有怎么低，应该采作国民的模范等等，很像蜜蜂的排衙。

至于那个干瘪脸少年的无聊和恶劣敲诈，更是显出鲁迅式的讽刺笔法：

> 干瘪脸的少年还扭住了眉间尺的衣领，不肯放手，说被他压坏了贵重的丹田，必须保险，倘若不到八十岁便死掉了，就得抵命。闲人们又即刻围上来，呆看着，但谁也不开口。

从文风上看，这样的写法和第一部分有很大的不同，第一部分用的是写实的正剧的笔法，而这里却是夸张的、漫画的、喜剧的笔法。这种笔法的特点，主要是，字里行间充满了显而易见的矛盾、荒谬、不和谐，以冠冕堂皇的语言，表述着极端荒诞的主张。干瘪少年的振振有词中，包含着绝对荒谬的逻辑。其次，语词的运用，古今夹杂，也显然是有意构成不和谐。“压坏了丹田”，尚可称古人的话语，但“保险”，则是当代的事，活不到八十，便死，更是不成话，就是到唐朝，也是人生七十古来稀。鲁迅常常以荒谬的道理来揭露无理的现实，荒谬绝伦，但又振振有词。这在杂文中是反语，而在小说中，作为人物语言，则为讽刺。或者说，在这里，我们感到了鲁迅小说中的杂文风格。这一点在《故事新编》中是屡见不鲜的。这样，我们是不是可以得出一个粗浅的结论，作为小说，本文的语言，有时流露杂文的尖锐讽刺笔法？这种杂文式的讽刺笔法，比第一部分的写实性描绘，最大的不同，就是突出某种荒谬感。荒谬感就是超现实感。从这里，我们感到，鲁迅自如地从写实性向着超越现实性的境界转移，从心理描写向国民性的解剖转化。但是，《铸剑》在《故事新编》中，并不完全是讽刺风格的作品，其基本格调是带着英雄颂歌色彩的。主要人物黑衣人是正面的，是没有讽刺意味的，而是隐含着赞赏的。在这个人物和眉间尺的关系的演进中，我们是不是发现，个中写法，又发生了变化。这种写法是写实的吗？如果是写实的，眉间尺的作为就是不可信的。第一，从优柔寡断到英勇果断，对陌生人的话，一点怀疑都没有，毫无保留地信任，把自己的头削下来，和宝剑一起交给了他；第二，削了自己的头，应该流血啊，应该有血腥的描写啊！一点都没有。这是怎么回事？

如果把鲁迅的《故事新编》和郭沫若的历史小说《秦始皇之死》加以比较，是很有趣的。浪漫主义者郭沫若，在写历史人物时，用的倒是写实的笔法。而鲁迅在这里，用了另一种笔法，这是神话、传说的笔法。神话、传说，是超越现实的。这种写法的准则和写实的和讽喻的笔法，是不一样的。如果拘泥于写实和讽喻，则不可解，不真实。神话、传说的写法，是不讲究现实和真实的，而是遵循超越现实的想象的。当然，想象并不是随意的，并不是任何疯子的呓语都可能成为艺术的。神话性的、传说性的想象，主要不在细节的真实和现实的逻辑性上，而在于精神的逻辑性上，也就是只要能把向暴君的无畏和无私表现出来，就是合乎传说和神话的艺术逻辑的。正是在这种超越现实想象的境界中，鲁迅把这两个为复仇而献身的人，写得非常理想化。但又不是一般的浪漫的乐观，而是写得相当阴冷。眉间尺以为黑衣人是出于对弱者孤儿寡母的“同情”，黑衣人拒绝了“义士”这样的“赞扬”，他的衣着和他的表情都表明外在和内在的气质都是阴鸷的。这样的英雄的内心，并非像通常想象的那样，充满慷慨献身的豪情，相反却是充满了创伤，他说：

我的魂灵上是有这么多的人我所加的伤，我已经憎恶了我自己！

这样的自我剖析，似乎并不完全是古代侠士的，倒是具有现代早期的启蒙主义者的孤独感，带着精神的创伤。这表现了鲁迅对于英雄人物浪漫化、理想化的警惕。这种警惕不但表现在英雄本身，而且表现在英雄与英雄之间，他们之间虽然相互信任，但是相互并不理解。虽然并不理解，然而并不妨碍合作。值得注意的是，鲁迅把这种合作写得令人毛骨悚然。在眉间尺把自己的头削下来，和剑一起交给黑衣人以后，这个黑衣人：

一手接剑，一手捏着头发，提起眉间尺的头来，对着那热的死掉的嘴唇，接吻两次，并且冷冷地尖利地笑。

鲁迅淡化了血腥，可能是为了强化这种精神的孤独，不可能被理解。如果连为他人献出生命这样的壮举，都谈不上“同情”，把同情的观念当成“不干净的”，人与人之间当然也就很难有精神的相通了。孤独感，创伤感，不但弥漫在壮士之间，而且在壮士与环境之间：

笑声即刻散布在杉树林中，深处随着有一群磷火似的眼光闪动，倏忽临近，听到咻咻的饿狼的喘息。第一口撕尽了眉间尺的青衣，第二口便身体全都不见了，血痕也顷刻舔尽，只微微听得咀嚼骨头的声音。

这显然是很残酷的，很惨烈的，显得分外孤独的，但面对这样的惨烈和凶险，义士却丝毫没有孤独之感，相反心情却显得异常的宁静、冷峻：

最先头的一匹大狼就向黑色人扑过来。他用青剑一挥，狼头便坠在地面的青苔上。别的狼们第一口撕尽了它的皮，第二口便身体全都不见了。血痕也顷刻舔尽。只微微听得咀嚼骨头的声音。

义士所处的这个世界，和狼一样都是没有同伴、没有同情的。这使我们想起曾经影响过鲁迅的“安德烈夫式的阴冷”了。这就怪不得黑衣人，要把人与人之间的“同情”当作不干净的“放鬼债的资本”了。但义士仍然是可歌可泣的，因为他明明知道世界上没有人与人之间的同情和理解，仍然为他人的仇怨，奉献出自己的生命。这就是说，不但不需要物质的回报，也不期求精神的回报。用黑衣人的话来说，就是：

我的心里全没有你所谓的那些。我只不过要给你报仇！

这一笔显然是象征，鲁迅也许用来象征看客心态，即使是没有朋友，没有志同道合者，仍然要奋然前行。这可能是《铸剑》中主人公精神底蕴的全部注解，是他付出生命的缘由，从主观一面来说就在这里。但是，这种主观的缘由，是不是任意的呢？也不是。因为，他复仇的对象，是十足的暴君。虽然不曾残害过他，或者他的家人。读者从眉间尺父亲的口中得知，“大王是向来善于猜疑，又极残忍的”。眉间尺的父亲，就是因为拥有盖世绝技才被残害的。小说文本中暴君的行径比比皆是。从客观上来说，复仇精神的无畏，其社会价值，具有反对专制独裁的意蕴。在鲁迅当年，在当时的政治环境下，要从现实中实现复仇，是不可能的。鲁迅之所以对眉间尺的传说产生兴趣，可能就是看中了其中的幻想的复仇，单纯地把这当成侠义小说，可能不太全面，但一味把它当成“革命的复仇的”“历史小说”则显然机械而教条。严家炎先生认为，《铸剑》是一出“荒诞又庄严的复仇正剧”是有一定道理的。既是严肃的，有着鲁迅的人格追求的，又是在荒诞的想象中展开的。其情节和环境都是在荒诞的情境中展开的。最核心的就是：第一，眉间尺的人头削了下来，过了几天，不但没有死亡腐烂，相反仍然按着复仇的逻辑活动。黑衣人把眉间尺的头举着给王看的时候，是这样的：

那头是秀眉长眼，皓齿红唇；脸带笑容；头发蓬松，正如青烟一阵。

第二，三个人削下来的头，就是到了油锅里，还能进行搏斗，还能唱歌。第三，等到王的头“确已断气”，复仇的两个头居然“四目相视，微微一笑，随即合上眼睛，仰面向天，沉到水底去了”。这种复仇的胜利，是荒谬的胜利。正因为荒诞，不是现实的胜利，而是精神的凯旋，只有在幻想的境界才能表现出来中，在现实境界，则是不可能的。正是因为这是虚拟的胜利，人格和信念的胜利，孤独者的胜利，所以只能是在荒诞的境界中呈现。故荒诞的矛头，并不完全是针对暴君，同时也是指向麻木的、愚昧的看客心态的。严家炎先生对此有过精警的分析：经过沸水中的长久撕咬，国王和黑色人、眉间尺的头颅终于尽烂，只剩下三具颅骨和一堆毛发。王后、众妃、武士、老臣、侏儒、太监们为辨寻王头，绞尽了脑汁，仍然徒劳无功……只能将三个头骨和王的身体放在金棺里落葬……暴君终究难逃和英雄一同埋葬的命运。小说的末尾两段以不动声色的语调描述了出殡的场面并暗加嘲讽道：

百姓都跪下去，祭桌便一列一列地在人丛中出现。几个义民很忠愤，咽着泪，怕那两个大逆不道的逆贼的魂灵，此时也和王一同享受祭礼，然而也无法可施。

此后是王后和许多王妃的车。百姓看她们，她们也看百姓，但哭着。此后是大臣、太监、侏儒等辈，都装着哀戚的颜色。只是百姓已经不看他们，连行列也挤得乱七八糟，不成样子了。

严家炎先生说：

> 这个结尾真是鲁迅式的，充满了深长的调侃意味，既是对专制暴君的进一步的鞭笞和嘲弄，同时又包含着对宴之敖者乃至作者自身的清醒的自嘲。残害百姓的专制暴君尽管已经在一场正义的复仇行动中丧命，但百姓们依旧木然地对着暴君的棺木跪拜不已；几个“义民”更是“很忠愤，咽着泪，怕（黑色人、眉间尺）那两个大逆不道的逆贼的魂灵，此时也和王一同享受祭礼”。有了这一笔，读者才能真正懂得鲁迅为什么要说“群众——尤其是中国的——永远的戏剧的看客”。(《娜拉走后怎样》）有了这一笔，读者才能真正理解黑色人为什么不赞成乃至反感于眉间尺称他为“义士”，才能真正理解黑色人何以要冷然、傲然地称“仗义、同情”这些“先前曾经干净过”的东西，“现在都成了放鬼债的资本”。这里划分了站立的人和跪着的奴隶、献媚的奴才的界限。

从严先生的分析中，读者不难看出，作者的文笔，又从荒诞回复到写实和反讽。综观《铸剑》全文，从思想上当然是一种孤独的、大无畏的复仇，但是从艺术上来看，则是多种艺术成分的综合运用。首先是现实主义小说的写实笔法，表现眉间尺从优柔寡断的孩子变成复仇的壮士。其次是杂文笔法，喜剧风格，反讽小人物和官僚的麻木愚昧。再次是，荒诞情节表现出精神力量的博大。从这一点看来，严先生所说“荒谬而严正的复仇正剧”，是很准确的概括。

但是，严先生的分析并未穷尽解读的可能性，毕竟小说中严格的写实手法和传说超现实的写法，并不是没有矛盾的。如果从现实的手法来看，眉间尺一向优柔寡断，经母亲一席话，就使这个连杀一只老鼠都要有所不忍的16岁的孩子，把头割下来，都没有感觉，人物心理发展的统一性，是可以质疑的。特别是，那个黑衣人，为什么要舍己为人，光是从对暴政的仇恨上去看，不过是共性而已，其独特的心理根据毕竟是不够充分的。当然，如果把不和谐和不统一当作小说发展的某种探索，我们可以把它看作是一种“突破”，但是，如果不排除将突破分为成功与失败两种，那么鲁迅的这种突破，是不是一定非常成功，是可以讨论的。也许鲁迅在这样的探索中，把杂文的讽刺性发挥得淋漓尽致，而在小说艺术上，也许像我的老师严家炎先生所说，鲁迅在试图突破现实主义、象征主义的方法，实验一种表现主义的创作方法，也许，这种文体和方法的实验，是鲁迅的一大创新，创造了一种新的文体风格，但是，是不是也带来了一些问题，如鲁迅诚恳地告白过的，有个缺点，“油滑”，太漫画化。为什么《故事新编》，读者接受的程度不如《呐喊》和《彷徨》，和它在艺术上的探索，和《呐喊》跟《彷徨》相比有所逊色，是不是有一定关系呢？是不是在这种第三人称的小说中，主要是正面展开情节，着重写人物本身的感知，离开人物的多元感知错位方法，艺术手段不够用，不得不大量借助于杂文呢？这是值得思考的。

（录音整理：阎孟华　李福建）

冷眼看钱锺书：对浪漫爱情的消解

讲钱锺书，这个名字在青年学子当中可能是耳熟能详了，甚至在整个中国也可说是接近于家喻户晓。但是这个名字在20世纪50年代，我念大学的时候，几乎是没有人知道的，即使是大学中文系学生，知道钱锺书的人也是非常少的。在当时北大中文系1955级，我们班上有100个同学，知道钱锺书的人可能只有一个，这个人就是鄙人。（笑声）为什么呢？在我们学的《中国现代文学史》上，没有钱锺书。当时现代文学史是以鲁、郭、茅、巴、老、曹为纲。鲁，就是鲁迅；郭，就是郭沫若；茅，就是茅盾；巴，就是巴金；老，就是老舍；曹，就是曹禺。在主要作家里，没有钱锺书，其他比较次要的作家里，也没有钱锺书。没有钱锺书，没有张爱玲，连沈从文都没有专门提起。据说，20世纪80年代，诺贝尔文学奖都准备发给沈从文了，可惜的是，等到事情有一点眉目了，沈老却过世了。

一、《围城》被冷落40多年可能的原因

钱锺书什么时候开始咸鱼翻身的呢？在改革开放以后。他为什么咸鱼翻身了呢？被当作出土文物供奉起来了呢？因为有个美国哥伦比亚大学教授，叫夏志清，这个人在1949年前本是北大的助教，他在1948年到美国去留学，在哥伦比亚大学当了教授，在美国汉学方面是很权威的。他写过一本《中国现代小说史》，英文的。那里面把沈从文、张爱玲、钱锺书三个人的地位提得非常高，特别是张爱玲，给她的篇幅比给鲁迅的还多，多了好十几页，鲁迅是27页，张爱玲是43页。给钱锺书的篇幅也是相当得多，评价也很高。当然，夏志清先生当时是有点成见的。尤其是鲁迅，给的篇幅不是很多，挑的毛病却不少。例如，他说，鲁迅的小说，只有在写他的怀乡病（nostalgia）的时候，也就是以鲁镇为背景，写童年

回忆的作品，才是好的，其他都成问题。当然，这个不是今天我要讲的题目。夏志清的这本著作，最初有台湾地区的翻译，译本转到大陆来，引起了注意。到 20 世纪 80 年代中后期，钱锺书的地位提高了，可以说是红起来了。原因倒不是《围城》，而是他的学问，他可是真正的博古通今，学贯中西的大师，被称为“文化昆仑”。他有一本《管锥编》，所引文献就有英文、德文、法文、意大利文……他这么大的学问，当然在中国社会科学界享有崇高的地位，当了中国社会科学院的副院长。他在海外当然也享有盛誉，甚至，他在意大利接受奖项的典礼上，能用意大利文背诵诗歌，意大利人都记不得。另外，他这个人也很有个性，当时美国一所挺著名的大学请他去讲学，给了几十万美元的年薪，这在 20 世纪 80 年代，我们这些当教授的工资才一个月几百块人民币，可是个天文数字。1990 年，我到德国去之前，我从学校拿到的月工资才 380 元。德国教授问起，我都说 3800。这不是说谎吗？没有。我并没有说 3800 元人民币啊，我说的是，3800 角。（大笑声）我们说 3800 元，可以把元省略，难道说 3800 角，就不可以把角省略吗？（大笑声）再说钱锺书，他对这个几十万美元，不屑一顾，拒绝了。为什么？他说，你们美国那个著名大学，那些大学生的水平，就值得我去一下吗？就没有去。

因为夏志清给他的评价很高，慢慢地，《围城》就引起了学界的注意。但老百姓并不知道《围城》，后来知道了，并不是通过小说，通过什么呢？电视剧。大概在 20 世纪 90 年代初，电视剧也叫《围城》。最初，播映没有引起太大注意。为什么呢？在它以前有一个电视剧非常轰动，叫《渴望》。《渴望》，现在看来，水平很差的，但是，非常煽情，赚取了很多市民的眼泪，天真烂漫的老太太啊，未老先衰的家庭妇女啊，都拿着手绢享受流泪的痛快。这样的观众，要理解《围城》这样高度的艺术品，是有点难度的。《围城》里面什么都有，就是没有眼泪啊！（笑声）幸得《围城》的演员，很争气，当时还不是很著名，但演了《围城》，很快成了大明星，葛优、英达、陈道明……大腕儿成堆，电视剧播了一次，观众好像没有反应过来，或者，也许，是不消化吧，又放了一遍，这才轰动起来。不久，阅读钱锺书就形成一种气候，才成为一种品位。原来这么精彩，这么独特，这么有水平。从 20 世纪 90 年代中期到 21 世纪初，《围城》，就走红了，甚至被教育部的《语文课程标准》中列入课外阅读推荐书目。

从钱锺书写出《围城》，到轰动起来，当中隔了多少年？隔了差不多 50 年，它被埋没了 50 年。为什么呢？这是很值得研究的问题。今天我们就来探索一下，其中可能的原因。

首先，最初受到冷落，有政治形势和意识形态的原因。

《围城》出现的时候大概是 1947 年前后，正是解放战争时期。我刚才为什么吹牛说，在北大中文系 1955 级，同年级 100 个同学里只有我一个人知道钱锺书呢？因为我高中的时候，当时在昆山，我在旧书市场上买了一套 20 世纪 40 年代末期出版的文艺刊物，叫《文艺复兴》。这是当时非常著名的文学史家——郑振铎主编的，这个人，后来当了中华人民共和国文化部的副部长。还有一个李健吾，副主编吧，也许是双主编，此人是法国文学学者，很有才气的文学评论家。《围城》就是在《文艺复兴》上连载的，这么一部优秀的小说，可并没有引起注意，特别是在进步文化界，可以说，是毫无反响。为什么呢？ 1942 年，毛泽东发表了《在延安文艺座谈会上的讲话》(以下简称《讲话》) 指出，“既然文艺工作的对象是工农兵及其干部，就发生了一个了解他们熟悉他们的问题。”“我们的文艺工作者一定要完成这个任务，一定要把立足点移过来，一定要在深入工农兵群众、深入实际斗争的过程中，在学习马克思主义和学习社会的过程中，逐渐地移过来，移到工农兵这方面来，移到无产阶级这方面来。”《讲话》在延安《解放日报》公开发表，在国统区广泛传播，在思想上，主要是文艺思想上，形成了一种历史性的转折。这个转折，主要是，文学要为革命斗争服务，就要写革命的主力工农兵，这是一个新的方向。这个方向被周扬具体化为“赵树理的方向”。赵树理的《小二黑结婚》《李家庄的变迁》《李有才板话》那种表现原生态的农民革命斗争的小说，成为新时代的文艺旗帜。在诗歌领域里面就出现了一种新的风潮，写广大农民所喜闻乐见的民歌体，以李季的《王贵与李香香》为代表，里面有一句最著名的：“不是闹革命，穷人翻不了身；不是闹革命，咱俩也结不了婚。”在这种形势推动下，以何其芳先生、刘白羽先生为代表的共产党人士，到国统区宣传延安文艺运动的新方向。国统区的进步文艺界，以郭沫若和茅盾为首，大批进步文化人，包括黄药眠等等，都歌颂延安文艺的新成就，在进步文化界，称赞《讲话》，检讨自己的小资产阶级思想，改造自己的文学趣味就成为一种热潮。当然也有口服心不服的，那就是胡风。胡风也是革命的文化人哪，他是反对蒋介石的统治的啊，国民党也是要迫害他的呀！当国民党当局准备逮捕他时，共产党的地下组织，就通知胡风，胡风溜到香港去。可是，胡风到了香港，“大众文艺丛刊”以邵荃麟、林默涵还有乔冠华为首的共产党人士，还是对他进行了系统的批判，批判他披着“约瑟夫（斯大林）的外衣，反对马克思主义，顽固地坚持小资产阶级的立场”。

在这样的思想气候中，谁还有心思去认真阅读《围城》呀？就是认真阅读了，就是欣赏了，也不一定有信心鼓吹《围城》呀，这不是暴露自己小资产阶级的劣根性嘛。

诸位，以今天的眼光去看这个问题，是说不太清楚的。要说清楚，就不要以今天的眼光看当时，要把自己忘记掉，以当时刚刚经历过抗日战争的文学青年的眼光，设身处地地去看。《围城》写的是抗战期间的事嘛！可是，他写了日本人的凶残了吗？他写到了民族灾难了吗？写到了抗日英雄主义了吗？没有。要知道，这一切是作家的民族大义啊！再说，他写到了工农兵没有呀？没有。他的人物，有革命意识吗？没有。除了沉溺于自己的恋爱中以外，没有别的。他的人物，都属于什么样的阶级啊？说得好听一点，都是小资产阶级。何况，他才第一次写了这么长的小说，在这以前，他所有的短篇小说，一共才四篇，才凑足一个薄得不能再薄的小册子《人兽鬼》；散文，也不多，凑起来，也是一个小册子《写在人生边上》。应该说，初出茅庐，他的《围城》，连载完毕，除了在朋友中间，在圈子内，有些称赞以外，在广大读者中，可以用石沉大海来形容。

二、钱锺书的酷幽默

政治意识形态的原因，好像还不能完全解释《围城》为什么被埋没了 50 年，我想还有其他的原因。

第二个可能的原因，《围城》是一部恋爱小说，从头到尾都在谈恋爱。但它的恋爱写得非常奇怪，所有的恋爱都是没有恋情的，甚至是无情的。这一点，太怪异了，也许是太超前了，很难得到当时文学青年的充分理解。就以我为例，在 1952 年的秋天，高中二年级，我对文学爱好得如痴如醉，在《上海青年报》上发表过诗歌和散文，在学校里，也算是个小小的才子了。我这样一个小小的文学迷，读钱锺书的《围城》，读不懂，但还是捧着读个没完。我有一个朋友，从上海来，见我拿着这样的作品，就说："你怎么还在念这种东西？"但是我还是念，今天回忆起来，什么都忘记了，留在印象中的，就是有一首诗，其中有一句，把月亮比喻为"孕妇的肚子"。

我什么地方读不懂？他那些个恋爱我读不懂。为什么不懂？因为我所欣赏的文学作品中，恋爱是很激动人心的，很有社会进步意义的，带着这样的预期，去读钱锺书的那些恋爱，没有激动人心的激情，又没有社会进步意义，那它的意义何在呢？我找不出来。我想当时有水平的年轻人读到这个小说，狂妄一点的，就想批判他，像我这样的，就只能是惶惑。

除了这些时代的因素以外，我想还有一个原因，当然，也是可能的原因。就是钱锺书自己的问题了。作品要有影响，一定要得到文学评论家的关注，不管他是批判你还是鼓吹你，都会引起社会大众的兴趣。钱锺书的《围城》出来以后，一直到改革开放以后，我已经是 50 多岁了，胡子已经开始无情地由黑变灰了，在德国特里尔大学的图书馆里，才看到英文本的夏志清的《中国现代小说史》，才发现对他有如此高的评价。在这以前，我居然没有看到任何一篇对钱锺书的《围城》的评价文章。这是为什么？除了前面已经说的，我想还有一点与钱锺书自身有关系。他这个人有个毛病，瞧不起文学评论家，极端藐视。在他看来，文学评论家都是没出息的，这些人为什么要干文学评论呢？因为他什么都干不成。他在《谈教训》里这样讲这帮子人：

人生之桥，已像但丁走了一半，然而“神曲倒无从下笔；谈恋爱，参加抗战，似乎年纪太大；吃素奉佛”，似乎年纪还嫌轻；要创作似乎才尽，要研究恨欠缺训练——到此时，他不写说教式的文章，你还教他干点什么？

当然，这里说的是“说教”式的文章，但是，在钱锺书的眼光中，有多少文学评论不是空洞的说教呢？最过分的是，还不仅说你这个家伙没出息，而且把你和性无能类比：“像皇宫里的太监，身边都是女人，机会很多，惜无能力。”你说这样的钱锺书，是不是太刻毒了？把话说得这么冷酷，这么尖刻，这么刻毒！怪不得批评家不理他，就是我，早出世十多年的话，我也不理他。

我的题目是钱锺书的幽默，为什么在进入正题之前，讲了这么多“刻毒”“刻薄”“尖刻”之类的？这不是一般的开场白，而是因为和他的幽默有关。他的幽默就是比较尖刻、比较刻薄，甚至是比较刻毒的那一类，这是带着尖锐讽刺性的幽默的特点。

钱锺书在英国留过学，他身上有种英国绅士气质，有欧洲幽默的特点。我们在《围城》中可以看到一些端倪，如写到方鸿渐的同事，无聊的陆子潇的外貌：

鼻子短而阔，仿佛原有笔直下来的趋势，给人迎鼻孔打了一拳，阻止前进，这鼻子后退不迭，向两旁横溢。

这种鼻子和脸部的因果关系令人想起狄更斯描写的一个女士眉毛和胡子的关系：

她是一个晦气样子的女人，像她弟弟一样黑，她在面貌上声音上都非常像他。她生有特别浓的眼眉，几乎在她那大鼻子上连起来，似乎因为生错了性别，不能长胡子，她才能用眼眉来补偿似的。

但是，钱锺书有一种英国式的幽默，却没有英国式的温和。他的拿手好戏是反讽的叙述和描写，主要是逻辑上的歪曲，歪理歪推，歪打正着。

侯营长有个橘皮大鼻子，鼻子上附带一张脸，脸上应有尽有，并未给鼻子挤去眉眼，鼻尖生几个酒刺，像未熟的草莓，高声说笑，一望而知是位豪杰。

这里的幽默主要来自歪曲的逻辑，脸与鼻子的关系，“附带”一词妙在夸张了鼻子大到扭曲了主脸（整体）和鼻子（局部）的包含关系，从这样一张不和谐的脸上，如何能够看出“是位豪杰”。无充足理由却坚定的武断，恰恰表现了对此人物的藐视。

这种幽默又不完全是英国式的。英国幽默是绅士的，非常宽容，温情脉脉，以对弱者的同情为荣，把错误都看得很可爱，有一种悲天悯人的高度，跟读者拉近心理距离，不觉得自己有什么了不起，自我贬低、自我调侃是最常用的手段。把幽默作为心灵沟通、缓解紧张情绪的手段。就是攻击性的，也能使对方在心领神会中会心而笑。而钱锺书的幽默不是温情脉脉的，他的幽默是严峻的，甚至是冷峻的。他的幽默语言，是带着刺的，辣椒水磨刀，是进攻性的，而不是缓解性的。他的幽默的笑，不是心照不宣的会心的微笑，是欣然独笑，洞察一切的笑，有一点冷酷，或者用今天流行话语来说，特别“酷”。所以我杜撰了一个名词，给他一顶帽子“酷幽默”。我十年前曾经在香港《文汇报》上写过一篇文章，讲到了钱锺书的幽默有一种“刺刀见红”的特点，从中可以见到中年钱锺书的愤世嫉俗，“豪气”和“傲气”。文以气为主，他的这种气来自于他对人世的“愤激”，我的论断是“他的幽默是一种硬幽默”，其硬度来自他的藐视众生。比如，他批评文学评论家爱在文章中教训人。如果是让梁实秋、林语堂来写，大不了就是悲天悯人，轻松调侃。但是钱锺书却多方面挖苦。首先对他们做了比附，和借债不还的人相提并论：

有一种人的理财学不过是借债不还，所以有一种人的道学，只是教训旁人，并非自己有什么道德。

这个结论得来非常干脆。但是，所有的推理方法却是不能用来充分论证的类比推理。结论的振振有词和论证的软弱之意形成反差，暗示了智性和调侃的张力。经过一番曲折的歪理歪推之后，他把这一点发挥到一个无以复加的极端上去：

老实说，假道学比真道学更为难能可贵。自己有了道德而来教训他人，那有什么稀奇；没有道德而也能以道德教人，这才见得本领。有学问能教书，不过见得有学问；没有学问而偏能教书，好比无本钱的生意，那就是艺术了。并且真道学家来提倡道德，只像店家替自己存货登广告，不免自夸之识；唯有绝无道德的人来讲道学，方见得大公无我，乐道人善，愈证明道德的伟大。

这里，把他的同辈人，说得很惨，一没有学问，二没有道德，偏偏又在讲学问，又在讲道德。他所用的方法，又不是直接道白，而是在概念上用反语，在逻辑上用歪理歪推，把反语说得振振有词，歪理歪推，又把话说得似乎是左右逢源，几乎在每一曲折中，每一过渡中，都闪耀着机智，把锋芒隐藏在幽默的歪理之中，可以用两面三刀来形容。《围城》第二章，写方回到家乡：

回来所碰见的还是四年前的那些人，那些人还是做四年前所做的事，说四年前所说的话。甚至认识的人里一个也没有死掉。

拿这一段和鲁迅在《祝福》里写“我”回到家乡见到四叔：

一见面是寒暄，寒暄之后说我胖了，说我胖之后，便大骂其新党。

两者比较不难看出，钱锺书有时比鲁迅更为刻毒，鲁迅不过说这个老道学愚昧落伍，所骂的“新党”还是康有为，而此时康有为已经是“保皇派”了；而钱锺书却说家乡人陈旧得这样，本来早该死了，却一个没死！或者是更为愤世嫉俗。他的愤世，往往用反语，反讽，反话正说，歪理歪推，显示出奇趣，充分显示出钱锺书幽默的讽刺的进攻性和尖锐性，钱锺书在《围城》里反复说方鸿渐说话“损”，可能是夫子自道。

作家和评论家，向来有矛盾。有作家说，评论家就是寄生虫，是寄生在作家身上的虱子，是吸作家的血长大的，这是很刻薄的。有人就去问俄国作家契诃夫：“人家说批评家是寄生在作家身上的虱子，你怎么看？”安·契诃夫就回答，他说作家是一匹马，批评家是一群牛虻，马在辛勤地耕田，牛虻就专门去叮它的屁股，以至于马不得不停下来用马尾巴把它们赶走。这里当然有对批评家的讽刺，但是不像钱锺书那样居高临下，说批评家是太监。钱氏把自己看得比批评家高，而契诃夫则并不把自己放在批评家头顶上，批评家是捣乱的牛虻，但是作家也不过是一匹马而已，作家也很苦恼啊！这样对批评家的贬抑就淡化了，这样的幽默就有了一种绅士式的文雅。关键在于，他贬低自己，这在幽默术中叫作“自我调侃”。

钱锺书所批评的对象大都是知识分子，特别是留洋的知识分子，舞文弄墨的知识分子，他非常藐视，非常不屑，极尽挖苦之能事。就连一些在朋友过世之后，写悼念文章的，也被讽刺。在《读伊索寓言》中，他这样说：

> 一到冬天，蚂蚁把在冬天的米粒出晒；促织饿得半死，向蚂蚁借粮，蚂蚁说：“在夏天唱歌作乐的是你，到现在挨饿，活该！”

接着他引柏拉图的文章，说，蟋蟀进化变成了诗人。

> 照此推论，坐看着诗人穷饿、不肯借钱的人，前身无疑是蚂蚁了。促织饿死了，本身就做蚂蚁的粮食；同样，生前养不活自己的大作家，到了死后偏有一大批人靠他生活，譬如，写回忆怀念文字的亲戚和朋友，写研究论文的批评家和学者。

这样就太酷了，太刻薄了，树敌也太多了。首先，打击面很大，把所有写悼念文章的人，开追悼会的人，一网打尽。其次，对所有悼念者的动机，一律以最大的恶意来推测。就连我这样做讲座的，也有一点胆寒，扪心自问，是不是借钱锺书先生的大名来混饭吃呢？这样的自问，也许有利于提高为文者的道德水准，但是，反过来看，钱锺书的幽默是不是也拒评论家于千里之外呢？

钱先生很幽默，偏偏先生对于提倡幽默的人不屑一顾。幽默本来是与笑联系在一起的，但是，他在《说笑》中这样说，“一般人并非因为幽默而笑”，而是“借笑来掩饰他们的没有幽默”。“于是你看见傻子的呆笑，瞎子的趁淘笑——还有风行一时的幽默文学”，“小花脸”“下等游艺场里的滑稽大会串”。（笑声）啊，你们都笑了，你们好大的胆呀！钱锺书刚刚讲了傻子的笑，瞎子的笑，小花脸的笑，你还敢笑！还觉得自己怪可爱的呢！（笑声）

可是值得研究的是，他理想的笑，是个什么样子呢？“一个真有幽默的人别有会心，欣然独笑，冷然微笑”，他的笑是，第一，一个人独享的，其他人，是没有智商来共享的，大家一起笑，是低级的，“下等游艺场里的滑稽大会串”；第二，他的笑是“冷笑”，不是温情的、热情的，为什么“冷”？因为，他看穿了身边人的笑，是“下等”的，只是低品位的“滑稽”而已，他的笑，是一种酷酷的笑。他当年30多岁，很帅，但不是帅哥，而是一个酷哥，高不可攀。总的说来，他冷然独笑，笑的是一些幽默冒牌货。

他的冷峻，令人想起鲁迅的“冷”，但是，鲁迅的“冷”，往往和其相反的“暖”结合在一起，分明的爱憎，热烈的是非，哀其不幸，怒其不争，除了得势的、假道学的、不学无术的知识分子如高老夫子，是可恶的以外，失势的知识分子，不但魏连殳、吕纬甫，都有可爱的可同情的一面，就是落魄如孔乙己当了小偷，也有可爱可同情的一面，鲁迅也不忽略他善良的心灵。至于阿长那样不称职的保姆，夜间睡觉，在床上摆满一个“大”字的人物，也还有可爱的一面，可歌颂的方面。

在钱锺书先生笔端，温情和温暖是很少的。

我们可以把幽默分成两类，一种是非常温和的幽默，我们叫它软幽默，互相沟通心灵的，缓解对立情绪的，相视而笑，默会于心。这种幽默是心灵的解毒剂，是情感交流的桥梁。另外一种就是硬幽默，也就是讽刺性很强的，带有明确的进攻性，或者叫作讽刺性，不是平等地交流，不是默会于心，而是众人皆醉吾独醒，居高临下，一人欣然、冷然独笑，冷眼看世俗之人傻笑和瞎笑。钱锺书显然属于后者，而梁实秋、林语堂则属于前者。

梁实秋和林语堂都有自我调侃，把自己写得很愚蠢，很弱智，很狼狈，显示平凡的、坦然的心态。而钱锺书笔下，没有什么可爱的人物，尤其是知识分子和文化人，几乎都是虚伪的、低能的，文化修养越高，越是绣花枕头，表面上虚张声势，内心里空虚猥琐。就是写恋爱，他也不像巴金那样投入，而是冷眼旁观的。他在《围城》中说过，拍马屁和恋爱一样是容不得第三者冷眼旁观的，而在《围城》里，他的叙述语言，他的眼光就是第三者（局外人）的眼光。他说的是恋爱故事，却没有一点热情的语言，他以第三人称叙述过，方鸿渐说话时，鼻孔里有冷气，实际是，钱锺书的叙述语言，就有冷气。他借人物的嘴，说方鸿渐的话有时很“损”，其实他的叙述语言就很“损”。他的幽默感中，隐藏着某种优越感，高傲，不急于为人理解，可又期待：“也许要在几百年后、几万里外，才有另一个人和他隔着时间空间河岸，莫逆于心，相视而笑。”这正是说中了《围城》命运，在新文学史上被冷落了四五十年，到了今天，才肯定了其不朽的价值。

也许，他这样有意偏颇，不过是为了把对于文学评论中，高调、套话、空话的反感说得有理趣一点，其中含着对真正的、高品位的文学评论的期盼。这就启示我们，在评论钱锺书的时候，如果没有真知灼见，如果大而化之，说些空话、套话，钱先生在天有灵，是要皱眉头，塞耳朵，要冷笑的。

三、没有爱情的恋爱

他这么居高临下，似乎看穿人世的一切面具，在他眼中，芸芸众生，都很可怜，可悲。我们还是深入到他的文本中来看看庐山的真面目吧。

他写了一连串的恋爱，忙忙碌碌，叽叽喳喳，哭哭啼啼，实际上是不是有真正的恋爱呢？按照学术研究的通行方法，先把它还原到具体的历史语境中去。

恋爱在中国现代文学史上，是一个核心母题，从五四时代开始，就与人格独立、个性解放、社会进步联系在一起，自由恋爱是受到歌颂的。鲁迅的《伤逝》，涓生和子君的爱情是强烈到不要命的，但是社会压迫造成两个人的悲剧。在巴金的《家》中，觉慧和鸣凤的感情是美好的，但是高老太爷要把鸣凤嫁给一个老头子，当鸣凤和觉慧不能沟通时，鸣凤就为爱情自杀了。把感情看得比生命还重要，这就是浪漫。郭沫若的恋爱就浪漫得不能再浪漫了，在《女神》的前言中，他宣告，永恒的女性引导我们前进。《再别康桥》中，就是对爱情的秘密的、悄悄的、偷偷的回忆都成了经典。曹禺的《雷雨》里面的蘩漪、周萍、四凤和周冲等等，感情纠缠得不可开交，弄得都活不下去。茅盾的恋爱小说里面还夹杂着革命，后来产生了一个公式叫作"革命加恋爱"。

爱情是浪漫的、美好的、充满诗意的，环境是丑恶的，反抗社会环境，是美丽的。在《边城》中，为成全他人的爱情而牺牲是纯洁高尚的。就是在老舍的《骆驼祥子》中，极丑的虎妞伪装大肚子，赖上祥子，也还有些许的浪漫。小福子，因为穷困和祥子浪漫不起来。月牙儿，浪漫不到底，是因为，社会的罪恶，把人逼得丑恶了。男女主人公之间的冲突，走向悲剧结局，大都由于社会黑暗，甚至是因为与革命的冲突，到了萧军的《八月的乡村》仍然一以贯之。萧队长和安娜之间的爱情是被革命的纪律"咬伤"的。

《围城》里的恋爱，却反其道而行之。恋爱与社会、与时代的关系，是不重要的，就是在抗战期间，国难当头之时，爱情与国难关系仍然是游离的。虽然也写到了抗日战争中的长沙大火，可是这么大的历史事件，对主人公的命运，仍然没有多大影响，作者只是一笔带过。这就表现出了，钱锺书先生的小说美学原则，和巴金、鲁迅、郭沫若、曹禺、老舍、茅盾相比是根本不同的，完全是另外一种人生价值。如果后者的小说美学，是把恋爱的价值与社会人生结合在一起的，恋爱的产生、发展和结局，都是由社会环境决定的，恋爱的价值是要从社会环境中去寻求的。而在钱锺书这里，则是由人自己来决定的。他在《围城·序》中说：

我没忘记他们是人类，只是人类，具有无毛两足动物的基本根性。

把人当作“无毛的两足动物”，就意味着，不把人当作“社会关系的总和”，不从社会环境中去寻找心灵的根源，而是从人心灵本体去挖掘。这样就无怪乎他总是用非常严厉的、挑剔的眼光看恋爱过程中的心灵本身的变幻。在他眼中，这些无毛两足动物的恋爱，并不是像巴金、沈从文笔下的那样神圣，富有诗意，悲剧的根源也不像鲁迅、曹禺笔下那样因为社会经济生活，而是由本身的“根性”决定的。鲁迅把他笔下人物的精神的奴役的创伤，看成是中国人的劣根性，但还有中国受屈辱的历史根源，而且不过是一个民族的毛病而已。而钱锺书却把恋爱现象看成是人类本身的根性，或者是根本变异造成的，是全人类都普遍具有的一类精神现象。故即使写到抗战，写到抗战与政治形势，写到太平洋战争爆发之前，欧美对日本的纵容和对中国的打压，即使改变了主人公的游动方向，也没有对主人公的情感发生冲击，改变主人公的情感状态。在情感状态与抗战无关这一点上，他好像是为当年梁实秋的“与抗战无关论”[①]提供了一个样本。梁实秋因而遭到围攻，甚至弄到毛泽东在《在延安文艺座谈会上的讲话》中点名，后来还不欢迎他到延安去访问。钱锺书在思想上和梁实秋是异曲同工的。其实，钱锺书在某种意义上，走得比梁实秋更远。他不但是与抗战无关，就是与抗战有关的题材，他也没巴金、茅盾、老舍他们那样的民族情绪。他早期的短篇小说《纪念》可能是在《围城》之前，写得最为成熟的。从沿海地区逃难到了山城的女士曼倩，由于无聊，和丈夫的表弟，一个空军教练员发生了关系。关系的性质并不因为空军教练后来在敌机交战时，以身殉国而带上了英雄的浪漫色彩，相反，这个烈士，不过是一个花花公子。他和曼倩的关系，不过是出于男性的“虚荣心”，“完成征服”女人的“义务”。即使达到肉欲的目的，双方都有一种“空虚感”，弄不清“这是成功，还是进一步的失败”。曼倩不过是把“鼓励人家来爱慕自己”当作“最有趣的消遣”，得到教练牺牲的消息以后，她的感觉是，“领略到一种被释放的舒适”，像剪下的指甲一样，和自己无关。甚至丈夫提出以后生孩子，要以表弟的名字为孩子命名表示纪念，女主人公居然冷漠到加以拒绝。

你们可以设想，要是让巴金或者茅盾，甚至让孙犁写起来，这个为国牺牲的英雄，特

---

① 梁实秋在重庆主持《中央日报·平明副刊》期间，在副刊上写了一篇编者按：“现在抗战高于一切，所以有人一下笔就忘不了抗战。我的意见稍为不同。与抗战有关的材料，我们最为欢迎，但是与抗战无关的材料，只要真实流畅，也是好的，不必勉强把抗战截搭上去。至于空洞的‘抗战八股’，那是对谁都没有益处的。”小小的编者按引发一场大围剿。当然梁实秋的文章不合时宜，但围剿者，也过分意气用事。

别是空军英雄，精神会这样空虚吗？会这样没有英雄的光彩吗？从这里，你们可以看到钱锺书先生的眼睛有多冷，有多酷。张爱玲笔下的恋爱虽然是脱离了政治的，但她还是会有一点社会的关联在里面。她有个小说叫作《倾城之恋》，开始的时候两个人都是逢场作戏，玩的都是感情游戏。后来日本进攻了，香港沦陷了，在灾难中，两个人却弄假成真了，开始了真正的恋爱。张爱玲的感情游戏有一个限度，不管多么无聊的感情游戏，也终止于民族遭难压顶之时。但是钱锺书不同，哪怕是在国难当头，还是假凤虚凰，还是没有爱情的爱情。在《围城》中，恋爱不成功，导致悲剧，并没有社会环境的压迫，也没有坏人干扰，结局都是自己搞的。为什么呢？这里有钱锺书的指导思想。他可能是觉得，要把人性本身表现出来，把人的“根性”挖掘出来，就要把政治环境、社会环境等，通通淡化。恋爱不成功，不能归咎于社会环境。什么叫“倾城之恋”？就是城倒下去以后，人的感情变成了真的，张爱玲相信了，钱锺书还是不相信。

这多少让人们对钱锺书既感到尊敬又有些胆寒，那令人胆寒的幽默啊！

在钱锺书的作品深处，深深地埋藏着一双冷眼，从这双冷眼中看出来的“根性”，既无道德上的善良，也无情感上的诗意，但是，也不是大奸，如堕落为汉奸，也不是大恶，如道德堕落，他要表现的就是感情空洞，可笑，可悲。他的批判刀刃好像是专对着文人的这种精神状态的，他最热衷于把同辈竭力掩藏的庸俗和虚荣，用“辣椒水磨刀”样语言去解剖。越是把近在眼前的文人加以挖苦，他越是享受到揭露无遗的乐趣。越是靠近他的人物，他批判锋芒就越是尖锐，他的幽默感就越有进攻性，他的笔力也就越是潇洒自如。

四、连偷情也是无情的

但是光是这样，我们还是不能真正理解《围城》幽默艺术的真谛，问题的关键在哪里？我们在他的散文中，获得了一点信息。钱锺书不仅仅是对文人冷眼旁观，而且对现代文学的水准也不大瞧得上眼。在《灵感》中，讽刺作家缺乏起码的才华，借一个女主人公的幽灵向作者“要命”：“我们向你来要命，你在书里写得我们又呆又死，生气全无；一言一动，都像傀儡，算不得活泼泼的人物。你写了我们，没给我们生命，所以你该偿命。”为什么没有生命呢？

一个面目模糊的女人抢先说：“你记得我么？只有我的打扮，也许还有多少表示我是你书里什么样的角色。你要写我是个狠心美貌的女人，颠倒，毁灭了不知多少有志的青年，可是你笔下写出来的是什么？既不是像人的女人，又不是像女人的人，没有可能的性格，留不下清晰的相貌。譬如你说我有‘水淋淋的眼睛’，又说我有‘锐利得能透视灵魂的目光’，吓！真亏你想得出！又滴水，又尖利，我的眼睛又不是融雪天屋檐上的冰楞！你描写我讲话‘干脆’，你听我的嗓子是不是干得要裂，脆得要破？你耽误了我的一生，现在要怎么办哪？”

钱锺书在这里指出了按流行的女性形象的套路，所写出来的人物肯定是没有生命的，“既不是像人的女人，又不是像女人的人”，既不像女人，又不像人，“狠心美貌的女人，颠倒，毁灭了不知多少有志的青年”。颠倒、毁灭，前提当然是女性的美艳，狠心，是无情。其实，从根本上说，这就是男性的无能和软弱心态的反射，并不是女性本身的心路历程，并没有女性自身的性格逻辑。从艺术上，又属于俗套的戏剧化。再加上“水淋淋的眼睛”，正是“五四”新文学作品中，比较常见的陈词滥调。而“锐利得能透视灵魂的目光”，也还是从女性的外貌上着眼。要怎么才能赋予女性人物以生命呢？不能从概念到概念地回答，只能从他的作品中去寻找答案。具体来说，像《纪念》那样的作品，女主人公性格在逻辑上是独特的，第一，偷情而无情；第二，又花了很多心思，投入感情游戏；第三，情人牺牲了，不但没有留下任何痛苦，而且感到“领略到一种被释放的舒适”，“像剪下的指甲一样，和自己无关”。游戏得那么认真，情人死了，游戏不能不停止了，却没有一点失落，没有一点痛苦。和这样的性格逻辑相比，“颠倒、毁灭了不知多少有志的青年”，“水淋淋的眼睛”，“锐利得能透视灵魂的目光”，就显得俗套，也就是没有生命了。在《纪念》中，偷情不但没有不可克制的感情，而且也没有肉欲。即使达到肉欲的目的，双方都有一种“空虚感”，弄不清“这是成功，还是进一步的失败”。钱锺书力图要让读者相信的是，这些无毛的两足动物，其根性决定了他们，就是偷情也是无情的。这是不是偶然的、个别的现象呢？好像不是。

钱锺书在写长篇小说《围城》以前，写过四个短篇小说，大多不甚成功，主要原因是，散文式议论冲击了小说的人物刻画，而到了《纪念》可以说是比较成熟了。不但在思想上为《围城》做了准备，而且在艺术上，在语言上，都做了准备。这种准备主要表现为：第一，爱情的悲喜剧，是人性本身的弱点，不能推到社会原因上去；第二，从喜剧性的、冷眼旁观的视角，和抒情的浪漫拉开距离，以调侃和讽刺的风格，夹叙夹议，也就是冷幽默的角度，展开故事和场景。为什么叫作“酷幽默”？因为幽默本来是温暖的，冷酷，就是不露声色，幽默，冷峻的幽默，他显然有一点野心，有意要开拓出一种新的艺术风格，以一种幽默的话语，冷峻的风格，揭露包装得很文明的情感游戏。

在《围城》的开头，就出现了一次偷情。在轮船上，欧美留学生回国。主人公方鸿渐和鲍小姐发生了一夜情，有没有感情？没有。鲍小姐非常放荡，到了上海，有钱的男朋友来接她，就头也不回地走了，一点感觉都没有。作者显然有意留给你一个印象，一夜情，根本没有情。

到了小说中段，又有一个偷情的小插曲。方鸿渐他们从上海去湖南途中遇到了一个寡妇，带着一个小仆人，非常年轻，是个很帅气的小伙子。实际上两个人是同居的关系，两人有时会吵架，不太严重。俗话说，打是亲，骂是爱嘛！方鸿渐他们同行的有个叫李梅亭的人，也是一个知识分子，倒卖西药。这个人有点好色，免不了和小寡妇眉来眼去的，惹得那个小伙子吃醋，就把行李扔到了寡妇的脸上去。寡妇就骂小伙子，小伙子转身骂李梅亭，赵辛楣帮着李梅亭骂小伙子，正在不可开交的时候，那个寡妇反过来站到小伙子一边去骂赵辛楣和李梅亭。这是一个喜剧的环形结构。外人是帮寡妇的，结果寡妇却反过来骂帮忙的。《围城》里面不但恋爱是不浪漫的，是很煞风景的，就连偷情也一样，也是荒唐的、可笑的。

正是在这样的喜剧性，在这样的环形结构中，我们看到了女人的喜剧性的生命，而不是“水淋淋的大眼睛”，或者“颠倒、毁灭”了有为青年的俗套。

五、反浪漫的爱情

偷情是游戏，那么正正规规的恋爱，有没有感情呢？也没有。苏文纨倒是热切地想和方鸿渐结成秦晋之好，但并不是因为有感情，而是婚姻的考虑，因为地位、身家相当，但方鸿渐没有感觉。他钟情于非常纯洁的唐小姐。这样的三角恋爱的线索似乎有些俗套，但是，情节却没有按三角方向发展。作者不过有意在这没有爱情的灰色世界里，安排一点鲜艳的亮色。在《围城》里，一系列恋爱，几乎都是无聊无谓的，毫无“五四”新文学常有的诗意和浪漫，唯一的例外，具有一种浪漫色彩，而且有点诗意人物的是唐晓芙。她是天真的，纯洁的，任性的，关键是她相信“爱是又曲折又伟大的感情”，方鸿渐也是认真动了真情的。两个人爱得热火朝天。但是钱锺书是很酷的，他安排唐晓芙，并不是要她发出永恒的浪漫的光辉，而是让她昙花一现。一发生误会，关于假文凭的误会，唐晓芙就匆匆忙忙地消失了。像跑龙套人物似的，一去不复返。这明明是作者有意的“扼杀”，并不是必然的发展。谈恋爱有误会，不是家常便饭吗？误会才一次，不要紧嘛，可以解释嘛。哪怕求饶磕头也是可以的嘛！（众大笑）是不是？记住我今天的话，将来会有用的哦！（大笑声）但是钱锺书害怕，让他们好上了，那就成了浪漫。在恋爱小说中，把这么美丽的、纯洁的女孩子，对许多男性读者绝对有诱惑力的角色，毫不心慈手软，让她像流星一样一去不复返。我对钱锺书这种反浪漫的铁腕，艺术家的魄力无条件地佩服，五体投地。（掌声）而那个苏文纨却在后来出现了，又和方鸿渐谈天说地了，双方对唐晓芙，提都没有提起。我问你们一个问题：这是方鸿渐狠心无情，还是钱锺书狠心无情？

（学生甲：这是流浪汉小说的结构决定的。）

你这个同学水平很高，西欧的流浪汉小说，人物随着流浪汉地域的转移而消失。但是，用这个理论解释不全面，因为，苏文纨不是后来又出现了吗？

（众答：方鸿渐狠心，无情。）

哦，你们让我很失望。

（众答：那么是钱锺书狠心。）

特别是后来，方鸿渐和孙小姐的感情出现危机，吵架顶嘴不断，钱锺书还是不让方鸿渐碰到唐晓芙，甚至连想都不让他想起她。钱锺书的狠心是狠得很有水平的。

方鸿渐是不是无情呢？他失恋以后，很痛苦啊！反反复复，刻骨铭心。还有一些抒情的浪漫的语言："昨天囫囵吞地忍受的整块痛苦，当时没工夫辨别滋味，现在，牛反刍似的，零星断续，强嚼出深深没底的回味。"但是，就是在这样有点浪漫的痛苦中，钱锺书还是用尖刻幽默把它消解了。说失恋者心上的创口，可以像叫花子的烂腿，血淋淋地公开展览，博人怜悯，或者事过境迁，像战士的金创旧斑，脱衣指示，使人敬佩。杨绛在《记钱锺书与〈围城〉》中说：

唐晓芙显然是作者偏爱的人物，不愿意把她嫁给方鸿渐。其实，作者如果让他成为眷属，由眷属再吵架闹翻，那么结婚如身陷围城的意义就阐发得更透彻了。

从这里，我们可以看到作者从根本上就逃避任何浪漫的爱情。也许，钱锺书可能不大会写浪漫纯情，或者他觉得浪漫纯情的女性，已经给现代文学糟蹋得太多，再让他写，就浪费他的才气，吃力不讨好。但是那么真挚的爱，总不能一点浪漫都没有啊！过了许多时候，在江西鹰潭，方鸿渐突然想起唐小姐，还"心像火焰的舌头突跳而起"。这有一点浪漫，是不是？钱锺书毕竟是钱锺书，他以他的狠心的幽默，快刀斩乱麻，把浪漫的痛苦消解了。关于想念情人，有这样的语言：

我们一天要想到不知多少人，亲戚、朋友、仇人，以及不相干的见过面的人。真正想一个人，记挂着他，希望跟他接近，这少得很。人事太忙了，不许我们全神贯注，无间断地怀念一个人。我们一生对于最亲爱的人的想念，加起来恐怕不到一点钟，此外不过是念头在他身上瞥到，想到而已。

到下一页，则干脆说：

情敌的彼此想念，比情人的彼此想念还要多。

这就是钱锺书式的幽默的冷峻特色了。钱锺书先生在语言上反浪漫，主要是以反讽代替抒情的诗意。对他唯一偏爱的唐晓芙，就是在诗意的抒情的描写中也结合着反讽的成分：

> 唐小姐妩媚端正的圆脸，有两个浅酒窝。天生着一般女人要花钱费时、调脂和粉来仿造的好脸色，新鲜得使人见了忘掉口渴而又觉嘴馋，仿佛是好水果。她眼睛并不顶大，可是灵活温柔，反衬得许多女人的大眼睛只像政治家讲的大话，大而无当。古典学者看她说笑时露出的好牙齿，会诧异为什么古今中外诗人，都甘心变成女人头插的钗，腰束的带，身体睡的席，甚至脚下践踏的鞋，可是从没想到化作她的牙刷。她头发没烫，眉毛不镊，口红也没有擦，似乎安心遵守天生的限制，不要弥补造化的缺陷。总而言之，唐小姐是摩登文明社会里那桩罕物——一个真正的女孩子。有许多都市女孩子已经是装模作样的早熟女人，算不得孩子；有许多女孩子只是混沌痴顽的无性别孩子，还说不上女人。

就是对这样唯一浪漫纯情的女郎，钱锺书也避免诗意充斥，融入了智性幽默和调侃，当然，这里的特点，不是在调侃唐小姐本人，而是叙述语言的一种趣味。这种旁涉性的调侃和其他任何人的描述都是不一样的。这里，没有严峻的讽刺，没有冷眼的挑剔。这里有一个很有趣的问题，假如，方鸿渐日后，特别是在婚姻挫败的时刻，和唐晓芙重逢，他的感觉是什么样的呢？如果让你们来写，你们的选择是什么呢？误会能够消除，会浪漫起来，很怀恋往日吗？

（学生甲：误会消除是肯定的，很怀恋往日，互相尊重，遥相致意。）

（学生乙：如果唐晓芙生活得不如意，这是破镜重圆的机遇嘛！笑声、鼓掌声、欢呼声）

你们知道，你们的回答给我的感觉是什么吗？

（学生丙：不知道，您总是喜欢神秘莫测，故弄玄虚。）

我此刻的感觉，是我和自尊心遭到严重挫伤。我讲到现在，反反复复地说，钱锺书和巴金不同，他反浪漫，他没有巴金那么善良，可是你们的答案，却让我觉得，他很浪漫，对一切人物，只有一副好心眼，愿天下有情人终成眷属。这太陈词滥调了。这说明我今天的演说到现在为止，还是失败的。

（众笑声：不要吓唬我们啦，没有那么严重啦。）

你们说对了，我有意吓唬吓唬你们，给你们留下强烈的印象。按钱锺书的追求，人与人之间，是很难沟通的。让我们再来体悟一下，杨绛女士的话："其实，作者如果让他们成为眷属，由眷属再吵架闹翻，那么结婚如身陷围城的意义就阐发得更透彻了。"她是说，就是成为眷属也免不了吵翻。这个问题，不能单单从唐晓芙方面来看，还要结合一下苏文纨，二者统一起来看。

钱锺书为什么让苏文纨莫名其妙地嫁给了曹元朗？这个曹元朗，不过是个用典故来拼盘的所谓诗人，是个装腔作势的假诗人，用方鸿渐的话来说，欣赏他的诗的人不是“大笨蛋”，就是“撒谎精”。不论从哪一方面都赶不上也在追求她的赵辛楣。杨绛女士解释说：

> 方鸿渐失恋以后，说赵辛楣如果娶了苏小姐也不过尔尔，又说结婚后会发现娶的总不是意中人。

“婚后会发现娶的总不是意中人”，在《围城》中适合一切人。其实不结婚也一样，分开了以后，让方鸿渐发现唐晓芙变成另外一个人，变成不浪漫的人，这才更符合钱锺书的反浪漫的思想和艺术的追求。还要补充一点：赵与苏自幼是青梅竹马，如果让他们终成眷属，又可能陷入浪漫的俗套。钱锺书先生为了逃避浪漫，强调了苏文纨嫁曹元朗，就是为了嫁人而嫁人，可能就是为弥补这一点，作者后来让她的丈夫，那个假诗人当了一个官僚——战时物资处长。让苏文纨到处做生意走私，点明她不过是个与浪漫绝缘的俗物。但是，为什么又要安排她和方鸿渐在一起，演出了一场接吻的喜剧呢？这好像有点矛盾。一开始，作者好像不想把她写得很低俗，让她冷眼看着浪荡的鲍小姐，体验自视清高的优越感。她和方鸿渐的主动拉拢不无浪漫情怀。钱锺书特地设计了两个人月下接吻的场面，这个场面，从苏的视角看，是很浪漫的了，而在方看来是无可奈何，而读者看来则是再滑稽不过了。作者的目的则完全出于调侃，花前月下，苏文纨以为已经抓住了方鸿渐，在等待方的动作。但是方心里在爱着另外一个人，怕抵挡不住月光和女性魅力的诱惑，却想溜。而苏却不让他走。苏把身体移到方更近的地方，方鸿渐说：

> 我要坐远一点——你太美了！这月亮会作弄我干傻事。
>
> 苏小姐的笑声轻腻得使方鸿渐心里抽痛：“你就这样怕做傻子么？”

苏小姐用法语要求方吻她。钱锺书是这样描写这个吻的：

> 这吻的分量很轻，范围很小，只仿佛清朝官场端茶送客时的把嘴唇抹一抹茶碗边，或者从前西洋法庭见证人宣誓时的把嘴唇碰一碰《圣经》，至多像那些信女们吻西藏活佛或罗马教皇的大脚趾，一种敬而远之的亲近。

这一吻，用了幽默修辞中的复合比喻，把浪漫的吻比喻成清朝官场送客时的“吻”茶杯，西方法庭主人宣誓吻《圣经》，或吻罗马教皇的大脚趾，其中包含着多重的不伦不类，构成了丰富的幽默感。比在轮船上和鲍小姐的逢场作戏的接吻，要深刻多了。但是，吻鲍小姐那场，也是写得挺幽默的：在方鸿渐只是“馋嘴”，而鲍小姐的感觉是，“我给你闷死了！我在伤风，鼻子透不过气来——太便宜你了”。一夜情，其实一点情也没有，以并不浪漫开端，以煞风景结束，这当然是可笑的，但怀着浪漫幻想的人物，又何尝不可笑呢？

小说后半部分的范小姐，是一心要浪漫一番的。一心要找个如意郎君的女人，本无可厚非，但钱锺书把她的爱情理想用漫画的笔法，描写得空虚而荒唐，如她喜欢一些浪漫的诗句，如，我们要“勇敢！勇敢！勇敢”。这显然是从巴金的小说《家》中抄来的，原来是法国大革命时代丹东的话，是觉慧的台词。“她还着迷于黑夜已经这么深了，光明还会遥远么？”是对雪莱的诗句（冬天已经来了，春天还会远吗？）的拙劣模仿。向往爱情的人，变成了自我欺骗的人。她当女生指导，才发现自己的哲理警句，没有什么用处。

> 黑夜似乎够深了，光明依然看不见。悲剧里的恋爱大多数是崇高的浪漫，她也觉得结婚以前，非有伟大的心灵波折不可。就有一件事，她决不下。她听说女人恋爱经验愈多，对男人的魔力愈大；又听说男人只肯娶一颗心还是童贞纯洁的女人。假如赵辛楣求爱，自己二者之间，何去何从呢？请客前一天，她福至心灵，想出一个两面兼顾的态度，表示有好多人发狂地爱过自己，但是自己并未爱过谁，所以这一次还是初恋。

钱锺书冷酷地把这个向往浪漫的老处女放在两难之中，已是可笑，而让她在虚构中自得则是不但可笑，而且可怜。已经不年轻的处女向往爱情，如果让孙犁来写，如果让巴金来写，如果让老舍来写，如果让茅盾来写，肯定是充满了同情的，而钱锺书则仅有嘲弄。

六、人性：个人性

杨绛女士引用《围城》中一个俗语所说“城外的人想进去，城内的人想出来”的话以后，论者都用这段话作为小说中婚姻恋爱问题的题解。其实小说前面还有一个引子，原来是英国俗语：结婚仿佛金漆的鸟笼，在外面的鸟想飞进来，而里面的则想飞出去。所以结了离，离了结。用杨绛女士的话来说，就是“结婚后会发现娶的总不是意中人”。为什么好端端的爱人，会变成了跟原先不一样了？

因为，在结婚以前，太浪漫了。

钱锺书在整个叙事过程中，千方百计地抑制着男女双方向浪漫爱情方向发展。首先，抑制其意义和价值，不把爱情和社会解放等的宏大叙事联系在一起。其次，反热情，不让双方爱情热情燃烧，把过分的热情转化为讽刺的对象。再次，是反幸福的，爱情最后带来的只是一座围城。这有点像西西弗斯的神话，又有点像川端康成的“爱的徒劳”。在这过程中始终有一双高高在上的冷眼在盯着他们，看他们在围城里津津有味地、无谓地、无休无止地挣扎。最不可忽略的是，浪漫的爱情本来是心心相印的，是情投意合的，而钱锺书却恰恰相反，人与人，哪怕是爱人与爱人之间也是很难沟通的。这是一种文化哲学的眼光，从这种哲学眼光看，人就是面对面对话也是互相听不懂的。这一点，钱锺书表现得特别深邃，相爱的人之间，并不是心心相印，也不是心有灵犀一点通。在钱锺书这里，而是心心相错。恋人之间难以沟通，恰恰是因为相爱。唐小姐发现了方鸿渐的假文凭问题，如果不是真爱，就不会把它看得那么不能容忍，那么有受骗的感觉。但是，就是因为感情的关切度大，方鸿渐说假文凭，是为了骗骗老丈人，带有开玩笑的性质，反而激起她的反感：

方鸿渐顿足发恨道："我跟你吹过我有学位没有？这是闹着玩的。"

"方先生人聪明，一切逢场作戏，可是我们这种笨蛋，把你开的玩笑都得认真。"

真诚的表白，不但没有起到沟通的效果，相反，倒给了唐晓芙拉开两人品质反差的论据。把方鸿渐放在"聪明 / 逢场作戏"这一极端，又把自己放在"笨蛋 / 认真"另一极端，这完全不是为了沟通，而是为了拒人千里之外。原因在于，唐晓芙相信"爱是又曲折又伟大的感情"，伟大的感情纯真，不容掺假。一如沙子在任何地方都无所谓，可在眼睛里就不成。

这是在严峻的冲突的关头，沟通自然要困难一些，那么在日常生活中，没有矛盾的时候，夫妇之间应该是情投意合的吧。恰恰又不是，方鸿渐对孙柔嘉说，苏文纨变俗了，"风雅不知哪里去了，想不到一年工夫会变得唯利是图，全不像个大家闺秀"。苏固然与方曾经有过关系，但是，方没有动心，此时说的话，又是贬抑性质的，照理不会引起什么误解。但是孙柔嘉却说：

也许她并没有变，她父亲知道是什么贪官，女儿当然有遗传性的。一向她的本性潜伏在里面，现在她嫁了人，心理发展完全，就本相毕现了。俗没有关系……我觉得她太贱。自己有了丈夫，还要跟辛楣勾搭，什么大家闺秀！我猜是小老婆的女儿罢。像我这样一个又丑又穷的老婆，虽然讨你厌，可是安安分分，不会出你的丑的；你娶了那一位小姐，保不住只替赵辛楣养个外室了。

孙柔嘉的话的特点可以归结为：第一，把苏文纨从品质上贬到底，从父亲贪黩本性的遗传，到小老婆的女儿，必然，把一家两代说得这么不堪，推理迹近无端，其中显然带着恶意；第二，这种恶意如果完全是没来由的，只能说明她的心地不够善良，但是，恶意中，明显带着妒意，妒意来自独霸方鸿渐的心灵，尽情污蔑中有感情专制的成分；第三，对方鸿渐的防备，虽然现实情况是，二者发展情感毫无可能，但是，说自己"又丑又穷"，却安安分分，以退为进，从而认定，方娶了苏，苏就可能成为赵的外室，方就要戴绿帽子。把渺茫的可能说成是必然性，字面上是贬低自己，实际上是对苏的歹毒攻击。其潜在的动机不过是要防备方鸿渐对苏产生任何的好感，防止方鸿渐的感情任何一点走私。但是，目的与手段显然成了悖论，如此歹毒的语言，根本不可能讨好方鸿渐，只能拒方鸿渐于千里之外。钱锺书向读者显示的是，正是因为孙柔嘉很在意方鸿渐的感情趋向，她才这么歹毒地糟蹋苏文纨，蹂躏方鸿渐的兴致，自鸣得意地走向自己愿望的反面，期望得到百分之百的爱，却用了百分之百的伤害性语言，其心理根源是，取得心理优势，把压倒方鸿渐放在沟通交流之上。女人的这种“根性”就是悲剧的根源。

方和孙柔嘉的许多对话，充满了这种两脚动物的自我炫耀与自我折磨，完全可以用针尖对麦芒来形容：

> 他对自己解释，热烈的爱情到订婚早已是顶点，婚一结一切了结。现在订婚，彼此间还留着情感发展的余地，这是桩好事。他想起在伦敦上道德哲学一课，那位山羊胡子的哲学家讲的话：“天下只有两种人。譬如一串葡萄到手，一种人挑最好的先吃，另一种人把最好的留在最后吃。照例第一种人应该乐观，因为他每吃一颗都是吃剩的葡萄里的最好的；第二种应该悲观，因为他每吃一颗都是吃剩的葡萄里最坏的。不过事实上适得其反，缘故是第二种人还有希望，第一种人只有回忆。”从恋爱到白头偕老，好比一串葡萄，总有最好的一颗，留着做希望，多少好？他嘴快把这些话告诉她，她不作声。他和她讲话，她回答的都是些“唔”“哦”。他问她为什么不高兴，她说并未不高兴。他说：“你瞒不过我。”她说：“你知道就好了。我要回宿舍了。”鸿渐道：“不成，你非讲明白了不许走。”她说：“我偏要走。”鸿渐一路上哄她，求她，她才说：“你希望的好葡萄在后面呢，我们是坏葡萄，别倒了你的胃口。”

方鸿渐好端端的话，明明是没有任何攻击性，孙柔嘉也要鸡蛋里挑骨头，制造虚拟的矛盾，把对方说成是满怀恶意，恰恰是因为孙柔嘉太关注方鸿渐话语中哪怕是潜在的、细微的意向，而关注的方式，又是把莫须有的差异，转化为敌意，达到了不讲逻辑，不讲道理的程度，其目的，就是要在精神上、在话语上，实行预警监控。钱锺书之所以给这样的对话以如此之多的篇幅，就是要展示，夫妻之间在某种情况下的对话，语意、逻辑哪怕有99条通道可以达到心心相印，只有一条通道，语意相错，逻辑错位，人们的选择恰恰就是那错位的一条，在错位中享受着胜利的快感。这里就有钱锺书的睿智，爱的“幸福”并不仅仅是情投意合，而且还有相互争胜，对于对方的感情、潜在意向、潜在语意全盘占领，容不得任何隐私，不能有任何自由空间。浪漫的爱的名义越是神圣，就越是可能变成专制，也就越是可能瓦解爱情。从这个意义上，钱锺书看到了现代文学中浪漫爱情的局限。鲁迅通过涓生子君的悲剧，看到了社会环境的原因；巴金沿着这条思路，揭露了家族、阶级的原因。但是，这是问题的一个方面，就是这些悲剧原因消除了，两性之间，是不是就能绝对心心相印了呢？试想，鸣凤没有自杀，跟着觉慧到了上海自由结合了；四凤没有死于触电，跟着周萍到了矿上，她们就不会变吗？觉慧和周萍就不会变成另外一个人吗？我们的现代文学在这方面几乎没有思考，而萧军和萧红却在没有任何社会干预的情况分手了。钱锺书把社会环境淡化的原因，就是要在相爱的人们自己的心灵深处找到悲剧的根本原因。两个人就是两条心，浪漫主义的心心相印的诗意是空想的，心心相印的追求，就是自由的剥夺，剥夺得越是彻底，爱的危机越是严峻。

能不能这样说，爱的悲剧根源就在于人性本身?

似乎是可以的，但，那就不是太完全的。钱锺书的意识深处，人性，在爱情领域里，不是普遍的共同性，而是人与人的不同性，就是爱情，也不可能达到完全认同。当然，我说过了，西方人，古希腊人，可能是意识到两个人之间，不可能有绝对的同一性，故柏拉图在《会饮篇》想象出男女双方，本来是一个人，恋爱不过是在寻找自己的另一半而已。当然，这是很天真的。

在钱锺书看来，人在相爱之初，当然是两个，因而是自由的，可是一旦要求两颗心变成一颗心，这个人就不是原来的那个人了，就由灵魂的同盟，变成灵魂的霸主了。英国人说，爱上的人跟原先爱上的不一样。杨绛女士说，结婚后会发现娶的总不是意中人。钱锺书以全部《围城》对之做出了形象的注解。从这里，可以找到“围城”现象的根本答案。为什么好不容易进入了围城，自由结婚了，又要离呢？因为发现跟原来不一样，不堪忍受自由被剥夺。为什么悲剧反复演出，还要进入，还要结婚呢？因为在想象中，那种心心相印的情境，太浪漫了。

这就是人的傻气，或者是，人的生存的困惑。为什么钱锺书那么煞风景地把人当作“无毛的两脚动物”呢？意思是，人在这方面的智慧并不比动物高明多少。这本是希腊哲人的定义，是把人与动物做比较的，无毛，狗是有毛的，人无毛。狗是四只脚，人只有只脚。鸡不是两只脚吗？但是鸡是有毛的。这样的理论，从字面意义上讲，还不是人性论，而是人的动物性。人不是万物之灵吗？但是，人在爱情方面，人在人的个性方面，他的智商，就这个水平。(大笑声)当然，钱锺书在小说中，并没有把男男女女都当作动物写，他描绘的还是人的“根性”，人的个人性，以他特有的“酷”，表现他对这样的根性，非常瞧不起。

七、人性：个人性和二人性的喜剧

在《围城》里，你爱上的和原先爱上的不一样，你自己选定的对象，并不是别人强迫你要的，偏偏并不是意中人。婚前婚后完全是两个人。孙柔嘉就是这样的女人，在《围城》里，有两个孙柔嘉，一个是结婚以前的，一个是结婚以后的。

钱锺书对爱情的解构，主要集中在孙柔嘉的二人性上。

她本来是方鸿渐的助教，在国难时期，一个单身女孩子，颠沛流离，是要受到照顾和保护的。在很长一段时间里，她是小心翼翼的，虽然不是小鸟依人，可也是单纯无知的样子，对方鸿渐充满了尊敬和依赖，完全是个弱者的形象。但是，她又是一个很有心机的女人。当她意识到需要方鸿渐这样的丈夫时，就有意无意地制造出一种风声来，说是，方鸿渐和她好上了。在那样一个小地方，一下子成了轰动性的大新闻，弄得方鸿渐干脆宣布订婚。这以后，她就逐渐变成了另外一个人。

方与孙结婚以后，哪怕是蜜月期间，二人的交谈也不是水乳交融的。相反，哪怕是一件普通的事，完全可以好好商量的事，却总好像是聋子的对话。不但不能交流，相反总是节外生枝，裂痕随机而生，随时都可能爆发两性之间的战争。孙柔嘉总是无端挑起冲突，在话语中埋伏下进攻的、压倒对方的意向。所用的大都是反语，以伤害对方，逞自己嘴皮子为痛快，对方越是受到伤害，自己越是有占上风的称心。其实两个人，并不是不想妥协，尤其是孙，但总是把好意藏在内心，不让对方看到，用凶狠的语言刺伤对方。这里没有社会逼迫，也没有革命纪律的约束，而是人，自己在自我折磨。

钱锺书把他们的一场对话形容为“刺猬的对话”是很准确的。

孙柔嘉得知赵辛楣建议方鸿渐到重庆去工作，心里不赞成，当然是因为不想夫妻分开。这完全是出于爱意，是可以商量的，但是，孙柔嘉根本就不想商量，似乎商量就是示弱。她采取敌意的姿态，摆脸色让方鸿渐看，方发现了，出去了一回，怎么变成刺猬了！孙说，她是刺猬，不要和她说话。过了一会儿，“刺猬自己说话了”。“辛楣信上劝你到重庆去，你怎么回复他？”方小心地说，他没有回话，还要仔细考虑一下。孙说：“我呢？”意思是有没有考虑到让自己一起去。但是，心平气和的正常交流，在孙柔嘉是不可能的。她脸上不露任何表情，像下了百叶窗的窗子。方鸿渐感到，这是暴风雨的前奏。接下去是孙柔嘉的正面进攻了：

> 我在听你做多少文章。尽管老实讲得了。结了婚四个月，对家里又丑又凶的老婆早已厌倦了——压根儿就没爱过她——有机会远走高飞，为什么不换换新鲜空气，你的好朋友是你的救星，逼你结婚的是他——我想着就恨——帮你恢复自由也是他。快去罢！他提拔你做官呢，说不定还替你找一位官太太呢！我们是不配的。

孙柔嘉这时还是个新娘子的身份啊！可所用的语言，都是凶狠的反语，说是好朋友，说是快去恢复自由，都是有意冤枉对方，说自己又丑又凶，说是，配不上，说得很差，为了把感情上有问题强加给对方。特别是“说不定给你找一位官太太”，这才是要害，明明是害怕感情转移，却用感情刺激的方法，一点温情都没有，这么严重的问题，而语调好像和自己不相干似的。孙柔嘉最拿手的就是把一切对话带上敌意，带上火药味。就连方的母亲和孙的对话，在方听来，都是“参禅似的，都藏着机锋”。连笑容都是勉强的，“仿佛笑痛了脸皮似的”。孙的语言完全是一种女式的歪理歪推，习惯于把正语转化为反讽。不管多么平淡的言辞都能变成发难的炮弹，所以孙的性格特别鲜明。

鲁迅的《伤逝》里面的爱情悲剧原因在环境压迫，涓生失业了，这是客观社会原因啊。但是在《围城》里面不是这样的，方鸿渐和孙柔嘉的吵架并不是因为找不到工作了，而恰恰是孙柔嘉的姑姑可以给他找到工作。但是方鸿渐觉得这个姑妈的优越感，对他精神是一个沉重的压迫，他拒绝这样的施舍。《伤逝》的深刻在于，爱没有经济基础，就不得不分手了。而方和孙，则是心理，最亲密的人之间，没有交流所需要的谅解和妥协，而是意气争胜，互相伤害。有了冲突，总是把矛盾激化，双方都忘记了共同利益，真切的感觉都是忍无可忍，说到姑妈给他找工作，方突然暴怒起来，恶语相加：

> 谁要她替我找事？我讨饭也不要向她讨！她养了 Bobby（按：一条狗的名字）跟你孙柔嘉两条走狗还不够么？你对她说，方鸿渐“本领虽没有，脾气很大”，资本家走狗的走狗是不做的。

把孙柔嘉骂成走狗，而孙柔嘉则宣布“咱们散伙”，反骂他是赵辛楣的走狗：

> 你自己想想，一辈子跟住他，咬住他的衣服，你不是他的走狗是什么？你不但本领没有，连志气都没有，别跟我讲什么气节了。

自尊心伤害到极点，方就动手了。起初不过是推了一下，被孙柔嘉上纲为“打”，其实二人并不是没有妥协的意向，但，不愿意自己先示弱。他们陷在意气之中，用语言的鞭子鞭打对方，尽可能把对方说得很坏，坏得比自己感到的更坏，以激怒对方为快。孙柔嘉嘶声说：“你是个 Coward（懦夫）！ Coward！ Coward！我再不要看见你这个 Coward！”每个字像鞭子，她本想要鞭出她丈夫的胆气来，她还嫌不够狠，顺手抓起桌子上一个象牙梳子尽力扔向他。孙柔嘉只听他“啊约”叫痛，瞧梳子打处立刻血隐隐地红肿。

这里凶悍的孙柔嘉，和三闾大学那个怯生生的单纯少女，完全成了两个人，但是，她更是一个人了，这个女人更深刻了。但是，这并不意味着，她对方鸿渐的绝情，相反，她是有和他和好的意愿的，文中有见到梳子打痛了方鸿渐，“倒自悔过分，又怕起来”，但她无法控制住自己，无法控制住自己的语言，相反，她倒是被自己的语言控制了。不是人说话，而是话说人了。

方鸿渐就摔门而去，一个人在街上又饿又冷，冷静下来以后想一想，没有必要搞得这么认真，也许回去以后就会和好吧。但是当他回家之后发现孙柔嘉已经走了：

> 开了卧室的门，拨亮电灯，破杯子跟梳子仍在原处，成堆的箱子少了一只。他呆

呆地站着，身心迟钝得发不出急，生不出气。柔嘉走了，可是这房里还留下她的怒容，她的哭声，她的说话，在空气里没有消失。他望见桌上一张片子，走近一看，是陆太太的。忽然怒起，撕为粉碎，狠声道：“好，你倒自由得很，撇下我就走！滚你妈的蛋，替我滚，你们全替我滚！”这简短一怒把余劲都使尽了，软弱得要傻哭个不歇。和衣倒在床上，觉得房屋旋转，想不得了。

……

那只祖传的老钟从容自在地打起来，仿佛积蓄了半天的时间，等夜深人静，搬出来一一细数：“当、当、当、当、当、当”响了六下。六点钟是五个钟头以前，那时候鸿渐在回家的路上走，蓄心要待柔嘉好，劝她别再为昨天的事弄得夫妇不欢；那时候，柔嘉在家里等鸿渐回来吃晚饭，希望他会跟姑母和好，到她厂里做事。这个时间落伍的计时器无意中包含对人生的讽刺和感伤，深于一切语言，一切啼笑。

这里的无奈的反讽来自强烈的荒谬感：一是，恶语相加，大打出手，激烈的全武行，完全没有必要；二是，妥协是实实在在的意向，可笑可悲的是，时间的错位。那架晚了五个小时的时钟响了，把这样的错位喜剧化了。在五个小时以前妥协的真诚，时钟响的时候，追悔莫及。两个人都有同样的愿望，但是时间的错位，空间的错位，像两条本来趋向于交会的流星，错过了交叉点，从此一去不复返。时间空间的错位导致心灵的错失，构成悲剧，而不是社会原因造成悲剧。这一点在新文学中，是空前的，甚至可以说是超前的。

这样的荒谬，完全是人的话语、情绪自作孽，根本不用到社会现实中去找寻根源。

难得的是，最后的挂钟响起把抒情转化为无奈的反讽。这里既是主题的完成，又是人物的点睛之笔。这个女性形象的精彩，就完全不是什么“水淋淋的眼睛”，“锐利得能透视灵魂的目光”可比的。理解了孙柔嘉的形象，再回过头来，对照钱锺书批评过的，大都会的魔女，毁灭、颠倒男人等等，就更能理解，为什么钱锺书会瞧不起新文学中那些俗套女性，甚至要代表她们向作家索命了。

五四新文学把爱情从属于社会环境，到 1942 年，注定了爱情从属于社会革命。钱锺书所写的爱情既与社会没有直接的矛盾，和革命纪律也没有关系，只与人的个人性和二人性有关系。他只是把人的个人性弱点拿来展示其喜剧性。这样的爱情悲剧，不要说 20 世纪 40 年代的中国没有，就是到了 50 年代、60 年代、70 年代，还是没有出现。直到 80 年代中后期，才出现了类似的立意：爱情的障碍，不来自社会，而是来自自身，男人和女人天生就不可能完全情投意合，人与人之间本来就是存在隔膜的。哪怕是相爱的人，哪怕是沟通愿望很强烈的人，哪怕是命运联系在一起的人，由于人的根性的弱点，不但人们之间的矛盾难以克服，而且连对话都是很难沟通的。

这不是耸人听闻，而是有当代话语理论，有德里达的学说为根据的。在钱锺书笔下，不仅是恋爱，甚至是人生都是一个道理，这里不仅有钱锺书的恋爱观，而且有钱锺书的人生观，人生哲理。其实钱锺书在小说许多方面都流露出来这种思考。例如，方鸿渐他们一行，经过一系列艰难困惑，终于到达三闾大学。方本来急于了解学校是个什么样子，但是，转而一想，反正自己不存奢望。“适才火铺屋后那个破门倒是好象征。好像是个进口，背后藏着深宫大厦。引得人进去了，原来什么也没有。一无可进的进口，一无可去的去处。”“撇下一切希望吧，你们这些进来的人。”一切美好的期盼，包括爱情、婚姻，只有在争取期盼的过程中的意义，取到了，进入以后，就发现没有什么了不得，甚至大失所望，这是一种人生境界、人生哲学的透彻通达。把一切希望、向往，甚至理想，看得很透，目标很不实在，过程就是一切，这可能是钱锺书式的哲理。许多“五四”作家都有自己的社会观，但是没有自己特殊的人生哲学。在钱锺书的作品中，没有社会革命、社会改革的见解，但是有人生哲学。他俯视大千世界的芸芸众生，看透了他们的无奈、可怜、可笑，空虚、无谓的自我折磨，不管有多么诗意的、浪漫的伪装，他都洞若观火。他不把人生的可笑的原因，推到社会的、客观方面去，他笑的是人本身。

这一点，是有西方文化哲学的根据的，今天已经成为学界共识。可在当时，主流话语是阶级论，没有无缘无故的爱，也没有无缘无故的恨，只有阶级的爱，阶级的恨，一切分歧都是由于阶级立场不同。在阶级论取得了话语权的形势下，他的主要理念，我前面把它概括为“个人性”，这是比较委婉的说法，实际上，当时强调个人性的理念，有另外一个头衔，那就是个人主义。更加客气的说法是，小资产阶级个人主义。到了解放战争接近胜利的时候，毛泽东在抨击美国国务院白皮书的文章中，叫作“民主个人主义者”，这也还是比较客气的说法。到了20世纪50年代中期，小资产阶级个人主义，就变成了资产阶级个人主义。而到了反右派运动以后，周扬在那总结性文献《文艺战线上的一场大辩论》中说：“个人主义是万恶之源。”你们想想看，钱锺书的这种个人性理念，可能得到广泛认同吗？从解放战争烽火连天的年代起，进步知识分子所接受的理想，就是和个人主义相对的，叫作集体主义。把阶级、人民、民族前途放在一切之上，把自己的一切，包括生命和爱情都无条件奉献给革命，是最大的光荣。钱锺书这样的人性观，小说美学，只能是无人问津。其实无人问津，倒是钱锺书的幸运，有人问津，肯定会把钱锺书推上批判的祭坛。

但是历史实践证明了，阶级论的局限，集体主义的局限，将扼杀个人性绝对化。过了40多年，我们才体悟到人的个人性，或者个人主义文化哲学的深邃。他被接受是不是太晚了一点呢？可能的。方鸿渐家里的老式自鸣钟不过晚了5个钟头，而我们精神的时钟，却晚了50年啊！（鼓掌声）

他终于被接受，终于让我们感到亲近了。但最早被接受的，只是他的幽默，而他的文化哲学，他的小说美学并没有一下子被充分认同，比起梁实秋、林语堂，曲折得多。就是我这样一个人，也有一点跟不上形势。记得钱锺书的《围城》已经拍成了电视，在一段时间我对《围城》还是有所保留，甚至在香港写过一篇文章，题目是《〈围城〉为什么没有进入经典之列》。为什么呢？在小说美学方面，以这样的文化哲学为基础的小说，和我习惯了的写实主义、浪漫主义的小说，有着根本的不同，它淡化社会环境，淡化客观条件，强调人生的困惑，人类生存的困境，探究人类生存的悲剧根源在人本身。像卡夫卡那样，情节、人物大都是没有具体时代，没有具体地点的。我们把这样的小说大致归入现代主义之列。五年以后，现实粉碎了我的论断，《围城》已列入经典。我也欣然接受了现实对我的批判。就我这样一个还不算太笨的人，也许还是有一点才气的人，认识到钱锺书的深刻，还经历了这样一个曲折的过程。这说明什么呢？钱锺书的深邃。

在这里我可以回答开头提出的问题了，为什么《围城》要到几十年后才能被人们所接受、欣赏？主要的原因在于他的思想太超前，从艺术的创作角度来讲，超前了我们现代文学差不多四五十年。直到20世纪80年代中后期，在创作上，才由最前卫的作家，有所衔接。我在一篇文章中这样说：

> 当张辛欣还未引起文坛充分重视的时候，她在《我在哪儿错过了你》中就提出，男女主人公相爱不能成功，原因全在于女主人公太男性化了。“上帝把我造成女人，而社会生活要求我像男人一样！我常常宁愿隐去女性的特点，为了生存，为了向前闯，不知不觉，我变成了这样！”这是女主人公的自白，然而我们在小说中看到的并不完全是社会逼迫她男性化，而是她的“天性中不肯轻易低头的血性冒上来”，不可控制地拒男主人公于千里之外。这是违反她本人的感情倾向的，她已爱这个男主人公爱到“心里放不下的程度”，但这并没有使她在她所追求的戏剧艺术上对男主人公有丝毫的让步、丝毫的温柔。从50年代到80年代，作家的探索恰成鲜明对照，原来是女性以男性化（在政治化劳动化的基础上）发出光辉。而到了80年代男性化的女性却陷入了四顾茫然的失落感之中：“我们彼此相隔的，不是重重山水，不是大海大洋，只是我自己！”

使得人们彼此相隔的原因，不是社会，不是自然，“只是我自己”，钱锺书在《围城》里早就提出来了，而我们要理解，却花了50年的工夫。历史真是无情，当年《围城》问世，如石沉大海，赵树理、巴金、茅盾风靡一时，如今历史轮回，巴金、茅盾、赵树理，除了对历史研究有兴味的少数学者，这些作家，失去了自发的爱好者，而《围城》则相反，遍及整个社会的庞大的粉丝团，正在日益扩大。这里当然有社会文化发展的规律性原因，同时也应该说，有一点偶然的因素。钱锺书很幸运，《围城》拍成影视，由大牌的导演和演员共同演绎，几乎全部主要演员在演了《围城》之后一举成名，陈道明、葛优、吕丽萍，特别是葛优脸上的那种特有的面无表情的冷幽默，恰恰符合了钱锺书的酷幽默的风格。

当然，钱锺书也不是没有局限，有些博士论文，对于这个局限，从政治立场上，从意识形态上考量，批评钱锺书在那国难当头的时刻，没有表现出一点对于民族对于国家的责任感。这个要求可能不是没有道理。但我又想，如果这样要求的话，就不能光是要求钱锺书一个人，同时也要求同时的作家，如张爱玲。而张爱玲是经不起这样的要求的，因为她在抗战期间，大节有亏，和汉奸政权在感情上有一种缠绵。我曾经写过一篇文章，其中有这样的论述，现在念一下：

张爱玲固然没有直接去当汉奸，但是她的最初的小说大都是发表在汉奸文化系统的“兴亚建国系”的报刊上，并且为这些报刊所捧红。同时，她本人又与当时的汉奸文人柳雨生等交往甚欢。柳雨生则因为敌伪做宣传，抗战胜利后被正式判刑。张爱玲发表文章的杂志，大都是这些汉奸文人的同人刊物。最不堪提及的是张爱玲与汪伪政权的宣传部次长胡兰成同居，过了一段“小夫人”的生活。抗战胜利后胡兰成隐姓埋名，匿居温州，张爱玲曾经去看过他。据胡兰成后来写的回忆录《今生今世》中说：“我出亡至今将近两年，都是她（指张爱玲）寄钱来。”另外，报纸上曾经报道张爱玲参加过日本帝国主义者召开的“大东亚文学者大会”。虽然张爱玲在抗战后声明实际上没有去参加，但是名列此大会者皆汉奸文人，当时她的政治态度，可见一斑。

张爱玲在中国现代文学史上的成就，已经得到海峡两岸中国学者的一致公认。但是张爱玲在民族危难关头大节有亏，这也是无可回避的事实。作为历史的研究，首先应该尊重事实，不管张爱玲的历史污点多么令人遗憾，但是，在当前的读书界，自发的读者，还是相当多，肯定多于茅盾啊，赵树理啊。和张爱玲相比，钱锺书在民族立场上，要坚定得多，同样拥有大量自发的读者群，比当时民族大义自觉性很强的作家，有更多的读者。这一点，很值得我们考虑。我认为那些博士生们并没有抓住钱锺书的要害。他真正的思想局限，是他的男性立场。这一点，早在 20 世纪 90 年代就有人提出了。90 年代我在香港的报纸上这样写过：

最近在移到香港出版的《今天》1993 年第 2 期上看到了一篇论文：《女人“围”的城与围女人的“城”》，作者倪文尖经过相当细致的分析后得出结论，在钱锺书的《围城》中，作者不自觉地流露了某种男性沙文主义。在整个情节构架中，以一个男性为中心，在他的周围设置了四个女性。第一个女性鲍小姐是主动以肉体引诱了方鸿渐。第二个女性苏文纨则是单相思，不过是方鸿渐并不认真的情绪宣泄的工具，同时又是引出第三个女性唐晓芙的“结构性工具”。至于第四个女性孙柔嘉，则既无鲍小姐之肉欲引诱，又无苏文纨世俗的社会地位的优势，更无唐小姐的天真纯情，而是以她善于装傻，满脑子鬼主意取得了对男人的控制。因而倪文尖先生认为，《围城》并不完全像作者所说的那样表现为一种人生的困境，没有实现愿望的要努力实现（城外的人要攻进去），而实现了愿望的又要冲出来（城里的人要突围），而在全部情节和叙述的视点背后都在显示：一个男人被女人“围”进城的故事。

倪文尖先生用了女权主义文学批评的策略，对《围城》作了叙述学的分析，无疑是很独到的。他比之那些满足于用女权主义、叙述学的术语来自炫，来吓唬老百姓，来输出文化自卑感的同行们，是有才气的。不管怎么说，倪先生多少有一点自己的发现，多少进入了一些唯西方文论马首是瞻的朋友们无法达到的某种深度。

但是，倪先生在根本上还是没有摆脱当前引进西方文论过程中令人烦恼的生搬硬套的倾向。倪文尖说，作者在方鸿渐周围安排了四个女人去包围他，是男性沙文主义，那么在同一本书中，换一个角度看，在苏小姐周围不是也可以说安排了方鸿渐、赵辛楣，还有跑龙套式的曹元朗和董斜川吗？对鲍小姐用侧面有限视角写她的放纵，被倪文尖先生斥为剥夺了鲍小姐的“话语权”，那么用侧面有限视角写了一见女人就色迷迷的李梅亭，这难道也是男性沙文主义的视角吗？如果要讲男女平等，为什么不可以说钱锺书的潜意识中还有女性沙文主义的积淀呢？至于说，所有女性都被作者男性眼光加以审视，成为男性性感受的对象，这就更片面了，既然是写男女关系的，不从男性视角观女性，难道可以设想，从绝对中性的视角表现，会更有艺术感染力吗？再说，连物理学上都没有“绝对中性”的仪器，小说中难道可以想象“绝对中性”的视角吗？

其实，当时我的这篇文章写得有点浮躁，没有抓住要害。钱锺书，最大的局限，就是他反复提示的，结婚以后对象变成了另外一个人。还有杨绛女士特别提醒的，结婚了以后，发现对象并不是“意中人”。这句具有纲领性的话语，就是中性的命题。但是，小说中的形象，却不是中性的。在小说的主轴线上，读者只看到孙柔嘉从一个会装傻的弱者，结婚以后变成了一个泼妇，却没有看到方鸿渐结婚以后变成了一个男性沙文主义者。根本原因在于，小说从头到尾都是以方鸿渐的视角展开的。如果小说从孙柔嘉的视角来展开，则可以预期，变得不可理喻的将不是孙柔嘉，而是方鸿渐。表面上，结婚以后变成另外一个“人”，这个“人”是中性的，实际上这个变坏了的人是女人，不包括男人。

不过如果要这样要求作者，那就相当可怕。为什么？因为那就意味着，要强迫钱锺书作变性手术。（笑声鼓掌声）

我的独白太长了，接下来把时间留给在座的同学，我们来对话一下。

附：

现场问答

问：您说的钱锺书的《围城》，所有的优点、杰出，我都无法反对，因为您是研究过雄辩的人。我现在不按照您的思路，而是超越您的思路，提一个问题，您认为钱锺书的这部小说，在语言艺术上，是十全十美的吗？他有没有缺点呢？

答：谢谢你提出了这样一个挑战性的问题。我乐意和你讨论。对于钱锺书的艺术，我想也不是没有任何缺点，他最大的长处，是他的幽默，他最大的弱点也是他的幽默。他的对话，真是妙语如珠，但是，是不是也有缺乏控制的地方，几乎每一个人物，都以同样的幽默，充满机智的语言来讲话，是不是也可以说是一种缺点呢？当然用幽默的语调作叙述者语言，无所谓，然而，人物应该有自己的语言，但在幽默机智上，《围城》中的人物的语言，有些雷同，如赵辛楣的语言，在很长一段时间里和方鸿渐几乎是同样的逻辑，同样的俏皮和机智。例如：赵在和方说到方被校方欺侮一事，赵说："我有一个印象，我们在社会上一切说话全像戏园子的入场券，一边印着'过期作废'，可是那一边并不注明什么日期，随我们的便可以提早或延迟。"这样的机智本来不是赵所有的。方的话基本上和叙述者的语言是同构的，而叙述者的语言，又和钱锺书的语言同构。这些都无可厚非，但是人物语言和人物语言同构，就不免单调了。在钱锺书早期的小说，甚至有小说语言与散文语言同构的现象，应该是一种失败，至少不能认为是优点。

问：我更感兴趣的是，钱锺书先生的语言，您认为他的语言，主要的特色是什么？

答：谢谢你，这样的题目，是我最感兴趣的。现在学界大而化之的文章，空谈一些文化哲学的文章太多，往往全靠搬弄术语为生，实际到文本，到艺术本身，就说不上几句话。限于体例，我刚才对钱锺书的语言，分析是不够的，现在要全面讲，时间也不是很充分。我想，就一个方面，也就是钱锺书的叙述语言，来比较详细地说一说。

我敢说，钱锺书的叙述语言，在新文学作家里，属于最出色的一类，和张爱玲有得一比。光是他比喻的出奇制胜，源源不断，完全可以达到余光中先生所说的"五步一楼，十步一阁，步步莲花"的妙境。比如他形容战时的物价像"断线的风筝"。这是不少作家都会的，可是他接着又来了从属性的比喻，"又像得道成仙，平地飞升"，丰富的歪比联类不穷，环环成趣，如对于抗战时期的汽车：

汽车夫把私带的东西安置了，入座开车。这辆车久历风尘，该庆古稀高寿，可是抗战时期，未便退休。机器是没有脾气癖性的，而这辆车倚老卖老，修炼成桀骜不驯、怪僻难测的性格，有时标劲像大官僚，有时别扭像小女郎，汽车夫那些粗人休想驾驭了解。它开动之际，前头咳嗽，后面泄气，于是掀身一跳，跳得乘客东倒西撞，齐声叫唤，孙小姐从座位上滑下来，鸿渐碰痛了头，辛楣差一点向后跌在那女人身上。这车声威大震，一口气走了一二十里，忽然要休息了，汽车夫强它继续前进。如是者四五次，这车觉悟今天不是逍遥散步，可以随意流连，原来真得走路，前面路还走不完呢！它生气不肯走了，汽车夫只好下车，向车头疏通了好一会，在路旁拾了一团烂泥请它享用，它喝了酒似的，欹斜摇摆地缓行着。每逢它不肯走，汽车夫就破口臭骂，此刻骂得更厉害了。骂来骂去，只有一个意思；汽车夫愿意跟汽车的母亲和祖母发生肉体恋爱。

一连十七八个比喻（包括暗喻），都是不伦之比，且有连贯性。最后一个则是兼以含蓄取胜，也是绝对不伦之比。不和谐，不一致的。钱锺书的比喻是歪比，可谓左右逢源，信手拈来，端的是：五步一楼，十步一阁，妙趣连环。

用语方面，用不伦之比，于行文的逻辑方面，则反理歪推。好事用歪理往坏里推，坏事用歪理往好里推，见不得人的卑微动机，说得冠冕堂皇，这是钱锺书的风格。在小说里，照顾到人物的个性，不能充分发挥，在叙述语言里，就比较自由，如“前清遗老”“住在租界里，抱过去的思想，享受现代的生活，预用着未来的钱——赊了账等月费来再还。渐渐地他悟出寓公自有生财之道。今天暴发户替儿子办喜事要证婚，明天洋行买办死了母亲要点主，都用得着前清的遗老，谢仪往往可抵月费的数目。妙在买办的母亲死不尽，暴发户的儿子全养得大——他才知道清朝亡得有代价”。还有一个例子：李先生自己的父亲曾经出过洋考察，回国以后把考察所得归纳为四句传家格言：“吃中国菜，住西洋房子，娶日本老婆，人生无遗憾矣！”这些都是杂文语言，在早期不太成熟的小说中，钱锺书每每让人物也这样讲话，实际上是把杂文转化为人物的对话，有时就可能是给人一种过头的感觉。但是，在《围城》中作者把这样的杂文语言，转化为叙述者的语言，因而是比较成熟的。钱锺书叙述成就很高，非一般现代作家可比，精彩绝伦之处，不胜枚举，下面挑一两个段落，写小官僚汪处厚的胡子：

他在本省督军署当秘书，那位大帅留的菱角胡子，就像仁丹广告上移植过来的，好不威武。他不敢培植同样的胡子，怕大帅怪他僭妄；大帅的是乌菱圆角胡子，他只想有规模较小的红菱尖角胡子。

谁知道没有枪杆的人，胡子也不像样，又稀又软，挂在口角两旁，像新式标点里的逗号，既不能翘然而起，也不够飘然而袅。他两道浓黑的眉毛，偏根根可以跟寿星的眉毛竞赛，仿佛是他最初刮脸时不小心，把眉毛和胡子一股脑儿全剃下来了，慌忙安上去，胡子跟眉毛换了位置；嘴上的是眉毛，根本不会长，额上的是胡子，所以欣欣向荣。这种胡子，不留也罢。五年前他和这位太太结婚，刚是剃胡子的好借口。然而好像一切官僚、强盗、赌棍、投机商人，他相信命。星相家都说他是“木”命，“木”形，头发和胡子有如树木的枝叶，缺乏它们就表示树木枯了。四十开外的人，头发当然是半秃，全靠这几根胡子表示老树着花，生机未尽。但是，为了二十五岁的新夫人，也不能一毛不拔，于是剃去两缕，剩中间一撮，又因为这一撮不够浓，修削成电影明星式的一线。这件事难保不坏了脸上的风水。不如意的事连一接二地来。

这里本来是描写脸部，但是，夹着议论，夹叙夹议，以歪理歪推为特点，反语正说为特点，完全是英国式essay（散文）的笔调。接着写到汪处厚太太病了，可也没有病得特别严重，原因则是：“也许还是那一线胡子的功效，运气没坏到底。”

这里的幽默已经不是由于比喻，而是由于扭曲的逻辑了。相声艺人有云，理儿不歪，笑话不来。逻辑的表层上是不合理的，但是在深层又是有道理的。从一般含义来说，是用词不当，从另外一个含义来说，又是用词准确，妙在当与不当之间，显而易见的荒谬，心照不宣的深刻，这叫歪打正着，双重含义的错位。

他那原配的糟糠之妻，凑趣地死了，让他娶美丽的续弦夫人。结婚二十多年，生的一个儿子都在大学毕业，这老婆早死了。死掉老婆还是最经济的事，虽然丧葬要一笔费用，可是离婚不要赡养费么？重婚不要两处开销吗？好多人有该死的太太，就不像汪处厚有及时悼亡的运气，并且悼亡至少会有人送礼，离婚和重婚连这点点礼金都没有收入的，还要出诉讼费。何况汪处厚虽然做官，骨子里只是个文人，文人最喜欢有人死，可以有题目做哀悼的文章。棺材店和殡仪馆只做新死人生意，文人会向一年、几年、几十年，甚至几百年的陈死人身上生发。“周年逝世纪念”和“三百年祭”，一样的好题目。死掉太太——或者死掉丈夫，因为有女作家——这个题目尤其好；旁人尽管有文才，太太或丈夫因为只是你的，这是注册专利的题目。

表层逻辑上全是歪理，但是滔滔不绝，振振有词，这是表层的；在深层，读者一清二楚，极端的自私和卑鄙，非常恶劣的、卑劣的思想。表层的意味和深层的意味，读者不会混淆，因为全是反语。反语的特点，正是这样，表面的逻辑头头是道，深层的意味恰恰相反。正是由此二者才相反相成，才有幽默的趣味，如果用正理把汪处厚卑劣的思想直接讲出来，就没有趣味了。从这里可以看出：逻辑的歪推，人心的险恶，亲情的虚无，皆以连环妙喻出之。这种二重逻辑之间的错位，达到如此天衣无缝的程度，是需要才气的，而且是需要智慧的。

问：非常感谢孙教授给我们带来的精彩的讲座，我已经连续听过孙老师您的几次讲座了。去年我在网络上看过您写的一篇关于福州女和闽南女的文章，请问您是否还有印象？希望您谈一谈自己对爱情的理解。

答：当然有印象了。我个人对于爱情的理解是这样的：浪漫的爱情是不讲时间地点条件的。有诗曰："在天愿作比翼鸟，在地愿为连理枝。天长地久有时尽，此恨绵绵无绝期。"爱情是不讲空间的，在天在地都是一样的。我在美国的时候，对美国大学生这样解释这几句诗：不管你到了北冰洋还是撒哈拉大沙漠，爱情是不变的，是不以空间为转移的。"天长地久有时尽，此恨绵绵无绝期。"恨，是爱情不能团圆之恨，天长地久是时间。感情是超越时间的，是绝对的。而人恰恰又不是这样的。人的感情就是要受到寿命的限制的，人的感情就是要随着时间地点条件为转移的。我这样说："It always changes with passing days."有时候，不是一天天变化，而一分钟一分钟地变幻，with passing minutes，美国大学生都笑了，认同了。如果两个人条件差不多，相互喜欢上了，这并不保险，我们刚才讲过了，钱锺书展示的围城现象，就是人在结婚以后，就会变成另外一个人。其实，结婚不结婚无所谓，要变，随时都可能变。比如说，男的飞黄腾达了，注定会有其他的女孩子对他产生爱慕之意，那么这时候，男孩子就要把持住自己了，最好要像柳下惠一样，人家坐到你的怀里你都不乱。其实这是很困难的。人的感情是会随着条件的变化而变化的。一般来讲，最理想的，好像柳下惠那样，任何的条件都不会改变。但是人又是很现实的，尤其是男孩子，我看过美国的一本杂志，心理学家曾经说过男人都有"多恋"的倾向。他不是一元化，而是多元化的。男女之间为什么总吵架呢？像美国这样的社会，每年有200多起的家庭暴力事件，连布什的女儿都会挨打，美国学者分析原因是什么呢？男人有多恋的倾向，女人也有一个毛病，就是嘴巴快，伶牙俐齿。两个人吵架的时候，女人一定要当场就获得胜利，不肯给男人面子。可是男人要是理屈词穷的话怎么办呢？武装斗争啊！（众笑）白居易的看法是认为爱情要超越时间空间，但是我也不太相信钱锺书的看法，爱情全是逢场作戏，全是假的。理想的爱情固然好，但它也是会随着条件而发生改变的。好，谢谢。

问：钱锺书在《围城》里表现出对爱情的态度是那么刻薄，那么在现实生活中他又是怎么看待自己的爱情的呢？

答：这个问题很尖锐啊！这正是我们想要研究而研究不出来的问题。我前边讲过，《围城》里面，方鸿渐和孙柔嘉订了婚以后，对话就开始困难了，说是聋子的对话，已经是比较文雅的了。大量的对话，都带着辣椒水、火药味，关于先吃好葡萄还是先吃坏葡萄的俏皮话，本来是说着玩玩的，人家却得出了这样的结论："唐小姐和苏小姐是前面的好葡萄，我是后面的坏葡萄么？！"方鸿渐就反复地向她解释，不是这样的，他讲的不过是理论嘛，是具有普遍性的，不是具体落实到个人的，等等之类。其实这个沟通是很困难的，只要想吵架，她总能给他找出理由，还都是歪理。所以男人和女人对话，这是一种艺术、科学，也是一种哲学。

我有时候会想，那些古怪的歪理肯定不是天上掉下来的，也不是脑袋里天生的，而是从生活体验中提炼出来的。钱锺书从哪里得来女人和丈夫对话的原生体验呢？莫不是从杨绛的话语中获得灵感的？还有，钱锺书和杨绛是怎么沟通的呢？难道他和杨绛对话，也有过这样的尴尬局面？当然这些都不敢写出来，因为杨绛老师还健在。我的胆子不够大，而且也怕讲错了杨绛骂我。所以你提的这个问题我们可以把它留下，好好地研究一下，男人和女人怎么对话？偷偷研究，钱锺书和杨绛怎么对话？但是今天不能公开研究。请你原谅。谢谢你的提问。

问：您好，我非常欣赏您的幽默风趣的讲话风格，请问，您是从执教开始就是这样的风格，还是后天逐渐形成的呢？

答：关于我的讲课风格好像是从改革开放以后形成的，因为这个时候讲课就比较开放自由了。"文革"以前，我讲课，老是挨批，弄到后来，就不让我上课了。到了开放以后，起初，我并不知道讲得怎么样，后来，大约是20世纪80年代中后期，安徽大学中文系请了全国十几个著名人士，每人讲一次，然后由学生投票，选出得票最多的两个，过一年再到那里讲一个月。结果本人受到学生青睐，第二年，去讲了一个月。从那以后，我才知道自己讲课效果还怪不错的。我在东南大学的讲座也是偶然来了一次，并没有想到，每年来讲。可是很幸运，你们很喜欢我。我的口语速度比较快，在一般大学，有时，一些同学跟不上，效果就不一定太好，而你们的理解力很强，你们的反应相当快，真有心有灵犀一点就通的感觉。那么在这里我的讲话最自由，也最容易发挥。虽然我72岁，但一讲起来却有一种返老还童的感觉。

问：老师您好，对于《围城》的主题我们大家都很清楚了，有的人提出，因为方鸿渐不爱孙柔嘉，结了婚以后他和孙柔嘉必然会吵架。如果假设方鸿渐娶的是唐晓芙，结了婚之后会慢慢地发现，她也变成了另外一个女人，那么这样写是不是逻辑性更严密一些呢？是不是对人性的描写更深刻一点。

答：你说的这种看法世界上只有两个人赞成，第一个是我，第二个是杨绛。你的观点我明白，先要把这样的一个恋爱故事写得非常缠绵，结果结了婚以后爱人就变成了另外的一个人，如像孙柔嘉前后判若两人。我觉得，你与其写这样的一部小说，不如写一部《续红楼梦》。写贾宝玉和林黛玉，两个人结婚以后发现天天吵架，你是不是觉得这样的更精彩些呢？谢谢。（热烈掌声）

（录音整理：尤萌　赵丹）

正眼看余秋雨：从审美到审智的断桥

一、从大红大紫到千夫所指

余秋雨的散文从20世纪90年代早期引起注意，起初是在台湾地区受到热烈欢迎，得了个大奖，接着是在大陆大红大紫，后来则急转直下，一度搞得似乎是千夫所指，可以说，爱之欲其升天堂，恶之欲其下地狱。在一个短时期里，他显得非常孤立。不但他的同辈作家，如沙叶新、魏明伦、陈村为文，对他说些语带批判的话，就连远在美国的李泽厚，也说了一些感情上有些厌恶的话。余秋雨一度真是可以用四面楚歌来形容。举一个例子，从1998年到2006年，一连三次中国作家开全国代表大会，在我看来，以他的成就，当选中国作家协会副主席，是绰绰有余的，可是，我在代表名单里就是找不到他的名字。后来了解，原来是他在上海一连三次落选。真是够惨的了！（反应活跃）这可真是中国文学界的一大历史奇观。

光是余秋雨这个人的身份，就很有点异数。他原来不是专业的散文作家，而是一个大学教授，一位著名的戏剧理论家，还是上海戏剧学院这样一个重点学府的院长。学术地位、社会地位是相当高的。可是，安富尊荣的生活他不要，突然，他辞职不干了，当他的专业散文家去了。这样的选择，是有点惊世骇俗的。

余秋雨现象引起纷纷议论，如果是一般的热闹，那倒也正常，可是争论达到令人吃惊的激烈，词句上情绪化到蛮横的程度，今天无法详细说。光是从评论集出版之多，之迅速，不敢说绝后，应该是空前的。第一本评论集《感觉余秋雨》，是文汇出版社1996年出版的，作者都是一些比较著名的作家和学者，几乎是众口一词地赞美：非常好，读来很过瘾。这是余秋雨和读者的黄金蜜月时期。可是好景不长，不过两三年，风云突变，余秋雨从一个被崇拜、被赞叹的大红人，突然变成被围攻、被批判、被谩骂的倒霉鬼，围攻的文章很快就出了集子。有一本叫《余秋雨现象批判》——这个名字就不大客气了，是湖南人民出版社 1999 年出的。接着而来的，是中国文联出版公司在 2000 年 1 月出版的叫《秋风秋雨愁煞人》，余秋雨就晦气临头了。跟着而来，报刊上批判谩骂的文章就可以用铺天盖地来形容。到了 2000 年 5 月浙江文艺出版社出了一本书，叫《文化突围——世纪末之争的余秋雨》，余秋雨被围困了。不过是过了 4 个月左右，四川文艺出版社，又出了一本书，这本书的名字就挺吓人，叫《“审判”余秋雨》。后来就搞得更邪火了，又出了一本书《石破天惊逗秋雨——余秋雨散文文史差错百例考辨》，是上海一个刊物的主编写的，说余秋雨的文章里面有 100 多处的“硬伤”。直到 2005 年，余秋雨的老对头古远清还出版了一本《庭外“审判”余秋雨》。

没有一个中国学者在在世的时候，在这么短的时间里，拥有这么多评论集。余秋雨 20 世纪 90 年代前期享受到的赞美之多，和 90 年代后期遭受到的谩骂之多，可能是活着的作家里面绝无仅有的。一时间，产生了一个很特别的现象：余秋雨的一举一动都被各种传媒所追踪。大报刊有《南方周末》《文汇读书周报》，还有《中华读书报》，莫不卷入其中，至于全国各地的都市报、市民报就不用说了，一度甚至波及一些大学的学报上去。但是，不管谩骂文章如何铺天盖地，余秋雨散文集的畅销似乎并没有受到多大影响。

对于余秋雨的争论，焦点在两个方面：一个是余秋雨在“文革”期间的政治身份，问题的实质是，他是不是个好人；一个是余秋雨作品中的文史资料的所谓“硬伤”，问题的实质是，他有没有学问。

二、关于体制局限和忏悔问题

关于他的政治身份，讨论得尤其热火，一定程度上，成了变相的讨伐。

本来我觉得，一个人的政治身份与他艺术评价之间应该有联系，但二者并不等同。评价一个人的艺术成就，当然不能绝对地不谈其政治立场，但，也不能简单地以政治立场的宣判代替艺术评价。比如说周作人，我们在评价他的时候都不能不提起他的失足，但是，却不能因此抹杀他在散文上的历史贡献，特别是他在五四运动时期的成就。又比如张爱玲，她在抗战期间，在民族大义上，应该说是大节有亏的。固然，她并没有直接去当汉奸，但是她早期的小说大都是发表于“兴亚建国系”的报刊，大都是汉奸文人的同人刊物，她最初，也为这些报刊所捧红。最不堪的是她与汪伪政权的宣传部政务次长胡兰成同居，过了一段“小夫人”，也就是小老婆的生活。抗战胜利后胡兰成隐姓埋名，匿居温州，张爱玲对这个用情不专的花花公子，温情脉脉，去探看他。据胡兰成后来写的回忆录《今生今世》中说：“我出亡至今将近两年，都是她（指张爱玲）寄钱来。”报刊曾经披露过张爱玲参加过日本帝国主义者召开的“大东亚文学者大会”。虽然张爱玲在抗战后声明实际上没有去参加，但是名列此大会者皆汉奸文人，当时她的政治立场，可见一斑。可是这一切，并没有妨碍读者欣赏她的艺术。

时间距离太近，往往不容易看清楚，看远一点，就比较清楚了。

大诗人王维在安史之乱中，一度失足，接受了安禄山的伪官，当然是不光彩的。李白参加永王幕府，有分裂国家的性质，用今天的话来说，是上了永王的贼船。这一切都没有妨碍我们去欣赏他们的诗歌艺术。美国大诗人庞德，“二战”期间曾经支持过意大利的墨索里尼，可是他仍然被列为美国诗歌史上的大诗人。

作家政治上的污点固然不可忽视，但是，并不能构成鄙视其艺术成就的理由。

余秋雨之所以重要，就是因为他的散文艺术，可是，对他的争论，却不针对散文艺术本身，而是纠缠在他在“文化大革命”当中政治上是不是有问题。其理论预设就是，如果有问题，就是一个坏人，他的散文就不足观了。有些文章鄙薄他，表面上是“道貌岸然的文化人”，到处讲“文化人格的建构”，但在“文革”当中，是“四人帮”的“文胆”，是“四人帮”的“帐中主将”，是“文化杀手”。此等说法，不胫而走，套红标题，为数百家市民报刊广泛转载。有什么根据呢？说是当年他加入了一个最见不得人的写作组，就是上海市委张春桥、姚文元控制的一个御用的文人班子，名称是“石一歌”，实际上谐音就是“十一个”的意思，这个班子有 11 个人，据说，余秋雨就是其中最主要的。

后来经过一些人的“调查”，结论是认为没有这回事。余秋雨不是属于这 11 个人里的，而是属于这个写作班子的底下的一个小组的。在复旦大学有一个《鲁迅传》的写作组，余秋雨在大学毕业后曾经被分配到这个组，成为一个组员。“文化大革命”爆发的时候，也就是 1966 年，余秋雨是 20 岁，等到他大学毕业的时候，当时没法分配工作，都乱糟糟的。好几年后，余秋雨被分配到这个写作组中去。他在这个写作组的时候写了一些文章。有人揭露主要是写了两篇文章。一篇叫《走出彼得堡》，这是有典故的。俄国在十月革命胜利以后，对反对派，包括知识分子，实行残酷镇压。高尔基认为，对一些科学家、作家大规模镇压是残忍的，在高尔基和列宁之间有一场争论。如果看过《列宁在 1918》这部影片的话，应该记得一个场面，高尔基说那是不必要的残酷，列宁说，什么叫不必要的残酷？什么叫必要的残酷？两个人在打架的时候，你怎么能判断这一拳头是必要的，那一拳头是不必要的呢？两个人不欢而散。后来呢，列宁被一个女特务打了一枪，受伤了。高尔基去慰问他，列宁就说，“我们两个人的争论有了答案了”。所以后来列宁写了一封信给高尔基叫《走出彼得堡》，“彼得堡”被敌视苏维埃政权的知识分子包围了。但是列宁叫高尔基“走出彼得堡”，并不是我们中国所讲的下放“到农村去”，不是。列宁把他送到哪里去？是非常文雅地送到意大利的卡普里岛那个地方去疗养，省得你再啰唆，让读者和你失去联系，反正意大利那个地方你也不会有什么群众。因此这个“走出彼得堡”的典故就被“四人帮”利用，就是把知识分子下放到农村里，参加体力劳动。这就叫作接受贫下中农“教育”。传闻中余秋雨写的第二篇文章叫《评斯坦尼斯拉夫斯基体系》，这是俄国的一个导演体系，对中国影响是很大的，当然，特别时期，也是被加以批判的。

能够证明余秋雨是“四人帮”的“文胆”“文化杀手”的，也就是这两篇文章。

余秋雨反复声明，我没有写，这不是事实，可是人家说，你就是写了，你不要赖。吵闹了好几年以后，终于有几个有心人做了个调查，什么人呢？就是上海《新民周刊》《法制日报》《上海法制报》的三位记者，一位叫金仲伟，一个叫杨慧霞，一个叫王抗美。他们在《余秋雨“文革问题”调查》中说，当时“十一个”的负责人还在，叫胡锡涛，此人声明盛传为余秋雨所作的《评斯坦尼斯拉夫斯基体系》并非余秋雨所作，而是他本人的作品，而《走出彼得堡》则是另一位写作组成员之作。另外一位又调查到，粉碎“四人帮”以后，主持审查上海市委写作班的组长叫王素之，是部队来的一位将军，他说，余秋雨，他审查的结果是没问题，而且他非常欣赏余秋雨的才华。当时他的主张就是把余秋雨调到部队来工作，发挥余秋雨的才华，但是上海市委舍不得放余秋雨就没调成。由此可以证明，如果有问题的话，他怎么会调余秋雨呢？那还有一些老报人认为，这样欺负余秋雨是不对的，其中一位夏其言先生说太不像话了。上海这些人都来围攻他，尤其是他的同辈、年纪差不多的。这些人老是提供黑材料，建议余秋雨打官司。[①]余秋雨一时被围攻，显得特别孤立，就采取了一种冒险的策略，以攻为守。他后来还真打了官司，和武汉中南财经政法大学的古远清教授，打得并不是很理想。因为鸡毛蒜皮的小事情，在深圳是否拿到别墅的问题，打赢了，并未取得广大群众的同情和谅解。在我看来，这是个道义的问题，不是法律的问题，所以浪费好多时间。[②]

我本以为这样一来，余秋雨就解脱了。

---

① 福州《海峡都市报》2000年8月23日第17版，原载《炎黄春秋》。

② 和余秋雨从笔墨官司到对簿公堂，拉锯战打得最为曲折的是中南财经政法大学的古远清教授。一直到2005年，似乎还没有了结。有兴趣的读者，可以参考古远清的《庭外“审判”余秋雨》（北岳文艺出版社）。

但是，事情并没有完结，后来《南方周末》上，又出现文章，说这个调查文本是不真实的，有违一些当事人意志的。这样，又折腾了一些日子，好像是读者也有点厌倦了，事情就不了了之。

其实所有这些笔墨官司，在我看来，都是多余的。据我所知，“文革”时期的写作都是集体写作，谁都有权在人家起草的稿子上改来改去，改到最后，根本就弄不清楚哪一句是谁的了。发表时，又都很少用个人名义。有时一篇文章都改到十几二十遍，甚至更多，你说哪一篇文章是余秋雨的？要弄清楚一篇文章到底是谁写的，20 年后，几乎是不可能的。

还有一个问题，倒是有一点理论上的价值，就是揪着余秋雨要他“忏悔”，以余杰为代表。余杰先生应该说是我的校友。他跟另外一个人，是湖南省的，一位相当资深的作家叫余开伟，他们两个姓“余”的对付另外一个姓“余”的。500 年前是一家嘛，可是这两个就是一点本家的情谊都不讲，（众大笑）提出一个口号，大义凛然：“余秋雨你为什么不忏悔？”你现在一副文化明星的样子，引起了国内外崇敬的目光。但是，你在“文革”中，有很不光彩的记录，你在自我忏悔之前，没有资格讲什么文化人格的建构。话说得很凶，余秋雨实在拿他没办法，于是请出来一位朋友跟他说，我们来谈一谈吧。余杰就跟余秋雨去谈一谈。见面了就握手言欢，报刊报道说，余杰已经消除了对余秋雨的成见，“二余之争”告一段落，已成过去了。余秋雨非常高兴。可没过几天，余杰发表声明，我根本就没有饶恕余秋雨，我就是要他忏悔。这样余秋雨就非常狼狈了。

本来，我觉得，不管是余杰，还是余开伟强迫余秋雨忏悔，都没有什么意思，只有媒体在炒作中得利。但是，后来一想，这里有个理论问题，就是余杰和余开伟有没有权利要求他人忏悔。这个是一个学术问题。我认为他们没有权利。“忏悔”这个命题，出自两个地方，一个是《圣经》，一个出于我们儒家文化经典。从基督教文化来说，每一个人都是有罪的，就是“原罪”，自从我们的祖先亚当夏娃，先是夏娃吃了智慧果，亚当听了他老婆的话也去吃了智慧果，后来被上帝发现了。亚当一吓，果子就撑在喉结里了。这个喉结在英语里叫什么？叫“Adams Apple”，亚当的苹果。亚当夏娃不听上帝的话，所以被驱逐出这个伊甸园。从基督教文化来说，每个人都有“原罪”，都应该忏悔。因而没有一个人有权利强迫别人忏悔，《圣经》里有一句很著名的话：“兄弟啊，你不要因为看到别人眼睛中有刺，就忘掉了自己眼睛中的梁木。”就是说不要以为看到别人有错误、有罪，就忘掉了你自己罪过更大。所以说，忏悔是不可以强迫的，这是第一。第二，忏悔是完全自愿的。向谁忏悔呢？向上帝忏悔。这是不用证明的，是吧？（众答：是。）那么，上帝不在场，只能向上帝的代表忏悔，代表是谁呢？神父。如果到过巴黎圣母院的话，你可以看到坐在神龛里的穿白衣服的神父，随时随地接受人们的忏悔，可以看到非常漂亮的金发女郎跪在他面前。神父有权利听忏悔，同时有义务保密，保护人的隐私，忏悔是不公开的。对不对？（众答：对呀。）第三，天国的大门是永远敞开的，任何人在任何时候都是可以忏悔的，包括临死，最后只剩下一口气。一辈子都不听上帝的话，到临死了，剩下一秒钟，还来得及忏悔，上帝还可能给你进天堂的门票，请你吃糖果。强迫人忏悔是违背上帝意志的。

从我们儒家文化来说呢，儒家要求君子要自我反省，自审。“曾子曰：吾日三省吾身：为人谋而不忠乎？与朋友交而不信乎？传不习乎？”反省自己在道德上没有忽略掉的缺陷，这完全是自由的，是道德上的自我修养，是一种自觉，一种真诚的精神的升华，如果是被人强迫的，就失去本意了，就可笑了。（众笑声）

强迫人忏悔是文明的倒退。“文化大革命”中红卫兵可以任意勒令某某人交代罪行、请罪，有时还是跪着请罪，是极端野蛮的，是人的价值和尊严的贬损。余杰这一代，“文化大革命”时期，年龄还很小，但留下了“文化大革命”的胎记，那就是以为自己最高尚，别人最卑污。但是，非常不幸的是，后来四川一位作家发现，余杰的这篇文章完全套用他在《四川文学》上发表的文章，整个结构都是一样的，用的材料也是一样的。余杰从此沉默，他不再谈忏悔的事情，我就非常同情他、可怜他了，强迫忏悔者本人，就应该忏悔，这是明明白白的真理，但是，我反对强迫余杰忏悔。我的耐心是充分的，因为他还年轻，距离最后一口气、最后一秒钟还远着呢！（大笑声、鼓掌声）这是第三。

如果严格说讲忏悔的话，该忏悔的人还多了去了。整个“文化大革命”期间，现代作家，除了鲁迅全部被打倒，当代作家呢，通通被横扫了——但是，有一个例外，那时有一句谚语，叫作：“放眼望文坛，举国一浩然。”只剩下一个“浩然”，你们知道这个人吗？他是北京的作家，他有一本长篇小说《艳阳天》出版在“文革”前夕，应该说还是很有点文学价值的。“文革”开始以后，他就顺从了“四人帮”创作原则——叫作英雄形象“高、大、全”的原则，写了一本《金光大道》。他是被江青看重的。那时，他那个红法，大大超过了余秋雨。整个文坛都是牛鬼蛇神；整个中国，就剩下浩然成了作家的样板。到“文革”结束以后呢，按照余杰和余开伟的逻辑，就有人问：“浩然，你为什么不忏悔？”浩然说：“我就是不忏悔，我写作的一切我从来不忏悔，我做了美好的回忆。”这么一来大家就都傻了，都再也说不出话来了，也没有人去纠缠他了。浩然一句话，就把一些道德义士变成了哑巴。

这就很值得研究了，为什么会这样？为什么？很简单。浩然的名气没有余秋雨大。从传媒来说，浩然炒起来，炒不热，炒不成一个文化事件。余秋雨则是一个文化明星，名气大，一炒就是一个文化大事件，新闻效应很大，商业效应可观。这样，余秋雨就成了一块大肥肉，参与炒作，多多少少总会沾一点油水。骂名人成名快，炒余秋雨实际上是炒自

己，抬高自己的道德形象。表面上很是冠冕堂皇的文学批评，实质上，有些卑污的东西。（掌声）

从余秋雨现象，我们可以看到有两种批评，一种是严肃的学术批评，那是非常严肃的批评和解剖，这样的批评，一般是在学术刊物上的。可惜的是，这样的批评极少。第二种，虽然同样是文学批评，但是，大都是在报刊上的，可以叫作传媒批评。一些市民报纸，或者说大众报纸，巴不得每一天有事件，没有怪事，就制造风波，夸大其词，把小事炒大。炒作的目的是吸引眼球，达到经济的目的，这就叫作“眼球经济”。最能引起广泛关注的，莫过于名人，尤其是明星，所以报刊上充斥着体育界、娱乐界明星的绯闻、逸事。从传媒界来说，有票房价值。一般的作家、学者即使有些新鲜事，就是炒，也炒不出广告效应来。因为，名声仅仅限于文学界、学术界。浩然那么顽固，为什么没有道德义士去谴责他，强迫他忏悔？因为名声不够大，一般读者对浩然没有多少感觉。而余秋雨却不同，我在一开始就说，他不是一般作家，他是一个文化明星，同样一件事，发生在明星身上就值得大炒特炒。这样余秋雨的一切就成了新闻热点了。你看余秋雨又娶了一个老婆，很漂亮，是个很有名的演员。你们知道吗？叫马兰。歌星影星的隐私是炒作的好料。哪一个和哪一个恋爱了，哪一个在咖啡馆里吻了谁一下了，哪一个婚变了，哪一个怀孕了，都三个月啦……从学理上看有什么学术价值呢？没有价值，但是余秋雨和马兰结婚就有眼球经济价值。非常漂亮的黄梅戏女演员又看中了余秋雨，结成了秦晋之好，很能让一些人感到欣慰，感到有趣，感到羡慕，而且可惜的是，只是羡慕而已的。（大笑声）这就是传媒的价值之所在啊！还有一件事，据说余秋雨，因为他宣扬深圳文化，深圳送他一套别墅。狗咬人不是新闻，人咬狗才是新闻。宁可信其有，不可信其无。炒起来再说，后来证明事情并不是这样的，但是，报纸的吸引眼球的总量，就是广告的总量，却大于那些对他有成见的人士做文章的稿费的总量。这个公式，是并不太复杂的啊！（大笑声）

当代传媒学有一种理论，就是文学作品和文学作品引起的事件相比，事件比作品更有价值。这叫作“文学的事件化，或者新闻化”。在这里，我觉得有必要引用一下青年学者管宁的话：

> ……而在消费社会，大众传媒具有的话语权力……当一部作品与一系列的事件、报道和评论联系起来而成为一种文化现象时，人们的关注点通常被种种与作品相关的新闻报道所吸引，而对作品却往往不甚了然。[①]

这就是炒作机制的根源。炒作性的批评话语是专制性的，尤其是恶性炒作，是不讲理的，传媒杀人是不眨眼的、杀人是不见血的，吃人是不吐骨头的，（掌声）是不为被炒杀了

---

① 管宁：《消费文化与文学叙事》，鹭江出版社 2007 年版，第 34—35 页。

作家负责的。传媒是不管余秋雨死活的。（掌声）你死了，它炒作一次，它感到可惜的是，这是最后一次了。（掌声）巴不得你再活过来一次，因为，它又可以炒作一次。（掌声热烈）这是传媒的生存之道，这种生存之道和文学的生存之道是矛盾的，不要被传媒炒作弄昏了头。

不能忽略的是，余秋雨的所谓忏悔问题，其中有个体制问题。当时的权力话语体制中，只有一个声音是合法的，神圣的，余秋雨那时才20岁，“文革”结束的时候才30岁。当然，他当时如果能先觉先知，超越唯一神圣话语体制，用另外一种话语讲话，像林昭、张志新那样，那当然是最英雄的，但是，如果余秋雨不是英雄，就没有资格创造文化散文了吗？如果真是这样，那我们全国作家，没有像林昭、张志新那样崇高，还能不能有颜面活在这个世界上呢？我们中华民族的历史悲剧，让一个小伙子来负责是不是太苛刻、太凶残了？换个角度思考，当时领导余秋雨的，比余秋雨地位高得多的，有些人现在还在领导岗位上，有的还很开明，为什么余杰不站出来，要他们忏悔？为什么没有人向领导余秋雨的人提出：“你为什么不忏悔？”这就是传媒批评的怯懦和凶残，这就是传媒道德批评的不道德。（掌声）那些权力人士，当时他们讲了什么话，压制了、损害、摧残了什么人——肯定比余秋雨严重——没有一个人去追究。不去追究当权者现时的道德水准，却热衷于追究一个小青年——大学毕业的时候才24岁——要他来负责，这不是太不像话了吗？（掌声）当然，我们并不主张这样做，因为，那脱离了历史语境，脱离了体制来追求个人的责任，是荒谬的。这里不仅仅是传媒的体制问题，而且还有我们“文化性格”当中阴暗的东西，对文人是非常苛刻的，但是对决定文人命运的权力却非常宽容，甚至于麻木。正是因为这样，我觉得余开伟和余杰对余秋雨的声讨、逼迫，我觉得，表面上是场闹剧，实质上，是一场悲剧。

当然，从另外一个角度说，对他的攻击也不是说一点道理没有。其中最突出的一点就是，余秋雨对待批评的态度，一直是不明智的。应该说，他基本上是拒绝一切批评，包括善意的、建设性的，他不是避重就轻，就是强词夺理地反击，不是拒人于千里之外，就是倒打一耙。我这样说有根据的。他的书畅销以后，出现了许多盗版。看来他很恼火，他在《霜冷长河》出版前夜，就写了一篇致读者的公开信，把对他的批评一棍子打成是盗版商的“合谋”。我是非常喜欢余秋雨的散文的，那一年鲁迅文学奖散文奖，没有给他，我还写了文章，说，不是余秋雨需要鲁迅文学奖，而是鲁迅文学奖需要余秋雨。但，对他这种倒打一耙的做法十分不理解。从这个意义上说，他在文化人格上有弱点。他太爱惜自己的羽毛，不能想象自己任何一根羽毛有污斑。其实在那“十年浩劫”期间，污泥浊水飞溅，任何人身上都免不了沾上污泥，承认这一段历史，只能显胸怀坦荡。余秋雨却一直诡辩，反而让人觉得他，怎么说呢？用什么词语呢？虚伪，好像太严重了，虚假，对，虚假！在这

方面，他做人有点让人觉得，他宁可要虚假的干净。其实是自我欺骗，其结果是自我折磨。（掌声）

表面上，他和那些死揪住他不放的人针锋相对，但是，实质上，二者在预设的前提下，几乎是一致的。攻击他的人的前提是，你是文化人，你就应该道德上绝对完美，你的学问就不应该有任何错误。一旦发现了错误，哪怕是鸡毛蒜皮的错误，就是十恶不赦的罪状。余秋雨在明摆着的错误面前，死不认账，其潜意识里，也是一样，我是文化大家、大师，我的一切都是纯洁无瑕，冰清玉洁的，一切错误发生在我身上，都不可想象，但有污点，哪怕是用诡辩的手段，也得把它说成是清白。其实，人就是人嘛，连孔夫子、孙中山、毛泽东都有错误，都有历史的局限性，何况你余秋雨！何况余秋雨的那些个错误，还是历史的错误。历史的错误，就是历史的局限性，不管怎么说，主要是要由历史来负责的，你余秋雨，就是要负责任啊，你也没有资格啊！（掌声）

三、是“硬伤”还是“软伤”

这并不是说，余秋雨只有历史的局限，就没有个人的错误了。有的，那就是炒得沸沸扬扬的所谓“硬伤”问题。

余秋雨的散文基于一种文化历史的批判，塑造着一种文化性格，他把诗性的激情和文化历史的智性深思结合了起来，他以这种创造，开辟了文化散文的一代新风，在当代散文的发展上，功不可没。可是他的文化历史资料却有好多无可争议的错误，在学术上叫“硬伤”。“硬伤”的意思不外两点：第一，是局部性的，细小的，但是又是要害的；第二，这种错误是绝对的、无可争议的，秃子头上的虱子——明摆着的。经过全国多少批评家，起码几十位，好多年的努力，2003 年到达高潮，金文明先生出版了《石破天惊逗秋雨——余秋雨散文文史差错百例考辨》[①]，据他说，硬伤高达 120 处。

我想，凡称硬伤，都是要害的，真正的硬伤，有一处两处，就是致命性的，如果不是致命性的，那就不应该叫作硬伤，而叫“软伤”。比如，我一个大活人，生理心理，一切运作正常，呼吸系统、泌尿系统、循环系统、消化系统、生殖系统等等，一切系统，都很正常地协调运转。但是，有一个系统中一个小小的障碍，比如说心脏部位，血管里面一个小小的硬块，堵住了很小的一段，心肌就梗死，哪怕其他地方都挺正常，甚至挺强壮，超过常人，那我就完蛋了，就没命了。这个就叫作硬伤。现在，金文明查出了 120 处，可余

① 以下所述余秋雨的所谓硬伤，文章甚多，大体均见金文明的《石破天惊逗秋雨——余秋雨散文文史差错百例考辨》，书海出版社 2003 年版。为避免注释过度烦琐，请参考该书的有关章节。

秋雨的散文，却没有完蛋。我想，这本身就证明金文明所谓的硬伤，并不太硬，而是“软伤”。金文明先生，穷追余秋雨，沸沸扬扬地搞了七八年，我仔细看了一下。其主要方面我看大概可分成三类。

第一类，确实是文化史料的错误，铁板钉钉。如有一个人，本来叫作叶昌炽，余秋雨把他搞成叶炽昌了。金文明指出了，这个人在文化史上，没有太重要的价值，这样的错误，余秋雨就是不改，也没有在根本上伤害余氏散文的水准，可能不算是硬伤吧。第二类，比较重要一点，比如说，在中国古代历史书有一个词语“致仕”，有一个特殊的意思，就是退休。可余秋雨，却望文生义，解释成进入仕途。这可能有一点接近于硬伤的，本来很值得重视，可是，余秋雨在《文汇读书周报》上发表答复金文明的谈话，却坚决地不认账。他说，我从字面上来解释也是可以的，从字面的动宾搭配来理解也可以。余秋雨在维护自己形象方面，真是够顽强的，也可以说是够傻气的了。（笑声）但是，我最近非常惊讶地发现，复旦大学古典文学的权威教授章培恒教授，为余秋雨辩护，认为从普通词语搭配来讲“致仕”，也是讲得通的。这就说明，即使这样的错误，也还只是文章的局部、细部，并不足以导致文章心肌梗死，并不带有致命性，因而，也还只能算是软伤。

余秋雨的第三类“错误”呢，就比较复杂了。有些呢，在我看来，很难说是错误，也很难说不是错误。而是什么呢？是各人看法不一样。我有我的材料，你有你的材料，史料不一样。余氏在《西湖梦》中写到苏小小，用的是关于苏小小的传说和小说传奇故事。金先生就说，你不能把小说传奇用来做历史，这是“硬伤”。金文明先生说，有一个人叫郭茂倩，编了一本《乐府诗集》，其中有一首诗叫《苏小小歌》。其题记中有，“苏小小，钱塘名娼也，盖南齐时人”，大概在南朝（宋齐梁陈）的齐朝时代的人。我就感到疑问了，金先生，你根据的就是历史吗？你根据的可是一个文艺作品《乐府诗集》呀，也是文学作品呀！这个题记连苏小小是哪一个朝代的人都搞不清楚，能算是历史吗？金文明先生的文化个性，是不是有一点偏执，是不是透露出一点的自我迷恋？是不是和余秋雨一样有点死心眼的傻气？

余秋雨的《西湖梦》里，说到诗人林和靖，有名句：“疏影横斜水清浅，暗香浮动月黄昏。”他以梅为妻，以鹤为子，那就等于说没有儿子，也没有妻子。余秋雨稍微带了一句，他实际上是有儿子、有妻子的。这样，这位金文明就大叫大喊起来，余秋雨，你又硬伤了，他没有儿子。其实，有儿子，没有儿子，都是有根据的。有一个人自称是林和靖的后代，金文明考证，说是冒充的。我认为这个也可以讨论，你认为是冒充的，我认为不是冒充的，就不行吗？这不叫“硬伤”，这很难说是定论。还有一位先生批评余秋雨的《阳关雪》：“到处都充满了沙漠，就像到了艾略特《荒原》里的坟堆。”这位先生就动了肝火：不对，艾略特的《荒原》里没有坟堆，你根本就没念过艾略特，还冒充念过艾略特。后来又有个先生写文章说，他去看了一下艾略特还是有坟堆的，是你自己没看清楚。还有一位先生就更不讲理了。他说，余秋雨本来是戏剧理论家，讲西方戏剧理论史的，可是他发现余秋雨根本就不懂西方的语文，连英文也不懂。光凭余秋雨不懂外文而又大谈西方戏剧理论这一点，他对余秋雨的治学态度及学问功底就不敢恭维。[①]我觉得这也过分了。第一，我想余秋雨他是懂一点外文的。我看得出来，他有一些引文是英文，精不精通我就很难讲了。这里有个标准问题。在钱锺书看来，连巴金那样的翻译过好些英文著作的，都不能算是懂英文。还有一些人骂起来，就更傻乎乎了。余秋雨写了《白发苏州》，有一位对苏州历史很熟悉的人，说余秋雨冒充什么对苏州非常了解的样子。苏州有一条胡同里有一个很著名的人物在那里住过，为什么不写？就连这个也不懂！我觉得这就有点专制了，有点野蛮了，自暴其不懂艺术了。很简单，面面俱到就不是艺术了。如果我写东南大学，干吗要把每一个教授都写到？我只写这个讲堂里，前排这个漂亮女孩子，她的形象就是东南大学青春焕发的象征，就不行吗？你们说，行不行？（学生：行……哦！鼓掌）我写了这个女孩子，你说我为什么不写那个女孩子，我写了那个女孩子，你又说，为什么不写女教授。你管得也太宽了！（大笑声，鼓掌声）你还让不让我活啊！（掌声热烈）

当然，余秋雨有错误，这是不可回避的。有一个很著名的错误，错得有点不像话。舜有两个老婆，一个叫娥皇，一个叫女英。她们是尧的女儿，这是常识。余秋雨写错了，把舜的两个老婆，说成是两个女儿了。余秋雨行文的时候记错了。我想，余秋雨可能是从一种美好的道德观念出发，中华民族的伟大英雄，娶两个老婆有点煞风景，他想，有两个女儿还差不多，至少比较神圣！（大笑声）你看余秋雨还是多么热爱我们国家的古典文化啊！（大笑声）余秋雨在后来的版本里就把它改掉了，把舜的女儿改成尧的女儿，改了一个字。但是，他口头上没有检讨。金文明先生觉得不过瘾，他还是把这个写进他的书里去。他在后记里说：后来的版本改掉了，但我认为那不是余秋雨改的，因为余秋雨这个人从来不承认错误，肯定是编辑部替他改的，所以我还要追究他。从这里，我们可以看到，金文明，在不承认事实方面，和余秋雨可以说是半斤八两，或者文雅一点，遥遥相对，又息息相通。两个人都喜欢钻牛角尖，都觉得自己的牛角尖可爱，对方的牛角尖可恨。可在我看来，两个牛角尖都很可爱，两个人的表情更可爱。（大笑声、掌声）

类似的错误，还有一些，比如说，五四时期发动“新文化运动”，提倡白话文。胡适

---

① 王强：《文化的悲哀：余秋雨的学问及文章》，载《文学自由谈》1996年第1期。又见《秋风秋雨愁煞人》，第209页，原文是：“单凭余秋雨不通外文，而又大谈西方戏剧理论这一点，笔者对余秋雨的治学态度及学问功底就不敢恭维。”

提倡“文学改良”，陈独秀发表“文学革命”，起初没什么人公开反对，觉得很寂寞啊。就在《新青年》编辑部里弄一个自己人，冒充一个反对派，写一些愚蠢的话，叫谁来呢？钱玄同。余秋雨一时记错了，写成了刘半农，这个错误也是没法狡辩的。还有一些，就更麻烦了。比如，范仲淹写《岳阳楼记》，余秋雨就想，既然写《岳阳楼记》肯定到了岳阳楼了。但是没有，范仲淹当时在河南邓州做领导，不可能为了写一篇文章，就丢下公务不管，跑到湖南去。他是根据人家送来的一幅图画，还有家乡（苏州）太湖的经验想象的。余秋雨还写王维的“送别”，余秋雨随便讲了，王维举起酒杯，拿着酒壶。金文明说，当时根本就没有这样的酒壶，余秋雨又搞错了。还有呢，余秋雨随便讲王国维家里书非常多，例如有《四库全书》。有人很得意地叫喊起来，你糟糕了，你又错了。《四库全书》是可以装一座大楼的大书啊！国家一共六部，他怎么会有呢？我想余秋雨说的不是《四库全书》，应该是《四部备要》——《四库全书》的一些重要的部分，因为我在我的老师王瑶先生家里见过，几堵墙壁就够安排了。余秋雨像这样的错误应该说是并非个别，金圣叹是为哭庙案死的，哭的是大清王朝的先帝，余秋雨以意为之，认为是为了灭亡的明朝，实际上并不是。事实是金圣叹已经归顺了清朝，知道皇帝很欣赏他的文章，还很高兴。哭庙，哭先帝，是清朝的，拿死人压活人，反对他家乡的一个官僚，没有想到马屁拍到了马脚上，自己倒把老命送掉了。

总而言之，诸如此类的细节，他的错误，可能并不能算是硬伤，他不是写学术论文，如果是学术论文，这些小伤痕，说明他连中国很起码的《纲鉴易知录》，或者《资治通鉴》的古典历史原文，都没有认真念过。他的知识结构有重大缺陷，这样的伤痕，可能就变硬，可是在文学性散文中，同样的伤痕，也可能变软。因为，这不是学术而是艺术创作，他毕竟不是科学的理性求真，而是艺术的审美情感。当然，这并不是说，软伤就不该重视，谁叫你选择了文化历史人格的批判和建构呢？审美激情应该和严谨的历史理性有更好的结合。

当然，对他批判得很不留情的人，也暴露出对自身的知识结构的局限缺乏自知之明。余秋雨说，在中国文化史上最被“推崇”的友谊是杜甫和李白的友谊。金文明先生说，这也是个大错误。中国文化史上比李杜崇高的友谊很多。杜甫对李白是很有友好感情的，相见以后，经常怀念他，写了不少的诗怀念他，但是李白却把杜甫忘掉了。所以，最伟大的友谊是什么呢？是管仲和鲍叔牙，这才是真正的友谊。我觉得这是可以讨论的。你认为最值得推崇的是他，那么实际上被推崇的是谁呢？这是两回事。值得推崇但是没有被推崇。金文明有的时候有点意气用事。他是一个刊物的主编，这本刊物叫什么呢？叫《咬文嚼字》。他专门干这一行的，他咬文嚼字绝对有功夫。但，专门咬文嚼字，就叫人没法工作了。要写王维的诗送别朋友，就要考证一下王维手里是酒壶或酒杯，这个文章的考证完了，文章也写不出来了。因为这个东西太细节了。他可能觉得自己挺有学问，但是中国的学问太多了，不管他多么自信，实际上，是远远不够的。在一些关键的地方，光凭他咬文嚼字那一手，就显得很肤浅，有些地方，明明有“伤”，他却视而不见。

余秋雨写三峡，写到李白有一首诗：“朝辞白帝彩云间，千里江陵一日还。两岸猿声啼不住，轻舟已过万重山。”余秋雨觉得李白非常自由，唐朝知识分子从长江上游、中游到下游去，寻求人生自我价值的实现，非常轻松，非常自由，身上没有任何“政务和商情”的约束。金文明咬文嚼字，至少八年，没有咬什么东西来，我随便一看就看出问题来了。李白“千里江陵一日还”，并不太自由，而是因为犯了一个极其严重的政治错误。在安史之乱的时候投靠了一个人，永王李璘，这个王子，有野心，他本来被限定在长江中游一带发展势力。他想，哥哥接位当了皇帝，如果将安禄山、史思明打败了，稳稳当皇帝，那没有问题。但如果他被打败了呢？安禄山、史思明被我打败了，那么皇帝不就是我的了吗？这个李璘，挺有政治远见，他想，要当皇帝当然要有枪杆子，但是，光有这一杆子还不够啊，还要造舆论哪，还得有一杆子，那就是笔杆子。现成的是，李白就在附近，把他请来，他影响大呀，可以扩展这个社会基础呀。李白当然很高兴啊。

李白在我们心目中，是个大诗人，但是在他自己心目中，他并不觉得自己做诗人是最重要的，最重要的是政治家。他非常年轻的时候就认为自己是“奋其智能，愿为辅弼”，把我的智慧全发挥出来可以当宰相。李白的一生可以说是一场悲剧，其原因，就在这里。他为自己的幻想所苦，为自己的幻想所折磨。其实，李白真当了宰相的话，我想，老百姓就没有法活了，那就不是仗打不过人家，而是饭没得吃的问题了。因为他只会喝酒啊，求仙啊，只会写诗啊！而后，到了李璘请他的时候，他又产生一个幻想，觉得自己成了一个军事家。他写了《永王东巡歌》来歌颂这个永王。他说“但用东山谢安石，与君谈笑静胡沙”。谢安石，就是自己啊，用我李白这样有谢安石一样军事才能的人，谈笑间，敌人垮台了。用现在的话说，我和你说说笑笑，喝喝酒，下下棋，来点咖啡就可以把安禄山、史思明那帮王八蛋通通消灭干净。但是，李白写诗是很强的，打仗是不行的。历史证明，这是没法翻案的。那个新接位的皇帝，还是很有眼光的，一眼就看出，老弟有野心，居然在东南，长江下游一带扩大势力范围，天无二日，民无二主呀。领导不能“二元化”哦！就派了一个大将，来打李璘。这个领兵的大将写诗也写得不错，名字叫作高适，就是那个写了“战士军前半死生，美人帐下犹歌舞”的名句的。此人写诗，比李白差一点，但是打仗却比李白强多了。一家伙打过来，李白就当了俘虏。这罪名很大。有点像“文革”时期，上了林彪的贼船，要杀头都是可以的，但是有人欣赏他，觉得李白影响很大，一个高级知识分子，就把他从浔阳监狱里弄了出来，给他流放到夜郎。为什么是夜郎呢？我猜想，不是有个成语叫“夜郎自大”吗？夜郎那个地方的人，都会吹，那你就去吹吧。路走了一半，到了长江边了。李白这个时候呢，年纪也很大了，58 岁，快花甲的老人了，比我现在小 10 岁。突然来了一道赦书，放他回家了。原因倒不是有什么人保他，而是，运气太好，关中大旱，皇帝觉得，事情可能做得太过分，老天警告自己了，就来个大赦天下。这就是李白自己讲的“中道遇赦”。就在白帝城，马上就能回家。李白一下子变得轻松起来，感到了归心似箭的幸福。所以才有“朝辞白帝彩云间，千里江陵一日还。两岸猿声啼不住，轻舟已过万重山”。

余秋雨没有研究过李白诗文的系年，望文生义，就说，李白身上没有任何“政务商情”。事实是政务的作用可谓大矣！余秋雨没有研究过，那么这就算了吧。但是，金文明是个咬文嚼字的专家，专心致志地嚼了八年，还漏了这条大鱼，可见你嚼的水平也不怎么样。

金文明这个人也是精通传媒炒作之道的，等到余秋雨文化事态平息下去，批判余秋雨的声音逐渐休息了，他还又掀起一个高潮，说余秋雨有 120 多处错误。其实，大概其中有三分之一是可以讨论的，三分之一是两可的，三分之一的确是余秋雨的问题。那么，我怎么看这个三分之一呢？它的确是错误，但是要改的话，也非常容易。

余秋雨写这个长江三峡还有一个错误，说到巫山神女峰的时候，讲楚襄王怎么样跟巫山神女交会，这个典故有错，金文明也没有咬出来。明朝的胡应麟的《唐音癸笺》，就发现搞错了，不是楚襄王，是楚襄王的爸爸怀王。那个时候就有一句诗叫“襄王枕上原无梦，枉诬阳台一片云”。唐朝人就搞错了，明朝人发现了。余秋雨也搞错了，这不值得大惊小怪嘛。所以我就不写文章，算了，大家马马虎虎了。因为什么呢？我有一个考虑，我们的文化主要是靠建设。余秋雨写了那么多好文章，他对中国当代散文有重大的贡献。这贡献呢，要研究透是很不容易的，可挖他的墙脚是非常容易的。我还有一个想法，破坏容易创造（建设）难。我好有一比，要破坏一个人，要他死很容易，要建设一个人，要他活很不容易。比如我现在在这里作讲座，要多少的功能协同呢？第一，我声带要好，不然你们听不到；第二，我要吃得饱，不然没有力气上台；第三，我要能出汗，能撒尿，不然，尿中毒；第四，要穿衣服，光屁股不行，连光膀子都不行；第五，我要能够呼吸；第六，我的心脏还要能够跳；第七，我的大脑里血管不能破裂，否则立马倒毙，呜呼哀哉。（热烈的掌声、笑声）是吧，种种的，少说也要几十个条件的协同作用，包括我的神经系统不错乱，我的运动肌肉不能萎缩，互相协调，我才能活，才能作最起码的演讲。但是要我死很简单，就是脑袋里有一个小血栓堵着这个地方，最多 10 分钟，就连“再见”都不能说了。所以说，我们要把一个人棒杀是很容易的。棒你 120 处，我给你加上几处，这并不难，但是你要再出一个余秋雨就不容易了。人才难得，这是千古不灭的真理。从这点出发，对有才能的人，要加以保护。保护什么呢？优点不需要保护，要保护的是他的缺点。尤其是对余秋雨这样既有才能，缺点又很不老小的人物，保护一下特别重要。（鼓掌声）

当然，对余秋雨也应当严格要求，余秋雨有一万条优点，但有一个缺点不讨人喜欢，那就是对批评持一种硬着头皮顶的姿态。有时，死不认账，有时，强词夺理，这就使得本来简单的是非问题带上了品德的性质，以至于一些本来对余秋雨的才华比较欣赏的人士，也反感了。这可以陈耀南先生为代表："余秋雨天分之高，文笔之巧，只一本《文化苦旅》便令人心服口服；不过，他的文德之坏，文品之劣，被金文明一一揭露得'石破天惊'。"[①]如果是批评我的话，我就说，错了，我愿意改正，而且感谢你用可贵的时间来阅读我的作品。这是君子风度嘛！我有一篇散文，其中有一句"孔夫子说，食色，性也"。有一个读者就骂了，你这个糟老头子，这不是孔夫子讲的。我去一查，是《孟子》里的，也不是孟子讲的，而是孟子引用了告子的话。我错了几十年，一直被自己的记忆蒙蔽，如今一朝拨开云雾，不是很精彩吗！我马上对他表示真诚的感谢。我的文章中诸如此类的错误一定还有不少，很可惜的是，金文明一直没有注意到我的存在。（笑声）

所谓硬伤，其绝大部分是很局部的细节，它跟文章的心肌梗死症是一样的。但是，有些先生把这个问题看得太严重了。有这样一位先生，他说余秋雨《遥远的绝响》写魏晋的嵇康和阮籍。文章写得太差了，只要他把它和同样写嵇康、阮籍的鲁迅的《魏晋风度及文章与药及酒之关系》对比一下就知道，一个在天上，一个在地上了。我这个人呢，是不太敢相信自己记忆的，鲁迅的文章，我倒是看过。现在就再学习一下，"温故而知新""学而时习之，不亦乐乎"嘛！结果，有重大发现，恰恰鲁迅的文章也有"硬伤"，而且伤得很厉害，程度不亚于余秋雨。

曹操主张用人不拘一格，哪怕是道德上有问题，只要是有才能就应该用。这就是《求贤令》中的所谓"盗嫂受金"，"盗嫂"就是跟嫂子有不清不楚的男女关系，"受金"用今天话来说，就是贪污。"盗嫂受金"，指的是汉朝的陈平，有人说他有盗嫂的事情，他自己也承认受过贿赂。但是他很有谋略。吕后专政，封诸吕为王，问他，他没有反对，但是，吕后一死了，他就和周勃发动政变，挽救刘家王朝。鲁迅讲，曹操认为"不忠不孝"的人也可以用。"硬伤"来了，不是"不忠不孝"，而是"不仁不孝"。曹操怎么敢提倡"忠"呢，曹操自己是个奸臣啊！他提倡的是"不仁不孝"。鲁迅的这篇文章是一个演讲——在香港的一个演讲，演讲稿登在报纸上，鲁迅不满意，重新修改了一遍，登在自己编的《语丝》上，仍然出现了一个大的错误。[②]讲到嵇康的死，鲁迅说是司马懿杀的。又错了，不是司马懿，

① 见古远清：《庭外"审判"余秋雨》封底。

② 参阅《鲁迅全集（第三卷）》，人民文学出版社2005年版，第524、533页。

是司马懿的儿子司马昭。然而，这个问题并不大，不算硬伤，为什么呢？这是个局部问题，并不影响文章很高的价值、很经典性的价值。余秋雨，就算是有“硬伤”，也不应当双重标准，对鲁迅是一个标准，对于余秋雨也是这个标准。这是文化良心问题！

四、从审美向审智过渡

有些评论家，对余秋雨似乎有深仇大恨，说余秋雨的散文很糟糕，“滥情”，“滥”到什么程度呢？“滥”到扼杀了现代散文的生命。问题提得有点耸人听闻，但是挺重要。前面所说的“文革”中的身份问题，“硬伤”问题，仅仅是外围争论，这个滥情问题，倒是涉及了艺术价值的核心，而这正是传媒批评所忽略了的。这是由于文学的事件化（新闻化）造成的。我觉得有再次引用一下管宁先生文章的必要。

> 当一部作品与一系列的事件、报道和评论联系起来而成为一种文化现象时，人们关注点通常被种种与作品相关的新闻报道所吸引，而对作品却往往不甚了然。那种“一读为快”的心理也只是出于对现象的好奇。这时文本本身表现了什么、表现得如何已不再重要，重要的是人们必须把阅读这样一部作品当作一件必须参与的事情来做——当尽人皆知的作品你竟然一无所知，势必被人们当作另类看待。这样一种文化语境中，文学常常有意无意地被事件化也就理所当然了。[①]

余秋雨的散文引起的文化事件，旷日持久，挞伐长达数年，但是，发行量长期高居榜首，长期为广大读者热爱，这是文化事件理论所不能充分解释的。有些论者，就提出了“媚俗”的说法[②]，“滥情”就是“媚俗”的一种手段。

什么叫滥情？就是抒情抒得泛滥了。从表面上看，泛滥就是过多，其实，这不是个量的多少问题，泛滥，就是超越最大限度了，那超越了的部分就不实在了，就有点虚了，就是虚虚实实了，就是矫揉造作了，就是真真假假了。从情感上来说，虚情，就是假情，就是虚情假意，就是为文而造情。关键是，余秋雨的散文是不是滥情呢？

我看，要把这个滥情的来龙去脉弄清楚。

文学价值，粗糙地说，就是以情感为核心的价值，文雅一点说，就是审美价值，它跟科学的理性价值是不一样的，它是人的感情和感觉互动的关系。古希腊把关于人的学问，分成两种，一个学问就是 Physics，和 metaphysics 同属于理性范畴；还有一种学问在古希腊

---

① 管宁：《消费文化与文学叙事》，鹭江出版社 2007 年版，第 34—35 页。

② 朱国华：《别一种媚俗》，载《当代作家评论》1995 年第 2 期。又见《秋风秋雨愁煞人》，中国文联出版社 2000 年版，第 98—102 页。

叫 esthetics，就是人的感情和感觉，自然而然就是抒情。作家跟一般人不一样，他不能太理性，他必须有一种独特的感情、多愁善感，尽想些没有道理的东西，没有实用价值的名堂。多愁善感在西方有一个词，原文是 Sentimentalism，就是很敏感，感情很容易激发，五四前后翻译成“感伤主义”，像林黛玉那样，看到花开了要哭，看到花落了还要哭，看见花不开不落也要哭。（笑声）抒发感情，浪漫一番，就成为做文章的法门了，难免有些感情就不是真的，而是为写文章而制造出来的。这就是刘勰早就发现的“为文而造情”。现代西方的文学，发展到 20 世纪初叶，就讨厌感情抒发得泛滥了，抒发强烈感情的浪漫主义就吃不开了。诗歌最为敏感，现代派诗人就提出了口号叫作“放逐抒情”。Sentimentalism 到了后来，同样一个词，翻译什么呢？叫滥情主义。余秋雨的作品被有些批评家认为是滥情，滥在哪里呢？他们提到一个例子，是《道士塔》中的。藏在敦煌石窟里的文物、佛经等等的，被西方文化大盗弄走了，而那个王道士对此麻木不仁。余秋雨就感觉到非常痛苦啊，他这样写：

> 住手！我在心底痛苦地呼喊，只见王道士转过脸来，满眼困惑不解。是呀，他在整理他的宅院，闲人何必喧哗？我甚至想向他跪下，低声求他：“请等一等，等一等……”

这种捶胸顿足的姿态，的确是比较滥情的。特别是，写到“想向他跪下，低声求他”，这显然是有点作态，有点神经质了。好像不是几十年前的事，就在眼前的样子，还要跪下来哭一场，这是不是天真呢？你们说。（众：不是。）那么是什么呢？（大笑声）

五、喧哗之嘈杂，由于艺术上的盲目

尽管这篇文章还有其他方面的优点，但是，这个毛病给那些对余秋雨有成见的人抓住了。抓得很准，当代散文的确有滥情的倾向，以小女子散文、旅游散文为代表，一味抒情，看见花抒情一番，细雨霏霏来一番，阳光灿烂来一番，看见个弥勒佛来一番，走到山顶又来一番，看见美丽女郎也来一番。这么一番，那么一番，除了老太婆，都可以来一番。（大笑声）有一种说法，很刻薄，就是放个屁，也能来一番，一番就是一千字。[①]（笑声）这种抒情，就不仅仅是滥情，而且是烂情。滥情，感情的腐烂，感情的泛滥。但是，余秋雨并没有这么一番，那么一番啊！但是，有一个人，或者叫作家伙吧，他就把这样一番，那么一番，当成余秋雨的一番了。（笑声）他特别恼火，说，余秋雨这么一番，那么一番，我

① 请参阅王强：《文化的悲哀》，载《文学自由谈》1996 年第 1 期。

受不了。这是伪浪漫主义，假浪漫主义。这是很粗暴的，很不讲道理的。但是，由于传媒炒作，这样的不粗暴，成了一种盲目的潮流，一群文化暴民，群起而攻之，根本不讲理。有一篇文章还登在贵州一个大学的学报上，说整个《文化苦旅》中，有七种气，哪七种气呢？第一，叫霸气。我不知道什么是霸气，余秋雨的文章很温柔嘛，哪有什么霸气，又不是大批判。第二，商贾气，就是做生意的味道。我也不大理解，可能是我头脑有点迟钝，余秋雨的散文中，我并没看到什么做生意的味道。第三，小儒气。小儒啊，小知识分子气，我想这个人的气魄可能太大，余秋雨都是小知识分子，那么他大概是一个大知识分子，我不知道他有多大，也可能身高和姚明差不多吧！（大笑声）第四，八股气。我也想象不出来，八股是科举考试的格式啊，余秋雨是打破杨朔、刘白羽模式的啊！第五，再来个童稚气、小孩气。我也觉得好像不对头，余秋雨不太天真哪！第六，就是猥亵气。猥亵气就是有一点色情的味道了，余秋雨的散文里，并没有什么男女关系的文章。第七是，市井气。[①] 我觉得这样的文章，实在是斯文扫地，暴露了作者文化人格的低劣。我倒想说，文章的作者也有一气，什么气呢？叫痞气，完全是个痞子文章。以这样的痞子文章来围剿余秋雨，还不可能掀起围攻的高潮。高潮的标志是我的朋友朱大可的出马，这个人是蛮有学问的，但是他写文章往往是两个极端，要么写得才华横溢，叫人拍案叫绝，要么就写得很凶暴，叫人晕头转向。（大笑声）

朱大可早在 1985 年就崭露头角，当时谢晋的电影《天云山传奇》《芙蓉镇》正红遍大江南北、长城内外，他却出来批判谢晋的电影，说谢晋的电影是煽情电影，已经过时了。那时大家接受不了，过了几年，果然谢晋所代表的那种艺术，日薄西山，张艺谋横空出世取而代之了。他还有一篇文章《天鹅绒审判和诺贝尔主义的终结》也是很著名的。高行健获得诺贝尔奖，是什么原因？是因为瑞典的皇家学院要把诺贝尔奖给予用汉语写作的人，不然，在世界上人口最多的国家没有多大影响，但他们又不愿意给中国大陆的作家，就想了一条诡计，给一个以汉语写作、又不是中国公民的作家，弄来弄去弄了个高行健。这篇文章写得可谓精彩绝伦，相比起来，他写余秋雨的文章就不很精彩了，当然，语出惊人是一样的。他说，上海市公安部门“扫黄打非”，抓到了一个卖淫女，带着个手提袋，袋里有三样东西，一样是口红，一样是避孕套，一样是《文化苦旅》。（笑声）他说《文化苦旅》啊，实际上是“文化口红”“文化避孕套”。这就太刻毒，太刁钻了。（大笑声）朱大可的文章，我是很喜欢的，但我不能不说他有的时候说话走火。在他看来，谢晋就够煽情了，余

① 一般地说，在讨论余秋雨散文的过程中，几家高等高校学报的文章比报刊上的文章都更富有学术气息，因而显示了较高的水平，唯一的例外，是《〈文化苦旅〉七气》，载《贵州教育学院学报》1998 年第 3 期。

秋雨就更加煽情了。煽情呀、滥情呀、矫情呀，帽子加帽子，但是，没有多少具体分析。后来呢，有人进一步说，余秋雨啊，号称文化散文，其实，没有文化，《文化苦旅》也没有建构什么文化，他的散文就是“文化衰败”的标本。到了这个四川文艺出版社出《“审判”余秋雨》的时候呢，事情就更严重了。余秋雨不仅要为自己的散文滥情负责，而且犯下了“谋杀”当代散文的罪行。话是这样讲的：“装腔作势谋杀了散文的真实平易”，“余氏的矫揉造作谋杀了散文的真诚深刻”。[①] 虽然话说的是耸人听闻，但是我们听话听音，锣鼓听声。它背后是个什么准则起作用呢？就是反抒情。这些人中，有的人水准比较高，像朱大可；有的人水准比较低，像王强之类的。他们有一个共同的文化背景，就是到了20世纪50年代以后，世界文学的整个潮流，已经开始压缩、收敛抒情，逃避抒情，强调智性。当代前卫诗歌不抒情了，强调的是感觉和智性。西方现代派的小说和戏剧，都追求人生的终极关怀，人生的哲理。法国作家加缪就强调他的艺术作品都是他的哲学的一种图解，就是强调智性的冷峻而拒绝陷于强烈的感情。这个潮流，已经不能用审美来概括，我就给它一个名字叫“审智”，在英语里还没有。我用英语构词法造了一个词 intellct-aesthetics，或者 examing-en-tellctural[②]。我这样，完全是为了便于英语国家的学者引进我们国家的理论啊，是同情他们不懂汉语呀！（大笑声、鼓掌声）我们中国学者不懂英文，就不能过日子，就要被一些人瞧不起，他们不懂汉语，照样神气活现哦！（笑声）谁让我们处于弱势文化的地位上呢。唉！这个世界可真是不平等哦！（笑声）

懂得了世界上产生了这样一个文学艺术潮流，我们就可以解释余秋雨为什么在读者中产生两种截然相反的反应，一派热烈欢呼，一派无情打击。从厌倦了滥情的读者来看，就觉得余秋雨给抒情带来了智慧、理念，历史文化的思考，非常深邃，忍不住拍案叫绝。另外一些读者，读惯西方智性、冷峻的文本和根本不讲究抒情的小说、诗歌、戏剧，像《城堡》《秃头歌女》《等待戈多》之类的哲理性非常强的西方作品，就觉得余秋雨的作品中还是充满了难以忍受的抒情，也就是滥情。

有些同学感到，不抒情的作品，不太好理解。诗不是抒情的吗？早在陆机的《文赋》中就说了，“诗缘情”。不抒情，能写成什么东西来呢？举一个简单的例子，在20世纪30年代，有一首诗，卞之琳写的，题目叫作《断章》：

你在桥上看风景，

---

①《“审判”余秋雨》，四川文艺出版社2000年版，第47、65页。

② 审智作为一个学术范畴，目前在英语中很难找到对应的词语。本来美学 aesthetics，就只是感觉学的意思，是日本人在翻译的时候把它和“美”联系了起来。这个译法很有灵气，但是要把审智转化为英语，而且要让它和在汉语中一样具有与审美平等的意味，却很难从 aesthetics 派生出一个相应词语来，不得已而求其次，我们暂时把它译为 intellect-aesthetics，或者 examing-en-tellctural。

看风景的人在楼上看你。

明月装饰了你的窗子，

你装饰了别人的梦。

这里的核心不是抒情，而是阐释人情物理的相对性，是个哲理。你看风景不是绝对的，你转化为别人的风景。你觉得当窗明月很美，可是，你却变成了别人梦中的美景。美充满了矛盾和转化，这种哲理，也一样是很动人的，给文学打开了一条新的出路。再举一个更有趣的例子。王小波有一首诗，有这样的句子：

走在寂静里，

走在天上，

而阴茎倒挂下来。

这肯定是没有什么诗意的，相反是反诗意的，反浪漫的，但是又是很深刻的。从思想上来说，揭示了一种矛盾，人不管怀着多么崇高的理想，总是改变不了一个基本事实，人，是一种动物，不可否认的是：凡是男性都要千方百计地掩盖起来的那个部分，更明确一点，那个部件。（大笑声）这个部件的状态肯定不是很崇高的。这就鲜明地揭示了精神追求与动物本能无法调和的矛盾。诗意是要求和谐的，而这里却相反追求不和谐，也就是西方幽默学的“不一致”，不和谐。我讲幽默的时候说过，就是英语的 incongruity，这就是说，抒情并不是文章的唯一出路。抒情，抒了好几千年，作家们都觉得太腻了，太浅了，后来的散文啊，小说啊，以及戏剧啊都往反抒情方面跑。应该说，散文在西方跑得不是很快的，出现了罗兰·巴特《埃菲尔铁塔》那样的散文，主题就是阐释“伟大的无用”。可是在中国却更慢，相当落伍，直到 20 世纪 80 年代，还是抒情为主流。对这方面有所不满的读者，厌恶抒情的论者，一看余秋雨的散文，是另一种滥情、媚俗，很有欺骗性，恨不得颁布法令废除抒情，把余秋雨送去劳动教养。这玩意儿，这么恶心，怎么还有人喜欢呀，这说明中毒之深啊，可见有必要和余秋雨势不两立。（笑声）很显然，完全废除抒情，这是不可能的，也是糊涂的。因为文学的本性，就是感觉和感情血肉相连的。问题在于，在什么程度上是滥情，在什么程度上，是深刻的抒情。这里是不是存在一种可能，既不是放逐抒情，也不是滥情，让智性和情感适当地结合起来，使之深化，那就是不是有可能，抒情而不滥，不烂。那么，余秋雨绝大多数的散文，其价值恰恰是在于给陷于滥情危机的散文找到了一个出路，把情感跟智性，诗的激情和文化批判结合起来。他以他的才智为中国停滞于抒情的当代散文开辟了一个新的阶段。

以他的《西湖梦》为例。从来写西湖，都是以情感的诗化、美化为纲，赞美西湖的风物，产生了不少经典。但是，余秋雨恰恰相反，他破天荒地提出对西湖看客心态的批判。

在他笔下的西湖，概括了西湖丰富的历史文化，从宗教到文人雅士，从民间传说到妓女，全部集中到西湖中来。道教、佛教、儒教，本是分散的，余秋雨把这一切都融进了西湖的水的意象中来。西湖这么丰厚的文化，并没有被游客所理解。宗教的深刻精神就变成一个摆设，人们只是观赏，满足于感官的享受，就变成了鲁迅笔下的“看客”。他批判像林和靖这样的文人，“疏影横斜水清浅，暗香浮动月黄昏”，知识分子忘掉了对国家民族的责任，一味休闲而成为名人。实际上是把休闲看作责任的逃避，这是中国的隐逸文化的病态。在白堤苏堤上看风景的后代人，很少去思考白居易、苏东坡对社会的贡献。当然，他也不是一味沉湎于宏大话语，他把这种宏大的话语和审美价值结合得很自然。他庆幸苏小小死得很早，认为这样可以保持她在世人心目中青春美丽的记忆。他说，作为一个妓女，她仍然有自己的灵魂，正统文人忽略了的苏小小、白娘子，他却唱出了颂歌。

他写西湖，从道教、佛教、儒教，写到岳飞、秦桧，再到林和靖，再写苏小小、白娘子，把这些本来互不相干的人士统一起来的，就是一种文化深层的严峻审视，怎么能说他是滥情呢？洋溢其间的是对中国历史文化人格深层的透视和批判。他的散文以情理交融见长，用我的说法，就是审美的抒情和审智的沉思结合。笼统地讲他的散文完全是滥情，是不公平的。

他是一个在感受中思考的人。他落笔之处，大都是古代文人足迹所经过之地，对这些早已为经典文本表现得淋漓尽致的地方，他都拿出他自己一套一套的观念。他在《抱愧山西》里说，本来，按传统的观念，穷了怎么办？就造反，吃大户。但山西人在那个时候，不这样，做生意，一做做到俄罗斯，把商业和金融（钱庄银行）开到了长江、黄河流域，推动了商业文明。但，他们的文化人格有缺陷。后来衰败了，没有成为上海那样的文化中心和经济中心。对天一阁的藏书，得以保存下来，他说保存下来的不仅仅是书，而是坚持不懈的一代又一代的文化人格的传承。对岳麓山书院，他说这是知识分子，包括朱熹，把自己的精神、对文化的操守，源远流长地保承下来。他赞扬的就是这种精神，哪怕被流放到最遥远最苦难的北方，身体每一个器官本来享受的艺术生命的欢乐，却变成忍受痛苦的载体。但是，就是这样一群人，他们就在那里办学校，在那里经营，最后，政治上的流放者，变成文化的占领者。从这里，他看到了文化人格的建构，文化人格的传承的伟大力量。

当然，他对传统文化人格的薄弱环节，则不吝惜笔墨痛加批判。在《十万进士》中，他并不是泛泛地批判科举制度，他批判的是这个制度对文化人格的腐蚀。科举制度是一个筐子，使得知识分子进了这个筐子之后就牺牲了自己的人格，只管自己升官发财。

余秋雨的成功主要是他的深邃，他的智慧，使得他的散文艺术化的，恰恰是他在激情之中渗入了哲理。哪怕是到山上，到一个沙滩上走一走，他都想象出人的生命哲思，他说，本来可以从一万多个台阶上去，但是台阶上没有脚印，可从沙滩上走去，就留下自己的脚印。在沙上的感觉是，你越是努力，它越是温柔往下陷，你越是使劲，它越是疯狂。人生就是这样的，好不容易爬到山巅，没地方可去，不上山见不到高度，见了高度又无法飞跃，还得下山，“人生就是上山下山”。当然，他散文的动人之处，并不仅仅是哲理，更突出的是，他把哲理和诗情，把深邃的思考和感性、激情结合了起来。对传统的散文，在想象和意象上，有很大的突破。他不是到了西湖就歌颂西湖美妙，表现自己感情的美好。他只说西湖的水里融化着中国所有的宗教，道教、儒教、佛教。他巧妙地把空间的游泳——从一个古迹游到了另外一个古迹，变成了时间上——从宋朝游到了明朝。西湖底的土，给他的感觉是，不太硬，很柔软，这里面有几千年的历史积淀。这都是抒情的想象和智慧的思考的独特结合。

他有一篇《废墟》被一些人批得要命。余秋雨这样讲，“废墟有一种形式美”，废墟本来是丑的，但余秋雨以哲理式的矛盾，发现了美即使转化为丑，可毕竟还是美的。造出房子，拔离大地，是美，然后是废墟，倒下去，是丑，但是，同时又皈依大地，又变成了美。离开大地又回到大地同样是美的。就像母亲微笑着鼓励儿子创造，又微笑着包容儿子的破坏。你把楼造起来，母亲微笑，你把房子推倒在大地，大地是母亲嘛！母亲宽容，也是微笑。有一位先生，就非常恼火地说，这是什么散文！母亲和儿子的比附令人摸不到头脑，废墟是母亲的创造吗？那不是把废墟当作了建筑吗？这哪里像教授的学术散文，这是一个中学生的小作文还差不多吧！这个人智商很低，照理不该乱说，他根本就没有看懂。但是，他胆子大得很惊人，谁给他这么大的胆子。传媒批评，让无知者无畏。（笑声）当然，《废墟》并不是余秋雨最好的散文，余秋雨最好的散文都有文化历史的典籍、文化历史的故实作为基础，人文的精神是非常强的。这里恰恰缺乏这样的基础，因而比较弱。但是为什么我说他还可以呢？这里有哲学、宗教和神话的潜在含量。把大地比作母亲是希腊神话，安泰大力士的母亲是大地；拔离大地又皈依大地，这是什么啊？这是《圣经》，人是出自泥土又回归泥土。亚当是上帝用泥土创造的，死亡就是回归泥土。没有希腊神话和《圣经》文化的修养，就不理解。不理解不是光荣，应该感到羞耻，不能拿来当作骂人的本钱。

要真正读懂余秋雨，还得有点艺术修养，对散文有点见地。余秋雨把神话典故用得这样含蓄，建构了他的语言，这是很有才气的，可是，一些批评家不懂艺术，却以发出一些武断的狂言为荣。有个艺术批评家骂余秋雨，说余秋雨经常闹些笑话，居然在一篇文章里讲，“我以为中国历史上最激动人心的工程不是长城，而是都江堰”。这叫什么话！都江堰是最精彩的？好多人就跳起来，那么张家界怎么办？武夷山怎么办？

我们还是冷静下来，做真正内行的艺术考察。

另一篇文章说，有一个外国人问余秋雨，中国的风景最值得欣赏的是哪个地方，余秋雨就讲了，是三峡。如果有人死心眼，就可以问，那不是说过最值得欣赏的是都江堰吗？余秋雨还讲过，在中国历史上的文人当中，嵇康是最可爱的。骂的人就更多了。那李白就不可爱了？屈原就不可爱了？那么杜甫在某种意义上不是比李白还更可爱一点吗？我在这里还讲过，猪八戒也蛮可爱的嘛！（大笑声、掌声）有的人就是弄不懂啊，就是死心眼啊！余秋雨还说过，他认为中国历史上，友谊往往是在流放的地方最伟大。这话也是被人攻击了，那俞伯牙和钟子期没有流放，他们的友谊就不伟大了？我这里，给他们增加一个论据，在刘再复先生看来，俞伯牙和钟子期是中国最伟大的友谊。

这里面有一个问题，就是懂艺术还是不懂艺术。艺术是以情感为核心的，情感不是理性的。但是，它并不因为不理性而失去价值。它有自己独立的价值，叫作审美价值。这个我们已经讲过多次了，今天不再重复。

情感有一个特点，那就是，它是不全面的，它是片面的，爱之欲其生，恶之欲其死，月是故乡明，瘌痢头的儿子自己的好，情人眼里出西施。这不科学，哪来这么多西施啊，同样一个人，到仇人眼里呢，可能就是出妖精了。（大笑声）这就是抒情嘛！它是代表感情的，不讲逻辑的，不讲一分为二，不讲全面性，它的生命就是片面性啊，全面了，一分为二，我这个情人，眼睛有点西施的味道，可是脸蛋嘛，就有点东施的痕迹了。（笑声）至于身材嘛，远看过去，就有刘姥姥的嫌疑了。（大笑声，鼓掌声）这很可能是比较客观，比较科学的，但是，这就一点感情都没有了。这一点，你们学理工的，特别要注意，理工科的思维不是万能的，至少在谈恋爱的时候，就是无能的。（大笑声）到那时候，你只能用文学的思维来代替科学思维。要不然，肯定是要吃亏的哦！（大笑声，鼓掌声）很可惜的是，批评余秋雨的人，尽管在谈恋爱的时候，不肯吃亏，用的是审美思维，可是在作文学批评的时候，却忘记了，不许人家以情感逻辑写散文。不懂艺术的批评家就骂余秋雨，骂他武断、片面、偏见，一味追求语不惊人死不休，充满了常识性的错误等等。实际上他们不懂艺术，在感情高潮的时候，可以率性。率性是非常精彩的。鲁迅说，好诗到唐朝都写完了，这话率性不率性？那宋朝以后都没好的了？毛泽东也非常率性，1949 年写白皮书批评美国国务卿艾奇逊。这个国务卿认为中国革命的发生，是由于中国文化受到美国进取文化的冲击。毛泽东说不对，这是阶级斗争，一个阶级胜利了，一个阶级失败了，这就是几千年来的文明史。“艾奇逊的历史知识等于零，他连美国独立宣言也没有读过。”这是写在《毛泽东选集》《唯心历史观的破产》里的。你说偏激不偏激？但读了很痛快，这叫散文的率性原理，智慧的情绪化。余秋雨说他认为都江堰最好，他认为嵇康最可爱。我认为，是我的感情，我的独特，我的个性，我认为，我喜欢，你不认为怎么样？拉倒！你管得着吗？（大笑声）是吧，非常简单，但是有些人，我觉得是有点傻、傻乎乎，死心眼，一般人觉得自己有点傻帽，就隐藏起来，但是有些人，却把自己的傻相，公之于世，我就这副傻样子，大家来欣赏哦！为了说明这一点，这里引用一段权威的话。钱锺书的散文集《写在人生边上》里边，有一篇散文叫《一个偏见》，他认为散文都是偏见。我看所有批评余秋雨的人应该看看这篇散文。

偏见是思想的放假，这是没有思想的人的家常日用，而是有思想的人的星期日娱乐，假使我们不得怀挟偏见，随时随地都要讲公道正理，那就好像造屋只有客厅，没有卧室，又好比在浴室里照镜子，还要做出摄影机前的动人姿态……人心位置，并不正中……只有人生边上的随笔，热恋时的情书等等，那才是老老实实、痛痛快快的一偏之见。世界太广漠了，我们圆睁两眼的平视正视，视野还是偏狭得可怜，狗注视着肉骨头时，何尝顾到旁边还有狗呢？至于通常所谓偏见，只好比打靶的瞄准，用一只眼来看。但也有人以为这倒是瞄中事物红心的看法。①

一点偏见没有就等于成天坐在客厅里，一本正经发表宏论，或者站着听训话，多难受啊！钱锺书说得很俏皮：“又好比在浴室里照镜子”，自我欣赏还要做出摄影机面前的姿态，这不是活得太费劲了吗？“人心位置并不正中”，这是生理现象，又是人生哲理。随笔、散文、情书都是“一偏之见”。这个学问并不深奥，就是我刚才说过的审美的情感逻辑。事实上，不要讲文学，就是自然科学，要绝对全面、客观是不可能的。早在20世纪初，物理学两个学派争论不可开交，年轻的海森堡，去找爱因斯坦说，他要发明一种仪器，测量数据，判断哪一方是正确的，哪一方是错误的。爱因斯坦微笑着告诉他说，这是不可能的。你的仪器是根据你的理论设计的，在你的数据中，有你的预设。当代哲学的核心就是不承认绝对客观的“物自体”。忽视这一点，是真正的落伍，何况余秋雨早就说了，把弄清楚了的交给了学术，把弄不清楚的交给了散文，以表现他的思考。

我们作为人是全面的。全面，就是多面的，但，那太复杂，我们今天不讲。通常简单说，就是正反两面。一面是理性的，就是科学的真、道德的善；另一面呢，是情感的，就是艺术的美。余秋雨提供的是艺术思维，集中表现感觉、知觉和情感。余秋雨讲，当教授以理性思维，很枯燥。他反思：搞学问为什么就要以生命的枯萎为代价，也就是没有感性的活力了。所以说呢，他就把学问放弃掉，来进行文学创作，让智慧携带情感飞翔。

余秋雨之所以值得珍视，是因为中国当代散文的特殊历史背景。

在余秋雨出现以前，虽已经从“文化大革命”期间那种假、大、空里解放出来了，但

①《写在人生边上》，有中国社会科学出版社的版本，本人所用的是台湾辅新书局的《人兽鬼》（1987年版），第195页。

是，到20世纪80年代，主流还是抒情散文，杨朔和刘白羽的诗化抒情模式仍然束缚着想象，大多数作家对滥情潮流虽然不满，但仅仅是不满而已。同时，世界散文、世界诗歌、世界戏剧、世界小说已走向了冷峻的审智，抑制抒情成为主流。而中国当代的散文正面临着发展的瓶颈。作家们遵循巴金所说的“讲真话”写散文，但是，“讲真话”只是一种社会的、政治的共同立场，并不涉及艺术的追求。艺术是一种逼真的假定，脱离艺术特殊规范的“真话”可能变成粗俗的大实话，不但不见得就是真理，弄不好，真话其实是流行的话语，反而容易压抑了自由的话语。真话不是放在盘子里可以任意取得的。余秋雨一再宣言：散文的写作是文化人格的深度建构和升华。应该补充的是，这不但是一个人格建构的过程，而且是一个群体话语的突破和建构的过程。

这个过程并不如迷信讲真话的天真的理论家想象的那样轻松，要摆脱现成话语的束缚是一场话语的搏斗，不但要和现成的抒情、滥情、矫情的话语搏斗，而且要和自己对这些话语的幼稚的迷恋搏斗。在这种搏斗的过程中，余氏并不是无往而不胜的，有时流行的话语，包括那些滥情、矫情的话语对他这样一个多情种子，也有魔鬼一样的诱惑力。在他写得非常精彩的时候，突然来了一段令人遗憾的滥情。虽然这种滥情很快就被他相当大气的智性所渗透而变得厚重，但是某种不舒服的感觉免不了要留在心头。艺术人格的建构同时又是个体话语的建构，比单纯道德层面人格的建构要复杂得多，也艰难得多。

六、自然景观和人文景观的相互阐释

结合着话语的颠覆和建构，余秋雨在文化智性的思考、文化人格的批判和建构上，取得了辉煌的艺术成就，为当代散文揭开了历史的新篇章。很可惜的是，他的艺术贡献，还没有得到充分的估价，对他的围攻却使严肃的学术研究一度夭折。

在这种情况下，我不得不出来，给余秋雨说一点公道话。我的《余秋雨：从审美到审智的“断桥”》在2000年《当代作家评论》一发表，就得了该刊的年度大奖。又被推荐到鲁迅文学奖，到最后一轮，没有成功，据说，不是文章，而是余秋雨这个人有争论。但是，余秋雨的散文艺术的影响却遍及神州大地。余氏散文无疑带来了一股冲击力，就有一种鬼使神差的力量，一种无声的命令，推动着作家们在山山水水面前改变了眼光，超越自然景观的诗化，进入了人文景观的透视。

批评家们骂出一万篇文章来也不顶作家模仿余氏散文的一窝蜂景观。只有为散文带来历史的突破的，才有这样的殊荣。

以余氏的《三峡》为例。在余氏出现以前，谁不会写一点三峡风光呢？但是遇到一个困难，三峡的自然风物已经给前辈大师写穷了，余秋雨自己就老老实实承认，“在三峡是寻觅不得诗句的”，找不到更好的诗句，余秋雨就另谋出路了，他不再单纯写三峡风景了。他抓住两个人文性质的故事和自然山水的一个特点让它们猝然结合。第一个故事是，李白流放到这里，中道遇赦，写了一首诗，“朝辞白帝彩云间，千里江陵一日还。两岸猿声啼不住，轻舟已过万重山”。第二个，是刘备白帝托孤的故事。余秋雨听见了在播放的京戏“白帝托孤”。第三个，就是自然景观了，他并不全面去描写，而是只抓住其中的一个特点，三峡的涛声。然后把这两种文化景观和一种自然景观组合起来，构成一个统一的意象。

关于三峡的经典诗文那么多，从来没有把自然景观和人文景观的相互阐释交融为一个感性的意象。余秋雨的这个创造，说是破天荒的也不为过。要知道，本来，李白是一回事，这个刘备又是一回事，两个人相差几百年，可谓八竿子打不着。刘备死的时候，过几百年，李白才出世。李白在写《下江陵》的时候根本就没有想到刘备。当然，三峡与这两个人都有关系，但是有关系的不是余秋雨笔下的江涛，而是白帝城的败局啊，航行的急速啊，猿声之凄厉啊，但，这一切，余秋雨都舍弃了，独独选中潮水的一个特点，那就是“声音”。他抓住了“声音”这一个特点，同化了李白、刘备的典故，让李白、刘备的典故也集中到“声音”上来，构成一个三位一体的艺术的有机体：

我想，白帝城本来就熔铸着两种声音、两番神貌：李白与刘备，诗情与战火，豪迈与沉郁，对自然美的朝觐与对山河主宰权的争逐。它高高地矗立在群山之上，它脚下，是为这两个主题日夜争辩着的滔滔江流。

为了把这两种历史人文紧密地，而不是松懈地结合起来，余秋雨让这本来不相干的李白和刘备结合，相互联系，又相互矛盾在统一体之中。一个是对自然美的朝觐，一个是对山河主宰权的争夺；一个是诗情，一个是战火。由于置于矛盾对立之间，互不相干的人文景观紧密地统一起来了，但是这两种人文景观和三峡的自然景观，还是处于游离状态。余秋雨进一步把“声音”（自然景观的声音），转化为“争辩”，这就把自然景观人化了，渗入了两种人文景观的矛盾，三者就水乳交融地统一为一个有机的意象。这样余秋雨就创造了一种崭新的散文意象模式。很明显，这样复杂而又自然的想象重构，对当代散文的想象边界来说，是一个重大的突破。用文化景观的特点去解释自然景观，不仅仅是抒情，而是在激情中渗透了文化的沉思，把审美的诗化和审智的深邃统一了起来。这就叫作气魄，这就叫作才华。

传媒的力量是惊人的，但是，毕竟是以时效为特点的，而艺术却有一种跨越时间的生命，比传媒的力量要持久得多。正是因为这样，余秋雨才骂不倒。他在散文史上的地位不但越来越得到认同，而且吸引了差不多一代以上的追随者。一些年纪并不轻的、面临艺术危机的散文家，因而在艺术上登上了一个新的层次。这个名单可以开得很长，年轻的太多，就不说了，光是中年的，就有福建的朱以撒，北京的卞毓方。老一些的，有北京的李存葆、梁衡，还有辽宁的王充闾，他是得过鲁迅文学奖的。可以说，没有余秋雨的启示，他就不可得鲁迅文学奖。相当一批作家，就在余秋雨挨批的时候，偷偷地学余秋雨。越来越体悟到文化散文这个路子，这个办法很好，自然景观都穷了，弄一点文化故实抒写一番，可以立竿见影啊。

于是产生了另外一个极端，满足于讲文化典籍的赞叹。现在年轻的批评家谢友顺说，过去我们是滥情，现在矫枉过正，产生一种专门讲文化故实的现象变成“知识崇拜”“知识炫耀”。用我的话说，滥情末流还没有彻底消灭，“滥智”的潮流又油然而生。

问题在于，在余秋雨那里，文化故实的智性和诗情的想象结合成天衣无缝的意象，而在这些人士笔下，文化知识是知识，作家的心灵是作家心灵，两者并没有交媾，所以没有生育能力。这就产生了“两张皮”现象。例如梁衡先生，先写周恩来，老一辈革命家，然后写科学家，包括伽利略，再写辛弃疾、李清照。但是，并无灵魂的交媾，艺术散文蜕化为科普知识。正是因为并没有真正的研究，免不了出现“硬伤”。今天有不少学物理的同学在场，我来班门弄斧，举一个例子。梁衡在散文中，赞叹伽利略在比萨斜塔做实验。这是一个外行的常识错误。从自然科学史上来说，这是一个历史的传说，并非真正的事实。霍金在《时间简史》上，就说没这回事。但是，在我们国家，以讹传讹，已经弄到众口铄金的程度。梁衡先生错得一塌糊涂，因为，他没有研究过第一手材料。

当然，这也不能完全怪他。起初是伽利略晚年的学生维维安尼弄错了，他在《伽利略传》中提到，伽利略在比萨斜塔上做过落体实验，证实了所有物体均同时下落。但史家考证，没有任何理由表明伽利略做过这一实验，因为伽利略本人从未提起过。但是，此前类似的实验已经有人做过。1586 年，荷兰物理学家斯台文以重量为一比十的两个铅球，从 30 英尺的高度丢下，二者几乎同时落在地面上的木板上。围观者清晰地听到两个铅球撞击木板的声音。伽利略后来听说了这个实验，可能也亲自动手做过，但是由于空气阻力而不太准确，严格做起来，结果不一定对伽利略有利。事实是，有个亚里士多德派的物理学家为了反驳伽利略，真的于 1612 年在比萨斜塔做了类似的实验，结果表明，相同材料但重量不同的物体并不是同时到达地面。伽利略在《两门新科学》中对此有所辩护。意思是，重量一比十的两个物体下落时，时间差距相当小，可是亚里士多德却说差十倍。为什么无视亚里士多德这么大的失误，却盯住他小小的误差不放？伽利略的这个实验，显然没有成功，但伽利略凭什么创造了自由的落体等速的学说呢？他主要是靠演绎推理，这种特殊推理可以叫作“思想实验”：他先假定，把两个重量不同的金属球系在一起。按照亚里士多德的原理，重球由于受到轻球下落速度慢的拖累，速度因而减慢。故二者相连比单个球下落要慢。但同样根据亚里士多德的原理，两个球系在一起，则意味着变成了一个球，重量比原来的任何一个球都要重，其下落的速度应该比原来任何一个球都要快。由于这两个结论互相矛盾，因而其前提不能成立。

这本不是太专业的问题，而梁衡却大而化之。可能是由于记者出身，又是政府官员，对于历史文献并无兴趣涉猎又完全忘记了余秋雨的文化人格批判和自然景观和人文景观的相互阐释，他的文化散文是典型的“两张皮”。文化景观与历史故实是一回事，他自己的人格是另外一回事。梁衡并不理解伽利略，伽利略是一个非常复杂的人，看来梁衡连布莱希特的《伽利略传》都没有读过。伽利略是一个向现实非常妥协的人，他不是布鲁诺，不会像布鲁诺那样献身鲜花广场的火焰。梁衡不是没努力用自己的灵魂去重新塑造伽利略，而是梁衡的灵魂，没有同化的强势，缺乏用想象来统一几个不相干的东西的才华。其次，梁衡的想象和语言也跟不上趟。这就产生了只是以记者和官员思维来代替历史人物的思维，连李清照的“寻寻觅觅、冷冷清清、凄凄惨惨戚戚”在他那里都是忧国忧民。忧国忧民有这么个凄惨法的？为什么要把这个弱女人的个人的忧愁硬扯到忧国忧民上去，这就说明，作者灵魂太狭隘了，学了余秋雨还是原封不动，没有长进。（笑声）

我之所以要提起这些煞风景的事情，实在是痛感于世道太不公平了。模仿余秋雨的，跟着余秋雨转，才力不济，学不像的，貌合神离的，纷纷得奖，余秋雨却给人骂得要狗血淋头，弄得不管写出什么新作，都有人来骂一通。直到他宣布“封笔”，弄得一下子鸦雀无声，一些人士并未感到失去对手的寂寞，纷纷热闹地班师回朝。我们文坛的破坏性是不是太凶残了？（掌声）

真正有欣赏力的读者从余秋雨的散文中，看到了审智的沉思，就为这种突破，热烈地欢呼。一切自然和人文景观，经过他余秋雨式的语言，以余秋雨式的想象、余秋雨式的诗情和余秋雨式的智慧，余秋雨式的话语在余氏文体中相互阐释，就焕发了新的生机，产生了破天荒的新的面貌。在中国文学史上，自然景观和人文景观从来都不是这样的。以西湖的景观为例，不管是白居易的“烟波澹荡摇空碧，楼殿参差倚夕阳”，还是苏东坡式的“水光潋滟晴方好，山色空濛雨亦奇”，还是杨万里的“接天莲叶无穷碧，映日荷花别样红”，还是陆游的“举手邀素月，移舟采青苹”，还有钱谦益那样的“孤山鹤去花如雪，葛岭鹃啼月似霜”，都没有脱出诗化自然环境的美学想象境界。到了乾隆皇帝那些西湖诗中就变成不断重蹈匠气的窠臼。就是到了现代和当代的诗化散文中，还没有一个人能把大地山河自然景观和人文景观水乳交融地统一在一个意象中进行深度的智性阐释。像余秋雨这样，让西湖水波融进了千百年的宗教学术文化和历史人格，没一个人这样得心应手过。

再举一个例子，《一个王朝的背影》。很多人都到过河北省的承德避暑山庄，如果我们不念余秋雨的散文的话，在我们想象中，大概只能出现风景怎么样壮丽，建筑气魄怎么宏大，除此之外，还有什么新名堂呢？而余秋雨却提出一个疑问，清朝怎么把避暑的建筑放到这么个偏僻的地方来呢？他思索的结果是，这不是纯粹为了休息的，而是来和关外的游牧民族会盟的。通过打猎，皇帝每年一次，和他们加强情感上的交融，同时也让后代子孙体魄和精神上强悍，不让他们在安富尊荣的生活中衰败下去。但是，这个王朝从精神到体魄，还是一代不如一代，还是衰败了。

这是这篇大文章的一条线索，是很宏大的，时间长度差不多300年。

另外一条线索呢，这个王朝最初不但是精神强悍的，而且是很有包容性，但是，这种包容性却遭到汉族知识分子拼命地抵抗，除了屠杀以外，王朝很开明地请他们来做官，不干，用轿子抬，还是不干。实在不好意思了，人家对你这么好，自己不干，让儿子去干吧。余秋雨在这里，经过对群体文化性格的剖析，得出一个结论：知识分子除了先锋的一面以外，还有文化认同的滞后的一面。这种滞后性，居然滞后到清朝崩溃了，汉族的知识分子代表，像王国维那样的人，还在怀念旧王朝，为它自杀，为它殉葬。

这是另外一条线索，这条线索也是很宏大的，囊括了十代以上的汉族知识分子。

这么长的时间跨度，这么纷纭的内涵，不管按纵向的时间顺序还是按横向的空间顺序，都可能造成繁杂。余秋雨又一次显示出艺术家的魄力，他抓住整个山庄的外形——交椅形的建筑轮廓，发出感叹：在这把交椅上“休息过一个疲惫的王朝”。这样轻松的一笔，真是举重若轻，就把整整一个王朝精神的强悍和退化概括在统一的意象之中了。但是，交椅这样一个意象，只能概括王朝衰败一条线索。文章另一条线索，亦即知识分子的文化认同滞后，还缺乏相应的意象。余秋雨运用他惯用的把毫不相干的意象设置为对立面的办法，把承德山庄跟颐和园对立起来，承德山庄象征强悍体魄和精神的开阔，而颐和园，用了建海军的军费修的皇家园林，却象征着享乐、睡大觉。令人惊叹的是，王国维为清朝而殉葬，恰恰又是在颐和园。文化认同的滞后性和王朝衰败就这样概括在承德避暑山庄和颐和园的意象之中了，两个园林建筑相互阐释了双重的悲剧内涵。那些乱骂余秋雨滥情的人士，犯了双重的错误：第一，根本就没有读懂其深邃的悲剧内涵；第二，根本就不会欣赏避暑山庄和颐和园的对称的意象结构。这是深刻的文化历史反思和艺术家横空出世想象的猝然遇合啊！余秋雨的这篇散文写出来已经差不多十年了，在这么多的追随者中间，还没有一个人能把一代王朝的精神衰败史，知识分子与外族统治者的关系，把历史的悲剧概括在有机统一的意象之中。这篇文章的容量比鲁迅那篇《魏晋风度及文章与药及酒之关系》应该是有过之而无不及的。“五四”散文原来和小品同属一类，容量是有限的。因而，鲁迅常常担忧散文成为“小摆饰”。鲁迅可能向往某种气魄宏大的“大散文”。客观地说，鲁迅具有历史宏观视野的大散文，也就是数得出的几篇。但是，余秋雨这样的大散文，却是好几个系列。像《遥远的巨响》写嵇康和阮籍，和鲁迅可以说遥遥相对，息息相通。此外，《这儿真安静》，从日本的战俘、妓女、作家几个侧面，写出了日本国民精神的一个重要特点。《抱愧山西》写出了晋商的精神和事业的兴衰史。《苏东坡突围》《流放者的土地》《风雨天一阁》《石筑的易经》，都超越了一人、一事、一景的套路，以宏观文化的聚焦、历史的纵切面、精神的横断面为指归。这样大的气魄，这样巨大的思想容量是需要高度的智慧和相应的语言的创造力的。从这个意义上来讲呢，余秋雨的出现，是绝对值得珍惜的。

我在武汉华中科技大学讲到这一点的时候，一个大学生递了一个条子上来说：“我们都同意您的观点，但请您回答，为什么余秋雨只出了一个，没有出一大批？”这很好回答，因为人才不可多得，人才不拘一格，人才的出现带有很强的偶然性，不能批量生产。在诸位学理工的同学面前，我讲一句不好听的话，工程师可以批量生产，教授可以批量生产，当然包括文科的教授，像我这样的，是可以批量生产的。但是，艺术家不能批量生产，张艺谋也就是一个，李安也是一个。艺术家就是这样的，非常难得。像唐朝接近 300 年，诗歌的天空上星汉灿烂，而清朝也有差不多 300 年，诗歌就萎靡不振。可是，小说达到了艺术的顶峰，出现了《红楼梦》。而元朝，诗歌和经济都是低潮，却出现了关汉卿。稍晚，到了元末，《三国演义》异军突起。艺术家有时一出就是一大堆，有时，几百年不出一个。所以，一旦出现了，就要爱护、保护、回护。为什么要回护，因为艺术家都是怪人，都是有毛病的，要把他踩死，把他闷死，要找个理由，很简单。但是，要再培养一个，就很不简单了，所以要特别地珍惜人才。随意踩人才的人，在历史上，可能留下“小人”的名声。

七、余秋雨的局限

余秋雨从个人气质来说属于情感型的，他抒情有一种自发的倾向，而作为一个戏剧理论家，他所受的学术熏陶，又使他习惯于超越时间和空间，做理性的概括。当然，在理性的修养方面，他不如周国平，但是才情方面他要比周国平高得多。要把诗情、智性和历史的信息和谐地结合成在一个升华了意象和深化了的话语中，难度是不言而喻的。整篇完全被动地写历史而窒息了诗情的，在学者散文中是并不罕见的，远的如周作人后期的散文，近的如潘旭澜的《太平杂说》。这种遗憾在余秋雨比较少见。进入纷纭的历史资料，而不为史料所役，能用自由的想象和深邃的理性去驾驭，需要真正的大才气。几乎写每一篇比较大的散文，余秋雨的才气，就受到一番考验。完全失败的比较罕见，但是局部陷入被动则不难发现，例如在《十万进士》中，有些介绍历史背景的文字，就暴露了余秋雨自己也都引以为戒的“滞塞”[①]。许多作家，写大文化历史大散文时，最忌的就是“滞塞”，梁衡写辛弃疾的《把栏杆拍遍》之所以不大成功，就是因为客观的史料压倒了主体的情感。

就是情感、智性、历史三位一体，比较统一的作品，要达到和某种文化历史诗性平衡也很难，余秋雨艺术的成就也是不平衡的。他好用一种统一的意象来囊括一个名胜古迹的众多不同时代、不同流派和历史文化。他追求不但在外部意象上，而且在内在的意蕴上，用一根思想的线索把纷纭的信息贯穿起来。有时，难免显得有点勉强，例如用“女性文明”和“回头一笑”，来笼括海南上千年的历史文化，是并不十分自然的。这也许就是他自己常常引以为戒的“搓捏”[②]，也就是牵强。

诗情和智性在历史中统一，三者的结合部、临界点是非常惊险的。这三者之中，他最不能离开的是诗情，因为这是在他心灵里现成的。但是过分发达的情感因素，不免有失去控制的时候，这时他的审美追求就窒息了他的审智追求，就不但有一种滥情的苗头，而且派生出一种“滥智”的败笔。比如，出于对家乡的偏爱，他竟然把同乡张岱的《夜航船》和法国大革命时期狄德罗的《百科全书》相提并论，这就不是个体的诗性逻辑所能解释的了。而历史资料是无限的，绝对不是现成的，对于每一个人物和景物来说，都是一个新的课题。他的文化意象成熟度，要达到话语深化的自由度，更是一种艰难的攀登。正是因为这样，他不能像朱大可先生他们期望的那样，放弃诗情，做一个以无情为特点的现代（派）散文家。

中国现代散文，从“五四”以来，主要靠三个要素，一是抒情（诗性），一是幽默，一是叙事（戏剧性的和冲淡的）。据周作人说，其渊源主要是中国的明人小品，据郁达夫说还有英国的幽默散文。长期以来我们的散文就是在这三种要素和两种渊源中发展，此外就是鲁迅的社会思想批评杂文，基本上是审智的，并不完全是审美的。值得注意的是，在20世纪50年代以后的中国现代散文史上，诗性的抒情和智性的概括是分裂的。正是因为这样，我国现代艺术散文的思想容量非常有限，新时期以来，当代散文艺术比小说和诗歌相对贫弱是不争的事实。

余氏的散文，在这历史的难题面前应运而生。他在当代散文史上的功绩，就是从审美的此岸架设了一座通向审智的桥梁，但是这座桥是座断桥，他不可能放弃审美，去追随罗

① 余秋雨：《访谈录》，见《文明的碎片》，春风文艺出版社1994年版，第273页。
② 余秋雨：《访谈录》，见《文明的碎片》，春风文艺出版社1994年版，第274页。

兰·巴特写作不动情感的被认为是后现代的散文，他连香港作家也斯先生那样的不动声色也做不到，他更不是南帆，他不可能撇开情趣，更无法把无情的理性变为理趣。因而他只能把现代派的散文，把南帆、也斯和罗兰·巴特当作彼岸美好的风景来观看，同时也为在气质上和才华上能达到彼岸的勇士们提供已经达到河心的桥墩。

关于这南帆和余秋雨的距离，我举一个例子，比如说，按照传统的写法，以我们福州为例，四面都是山，是个小盆地，只有南面一个缺口。有一个在苏州长大的作家叫唐敏，后来在上海，再后来到了福州。她在一篇散文里讲福州四面是山。福州人习惯了一抬眼就是山，因而福州人是典型的“山里人”，这“山里人”是双关。如果把福州四面的山拆除掉，福州人会感到不舒服。不舒服到什么程度呢？好像自己的衣服给人扒光一样。这是一种抒情的、幽默的写法，一种调侃的写法。用南帆式的冷峻的写法怎么写呢？他说，山，我不稀罕，我坐在房间，围着福州的四面的山，探头看我，谛听着我，我习惯了山围绕着我，我不能设想，有朝一日，城市像滑板，山沿着滑板一下滑到海里去。这时我就想，没有了山，太阳和月亮怎么办哪？它往哪躲呢？这就是比较冷峻的写法，也就拒绝抒情的写法。你想想如果抒情，城市和山滑到水里去了，那么要我想呢，首先想，孩子、老婆怎么办？自己呢？老命还能保住吗？是吧！但是一个冷峻的作家他是无所谓的，说这个太阳月亮没地方躲了，他觉得没法想象。这是冷峻的散文家，是很酷的，或者是以酷取胜的。

再举个例子，南帆写人的躯体，他说人躯体就是人的自我的界限。在这个躯体之内就是我，躯体之外就不是我。没错吧，所以一般的人都认为这个躯体是卑贱的，灵魂是崇高的。但是他认为呢，这个话值得研究。从另一方面讲，躯体是非常庄严的，为什么？因为人都要把自己的躯体用衣服给包起来，不给别人看，特别是不给别人摸，从这个意义上说，躯体是自私的。但是人的思想不一样，精神产品写成文章，写成书法，允许别人看的，巴不得给人多看，而且允许别人摸，随便摸。这样的精神、灵魂是无私的。但是，如果夫妻两个，小两口或者是爱人，那就不一样了，躯体公开化，互相抚摸，原文是“互相进入”。从这个意义上讲，他说，躯体是无私的。一旦人没有感情了，那原来的恋人或者对象，互相之间不在乎摸自己的书、电脑、手提袋，但是不能碰身体。一旦去碰身体的时候，就尖叫起来：“不要碰我。”（笑声）如果没有感情了，互相还摸，那就是娼妓；如果说没有感情还允许人家摸，那是按摩师，那是职业性的。

这样的散文，完全是另外一个天地，是放逐抒情的，完全是以智取胜、以酷取胜的。而余秋雨就酷不起来。一些对余秋雨酷评的人士实际上是以南帆的酷为准则，要余秋雨像南帆一样酷，其实让余秋雨写作南帆一样酷的散文，那等于是要了他的老命。（大笑声）

但是很可惜，我们中国南帆式的散文家还比较少，就我的观察，现在有一代年轻人正在成长，正在以这种路子前进，我把他命名为“迟到的现代派散文”。但是，目前还不成气候，也就是不成流派。那余秋雨的历史地位在哪里呢？就在于他帮助我们突破了那个抒情的围墙，已走到了河当中搭了几个桥梁的桥墩，往后看他走了很大一段路，往前看他还没达到南帆，所以说从前面回过头来说你是滥情，从后面看是很深沉的智慧。

（录音整理：李国元　统稿：李福建）

附：

读南帆，知余秋雨[1]

——读南帆《辛亥年的枪声》想到关于余秋雨的争论

余秋雨的出现，引发了散文界一场大争论，除了所谓文史知识的“硬伤”以外，关键在余秋雨的所谓“滥情”。持这种说法的人士相当广泛，显然，有不够公平之处。如果把余秋雨的散文当作“滥情”的标本，则许多名家很难逃“滥情”的恶谥。问题可能并不在余秋雨，而在读者。不是说，一千个读者就有一千个哈姆雷特吗？不同的读者有不同的余秋雨。

一般的读者，厌倦了流行的、老套的自然景观诗化的赞叹，一见到余秋雨的情智交融，自然而然感到耳目一新。而另一个层次的读者，受过西方现代和当代文学熏陶，他们的文学趣味重在智性，在文学中追寻人生哲理的阐释，在他们看来是最高境界，因而，对于抒情持某种拒斥的立场。对于余秋雨散文中的抒情成分，自然十分厌恶。两种读者事实上是代表着两个时代，两个流派，文学鉴赏经验和趣味相去甚远，争论起来，有如聋子的对话。

批判余秋雨滥情的人士坚持自己的主张，但是，很少举出超越滥情之作，就是勉强举，也只是顺便提提鲁迅的《魏晋风度及文章与药及酒之关系》，毕竟时代距离遥远，又不是典型的散文。站在两派之间的读者多少有点摸不着头脑。超越审美的、审智的散文在当代世界文学领域中比比皆是，如罗兰·巴特《埃菲尔铁塔》说的就是一个道理：“伟大的无用。”但可惜的是，论争的另一方，并不熟悉，甚至也并不认同其艺术成就。如果能举出我国当代散文，对话的有效性就可能提高。当时，在参与论争的时候，笔者就举出南帆的散文，以他为代表的散文最大的特点，就是超越抒情，冷峻地审智，以突破话语的遮蔽为务。但，七八年前，南帆的散文还不具有经典性，此论并未引起注意。可喜的是，事到今天，南帆

---

①《正眼看余秋雨：从审美到审智的断桥》一文为2004年的演讲记录，当时南帆的作品还没有充分引起关注。到了2007年，南帆有了新的发展，南帆和余秋雨的差异，就特别明显了。本文是我的一个短篇评论。

的散文已经得到了广泛的认同，在获得了《人民文学》的大奖以后，又获得了鲁迅文学奖。有了南帆这样的成就，再来看对余秋雨的评价，就不难把问题的要害弄清楚。

南帆不像余秋雨那样关注自然风物，就是写也很少赞美。能与自然景观挂上钩的，可能就是那篇《记忆四川》。他也正面写到了三峡，也有些“雄奇险峻，滩多水浊，朝辞白帝，轻舟逐流，涛声澎湃”的词句，但是，他似乎并不怎么为之激动，他关注的是：“李白遇到的那些猿猴还在不在？”等到出了三峡，两岸平阔了，“江心的船似乎缓慢地停住了”。这时，如果要让余秋雨来写可能要大大激动一番了。可是南帆却这样说：“这时，不用说也明白，四川已经把我们吐出来了。”就是日后翻阅日记，在回忆中，也并未被美好的山河所激动，所有的感想，那些文字中，实在读不出什么，仅仅是一个证明，“证明我的确到过四川”。从这里，可以想象出欣赏南帆这种“酷”、这种冷峻的读者，读余秋雨那样的诗化主导的思考，是个什么感觉。

南帆在另外一方面也和余秋雨很相近，也喜欢写人文景观，但是，在余秋雨那里人文历史的价值是神圣的，充满了诗意的，而在南帆这里，历史固然有神圣的一面，但是，他却冷峻地怀疑神圣中有被歪曲了的，被遮蔽了的。他以彻底的权力话语解构和建构的精神，来对待一切历史的成说。他在《戊戌年的铡刀》中，并不像一些追随余秋雨的、年纪并不轻的散文家那样，把全部热情用在烈士的大义凛然上。也许在他看来，文章如果这样写，就没有什么真正的思想了。他显然受到福柯的影响，用了一些笔墨考证腰斩那样的酷刑。当然，他才智发挥得最淋漓的地方，却在写六君子中的林旭。为什么要选中这个人，因为是他的同乡？也许，更重要的是，林旭和林琴南有过联系。如果林旭不是二十三岁就牺牲了，而是活到七十岁，那就是他的朋友林琴南的年纪。英雄林旭会不会变成五四时期另外一个林琴南呢？他还指出，陈独秀也只比林旭小四岁，鲁迅只比林旭小六岁。他的笔墨不在抒情，而在睿智的深思：谁会成为现代知识分子，而不是古代的士人，是不是必然的呢？是不是也有偶然的因素呢？林琴南如果不是因为新娶了一个娇妻，贪恋闺房之乐，而是随着林旭一起上北京，会不会成为另外一个变法烈士呢？南帆得出的结论是历史是一个巨大的迷宫，有许多事情是说不清楚的。林琴南的一个学生林长民，在今人的心目中，他的重要性只是福州美女林徽因的父亲，然而，事实上，他的最大功绩却是第一个在报刊上发表巴黎和会中国外交屈辱的消息：“胶州亡矣，山东亡矣，国不国矣！”时在五月二日，五四运动之所以在五月四日爆发，和他的这篇文章的关系是很大的，比他是林徽因的父亲不知重要多少，但是，至今却湮没无闻。读者可以想象，如果是余秋雨，他可能把这样的事情当作一个遗憾来作高强度地抒情，而南帆却由此而上升到对形而上学的思考：“我的叙述如此频繁地使用‘历史’一词。然而，许多时候这仅仅是一个大而又空洞的大字眼，一旦抵达就会如同烟雾一般消散。”从把散文当作抒情艺术的人士来看，南帆好像不像是在写散文了。然而他的确是在写散文，不过，他不是在写传统式的、余秋雨式的审美散文，而是写另外一种散文，在这种散文里，不是把审美情感放在第一位，而是尽可能把审美感情收敛起来，使之与智性的审视结合起来。他是在运用他的学理来感觉历史。正是因为这样，他才接着说：“其实，我看不见历史在哪里，我只看见一个个福州乡亲神气活现，快意人生。有些时候，机遇找了上来，画外音地成全了他们，另一些时候，他们舍命搏杀，历史却默不作声地绕开了。多少人参得透玄机？”相信欣赏过余秋雨的读者，再来读南帆，而且真正读懂了他的追求，就不难发现，南帆和余秋雨的思想和艺术的距离，不是地理的，而是时代的。

凤眼看古典诗歌欣赏：绝句内部的潜在变幻

在我们国家，对古典诗歌的阅读和欣赏，是一个经久不衰的热潮。这有一点令人惊奇。一般情况下，一本书引起轰动，都是来得容易去得快，但是对于古典诗歌，尤其是唐诗的着迷，则不然，许多人从儿童时代就开始了，直到老年仍然热情不改。一代又一代，把古典诗歌读得烂熟于心，出口成诵，是令国人自豪的事情。但，光是读，不免有不足之感。许多经典，感觉很精彩，可仅仅是直觉，其妙处可以意会不可言传。这在一般老百姓，也就罢了，偏偏是在知识分子，就感到不过瘾，总想能说出个子丑寅卯来，可是茶壶里煮饺子——就是倒（道）不出。于是就去研读一些古典诗歌专家的文章。满怀热望，弄来了许多参考书，如《唐诗鉴赏辞典》《宋词鉴赏辞典》，我不知诸位看过没有，看过后心里什么感觉，我的感觉是不看则已，一看心里倒冒起火来。本来很虔诚地相信，它肯定会给我一点启发，起码是我感觉不到、说不清楚的，文章能使我欣然有悟，豁然开朗。当然，这样的要求可能太高。退一万步，我花钱花时间，读你的文章，至少你不要讲废话，不要浪费了我的钱，再浪费我的青春，我宝贵的生命。（笑声）

鲁迅说过："美国人说，时间就是金钱；但我想：时间就是性命。倘若无端的空耗别人的时间，其实是无异于谋财害命的。"鲁迅的文章题目叫做《门外文谈》，见他的《且介亭杂文》，你们可以去查对的。

我们文科教师和理科的不一样。理科的，他上课，你原来不懂得，他来告诉你，他讲完了，你懂了。基本思路是从未知到已知。文科是不一样的，拿一首诗给你，你每一个字都认得，觉得懂了，他告诉你，在你自以为读懂了的地方，其实有许多没懂，他就告诉你，和你讨论。他的任务是从已知到未知，再到已知。我们来欣赏古典诗歌，任务就是，他看出来你没看懂的地方，这就有本钱，有资格来讲课。如果没看出什么东西来，他还要讲课，那就有谋财害命的危险。

我不是专门研究古典诗歌的，本来，对自己的感悟没有什么自信。可是，一些滥调文章看多了，就有点自信了。自己再差，再不争气，也不至于沦落到对读者谋财害命的程度。

一、从绝句的情绪“微妙波澜”起步

古典诗歌那么多，那么丰富，从哪儿开始呢？从最简单、最单纯的地方开始。研究水，不可能把地球上所有的水都拿来，只要拿来一滴，一滴纯净水，就可以分析出它是两份氢一份氧构成的，就懂得了全世界所有的水。不管它是大海里的水，还是阴沟里的水；不管它是林黛玉的泪水，还是李逵的汗水，都一样。推而广之，只要研究透一个植物细胞的结构，就几乎可以知道世界上所有植物的细胞结构了。记住一条原理：最复杂的奥秘，就在最简单的结构里。有一次，我听小学里的孩子们在朗诵孟浩然的《春晓》：

春眠不觉晓，处处闻啼鸟。

夜来风雨声，花落知多少。

我突然感到非常羡慕孟浩然。作为诗人，太幸运了，他写这个作品，最多花上 10 分钟，他一共活了 51 岁（689～740），骨头早化成了灰，而即兴写的这 20 个字，居然过了 1000 多年，艺术生命力仍然鲜活。怪不得李白要讲了，“屈平词赋悬日月，楚王台榭空山丘”。诗歌艺术像太阳和月亮，永恒地照耀，但是统治着屈原的楚王，他游宴的高楼，早就化为荒废的土墩了。只有诗歌艺术会在一代又一代人的心灵中活下去。当然，从理论上，没有永恒的东西，但是，诗是比较永恒的。研究就应该从这首简单、朴素的小诗开始，它究竟好在哪里？有一篇解读文章，作者是这么说的：

诗歌从春鸟的啼鸣、春风春雨的吹打、春花的谢落等声音，让读者通过听觉，然后运用想象的思维方法，转换到视觉，在眼前展开一夜风雨后的春天景色，构思非常独到。诗歌语言自然朴素，通俗易懂，却又耐人寻味：不知不觉的又来到了一个春天的早晨，不知不觉的又开始了一次花开花落。思想着这一年一度的春色，人生的感慨便会油然而起，或淡或浓地萦回心头。[1]

应该说，这样的文章，不能说是最差的，多少还和艺术感觉沾了一点边。如，诗人感受春天，通过听觉（鸟鸣、风吹），然后转换到视觉（春花谢落），把文章的焦点放在艺术

① 引文见《汉语大辞典》诗词部分，http//www.hydcd.com，以下所引赏析文章均见此处。此处之赏析文章，在水平上并不亚于一般报刊和出版物，在观念、方法、文风上思路如出一辙。故以之为代表。另外此等赏析，均不具名，有利于避免伤害性。

感觉的分析上，至少不是废话，不是谋财害命。但是，这位作者似乎忽略了，这是一首抒情诗，不管什么感觉，都是和感情联系在一起的。对于这首诗的感情，评说有点含混，只是笼统地说：“思想着这一年一度的春色，人生的感慨便会油然而起。”最重要的显然是什么样的“人生的感慨”。诗里的感情，不能是人人相同的、相近的，而是很特殊的、独有的、不可重复的。如果光是一年一度的“人生感慨”，就太没有特点了。要害在于，人生感慨究竟有什么特殊性。

我想，首先应该正面分析感觉：“春眠不觉晓，处处闻啼鸟。”这是听觉，不错。但这还不是特点。特点在于，本来睡得很熟，被鸟叫醒了。这样的春天，这不是很精彩吗？这是可以引发美好感情的啊，正是抒情的大好机遇啊！人家英国，就有一位挺有名的诗人，叫作纳什的，就是写了春天引发的美好感情，Spring，the sweet spring，底下就是杜鹃叫得多么好听之类。可惜今天我没有带材料来，不然，让你们听听，和你们一起共享英国诗人对春天的听觉，那是多么美好，多么令人愉快。但，就这么一直开心下去，是不是就是好诗呢？不。这种感情太一般了，太没有个性了，春天鸟语花香，读者早已知道了，没有什么可惊异的了。从头到尾，都是十分愉快，太单调了、单薄了。

不怕不识货，就怕货比货。我们来看，孟浩然听觉的特点，前面的文章说：“春鸟的啼鸣、春风春雨的吹打、春花的谢落等声音。”愉快的听觉，是同时的，在同一层次上的。其实并不是这样的，先是听到鸟啼之声，很愉快，接着不是现场听到，而是回忆起昨夜的风雨和花落，是不愉快的。春天的鸟叫得这么美，诗人的感情特点在于，他不是像小孩子一样，一味满足于开心的听觉，而是回想到了昨夜的风雨之声，摧残了花朵。如果要讲赏析，在这里，就要把听觉的特点加以分析。一方面是闭着眼睛听鸟鸣，享受愉悦，这是非常 sweet 的，另一方面是瞬间回忆起花朵遭受摧残，这就是不那么 sweet 了。整个诗歌的生命，就在这听觉和情绪的转换中。这个突然的转折，表现了诗人的敏感和人生感慨的独特。春天固然美好，但是，美同时也在消逝着，鸟鸣的美好恰恰是风雨摧残花木的结果。今晨的鸟鸣美好和昨夜的花落，矛盾而又统一，这就是人生感受的春天，正因为春光易逝，才弥足珍惜。诗人的心灵就是为那刹那间的回忆而微微颤动，这才是这首诗富有个性的“人生感慨”。上述的赏析文章之所以不能让人满意，除了它没有分清听觉的转折外，还因为它没有说清楚什么样的“人生感慨”。

要学会欣赏分析古典诗歌，最根本的办法，就是不要满足于赞赏，一味赞赏，就可能被动追随。而要主动分析，就得把诗歌里面隐含的感觉和情绪的变动，将其前后的差异，或者说得堂皇一点——矛盾——揭示出来。不抓住情绪的微观变动和矛盾，也就不可能从表层的感觉进入深层的人生感慨。

欣赏诗歌，欣赏抒情诗，就是要欣赏诗人的情感，而情感的特点，就是“动”，我们不常常说“动情”吗？不常常说“动心”吗？不常常说“感动”吗？不是常常讲“激动”吗？感情就是要动的，静止，就是没有感情了。如果诗人在春天景色面前，除了欢乐，还是欢乐，就没有什么动态了。绝句虽然是比较单纯的，但是，优秀的绝句，其艺术灵魂，就在于单纯中蕴含丰富，简单中透着不简单。这种不简单，就是从一种心情变动为另一种心情。我们再来欣赏一首和孟浩然的《春晓》同样“简单”的绝句，杜牧的《清明》：

清明时节雨纷纷，路上行人欲断魂。

借问酒家何处有，牧童遥指杏花村。

有一篇赏析是这样写的：

清明节，传统有与亲友结伴踏青、祭祖扫墓的习俗。可是诗中的“行人”却独自在他乡的旅途上，心中的感受是很孤独、凄凉的，再加上春雨绵绵不绝，更增添了“行人”莫名的烦乱和惆怅，情绪低落到似乎不可支持。然而“行人”不甘沉湎在孤苦忧愁之中，赶快打听哪儿有喝酒的地方，让自己能置身于人和酒的热流之中。于是，春雨中的牧童便指点出那远处的一片杏花林。诗歌的结句使人感到悠远而诗意又显得非常清新、明快。①

作者对这首诗并非一点真切感受都没有，但是，他浮泛的感觉却很多，有些感觉，在诗中根本就没有根据。例如说，清明节，有亲友结伴扫墓的习俗，点明了是“结伴”，可接着又说：“诗中的‘行人’却独自在他乡的旅途上”，诗中的“行人”和结伴扫墓硬联系在一起，是武断。其次扫墓为什么一定是在“他乡”呢？当然，作者也不是一无是处，至少他感觉到了“欲断魂”，是忧愁，可又夸张成“孤独、凄凉”，“情绪低落到似乎不可支持”，“沉湎在孤苦忧愁之中”。其实，诗人的“行人”仅仅是：在路上的人，离家的人，有事出门的人，目的地在远方的人，偏偏碰到了雨，纷纷的细雨，下个不停的细雨。这就引起了隐隐的焦虑。焦虑不是“断魂”，程度有差异，还没有到真正“断魂”的时刻，只是“欲断魂”，为纷纷的细雨下个没完而焦虑，还没有到“情绪低落到似乎不可支持”的境地。艺术的感觉是很精致的，分寸感很重要，超过了临界点，就粗糙了。把这个行人，说成是扫墓，太坐实了。诗是概括的，联想情境以带着浮动性为上，把“行人”理解为在路上的人，离家的人，有事出门的人，目的地在远方的人，更有利于体悟诗情。

这位作者，显然感到了“牧童遥指杏花村”的重要性，但是，不从感觉、情绪的变动和波澜上去看，就看不出名堂来，只能搬来打马虎眼的套话：“诗歌的结句使人感到悠远而诗意又显得非常清新、明快。”为什么是套话？因为这样的话，对许多诗都是通用的。其

①《汉语大辞典》诗词部分。

实，“借问酒家何处有”，是针对雨纷纷，不仅仅是为喝酒，更重要的是避雨。避雨，则断魂之忧就消除了。最核心的是意象，遥指杏花村，在远方，虽在远方，但是其鲜明的色彩，却足以改变欲断魂的心境。这里诗人暗示了心情微妙的变化，从几近断魂的焦虑，到遥望杏花村，眼睛为之一亮，心情为之一振。这是一种下意识的心灵微波，电光火石，转瞬即逝。粗心的人，没有诗的素养的人，就忽略过去了，而诗人的天才就在于抓住下意识中刹那的喜悦和接近断魂之忧的对比。文章说“让自己能置身于人和酒的热流之中”，应该还没有发现这种微妙变化。想得那么清楚，就不是下意识了，而是意识了，就概念化了。瞬间下意识的喜悦心绪这么微妙的波动，被发现，就是诗意核心所在，这对于赏析文章的作者是个挑战。赏析的根本要求就是把潜隐的感受化为语言，这是很难的，语言是意识层面的，而潜隐可能在意识层以下，这就需要才气。

二、从语气变化看情绪律动

不知大家有没有注意到，孟浩然的《春晓》四句诗的句法和语气有点微妙的变化。第一句“春眠不觉晓”，是个陈述句。第二句“处处闻啼鸟”，也是陈述句。第三句“夜来风雨声”，还是陈述句。第四句“花落知多少”，如果要你在这一句，加上个标点符号，你们觉得应该加上什么符号呢？（众：感叹号！）对了，这是感叹语气。前三句，都是肯定的陈述语气，到了第四句，突然改变为感叹语气，这是偶然的现象吗？你们说。（众：要您说啊……）如果我说这是一种规律性现象，你们会同意吗？（众：那您得举很多的例子出来，我们才信服……）好，那我随便举。王翰《凉州词》：

葡萄美酒夜光杯，欲饮琵琶马上催。

醉卧沙场君莫笑，古来征战几人回！

这第四句，不是感叹句吗？再来一首，杜牧《泊秦淮》：

烟笼寒水月笼沙，夜泊秦淮近酒家。

商女不知亡国恨，隔江犹唱《后庭花》。

这第四句“隔江犹唱后庭花”，是不是感叹句？（众：是。）可我说，不是。你们怎么看？（众：也有一定道理啊！都是您说了算……）一般的唐诗选本，在这一句后面，都用的是句号，而不是惊叹号。当然，用惊叹号也没有错，表明我的理解。诗读到这里，应该带着感叹语气。你看，《后庭花》明明是南朝最后一个皇帝陈后主的亡国之音，而这个歌女，一点亡国之痛都没有，还在那里唱得那么起劲。这里，不是有感叹的意味吗？没错。

反正唐朝是没有标点符号的。就是有，我也可以和作者唱反调。一千个读者就一千个杜牧嘛！但是，问题并没有解决。有了这样似乎两可的现象，就说明，我所发现的规律不太周密。再来看，王安石的《泊船瓜洲》：

京口瓜洲一水间，钟山只隔数重山。

春风又绿江南岸，明月何时照我还？

这第四句，也可以理解为疑问句。这没有关系，反正是和前面三句陈述句相比，第四句句法和语气发生了变化，这是个比较常见的现象。这种现象，说明了什么呢？我想应该是说明抒情诗歌的情绪节奏问题。我已经讲了，要抓住情绪节奏的微妙变化，这是从心理上去分析的。光这样，还是很渺茫。狗咬乌龟——无从下口啊！这里，提供一个可操作的方法，那就是语气的变化，句法的变化，恰恰就是情绪波动、诗情节奏的外在表现。前三句陈述语气和第四句的感叹、疑问语气，不过是诗情变化的一种外在形式。诗人情绪变换，是实质，而表现的语句形式，则是多样的。第四句，变成感叹语气只是一种形式，除此之外，还有其他形式。

醉卧沙场君莫笑，古来征战几人回！

第四句，固然是感叹句表明语气变化，但表明语气变化的并不仅仅是这一句，至少第三句，语气也有变化，“醉卧沙场君莫笑”，这是一个否定句，和前面两句陈述句的肯定语气不同，这也是一种变化，也是一种情绪变动的表现。而这一现象，也并不是偶然的，而是相当普遍的。前面的例子，“商女不知亡国恨，隔江犹唱《后庭花》”也是，第三句语气变为否定性质的。再如，李益《夜上受降城闻笛》：

回乐烽前沙似雪，受降城外月如霜。

不知何处吹芦管，一夜征人尽望乡。

贺知章《咏柳》：

碧玉妆成一树高，万条垂下绿丝绦。

不知细叶谁裁出，二月春风似剪刀。

高适《别董大》：

千里黄云白日曛，北风吹雁雪纷纷。

莫愁前路无知己，天下谁人不识君？

杜甫《漫兴》：

二月已破三月来，渐老逢春能几回。

莫思身外无穷事，且尽生前有限杯。

杜甫《三绝句之一》：

楸树馨香倚钓矶，斩新花蕊未应飞。

不如醉里风吹尽，可忍醒时雨打稀。

白居易《别草堂三绝句》：

三间茅舍向山开，一带山泉绕舍回。

山色泉声莫惆怅，三年官满却归来。

王氏女《临化绝句》：

玩水登山无足时，诸仙频下听吟诗。

此心不恋居人世，唯见天边双鹤飞。

王安石《梅花》：

墙角数枝梅，凌寒独自开。

遥知不是雪，为有暗香来。

叶绍翁《游园不值》：

应怜屐齿印苍苔，小扣柴扉久不开。

春色满园关不住，一枝红杏出墙来。

每首的第三句，都改变了陈述语气，变成了否定句。此类例子，举不胜举。为什么会出现这么多的巧合呢？显然是为了改变开头陈述句的单调，追求语气变化。当然，这种现象并不是绝对的，有时，并不是否定语气代替陈述语气，而是代之以假定语气。如王昌龄《出塞》：

秦时明月汉时关，万里长征人未还。

但使龙城飞将在，不教胡马度阴山。

第三句是假定句，第四句是否定语气。这里是不是有个比较深刻的道理呢？我想是有的。

这是因为，绝句每句七个字，四句都是如此，很容易造成单调刻板之感，而艺术形式是既要统一单纯，又要尽可能有丰富的变化。故绝句的第三、四句，在语气上，作适当的改变，以语气转换改变单调，求得丰富。元人杨载在《诗法家数·绝句》中谈到诗的起承转合的"转"时说：

绝句之法，要……句绝意不绝，多以第三句为主，而第四句发之……承接之间，开与合相关，反与正相依，顺与逆相应……大抵起承二句固难，然不过平直叙起为佳，从容承之为是。至如宛转变化工夫，全在第三句，若于此转变得好，则第四句如顺流之舟矣。①

---

① 何文焕：《历代诗话（下册）》，中华书局 1981 年版，第 732 页。

绝句中第三句的功夫就在“宛转变化”，就是为了在统一中求变化。其实，单纯中求丰富正是传统文学（乃至艺术）形式的共同规律。西方的古典格律诗，在每行轻重抑扬交替上，是统一的，但其中的句法，是变化多端的。在这一点上，和中国的绝句可以说是异曲同工。我这里念一首英语诗歌给你们听听，这是给小孩子看的，但道理是一样的：

Twinkle twinkle little star,

How I wonder what you are！

Up above the world so high,

Like a diamond in the sky.

你们听出来了没有？四行的语气不单调吧，变化相当丰富吧。第一行，可以说是陈述语气。第二行，就是标准的感叹句了。第三行还是感叹语气了，把副词性的方位状语提前，成为一行，情绪上提高了强度，到了第四行，就又恢复到陈述，又比较平静了。起承转合，波澜起伏，挺丰富的，是吧？

为什么要用感叹语气和否定语气？因为它和陈述语气有一点不同，那就是比较带情绪，如：

How I wonder what you are！

如果是陈述语气，那就是：

I really know what you are！（大笑声）

再举一首俄语诗歌的例子，普希金《致恰达耶夫》：

爱情、希望和平静的光荣，

并不能长久地把我们欺诳，

就是青春的快乐，

也已经像梦，像朝雾一样地消亡；

翻译成中文，其中句法和语气的变化，都损失了。要不要我用俄语念给你们听一听？（众：要，掌声热烈）那么原文是这样的：

л ю б в ы/н а д е ж/д ыu/т и х о и/с л а в ы

爱情、希望、宁静的光荣，

Н е д о/л г о н е/жuл н а с/о б м а н

没有长久地把我们骗慰欺诳。

（热烈掌声，欢呼声）

译文是“就是青春的快乐，也已经像梦，像朝雾一样地消亡”，句式与语气和前面两行，是同样的主谓结构。但是，在俄语原文里并不是这样的，而是：

逝去了，那青春的欢乐，

像梦又像朝雾一样。

这样带着一点倒装的陈述句式，和前两行的否定句式，连在一起，就有变化感，有参差感。这是因为，这首俄语诗歌，也是格律体，是轻重音交替的抑扬格，整首诗是很统一的，句法语气再统一，就单调了。在统一中求丰富，这是世界诗歌的共同规律。再来看美国诗人朗费罗的《生命礼赞》：

Tell me not in mournful numbers,

Life is but an empty dream！

不要用悲哀的声调告诉我，

生命就是一场空虚的梦。

这也是有规律地作轻音重音轻音重音的交替的，例如，tell是重音，接着me是轻音，not是重音，in是轻音，mourn是重音，ful是轻音，num是重音，bers是轻音，这是很有规律的，不断重复的，因而，其句法，就不能重复同样的，而是要比较参差。再看雪莱的《西风颂》中的最后两行：

The trumpet of a prophecy！ oh，wind，

If winter comes，can Spring be far behind？

这最后一句，假如冬天来了，春天还会远吗？这里音节也是轻重交替，不断重复的，因而句式语气的变化就很重要了，有了前面一行的感叹，还加上了一个感叹词O！接着来一个假定判断，才显出情绪转换的生动。再看莎士比亚《哈姆雷特》的那段著名的独白：

To be，or not to be：that is the question：

Whether it's nobler in the mind to suffer,

The slings and arrows of outrageous fortune,

Or to take arms against a sea of troubles,

And by opposing end them. To die，to sleep；

生存或毁灭，这是个问题：

是默默地忍受坎坷命运之无情打击，

还是与深如大海之无涯苦难奋然为敌，

并将其克服，究竟是哪个较崇高？

死即睡眠，也不过如此！

可以看出，俄语、英语诗歌，由于它的格律，轻重音的交替不断重复，因而它的语气非常错综。在莎士比亚这里，短短四行，语气不断变换，明显回避我们古典诗歌中的排比和对仗，突然提出问题，不是用干脆的简短的话语回答，而是用复合的句子结构，来推理，来比较，就得出了死亡就是睡眠的结论。我的引文，句子还没有完，因为已经足够说明问题了，我就把后面还有一半的推演省略了。相比起来，如果说，他们的轻重交替和我们的平仄交替相当，他们在句法方面更强调的是变换。读惯绝句、律诗、古风的中国人读起这样的诗来，觉得很费劲，不习惯其中复杂的推演逻辑。我们古典诗歌，从修辞到逻辑，都比它单纯得多。尽管如此，规律有共同之处，那就是在统一中求变化，单纯中求丰富，这是艺术形式的普遍规律。

这个规律一点也不神秘，和我们的身体紧密相连。就拿女同学的头发来看，大家都懂得这个道理，把头发分成两个方面，对称美嘛，但绝对对称的，都是比较古板的，年轻一点俏皮一点的，二者很少是绝对对称、完全等分，而是一面多一点，一面就少一点，稍稍打破对称。实在热爱平分、对称的，就在正前方来一点刘海。这样就不太傻，不太死心眼了。（笑声）又拿你们这样的新校区来说，所有建筑物的立面都一个模式，为什么不来个五花八门呢？那就太乱了，不统一。但是，现在，恕我直言，现在这个样子，又太统一，是不是给人一种单调的感觉呢？单调得有点缺乏变化呢？（笑声）这是可以讨论的。其实，这个美学原则，在我们的经验中是屡见不鲜的。我问你们一个问题，一个傻问题：狗叫为什么不好听？（大笑声，鼓掌声，答：因为它乱叫。）但是，这是感觉，不是理论。从理论上来说，就是它太不统一了。但是，太统一了，又怎么样呢？又很沉闷。你们乘过火车吗？一直就是：咯咯咣，咯咯咣，咯咯咣，咯咯咣。就这么咣上几个小时，你就疲倦了。所以乘火车，一天下来，什么事也没有做，你都累得要命。如果把前面的咯咯咣的“咣”的音调提高一点，把后面那个“咣”降低一点，又把第三个“咣”缩短一点，第四“咣”拉长一点，这个样子（唱……大笑声，鼓掌声）这就是统一而又有变化，这个变化又有一点规律，这就有了节奏，这就叫作乐音。如果一点规律没有，那就是噪音，不是艺术，是什么？（答：狗叫。）对了，狗叫。狗叫不好听，因为它是没有规律，没有统一性，所以它是噪音。（大笑声）当然，这并不排除有朝一日，狗进化了，学会唱歌了，那又另当别论。网上有一个笑话，老师叫学生用“况且”造句，学生写道：“一列火车经过，况且况且况且况且……”这就太统一了。单调重复，也不是乐音。（大笑声）我们的古典诗歌，有对仗，句子又很短，每行音节相等，常常是一行就是一句（英语和俄语诗歌，不是这样的，他们一句可以跨好几行，甚至十几行，如前面哈姆雷特的那个著名的独白）。虽然平仄有规律有交替，但总体来说，比欧美诗歌统一，好像他们害怕句法上没有变化就可能显得单调，怕人家说他傻。（大笑声）只是，我们今天，就绝句而言，一般地说，或者除了特殊情况以外，变化功夫集中在第三和第四句上。如果没有第三第四句的语气变化，整个情绪的节律，就要大受损失。请比较：

不知细叶谁裁出，二月春风似剪刀。

心知细叶谁裁出，二月春风似剪刀。

不知何处吹芦管，一夜征人尽望乡。

但闻处处吹芦管，一夜征人尽望乡。

春风又绿江南岸，明月何时照我还。

春风又绿江南岸，明月及时照我还。

莫愁前路无知己，天下谁人不识君。

人言前路多知己，天下有人尽识君。

（鼓掌声、大笑声）

很明显，否定的语气比肯定的语气更能表现活跃的情绪，更便于诗人从客观的观赏转入主观情感的抒发。

三、内在律动的无限多样

第三句的变化——开与合、正与反、顺与逆的婉转变化，是句式、语气的变化，这种技巧，很容易掌握。不光是唐人，后世的国人都有这份聪明，就是日本人、朝鲜人，越南人，他们在唐朝还没有自己的文字，时兴用汉语写中国体式的诗歌，对于绝句的内在结构，他们也颇能领悟。介绍一点给你们看看。当然，他们的某些诗作，有太多模仿的痕迹。日本人中岩圆月（1300～1375）《鞆津》：

楸梧风冷海城秋，燹火烟消灰未收。

游妓不知亡国事，声声奏曲泛兰舟。

明显是杜牧的“商女不知亡国恨，隔江犹唱《后庭花》”的套用。还有一个汉诗作者，此人在中国有些名声，因为有个动画片，叫作《聪明的一休》，历史确有其人，叫一休宗纯（1394～1481），讳宗纯，号一休，在日本历史上是最有名的禅僧。其“外现颠狂相，内密赤子行”的形象，与中国南宋那位“酒肉穿肠过，佛祖心中留”的济公和尚如出一辙，看来是个花和尚。一休公开声称自己“淫酒淫色亦淫诗”，自号狂云子，汉诗集为《狂云集》，集中当然也有出语端庄的，如这首《端午》：

千古屈平情岂休，众人此日醉悠悠。

忠言逆耳谁能会，只有湘江解顺流。

第三句的语气转折，显然是有意为之。还有一位政治名人西乡隆盛（1828～1877），号南洲，明治维新的元勋，被对抗明治政府的叛乱势力推为首领，兵败自杀，有一首言志诗《偶感》颇负盛名：

几历辛酸志始坚，丈夫玉碎耻瓦全。

吾家遗法人知否，不为儿孙买美田。

第三句和第四句，语气变化得很自然。还有一位名将乃木希典（1849～1912），1895 年率部入侵台湾，翌年任台湾总督。1904 年日俄战争爆发时任第三集团军司令官，攻克旅顺，次年参加奉天之战，写下了颇为悲壮的《金州城》：

山川草木转荒凉，千里风腥新战场。

征马不前人不语，金州城外立斜阳。

应该说，这个侵略者的汉诗写得挺有才气，不是表面地模仿第三句的语气，而是模仿内在的情感的转换，但是这个军阀才气毕竟有限，日俄两军在旅顺港“203”高地恶战，历时三个月，惨烈异常，乃木希典之子亦死于此役。战后于高地立碑以悼，取“203”谐音，名之“尔灵山”。其诗《凯旋》：

皇师百万征骄虏，野战攻城尸成山。

愧我何颜见父老，凯旋今日几人还。

末句完全是对王翰的“醉卧沙场君莫笑，古来征战几人回”拙劣套用。

朝鲜高丽末期，有个李榖（1298～1351），其诗《寄郑代言》，居然写出了入世与归隐之间的彷徨，这就不简单是句式的模仿了：

百年心事一扁舟，自笑归来已白头。

犹有皇朝玉堂梦，不知身在荻花洲。

越南陈太宗陈日煚（1218～1277），尝有诗《寄清风庵僧德山》表达对佛门的向慕：

风打松关月照庭，心期风景共凄清。

个中滋味无人识，付与山僧乐到明。

这些都不仅仅是形似，而是有点神似的。但是，模仿毕竟是模仿，内在的精神深度是不可模仿的。拿这些作品和唐诗中经典之作相比，貌合神离是免不了的，比起我们唐朝的经典诗歌是不可同日而语的。我们的经典之作，哪怕没有明显的句式和语气上的变化，仍堪列入神品。如王之涣《登鹳雀楼》：

白日依山尽，黄河入海流。

欲穷千里目，更上一层楼。

四个句子全部都是陈述的肯定语气。但是，你们是否感到，拿第三句、第四句和前面两句相比，仍然可以感到某种变化，那就是情绪的提升。本来，白日依山，黄河入海，尽收眼底，强调了楼之高，已经是超越了常人目力所及。但是，欲穷千里目，更上一层楼。说的是，心气还不满足，还要更高。这是情绪的一种转折，是情感的提升。这样的作品是不太少见的。岑参《过碛》：

黄沙碛里客行迷，四望云天直下低。

为言地尽天还尽，行到安西更向西。

贾岛的《渡桑乾》：

客舍并州已十霜，归心日夜忆咸阳。

无端更渡桑乾水，却望并州是故乡。

这两首诗的妙处，也在情绪的变化，不过岑参《过碛》是情绪的递进，第三句已经是极端了（天地之尽头），第四句，还有更加遥远的。而贾岛的《渡桑乾》本来客居之地已经远离故乡了，没有想到，还要去更远的他乡，这时，客居地却变得有故乡的感觉，这是情绪的否定之否定。这种转换，有其特点，那就是层递性的上升。

规律是单纯的，而现象是无穷无尽的，要防止两种偏颇，一是，把狭隘的经验当成整体，免不了在复杂现象面前捉襟见肘，难以进行全面性的第一手概括。二是，用有限的模式去套，不管现象多么复杂，就是硬套，结果是强不知以为知，以空话代替具体分析。必须明确的是，在古典诗歌中，统一中求变化这个规律是普遍的，但是，具体表现是比较复杂的。例如李白的《静夜思》：

床前明月光，疑是地上霜。

举头望明月，低头思故乡。

当然，这并不是标准的绝句。你们看出来了没有？（众：没有。）我看出来了。首先平仄不调，如第二句的第二、第四个字都是仄声，第三句的第二、第四字，又都是平声。其次，第三、第四句，分别有一个“头”字。从绝句来说，是犯忌的。故这是古风体的乐府。这个且不去管它。这首诗可能是唐诗中，最为家喻户晓、脍炙人口的，但是它好在哪里，一千多年来，却没有人说得很清楚。有人这样说：

这是写远客思乡之情的诗，诗以明白如话的语言雕琢出明静醉人的秋夜的意境。

它不追求想象的新颖奇特，也摒弃了辞藻的精工华美；它以清新朴素的笔触，抒写了丰富深曲的内容。境是境，情是情，那么逼真，那么动人，百读不厌，耐人寻味。无怪乎有人赞它是“妙绝古今”。[①]

这样的赏析，你们有没有听出其中充满了废话？哪些是废话？（众议论纷纷）我们一起来讨论吧：“以清新朴素的笔触，抒写了丰富深曲的内容。境是境，情是情，那么逼真，那么动人，百读不厌，耐人寻味。无怪乎有人赞它是‘妙绝古今’。”有没有废话？（众：有。）有多少？（众：有一些。）哼！有一些就够了？全是废话。为什么？全是结论，全是感觉，没有分析，没有论证，而且又全是套话。清新，清新在哪里？丰富深曲的内容，它丰富在哪里？深曲（这是个生造的词语），深在哪里？又曲在哪里？“境是境，情是情，”这是一种典型的滑头。“情是情”，首先要说清楚，情的特点是什么？“那么逼真”，这句话就露馅儿了。逼真，是诗歌形象的好处吗？“不知细叶谁裁出，二月春风似剪刀。”有什么逼真可言呢？“不知何处吹芦管，一夜征人尽望乡。”好就好在芦管之音，不知从哪里吹来的，不太真切，不太逼真。如果很逼真，忽闻城角吹芦管，怎么样？这种逼真，是不是有点煞风景？“那么动人”，读者本来期待的是，你把为什么动人说清楚，可你不说，却说那么动人。至于“百读不厌，耐人寻味”“妙绝古今”完全是滑头文章。这是当前文坛上最不严肃的最具谋财害命功能的文风。（鼓掌声）

其实只要认真钻研，把一般读者都能感觉到的奥妙说出一点来，并不太困难。

它脍炙人口，就说明，就是普通人也能为这首诗所感动，把这种感动说出来，不就得了吗？当然，把感受语词化是不轻松的，可是，也不至于像这位作者这样，通篇都在“谋财害命”啊！这还是比较老实的呢，有些人更不争气了，花了很大力气，去钻牛角尖，说是“床前明月光”的“床”，不是床，而是一个小马扎，有绳子穿起来的、可以折叠的、随身可带的小凳子。甚至说，唐朝的窗户很小，从窗子里根本看不到月亮，这可真是无知到无畏的程度了。这已经被一些专家驳斥得体无完肤了。这也从一个极端说明了，没有艺术感受的人，就是有一点学问，也可能陷入魔道。

其实，只要抓住情绪的微妙变化，这首诗的奥妙可以说历历可见。“床前明月光”，月光在地上，如果认为就是月光，那就心灵没有波动，也就没有诗可写了。偏偏感觉有点怀疑，这么白，这么亮，不像是月光呀，那就该是地上的霜了，这是感知第二个层次。“举头望明月”，地上有霜，就是有霜了，又去看月光什么呢？因为地上霜，并不确定啊。“疑是”，就是不一定是啊，那可能还是月光吧。目的是想确定一下究竟是月光还是霜华，这是感知第三个层次。看的结果是什么呢，思绪却转移了，是月光还是霜的疑问突然消失了。

---

①《汉语大辞典》诗词部分。

而头却垂下来了，为什么？月光让人想起了远离故乡。月亮弯弯照九州啊！月亮是不受关山阻隔的，它的光华此时正普照家乡，这是第四个层次。其中情和感有多少变动啊。原来思乡之情，是这样的容易触发啊，不但是碰不得的，就是不碰，不去想它，它也会飘然袭来的啊！

这里没有什么语气、句式的变化，四句全是陈述语气，但是，内在的感知和情绪的转化却很丰富。不做这样的具体分析，讲什么“百读不厌，耐人寻味”“妙绝古今”，实在叫人想起钱锺书藐视文学评论家的话，有如太监在皇宫，身边美女如云，“机会甚多，却无能力”。

真正的规律，是从无限多的作品中归纳出来的。任何举例都是有限的，但举例有感性说明的优点，不可废除，因而要尽可能地全面，就不能不照顾到各个类型。和《静夜思》在类型上有点相近的是杜牧的《秋夕》：

银烛秋光冷画屏，轻罗小扇扑流萤。

天阶夜色凉如水，坐看牵牛织女星。

这里也没有任何语气的变化，表面上是平面的描绘，都是表述客观景象的，但是，仍然有丰富的内心变动。我在20世纪80年代的一篇文章中认为这里的抒情“富于纵深感”：

在“银烛秋光”“天阶夜色”的背景上，一派宁静气氛，“轻罗小扇扑流萤”则转换为动态。动态是写年青贵族女子无忧无虑地天真嬉戏，充满了无名的欢乐，但是，这种欢乐是表层的，到了“坐看牵牛织女星”就迅速转化为宁静，若有所失的沉思，进入了情绪的另一个层次。在这种动静的迅速转换交替中，从表层向深层的递进中，诗人窥见了这个贵族女子沉睡的青春，在不知不觉地流露出对幸福的爱情的向往，激起了潜在的、淡淡的哀愁。“扑流萤”，是暂时的动态，而“坐看牵牛织女星”则是静态的长久的持续。这一点似与俄国形式主义者提出的以陌生化的语言增加感觉时间的长度相合，也与中国古典画论“虚实相生”相符。表层无忧无虑的“扑流萤”正好衬托出深层“坐看牵牛织女星”的默默心事。没有总体宁静中动静制宜，如一味写动，或一味写静是很难构成这样的纵深的意境的。①

岑参的《武威送刘判官赴碛西行军》则属于另一种类型的纵深意境的构成，它主要不是依靠动静关系的转换，而是依靠视觉和听觉意象的转换：

火山五月行人少，看君马去疾如鸟。

都护行营太白西，角声一动胡天晓。

四句都是描绘，又都是肯定句。前三句都是视觉意象：在空旷荒寂的视野上迅速远去

① 参阅孙绍振：《审美价值与情感逻辑》，华中师范大学出版社2000年版，第291页。

逐渐消失的马，到第四句突然转化为“角声一动”好像是银幕上突然插入打破无声境界的“画外音”，使得广阔空间的视觉意象和听觉意象，在两个维度上形成反照，构成张力，突出了一种立体的悲凉、慷慨的意境。如果没有听觉意象的介入，一味停留在视觉上，则可能造成单调。而王昌龄的《从军行》则相反：

琵琶起舞换新声，总是关山旧别情。

撩乱边愁听不尽，高高秋月照长城。

本来是听觉意象，一曲又一曲，都是关山旧别之情，不管怎么换来换去，引起的都是一样，突然转化为望月的静止的视觉意象，表现了战士的一刹那的心灵悸动，听厌了别离之曲，抬头凝望天上的月亮，却突然出神了，战士思念家乡了。这里的全部妙处，就在于：从听得心烦，到看得出神。这是一种双重的转换：既是从听觉到视觉的转换，又是从动态的心烦到静态的出神的转换。类似的有司空曙的《发渝州却寄韦判官》：

红烛津亭夜见君，繁弦急管两纷纷。

平明分手空江转，唯有猿声满水云。

整首诗主要是描绘音乐的，只有听觉意象。为什么不单调呢？因为这里有一种内在的变换在起作用。繁弦急管构成的是热闹繁忙气氛，而白云猿声却是一种怅然若失的凝神。这是分手以后发呆，和王昌龄所表现的听得心烦转换为看得发呆有相近之处，也有不同，这里是听得热闹，变成看得（水云）和听得（猿声）茫然。感知的转换不过是外在的表现，内在的情绪转换才是根本。哪怕是纯粹的视觉意象，只要蕴含着内在的变动，也一样可能构成深邃的意境。如韩愈的《盆池》：

瓦沼晨朝水自清，小虫无数不知名。

忽然分散无踪影，惟有鱼儿作队形。

小虫甚微，且无名，易于受惊而突然消失，诗人观察到了，这是一趣。而鱼儿，则恰恰相反，处变不惊，这是二趣。妙在第三趣，是由鱼儿的不动与虫儿忽然惊散反衬。这就显出了：盆池之静，盆水之清，诗人发现时微妙变动的喜悦。

许多怀古的绝句，采取空间环境的不变与时间的迅猛变化的对比来表现沧桑感。如刘禹锡《石头城》：

山围故国周遭在，潮打空城寂寞回。

淮水东边旧时月，夜深还过女墙来。

包佶的《再过金陵》：

玉树歌终王气收，雁行高送石城秋。

江山不管兴亡事，一任斜阳伴客愁。

刘禹锡的《乌衣巷》：

朱雀桥边野草花，乌衣巷口夕阳斜。

旧时王谢堂前燕，飞入寻常百姓家。

韦庄的《台城》：

江雨霏霏江草齐，六朝如梦鸟空啼。

无情最是台城柳，依旧烟笼十里堤。

这里强调的是，空间自然景观及人文景观（“旧时月”“斜阳”“堂前燕”“台城柳”）没有变化，如旧时一样，而在时间上，人事却惊人地变化了，往日的繁华和兴旺，一去不复返了。从空间来说，物理距离等于零，而心理差距，反差甚大；从时间来说，物理时间距离甚为遥远，而心理时间却把距离遥远的反差统一在当前的景观上。这样的一远一近，就强化了岁月、人情的沧桑感。这种方法，最关键的就是以物是人非构成张力，触发情感。空间景观不变，而人情巨变，把川流不息的人生变幻，集中到不变的现场上来，是最容易触发感情的。这种方法，不仅广泛用于政治、社会、历史的怀旧，而且广泛用于人情的怀旧，如张泌《寄人》：

别梦依依到谢家，小廊回合曲阑斜。

多情只有春庭月，犹为离人照落花。

王建的《唐昌观玉蕊花》：

一树笼松玉刻成，飘廊点地色轻轻。

女冠夜觅香来处，唯见阶前碎月明。

前两句都是描绘性的视觉意象，第三句从视觉转入嗅觉：女道士无意中闻到香气，待去找寻这种缥缈的暗香的来路时，却又被月下的花影吸引。这就不单单是感知的转换，而且是情感的转换了。被嗅觉美吸引的注意，却因视觉美而中断，妙在这种中断是在无意识间的。至于崔护的《题都城南庄》：

去年今日此门中，人面桃花相映红。

人面不知何处去，桃花依旧笑春风。

也是同样的方法。其结构、句法和语气的变化固然有一定作用，但是，感知、情绪的内在转换则是关键。一旦内在情思变化了，外部的语气和句法的变化，就可有可无了，如张泌《寄人》的第三、四句：“多情只有春庭月，犹为离人照落花。”并没有句法和语气变化，只是不变的旧时景观，反衬出离人心中感到的世事“无情”，但此种“无情”，又为“多情”的月亮所否定。实际上，“多情”正好衬托出了“无情”，这种无情既是人世，又是岁月。崔护的《题都城南庄》，句法变化很明显，第三句变得很自然，但是，是不是有一览无余的感觉呢？这是可以讨论的。

总之，绝句中的感知和情绪转换，是多种多样的，是无限的。因而，真正的艺术鉴赏，应该有思想准备，每一首诗，都是独特的。我们来看李商隐的《霜月》：

初闻征雁已无蝉，百尺楼高水接天。

青女素娥俱耐冷，月中霜里斗婵娟。

四句都是陈述的肯定句式，好像很单调，其实不然。因为，第一句是听觉的宁静，连天上大雁的叫声都可以听到。第二句的“水接天”，是听觉之静导致视觉之清，不但写视觉的透明，而且写旷远。第三句，是在天水一色的透明的背影上，转入“青女素娥”的触觉之寒，空、清、明、远，相当和谐。最后一句，则是视觉的凄清和触觉的寒冷的交融，但是，又不完全，“斗婵娟”，比比谁更耐得这样的凄寒，统一之中又有多种差异。这样的意境的内涵就比较丰富了。更为精致的是柳宗元的《江雪》：

千山飞鸟绝，万径人踪灭。

孤舟蓑笠翁，独钓寒江雪。

这是一首押仄声韵的绝句。第一句、第二句写“千山”“万径”之“绝”与“灭”，杳无人迹。在广阔的视野上，一片空寂，在茫茫的大江上一切生命都被大雪淹没，只剩下一片空旷而寂静的空间。而第三句、第四句，则对这种视觉意象做出了否定，在空无一物的背景上，出现了“孤舟”和“独钓”的意象。这似乎是以人迹的“有”，否定了前面大自然生命的“无”。但是，这“人”和“舟”，是极其细微的孤而独，不但没有打破画面的空寂，反而衬托得它更加空寂了。正如“鸟鸣山更幽”，因为有了鸟鸣的声音，山才显得更为幽静，这里的“孤舟”“独钓”，也衬托得天地间更加空寂。特别是独钓的是雪，而不是鱼，更显得这种孤独的自在、自足的丰富内涵。这种意境的统一性，很有中国古典诗歌的优长，它不像西欧和俄罗斯诗歌统一在直接抒情的情绪上，而是统一在画面的意境中。

在绝句中，还有一类达到了很高艺术境界的作品，却没有上面所说的那些结构上的讲究。例如王维的《白石滩》：

清浅白石滩，绿蒲向堪把。

家住水东西，浣纱明月下。

四句都是肯定的陈述语气，没有疑问、感叹、否定的交替，在情绪上，似乎也没有转折的痕迹。但是，它仍然是很动人的，仍然属于流传千古、流芳百世的杰作之列。它以白石作衬，写出水滩之“清浅”，“绿蒲”“堪把”说明水不盛，如果水盛，则绿蒲被淹没。“浣纱明月”，与水之清浅相配，加之主人公肯定为女性，越发显出优雅的、透明的画意。这里有的是情绪和感知的统一和谐而单纯，从头到尾，突出的是从容与自如。它没有绝句那样的意象和情绪纵深结构，在平仄上，也不是很严格。它在结构上，没有绝句中常见的那种丰富的情绪和语气的变换，在语言上，不追求丰富的文采。它的美学追求似乎不是属于绝句，而更接近于古风的浑然一体。仔细考察就会发现，它押的是仄声韵（把，下），行家把它归属于“古绝”。相似的还有王维的《阙题》二首：

荆溪白石出，天寒红叶稀。

山路元无雨，空翠湿人衣。

王维的朋友裴迪有同名的诗作，可作比照：

跂石复临水，弄波情未极。

日下川上寒，浮云澹无色。

两个朋友都是诗人，情绪的性质相同，语言风格相同，只是水平有差异。

事实上，绝句的格律和风格也有一个历史建构的过程。我们前面所讲的，大多是比较成熟的绝句，也就是文采、情韵、语气、机理、结构，形成了统一而又富于变化的格局，而在形成的过程中，有些风格，与之不合，在不知不觉之间被忽略了，被冷落了，被遗忘了，被牺牲了，以至于后来大部分的诗人，不能驾驭了，不会写了。人们的思想就被历史的潮流裹挟了，似乎忘记了，激情、文采固然是一种美；相反，意态从容，平静、淡定也是一种美。对感情、感知、情结不是采用强化的办法，而是淡化的办法，可能比之强化，需要更高的修养和水准。可不可以这样说，一切艺术的成熟，不仅仅是取得成就，同时也是付出代价。王维的这种风格，后来被牺牲了。但是，它仍然被欣赏，可以说明它的生命力，这一点是不可忽略的。

四、诗中有画的诗就是好的吗——解一个经典难题

讲到这里，还只是从正面说明绝句的感知情绪有变化有节奏的好处。这些作为论证方法还只是正面的。要真正确立一个学说，光有正面的证明是不够的，还要有反面的证伪。就是说，真正让人家相信你的观念，不但要证明这样做是精彩的，还要从反面证明，不这样做是坏的，至少是不够好的。这就要拿一个样本来分析。怎么选择样本呢？随机抽样，这当然不错，有可能抽到一个很差的样本，对规律来说，可能是例外，那就没有说服力了。最好是拿一个很经典的文本来，有权威性的，如果连权威的样本都有问题，就说明规律比较可靠。我们拿杜甫的《绝句四首》之一来开刀：

两个黄鹂鸣翠柳，一行白鹭上青天。

窗含西岭千秋雪，门泊东吴万里船。

这首绝句，最显著的特点是，四句皆对，好像是把律诗当中的两联搬进了绝句。这当然也是一体，其数词相对、色彩相衬、动静相映，诗中有画，堪称精致。但是，历代诗评家仍然表示不满，甚至不屑。胡应麟说，评家“率以半律讥之”[①]。为什么把律诗的一半，转移到绝句中来，就要受到讥笑呢？这在理论上有什么根据？胡氏没有说。杨慎说这四句“不相连属”[②]，胡应麟则说“断锦裂缯”[③]。为什么会有这样苛刻的批评？是不是杜甫疏忽了“宛转变化工夫，全在第三句”，第三句要求在第一二句的基础上承转？

（学生举手：孙教授，您的说法当然有您的道理，但是，我一下子在思想上还是转不过弯来，也不能完全同意您的分析。这首诗，诗中有画，是精品，您为什么这么苛刻呢？）

谢谢你提出这么一个高水平的好问题，诗中有画的问题，有点学术化，既然已经提出来了，请诸位允许我，多说几句。

在历代诗评家看来，唐代绝句的压卷之作，要数李白、王之涣、王昌龄、王翰……甚至于点到了韩翃、李益，就是点不到杜甫。不但点不到杜甫，而且有人说杜甫的绝句写得很差，尤其他的那首诗“两个黄鹂鸣翠柳”。我想，你们好多人不会同意。这首诗太有名了，一幅鲜明的画面啊，诗中有画，“两个黄鹂”对“一行白鹭”，“鸣翠柳”对“上青天”，对得如此工整啊，视野很开阔，色彩、数字、动作，层层相对。再加上画面又有些变化，“窗含西岭”有个框子，窗框子框起来一幅风景，“门泊东吴”，门框子又框起一幅，何其美妙啊！但是，古代的诗话家却有人说，这种诗是不好的，这叫什么呢？叫“半律”，不是绝句。什么叫“半律”？律诗是八句嘛，开头两句不对，最后两句不对，当中四句要对。杜甫这首诗实际上把律诗的当中四句拆出来，“两个黄鹂”“一行白鹭”“窗含西岭”“门泊东吴”，一半的律诗。古代的诗话家承认，杜甫和李白是齐名的，成就旗鼓相当，但是绝句，就纷纷推崇李白而骂杜甫。不知道诸位有什么感觉，反正我觉得骂得很痛快，（笑声）我很讨厌这首诗。（笑声）我每逢讲这首诗的不足，有些研究唐诗的人就要跟我捣乱，好在在座没有研究唐诗的。（笑声）为什么呢？容我慢慢道来，这段公案里还牵涉一个大诗人苏东坡，都是他把理论闹乱的，他称赞王维“诗中有画，画中有诗”[④]。苏东坡这个理论害死

---

① 胡应麟：《诗薮·内编（卷六）：近体·绝句》，上海古籍出版社1979年版，第115页。

②《升庵诗话》卷十一《绝句四句皆对》：“绝句四句皆对，杜工部‘两个黄鹂’一首是也，然不相连属。”见丁福保辑：《历代诗话续编》，中华书局1983年版，第853页。

③ 胡应麟：《诗薮·内编》卷六《近体·绝句》：“杜以律为绝，如‘窗含西岭千秋雪，门泊东吴万里船’等句，本七律壮语，而以为绝句，则断锦裂缯类也。”上海古籍出版社1979年版，第121页。

④《东坡题跋》原文为：“味摩诘之诗，诗中有画；观摩诘之画，画中有诗。诗曰‘蓝田白石出，玉川红叶稀。山路元无雨，空翠湿人衣’此摩诘之诗也。或曰‘非也，好事者以补摩诘之遗’。”《总龟》以为：“此东坡诗，非摩诘也。”

人啊！

为了把这个问题说得彻底一点，我们举一首李白的被称为“压卷”之作的，和杜甫的这一首比较一下。“有比较才能有鉴别”嘛，这是谁说的？这是毛泽东先生说的。我们来看：

朝辞白帝彩云间，千里江陵一日还。

两岸猿声啼不住，轻舟已过万重山。

这首诗的前两句，可真是“诗中有画”，“彩云间”有画面，“千里江陵”有画面，但，一共四句，是前两句更好，还是后两句更好？凭直觉就知道后两句更好。有人就解释了，后两句好在哪里啊？有画面。这个人还是很有名的，清朝的一个诗评家，叫沈德潜，他编过一本叫《唐诗别裁集》，他说这后面两句好的，尤其是第三句“两岸猿声啼不住”，好在“画家设色布景”。“设”是“设计”的“设”；“色”，“颜色”的“色”；“布景”，不是舞台上的布景，而是布置景色的意思。就是设计颜色，安排景致见功夫。这话对不对？你们不敢反对，我敢。“两岸猿声”，有没有画啊？没有。“啼不住”是画吗？画是用眼睛看的啊，“两岸猿声啼不住”，是用耳朵听的。最精彩的，恰恰不是用眼睛看的，而是从用眼睛看的转换为用耳朵听的。这是情感的微妙的动态嘛！

“千里江陵一日还”是画面，这画面有特点，不是一般静止的画面，而是流动的画面，不但是流动的画面，而且是流动得很快的画面。为什么流动得这么快？“千里江陵一日还”，快到什么程度啊？不可能的程度。当时的小木船，怎么可能日行千里？郦道元在《水经注》中说过了，有时“王命急宣”，中央王朝有急命令，又碰上“夏水襄陵”，发大水了，水都漫到山顶上去了，那时，就朝发白帝，暮到江陵。中间“千二百里”，合今天七百里。但是李白不是王命急宣，他是劳改犯，也不是发大水，而是平时，可没有那么便宜。《水经注》中说，光是黄牛滩，就要舟行三天。这不是我造谣，这里有原文，我念一下：

此岩既高，加以江湍纡回，虽途经信宿，犹望见此物。故行者谣曰：“朝发黄牛，暮宿黄牛，三朝三暮，黄牛如故。”言水路纡深，回望如一矣。

黄牛滩才是三峡的一小部分哪，就三天三夜了。李白的诗所说，“千里江陵一日还”，从物理距离来说，这是不真实的，但是，李白不是物理学家，他是诗人，他归心似箭嘛。表现的是在情感驱动下变异了的感觉，所以黄牛滩之类，就不在话下了。他为什么这么归心似箭呢？原来他政治上犯了错误，参加了永王的幕府，当了个空头参谋，而他的主子永王，有野心，被中央王朝剿灭了，死于非命，他呢，当了俘虏，本来是很严重的，要杀头的。有人同情他，为他开脱，就判了个流放夜郎，也就是今天贵州桐梓一带。为什么要流放夜郎？因为有个成语叫作“夜郎自大”。李白老觉得自己的政治才能可能当宰相，军事才能可以比谢安。好吧，你就吹吧，到那个最会吹的地方去比赛吧。这时的李白，五十七八岁，可真是狼狈。当然他自己没有怎么正面写他的狼狈，倒是他的朋友杜甫说了：

世人皆欲杀，吾意独怜才。

政治上道德上，都很孤立，甚至可以说是破产的程度。流放半路到了白帝城。关中大旱，皇帝觉得是自己做事情过分了。大旱，上帝要惩罚了，于是他想，算了，来个大赦天下吧。李白碰上好运，不用流放了，落实政策，“户口”可以迁回去了，所以“千里江陵一日还”，心里很轻松，“轻舟已过万重山”。有人说，李白这首诗的诗眼是一个“轻”字，为什么？因为心里轻松。但是，为什么不是“轻心已过万重山”呢？这个说法有很大漏洞，忽略了“轻舟”与“轻心”之间微妙的差异。心轻是一种内心的感情，要把内心的感情传达给读者，却不能直说，而要通过感觉。受到感情冲击，发生了变异，才能让读者有感觉。这就不能不把轻心变成轻舟，把心快变成舟快，心里的安全变成舟行的安全。

其实，当时的旅途非常的艰险，长江三峡里有礁石，尤其是瞿塘峡的礁石很厉害的啊！“滟滪大如牛，瞿塘不可留”，“滟滪大如龟，瞿塘不可窥”，那一碰就要死的啊，粉身碎骨的啊！诗人的浪漫感情不但使他感到快不可言，而且感到安全之极，险滩急流不在感觉之内。既然已蒙大赦，命运的鬼门关已经闯过，前路的激流暗礁又何足道哉！“两岸猿声啼不住”，本来这个猿声，在古典诗歌里是什么感情色调啊？悲凄。有一首民歌，郦道元不是记录过吗？“巴东三峡巫峡长，猿鸣三声泪沾裳。”杜甫也写过啊，“听猿实下三声泪”，听到猿叫声就哭了。可是李白的听觉完全被他的兴奋和欢乐同化了，他没有感到悲凉，唯有欢乐，倾听猿声之美，美到忘记了时间，还没有听完，“轻舟已过”，听觉的精彩把他吸引了，视觉倒是休息了，哪里有什么画家布景设色？完全沉浸在一种听觉的享受里，一下子家就要到了。就是听觉的美让位于突然发现平安到家那种心里的美啊。这多么爽啊，多么精彩啊！

这不是很精彩吗？可是有一位专门研究唐诗的学者，是我念大学时候的师兄，叫作袁行霈，很权威的，却在艺术上没有看懂，他怎么说呢？他说：“他一定想趁此机会饱览三峡壮丽风光，可惜还没有看够，没有听够，没有来得及细细领略三峡的美，船已顺流而过。在喜悦之中又带着几分惋惜和遗憾，似乎嫌船走得太快了。‘啼不尽’，是说猿啼的余音未尽。虽然已经飞过了万重山，但耳中仍留猿啼的余音，还沉浸在从猿声中穿过的那种感受之中。这情形就像坐了几天火车，下车后仍觉得车轮隆隆在耳边响个不停……究竟李白是希望船走得快一些呢，还是希望船行得慢一点呢：只好由读者自己去体会了。”①

这种说法，有点混乱。“究竟李白是希望船走得快一些呢，还是希望船行得慢一点

① 袁行霈：《早发白帝城》。见裴斐主编：《李白诗歌赏析集》，巴蜀书社1988年版，第273页。

呢？”看来这位唐诗的权威自己就糊涂。这里的“千里江陵一日还”，一是，排除了船行的缓慢（三天才能过黄牛滩）；二是，排除了长江航道的凶险（瞿塘、滟滪礁石），不就是为了强调舟行之轻快、神速而且安全吗？若是如袁行霈所想象的那样，想让船走得慢一点，又何必这样夸张舟行速度呢？

更为重要的是，这里有唐诗绝句的拿手好戏，那就是感觉和情感的转换，而且层次特别丰富。前面两句，“白帝”“彩云”“千里江陵”都是画面，都是视觉形象。第三句超越了视觉形象，转化为听觉。这不是诗中有画了，而是诗中有乐，这种变化是感觉的交替，是声画交替，此为第一层次。听觉中之猿声，从悲转变为美，显示高度凝神，以致因听之声而忽略视之景，由五官感觉深化为凝神观照的美感，此为第二层次。第三句的听觉凝神，特点是持续性（“啼不住”，啼不停），到第四句转化为突然终结，美妙的听觉变为发现已到江陵的欣喜，转入感情深处获得解脱的安宁，安宁中有欢欣，此为第三层次。猿啼是有声的，而欣喜是默默的；舟行是动的，视听是应接不暇的；安宁是静的，欢欣是持续不断的，到达江陵是突然发现的停顿，归心似箭的感知转化为安宁欣喜的感觉，此是第四层次。这才深入到李白此时感情纵深的最底层。欣慰之至，哪里有什么“惋惜和遗憾”呢？

不论古典诗话家还是袁行霈，都注意到了李白此诗写舟之迅捷，但是忽略了感觉和情感层次的深化。迅捷、安全只是表层感觉，其深层中隐藏着无声的喜悦。这种无声的喜悦是诗人从有声的凝神中反衬出来的。通篇无一喜字，喜悦之情却尽在字里行间，这就是意境的特点。专门研究过唐诗意境的袁先生，不知为何把这么重要的意境忽略了。

如果以上的分析没有大错的话，那么，现在已经可以回答前面的问题：杜甫的绝句，尤其是七言绝句为什么在历代诗话中，得不到像李白七绝这样高的评价呢？因为它没有这么丰富的感觉层次，它只有一种感觉，就是视觉的图画，缺乏多种感觉或者情感之间的转换。从形式上说，这里，没有句法上的变化，四句全是陈述的肯定语气，两联都是对仗，结构上只有统一，而缺乏变化，显得呆板。因而，情绪显得单调。当然，这也是绝句的一种写法，就是两个对子写法，就杜甫喜欢用，其后毫无追寻者，没人追随他，太统一、太呆板了。

除此之外，还有一个问题，还要花一点时间从理论上说一说，那就是“诗中之画”跟“画中之诗”有矛盾，苏东坡说“诗中有画，画中有诗”，只说了诗与画二者之间的统一性，是不是忽略了二者之间的矛盾性。到了明朝，有一位学者，叫张岱，大概是余秋雨的同乡。张岱很有思想，他提出，苏东坡的说法不对。他就着东坡的例子说“荆溪白石出，玉川红叶稀。山路元无雨，空翠湿人衣”。你看，这样的诗，不是充满了画意吗？“荆溪白石出”可以画，“玉川红叶稀”也好画。其实，我说，也不容易画。你玉川的红叶是大红叶还是小红叶啊？纸张上占多大面积，是不能随意的，大一点，小一点，都可能导致破坏。也许是树上的红叶，是画一棵树还是两棵树？弄不好，就砸了锅。这且不说。张岱接着说，“山路元无雨，空翠湿人衣”，没有下雨的山路上，衣服却有湿的感觉，你怎么画？至少当时在唐朝中国画的水平，这种湿湿的质感，形容形容是可以的，“曹衣出水，吴带当风”，实际上，画不出来。底下张岱自己举了一个例子，李白的“床前明月光，疑是地上霜”这可以画，“举头望明月，低头思故乡”你怎么画？你怎么知道他头低下来是思故乡啊，不是思老乡、老师啊，不是思老婆啊！如果你在画上，画上一个老婆或者一个老师，就很煞风景啰！所以，他讲了一句很深刻的话：如果真是“诗中之画”，画不一定是好的，而“画中之诗”，诗也不一定是好的。[①]

我觉得这个张岱的名字很有意思，他底下真是有深厚的功底，他名字“岱”字，底下有座山啊。站在这座山上，登高望远，使得他的想法和西方一个大理论家是一致的。此人名曰莱辛，德国人，他在张岱以后差不多一两百年才发现这个道理。他说，古希腊有个故事，拉奥孔父子得罪了一个瘟神，一个坏人、妖怪，蛇就要把他们父子给缠死。这个故事写在维吉尔——意大利诗人的史诗里面：在缠死的时候，父子几个挣扎着，拼命地吼着，像公牛一样吼叫，恐怖地吼叫，声音震动了天庭。但是后来莱辛发现，以这个诗为题材雕刻的拉奥孔的雕像——可能好多同学都看过这雕像的图片——为首的父亲，两手一上一下拉着蛇的身子和头，他并没有恐怖的、张大嘴巴的、大喊大叫的、声嘶力竭的样子，给人的感觉是一种轻微的叹气。为什么这样呢？莱辛解释，诗跟画是不同的，诗是用语言写的，其感知是间接的，通过读者经验去还原的，写他恐怖地、像公牛一样地吼叫震动天庭，没有生理的刺激，而雕像，它是直接接触视觉的，张大嘴巴的样子远远看过去像一个黑洞，那就不好看了。所以说，雕塑家只能把他雕成“轻微的叹息”[②]。

这个观念和张岱是一致的，诗有诗的特点，画有画的特点。

诗画二者的矛盾，古人已经讲得很多了，可是我们专门研究唐诗的学者，一无所知。

但是，毕竟是古人已经死了几百年，我们就这样没有出息，这么几百年过去了，一点新东西不给补充？我们不是白活了吗？为了防止白活，我试着来一个补充，“诗中有画”的画有什么特点呢？画中的画是静止的。诗中的画与它的区别在哪里啊？诗是释放感情的，这诗中的画呢，它要连续起来，它要动起来，诗中的画，应该是“动画”，就算不是“动漫”，也是某种“flash”。（笑声）从“千里江陵一日还”到“轻舟已过万重山”，不但舟动起来，山动起来，而且人的心灵也微妙地动了起来。“诗中有画”，应该是一种流动的画，

① 张岱：《琅嬛文集·与包严介》，岳麓书社 1985 年版，第 152 页。

② 朱光潜译：《拉奥孔》，人民文学出版社 1979 年版，第 16、22 页。

画在诗中，要是不动，就不一定是好画了，也不是好诗了。因为人的感情、诗意的感情是动的，而画是不动的，静止的，这是一个矛盾。我们的汉语很伟大，就来解决这个矛盾了。一个小伙子喜欢一个姑娘了，产生感情了，起初叫作“动心”，后来叫作“动情”，一旦姑娘被小伙子吸引了，叫作“触动”，后来就叫“感动”了，再后来，就叫作“动情”了，是吧？你心里有那种感觉，有一个共同的特点，那就是动的。如果你对她真的有了感情了，不是假的，叫“情动于中”，所以中国的《毛诗序》说：“情动于中而形于言；言之不足故嗟叹之；嗟叹不足故咏歌之；咏歌之不足，不知手之舞之足之蹈之也。”都是要动。如果没有感情，叫“无动于衷”，就是不动心。这个可能全世界的语言都有一点共性。英语里的“感动”怎么讲？有一个词，“move”，原来是空间的移动，后来，这个移动，就到心里去了。She was moved by the boy.（笑声）by her boyfriend，一“moved”就有故事了，不是有好事了，就是很危险了，（笑声）所以说，这个“move”很重要。

所以，诗中的“画”，是“动画”，要动起来，才可能有好诗。

那么杜甫呢，这首诗也有动，“两个黄鹂鸣翠柳”，“鸣”是动啊，“一行白鹭上青天”，“上”也是动啊，但是这动是什么动？是动物在动，而不是画在“move”。“窗含西岭千秋雪”，雪在窗框子里，静静地，“门泊东吴万里船”，船在那里干什么，不动。而且，这四句话是四幅图画，两幅图画静止、不动、不连贯，诗中的画，要动起来，才能连续啊。

而李白的不管是画，还是情绪，非常活跃，一刻都停不下来。前面是“朝辞白帝彩云间，千里江陵一日还”，其中的“辞”和“还”是动，后面“两岸猿声啼不住，轻舟已过万重山”动得很眼花缭乱，突然猿声很漂亮，啼个不住，还没听清楚，啊，到家了。一气呵成，画面流动，感觉转换，感情流动起伏。而杜甫的诗从结构上来说，缺乏变化，四句都是对子。两个对子，如果是流水对，其中有因果关系，也还可能动起来，可是他用的又是平行对，四幅画就更没有联系了，更加动不起来了，就被人家批评“不相连属”了。

五、春天：带来欢乐的诗意

回到我们开头的话题上来，写春天的绝句。我们的感觉中，春天是美好的，大地春回，万物昭苏，但是，正面歌颂春天的诗词，从数量上讲，比较少，至少比写惜春、春愁的要少一些；从质量上看，整篇的经典之作，并不多。这可能是因为，春色宜人，春心荡漾，人同此心，心同此理，没有什么可惊讶的，或者没有什么陌生化的感觉。因而写起来，出新的难度就比较大。但是，一旦写出了一点新意，那就很容易得到喜爱。为什么呢？因为，要把春天的可爱，说出来，也是不容易的，多数人说不好，你说出了，很特别，读起来，就觉得过瘾，最为脍炙人口的，就是那些与早春物候联系比较紧密的：

云霞出海曙，梅柳渡江春。（杜审言《和晋陵陆丞早春游望》）

春风得意马蹄疾，一日看尽长安花。（孟郊《登科后》）

野火烧不尽，春风吹又生。（白居易《赋得古原草送别》）

春城无处不飞花，寒食东风御柳斜。（韩翃《寒食》）

天街小雨润如酥，草色遥看近却无。（韩愈《早春呈水部张十八员外》）

春色满园关不住，一枝红杏出墙来。（叶绍翁《游园不值》）

《全唐诗》收录了几万首诗，写春天的不在少数，但是，这样的名句仍然很稀罕。这是为什么呢？这里有个奥妙，以乐景写乐情，与普通人心理自发倾向无异，不容易有令人惊异的特点，因而，很难使读者产生如海德格尔所强调的那种“惊异”，或者如俄国形式主义者所说的那种“陌生化”（defamiliarization）的效果。就是天才如李白的《早春寄王汉阳》也一样：

闻道春还未相识，走傍寒梅访消息。

昨夜东风入武阳，陌头杨柳黄金色。

应该说，还是被动描绘，春天的感觉是什么呢？就是从寒冷中开放的梅花，或柳条的金黄的颜色感到，这可以说，是没有什么稀奇啊。至于严武《班婕妤》：

寂寂苍苔满，沈沈绿草滋。

白居易《长安早春旅怀》：

风吹新绿草芽坼，雨洒轻黄柳条湿。

从文字上来说，应该是有工夫的，但是，就是告诉人们苍苔和绿草，就是，风吹草绿，雨洒柳条，这并不需要多大的才气就能写得出来啊。比起孟浩然那首明明白白的大白话的《春晓》来说，就显得不够精神了。因而，这样的诗，很少能列入最高境界的经典。可也有一些诗作，整首诗或者有些不足，个别的句子，一旦出彩，往往就是传唱千古。如韩愈的“草色遥看近却无”，其情其思，其文其韵，实在不能不令人惊叹。本来草就没有梅、柳那样鲜明的色彩，何况又是早春的草，还没有绿透。在古典诗歌中，诗人们似乎有一种共识，一种默契，草之美有两种类型：第一是枯草，枯草自有枯草的美，“草枯鹰眼疾”，有一种强悍的精神意味在内；第二是绿草，很绿，绿得过瘾，如王安石的“春风又绿江南岸”，美就美在它的绿色上，如果不绿，就索性彻底地枯黄，除此以外，好像没有什么可以欣赏的了。但是，韩愈却发现了草的第三种美，那就是在要绿与不绿之间，远看是绿的，近看绿却消失了。这样的草，更有一种心灵关注。在这种关注中，有一种特别宝贵的心理变化：

先是为发现了草色而动心；因为动心，就走近了；走近了，绿草的颜色却不见了。这本该是一种失望，但是不，相反的感觉产生了：那是一种欣喜，春天来了，草色绿了，粗粗看，来了，欣喜；细细观察，却若有若无，更喜。这是何等精致的心灵敏感啊！这和通常的观察是何等不同啊！通常人们总是先粗心忽略，后来细细地观察才有所领略。而春草却恰恰相反：粗心的发现，细心的消失。这不仅仅是对大自然的发现，而且是对人心灵的发现。为什么要那么说呢？一般地说，远看比较粗，看不清，是吧？远看一朵花，近看一个疤！（笑声）远看还不错，挺漂亮的，近看很一般。有时候看女孩子也是这个感觉。（笑声）人的眼睛竟然这么奇怪啊，会和通常的经验相反啊，这是一个经历啊，而且这里可能还有一种哲理，远看和近看的矛盾，居然会这样转化啊。为什么读古典诗歌呢？一方面看它的文字、它的语言，同时看诗人如何发现自己的心灵，如何体会自己内心的微妙活动。这就叫作审美啊，观察与体察联动，引发读者，包括千年以后的读者的记忆，激发他们的想象，推动他们以各自的经验和情操参与春草形象的多元创造。这就叫作审美的多元体悟啊！

不过，我觉得韩愈毕竟是个散文大师，他的诗才，我多少有点保留。这句传唱千古的诗句，好像并不完全是他的独创，他是有所师承的。我的证据是王维的《终南山》：

太乙近天都，连山到海隅。

白云回望合，青霭入看无。

分野中峰变，阴晴众壑殊。

欲投人处宿，隔水问樵夫。

我说的是，“白云回望合”的下联，“青霭入看无”，也就是远远地望过去，山头青霭的云气，挺深密的，而走近了看（“入看”），却什么也没有了。我想韩愈肯定是读过这首气魄宏大的名作的。不过他用得很活，有某种脱胎换骨的功夫。王维写的是，宏观气象的森严的背景，把连绵的山和云霭结合起来，把宏观和微观结合起来。而韩愈却用来表现微观体悟的精致。但是，就整首诗来看，韩愈还是不如王维，人家王维整首诗一气呵成，通体气魄宏大而与大自然浑然一体，没有一句自我宣泄，而韩愈就显得沉不住气。到第三四句，把已经很动人的景象，再用明白的议论夸张一下：这样美好的草色，绝对胜过了皇都充满诗意的烟柳。这样的强调是不是画蛇添足呢？或者说得刻薄一点，是不是狗尾续貂呢？这是可以讨论的。

说到师承的发展，这里举一首宋代诗人的作品，这个人在宋诗史里，没有什么重要地位，他重要，就是因为他写了一首歌颂春天的诗，而这首诗最重要的，也就是其中两句。我们来看原作《游园不值》，作者是叶绍翁。

应怜屐齿印苍苔，小扣柴扉久不开。

春色满园关不住，一枝红杏出墙来。

“应怜屐齿印苍苔”，“怜”字值得推敲。怜什么呢？怜惜的是苍苔，还是园子内外人迹罕至的宁静呢？或者二者都一样弥足怜爱？从这个“怜”字中透露出的诗人的心理特征：这是个外部感觉很精致，内心也很敏感的人。“小扣柴扉久不开”，“小扣”，是轻轻地叩（不是数量上扣得少），久叩不开，是不是要重叩一下呢？诗人没有说后来改变了策略，应该是一直“小扣”。这个人不但细心，而且很有耐心，很珍惜园子的宁静。尽管热爱宁静，但柴门久叩不开，是不是有些扫兴？多少有一点焦虑吧，或者是平静地倾听门里的反应吧。不管具体是什么样的心情，但是，有一点是可以肯定的，对门内的关注是持续性的。但是，突然，一个意外的现象，打破了他的持续性的关注：门墙里一枝红杏探出墙来。这神来之笔，成了千古名句。原因可能是：第一，这句表现了诗人心理上一个突然的转换，久叩的沉闷为一个惊喜的发现所代替，春天已经来了，这么美，这么令人惊异；第二，这个发现的可喜还在于，是一枝红杏，而不是一树红杏，如果是一树红杏，那意味着春天早已到来，而一枝红杏，则是最早的报春使者，最早和我不期而遇，更值得庆幸；第三，这是一刹那的惊喜，没有准备的欢欣，无声的、独自的欢欣，不仅是对大自然的变化的发现，而且是对自我心灵的发现；第四，这个发现，并不仅仅限于这一枝红杏，因为这仅仅是一个结果，造成这结果的，还有一个更令人惊喜的想象，那就是“春色满园关不住”。尽管你关得那么紧，尽管我扣了半天，小园里面，一直一片寂静。但是，这一枝红杏，还是关不住，还是冒了出来，这说明什么呢？园子里，一片春色烂漫，都溢出来了。

春天的美好，也有这样偶然地被发现的，也有这样发现得少，而推想得多的。“一枝红杏出墙来”就这样成了千古名句。但美中不足，这个句子不是作者的原创，而是从陆游的《马上作》中抄来的。陆游的原作如下：

平桥小陌雨初收，淡日穿云翠霭浮。

杨柳不遮春色断，一枝红杏出墙头。

这当然有点煞风景，但奇怪的是，陆游的原作，在多少年的流传中，却不及叶绍翁这句诗这样脍炙人口。这也许可以说明，叶氏不仅仅是抄袭，还是有一点创造的。从全诗来比较，二者有明显的差异。在陆游的原作中，前面两句是一般的欣赏美景，第三四句，基本上仍然是对美景的欣赏，不过想象更加活跃了，不是一般地描写杨柳和红杏之美，而是把杨柳与红杏的关系想象成为：第一，“遮”与“不断”（遮不住）的矛盾关系；第二，把这种关系，和春色之美联系起来，构成一种因果——因为丰茂的杨柳，遮不断红杏，有了色彩的反差，春色才显得如此美好。这两句比之前两句，情致要活跃得多了。

但是，比之叶绍翁的“春色满园关不住，一枝红杏出墙来”，就要逊色一些。因为，第一，叶绍翁是在耐心地叩门，久叩不开，突然发现红杏一枝出墙，这是一幅动画，更能令人惊异，为春色之美而激动，画之动变成了心之动。和前面的宁静，专注于叩门，构成了一种情绪的转换，在结构上形成了对比，或者叫作张力。第二，这种美好，不仅仅是外部世界景物的美好，而且是内心突然的自我发现。在陆游的诗中，以杨柳为背景，衬托出一枝红杏，是挺有表现力的，特别是“遮”字，调动想象，好像杨柳是有意志的。但是，在这里，和春色发生关系的，不仅仅是红杏，而且还有杨柳。杨柳本身也是春色，而且是很强烈的春色。红杏就不能成为春色的唯一意象了，春色在杨柳上，早已看到了，一枝红杏对于想象的冲击力，就有限了。

叶绍翁同样借用了陆游的“一枝”，作了创造性的改动。第一，舍弃了杨柳，只让一枝红杏象征春色，就来得突兀，激起惊异。第二，把“遮”字改为“关”字，这个“关”字很有讲究，来得自然，上承久叩不开的柴门，联想的过渡自然顺畅，下启超越性的想象，柴扉只能“关”人，而诗中的“关”所暗示的不是人，而是一种看不见摸不着的“春色”。这是想象的飞跃，也是语义的双关。下面与这相对应的是“出”字，和陆游一样，但是，由于上面承接“关”字，同样一个“出”字，静态的红杏带上了动势，就有很强的感觉动感。这其实已经不是在描绘或者单纯地欣赏风景，而是以更加主动的想象，抒发诗人心目中对春色之美的感叹。春色不是像在陆游的诗里那样遮挡不住的，而是封闭不住，压抑不住的。第三，叶绍翁用了“满园”。一方面，紧扣柴扉的环境特点：另一方面，以“一枝”之微，与“满园”之盛，形成对比。关键是满园春色不是看到的，而是在印象受到冲击时想象的。从调动读者的想象来说，看不见的春色，比看得见的春色（杨柳、红杏）还要激动人心。诗人带领着读者想象，对于读者来说，光有直接感知的外部世界的美好，还是比较表面的，只有内心的想象被激活，才真正体悟到审美享受。

现在是南京的春天，我们多讲一点春天的经典诗歌，比较复杂的，大家可能都背得上的，杜甫写的《春夜喜雨》：

好雨知时节，当春乃发生。
随风潜入夜，润物细无声。
野径云俱黑，江船火独明。
晓看红湿处，花重锦官城。

这首诗大家都知道好，可要说出它的好来还真不容易。首先它的第一句，“好雨知时节”。如果我们像一些没有出息的赏析文章那样讲废话，这很精彩呀，雨来得很好啊！但是，春雨很好还要你说吗？春天的雨，好些什么？知道时节，节令到了就该下雨了。说这种话，就不是很聪明的样子，是吧？其实，这里隐含着一种感觉，无声的欣慰，默默念叨

"当春乃发生"，春天到了，雨就及时来了，这是一种不太强烈的欣喜。为什么不强烈又挺动人呢？因为没有和什么人在一起共赏，而是一个人的一种隐隐的欣慰，独自享受着一种快慰。对于春天，写比较强烈的欣喜，应该是比较容易的，写默默的、无声的，这正是杜甫的才气所在。

"随风潜入夜，润物细无声"好在哪里？联系到它的题目。题目叫什么啊？《春夜喜雨》。为什么会产生这种默默无声的、一个人的欣慰呢？因为这雨不是一般的雨，而是夜里的雨。夜雨的特点是什么啊？看不见的。通常的雨，就是看得见的啊。看不见的雨怎么写？"随风潜入夜"，随着风偷偷地溜到夜里来，这个雨给人微妙的感觉，看不见还是感觉到了，感觉到偷偷地"潜入"。"润物细无声"，雨看不见，那如果下得很大，哗啦哗啦下，听该听得见了吧？但是，这不是大雨，而是细雨，听也听不见。看不见，听不见，那就什么感觉都没有了，还喜什么？妙就妙在，就是看不见，我还是感到它随着风偷偷地潜入了；就是听不见，我还是感到它在润物。润物是"无声"的，但是我也听到了。这就不仅表现了雨的细微，而且更重要的是表现了心灵的体察入微。能把没有声音、没有颜色，看不见、听不见的雨，用心感觉到了，可见心灵的精细。而且呢，别忘掉这个诗的题目还有一个字，不仅仅是"春夜"，而且是"喜雨"。在整首诗里，没有一个字讲到"喜"，是不是？但是"随风潜入夜，润物细无声"，让你感觉到他喜。这是怎么样的一种喜？一种默默的喜、暗暗的喜，一种无声的欣慰，一个人在黑暗的夜里默默地微笑。杜甫不愧为杜甫，功夫就在这里啊！所以说，"润物细无声"后来成为格言，不仅是描写大自然，而且是怎么样？表现一个老师，70 岁了，还在做讲座，（笑声）大家心里很滋润啊！（掌声）

那么，下面再写这个看不见、听不见的雨，一直这么写下去，就是一片黑啊，"野径云俱黑"。"野径"，野外田野上的道路，云都是黑的，就写出了这个地方的特点，云到了田野上，你看是什么地形，是山区吗？山区的云是在山头上。这是平原。平原的视野比较辽阔，雨下得密，慢慢地下，黑黑的，黑成一片，你怎么欣赏雨的美啊？一片漆黑，没有变化，也就不太美了，让它更生动一点，就来了一句"江船火独明"。这么黑的雨中有那么一星灯火，这个黑色，就美了。这里就暗示，不是非常荒凉的，而是黑得有生命的。船上有一星灯火，反衬出黑雨一片，就显得很生动啊！感觉到没有？白天就是点上路灯，也是不生动的，很苍白，有气无力的。到了晚上，就有生气了，在那非常黑的地方来了一盏灯，就温暖起来、辉煌起来、生动起来了。"喜雨"啊，喜在无声，喜在无形，喜在一片漆黑雨幕中的一星渔火。这种"喜"的美，就在默默地自我滋润心灵，不用告诉别人。

为什么这么"喜"？这是一个农业社会，春雨对于百姓生计，太重要了。只有关注国计民生，把老百姓、国家的命运跟农业的收成联系在一起的人，才会为这样的雨感到无限的欣慰。

最后两句，“晓看红湿处，花重锦官城”。这雨不是看不见吗？整整一夜都看不见，只看见一星灯火，但是等到第二天，天亮了，可以看见雨啦，雨已经没有啦，看什么？非常鲜明的色彩，“晓看红湿处，花重锦官城”。阳光照耀下，非常红、非常湿的地方，是什么？花开得更肥了，又红又湿。花是红的谁不会写？花是红的，但又是湿湿的，这是雨的滋润，昨天晚上下雨，我看不见。今天早上看到的是什么啊？是雨的效果：花更红了。不但看到颜色，而且有质感。这是油画效果，油画才能画出质感。而且“花重锦官城”，花变得重了，不仅仅是质感，还有什么啊？沉重感，量感，这是春夜的雨下的结果，看不见听不见的雨，现在我在花朵上看到了它的效果：花开得这么浓，开得这么重。如果说，前面的“喜”，是暗夜中的“喜”，那么这时的“喜”，则是发亮的、开朗的“喜”了。

让我们把问题提得更深入一点，春天这么美好，是一回事，而把春天的诗写得美好，是另外一回事。也就是说，什么样的诗歌是比较好的，什么样的诗歌是比较差的，是不是有个标准呢？虽然，从理论上来说，这是个复杂的问题，可是在实践中，评论家们早已有了一种自发的观念。举一个和南京有关的例子，杜牧的《江南春》：

千里莺啼绿映红，水村山郭酒旗风。

南朝四百八十寺，多少楼台烟雨中。

“千里莺啼绿映红”是个句子，“千里”是副词，“莺啼”是主谓结构；“绿映红”是一个主谓宾的结构，“绿”是主语，“映”是动词，“红”是宾语。一句诗，两个并列的句子。“水村山郭酒旗风”，不是一个句子，但它是一句很好的诗。这不是一个句子怎么能成为诗呢？这里涉及一个诗的特点问题。“酒旗风”从语法上，不好理解。当然我们不会那么傻，那么死心眼。想象自发地提示我们，是酒旗在风中飘动的意思，这不难感觉，但是有人提出问题就麻烦了：怎么没有店呢？有酒旗就有酒店。有没有人呢？有水村，有山郭，有酒旗，有风。有没有买卖的人呢，有没有店员、酒保呢？当垆女呢？李白不是写了“风吹柳花满店香，吴姬压酒唤客尝。金陵子弟来相送，欲行不行各尽觞”？这也是写的是南京啊。杜牧不是见物不见人吗？为什么我要提出这个死心眼的问题呢？因为这里隐藏着一个很深刻的矛盾，那就是诗和散文不一样。散文是写实的，而诗呢，是想象的、是假定的、虚拟的、概括的，不是写实的。如果不明白这个道理，不光是“水村山郭酒旗风”成问题，“千里莺啼绿映红”也成问题。这首诗写出来过了几百年，大家都觉得很好。到了明朝，有一个状元、诗人、诗评家，姓杨，名字叫作慎。看来，此人的确凡事均以谨慎为原则，对“千里莺啼绿映红”也谨慎。其结果是提出了一个过分谨慎的问题，认为这句诗不真实。他说：“‘千里莺啼’，谁人听得？千里绿映红，谁人见得？若作十里，则莺啼绿红之景，村郭、楼台、僧寺、酒旗皆在其中矣。”（杨慎《升庵诗话》）这个问题，当时没有人能够回答。又过了几百年，到了清朝，有一个人叫何文焕。他说：“‘千里莺啼绿映红’云云，此杜牧《江南春》诗也。升庵谓‘千’应作‘十’。盖‘千里’已听不着，看不见矣，何所云‘莺啼绿映红’耶？余谓即作‘十里’，亦未必听得着，看得见。”[①]

这种抬杠，在逻辑上属于反驳中的导谬术：不直接反驳论点，而是顺着你的论点，推导出一个荒谬的结论来，从而证明你的论点是错误的。何文焕最后说，杜牧说“千里莺啼绿映红”，不过是说诗人感觉到处都是花开鸟语而已。和何文焕比较起来，杨慎就显得呆头呆脑。因为在他内心深处，有一个潜在的前提，就是诗歌一定要真实地反映客观景象，不真实就不能动人。这是一个极大的误解。何文焕的原则与杨慎有根本的区别。他认为诗歌只要表现诗人自己的感情和感受就行了，客观真实不真实无所谓，只要主观上真诚就成了。这在当时是一种直觉。今天我们已经有了文艺心理学。大家都知道，诗人带上了感情，感觉就可能产生“变异”，在语言上就有夸张的自由。没有这种自由，就不能想象，没有想象，就没有诗。

在这一点上不清楚，在许多很简单的关键上，就会闹笑话。进入想象、假定和虚拟境界不仅是诗人的自由，而且是读者的自由。诗人用自己的自由想象，激发起读者的想象，带动读者在阅读中把自己的感情和经验投入到文本的理解中，一起参与创造。越是能激起读者想象的作品（不管这种想象是否绝对符合作者的初衷）越有感染力。读者的想象也是一种创造，这不仅仅表现在所谓“夸张”这一类现象中，而且表现在许多微妙的方面。“水村山郭酒旗风”，除了水村、山郭、酒旗以外，全都省略，这就不是夸张所能概括的了。

为了调动读者的想象来参与，就不能提供信息的全部，只提供最有特点的细部，让读者用自己的经验去补充。诗歌的语言越能调动想象，越有质量。关键是要有效地调动。客观世界和主体情感是无限丰富的，语言不可能全部表达，只能选取其中最有特征的部分。特征不是整体，但是它可以刺激读者的联想或想象，把他们的经验和记忆激活，因而比整体更整体。

诗人的语言，从正面来说，要抓住有特点的局部；从反面来说，就是要大幅度省略，在特征以外留下空白。

回到这首诗上来，为什么诗人只提供了几个意象：水村、山郭、酒旗和风，就抓住了最有特征的部分？这句诗的省略是很大胆的，四个意象之间的空间关系并不确定。它们是任意的并列还是意象叠加（美国的意象派就是这样说的）呢？好像没有必要太认真。对于想象来说，精确的定位，是有害的。

---

① 何文焕：《历代诗话考索》，见《历代诗话（下）》，中华书局 1981 年版，第 832 页。

要彻底弄明白这个问题，还要明确诗歌的想象性与语法可以有矛盾。从语法上说，四个名词并列，连介词和谓语动词都没有，连一个独立的句子都构不成。但是，这并不妨碍读者在脑海里把它想象成一幅图画。若是把四者的关系用动词和介词规定清楚了，反倒有碍诗意的完整了。正是由于意象浮动，不确定，才有利于诗人和读者的自由想象双向互动。

这里特别说明一点，这是汉语诗歌的特点，或者是优点。如果是欧洲北美的诗歌，就没有这样的自由了。水村、山廓、酒旗和风的关系，要用介词或者动词加以固定。例如，在山郭的前面，在水村的旁边，酒旗在酒店的屋顶上被风吹得呼啦啦地响。（笑声）你们不要笑，这还不够严密。如果是德语或者俄语，还要麻烦你把水村、山郭、酒旗和风的性、数、格，交代清楚。村、山、旗、风，是阳性还是阴性。比如，山是男山还是女山，村是复数还是单数。这还没有完，还要问问，这些个词，是主语还是宾语还是补语。为什么？因为主语是第一格，词尾是原样，而补语的词尾就是另外一个样子了。刚才说，在山郭的前面，在水村的旁边，就是介词结构，这个郭、村，就要变格。由于这个郭、村变了，前面的形容词（水、山）的词尾都要跟变，要和名词的性、数、格一致。哎呀，这可真是太麻烦了，太累人。是啊！这样的语言，用来搞哲学、法律，搞数学、物理化学是很管用的，但是用来写诗，不但是麻烦太大了，而且可能把读者的想象窒息了。

世界上，两种不同语系的诗歌就这么各自独立发展，互不干扰。但是到了20世纪第一个十年，美国人就发现，他们的那个严密的办法不是很理想，就向中国、日本的诗歌学这种着重以意象（名词）为中心的诗学。他们自己称作是意象派。如，杜审言的“云霞出海曙，梅柳渡江春”，被他们翻译成：

云和雾
向大海
——早晨
梅和柳
渡过江
——春天

这样就有几个好处，第一，诗人省了许多麻烦事；第二，读者想象中多了弹性空间。

有时候，我们自己的东西，有许多好处。我们习惯成自然，就没有感觉了，可是让洋人一看，那太精彩。他们发现，用他们的语言，要许多句子才能讲清楚的，现在只要一句就成了。这叫作诗句的“意象叠加”。在一定限度之中，叠加的密度越大，越是精彩。

这个有点离题了，今天还是集中讲春天的诗吧。

为什么诗歌一定要想象、虚拟、假定呢？这是因为，古典诗歌是抒情的。抒情，就是用感情来感染读者。那么就有一个问题：是让它强烈一点好，还是不强烈好呢？当然，强烈一点，比较有刺激性，比较容易被读者感受到。这就形成一种诗学主张、诗学观念，也就是何文焕感觉到的，明明江南春天的鸟语花香地方是有限的，偏偏要说成是江南无处不是如此。把感受加以强化，强化到超越现实的程度，就带上强烈的情感色彩了。中国人只感觉到了这一点，善于抽象的英国人把类似的经验概括成一种理论。英国浪漫主义诗人华兹华斯在《抒情歌谣集·序言》中说："一切好诗都是强烈感情自然的流泻。"这句话的英文原文是这样的："I have said that poetry is the spontaneous over flow of powerful feelings"。[①]

正是因为感情强烈了，诗人对于客观对象的感觉就发生了"变异"。因为带着感情了，所感觉到的事物，就跟原生状态不同了。关于这一点，我写过一本书，叫作《论变异》。你们有兴趣的，可以参考。[②] 其实，这个道理并不复杂，日常经验就可以做证。"情人眼里出西施""月是故乡明""爱之欲其生，恶之欲其死"。看别人，豆腐渣；看自己，一朵花。都是这样的道理。"智子疑邻"的故事说：

宋有富人，天雨墙坏。其子曰："不筑，必将有盗。"其邻人之父亦云。暮而果大亡其财。其家甚智其子，而疑邻人之父。

同样的现象，同样的劝告，而这个宋国的富人却得出了相反的结论。为什么呢？因为一个是他的儿子，他对之有亲密的感情，一个则是邻居之父，和他没有什么感情。结果一个大受表扬，一个就被怀疑是小偷。感情会误导人的感觉的，所以科学家、法官，不敢相信自己的感觉，宁愿相信冰冷的证据，相信没有生命的仪表、刻度，而不敢相信自己的眼睛和耳朵。感觉的变异性，对搞科学是个极大的坏事，可是，对于搞诗歌搞艺术，却是极大的好事，可以说是生命。张若虚的《春江花月夜》中对于月光下宁静境界"春江潮水连海平，海上明月共潮生"有这样的描绘：

空里流霜不觉飞，汀上白沙看不见。

江天一色无纤尘，皎皎空中孤月轮。

从高空俯视下去，月光居然透明到没有一丝"纤尘"的程度，真是成了水晶世界。这已经是够夸张的了。这显然是因为诗人的感情在起作用，他意在营造一个想象的天空、江水、月光三者同样透明的境界。如果这里的虚拟还不明显的话，那么下面的：

可怜楼上月徘徊，应照离人妆镜台。

---

① 当然，这下面还有：It takes its origin from emotion recollected in tranquility: the emotion is contemplated till, by a species of reaction, the tranquility gradually disappears, and an emotion, kindred to that which wasthe subject of contemplation, is gradually produced, and does itself actually exist in the mind. 可惜被郭沫若严重地忽略了，造成了我国五四新诗中过多的狂热的口号和所谓激情的喧嚣。

② 孙绍振：《论变异》，花城出版社1987年版。

玉户帘中卷不去，捣衣砧上拂还来。

很明显，不是窗帘挡不住月光，也不是捣衣石拂不掉月光，而是月光带来的相思，情感不可解脱。这就叫作强烈的感情自然流泻，不强烈就达不到这样的效果。我之所以要特别讲讲这一首，就是想提醒诸位，想象、虚拟、假定是理解诗歌的关键，但是，这又是很复杂的。有时，是明显的变异夸张，有时，则好像写实的，实质上，是情感在驾驭着。

再来一首写春天的，王维的《鸟鸣涧》：

人闲桂花落，夜静春山空。

月出惊山鸟，时鸣春涧中。

这里强调的是一种微观的感觉清晰。“人闲桂花落”，桂花是很小的呀，像米粒那么大，又很轻，落下来是没有声音的啊！人闲到连桂花无声无息地落下来，都可以感觉得到，这要多么“闲”啊！我现在这里讲课，桂花落下来，你们肯定是听不到的。就是你们在图书馆里读书，桂花落下来，有感觉没有？没有。要让你对桂花有感觉，就得让心特别清闲。闲到一种什么程度呢？差不多到四大皆空、六根清净，闲到像和尚和尼姑的程度。（大笑声）你们不要笑，王维的确在练习，把一切思绪都当作“毒龙”来防御。他的诗里就有“安禅制毒龙”，就是要内心空寂到极端的境界。但是，他不说自己内心空寂，而是说，“夜静春山空”。是山空。其实，山空，就是心空的感觉。心不空，山就不空。“月出惊山鸟，时鸣春涧中。”这是写鸟叫，挺响亮，听得到，不算稀奇啊！但是，你要看看，鸟是为什么叫起来的，是不是桂花落下来，把它惊醒了？不是。桂花落下来没有声音。它是被吓醒的，被什么吓醒的？被月光吓醒的。月光，没有声音怎么把鸟给吓醒了？这就说明，这座春山，有多么的宁静了。月光的移动，居然把鸟给惊醒了。这是其一。其二是，在整座春山之中，有一只鸟的断断续续的叫声，居然听得这么分明，可见山里有多么静了。而山里的静，就是王维内心的静的表现。

王维少年时代，是比较浪漫，比较豪迈的，曾经写过《少年行》：

新丰美酒斗十千，咸阳游侠多少年。

相逢意气为君饮，系马高楼垂柳边。

出身仕汉羽林郎，初随骠骑战渔阳。

孰知不向边庭苦，纵死犹闻侠骨香。

这个时候，他是很有一点英雄气概的，过着浪漫的生活，向往着为国献身，桂花落下来，他肯定是听不到。就是桂花在风里唱起歌来，他可能也会觉得缺乏豪情而不屑一顾的。说不定火起来，把树给砍了。但是，晚年，他犯了一个极可怕的政治错误。安禄山占领长安，他接受了伪官头衔，尽管说是“被迫”的。后来首都光复了，他就狼狈了，有点像周作人了。幸亏有人帮忙，又拿出来他在安氏政权时期一首怀念大唐王朝的诗歌，算是蒙混过了关。但是，他的政治形象、人格形象，没有办法恢复了。他不像李白那样天真，一味浪漫不已，还是活得兴致勃勃，浪游名山大川，及时行乐。王维看破红尘了，信仰佛教了。“晚年唯好静，万事不关心。”《鸟鸣涧》写的就是他的唯好静的“静”。

王维的思想，可能比较消极，但是，他的艺术感觉，他的想象力，很精微。我把它叫作微观的想象。这和那种强化感觉变异的路子，“千里莺啼绿映红”的想象，是不是可以说，是另一个路子？这从理论上说，对华兹华斯可以是一种补充。强烈的感情自然流泻可以写成诗，不强烈的，微妙的感情，脉脉渗透，也可以写成好诗。

六、春天：带来痛苦的诗意

讲到这里，我们所讲的还只是春天在诗人心灵中的一种感受，愉快的感受，也就是我在开头所举的英国诗人所歌颂的那种非常 sweet 的感受。这是很自然的。在汉语中，“春”字，本身就有草木生长的意思。春，古文作“萅”，会意字。甲骨文字是“芚”，从草（木）。草木春时生长。中间是“屯”字，似草木破土而出，土上部分，即刚破土的胚芽形，表示春季万木生长。变成隶书以后，除“日”之外，其他部分都看不出来了。《尔雅·释天》：“春为青阳，春为发生，春秋繁露。春者，天之和也。又春，喜气也，故生。”让我们看看从“春”派生出来的词汇：春潮、春风（春风得意，春风化雨）、春光、春晖、春雷、春色、春心、春意、春宵（春宵一刻值千金，花有清香月有阴——苏轼《春夜》）都有美好的、令人欢愉的性质。在这样的联想机制中产生令人愉快的春天的诗，是天经地义的。但是，这并不是全部。如果春天只能产生这样的一种感受，那么我们的古典诗歌，也就有点可怜了。对人的心灵，人的七情六欲，就有点偏视，那个盲点就太多、太大了。实际上，有一个奇怪的现象：中国古典诗人写春天，有一个衍生不断的母题，那就是春愁，惜春。我们古典诗人不是这样傻的，他们的心灵的每一个方面都是以一种开拓者的姿态出现的。在他们笔下，不仅春天引起欢乐是美的，而且春天引起忧愁也是美的：

闺中少妇不知愁，春日凝妆上翠楼。

忽见陌头杨柳色，悔教夫婿觅封侯。

春天带来了忧愁之美，美在从原来的“不知愁”到刹那间感到猛然袭上心头的忧愁。美在少妇的天真的后悔，美在少妇突然的自我发现，原因全在陌头的杨柳发青了。发青了，说明一年又过去，新的一年又开始了。少妇的忧愁，就来自年华虚度的感觉。丈夫为了功名远在边疆，少妇独守空房，原本是有得有失，心理平衡。但是，杨柳、春色、春光却提醒青春易逝，突然后悔了，失去平衡了。再来看，李白《春思》：

燕草如碧丝，秦桑低绿枝。

当君怀归日，是妾断肠时。

春风不相识，何事入罗帏？

这是从另外一个角度，来写思妇的忧愁的。春风本来是愉悦的意象，在这里发生了变化，成为扰乱妇女心情的因素，引起了妇女的嗔怪：我不认识你啊，你来捣乱干吗？李白的《春怨》也是属于这个母题的：

白马金羁辽海东，罗帷绣被卧春风。

落月低轩窥烛尽，飞花入户笑床空。

春风、月光、飞花都是美好的，但是，和“空床”发生联系，就变成了悲郁的意象了。王昌龄的《春怨》：

音书杜绝白狼西，桃李无颜黄鸟啼。

寒雁春深归去尽，出门肠断草萋萋。

桃李、春草，都是春光春色的传统意象，这里发生了变异，桃李不是鲜艳的，而是“无颜”的。原因就在于边塞音书断绝。可见关键不在于春风桃李在自然界如何美丽，而在于人处于什么心情。但是，人思念自己远在边防的亲人是一年四季都有的呀，为什么偏偏在春天，而不是夏天，或者冬天表现这种感情呢？这可能是因为：第一，春天的自然景观特别欣欣向荣，容易产生一种对比的反差；第二，春天是一年之始，在季节的转换上，在年华的消逝上，特别有触动；第三，春天尤其和青春有密切的语义的相关性。故而在中国古典诗歌中就形成了一种母题，叫作春愁，或者叫作春怨。这种春怨的主人公，往往都是女性。情境常常是在闺房之中，思念远征的丈夫，叹息自己韶华易逝青春不再，故又叫“闺怨”。如果女主人公不是一般官宦人家，而是皇宫中的嫔妃，那就叫作“宫怨”。如李益的《宫怨》：

露湿晴花春殿香，月明歌吹在昭阳。

似将海水添宫漏，共滴长门一夜长。

王昌龄的《春宫曲》：

昨夜风开露井桃，未央前殿月轮高。

平阳歌舞新承宠，帘外春寒赐锦袍。

第一首，是失宠的宫女，在春天的夜晚，绝望地等待中消磨青春。老是等不到天亮，好像计时的宫漏，永远也漏不完似的。“昭阳”宫是汉赵飞燕所居，此人在成帝时得宠，显赫一时，后来在平帝时遭到报复自杀而死。这里隐含着对得宠者的诅咒。第二首诗有一点讲究。一片春色，歌舞升平，美人得宠。但是正文是写“宫怨”，怨在何处？在平阳歌舞，最新承宠者不是自己，而是他人，怨乃油然而生。这类宫怨主题，为历代诗人反复因袭。大多是嫔妃不得宠的，写得含蓄，正符合正统诗教所谓“怨而不怒，哀而不伤”。情感曲折，是其工夫所在。王昌龄《西宫春怨》：

西宫夜静百花香，欲卷珠帘春恨长。

斜抱云和深见月，朦胧树色隐昭阳。

这里的关键词是“春恨”和“昭阳”。人在西宫，却怨在昭阳。宫怨成为一种母题之后，不同时代的诗人，往往反复抒写。有一个很权威的名堂，叫作“乐府古题”。这就很糟糕了。你不用有什么新鲜的感受，只要根据权威的古题，去描红就是了。这就很难不变得公式化了。造成这种腐败现象的原因，还有一个，那就是作者明明是男性，偏偏要代女性立言。所有的宫女啊，嫔妃啊，所有的苦闷，都是差不多的，就是埋怨君王不来宠幸她，或者对受到宠幸的女性发泄妒意，就这么狭隘。可以说，从唐朝以后，就成为一种框框，没有什么突破了。根本的原因，就在于这种伪女性视角，造成了母题的格式化。只有那些最有才华的诗人，偶然突破了伪女性视角，往男性感受这边靠一靠。从男性的生活背景出发，脱出闺房，情况就大不一样了。这在边塞主题中，就出现精品了。陈陶《陇西行》：

誓扫匈奴不顾身，五千貂锦丧胡尘。

可怜无定河边骨，犹是春闺梦里人。

这无论如何都要比那些不断重复的怨而不怒、哀而不伤的春怨、宫怨要充满强烈的怒气和悲伤，从而显得惊心动魄了。从男性写男性，同时反衬出女性的悲伤，心胸就随着视野一起开阔了。王之涣的《凉州词》：

黄河远上白云间，一片孤城万仞山。

羌笛何须怨杨柳，春风不度玉门关。

这其实是思乡的主题，是和妇女的闺怨互为表里的。再看李白《春夜洛城闻笛》：

谁家玉笛暗飞声，散入春风满洛城。

此夜曲中闻折柳，何人不起故园情。

这里妙在两个春的意象暗合。一个是春风，一个是折柳，而折柳又是曲子和习俗的双关，思乡的情感就加码了。和思乡的主题直接有联系的是送别，试看李白《劳劳亭》：

天下伤心处，劳劳送客亭。

春风知别苦，不遣柳条青。

春天的忧愁，愁到连杨柳都感受到了，都不让柳条发青，柳条不青，就不能送别，不能送别，朋友就走不成了，就达到了挽留的目的。这是多么深厚，又是多少曲折的感情啊！春愁的抒写，一旦从模式里解放出来，和男性的精神生活这么关联起来，就自由了，就不能不出杰作了。这还因为，在中国古代，主要是唐诗中，告别妻子和告别朋友是不相同的。离别朋友感到忧愁，是公而开之，堂而皇之的。但是，和太太告别，却是上不了台面的。就是要和太太告别，也往往换一个名义：和孩子告别。如李白，得到皇上的征召，极其兴奋地要离家，他本该向谁告别呢？太太。可是他却不，向孩子告别。《南陵别儿童入京》：

会稽愚妇轻买臣，余亦辞家西入秦。

仰天大笑出门去，我辈岂是蓬蒿人。

不但和太太没有什么缠绵的思绪，反而把太太骂了一顿，说她如同看不出朱买臣价值的“愚妇”。但是从男性的心态来看，应该是写得挺有个性的。总比公式化的要强吧！在古典诗歌中，送别的诗歌，哪怕是奉和的，哪怕是“赋得”什么题目的（人家出了题目，规定了韵脚的，自己不一定在现场的），哪怕就一般水平，也比那些“乐府古题”的“闺怨”“宫怨”来得有生气。送别经典的大量产生，就是必然的了。

虽然我把绝句说得这么精彩，但是，有一点，我却不能隐瞒：如果把绝句和别的形式，如律诗相比，它的局限性还是比较明显的。李白《山房春事》：

梁园日暮乱飞鸦，极目萧条三两家。

庭树不知人去尽，春来还发旧时花。

这样的春天，人都去了，当然是很令人悲惨的。但是为什么会这样惨哀呢？人为什么都光了呢？却没有暗示。为什么不说清楚一些呢？我们再看一首贾至的《春思》：

草色青青柳色黄，桃花历乱李花香。

东风不为吹愁去，春日偏能惹恨长。

东风吹不去愁思，什么愁思呢？为什么吹不去呢？都没有交代。这可能不仅仅是技巧问题，而是形式的局限了。绝句就这么四句。一般是，开头两句是描述，提供意象基础；第三四句转折，从描绘向抒发提升。就这么两行，思想的容量是有限的。当然，如果要把话都讲出来，也是可以的，如陆游的《示儿》：

死去元知万事空，但悲不见九州同。

王师北定中原日，家祭无忘告乃翁。

这从情感的抒发来说，是很精练的，很强烈的，甚至是很感人的。但是，从艺术上来说，却有直白之感，赶不上绝句的经典杰作。因而更多的诗人往往回避直抒胸臆，而是采取意象甚至典故的办法来暗示。如杜牧的《将赴吴兴登乐游原》：

清时有味是无能，闲爱孤云静爱僧。

欲把一麾江海去，乐游原上望昭陵。

欲远去吴兴就职，却留恋唐太宗的园陵，追怀盛世。抱负难以施展之意，全在字里行间。这样宏大的主题，在绝句这样的形式中展开，其难度是很大的，不能不写得隐晦。宁可让后来猜谜，也不采取陆游那种直白的办法。因而宏观的图景，在绝句中，就是大诗人也难保证成功。前面我们分析过，杜甫的绝句不太成功的例子。但是，杜甫在宏观图景方面，一旦发挥出水平，就挺了不得。请看他的《三绝句》(其二、其三)：

二十一家同入蜀，惟残一人出骆谷。

自说二女啮臂时，回头却向秦云哭。

殿前兵马虽骁雄，纵暴略与羌浑同。

闻道杀人汉水上，妇女多在官军中。

第一首是白描。前两句是对比，二十一家人口，只剩下一个人。数字在诗中，不夸张，是很难表达感情的。因而一般的数字，没有什么力量，但在这里，却相当惊人。二女啮臂，只一个细节，就雄辩地表现出当时孩子的天真。最后向秦云方向痛哭，真是具有杜甫式的“沉郁顿挫”的撼人力量。至于第二首，如果只有前两句，就较软弱无力了。甚至有了杀人汉水上，也还有点抽象。可是，有了“妇女多在官军中”这样雄辩的细节，除了杜甫，谁能有这样的宏大的艺术魄力，谁能用一个细节造成这样惊心动魄的效果？这样的诗，在绝句中，实在是难得的瑰宝。可惜的是，历代诗评家，只顾批评其某些绝句失败的技巧，对这样的神品，不够重视。

总的说来，杜甫这样的神品，在绝句中是凤毛麟角。绝句的篇幅和精致的结构，决定了它以抒发具体感性为上。直接表现宏观胸襟，不能不有所局限。情思的容量较少，是绝句不可回避的局限。要表现比较复杂的社会生活，比较宏富的感情呢，就得换一种形式了，比如同为近体的律诗。我们来看杜甫的《春望》：

国破山河在，城春草木深。

感时花溅泪，恨别鸟惊心。

烽火连三月，家书抵万金。

白头搔更短，浑欲不胜簪。

第一联，是个对句，但是读者并不强烈感到这里有对仗的技巧，都是普通的词语，没有多少形容词，好像就是陈述。但是，国家破败和山河不变是一个强烈的对比。“城春”，春天到了，本该是草木欣欣向荣。而“草木深”，是战乱的后果，没有人迹，野草杂木才会如此之深啊！这几乎是白描，但惊心动魄。这样的白描意象为后面的强烈情感性质的渲染提供了基础。写完了山河、草木，接着就写花鸟。不再白描了，而是改用抒情的、变异的感觉了。时事的动乱，连花都要流泪；亲朋的离散，连鸟都感到痛心。这一个对子，对仗的技巧，是比较明显的，不仅仅营造环境，同时也隐含着抒情。如果是五言绝句，写到这个份儿上，就只好搁笔了。但是，律诗的容量比较大，接下去还可以从景观转换到主体的抒情：三个月（不是三月份吧）接连不断的兵荒马乱，一封家信顶得上万金，价值连城。要知道，在杜甫的心目中，“万金”是个不得了的天文数字啊！他一直很穷，不像李白，就是流放遇赦了，还有许多有钱有势的人请他，他还是不断在官方半官方的宴会上豪情万丈。而杜甫则一直穷困潦倒，儿子饿死了不说，常常连自己吃饭都成问题。传说他最后在船上，肚子饿，有人请他吃牛肉，居然吃得太猛，就胀死了。哪里像李白，传说，最后是酒喝高了，也是在船上，看到月亮在水里，居然就捉月而死，连死也死得浪漫。你想想看，对于一个吃饭不太饱的人来说，“万金”，那是发财啊！一封家信，等于发财啊！“白头搔更短，浑欲不胜簪。”当然，是写心情之苦，但是，没提到苦字。只是说，头发都抓短了，簪子都没办法插了。用细节来说话，经济的贫困，心理的痛苦，都造成生理的衰败了。这就写出了一种特别的苦，那就是无可奈何的苦。这样独特而又丰富的内涵，是绝句难以表现的。绝句的长处，就是微观触发，不管是国家大事还是个人交往，都不可能像《春望》这样正面表现。大抵以触景生情、侧面感悟为上，不管多么复杂的社会人生问题，只要有所触发就是，只要显出敏感就成，至于触发的深度和广度是不遑苛求的。因而，绝句对于诗人的才情，智慧、情采、文采的精致，要求是很高的。唐人绝句的那些经典之作，一旦成为历史的高度，后人难以超越。鲁迅的绝句不见长，郁达夫的古典诗歌很有才气，在他多至上百首的绝句中，也很难挑出可以与历史经典相媲美的杰作。从“西归组诗”中挑一首比较好的：

干戈满地客还家，望里河山镜里花。

残月晓风南浦路，一车摇梦过龙华。

就艺术而言，也就是技巧熟练而已。倒是诗才不一定如他的陈毅，身处绝境时，其《梅岭三章》之二，有惊人的佳作：

南国烽烟正十年，此头须向国门悬。

后死诸君多努力，捷报飞来当纸钱。

“捷报飞来当纸钱”可以列入千古名句。陈毅当时身处绝境，已经坦然面对死亡，以生命为诗，因而不可多得。但是可惜，有人指出“此头须向国门悬”，是搬来的，很煞风景的是，原作出于汪精卫的《狱中杂感》之二：

煤山云树总凄然，荆棘铜驼几变迁。
行去已无干净土，忧来徒唤奈何天。
瞻乌不尽林宗恨，赋鹏知伤贾傅年。
一死心期殊未了，此头须向国门悬。

这是极其可能的，陈毅写作此诗，在十年内战时期，汪精卫还没有堕落为汉奸。陈毅少年时代，辛亥革命前夕，汪精卫正是行刺摄政王的英雄，他不屈下狱，有口占绝句很有名的：

慷慨歌燕市，从容作楚囚。
引刀成一快，不负少年头！

人们称赞其大义凛然，可与南宋民族英雄文天祥的《正气歌》并美。青年时代的汪精卫的确是个堂堂男子汉，诗还是“口占”的，并非正儿八经地坐下来推敲字句的。应该说，这是现代五言绝句中，宏大话语的第一杰作。

总的来说，绝句是体制和文化氛围的产物，离开了那个特定的文化气候，离开那个时代群星灿烂的互补和唱和，它的局限性就显示出来了。一是它的规格很严密。二是需要很强的驾驭语言的才气。三是容量特别小，自由度比较小，对作者的才华是严峻限制。所以后世诗作的经典不少，但很少有绝句的名篇，唯有绝句的名句。鲁迅说过，好诗到唐朝已经写完，这话引起的争议是挺不小的，也许有一点偏颇。我想，如果把这句话改为“好的绝句到唐朝已经写完”，引发的争议，可能就比较少了。

读古典诗歌，一方面是欣赏诗歌，一方面还要欣赏它的语言，更主要的是培育我们的审美心灵。这些古典诗人，心灵真是精致到了极点，语言的驾驭、韵律的把握，确是到了恩格斯所说的“不可企及”的境界。唐朝是当时世界上最繁荣最强大的国家，唐诗是中国的诗歌最高的成就。如果这个说法不错的话，也是世界诗歌成就的顶峰了。欧洲，此时还在中世纪，公元7～9世纪，我们的唐诗已经达到了这样的高度，它太美了，把我们的胃口调得太高了，弄得现在我们读新诗，好多人读不下去。固然，不能低估新诗的成就，但是，凭良心说，不理想，因而得不到普遍的欣赏，我自己年轻时，是写过的，还出过诗集，后来不写了，为什么？不好意思，害羞。因为唐诗在前面，你没办法把它称为诗呀！唐诗的艺术水准多高呀！崔颢在黄鹤楼写了一首诗，李白都不敢再写了，“眼前有景道不得，崔颢题诗在上头”。现在唐诗横在面前，我还敢写诗吗？（笑）我只好研究唐诗了，（笑）只好做做研究唐诗绝句的报告了。（热烈掌声）

好了，就讲到这儿吧，谢谢大家。特别要感谢，感谢什么呢？当是大家的掌声。（大笑

声）真是热烈，真是感谢！（掌声更加热烈）

附：

现场问答

问： 您说的都好，就是有一点不能满足我，那就是中国古典诗歌，音韵节奏那么好，读起来，那么过瘾。您能不能用最为简短的语言告诉我，它的音乐性究竟是怎么构成的？据说，对于古典诗歌的节奏特点，还有过不小的争论，您能介绍一点吗？

答： 这个问题太尖锐了。现在时间不早，你们想不想我说得详细一些？（众：要，要，要）那我就不怕你们讨厌了。早在五四时期，对五七言诗歌，胡适先生就开始分析，以后又有一些人士分析，一直到现在还没有取得共识。五七言诗，胡适先生认为，特点就在于读起来当中有规律的停顿。五言诗，两个半“顿”，七言诗，三个半“顿”。胡先生的这个主张，知道的人很少，20世纪50年代经过何其芳对之加以改进。他说，什么叫作“顿”？就是念的时候自然地停顿。怎么“顿”法呢？比如说，白居易的《琵琶行》开头，按何其芳的划分法，就是：

浔阳／江头／夜送／客，

枫叶／荻花／秋瑟／瑟。

每一个停顿就是一“顿”。不过呢，当初胡适说得比较胆怯，他没有说四“顿”，因为前面三“顿”都是两个字，后面一“顿”只有一个字，他说的是“三顿半”。那么五言诗就照推，就是“两顿半”。譬如：

大漠／孤烟／直，

长河／落日／圆。

都是“两顿半”，何其芳先生把五七言诗行，说成是“三顿”和“四顿”，并没有具体说明为什么。由于20世纪50年代何其芳的巨大影响，又由于当时胡适是批判的靶子，何其芳也不便于提出胡适的名字，至今一般的读者，并不知道这个“顿”的理论，它最初的发明权是胡适的。但是何其芳的“顿”论，却广泛地在中学和大学的教学中传播。[①] 在一些人心目中几乎成了定论。一说起现代诗歌的问题，和古典诗歌的对比，就是现代新诗没有节奏，甚至有人说过是“诗歌的无政府主义”，而古典诗歌有节奏，每一句都有整齐的节奏，什么节奏呢？相同数量的“顿”。

① 何其芳：《关于读诗和写诗》，作家出版社1956年版，第51—73页。

对这个说法，我长期表示怀疑。为什么呢？听我慢慢道来。

我就觉得那个奉为经典的“顿”论，说是“顿”就是汉语的自然停顿。但是，他的“顿”有时和汉语词语划分一致，停顿是自然的；有时则不完全一致，停顿是不自然的。白居易的那个第一行，“浔阳”“江头”“夜送”“客”，都是词汇本身自然的停顿，又是何其芳所说的“顿”，二者是统一的。但是，第二行就不同了：“枫叶”“荻花”，节奏的停顿和词汇的停顿是一致的，可是，“秋瑟瑟”在词汇的自然语气中，应该是一个停顿，亦即“秋瑟瑟”。可是何其芳按他的“顿”论，却把它分成了两个，“秋瑟”一顿，“瑟”一顿，不通啊！更有甚者，“举酒欲饮无管弦”，“举酒”一顿，“欲饮”一顿，“无管”一顿，“弦”一顿。好端端的“无管弦”，硬生生分成两顿，既不通，又不自然。

我长期反复思考，从“文革”期间到今天，我敢说，中国古典的七言诗，实际上没有“四顿”，五言诗，也没有“三顿”，也谈不上“三顿半”或者“两顿半”。我的结论是，如果真有“顿”这么一回事的话，不管是五言，还是七言，都只有“两顿”。中国古典诗歌的节奏和多少“顿”，是没有关系的。“浔阳江头夜送客，枫叶荻花秋瑟瑟，主人下马客在船，举酒欲饮无管弦”，你不说是四个“顿”吗？我从前面拿掉一个“顿”，两个字，变成这样：

江头夜送客，

荻花秋瑟瑟。

下马客在船，

欲饮无管弦。

显然诗意多多少少有所损失。按何其芳的说法，变成了“三顿”，按胡适的说法，变成了“两顿半”，但是七言变成了五言，节奏基本上没有损失。如果允许我再大胆一点，再从诗行前面去掉两个字，变成这个样子：

夜送客，

秋瑟瑟。

客在船，

无管弦。

按何其芳的说法，是“两顿”，按胡适的说法，是“一顿半”。但是，节奏韵律来说，在性质上，似乎没有多大变化。为了把问题说得更清楚一些，我们再大胆一点。把这四句诗，换一种方式调整，不让它字数相等，而是让它不等：

夜送客，

荻花秋瑟瑟。

主人下马客在船，

无管弦。

这里胡适和何其芳所说的“顿”的一致性没有了，但是，在节奏上并没有多大改变，还是同样的调性，甚至把次序错乱一番：

夜送客，

无管弦。

主人下马客在船，

荻花秋瑟瑟。

其基本的调性，似乎是没有改变的。以上的调整，都是减字，如果不是减字，而是加字，在每一句前面加上一些字，会有什么样的变化呢？

谁人陪你浔阳江头夜送客，

谁人听得枫叶荻花秋瑟瑟。

谁人看到主人下马客在船，

谁人叹息举酒欲饮无管弦。

按何其芳的说法，每行应该是“六顿”了，可还是没有改变五七言诗歌的调性啊！以上所述诗行的字数（顿数）或加或减，变化多端，但是，有一个成分没有变，那就是诗行最后的“三个字”没有变。我们把它叫作“三字结构”。如果把这三字结构，变动一下，情况就大不相同了：

浔阳江头秋夜送客，

枫叶荻花秋风瑟瑟。

主人下马迁客在船，

举酒欲饮恨无管弦。

怎么样？感觉不同了吧？好像成了另外一种调子，是吧？可见，诗行尾部的三个字，是一个固定的结构，有其稳定的性质：第一，不可分性，不能将之分为“两顿”，或者“一顿半”。比如，我的老师林庚先生举过一个例子：“这电灯真亮，他望了半天。”如果是日常说话，自然节奏是这样的：

这电灯——真亮，

他望了——半天。

但是，如果是五言诗，那就不能这样念，只能念成这样：

这电——灯真亮，

他望——了半天。

这不是很别扭吗？但是，诗句的三言结构是强制性的。李白的诗句："黄山四千仞，三十二莲峰"中的"三十二莲峰"不能念成：

三十二——莲峰。

只能念成：

三十——二莲峰。

三字结构的第一特点是它的强制性；第二，在五七言诗行中有确定调性的功能，有了它就有一种吟咏的调性。把它改变成四字结构，就变成了另外一种调性。和日常说话一样，是不是可以叫它"说白调性"？[①] 这四字结构，和三字结构一样，也有相当稳定的功能，增加或者减少其字数，或者"顿"数，也不改变其接近说话的调性，如：

江头秋夜送客，

荻花秋风瑟瑟。

下马迁客在船，

欲饮惜无管弦。

可见，决定中国古典诗歌五七言诗行韵律性质的，并不是诵读时停顿（顿）的数量，而是其关键结构。"浔阳江头夜送客"，其吟咏调性，并不是由它的全部音节决定的，而是由它的结尾部分（夜送客），也就是"三字结构"决定的。在"三字结构"前面不管增加还是减少音节，都不会影响诗行的调性，只要保持这"三字结构"在结尾，吟咏调性就不会改变。一旦把"三字结构"稍加改变，例如在其中增加一个字，把"夜送客"，改成"秋夜送客"，诗行的吟咏调性立即发生根本变化，由吟咏调性变成说白调性。而说白调性也不是由它全部音节决定的，而是由它最后的四字（或者两个二字结构）决定的。调性的稳定和变动性，与音节的数量无关，也就是说，与胡适和何其芳的"顿"无关，与之有关的，仅仅是：其一，三字结构还是四字结构，其二，这个结构是不是在结尾。中国五七言诗歌的基本诗行，只有两种类型：一是三字结构，一是四字结构。按此分析，贯彻到底，则不难发现，七言诗行，就是前面一个四字结构，后面一个三字结构。但是，两个结构，连在一起，可能具有两种调性。这里的关键是看什么结构在结尾。"浔阳江头夜送客"三字结构在尾巴上，就是吟咏调性。"浔阳江头秋夜送客"四字结构在尾巴上，就是说白调性。那么原来前面的"浔阳江头"呢？不是四字结构吗？为什么说白调性没有显示呢？原因呢？它不在结尾，它在三字结构之前。可见，什么结构在结尾，就有什么调性。决定性在结构的尾巴上。剩下来的四个字，也是一个固定结构，它也构成一个稳定的调性，那就是说白调性。

---

① 卞之琳先生把二者叫作哼唱型节奏（吟调）和说话型节奏（诵调），载《作家通讯》1954 年第 9 期。

但是，在七言诗中，它的位置是在前，因而成了三字结构的装饰。

如果这个分析没有错误，那么，中国古典诗歌的七言，就是由四字结构在前和三字结构在尾构成的。如果要讲停顿的话，就四字一个自然停顿，三字一个自然停顿。那就不“四顿”，而“两顿”。我的老师林庚先生把这种每行诗自然停顿的规律，叫作“半逗律”①。五言诗，就是前二后三，“两顿”；七言诗就是前四后三，“两顿”。

这就是中国古典诗歌迷人的音乐性的结构奥秘。

但是，这也是中国古典诗歌局限性的根源。我的老师林庚先生说过，三字结构是固定的，是强制的，只管音乐性，是不管意义的。因而造成了和社会生活、和人们情感的严重冲突。最后，不管怎么变化，都变不出五七言的框架，即使是有了词和曲那样比较自由一点的形式，但是，基本上没有从根本上打破三字结构和四字结构的交替。弄到最后，到五四时期，就被当成镣铐打碎了。古典的诗歌的音乐性束缚太大了，干脆不要它，也是可以活的。经过近一百年的实践，人们又不太满足，至今还不知道怎么办。连我在内，我也不知道怎么办。但是，我知道，中国古典诗歌的节奏是一种伟大的镣铐。闻一多先生说要戴着镣铐跳舞，但是，大家不愿意，现在打破了一百年，感觉并不是十分好，有些人就有点留恋了，去设计“现代格律诗”去制造镣铐了。这是很有点叫人没有办法的事。

今天实在讲得太长了，请原谅我老头子的饶舌。（热烈掌声）

（录音整理：胡秀娟　游奇伟　统稿：李福建）

① 林庚：《关于新诗形式的问题和建议》，《新建设》1957 年第 5 期。

笑眼看中国古典小说：美女难逃英雄关

一、三种学术研究方法

研究中国古典小说有三种方法可以选择：一种是比较通用的方法，按时间顺序，从神话叙事讲起，从最原始的向最高级的方面攀登，通常我们写自然史呀、中国通史呀、西方文学史呀、欧洲经济史呀，用的都是这种办法。顺时间程序，最容易看出发展变化，有了变化，原来是这样的，后来变成了那样的，就有矛盾了，就有分析的对象了，就不愁研究不出名堂来了。当然，这个方法也有缺点，那就是对现象被动追随，失去揭示深层规律的主动性，纷繁的现象很容易淹没内在的、深邃的逻辑。第二种方法，不是从最原始、最本初的状态讲起，而是从最高级的阶段回溯过去。恩格斯曾经说过，人体解剖是猿体解剖的钥匙。要解剖猿猴可以按第一种方法，从猿猴的老祖宗下手，也可以用第二种方法，转向猿猴的后代，将人体解剖作为起点，从高级形态向低级形态回顾。这种方法之所以有必要，就是，顺时间程序，似乎顺理成章，也可能太顺理成章了，直观所见略同，提不出深刻的问题来。只有倒过来看看，后来有的特点，原先没有啊，就可以提出问题了。为什么会这样呢？是什么条件造成的啊？这种方法的好处是，先有了一个完备的形态作为参照，此前一切形态的不完备性就一望而知了。第三种，既不从最高级、最完备的，也不从最低级、最不完备的，而是从当中比较典型、比较发达、比较成型的形态讲起，特别是研究太古时代的东西的时候，这种方法有优越性。这在研究语音史的时候，特别有用。因为古代没有录音机，不可能准确记录古代语音的实况。但是，那些变化了的语音，在方言、在汉字、在诗歌的用韵，还有双声叠韵词语方面留下了很多痕迹，不过是分散的，零乱的。语音史学者，可以把这些零碎的资料收集整理成系统。如果单纯从上古时代开始，距离太遥远，根据可能就很渺茫，也不容易准确，而仅仅从当代开始，又不利于往前推演。于是，想出一个方法，抓住一个中间时段的成型期，比如唐朝的语音，将其声母与韵母、声调研究清楚了，往上一推到上古，往下一推到现代。我的老师王力先生研究古典音韵，用的就是这种方法。

我研究中国古典小说中的英雄和美女，要综合运用这三种方法。

我们从英雄和美女这两个字眼出发。

二、是英雄还是英“雌”

我还是把基本的观念弄得比较清楚一点。一个是美女的“美”，一个是英雄的“雄”。

中国人心目中的“美”，学者们一直说“美”是“羊”和“大”的会意，“羊大为美”，也就是味觉为美的核心，许多中国学者，如李泽厚、刘纲纪、肖兵，还有一些日本学者都是这样看的。如果真是味觉为美，就只是生理的快感，给人的感觉，一言以蔽之：“馋。”“羊肉美酒”吃饱了，喝足了，就美滋滋，笑眯眯，连睡大觉，脸上都带着猪八戒式傻乎乎的微笑。口腹之欲的满足，是饱，饱的结果美不美呢？很值得怀疑。“饱暖思淫欲”，可知“饱”和“美”还有一段相当的距离，超越生理的快感才可能有美感，“万恶淫为首”，吃饱了，倒是和丑与恶接近到危险的程度。

美食家，说是“美”，因为讲究“色”“香”“味”，充分发挥眼睛和鼻子的职能，舌头的感觉倒排在第三。重点是让你盯着看，凑近了闻。一动舌头舔，口水拉下来，姿态就很难美得起来。狼吞虎咽，吃相不好看；囫囵吞枣，有拉肚子的可能；吃着碗里，看着锅里，有失君子风度；从容一点，又怕人家说黄雀在看着螳螂，阴险毒辣。光是会吃，通俗的说法，叫作“好吃鬼”，福州人叫作“贪吃婆”。吃喝不应该属于“美”。一头小山羊看着很可爱，碰到个馋人，把它宰了，锅里一煮，吃起来是很不错，可是小山羊那可爱的样子、善良的眼神却没有了，哪儿还有什么美呢？和以畜牧业起家的欧洲人、匈奴人不同，汉族人感觉中，茹毛饮血，一点不美，我们以神农氏后代为荣。六畜之中，据说，老猪在排行榜上，位置不低。猪的体积比羊大，可不管比羊大多少，也永远是美不起来的。虽然，闽南人把公猪，也就是配种的猪，叫作“猪哥”，（笑声）那不是说它和自己有什么血统关系，而是说它骚包。（大笑声）

汉人的“美”，是和农业联系在一起。男子汉的“男”，就是人在田里出力。从美学来说，中国男性的力量是一种征服自然的勤劳，但是，光出死力，日出而作，日落而息，面朝黄土背朝天，老婆孩子热炕头，还美不起来。农业这玩意儿，太不保险。水旱蝗疫，说来就来，种族绝灭，像影子一样追赶着人类。人的再生产就比五谷丰登还重要得多。没有盘尼西林啊，也没有医疗保险公司啊，所以，《山海经》上，最大的女中豪杰，叫女娲，她唯一的能耐就是批量生孩子。不怕老天消灭多少，我就是批量生产，让你消灭不了。

生孩子是一个缓慢的过程，而且一个女人所生、所育，极其有限。所以古希腊最早的维纳斯，并不像从米罗岛发现的维纳斯那样仪态万方，而是一个又胖又矮的女人，不过有一对硕大无朋的乳房，因为这个，她就成了当时的美女。恩格斯论文艺复兴时代的人说，需要巨人，就能产生巨人。这话真是有点道理。需要巨乳，也就产生巨乳。（大笑声）需要多生孩子，就能产生母亲英雄。中国的女娲，先是用黄土造人，多方便啊！你想生一个孩子，十月怀胎，不能劳动，还得吃些酸梅汤，可是哪儿有啊，很难受，牙齿老是酸酸的，这还不算，处处得小心，不然，就流产了。就是临产了，还说不准要难产。我小时候，听我母亲说，生个孩子，等于在棺材边上转三转，多可怕啊！女娲所以是英雄，就是因为，她把生孩子的麻烦的生理过程，简单化了，手工化了。但是，她的伟大，还在于，手工化转化成某种程度的机械化，一个一个造太麻烦了，用绳子一甩，泥点飞溅，孩子纷纷落地，省事多了。这可能就是荀子说的“人定胜天”，有人说荀子说得不对，“胜天”，是不可能的，但是，我以为，女娲生人例外，不是战胜了老天，人早就没有了。今天我们还在这里，开讲座，就证明女娲胜了老天。决胜的关键在于速度，你消灭得快，我比你更快，“速度就是硬道理”。女娲就是理想主义的英雄加上美人。在《诗经》里，我们还有一个女英雄，叫姜嫄，也是英雄。她是踩了一个特殊的脚印，才生下了一个部族的首领的。

这表明了造人的英雄是女的，而不是男的。

我们中国没有留下当时女娲的形象，虽有画图，形象是和蛇有关的，但是，没有《圣经》中那个教唆人吃智慧果的蛇那么刁钻古怪，总的来说，从今天的眼光来看，是不够漂亮的。我们的文字所泄露的信息却是比较可靠的，“母”字，以女字为框，当中两点，乳房，能够生育，又能哺育，这就是很了不得的美人啊！世界上还有比养育生命更美的吗？还有“姓”字，是血统的标记，这个标记，是什么样的呢？一边是一个“女”，一边是一个“生”，这是会意的，血统由来，就是女性生的。《易》曰：“天地之大德曰生。”人都是女性生的，这没有问题，但是，男性起着不可忽略的作用，可在“姓”这样一个重要的符号中，就被忽略了，就是说，男的没份儿。古代的姓氏很大一部分是与女子有关的，如“姬”“姜”，这表明在中国历史很长一段时间里，女人是英雄，是生命的赋予者。这样的人，就是当时理想的、公认的美人。

学术研究说明，这不是孤立的现象，可能是母系社会留下的痕迹。厦门大学教授詹石窗研究出来，道教经典里好多神是女性，比如西王母。他的结论是，中国有一段历史对女性的崇拜是高于男性崇拜的。

汉人的“美”字，在很长一段时间里，都认为是羊与大的结合，羊大为美。

但是，近来中国美学研究有了突破，据我的朋友陈良运教授研究，古代中国人，并不是羊大为美食，相反，倒是以羊小为美食。所谓羊羔美酒是也。“羊”和“大”的结合，并不是美味的享受。从《易》的角度来解说，“羊”性情柔顺，生殖力强，“大”则为刚健雄强，是男性之意。上女下男，上阴下阳，在老祖宗那里，是男女阴阳交感为美。①

孟子引用告子的话，“食色，性也”，不好色就是没有人性。要认真讲到美，最强烈的，就是色。因为它的刺激太强了，所以就不能不严加防范。偷东西吃的，可以原谅。贾琏偷养二奶尤二姐，被王熙凤发现了，这不是好吃，而是好色，所以就大闹一场，可是，贾母一句话：“哪有个猫儿不吃腥的？”把好色当作是偷吃，就开脱了。（大笑声）

要比生孩子的能耐，女性并没有多少优势，男性批量生孩子的潜在能量超过女性十万倍，可是就没有以生孩子为能事的男英雄，理由很简单，男性本来在这方面就够英雄的了，不是有句话叫作“雄起”吗？所以，最早的美学，就带有抑制男性的本能。性的冲动，本来就是够野性的了，再鼓励他朝这方面施展，一来怕地球上人太多，没法插脚，二来怕人和野兽也就差不多了。达尔文的进化论要变成退化论。

所以，男性英雄在这方面受到压抑，那到什么方面去发挥呢？往力量方面去施展。最早的男英雄夸父，在逐猎美人方面，不让他有所成就，却让他在疯狂地追赶太阳方面大享威名，结果是渴死了。可是他的手杖，化为“桃林”。有一种解释说是舍己为人的表现：让后人在大旱时期解渴。另一个男英雄后羿，把天上十个太阳射下来九个。哪来十个太阳？不过是形容大旱而已。征服了大旱，当然是豪杰，但就是再大的民族英雄，也是要抑制他男性本能。大禹战胜洪水，有重新安排中国山河的丰功伟绩，可却让他三过家门而不入，对于女色，哪怕是对老婆②，多年不见，一过家门，无动于衷，肯定是难能可贵的，而经过三次，都没有任何性的冲动，实在不是一般的英雄了，因而，就扬美名于千古。

所有这一切可能是说明，男女在美学上似乎是有分工的。女性管繁衍，多生孩子的就受到崇拜；男性则要遏制本能，才能保证不让老天欺侮。

---

① 陈良运：《跨世纪论学文存》，上海三联书店2003年版，第189—193页。

② 中国诗史上最早的一首诗歌，据说是禹的妻子涂山之女为等候南巡的丈夫早日归来所作的情歌“候人兮猗”。《吕氏春秋》：“禹行水，窃见涂山之女。禹未之遇而巡省南土。涂山之女乃令其妾候禹于涂山之阳。女乃作歌，歌曰‘候人兮猗’，实始作为南音。”这首歌就这么一句。

在老祖宗那里，男性的美学是力的美学，叫作阳刚之美。这一传统一直到中世纪传奇，都源远流长，如江河不废。关公、张飞、赵子龙等等，似乎都有超人力量，但是，要问他们有没有老婆，可能比较难以回答，当然是有的，不然，关公的儿子关兴（一般认为，关平是义子，关兴是亲生）、张飞的儿子张苞，从哪儿来的？还有诸葛亮正准备出征，忽然一阵大风吹折了大旗，诸葛亮就悲从中来，泪流满面，说一定有坏事，结果赵云的儿子来了，报告说赵子龙逝世了。

拿我们的神话和《圣经》来做比较，在创造人的业绩上，我们是母亲（女娲）英雄创造了人类，《圣经》里是上帝创造了第一个人，亚当。亚当是什么性别呢？上帝按照自己的形象创造了亚当，亚当是男的，因而可以推知，上帝也是男的，如果说把希伯来文化和后来发展的基督教文化算在西方文化里的话，则似乎可以说，西方的上帝是男性，而我们的始祖则是女的。

当然，这一点不能说绝了。因为我们的汉字里，还有一个字，那就是祖宗的“祖”字。这个偏旁，在象形方面，是一个祭坛，而这边的“而且”的“且”字，则是一个男性的生殖器的形象，在当时它是很庄重的，是受到顶礼膜拜的。这玩意儿，有什么可崇拜的？可了不得啦！庙堂里那些牌位，包括孔庙里，祠堂里那些牌位，包括我们祖先的，为什么搞成那样一个样子？你们想过没有？就是因为，它仿照“而且”的“且”啊！（笑声，掌声）在很长一段时间里，不管是皇帝，还是老百姓，都要向这样“而且”的“且”磕头的啊！这一磕，就磕了上千年，磕得忘乎所以，都忘记了这个“而且”的“且”原本是什么玩意儿了。甚至皇帝们称自己的前辈为太祖、高祖的时候，也忘记了，太祖、高祖的原初意义，应该叫人怪不好意思的。据考证，东南亚一带，至今仍然有拜石笋的风俗，石笋就是“而且”的“且”字的另一种形象，不过那个很庞大、伟大。（大笑声）

一方面是女性的生殖英雄，一方面又是男性血缘祖先崇拜，这不是矛盾吗？不矛盾，学者们研究的结果是，女性的生殖英雄在前，母系社会，人们只知其母，而不知其父。后来到了父系社会，男性的生殖英雄才开始“雄起”，登堂入室，走上祭坛，发出神圣的光辉。（惊叹声）

但是，这个男性的“而且”的“且”，有点矛盾，一方面是受到崇拜，可是另一方面，渐渐觉得，无遮无拦，怪害臊的。《圣经》上说，吃了智慧果以后，亚当就觉得这个“而且”的“且”，不太雅观，不用无花果的叶子把它给挡起来，不能大摇大摆地走路。这个办法很简单，可是只适用于日常生活，写成文字的时候，这种遮拦的办法却行不通。还是我们汉字厉害，就发明一种办法，把了不起的人，叫作花，花的功能，也是生殖呀。不过比那个“而且”的“且”，要漂亮多了，是不是？（众答：是，是。）不过这个花字，太直白了，不够含蓄，换一个文雅些的吧，“英”“华”，都是花的别称，后来就集中在“英”上。

英者，花也。屈原的《离骚》中不是有“夕餐秋菊之落英”吗？落英，就是落花。陶渊明《桃花源记》中的“落英缤纷”也就是花瓣纷纷落地的意思。用“英”来形容人，就是说，像花一样，在植物生命中最为鲜艳、最为重要（生殖、传宗接代）、最为美好、最为杰出。现在我们说男英雄，就是男花瓣，女英雄，就是女花瓣，似乎是顺理成章。孟子说“得天下英才而教育之”，英才就是最精华的、最精英的。孟子为什么只说英才，而没有说雄才？因为“雄才”就比较不够全面，就不能把女英才包括进去了。英雄，英雄，一定要是雄的？有一个女英雄，叫花木兰。说她是女“英雄”，但，这是不通的。英雄，英雄，在原初的字义里，英雄只能是雄的，只有男性才能“雄起”啊！（笑声）这是男权社会观念的普遍表现吗？是不是？

（众答：是。）

有没有怀疑的？

（众答：没有。）

可是我有怀疑。

（众问：为什么呢？）

不能孤立地研究问题呀，不能满足于单因单果的逻辑啊！这就要做比较。比如说，和英语比较，同样是英雄，就有一个男英雄（hero）一个女英雄（heroine）啊。俄语也是一样，读音有差异，词汇也是两个。而我们汉族，就很武断，英雄，就只能是雄的！（大笑声）那女英雄怎么办？花木兰怎么办？花木兰也只能是英雄，杰出的雄花朵。这是标准的汉族大男子主义！其实，花木兰根本不能称作是英雄，因为她不是雄的嘛，她是雌的嘛！她的正式名称，应该是英“雌”，是女性中的杰出的花朵，对不对？（众答：对呀。）

孔夫子讲究正名，中国这么多女“英雌”却没有正名，名不正则言不顺，汉字里充满对女性的歧视，什么坏事情都是“女”字旁。比方说，奴隶的“奴”，妖怪的“妖”，明明《西游记》里，许多妖怪，都是雄性的，可还是女字旁。谄媚的“媚”，娱乐的“娱”，其潜在预设，就是女性，都是讨好男人的，都是男人的娱乐工具。最不通的是“奸”字，汉奸，大都是男的，为什么一定要女字旁呢？更荒谬的是，强奸，也是这个“奸”字，繁体的写法是，三个女字叠在一起，就更不通了。明明是男性犯罪，写起字来，却全算在女人账上。对于这么普遍、这么多的冤案，居然没有人提出疑问，说明隐藏在汉字中的成见有多深了。

懂得一点儿人类文化史的人知道，这不值得大惊小怪。但是，美国的女权主义却愤愤不平：英语里的 chairman 中的 man 就是男的，她们抗议，女的就不能做主席吗？！如果是女性当主席，改称 chairwoman，要是主席还没选出来，不知是男是女，就改称 chairperson，有时候仅仅抽象叙述一种现象和规律，并没有具体所指，怎么办？就干脆改称 chair。这样她们就痛快了，感觉自己和男性平等了。其实，她们是把自己和男人一起贬低了，宁愿把自己当成椅子，也不愿让男人有任何优越感。

我跟一个女权主义者说，这种改变是可疑的。美国人重视历史，因为美国历史太短。从保存古董的角度来说，你们这种改变，不但好笑得要命，而且改革也不可能成功，因为文字是历史的积累的文化地层。你们可以改变 chairman，但是 history 就不能改变。history 就是 hisstory，就是男人的历史。改作 herstory，那就谁也看不懂了！文字是一个伟大的历史博物馆。我说，你们（美国女权主义者）去篡改它，是粗暴的。你们美国西部乡村酒馆的墙上，20 世纪 40 年代的花露水瓶子就当作古董来展示，可对文字这么古老的文物，几千年的历史文化积淀，你们的态度不够文明。我一边说，一边把汉字“奴隶”的“奴”字写给她看。我说，这边的偏旁，是个女字，它本身就是象形的，是一个人（侧面的）被绳子捆住了，就是“女”字，这边一个“又”字，是一个人的右手。一个被捆着，就是女人，另一个人的右手把绳子抓着，就是“奴”字。她问，为什么被捆着的就是女人？我说，这是几千年前，古代嘛，部族之间战争是很残酷的。男人战死了一大批，没有死的，就被俘虏了，俘虏是要被杀掉的。而女人则留下来，干吗？生孩子。女的不是要溜吗？就用绳子给捆起来。所以原初的“奴”字，就是留下来生孩子的工具。后来事情变化了，不仅仅有女俘虏，而且更多的是男俘虏，但是这个“奴”字，却一直没有改变。

这个女权主义者，大为兴奋，请求我把所画的“奴”字，送给她，她说，你看看，从汉字里就有着女性受奴役的铁证。我说其实并不一定要从汉字里，才能找到这样的证明，就是《圣经》里，不是说人类之所以要受苦，受难，都因为女人，因为夏娃，才被上帝逐出天堂的吗？还有古希腊的神话，人类本来生活在没有任何灾祸的境界，所有的病毒恶疾都被关在一个箱子里，在普罗米修斯手中。他把这个箱子交给弟弟，叮嘱他，绝对不能打开，但弟弟的老婆，漂亮的潘多拉很好奇，趁老公外出，偷偷敲开了箱子。结果里面无数的灾祸、疾病、虫害就冒了出来，人类从此就受苦了。我要说明，我说的是历史的偏见，不是我自己的观念。我是尊重女性的。在座的女同学，不要误会。就是女权主义者，我也心怀敬意。一些美国男性说美国女权主义者把性骚扰扩大化了，说女权主义者，是“女性希特勒”，我严正声明，我不同意。理由很简单，因为我母亲就是女的，我吃了豹子胆也不敢否认母亲的伟大。

三、红色英雄的无性和古典英雄的无性

从最原始的状态研究，这个方法是管用的，但是也有很大的缺点，很少有直接的材料，大多数，是残缺的，我们中国最可靠的历史材料，不过是乌龟壳、兽骨上的原始文字，其他的，都是推理、想象出来的，虽然有很大的可能性，但不是绝对的可靠。

这就用得上另一种方法，那就从现实的、当代的情况出发。第一，那是我们亲身经历的，那是最没有疑问的。第二，用当代的生活经验，很高级的文明去分析历史。比如说花木兰，在《木兰辞》里，她女扮男装，参军去了。诗歌里写她在行军打仗，特别是宿营的时候，和男性在一起，一点没有女性的感觉。一千多年来，没有人发出怀疑。可是，以当代经验设身处地想想，一个单身女人，和男性同吃同住，是很不方便的，会不会引发男性的，或者自身的敏感？但是，一概没有。可是，美国的动画片《花木兰》，就让她谈恋爱了，中国早期的电影《花木兰》也让她谈恋爱了。从当代男女性爱的观念出发，就不难看出，花木兰可是一个没有女性感觉的女英雄啊！

当代红色文学，革命文学，还是这样。虽然有口号曰："时代不同了，男女都一样。"又曰："妇女能顶半边天。"但是，20 世纪 60 年代初期，女英雄值得夸耀的形象是"铁姑娘""假小子"。主流的文学理论，说是性别感，谈情说爱，是资产阶级的东西，无产阶级是与之绝缘的。所以女英雄越来越男性化了。"文化大革命"时期，样板戏可能由于江青是女性，女英雄多了起来，但是，更加没有性别感。以《沙家浜》为例，起初，剧作家在设置阿庆嫂作为一个单身女性开春来茶馆时，就犯了一个常识性的错误：太容易引人注目。按照地下工作的规定，没有丈夫，要配一个假丈夫，没有妻子，要配一个假妻子，以夫妻的名义去租房子。于是，让胡传魁问了一句："阿庆呢？"阿庆嫂的回答是："和我拌了几句嘴，到上海跑单帮去了，说是不混出人样来，不回来见我。"就解决了矛盾，既让她有丈夫，又不让丈夫出来和她卿卿我我，耳鬓厮磨。（笑声）从历史实践来说，在 20 世纪 30 年代，革命和恋爱有冲突，但是可以调和。

到了 20 世纪 40 年代，革命和恋爱的关系不同了，基本上没有恋爱的地位，就只有革命了。虽然还有恋爱题材的小说，比如赵树理的《小二黑结婚》，讲的是两个人谈恋爱受到封建势力的干扰迫害，最后自由结婚，但两个人异性的感觉没有了。小芹看到小二黑很漂亮，是因为脸很黑，为什么黑？民兵特等射手，露天打靶造成的，是劳动造成的。这里没有女性的感觉。小芹很健康，但是像茅盾那种对女性起伏的胸脯的描写没有了。

所以样板戏里的英雄角色，不但是单身的，而且是没有血缘关系的。比如李玉和、李奶奶、李铁梅，说是三代，但是李奶奶和李玉和是养母子，李铁梅不是李玉和亲生的女儿，是抱来的。《智取威虎山》啊，《龙江颂》啊，《奇袭白虎团》啊，都是这个路子，特别是《红色娘子军》，大概你们不知道，主人公吴琼花和指导员洪常青，本来，在最初的电影脚本里，是有情感上的萌动的，但为了革命化，就把这种烦恼丝无情地斩断了。而在《智取威虎山》中，小常宝对解放军诉说饱受压迫之苦：到了除夕之夜，和父亲，十分凄凉，心里想什么呢？“爹想祖母我想娘”，爹爹只能想祖母，不能想母亲，一想母亲，就有了男女情爱，就是资产阶级的名堂了，就不是无产阶级的美学了。虽然《白毛女》是例外，有一个对象，但是，只有这个恋爱关系被破坏的场景，并没有他们之间谈恋爱的表现。

提醒一下，我们研究问题的方法，从当代往前面研究。这就是恩格斯讲的，从高级形态回顾低级形态。按我们当代的观念，英雄，不管男英雄、女英雄，不能光是一个革命的概念，而是一个活生生的人，不仅仅是一个献身革命事业的螺丝钉，一个齿轮，一种驯服工具，他应该有自己的七情六欲，哪怕是大写的人，只有革命的意志，没有男女之爱情，这样的人是很难让人觉得美好的。当然，像我们荧幕上“小燕子”那样的人物，以谈恋爱为主要的事业，我们也是可以容忍的。有了这样的胸怀，我们的研究就可能比较深刻了。

在美女和英雄方面，我们中国文学和西方有很大的不同。

西方的“文艺复兴”的口号，就是复兴到古希腊。反对中世纪的神学，把人的身体、人的欲望，当作是有罪的，而是借助古希腊的思想，把人的肉体当作是美好的、自然的、神圣的美，就是裸体也是美的。而中国恰恰相反，男女授受不亲，不能让他们在肉体上有接触，一接触，就是丑事。就是没有肌肤的直接接触，远距离，视觉，眉目传情，也要防范，女人要把人体包裹得比较紧密，不透气才好。所以有了束胸的陋习。最极端的是，女性的身体不能被男性看到。一个民间故事，属于孟姜女与万喜良的系列，孟姜女为什么要嫁给万喜良呢？原因是：她在池塘边洗手，把胳膊捋起来，让万喜良看到了，孟姜女就觉得非嫁给他不可，再也不能给第二个人看。

人在对待自己的性别感觉方面，经历了一种很矛盾、很曲折的历史。英雄和美女的关系，本来是异性相互吸引，身体的吸引，一为本能的需要，无师自通，一如食欲。二为发展，生儿育女。这本来是很自然的，但是，太自然就不美了。说是为了美，就要超越自然，才有精神，才有美。这一点，连古希腊也有一点相通的东西，他们把爱神分为两种：一是阿佛洛狄德潘得斯：情欲之神；一是阿佛洛狄德乌拉尼亚：精神女神。

不过超越人性、超越生理的诱惑，就越搞越野蛮了。楚王好细腰，宫中多饿死；宋代以来的小脚，都是以美的名义来折磨自己，损害健康。当然，西方近代也有为了束腰而瘦身的。据说用一种鲸鱼骨头，反正和今天的减肥一样，是很难受的。但是，西方有一句谚语说，人为了漂亮，就是要受折磨的。但问题是，一时流行的漂亮观念，可靠不可靠？比如，小脚，比如，西方近代女性用鲸鱼骨头卡腰，卡得那样细，不过就是为了突出乳房罢了。其实，很难受的，这样受苦，都为了既让它突现，又把它隐藏。干脆隐藏，或者干脆突出，不是舒服得多吗？但是，干脆突出，不加包装，又不敢，干脆隐藏，又不甘，真是苦得很，苦海无边啊！（笑声）

在相当长一个时间里，全民努力把性征遮盖起来，掩盖到越是彻底越好。可是当代，又反过来，强调性感是一种美，越是暴露，越有诱惑性越好。先前我们中国女士，林黛玉式的樱桃小口，是美，今天梦露式的丰厚的阔大嘴唇是美。当代人以自己的性征为自豪，“性感”成了一个美好的词语。可能是认识到，人类没有这种性别的感觉的话可能世界就不存在了。但是，人又意识到，如果人类过分放纵这种欲望的话，也不得了，可能是到处充满罪犯。

对于自己的性欲，人类是最无可奈何的。

所以，你们大学生，男女宿舍要分开，因为学校不相信男性能够“坐怀不乱”，柳下惠那样的君子，几千年才出一个。性爱是排他的，排他就是会打仗的，所以古希腊的史诗《伊利亚特》里的特洛伊战争，打得很有名。为什么会打仗？就是因为争夺一个美女：海伦。打了十年仗，死了十万人。等到海伦出现在特洛伊城楼上，那些元老院的老头子，一个个看得目瞪口呆，说是，这真是一个女神啊，为她打十年仗，是值得的哟！

在座的男同学个个崇拜柳下惠，我愿意相信。但是，能不能坐怀不乱，我没有把握。至于，会不会接受特洛伊战争的教训，为了美女决不干仗，就更没有把握了。（大笑声）因为人性在这方面太经不住考验了。

有人说，这是因为，现在的女孩子穿得太暴露了，应该是太凉快了。这有什么办法？现在地球变暖了，人家凉快一点，透风一点嘛！（笑声）那是不是一定要捂得紧紧的呢？在古代，张生见了崔莺莺，不是照样跳墙吗？我想，根本的原因，就是，人对自己的本性，只有两手，防御和惩罚，此外，有什么办法？可能有的，那就听听我的讲座之类。（大笑声）

我们生而为人，可是对人、人性，究竟懂得多少呢？

四、美女难逃英雄关

研究人性，有个难处，人性，就是所有人的性，就不是个别人的。研究每一个人，这是不可能的，只能研究个别的人。这就要选择。选择什么样的人呢？研究坏人，这是一种方法。弗洛伊德就是这样选择的。人在潜意识里，都是性心理，“利比多”为基础的“快乐原则”，这是人的内驱力，虽然，下丘脑有所有约束机制，但是，那还是从自私的、安全、面子考虑的。但是，马斯洛作为人本主义者，觉得不妥。他认为应该研究高尚的人，以无私的人为基础，不管对自我多么不利，就是面临杀身之祸，好人也很坦然，享受着一种“自我实现”的“高峰体验”。这两种选择都有可取之处。如果单纯用弗洛伊德的方法，研究的结果，大家都和西门庆差不多，那样多少有点煞风景。按照马斯洛的方法，就应该研究英雄，这个方法可能比较优雅一点。

正因为这样，我决定从英雄身上的人性、人的色与食的关系上深入研究。

对这个问题，我想采用第三种方法，不是从讲最原始的英雄讲起，不是从当代英雄讲起，而是从中间讲起。具体说来，从《水浒传》，从小说比较成熟的时期讲起。这里所谓“成熟”的英雄有很奇怪的矛盾，凡是英雄，大概都有很大的食量，但是，对于色，偏偏就没有任何感觉。

以武松为例。武松肯定是英雄，他打死了老虎呀，可他光打老虎还不够英雄，他那打虎的方法不科学，有人怀疑过他是不是真能打死老虎。这个我们已经讲过了。更英雄的是看到美女无动于衷，尤其是潘金莲那样漂亮的女人，他居然无动于衷，眼皮都不抬一下，这一点却没有人怀疑过。这就是中国人的设想，或者叫作理想。这和西方恰恰相反，与中世纪英雄传奇——骑士文学恰恰相反，骑士是孔武有力的，最大的光荣是把自己的生命献给女士，为女士献身，这是英雄本色。《堂吉诃德》就是讽刺骑士的小说，他看到美女就要冒险、献身，献出自己生命是最大的光荣。而在中国宋元小说中，中国的男性英雄，碰到美丽的女性怎么办？当然，碰到王婆无所谓啦，我们都顶得住。但是碰到了非常漂亮的，碰到潘金莲啊，这就有难度了。有难度而能克服，那就是英雄了。

《水浒传》里，理想的英雄，可以海吃海喝，像武松那样，一口气喝了十八碗酒，还吃了几斤牛肉，也就是说，食欲，越是超人越是英雄。古语云，饥寒起盗心。到饿得发慌，就不要脸，什么坏事都敢干了。吃得饱，是一种理想。吃得多，就是志气豪迈。吃牛肉的胃口和打老虎的精神胆略成正比。但是，吃有一个缺点，肚子的容量非常有限。超过了肚皮的弹性限度，有爆裂的危险。所以谁能吃得多，肚皮的弹性没有限度，就很了不起，很值得崇拜。武松的英雄气概和吃喝的程度成正比。尤其是喝醉了，能醉打吊睛白额大虎，能醉打蒋门神。如果不醉，头脑清醒，醒打蒋门神，其令人肃然起敬的程度，就要打折扣。

当然，这一切充满了中国式的肚皮理想主义的天真烂漫。

可是对于人性的另一个方面，性欲，却相反，英雄对美女是不能感兴趣的，一旦感兴趣，就不是英雄。《水浒传》里的“矮脚虎”王英，外号叫“虎”啊！可他看到对方有个女将叫“一丈青”扈三娘，长得不错，就被迷住了，就打不成仗了，英雄宁愿被美女俘虏，就有点狗熊相了。幸亏，扈三娘比较随和，被梁山泊收服后，宋江做媒人把她许配给王英，没有嫌弃他个子太矮，但是王英成为被嘲笑的喜剧角色。

而武松，则是真正的英雄，他就反复顶住了美女的诱惑，潘金莲去引诱他，先是关心他呀，做好吃的呀，这个没用，武松的戒备是密不透风的。后来潘金莲就更加放开一点，用身体来接近，武松没有表情，潘金莲就忍不住了，借酒为媒。酒能乱性呀！请他喝酒，就主动挑逗。一般地说，一次就被挑逗上钩，就太不够英雄了。调戏数次没用，说明武松不是一般的英雄。于是潘金莲采取了的办法，“酥胸微露，云鬟半散”，就是把衣服敞开一点，露出来一点，今天对女性来说无所谓啦，头发散开一点，将自己喝了半杯的残酒请武松来喝，武松拒绝，并且态度严厉。潘金莲看酒不行，身体就靠上去，靠在他身上。武松的男性感觉，果然如铁壁铜墙，不仅没有内心的任何骚动，而且产生了一种厌恶，不但厌恶，而且严词痛斥，“不知羞耻”。武松之所以英雄，不完全是因为打老虎，因为他在真正见到老虎时，心里七上八下；在《水浒传》的作者看来，最为完美的是，他在美人的勾引面前，无动于衷，端的是，面不改色、心不跳。当然，这是形容，用科学的语言说，应该是：血压、脉搏，一概正常。聪明绝顶的金圣叹称赞他为“神人”“天人”。也就是不是一般人所能达到的境界。这比柳下惠所受的考验要严峻得多了。柳下惠怀中的女士，光是坐着，并没有什么其他的表示，而柳下惠不过是不动而已。但是，武松怀中的女士，有更多的动作，而武松的态度又更为严厉。这说明这种英雄的特点，就是根本就没有性的感觉。我把这一点叫作“英雄无性”。英雄就英雄在特异感觉系统的伟大和坚强——身为男性，却有一种“反男性感觉”。当然，我们不是英雄，但，我们和英雄相比，差别并不大，仅仅是多了一点点感觉而已。当然，我们要向英雄学习，但是，我们的感觉，就是一点点也不肯消灭。（大笑声）

中国古典传奇小说中一个很特殊的美学原则，就是“英雄无性”。正是因为这种“英雄无性”美学的追求，传奇小说中，英雄对美女，主要是性感觉强烈的美女，手段十分凶残。在《水浒传》作者看来，这可能比打虎更值得大书特书。金圣叹在评语中说，本来武松杀虎，凭的是赤手空拳，花了一回笔墨，可是要杀一个小女子，“举手之劳焉耳”[1]，应该是没有什么写头的，但是，施耐庵也花了一回的笔墨，狮子搏兔，淋漓细致。手伸到漂亮女人胸脯中去两次，性的刺激本来应该比饥饿的刺激是更为强烈的，更疯狂的，但是，英雄没有感觉。打虎和杀嫂，用俞平伯评论《红楼梦》中林黛玉和薛宝钗的话说，是“遥遥相对，息息相通”。但是，打虎没有重复，杀嫂却不怕重复，可见，是重头戏。武松的英雄姿态是这样的：

武松把刀子插在桌子上，用左手揪住那妇人头髻，右手劈胸提住……两只脚踏住她两只胳膊，扯开胸脯衣裳。

去胸前只一剜，口里衔着刀，双手去挖开胸脯，抠出心肝五脏，供养在灵前。

手伸到女性胸脯中去，口里还衔着刀，肯定是《水浒传》作者精心设计的英雄姿态。

似乎《水浒传》的作者对这段很得意，情不自禁地写了一次又一次，总共写了三次。有一个英雄叫杨雄，杨雄这个人一点也不雄，他自己马大哈，老婆与和尚通奸，都没有觉察，义弟石秀告诉他，他还不相信。他老婆也姓潘，叫潘巧云，对杨雄花言巧语，说石秀调戏她，杨雄疏远了石秀。石秀也是英雄，对美女是以心狠手辣为特点的。你弄得我说不清楚，我就要让你活不下去。石秀就暗地侦察，踩点很精确，拿准了潘巧云到庙里烧香和和尚通奸的时间，把杨雄带过去看，抓了个现行。杨雄对待美女怎样呢？我再念一段：

先用刀，挖出舌头。

咔嚓！为什么呢？因为造谣石秀调戏她。下面是：

一刀从心窝里直割到小肚子下，取出心肝五脏，挂在松树上。

基本上是重复吧？是盗版武松的模式吧？这种重复，在中国古典小说评点中，本来是大忌。毛宗岗在评论《三国演义》时说过罗贯中写了许多次火攻，容易重复，甚至雷同，这在艺术上叫作“犯”。但是，火烧新野、火烧博望坡、火烧赤壁、火烧濮阳、火烧盘陀谷等等，都各有特点，没有雷同，这就叫作“同枝异叶，同花异果”。而《水浒传》杀潘金莲、杀潘巧云、杀贾氏，方法、工具、手段、部位实在是基本雷同，可以说是“同枝同叶，同花同果”，但是为了突出英雄仇视美女的本色，施耐庵也就顾不了许多了。当然，《水浒传》作者并不是没有避“犯”的起码自觉，写了武松打虎以后，再写李逵打虎，就不让他像武松那样赤手空拳，而是让他带着两把刀子。一把塞到老虎屁股里去了，腰里还有一把。而写杀美女，却不怕“犯”。杨雄这个家伙有什么资格配称为英雄？太太偷和尚，戴了绿帽子，被女人灌了迷魂汤，冤枉了义弟石秀，这样的窝囊废还偏偏名叫杨“雄”，他“雄”个什么？（大笑声）枉了“雄”字的光彩。应该叫作杨“熊”才对。他“雄”在利索地套用

① 陈曦钟等：《水浒传会评本（上）》，北京大学出版社 1981 年版，第 486 页。

了杀女人的模式。这种杀女人的办法大概是施耐庵的好戏。武松和杨雄都没有多少文化，那么比较文雅的卢俊义，应该有比较文雅的办法了吧？还是老一套。可能，这是英雄的最高准则。这个准则太重要了，一次不够，两次印象不深。作者还不解气。又写了第三个淫妇的下场，这个是卢俊义的老婆，与大管家通奸陷害卢俊义，最后被抓住，送到梁山泊忠义堂上。卢俊义怎么对他老婆呢？是这样的：

卢俊义手拿短刀，自下堂来，大骂泼妇贼奴，就将二人剖腹剜心，凌迟处死。

年轻的读者可能不知道什么叫作“凌迟”，要直接详细说明是相当野蛮的。大体上相当于生削鱼片——把鱼片从活鱼身上一片一片削下来，直到它不挣扎为止，不过要在想象中把鱼改为美女。英雄打老虎倒在其次，杀美女更见功夫。真好汉的标准形象是，杀美女“口里衔刀”，进行“切美女片”的操作。怪不得中国人把厉害的女人叫作“母老虎”（上海话叫作“雌老虎”），不然，杀女人的成就怎么能超过杀老虎？武松后来血溅鸳鸯楼，杀了张都监一大家子，刀口都杀卷了。他在墙上用布蘸着血写道：“杀人者，打虎武松也。”行不更名，坐不改姓，端的是英雄。但是，我时常感到还不够全面。多年写作教师的职业习惯，使我时常有一种冲动，想去替他改成：“杀人者打虎并杀嫂武松也。”现在看来，可能还是施耐庵老到，“打虎武松”中的“虎”，并不简单是指景阳冈上的吊睛白额大虎，而且包括潘金莲那样的美丽的母老虎。如果只会打山上的老虎，却杀不了美丽的母老虎，就和英雄无缘了。矮脚虎王英虽然号称“虎”，见了美丽的母老虎，就流口水，就只有受嘲弄的份儿，被作者安排当了“一丈青”（是一丈长的蟒蛇吗？）的俘虏。万恶淫为首，女人是祸水，所以对她们不能心慈手软。不仅仅是《水浒传》如此，《西游记》中，唐僧、孙悟空、猪八戒、沙僧，所有的英雄都是无性的。只有猪八戒，有性别感觉。但是，恰恰是这个正常人，男子汉，被处理成喜剧性的角色。三打白骨精、盘丝洞、女儿国，都是为了让他出洋相。

对女人无情，是英雄。不但无情，而且要无感觉。

反过来，有了感觉，轻则被嘲笑，重则被归入强盗中的丑类，如，小霸王周通之类。但，也有一个例外，宋江包二奶，《水浒传》就在情节上，千方百计为他辩护，强调他是被动的。首先，出于怜悯阎婆惜母女，她们太穷了，给她们弄了一座小楼，还给生活费。其次，并不常常去和阎婆惜睡觉，也就是不好色。这一点，有点牵强，不常常去，就是说，有时去，去干什么？这个漏洞，不言而喻，虽然是推理，没有正面描写，虽有点骗鬼的嫌疑，但维护了天下英雄都无条件崇拜的宋江的光辉形象。第三，让宋江把这个女人杀了。杀的理由，其一，和潘金莲、潘巧云、贾氏是一样的：淫妇。这是古代语言，现代语言则是，女性的感觉太强；其二，让这个女人从性行为上的出轨、红杏出墙，发展到政治上的讹诈，非杀不可，不杀后果严重。虽然杀得没有武松英雄，也没有让宋江口中含刀，但是，却把宋江推向逼上梁山之路。这对同情水浒梁山的读者是一个极大的安慰。

《水浒传》对于女人也并非一味残忍，有时也宽容到让她们杀人放火，如菜园子张青的老婆母夜叉孙二娘，以杀害过往客商做人肉包子为生，还有以母大虫为绰号的顾大嫂，杀人越货，都可以列入梁山英雄的正式谱系之中。这是因为，这些女人，不像潘金莲，不像潘巧云，她们没有女人的感觉和感情，她们的感觉、行为方式，早已和男人一样。

她们是英雄，就是因为她们没有女性的感觉。符合英雄无性的美学原则。

这样的原则，不仅仅适用于这种草莽女英雄，而且适用于那些贵族美女。贵族美女和英雄在一起，在英雄左右，起什么作用呢？英雄末路的祭品，牺牲品。比如楚霸王是英雄吧，"力拔山兮气盖世"，英雄盖世的时候，我们不知道虞姬在哪里，在男的快完蛋的时候，女的突然冒出来了，做霸王太太的感觉，司马迁觉得不重要，没有必要告诉读者。等到楚霸王死到临头的时候，虞姬为成全英雄的事业，就提前自杀了。贵族美女和英雄的描写是不平衡的：一方面，英雄如何被美女迷住，如何缠绵悱恻，作家是不会告诉读者的，但当英雄倒霉的时候，美女则要正面描写她如何义无反顾，比英雄提前奉献生命。要不然会被别人俘虏去，捆起来替别人生孩子。美女的功能就是要为英雄牺牲。关键是提前，要死在英雄前头。有时，则更为突出，还没有开始英雄事业，英雄就亲自动手，把美女，自己的老婆给杀掉了。有一出戏叫《斩经堂》，又叫《吴汉杀妻》。刘秀起义的时候，他策反一个大将吴汉为他打江山，他是王莽的驸马，老婆是王莽的女儿，这个驸马爷要当忠于正统王朝的大英雄，带着王莽的女儿去参加起义队伍，一个问题是很拖累，第二问题，更为严峻，人家不会信任他。他所做的第一件事就是杀老婆。那时夫人在经堂里念经，求菩萨保佑夫君平安归来，过红红火火的小日子，好不容易把丈夫盼回来，没有想到第一件事就是把她给捅了。

贵族美女还有一种功能，就是做英雄的政治工具。比如，貂蝉，让她嫁给董卓，就和董卓睡觉，为什么心甘情愿？因为身负政治使命，离间董卓和吕布的关系。这个美女和董卓这个老家伙睡在一张床，还要跟吕布那样的小白脸亲热，作为女人，应该有不同的感性，但是，她没有。

刘备的老婆孙夫人，本来周瑜是要把刘备弄来杀了，借口是招亲，把孙权的妹妹嫁给他。刘备原来不敢去，诸葛亮说你去不要紧的，我给你三条妙计，一条一条做下去就成了。孙权的妹妹是没有自己意志的，虽然她爱摆弄刀枪，而她的母亲一看刘备长得不错，而且还是正统王朝的后代，明知人家早有过俩老婆，还有了孩子，是当刘备的小老婆，居然同意了，但周瑜把刘备软禁起来了。孙权的妹妹一嫁给刘备，刘备要溜，就死心塌地地跟他溜了，妈妈也不要了，哥哥也不要了。到了吴蜀关系紧张的时候，终于被孙权给弄回来了，和刘备就不能见面了。这样一过就是好些年，刘备军事上盲动冒进，死了以后，孙夫人居然不想活了，自己投江了。因为，刘备是英雄，所以他的老婆，就要成为烈女，才能配得上。这是毛宗岗加上去的，虽然不是原文，但，毛宗岗的本子被广泛接受，说明这个观念是普遍的。

为什么刘备三顾茅庐，到诸葛亮庄上，什么人都见了：丈人、兄弟、朋友、童仆、邻居整整一个系统，可是，就是没有见诸葛亮老婆。难道他是没有老婆？有的，不然怎么会有儿子？诸葛亮后来有名的“宁静致远，淡泊明志”，就是写在给他儿子的信里的。只是在作者心目中，贵族女人除了发挥政治功能，还有什么功能呢？让她谈恋爱，《三国演义》的作者不会写。强烈的女性感觉一来，就可能变成潘金莲，怎么和男性战争中的情感和智慧结合起来，罗贯中是地地道道的外行。本来，诸葛亮要出山，参加刘备的军事集团，一去就二三十年。要不要和老婆商量一下，至少安顿一下？可是没有。老婆是不是要缠绵一番，是不是不太同意，冒这么大的险，干啥啊，图个什么呀？还不如老婆孩子热炕头，过小日子呢！但是，《三国演义》觉得不好玩，来个按下不表。老婆，英雄是不应该放在心上的。有了这些东西就麻烦了，赵子龙在刘备溃败，在长坂坡杀回去，在百万军中救阿斗时，刘备的老婆糜夫人就投井自杀了，赵子龙把孩子给刘备后，刘备对其妻子的死活，问都没问，英雄就应该这样，美女也应该安于如此。

英雄有自己的政治理想、谋略，需要美人的帮助，条件是美人不但不能有自己的意志，而且不应该有自己的感情，哪怕是和自己的老公太好，也是坏事，国家亡了，都是女人搞的。比如说把盛唐搞得一塌糊涂的是杨贵妃，所以陈鸿要写《长恨歌传》来“惩尤物，窒乱阶”。连白居易都未能免俗：“春宵苦短日高起，从此君王不早朝。”朝政不理，都是因为美女太漂亮，当然就要出事了。

正因为此，英雄必须是无性的，美女也必须是无性的。

英雄难逃美人关，美人难逃英雄关，美学原则遥遥相对，息息相通。女人还有一种恶德，那就是对大英雄不识货，势利。你们看过《封神演义》没有？姜子牙八十余岁，一直不得志，只是做些小本经营，卖面粉，结果风一吹，都飞走了，一塌糊涂，老婆嫌弃他，结果姜子牙写了一首诗：

青竹蛇儿口，黄蜂尾上针，两般由是可，最毒妇人心。

姜子牙无疑是大英雄，辅佐周朝得到天下，在他心目中，女人就是这样的。这个评价不仅仅是英雄的评价，更是作者的评价，整个社会似乎都有一个共识。

《三国演义》《水浒传》《西游记》的作者们才气都很大，可是并不是全才，他们只会写英雄豪迈，就是不会写儿女情长。写这种情感的才气，他们没有，他们似乎是外行。内行是后来产生的，那就是《三言二拍》系列。作者对于这方面的艺术，很是内行，什么杜十娘眼见爱情失落，就自杀啊；崔宁和秀秀趁失火，就卷包私奔啊，这些男女情爱之感，就强大到不要命的程度。可是，这些人物却并不是超凡的英雄，而是世俗的小人物了。

五、以丑为美，以傻（呆）为美和喜剧性

但是，我们看到这三大经典古典小说，在揭示男女之情方面局限的时候，可不要绝对化。我觉得《西游记》，在性意识方面，有一点很可贵的发展，或者叫作突破。不过不是从英雄主义方面去突破的，不是向诗意的、美化的、颂歌方向，而是向反诗意的，调侃的、幽默的、喜剧的，甚至是“丑”角化的方向发挥。应该说是一种很了不起的、在世界文学史上都很独特的创造。

《西游记》和《水浒传》有所不同，它所有的英雄，在女性面前都是中性的，唐僧看到女孩子，不要说心动了，眼皮都不会跳一下的。在座的男生可能是望尘莫及吧，因为他们是和尚啊，我们却不想当和尚。孙悟空对女性也没有感觉。沙僧更是这样，我说过，他的特点是，不但对女性没有感觉，就是对男性也没有感觉。（大笑声）不过唐僧是以美为善，美女一定是善良的。孙悟空相反，他的英雄性，就是在于从美女的外表中，看出妖，看出假，看出恶来。可以说，他的美学原则是以美为假，以美为恶。你越是漂亮，我越是无情。和他相反的，是猪八戒，他对美女有感觉，一看见美女，整个心就激动起来。他的美学原则，是以美为真。不管她是人是妖，只要是美的，就是真正的花姑娘，像电影中的日本鬼子口中念念有词的：“花姑娘的，大大的好！”（大笑声）他是中国古代小说中，唯一的一个唯美主义者。（大笑声）三个人，三种美学原则，在同一个对象身上，就发生冲突了。唐僧就怪罪孙悟空了，去西天取经就是为了救老百姓。现在人还没救，你把一个善良的女生给杀死了。孙悟空解释说这是一个妖怪，是假的，要吃你的肉，想长生不老的。唐僧将信将疑，如果这时候猪八戒和孙悟空配合，说师傅啊，你要相信师兄，他是火眼金睛，是太上老君炉里面炼出来的，假美女，真妖精，在他眼中，是无所遁逃的。如果这样，就什么事都没有了。但是猪八戒有性感觉，性意识，他内心有些骚动，这么多天了，就是在和尚堆里混，好端端一个女生，至少要和她讲几句话嘛！话还没讲上，就被打死了，多可惜。猪八戒就挑拨，说这个猴子天性残忍，师父绝对不能饶过他。这就弄得孙悟空被唐僧开除了。结果是大大的倒霉，一起被白骨精抓去，放在蒸笼里，差一点被蒸熟来吃掉。

性意识，小小的；吃亏的，大大的。这就是对猪八戒的嘲笑。谁让你这么“色”了？自讨苦吃嘛。同样是“色”，猪八戒比王英那种单纯的“色”，可爱得多了。为什么呢？这里，有个讲究。

第一，吴承恩在折磨猪八戒的时候，反复揭露他，明明出于私心，却冠冕堂皇说了一大套话，欲盖弥彰，错位很大，喜剧性很强，不是王英式的，光是流口水。

第二，把孙悟空弄走了，被妖精抓住，小命难保，狼狈得很！祸闯得越大，越有喜剧性。

第三，猪八戒可恨而又可爱，还因为“性趣”，屡犯不改。在白骨精面前顶不住，到了盘丝洞，只见女儿身，不见妖怪，还是顶不住，到了女儿国，就更顶不住了。死心眼、活受罪。喜剧性层层加码。

第四，不可忽略的是，他的恋爱史，不但不可恶，反而值得同情。他本来是天上的天蓬元帅，一个将军，因为“调戏”王母娘娘的宫女，下放并不太过分，但把他变为猪脸，太过分。这种丑脸，并不妨碍他喜欢女孩子。

第五，孙悟空把他收服了，一路去取经。但是，猪八戒取经的意志并不坚定，迷恋浑家的意志却很坚定。在常人，应该是隐蔽的，而他却傻乎乎地公开讲出来。临行的告别词是这样的：上拜老丈人，此番西天去取经，若能取成正果，那是最好，如果不成，我还回来做你的女婿。孙悟空就骂他憨货。还没开拔，公然就想当逃兵。有私心，却没有起码的自我保护意识。孙悟空经常说他“呆子”，这一点很关键，不呆，干那么多坏事，就不可爱了。

第六，猪八戒取经坚持到最后，当然，也是英雄，不过，是比较平凡的、有毛病的呆英雄，但是，呆，是智慧的缺乏，却是心境的坦然，是缺点又不是缺点。从《西游记》作者的角度说是对猪八戒的“呆”进行调侃，从当代读者角度说，猪八戒的“呆”，恰恰是人性未灭的表现，还是蛮可爱的。火眼金睛看到敌人，一棒子打死，看到女孩子，面不改色心不跳，这种英雄值得尊重。但是，猪八戒看到女孩子动心了，孽根不断，呆头呆脑，表现出来，就更有人情味，更好玩，更有喜剧性的审美价值。猪八戒是中国古典小说的一个伟大的创造。伟大在何处？给猪八戒设计一个猪脸，又给他那么强的爱好女生的感觉；让他皈依佛教，又不让他六根清净，男性好“色”的本性，时时流露。他有情欲，照理说，应该把欲望遮蔽起来，但是，他很坦然，没有一点害羞的样子。和西方文学相比，他不像薄伽丘《十日谈》中那些教士好色，而要弄诡计，成为被讽刺的角色。也不像雨果的《巴黎圣母院》里的神父，很迷恋爱斯梅拉达，一味虚伪。猪八戒是公开的，你笑话也好，调侃也好，都无所谓。就是被嘲笑，被惩罚，他也大度得很，好像是宠辱不惊，反正活得挺滋润。他和《巴黎圣母院》里那个外貌极丑，又迷恋美女爱斯梅拉达的卡西莫多，又有不同。卡西莫多只爱爱斯梅拉达一个，无声的爱，很谦卑，碰都不敢碰一下，生死不渝，等人家死了，才敢和她爬到一起，死在一起。这个卡西莫多，也是以丑为美的典型，但是，是很浪漫的、理想的美。而猪八戒并不浪漫，他只有男性的本能，见一个爱一个，男性多恋的弱点表现得淋漓尽致。他是一个自发的男人，而不是神，不是英雄。他也有自尊，掩盖小私心，希望得到尊重，但在性方面不同，却不以丑为丑，读者也不觉得他有多丑。为什么？因为，他丑得很真诚，很自然，有点傻，有点痴。似乎很坦荡，无私无畏嘛！（大笑声）丑和美是对立的，其转化的条件就是“痴”，但是，他又不是贾宝玉那种痴，他没有那么深刻，他的“痴”，其实就是“傻”。如果说贾宝玉是情痴，是以痴为美，那猪八戒，就是以傻（呆）为美。痴是有智慧的人，只是在一个异性身上着了迷，傻（呆）是比较笨的人，见了异性都着迷。以痴为美，深层有智慧，情智交融，可能是抒情的正剧，或者是悲剧。而以傻为美，因为笨，智力低下，就反常，就可笑，就荒谬，故可能是喜剧。这表现在：第一，小心眼，大失算；第二，不断失败，永远快乐。融可笑可叹、可悲可喜、可爱与可恨于一体，充满矛盾、错位，又和谐统一。统一在他丑陋的外貌中，更在行为逻辑导致的出“丑”中。

这叫作以丑为美，以傻，以呆为美。

吴承恩把美与丑的尖锐矛盾放在猪八戒的形象中，又以一个中介成分“傻”（呆），而使之和谐，这是世界古典小说、戏剧史上，乃至是世界文学史上的一大奇观。当然莎士比亚的戏剧中，也有小丑，我们戏曲中也有三花脸小丑，但，只是配角，作用仅仅限于插科打诨，但是，猪八戒是贯穿首尾的重要角色。丑—傻—美三元错位又三位一体，达到水乳交融的和谐程度。高尔泰说，美是自由的象征。猪八戒的丑、傻、美三元错位交融的自由，在美学史上，值得大书特书。

对于读者来说，能不能，会不会欣赏猪八戒的这种三元错位交融，是内心美感是否自由的试金石。不会欣赏猪八戒，不同情他，就说明你没有看到不可抑制的人性。他所有的狼狈，都是因为坚持对异性爱好的不可更改，都是对中国文化中禁欲主义的冲击。

当然，后来有了《卖油郎独占花魁》，也是公然坚持对异性的追求。卖油郎为了与青楼女子花魁一度良宵，经营了好几年小生意，才有了一点钱，去了一下，却碰上她应酬回来喝醉了，卖油郎尊重她，并没有发生什么。这样的人物，也是英雄吧，但是不如猪八戒可爱，因为他没有猪八戒那么丰富的内心，他太理性了，而且长得很端正，美好的外貌和道德化的内心统一得很单调。把丰富的人性，通过想象和一个长得非常丑的外貌结合起来，这种喜剧性的想象，实在是了不起的。这是对诗性美化的喜剧性颠覆。很可惜，我们后来的“三言”“二拍”“宋元话本”没有承继猪八戒这个传统。虽然《说唐全传》中的程咬金、《说岳全传》中的牛皋、《大明英烈传》中的胡大海，固然有某种喜剧性，但是，都没有在性意识中开拓，七情六欲，独独回避了性欲，内在的悖谬就荡然无存，人性深度就与猪八戒那种可爱、可笑、可同情、可怜悯的，不可同日而语。我们的古典小说，把性和恶联系的，比比皆是；把性和善相联系构成为喜剧美的，绝无仅有，在《红楼梦》中，有把性和善结合为美的，如贾宝玉梦游太虚幻境，但是，那是诗的和谐，而不是喜剧的，没有荒谬。当然，《红楼梦》中还有贾瑞和薛蟠，但那是真正的淫荡，那是闹剧，而猪八戒则是轻喜剧，恶中有真，恶中有善，这一轻喜剧传统，没有得到继承，轻喜剧传统的断层是中国小说史的一大遗憾。

人的色欲是很排他的。《水浒传》里有一个理想，就是大块吃肉、大碗喝酒。但是，异性，是不是可以共享呢？它的回答是，干脆共同禁欲。

英雄和性的关系，一直是个矛盾。从《三国演义》《水浒传》到《西游记》，都极端压抑。物极必反，就走向反面。后来，对于性的描写就泛滥起来。《金瓶梅》中就很直接描写肉欲，有时，还用诗词来描写、赞颂性事，感官刺激很强，以至于在很长一段时期里，不能公开发行。我们要研究，还得到香港去买。当然，在西方，意大利薄伽丘的《十日谈》也有性描写，却很优雅，其中有许多暗示。我举一例：有一个传教士，十分好色，经常接受女孩子的忏悔。有一个女孩子不懂得自己的私处是何性质，传教士说那是地狱、罪恶。传教士要和女孩子发生关系，女孩说，这是地狱呀，你来干什么？他说我这里有一个魔鬼，它要到地狱去。《十日谈》里讲得非常文雅，而《金瓶梅》则不然。

极端禁欲导致极端泛滥，极端泛滥又导致极端禁欲，源远流长，导致当代，所有样板戏中的男主人公没有妻子，女主人公没有丈夫，母亲没有亲生的儿子，孩子没有亲生的父母。这样的极端，导致在改革开放后，性事主题，起初还偷偷摸摸、羞羞答答，后来，就出现了张贤亮的《男人的一半是女人》，其后是王安忆的《小城之恋》等，现在就产生了《上海宝贝》之类，这个是必然的。禁欲过于厉害必然会产生纵欲。我们可以得出结论，过分的禁欲、英雄化最后导致走向它的反面。人都不再英雄了，而且变得卑下了。

哦，对了，我讲得太多，应该是回答你们挑战和质疑的时间了。

附：

现场问答

问：孙教授，您好。您说，中国人的情欲观和西方是不太一样，我们的孔夫子瞧不起

女人，“唯女子与小人为难养也”。而西方，则有骑士小说，把崇拜女人、把生命献身给女人，当成一种光荣。这里，是不是有某种文化传统上的差异？

答：你的说法，是很有意思的，我可能刚才讲得不是很清楚，现在做些补充。我想这里的原因是很深邃的。西方文化关于性的观念和我们国家，从文化源头上，或者说原型上，就差异很大。源头上、原型上的差异，和后来的差异不同。源头上的差异，一点点小差异，到了后来，差之毫厘，就失之千里。关于男人和女人，在我们文化传统中，不管什么样的古代神话，民间故事，都是两个独立的人。要结合，就不免有主体之间的矛盾，男女之间性的吸引，虽然是最强烈的，但是，两个人要结合，起码要沟通感情和感觉，但是，人性决定了人的感觉和感情是难以彻底沟通的。因为，人对外部信息，并不是被动反应，而是以其主体认知模式去同化的，这个过程中，就免不了充满了误解。互相间认同，就有一种高难度。故先是女人不能充分估计男人的价值，后来是男人体悟不清女人的价值，因而在中国到文明社会之后，男女不平等的时间持续可能就比较长一点。男性对女性的歧视，可能要多一点。而西方的早期哲学，带着传说性哲学，则有所不同。有一种思想，男人的一半是女人，或者女人的一半是男人。柏拉图在《会饮》中，引用阿里斯托芬的说法，最初的时候，人的性别有三种，除了男的和女的，还有第三种，男女两性的合体。四只手，四只脚，两张脸，一模一样，方向相反，生殖器则有一对。这种人的体力和精力都非常强壮，因此常有非分之想，竟要与神们比高低。宙斯和其他神很恼火，想把这类人灭掉倒是干脆，但就再也得不到从人那里来的崇拜和献祭了。绞尽脑汁，宙斯想出了个法子，把人们个个切成两半。人只能用两只脚走路，就变得虚弱，人数却倍增，要是继续捣乱，就把他们再切一次，只能一只脚蹦跳着走路。人被切成两半后，每一半都急切地欲求自己的另一半，紧紧抱住不放，恨不得合到一起。由于不愿分离，饭也不吃、事也不做，结果就死掉了。这一半死了，活着的一半就再寻另一半去拥缠在一起，不管遇到的是女人的一半，还是男人的一半。这样，人就快要死光了，宙斯就把人的生殖器移到前面——让人可以交媾。要是男的抱着女的，马上就会生育，传下后代；要是男人抱着男人，至少也可以平泄情欲。所以，人身上本来就有彼此吸引的情欲，像两片比目鱼，人人都总在寻求自己的另一片。从这个意义上讲，在西方的文化源头上，男人和女人相互追求，不过是恢复原生的自我，自己找回自己，沟通的障碍，就微乎其微，就是互相进入，也是自然而然的事，不存在害羞之类的事情，相反可能是很光荣的。西方中世纪的骑士以崇拜女性为荣，而中国中世纪的好汉却以仇视美女为荣，是不是可以从这里，看到一点原型？

西方的原型意识，就是由于分成两半，人不完整了，就要追求恢复完整，这是天经地义的。从亚里士多德到弗洛伊德，全都认为，通过性爱，爱他人，实际上是实现爱自己。

性交媾就是对这种结合的幸福的庆典。柏拉图甚至鼓吹滥交，原因很简单，这是自己和自己的幸福的事情，和其他无关。知道了这些，对20世纪60年代西方的性解放、群交、裸体运动，才可能充分理解。显然，这一切，在中国是不可思议的，原因就在文化原型有差异。你们有兴趣可以去查阅柏拉图的《会饮》，刘小枫译，华夏出版社，2003年版，第48页至51页。

问：孙教授，您说，男人以力为美，难道男人就一直是出死力气的？后来，不是有奶油小生吗？美是一个历史建构的观念，怎么能一概而论，是不是这样呢？请以古典传奇小说为例说明。

答：谢谢你，这个问题可能补充了我刚才所说的不足。

最初的人，女性以生孩子为美，男性以力量为美。所以中国的“男”字是田力，就是说他是从事农业劳动，很有力气的。中国的英雄是以力为美，“力拔山兮气盖世”。张飞在长坂坡当阳桥前一声吼，吼断了桥梁水倒流。过了一段时间以后，光有力量就不行了，更大的英雄不是由于力，《水浒传》第一把交椅是宋江，他没有什么多大的力气。第二把交椅是卢俊义，和宋江一样，他的名声靠的是仗义疏财，是一种精神号召力。第三把交椅是吴用，他不会打架，手无缚鸡之力，但是他有智慧。这就渐渐显示一种转化，最美的、吸引人的不是力气，而是智慧。以力为美变成了以智为美，诸葛亮比一般武夫要美多了。《说唐全传》里面，程咬金做皇帝，有个徐茂公，程咬金简直可以说是被他玩弄于股掌之中。后来《大明英烈传》中有徐达，在《太平天国》里有一个叫钱江，虽然这些人武艺都不行，但都是以神机妙算见长。他们有更高的威信。这种“诸葛亮系列”全是以智为美。就女性方面来说，一些人物的美，既不是力，也不是智，如杜十娘、崔莺莺，而是情，以情为美。就男性来说就是贾宝玉了，最大的特点是“情痴”，感情到了发痴的程度就更美了。情感强烈、发痴，就是不讲理，不合逻辑，把感情看得比性命还重要，用学术语言来说，就是以情为美。所谓“痴”，就是说，这种情，是超越实用理性的。如果贾宝玉选择对象，局限于实用理性，先看对方身体怎么样，能不能生孩子，绝对是不能选林黛玉的。第一，她有病，最健康的是薛宝钗。第二，脾气，林黛玉脾气可了不得，她越是喜欢你越是折磨你，整天挑剔你，整天讽刺你，弄得贾宝玉整天做检讨、赔不是。不赔不是不好，赔了不是更不好，这就是爱。有了感情就痴了、傻了，逻辑就乱了。贾宝玉和林黛玉，两个人彼此最爱，却闹得最一塌糊涂，天天吵、天天闹。比较平静的是薛宝钗。薛宝钗非常宁静，她不痴，因此就没有情。她无所谓，看到唯一比较干净的男人被别人迷住，也不激动。从某种意义上来说，她不是感性人物，很有理性修养。这个人很漂亮，但不美。真正美的是把感情看得比命还重要的人，就是林黛玉，谈恋爱到不要命的地步，这就是以情为美的典范。到这个时候，古典小说发展到了古典美的顶峰了。

从中国传奇小说来看，从武松、孙悟空的无性，到贾宝玉、林黛玉的感情至上，一步步把感情提到更高的价值层次。从 17 世纪莎士比亚到 19 世纪的托尔斯泰，从罗密欧、朱丽叶为情而牺牲，到安娜·卡列尼娜为情而自杀，都是同样的审美境界，把感情看得比生命更重要！这正是世界文学历史不约而同的潮流。

（录音整理：阎孟华　统稿：李福建）

慧眼看文学经典：真善美的“错位”

刚才主持人把我鼓吹了一下，实际上对我没有什么好处。因为期望值越高，对我压力越大。不过我也感到一点鼓舞，说到我的散文的时候，提到我写过一本《美女危险论》，你们都笑了，笑的人大多是男孩子，看来男孩子体会很深。（笑声）那么，这和我今天讲的是有联系的。“美女危险论”为什么能引起大家兴趣呢？你们大多数是理工科的，即便是学文科的，也都是学理论的，理论本身也是一种理性。不管多么理性的人物，他碰到美女的时候，理性就比较少了。爱是没有道理的，也是讲不清楚的。如果讲爱有道理的话，这个道理就是很危险的。（大笑声）

所以，贾宝玉第一次见到林黛玉，说，这个姑娘我见过的。其实是根本没见过的，这不是活见鬼了吗？我们今天要讲的文学经典，就是充满了这种活见鬼的事情。（笑声）

一、假美学的“真”和真美学的“假”

人是理性的动物，我们从小学、中学到大学，用各式各样的课程，用人类文化全部的知识系统训练我们的目的，就是强化我们的理性。但是如果仅仅如此的话，我们受的训练，对人的发展是不够的，充其量不过是把我们训练成极端理性的人，理性到不管干什么都很科学，科学到一切要符合定律，一切能够用数据来遥控、运算，可真要是这样，就不太像人了，只能是机器人。所以说，光是理性的人还是不够的，还不是人，只是机器。柏拉图曾经把诗人，除了歌颂神的，都从他的《理想国》里驱逐出去，他认为最理性的人就是搞数学的人。

那么从这个意思上来讲呢，光有理性的教育是不够的，所以我们的教育方针是“德、智、体、美”。德育是理性的，智育更是理性的，体育更是讲究科学的，最后加个美育。美育的“美”，往往对其有些误解——美育就是“五讲”“四美”“三热爱”吗？这和我的理解不一样，我认为美育主要是培养人内心的情感的，主要是非理性的，就是贾宝玉看到林黛玉时那种奇妙的不讲理的感觉。贾宝玉问林黛玉有没有玉，林黛玉说你的玉是稀罕的物件，一般人是没有的。贾宝玉就火起来了，“这么好的姑娘都没有玉”，一下子就把玉扔掉了。读者知道，他的玉扔掉后，他的魂就没有了，这种行为是非常任性的、任情的，是一种情感，完全是非理性的，但是，是非常可爱的。贾宝玉的可爱就在于他的非理性。你们是学理科的，是崇尚理性的，同时你们又来听我讲中国古典文学的经典，来熏陶你们的感情。听了我的话，你们才有希望变得可爱，变得比贾宝玉可爱。(掌声)

今天要讲的课题就是：人应该是全面的。首先，要有丰富深邃的理性，像这个大楼门厅里吴健雄女士的塑像，她是得过许多国际大奖的，是理性的，但同时我看到她的塑像充满着女性的温馨，不仅仅是物理学家的严肃，并非仅仅符合柏拉图的理想。我们感到她脸上的母性，产生一种温情之感。她不是“假小子”“铁姑娘”“女强人”那样的女性。我们曾经经历过这样的荒谬：女性的美不在于她是女人，而是一种准男人。现在更可怕了，有一种“女强人”。如果诸位男孩子娶到“女强人”做老婆的话，那个日子可能就不太潇洒了。(笑声)

我们言归正传，做一个全面发展的人，一方面是理性，一方面是情感。情感世界是非常奥妙的。要说明这一点非常困难。在 20 世纪 90 年代初，中国学界曾经对人文性、人文关怀讨论了两三年，是华东师范大学王晓明和复旦大学教授陈思和发起的，结果不了了之。没有一个人能把人文性讲清楚，下个定义。定义倒是有的，有上百种，互相之间实际上是“聋子的对话”。从宏观的学术上，讲情感世界是费力不讨好的。所以我在这里就想换一个角度，从最小的地方讲起，或者文雅一点，从微观的分析开始，从经典的文学作品讲起。经典里积淀着中华民族智慧的和情感的财富。那是一个宝库，经历了千百年历史考验的，被世世代代的读者认同的，至今仍然有无限的魅力，如恩格斯讲希腊艺术那样，至今仍然是我们艺术“不可企及的规范”。经典艺术文本无限丰富，今天只能用随机取样的办法来试一下。比如一首唐诗，我们来解读一下，看看经典诗歌的锦心绣口和独特的感情。我随机取一首诗，是诸位在中学时代或是小学时代念过的、普通平常的，贺知章的《咏柳》：

碧玉妆成一树高，万条垂下绿丝绦。

不知细叶谁裁出，二月春风似剪刀。

取样完成，进行解读，解读的目的是说出这首诗的好处来。这个问题表面上很简单，可真正要做起来，还真不容易，用无限艰难来形容，也不算夸张。这首诗写出来有1000多年了，艺术生命仍然鲜活。它为什么好？怎么好？就是大学者，专门研究唐诗的，头发都白了，解读起来也不一定能够到位。有的权威人士，连门儿都摸不着。北京大学有一位权威教授，写了一篇文章叫作《〈咏柳〉赏析》①。他很有勇气来回答这样一个难题。

他说它好在：第一句“碧玉妆成一树高”，写的是一个“总体”印象。第二句“万条垂下绿丝绦”，是“具体”地写柳丝很茂密，这就反映了“柳树的特征”。第三句“不知细叶谁裁出”是设问。第四句“二月春风似剪刀”是回答，为什么这个叶子这么细呢？哦，原来是春风剪出来的。那么它的感染力在哪里呢？他说，第一，它非常真实地反映了“柳树的特征”。第二，“二月春风似剪刀”，这个比喻“十分巧妙”。我读到这里，就不太满足。我凭直觉就感到这个比喻很精彩，这个不用你大教授说。我读你的文章，就是想了解这个比喻怎么巧妙，可是你只说“十分巧妙”，这不是糊弄我吗？（众笑）第三，他认为这首诗好在它不但歌颂了春天，而且赞美了“创造性的劳动”。这一点，我就更加狐疑了。一个唐朝的贵族，脑子里怎么会冒出什么“创造性的劳动”？读唐诗，难道也要想着劳动，还要有创造性？这是不是太累了？（众笑）这里，没有唐朝人的情感，也没有今天读者的感受，这是在中国20世纪50年代，在大学中文系受过苏式机械唯物主义文艺理论教育的傻学生，才可能有这样的想法。

为什么会这样傻呢？因为，他相信一种傻美学。这种傻美学的关键认为，第一，美就是真。只要真实地反映对象，把柳树的特征写出来就很美，很动人了。但这一点很可疑，柳树的特征是固定的，不同的诗人写出的柳树不都是一样了吗？还有什么诗人的创造性呢？第二，这是一首抒情诗。古典抒情诗凭什么动人呢？（众：以情动人）对了，凭感情，而且是有特点的感情，不是一般的感情，这叫作审美情感。要写得好，就应该以诗人的情感特点去同化柳树的特征，光有柳树的特征，是不会有诗意的。反映“柳树的特征”这样的阐释是无效的；第三，是不是一定要蕴含了创造性劳动这样的道德教化这首诗才美？如果诗人为大自然美好而惊叹，仅仅是情感上得到陶冶，这本身是不是具有独立的价值？是不是不一定要依附于认识和教化？第四，最重要的，这就是方法。这位教授的“赏析”的切入点，就是艺术形象与客观对象之间的统一性。统一了，就真了；真了，就美了。其实，“赏析”的“析”，木字偏旁，就是一块木头。边上那个“斤”，就是一把斧头。斧头的功能就是把一块完整的木头，剖开，分而析之，把一个东西分成两个东西，在相同的东西里，找出不同的东西来，也就是在统一的事物中，找到内在的矛盾，这就是分析本来的意义。

① 袁行霈：《〈咏柳〉赏析》，见《初中语文课本（第一册）》，人民教育出版社1992年版，第199页。

不把文本中潜在的矛盾提示出来，分析什么呢？连分析的对象都没有。

拘泥于统一性还是追求矛盾性，这就是我和北大教授在方法上的根本不同。

我从《咏柳》里看到的是艺术和客观对象的不同，而那位北大教授所信奉的“美是生活”，美就是真的理论，却只能看到二者的一致。他害怕看到《咏柳》里边的形象和客观的柳树的不同。因为，他拘泥于真就是美，不真，就不美了。他的辩证法不彻底，羞羞答答。他不敢想象，柳的艺术形象里边有了不真的成分还可能是美的。其实，诗的美不仅仅是客观的真实，而且是主观的真诚。而主观的情感越是真诚，就越像贾宝玉见到林黛玉那样，越是带着主观的想象，想象就是一种“假”（定），因而艺术的真，是真中有假，假中有真的，用一句套话说，就是真与假的统一。抒情诗，以情动人。当一个人带着感情去看对象的时候，他是不是很客观、很准确？不是有一句话吗？不要带情绪看人，带情绪看人，就爱之欲生，恶之欲死。月是故乡明，他乡的月是不是就暗呢？情人眼里出西施，哪来那么多西施呀？癞痢头的儿子自己的好，如果是人家的，癞痢头就可能很可怕。反过来说，如果不是情人，同样的对象，仇人眼里出妖魅。（众笑）带了感情去看对象，感觉、感受、体验与客观对象之间就要发生一种“变异”。关于这一点我专门写过一本书，叫作《论变异》，花城出版社，1987 年出版。不要以为我在做广告，20 年前的书，现在已经买不到了。（众笑）

不动感情，是科学家的事，科学家不相信自己的眼睛、鼻子和身体的感觉，宁愿相信仪表上的刻度，体温是多少，脉搏是多少，不能跟着感觉走，只有把感情排除掉，才科学、准确、客观。文学和科学最起码的区别就在这里。

如果说柳树是到了春天就发芽的乔木，这很客观，很科学，但没有诗意。如果带上一点情感，说柳树真美，这也不成其为诗。感情要通过主观感觉，带上一种假定和想象并发生变异才能美起来，才有诗意。本来柳树就是黝黑的树干、粗糙的树皮、嫩绿的小叶子和细长的柳枝而已，诗人却说不，柳树的树皮不是黑的，也不粗糙，他说柳树是碧绿的玉做的，柳叶是丝织品，飘飘拂拂的。柳树的枝条是不是玉的和丝的呢？明明不是。从这个意义上来说，它不是绝对真的、客观的，那么，他为什么这样写呢？要表达感情。表达感情就要带上一点想象，一点假定，才能让它更美好一点。没有想象，感情就很难表达，所以说，进入想象就不是一个绝对的真的境界，相反，想象就是假的。假的，假定的境界，有什么好处？想象超越了客观的约束，就自由了，我说它是丝的，就是丝的；我说它是玉的，就是玉的；我说它是剪刀裁出来的，就是剪刀裁出来的。高尔泰先生的美学思想就是这样的，叫作“美是自由的象征”。

二、假定、自由和苦闷的象征

想象就是假定。假定了，感情才有自由。自由在哪里？就是自由地超越柳树单一的真实啊，一元化的特征。想象是比赛特征的多元化。贺知章说过柳丝“万条垂下绿丝绦”，是特征，但是，他说过了就不能重复了。白居易怎么说？他说“一树春风万万枝”。白居易不敢重复，他虽然说，杨柳也是很茂密（“万万枝”），但是，他就不和“细叶”对比，而是突出它的质感，“嫩于金色软于丝”。虽然有心回避，毕竟联想同类（玉啊，丝啊和金啊，属于同一范畴），在想象的自由、在陌生化的质量上，见不得有多高明了。李白想象的柳丝，气象就有不同凡响的自由了：“汉阳江上柳，望客引东枝。树树花如雪，纷纷乱若丝。”柳树的特点不再属于贺知章、白居易的玉、丝和金。值得称赞的是，第一，并不是所有地方的柳丝都拉长了，只有东面的，因为在等待来自东方的朋友。第二，柳丝很不整齐，很“乱”，因为什么呢？显然是在暗示盼客的心情有点乱。李白的自由来自何处？来自自己对朋友的感情。同样的柳树，到了孟郊那里，想象又变异了，第一，它不是很长的柳丝，而是相反：“杨柳多短枝，短枝多别离。赠远累攀折，柔条安得垂。”长长的柳丝，到孟郊笔下变得很短了。为什么？因为他自由地把柳丝变短了，送别朋友的痛苦太深，攀折太多。想象的自由是无限的，因而柳树的形象是永远有创新余地的。

反过来说，如实反映生活，拘泥于柳树的特征，感情就没有自由，就没有诗意了。

那位教授说这首诗的好处是它写出了“柳树的特征”。且不说他心目中柳树的“特征”是客观的，不以主观意志转移的，因而是不自由的。就算就诗论诗，也没有说到位。让诗人激动不已的不是柳丝之茂密，而是它“万条”“细叶”的对比。“不知细叶谁裁出？”这么精致，这么纤巧，这是谁精心剪裁的呀？这才是贺知章的发现，这才表现了诗人的想象的自由。通常情况下，植物到了春天，树枝长得非常茂密的时候，叶子也相应肥大，叫枝繁叶茂，可柳树的特征恰恰相反，柳枝非常繁茂的时候，叶子却很纤细。这个特点让贺知章震惊了，诗人感到非常美。这种美，从科学的眼光来看，是由于春风吹拂，温度、湿度提高了，是柳树的遗传基因在起作用，是自然而然的。但诗人觉得这不过瘾，不自由，他觉得它比自然美更美，他想象经过精心设计，才可能比自然美更精致。这不是假的吗？按照美就是真、美和真统一的理论，这不是不真了、不是不美了吗？但这是一种假定，是一种想象，诗人美好的情感只有通过想象才能自由地得到表现。这样惊人的美如果用科学来解释，用反映现实来解释，就不自由了，就不美了，就没有诗意了。

为了表现这种震撼心灵之美，诗人运用的语言是非常自由的。

如果我问，这首诗四句，哪两句更美呢？（众：后面两句。）是，后面两句，我完全同意。为什么呢？后两句更有想象力，感情更自由。把柳树的绿色变成碧玉，把柳树的枝条变成丝绦，这样的想象，在唐朝诗人中是一般水平。今天的诗人也不难达到这个水准。但“不知细叶谁裁出，二月春风似剪刀”，语言就精妙绝伦了。那位著名教授说，把春风化成剪刀，比喻“十分巧妙”，我就有一种抬杠的冲动。春风本该是温暖的，是非常柔和的，不会有像剪刀那样锋利的感觉。如果是冬天的北风——尤其是在长安——吹在脸上，刀割一样，那倒是可能。但诗人把它比作剪刀，不但没有引起我们心理不安和怀疑，不觉得这样的想象很粗暴，相反，却给我们一种锦心绣口之感。

我说过春风本来不是尖利的，有人可能要反驳，这是二月春风啊，春寒料峭嘛！这一点可以承认。但，为什么一定像剪刀呢？同样是刀，我们换一把行不行？菜刀，二月春风似菜刀。（众大笑，鼓掌）这就很滑稽，很打油嘛！这个矛盾要揪住不放，不能随便用“比喻十分巧妙”蒙混过去。这里有个艺术内行和外行的问题。剪刀行，菜刀不行，是我们伟大的汉语的词语联想“自动化”。因为前面有一句“不知细叶谁——裁——出”，注意到没有，这里有一个关键词，是什么？（众答：裁。）对了，“裁”字和“剪”自动化地联系在一起，这是汉语的特点。如果是英语，不管是“裁”还是“剪”，都是一个字“cut”。如果要强调有人工设计的意味，就要再来一个字“design”。这样运用语言，在俄国形式主义者那里叫作“陌生化”。通常的词语，因为重复太久了，其间的联想就麻木了、“自动化”了，也就是没有感觉了。一定要打破这种“自动化”，让它“陌生化”一下，读者沉睡的感觉和情感才能被激活。但是，我要对俄国形式主义加上一点补充，“陌生化”又不能太随意，菜刀，也是“陌生化”呀，剪刀，也是陌生化啰，为什么剪刀就艺术，菜刀就不艺术呢？这是因为，裁剪，在汉语中是“自动化”的联想，但是，这种自动化，不是显性的，而是潜在的，在潜在的“自动化”暗示支撑下，显性的“陌生化”，才能比较精彩。

艺术的精致，就在于是一种情感的、联想的、语言的精致。这就能熏陶人的心灵，这就是一种心灵的享受，大自然是如此美丽，生活是如此美好，情感是如此自由。这就叫作审美价值。被动地反映真实，就太理性了，情感就太不自由了，理性是理性了，可是压抑了情感，就没有享受了，就没有审美价值了。

要进入艺术欣赏之门，一定要明确，所有的艺术都是假定的。从一幅画到一部电影，从一个演员到一首诗，都是假定的。就以谈恋爱为例，你真谈恋爱就不是艺术，是不欢迎旁听，不欢迎参观的。（众笑）假假地谈恋爱，谈上半小时，那可不得了，得上一个奥斯卡奖啦什么的，可能声名大震，还能发一点财。（众笑）周迅啦，小燕子赵薇啦，有什么了不起？不就是会假假假地谈恋爱嘛！（掌声）武松打虎，真打老虎不是艺术，如果现在一条老虎让我打给大家看，没有一个人敢看，因为真打老虎不是艺术。我肯定会输，输掉以后，你们就危险了。真的苹果不是艺术，画一个假苹果可能是艺术。真的虾不是艺术，但齐白石画的虾并不完全符合真实，他给虾的腹足越来越少，最后只剩下五对，你去看看真虾，起码十几对！一斤真虾最多卖五十块，齐白石的假虾卖几十万啊！我们现在反对假冒伪劣，但是我们没有反对艺术的假定性。这是一个非常关键的问题，它是一个艺术家想象的自由。

在表演艺术上。有两个流派，一个流派强调绝对的真实，俄国有一个斯坦尼斯拉夫斯基，他代表一个表演流派，有一种独特的理论就是追求生活的逼真的。他就认为艺术家、演员一上了台以后就应该把自我忘掉。比如我是一个教授，但是上去要演小偷，首先要把教授的感觉忘掉，尽量地进入角色，进入规定情境，想象自己是小偷，用小偷的感觉、小偷的眼睛看世界，看见人家的钱包手就痒，偷了钱以后就有一种成就感。这一流派就是主张“忘我”。我们国家20世纪30年代成名的演员，包括金山、赵丹等，都受到他的影响。另外的一个艺术流派，是德国人领导的，还是个共产党员，叫布莱希特，他认为，艺术是假定的，是不能忘我的，他提出一个“间离效果”理论，不能忘我，要记住自我。同一个角色的生命，就在于我演和你演的不一样。我的自由和你的自由不一样。他是非常欣赏我们中国的京戏的。中国的京戏非常伟大，背上插了几面旗就是千军万马，鞭子一甩，走了一转，已过了五十里了；一刀砍下去没有血，人却死了；酒杯拿起来，胡子还没摘，酒就喝完了。整个舞台就是假定的想象，不是写实的，“间离效果”，就是间离现实，间离了真，才有艺术想象的自由。

这是两个流派，他们都有各自的道理，但是，追求“间离效果”的流派，可能更有道理。你们可以看到，越是到当代，艺术家越来越强调超越现实、间离现实、和现实的本来面目拉开距离。不管是绘画还是城市雕塑，不是越来越追求像，而是追求不像、追求抽象。这是一种历史的潮流，这种潮流不是偶然的，而是从艺术的内在矛盾中演化出来的。

有这样一个有趣的故事，法国作家司汤达写了一本书《莱辛与莎士比亚》，他说1825年在意大利的佛罗伦萨剧院里演出莎士比亚的悲剧《奥赛罗》。情节是一个非常英勇、正直、单纯的黑人将军奥赛罗娶了白人的妻子黛丝特蒙娜。有一个小人叫雅古，挑拨他们的夫妇关系，让奥赛罗相信黛丝特蒙娜有了外遇，以一个手帕做线索。奥赛罗信以为真，不能忍受妻子的越轨行为，最后把黛丝特蒙娜掐死了。在高潮的时候，一个白人巡逻士兵，开枪把演员打死了。问他为什么要杀人，他说，我不能容忍一个黑人当着我的面把一个白人妇女掐死。他犯了一个错误，在法律上定性为杀人罪，是有意的谋杀。第二个错误是，艺术上的，他以为艺术是逼真的现实，他不懂艺术是假定的，给你造成一种“逼真的幻觉”，逼真的但又是幻觉的。他不懂这个道理，因而变成了罪犯。据说，那个死了的演员，就葬在佛罗伦萨，俄国导演斯坦尼斯拉夫斯基去悼念他，立了一个碑：这是世界上最好的演员。据说，碰巧，布莱希特也去了佛罗伦萨，他给这位演员也立了一个碑：这是世界上最坏的演员。你演得让别人忘掉了你是在演戏，没有一点间离效果，和现实一点距离也没有。把现实和艺术混淆是最大的失败。所以说，从观念上说，就是不能机械地把艺术当作真实的反映，我们要记住它是假定的、是表现人的内心的。从方法上来说，要看它内在的矛盾。

三、“多智而近妖”和多妒—多智—多疑的心理循环

不要以为这个道理很简单，不简单，很深奥。不要说北大那位教授弄不清楚，就是大人物、大师、大权威，都不一定能看得很透彻，有时还免不了犯一些错误。请原谅我，允许我斗胆举鲁迅为例。他在《中国小说史略》中，就很认真地说过，《三国演义》中诸葛亮的形象，就不真实。鲁迅认为作者过于表现了诸葛亮的足智多谋，以至于把诸葛亮写成了妖怪，这就是有名的“多智而近妖”[①]说。他可以未卜先知，预言一切，甚至能够预报天气，比我们江苏电视台，要准确得多了。（众大笑）最著名的是草船借箭。本来，他和周瑜是军事联盟，但是，周瑜表面非常信赖他，实质上，他非常妒忌诸葛亮的军事才能，千方百计地刁难诸葛亮。每逢开军事会议，研究什么计谋、策略、方案，表面上是针对曹操的，实质上都为了整诸葛亮，把他往死里整的。这一次，周瑜找诸葛亮来，说江上作战，我们有弓无箭，请诸葛亮负责造箭。诸葛亮问，多少支啊？周瑜说，10万。那给我多少时间的期限啊？ 10天。诸葛亮说，不用吧。那么你说几天呢？诸葛亮说，3天就够了。周瑜内心很高兴，表面上很严肃，军中无戏言啊，立下军令状。什么叫作军令状？也就是军事保证书。完不成任务，就要军法处置。死拉死拉地干活！（笑声）

会后，鲁肃来探诸葛亮的虚实。诸葛亮说，三天怎么能造出10万支箭来，要鲁肃救救他。鲁肃说，你自己闹的，我怎么能救你！诸葛亮说你给我准备20条小船，青布为幔，并摆上草人。第一天、第二天诸葛亮按兵不动。第三天，大雾弥天，诸葛亮和鲁肃上船，下令鸣鼓进军，只和鲁肃饮酒取乐，弄得鲁肃心里打鼓。探子报到曹操帐前：“诸葛亮船队来犯。”曹操向来多疑，此刻又是大雾弥天，肯定有埋伏，诸葛亮瞒不过我。只派水军弓弩手乱箭射住阵脚。弓箭手们万箭齐发。过了一段时间，船头上箭已经满了，诸葛亮下令掉转

① 鲁迅：《鲁迅全集（第九卷）》，人民文学出版社2005年版，第135页。

船头，待至大雾将散，诸葛亮就鸣金收兵，让船上那些军队大喊：“谢丞相箭。”回到江东岸上，把箭拔下，还超过了10万支！鲁迅作为现实主义的作家看来，这里的漏洞太多了，第一，这么准确的预报天气，比我们江苏电视台要准确多了。第二，怎么有把握断定曹操就不出战。人家出来了，怎么办？这哪里是人，明明是妖怪嘛！（笑声）

鲁迅的怀疑，是有道理的。其实《三国演义》里面的孔明的真实性，可疑之处，还多得很呢！本来，向曹操“借箭”的战例，不是诸葛亮的，而是孙权的濡须之战，但那次战役，并没有用稻草人。裴松之注《三国志》引《魏略》这样说：孙权乘大船来观察曹操军情，曹操叫弓弩手乱射。大量的箭附着在船的一边，造成一边重一边轻，船都要翻了，孙权就让船掉个头，以一面受箭，就平衡了。①

诸葛亮草船借箭的虚构，也许就是从这里得到灵感的。诸葛亮船头受箭以后，又教“把船头掉回”，和孙权的换一边受箭，一脉相承。换边受箭是历史，细节是很严密的：一边受箭，船身就倾斜了，因而要换边。但是，小说里写的就不一定经得起推敲了。有人做过研究。每支箭算是四两。10万多支箭，就是2.5万斤到3万斤。诸葛亮20只小船，每船受力是多少，少说也有1250斤。先是一半在船头，就是625斤以上。却没有发生头重尾轻的后果。这显然是不够真实的。

船上的草束（人）也不是诸葛亮的事，而是几百年后唐朝人张巡的事。

鲁迅所说的“多智而近妖”，并不妨碍诸葛亮的形象得到历代的读者欣赏。历代的读者欣赏诸葛亮的什么呢？当然，并不仅仅是他的智慧，而且还有更为重要的。

在现实层面上，作为同盟者，诸葛亮越是厉害越是对周瑜有利。毕竟他们是要共同对抗曹操的。可是从个性方面来讲，周瑜有一个特点，那就是多妒。周瑜的妒忌很有特点，第一，他妒忌的不是财富，也与声色犬马无关，他妒忌的是人的才能。第二，他不妒忌远离自己的曹操有多大的才能，他专门妒忌自己身边的诸葛亮的才能。从揭示人的内心，近距离的妒忌心来说，《三国演义》写得太深刻了，太有概括力了。

诸葛亮的多智是小说家的自由想象。这种想象，不能孤立地看，他的多智和周瑜多妒联系在一起，是周瑜的多妒逼出来的，是多妒逼出了多智。多智的策略其实是有点冒险主义的，可能要失败的。但是小说家的自由想象，又让这种冒险主义的多智，碰上曹操多疑。罗贯中的天才就在于，用他的假定性，导演了一出心理连环好戏。多智引起多疑，多疑成全多智，多智取得了伟大的胜利，于是多妒的就更加多妒，多智的就更加多智，多疑就犯了更大的错误。多智最后取得了更加伟大的胜利，弄到最后，三气周瑜芦花荡，赔了夫人又折兵。周瑜终于认识到自己的智能和诸葛亮不能相比，他就活不下去了，吐血而亡。临

---

① 参阅陈寿撰，裴松之注：《三国志》，中华书局2005年版，第828页。

死之前，周瑜说了一句非常有名的话，什么话？（听众：“既生瑜，何生亮！”）这句话揭示了多么深邃的心理学的规律啊！我曾经这样评论过这一经典片段：

> 这在世界文学史上空前绝后地揭示了人类对于盟友的妒忌超过了敌人的心灵奥秘。这个（心理三角）是一个超越了军事三角（实用理性）的反复循环，导致了如此惊心动魄的结果，这正是《三国演义》的伟大创造。诸葛亮艺术生命的不朽，不完全取决于他自身令人难以置信的多智的奇迹，还取决于曹操这样一个聪明人的多疑的奇迹，更取决于周瑜，这个人对于部下智能不若自身的将领毫不在意，唯独对于智能与自身相当的人则每每刁难的奇迹……诸葛亮艺术生命的光彩，来自于许多方面，在赤壁之战中，来自曹操的还不如来自周瑜。[①]

从那个时候起到现在，差不多2000年过去了，周瑜的骨头都化成灰了，可是，这句话所代表的心理至今未死啊，周瑜的灵魂依然活在中国人，甚至是西方人的心里。妒忌作为一种心理，往往是近距离的。有俗语说，武大郎开店，他就是不招收个子比他大的。你个子大可以，你不能在我这里。在我这里，我就受不了，吃不下饭，睡不了觉。你到别人那里去吧，我就不难过了。（大笑声）在我们大学里，好多教授不会妒忌美国的教授有多少钱，日本的打工仔有多少钱，但是他们对于和自己同一届毕业的比自己工资多的人却不能忍受。人和人活在普遍的比较之中。但是，三百六十行，行行不相同，比较比较难，因为没有现成的可比性。而同行之间就很容易攀比，因为同行提供现成的可比性。所以小偷今天得手了，偷得比别人多，在其他小偷面前，就感到自己技术高超，很自豪，而偷得少的，就难过，就妒忌，就恨，就想泄愤，有时就会去举报。

但是，人的这种心理，是非常隐秘的，一般情况下是看不出来的。只有在特殊情况下，才会暴露出来。周瑜是非常神气的小生，非常智慧的统帅，怎么会这样的小人之心呢？不要说别人看不出，就是他自己也不知道。一定要有一种假定性，一种想象，才能把内心深处的黑暗暴露出来。那就让他面前出现一个人，比他高明，不高明到“多智而近妖”就不能超过他，周瑜就不会被自己折磨到活不成的程度。没有假定就没有艺术了，在诗歌里是感知的假定，在小说里是情节的假定，无巧不成书，让他碰到日常难以遇到的巧合。经典小说家的才华就在于，把人物打出常规，不光看人物平时的表现，而是想象，在某种特殊的、意外的关头，人物是个什么样子。如，在自称就是有老虎也不怕的武松面前出现一只真老虎。结果是在真老虎面前，他却是惊惶失措，“酒都做冷汗出了”。接着是活老虎打死了，死老虎拖却拖不动了。就在遭遇老虎的前后，武松变成了另外一个人，一方面是神得很，超人，一方面又平凡得很，和我们这些俗人、小老百姓，看见老虎就发抖的人，是差

① 孙绍振：《审美价值与情感逻辑》，华中师范大学出版社2000年版，第272页。

不多的。正是因为这样，才成为经典。这才是人啊！同样的在《水浒传》中，李逵也杀死老虎，而且杀的比武松还多，一下子杀死了4只老虎。但是，李逵杀虎不成为经典，为什么呢？李逵用刀子把老虎捅死，方法很科学，很可信。但是，李逵的心理层次很贫乏。他就是非常火，非常勇敢地把老虎干掉了。李逵杀虎的过程，读者没有发现李逵有什么新的心理奥妙，也就没有多少感动。

古今中外许多小说家，并没有开过讨论会，一起研究一下，如何构造情节，可是他们各自为政，却殊途同归，都是用把人物打出常规的办法来构成情节。把白骨精送到猪八戒面前，让一个不喜欢法语的法国小学生上最后一堂法语课，让一个非常虚荣的教育部职员的太太，丢了一条借来的项链，其结果，埋藏在人物心里最深处的东西就暴露出来了。那个讨厌法语的孩子，突然就觉得自己非常热爱法语，巴不得法语课一直上下去。而那虚荣得要命的妇女，就变得非常艰苦朴素。只有通过假定性，才能揭示出心灵深层最为隐秘的真实。

四、在假定中把人物打出常规

要学会欣赏小说、欣赏人物、欣赏情节，就要体悟艺术家是如何把人物打出常规的。

苏联作家阿·托尔斯泰在《苦难的历程》中第二部《一九一八年》的题记中，有过这样的话："在清水里泡三次，在血水里浴三次，在碱水里煮三次。"他是想用这样的话说明旧知识分子思想改造的艰巨性。而张贤亮在《绿化树》也引用了这样的话，来说明人物的思想历程。但是，恰恰透露了小说情节就是通过假定，把人物打出生活的和心灵的常规，有时，一次不成，要多次，所以"三打白骨精""三打祝家庄"，把内心深处的奥秘袒露出来。正是因为这样，张贤亮总是把他的人物放置到一种假定的逆境中去。例如，把一个自命为献身革命的知识分子，打成了右派，安置在极度饥饿的境地。就在他为饥饿折磨得丧失自尊的时候，让他遇到一个美丽的，然而又是有"破鞋"之嫌的女人。当他饿得要命的时候，让那"破鞋"给他馒头吃，吃不吃呢？只好吃。（笑声）吃饱了，怎样呢？就这么当"破鞋"的情人吗？不成。又去念《资本论》，可《资本论》是精神食粮，是不能当饱的啊。念久了，是要饿的呀！"破鞋"的馒头又来了，要不要吃呢？不吃。可不吃是要死的呀，死了就念不成《资本论》了呀！只好再吃"破鞋"的馒头。没有这样反反复复的折腾，这个知识分子的内心复杂的层次，不会自然而然地呈现出来。

人为什么会这样难以洞察呢？为什么一定要通过这样麻烦的办法来检测他呢？用弗洛

伊德的话来说，就是人是很复杂的，复杂到人自己都不了解自己。比如说，我，这不是很清楚吗？“我就是我了”，这是郭沫若在《天狗》中说的。但是，弗洛伊德说，人还有一个不同于表面上的自我的另一个自我，前一个是意识到了的自我，后一个是潜意识里的自我。两个自我，是不相同的，那个意识不到的自我，不是别人，而是自我，更为深刻的自我。为什么有那么一个潜在的自我？就是因为，从小，人的欲望，在弗洛伊德那里，主要是性的欲望，受到社会的、文化的压力，被压抑，不能自由表达，被压抑到潜意识里去了，久而久之就被遗忘了。弗洛伊德把人的心理内驱力归结于性，是不是有点“唯性论”，是可以讨论的。这个理论，是不是绝对可靠呢？可能不一定。至今还存在着争议，严格地说，还没有从实验心理学得到严格的实证。但是，从日常生活经验来说，却得到广泛的认同，尤其是在欧美人中间。我在欧洲和美国都待过，有一个感想，不知道是不是可靠。那就是欧洲男人，比我们更好色一点，我对此体会蛮深的。我举个例子，有一次我从马克思的家乡德国的特里尔到汉堡去。德国人是很节约的，不像美国人那样，车子开那么大的，常常一个人就开一辆车，也不觉得浪费。在德国大学里，在假期，某些布告栏里会贴出类似于广告的东西，上面写着某年某月某日到何地去，谁愿意去大家可以搭车，共同负担汽油费（德语叫作：mitfare）。我就看到了一张公告，我就打电话过去表示愿意和对方共同负担汽油费。见面以后，是一个非常漂亮的女孩子。我上车不久，她说我们还有两个同伴。过去以后，是一个小伙子，当时是 1990 年，我比现在年轻 12 岁，坐在女孩子边上有些不好意思。我本来是想坐在后面的，可女孩子说还是坐在前面吧。第二个小伙子看到我，就不肯上来，要坐在女孩子的旁边。我觉得这个家伙好不害臊。那个女孩子是比较公平的，她说，你只能坐到后面，因为是他先来的。那个小伙子非常委屈，一直在那里嘟嘟囔囔，我觉得这个人真是好不要脸。这就扯远了，言归正传。欧洲人认为人有力比多，就是对异性的爱好，这是很光彩的。

话说回来，弗洛伊德说，生活中常常发生的事情是，一个穷小伙子，对一个富家女士有了感情，但是，毫无希望，这种欲望就压到潜意识里去了。这就很苦闷。这种苦闷可能被遗忘了，但是，日有所思，夜有所梦，他就在梦中把这种欲望以一种歪曲的形式实现了。这种歪曲，叫作畸变，用英语来说，就是 distortion。这种畸变的形式，就是苦闷的欲望象征性的表现。在梦中，人的苦闷得以宣泄。为什么？梦是假定的，是打出常规的，想象是自由的。但是，这种宣泄有个缺点，就是来得很偶然，不是招之即来、挥之即去的。要克服这种不足怎么办？那就做“白日梦”，想做就做了。白日的象征梦，这就是文学创作。这就更加自由了，更加假定了，也就更加能够表现深藏在潜意识中的欲望了。所以日本人厨川白村用弗洛伊德的学说来解释文学创作，写了一本书，书名就叫《苦闷的象征》，是鲁迅把它翻译成中文的。弗洛伊德说，为什么小说中充满了下层小伙子得到富家女士的爱情的故事？就是因为作家大多数是下层出身，从小就经受了对于富家小姐的单恋。小时候，就中国戏曲中有一种公式：落难公子中状元，私订终生后花园。一定要假定，让公子落难，这就是打出常规，私订终生，中状元，就是自由想象。最后是五男二女，七子团圆。这正是当时小知识分子潜意识中秘密欲望的实现。这种大团圆的结局，鲁迅最讨厌了。

五、真善美的“错位”

美是苦闷的象征和美是生活的学说格格不入，可是和美是审美情感学说息息相通，什么样的情感才是审美的呢？是深层的潜意识里的。用什么方法来表现？用的不是生活的本来面貌，而是象征的、假定的形式。这就是美是“苦闷的象征”。说了这么多，无非就是说，美是真的观念，是不完全的。美是和假定、想象的自由和现实的超越结合在一起的。这就是说，美和真二者之间的关系，当然不说是绝对矛盾，但至少可以说“错位”，并不是一个半径不同的同心圆，而是圆心有距离的，真善美，是三个偏心圆的交错。这是我的理论基础，有兴趣的同学可以参阅我的著作。但是，我们通常说，真善美的统一，都有一种自动化的倾向，说这样的话，都不动脑筋了。其实，只要拿艺术作品来核对一下，不但真和美是不统一的，而且和善也是不统一的，真善美三者是“错位”的。①

审美与科学认识活动还有一个区别，就是它的非功利性，这一点是康德说的。②前面我们批评北大教授，说他有一种狭隘功利观念，就是凡是有诗意的，一定是教育意义，因而“二月春风似剪刀”，其教育意义就是鼓舞读者进行“创造性劳动”。善，最初级的意思就是有用，或者实用。实用的目的是单一的，而情感是自由的，所以实用是压抑情感的，如果拘于实用，就没有情感了。在这一点上，许多理论家搞得很乱，就鲁迅也有时有些混乱，他在《门外文谈》中说过这样一段话：

> 我想，人类是在未有文字之前，就有了创作的，可惜没有人记下，也没有法子记下。我们的祖先的原始人，原是连话也不会说的，为了共同劳作，必需发表意见，才渐渐的练出复杂的声音来，假如那时大家抬木头，都觉得吃力了，却想不到发表，其中有一个叫道“杭育杭育”，那么，这就是创作；大家也要佩服，应用的，这就等于出版；倘若用什么记号留存了下来，这就是文学；他当然就是作家，也是文学家，是

① 参阅孙绍振：《文学性演讲录》，广西师范大学出版社2006年版，第55—65页。
② 参见康德著，宗白华译：《判断力批判》，商务印书馆1987年版，第39页。

"杭育杭育派"。[1]

鲁迅说得很生动，但是，从根本上来说，混淆了实用价值和艺术价值。真劳动的目的很明确，就是为了实用，喊出杭育杭育的声音，目的是为了协调动作，是为了省力，这就不是艺术。只有劳动之后，大家聚焦在河滩上，回想当时劳动的情景，假假的劳动，装得很累的样子，杭育杭育地喊，这才是艺术。在假定的劳动情景之中，情感超越了实用理性，才能自由，才可能达到艺术的境界。但是，人类不能光有情感的自由。人在共同的社会里获得生活资料，但不太充分，总是不够，那怎么办？我的情感发作了，就去偷，去抢？这样的自由，不行，因为你妨碍别人的自由，所以要有法律、道德。你不能一味地任情率性。你的感情虽然很好，但你不能妨碍别人拥有自己东西的自由。你自己有了孩子和老婆，你不能再自由地去恋爱。不然，法律要惩罚你。那是强制性的，你要有一种自觉，自己把自己管束住。这属于道德范畴。你的自由的情感如果不受道德理性管束，你这个人就是坏人了，是恶人了；如果你自己把自己管束住了，你就是好人了，就是有道德的人了。有道德叫善，没有道德叫恶。善的价值，它也是一种实用的价值，也是理性的。但是，道德是一种功利，目的理性化了，想象就不自由了，和审美自由就有矛盾了。鲁迅在《诗歌之敌》里对此讲得非常清楚、生动。他说科学家和艺术家的眼光是不一样的。一切的花，都很美好，有诗意，但从功能来说，就是植物的生殖器官，不管披着多么美丽的外衣，也就是为了一个实用目的，就是受精。[2]在中国古典诗歌里，菊花的地位是很高的，陶渊明写过"采菊东篱下，悠然见南山"，描写了一种非常飘逸的境界。梅花呢，林和靖写它的形象是"疏影横斜水清浅，暗香浮动月黄昏"，表示文人品格高洁。如果完全从实用的眼光来看，植物的生殖器官跟诗意有什么关系呢？但用花来象征爱情，象征知识分子的品格，还是有它的价值。艺术有艺术的价值，给它一个好听的名字，叫审美价值。

林黛玉哭得那么有诗意，眼泪有什么用处吗？没有。不但没有价值，而且有负价值，哭多了，把身体搞坏了。你想，她有肺结核，又有胃溃疡，又失眠，神经衰弱很严重，本该平静一点，有利于恢复精神和躯体的机能，可她觉得那不重要，情感最重要，比生命还重要。她就伤心啊，哭啊，越哭，身体越不健康，在爱情上越没有竞争力。她哭得一点功利价值都没有，但审美价值就是这样哭出来了的，审美价值大大的。（众笑）薛宝钗不会哭，审美价值就小小的。（众笑）

传统的文艺理论只承认两种价值，就是认识理性和道德理性。对于其他的价值，不是不承认，就是说用理性认识和功利价值包含了。但是，无数的事实证明，真善美是三种价

① 鲁迅：《鲁迅全集（第六卷）》，人民文学出版社 2005 年版，第 96 页。
② 参见鲁迅：《鲁迅全集（第七卷）》，人民文学出版社 2005 年版，第 5 页。

值，三种不同的价值。这一点是康德提出的。在我们中国，首先把康德的学说介绍进来的是朱光潜先生。他在《我们对于一棵古松的三种态度》中说，站在一棵古松面前，具有不同观念的人，看到的古松是不一样的："假如你是一位木商，我是一位植物学家，另外一位朋友是画家……三人所'知觉'到的却是三种不同的东西。"木商感到的只是"做某事用值几多钱的木材""盘算它是宜于架屋或是制器"。植物学家感到的是"一棵叶为针状、果为球状、四季常青的显花植物"，考虑着"把它归到某类某科里去"。而画家所看到的"只是一棵苍翠劲拔的古树"，只在聚精会神地观赏它的苍翠的颜色。"它的盘屈如龙蛇的线纹以及它的昂然高举，不受屈挠的气概"。①

这三种价值，真善美是相互"错位"的。这一点本来是非甚明，但是，由于机械唯物论和狭隘功利论非常强大，到了具体分析作品的时候，就产生了硬把创造性劳动强加给贺知章的笑话。真与善的关系，实用价值和审美价值的错位，不弄明白，就可能连最常见的经典文本都难以做到位的阐释。

中学语文课本里有一课《范进中举》，它的审美价值何在呢？我们拿它和原始素材对比一下，真与善的价值就可能一目了然了。原始文献是这样说的：江南有一个秀才，可能是无锡一带，也可能是南京，这个秀才中了举人，就狂笑不已，笑得停不下来。家里人很着急，听说高邮有一个姓袁的医生是个"神医"，就把秀才送到那里去医治。袁医生把脉后说这个病很危险，可能只有十几天的时间了，赶紧回家准备后事吧。秀才和他的家人吓得面如土色。袁医生又说，但是也还有一线希望，你们回江南的时候，务必经过镇江，那里有一个姓何的医生是我的朋友，我写一封信给你带去，你们去那里去试试。秀才的家人赶到镇江何医生家里，秀才的病已经好了。家人拿出袁医生的信，何医生见信上这样说，此人中举后，狂笑不止，心窍开张，不能回缩，吾姑且说此病不能医治，经此一吓，可使得心窍闭合，及至你处，病盖可愈矣。何医生把书信给秀才看了看，秀才感激莫名，向北拜了两拜。②

到了《儒林外史》里的《范进中举》就和原本有了很大改变。改变在于何处？在于价值观念。原本是说医生很高明，他发现秀才的病不是一般的生理毛病，而是心理的毛病，不能用生理方法医治，而要给予心理的打击。如果把这个故事情节照搬到《儒林外史》里

① 朱光潜：《朱光潜美学文集（第一卷）》，上海文艺出版社 1982 年版，第 448—449 页。

② 原文载清朝刘献廷《广阳杂记》卷四："明末高邮有袁体庵者，神医也。有举子举于乡，喜极发狂，笑不止。求体庵诊之。惊曰：'疾不可为矣！不以旬数矣！子宜急归，迟恐不及也。若道过镇江，必更求何氏诊之。'遂以一书寄何。其人至镇江而疾已愈，以书致何，何以书示其人，曰：'某公喜极而狂。喜则心窍开张而不可复合，非药石之所能治也。故动以危苦之心，惧之以死，令其忧愁抑郁，则心窍闭。至镇江当已愈矣。'其人见之，北面再拜而去。吁！亦神矣。"（李汉秋编：《儒林外史研究资料》，上海古籍出版社 1984 年版，第 170 页。）

面，仍然是实用价值，只能说明医生的医术高超，属于实用理性价值。到了《儒林外史》里，人物的关系变了，根本就没有医生，却增加了范进的丈人——胡屠夫，他本来根本就瞧不起他的女婿，范进中了秀才后，胡屠夫态度略有改变，拿了两挂猪大肠前去祝贺，他的祝贺词，竟一点喜庆的话都没有，完全是一味数落、羞辱范进，说自己女儿嫁给他以后几年也吃不到几两肉……范进想去考举人的时候，没有盘缠，想去找胡屠夫借一点，结果反被其大骂一顿，胡屠夫说范进也不撒泡尿照照自己的尊容——尖嘴猴腮，城里的举人老爷都是方面大耳的，是天上的文曲星下凡……把范进骂了个狗血淋头。等到范进中举了，疯了，有人提议说找一个范进害怕的人打一耳光，或许能好。让胡屠夫去打，他却不敢了，后来硬着头皮打了范进一巴掌，范进醒了。胡屠夫觉得自己打了文曲星，菩萨怪罪下来了，觉得自己的手有些疼痛，手指都弯不过来了，就跟人讨了膏药贴上。这就不再是医生的医术高明，而是人心荒诞。不从实用理性中超越出来，就没有这样的喜剧性的美。

由于观念的混乱，不但弄得我们一般读者不会享受经典的审美，而且弄得一些专家，也对审美价值麻木了。比如，认为范进中举仅仅是批判了、讽刺了封建科举制度等等，完全忽略了它以喜剧性的荒谬调侃了人性的一种扭曲。人性歪曲到何种程度呢？女婿还是这个女婿，中了举人后，丈人就对他害怕了。以至于他的手在打了范进后竟有疼痛之感，并且弯不过来了。疼痛可能是生理上的，但弯不过来却是心理的恐惧造成的。这是非常喜剧性的，居然连很有学问的专家都感觉不到了。

六、恶不必丑，善不必美

大家都喜欢赵本山、陈佩斯演的人物。赵本山演的那个《卖拐》，那个人是个骗子，硬是把人家忽悠得迷迷糊糊的，把人家的钱骗走了，还让人家感谢他。这在生活中是很不善的，很不道德的，很恶的，很可恨的。但在小品舞台上，观众并不觉得他可恨，反而觉得他挺可爱。因为我们看到他沉浸在自己荒谬的感觉境界里，他觉得自己骗人骗得挺有才气的，挺有水平的。陈佩斯演的那个人物，一心要当正面英雄人物，可是不管怎么弄，到头来还是汉奸嘴脸。还有那个小偷，对他未来的民警姐夫胡搅蛮缠，结果还是露出了小偷的马脚。小偷恶不恶？恶，并不是丑的。但这个人物作为艺术形象很生动，我们在笑的时候，感到他很可爱。如果把这样的小品当作对小人、汉奸本性的批判，是多么煞风景呀！他们是小偷、骗子，但他们还是人。人的自尊，人的荣誉感，人的喜怒哀乐都活灵活现，并不因为他们是小偷、骗子，就没有自己的情感、幻想。我们在看过、笑过以后，增加了对落入圈套的人的同情。这就叫审美情感的熏陶。

反过来说，在阅读作品时，面对反面人物、情感空洞的人物，我们产生否定的感觉，不一定是因为他在道德上很坏，很恶。

小孩子看电视往往问大人，某个主人公是好人还是坏人，这类问题有时很好回答，有时不好回答。越是简单的形象越好回答，越是丰富的形象越不好回答。这是因为形象越简单，情感价值与道德的善和科学的真之间的“错位”越小；形象越是丰富，意味着情感越是复杂，与善和真之间的“错位”就越大。曹禺《雷雨》中的蘩漪，是周朴园的妻子，却与周朴园的大儿子周萍发生了感情，而且有了肉体关系，从某种意义上来说，这是乱伦，是恶。当周萍要结束这种关系，带着女佣四凤远走矿山，她为了缠住周萍，不惜从中破坏，甚至利用自己儿子周冲对四凤的爱情，强迫他出来插入周萍和四凤之间。单纯从道德的角度来看，是有污点的，是恶的、不善的。但是在看完《雷雨》以后，观众和评论家却很难把她当作坏人看待。这是因为她在精神上受着周朴园的禁锢（虽然她的物质生活很优裕），她炽热的情感在这种文明而野蛮的统治下变得病态了，这就造成了她恶的反抗。她绝不为现实的压力而委屈自己的情感。她寻找情感的寄托，而且不把情感寄托当成可有可无的，相反她把她与周萍的关系当成生命。曹禺在她第一次出场时，对演员和导演做了如下的描绘和分析：

> 她的脸色苍白，面部轮廓很美。眉目间看出来她是忧郁的。郁积的火燃烧着她，她的眼光常充满了一个年轻的妇人失望后的痛苦和怨望……她的性格中有一股不可抑制的“蛮劲”，使她能够忽然做出不顾一切的决定。她爱起人来像一团火那样热烈；恨起人来也会像一团火，把人烧毁。

曹禺在这里所作的，并不是一种道德善恶的鉴定，而是对她情感世界的揭示。他不在乎她是好人还是坏人，甚至也不分辨她哪一部分行为是善，哪一部分行为是恶。对这些，作者自然是有某种隐秘的倾向性的，但那是一种侧面效果。作者正面展示的是这个人物的“郁积的火”，亦即受压抑的火，这种潜在感情是矛盾的：她外表忧郁，甚至沉静，而内在状态，却是以“不可抑制的‘蛮劲’”能够激发出“不顾一切的决定”，“她爱起人来像一团火那样热烈；她恨起人来也会像一团火，把人烧毁”，不管这种“火”是纯洁的火，还是邪恶的火，都是人的生命的一种状态，而这种状态，是一向为人们所视而不见的。曹禺对那些越出道德的善的规范的情感并不采取排斥的态度，而是当作一种可贵的发现，让读者在体验这种感情的过程中，体验到生命的丰富和复杂。

情感的丰富和复杂的发现，就是美的发现。

一个普通的有道德善恶观念的人和一个有强烈审美倾向的艺术家的区别就从这里开始。

艺术家并不满足于作出道德的和科学的评价，这不是他的主要任务，他追求的是在此基础上作出审美的评价。在艺术家曹禺看来，这个感情压抑不住、窒息不死、没有顾忌、一爆发起来就不要命，甚至在儿子面前都不要脸的女人才表现了女人的内在的冲动，才是一个充满了生命的女人。而那个害怕自己感情的周萍，则是软弱而空虚的，他总是在悔恨中谴责自己的错误，他缺乏意志和力量，"他痛苦了，他恨自己，他羡慕一切没有顾忌、敢做坏事的人"。然而，这个不再敢做坏事的人，尽管在道德上是向善的，在情感上却是苍白的，在审美上是丑的。他肯定不是《雷雨》中的正面人物。

不把善和真的这种"错位"看得很清楚，是不能真正进入经典的审美境界的。

曹雪芹把林黛玉和薛宝钗放在对称的位置上。她们之间有对立，但基本上不是道德的对立，而是情感的对立。林黛玉的情况和蘩漪有一点相似，那就是林黛玉为情感而生，为情感而死，情感给她的欢乐大于痛苦。她的情感是这样敏锐，这样奇特，以至于她和她最爱的贾宝玉相处也充满了怀疑、试探、挑剔、误解、折磨。这是因为她爱得太深，把情感看得太宝贵，甚至比生命更宝贵，她不能容忍有任何可疑的成分、牵强的成分，更不要说有转移的苗头了。让这样强烈的情感出于她这样一种虚弱的体质，可能并不是出于偶然或随意，也许曹雪芹正是要把情感的执着和生命的存活放在尖锐的冲突中，让林黛玉坚决选择了情感之花而不顾生命之树的凋谢。

古希腊人把关于人的学问分为两类，一类是理性的科学，一类则是和理性相对的，包括情感和感觉的，翻译成英文叫作"aesthetics"。但是，关于科学理性的学问比较发达，关于情感和感觉的学问，好像比较逊色。直到后来鲍姆嘉登才把这门学问定下来。汉语里没有一个相对应的词语。日本人把它翻译成"美学"，也就是讲究情感的学问。但是，这也带来了混淆，给人一种感觉，似乎美学就只涵盖诗意盎然的审美，跟丑没有关系似的，好像没有什么审丑似的。这就造成了一种误导，大凡与美相对立的，往往就变成了恶。其实美的反面是丑，而善的反面是恶。

善的不一定是美的，恶的不一定是丑的。

薛宝钗是林黛玉的"对立面"，林黛玉是美的、善的，则薛宝钗肯定是恶的吗？道德上一定是卑污的吗？其实，在道德上薛宝钗并无多少损人利己之心。有些研究者硬把薛宝钗描写成一个阴险的"女曹操"，和这一形象本身的倾向是背道而驰的。薛宝钗的全部特点在于她为了"照顾大局"而自觉自愿地、几乎是毫无痛苦地消灭了自己的情感，不管是她对贾宝玉可能产生的爱，还是对王夫人（在逼死金钏儿以后）可能产生的恨，她都舒舒服服地淡化掉了。她在人事关系上取得了极大的成功，她克制自己的情感，不让自己和任何人冲突，甚至把自己的青春和爱情都没有认真当一回事，结果是她自己成了生命的空壳。和情感强烈但没有健康的美人林黛玉相反，她是一个健康却没有感情的漂亮人物。她时时要服食一种“冷香丸”，其实这正是她心灵的象征：她虽然很漂亮，但情感已经冷了，没有生命了。香是指薛宝钗是很漂亮的，冷是指她没有感情，没有感情的漂亮女人是不美的。美的反面不是长得丑，爱的反面不是仇恨，而是冷漠。一个人冷漠了，从审美价值来说，就是丑。

从这个意义上，我们可能会对周朴园有比较深刻的理解。许多评论说他是伪君子，这可能是把道德的恶和情感的丑混为一谈了。如果他仅仅是一个虚伪的人物，那只不过是说明他恶而已。但文学作品的价值追求，不在于善恶，更重要的在于美丑。其实，周朴园的丑并不完全在于他是虚伪的，恰恰相反，他是真诚地赎罪。曹禺自己说过，周朴园的忏悔在他自己是“绝对真诚的”。他保持鲁侍萍生产时房间的陈设，并不完全是摆样子，而是多多少少安慰自己。他见到鲁侍萍主动开出支票，不是空头支票，不是假支票，而是准备兑现的。问题在于，他真诚地相信，这张支票能顶得上 30 年的情感的痛苦摧残。他把金钱、实用价值看得比情感、审美价值更重要，把实用价值放在了审美价值之上，这就叫丑，丑在明明是情感的空壳，却美滋滋地自我欣赏，自己觉得挺美的，完全是臭美鸡蛋壳。（众大笑）他不一定是善的反面——恶，他是丑。

把感情看得比命重要，是美，把感情看得不如一张支票，这就是丑，他越不虚伪，越是相信，这张支票足以顶得上 30 年的痛苦。越是真诚地相信，就越丑。套用一句经典的古话“无耻之耻，是耻矣”，周朴园是“无丑之丑，是丑矣”，丑到不知丑的程度，才是真正的丑。他的心灵完全麻木了，对情感空洞化了。

蘩漪是恶的，但从她对情感的不顾一切的执着，说明她还有美的一面。薛宝钗不是恶的，但她有丑的一面。说周朴园是恶的，并不一定比说他是丑的更深刻。这种丑，在他对待蘩漪的问题上，也同样得到充分的表现。他对蘩漪，从道德上来说，应该是善的，他请了德国医生（花了大价钱）为她看病。他逼迫蘩漪服药，是很“文明”的。最严重的，也不过是让大儿子下跪。在这方面，他并没有做任何缺德的事，所以称不上恶。但是，他所做的一切都是对情感的漠视。他看不到妻子在精神上遭到自己的压抑已经变态。他跟任何人，包括自己的儿子和妻子，都没有感情的沟通。

他和薛宝钗一样是个感情的空壳。从这个意义上说，他是丑的，但是，并没有多少显著的恶。

用同样的道理，我们可以解释安娜·卡列尼娜与卡列宁的冲突，主要不是在道德上，更不是在政治上，而是在情感的生命上，也就是在审美价值上。卡列宁对安娜说：“我是你的丈夫，我爱你。”安娜的反应却是：“但是‘爱’这个字眼激起了她的反感，她想：‘爱，他能够吗？爱是什么，他连知道都不知道。'" 连爱都不会，这并不是不道德、不善，而是不美。卡列宁是丑的。这正是托尔斯泰修改安娜这个形象、找到安娜这个人物的生命的关键。在这以前，托尔斯泰原本企图把安娜写成一个邪恶的道德堕落的女人，而后来安娜却变得美了。安娜和渥伦斯基发生了关系，怀了孕，卡列宁并没有张扬，也没有责骂她。她在难产几乎死去时，卡列宁与渥伦斯基已握手和解了。她也表示：今后就与卡列宁共同生活下去，不再折腾了。可待她痊愈之后，她却感到，卡列宁一接触到她的手，她就不能忍受了。从善的理性说，这不是理由，可是从情感和感觉的互动关系来说，这是很充足的理由。

七、情感超越实用

从实践上来说，有一个办法可以把文学形象写得生动，就是让情感的审美价值和实用功利价值"错位"，用比较通俗的语言说，就是拉开距离。当代著名作家张洁 20 世纪 80 年代初来到我们福建，住在我们福安市（宁德）的某电器厂的招待所里。那天只有她一个人住在里面，她生病了。到了中午，她想，就算不下去吃饭也没人管她，但是，她还是去了，去得比较晚一点。到了食堂一看，没人，但一个大师傅在等着她，桌子上一个笼子，倒扣着，她打开一看，一碗非常满的面条。她看大师傅脸上的表情，好像非常殷切地希望她吃得满意。可她刚吃了一口，就发觉这碗面非常糟糕，非常咸，咸得不能下口。她回头一看大师傅脸上的表情，只好装作很馋的样子，把面狼吞虎咽地对付下去了。第二天她想，昨天我去晚了，大师傅给我准备了难吃的面条，今天我早点去，可以自由挑选，准能避免那碗咸得要老命的面条了。但她去了以后，又是笑容满面的大师傅，大师傅受到她昨天笑容的鼓舞，更大的一碗面在等着她。她只好硬着头皮又吃掉了。如是再三。说到这里，我请问诸位：文章写到最后，她离开这招待所的时候，她说……她说……对了，她说什么？你们猜猜看。

众：再也不来这个鬼地方了。（笑声）

不对，这没有审美价值。我讲到现在，如果你们都是这样回答，就是我的失败，完全白讲了。

甲：我还会来的，等那大师傅退休了。（笑）

这更不能令我免除失败的感觉。

乙：虽然面条这么难吃，但是，大师傅还是可爱的。

这有一点审美的超越性了。

丙：我以后还会再来的，我不怕那咸得要命的面条。（笑）

这有一点苗头了，但还不够精致。要不要我告诉你们，张洁是怎么写的？

众：要！（活跃）

张洁是这样写的："我还会再来，我知道，那时候，会有一碗同样的面条在等着我。"这样的句子，跟你们的比，哪个比较精彩？

众：张洁的。

为什么呢？因为人家含蓄，而且有一点幽默感。这就叫情感特征嘛。

一个大师傅做的面很难吃，没有价值，这属于实用价值范畴。但大师傅对远道而来的客人那么主动殷切地关心，那么体贴，这种情感的价值要高于实用的价值。情感的价值是不实用的，但它是很美好的。让我们回顾一下前些天讲的武松打虎。当时，我们只从假定性来解释它，现在我们可以从审美价值和实用价值的错位来解释了。武松打虎的方法肯定是很不科学、很不实用的，没有读者会傻乎乎地向他学习打老虎的方法。人们读他，主要是因为这个超凡英雄的内心那种曲曲折折的鬼心眼，和我们是差不多的啊。我们不仅仅是认识了武松，而且认识了人，唤醒、体验、想象了自己生命的感觉。

有些同学不太懂写作，往往是因为把这两种价值混为一谈了。而张洁之所以成功，是因为把三种价值拉开了距离，或者说把三种价值"错位"了。

这里我们还要补充一点。康德讲审美的情感价值，光是讲情感，可是从文学创作和文本分析来说，光有情感还不一定有审美价值。文学作品要动人，不能是一般的情感，大家都一样的情感，而是那种个人的、有特点的、不可重复的情感。康德在这方面没有细细地分析，可能是他的历史局限。实际上，只要有一点创作经验的人就知道，大家都一样的情感是毫无个性的，是没有深意的，是很难感染人也很难深刻的。

怎样才能让感情有特点呢？一个土办法，就是让它超越实用价值。

同样写春天，孟浩然的《春晓》很简单："春眠不觉晓，处处闻啼鸟。夜来风雨声，花落知多少。"就这么 20 个字，流传了 1000 多年，为什么有这样强的生命力呢？如果按照传统的说法，它反映了春天的特点，写了鸟语花香。这样的解释很笨，而且诗里只有鸟语，根本就没有写到花香。如果用审美价值来解释，那么它的价值在于情感，对春天的情感，而且很有特点。特点在哪里？春天来了，我们通常是用眼睛去看，去发现，"千里莺啼绿映红""碧玉妆成一树高"都是看到的，色彩非常鲜明。但孟浩然是怎么感觉到春天的呢？他不是用眼睛看到的，而是用耳朵听到的，"春眠不觉晓"，春天，睡懒觉，迷迷糊糊地听着啼鸟，很舒服地享受着春光啊。但是作者没有满足这种实用性，这一切引起的感情恰恰相反，是不舒服。一般写春天都能引起生机蓬勃的感情，好开心啊，这没有特点，因为没有超越实用的享受春光的价值观念。诗人突然想起了昨天晚上的大雨大风，猜想花落了很多啊。丢开这么美好的享受，突然地引发了春光易逝、人生短暂的感觉。这惆怅的一闪念有什么用处？没有。但这是一种发现，对人心理的一种发现。这种惜春的感情是一个内心很丰富的人才有的，能够发现它，并把它表现得这么简洁的机遇是不多见的。那为什么它常常被人忽略了呢？因为它不实用。这个主题叫作惜春，产生了许多杰作，李清照那首著名的《如梦令》："昨夜雨疏风骤。浓睡不消残酒。试问卷帘人，却道海棠依旧。知否？知否？应是绿肥红瘦。"情感就更加有特点了。惜春，担心、忧虑自己青春易逝。明明没有看花，却比人家看花的人，更有把握说，叶子肥大了，花却凋谢了。

再举一个例子，是《唐诗三百首》里的《春怨》。有人写文章说，乾隆皇帝留下来的诗据说有两万首以上，金昌绪留下来的诗就这么一首，但是乾隆皇帝的两万首诗没人记得，而金昌绪这首诗可以说不朽。

打起黄莺儿，莫教枝上啼。

啼时惊妾梦，不得到辽西。

这首诗写的是一个少妇，她的丈夫到辽西打仗去了，生死未卜，她夜里做梦，梦见什么？梦见自己跟丈夫欢会。当然，也可能不是夜里做梦，而是百无聊赖，白天做梦，都可以吧。可是黄莺一叫把她吵醒了，她非常恼火，怪黄莺把她的好梦惊破了，就要惩罚黄莺。这种情感是很有特点的，为什么有特点？因为它完全超越了实用。想念丈夫，到梦里去相会，这是空的，是不实用的，也不科学；赶走了黄莺有什么用？就是把黄莺打死了她老公也回不来。迁怒于黄莺是一点也不实用的，但由此表达的感情却很有特点，这个少妇的天真、任性以及她的无可奈何都表现出来了，很特别，很有特点，居然感动了我们中国人1000多年。

所以，我们欣赏文学作品的时候有一个指导思想，就是以人文的价值观念、审美的价值观念、人的情感的价值观念、人的内心的价值观念，以及人的自由、个性、情感的特殊逻辑为指导。我们的文学史就是对人性的探讨的一个历程。我们从中可以看到人变得越来越感性，越来越复杂。我们作为当代的大学生，应该达到一种先进的文化水平，我们在工作过程中，当面对类似于周瑜、林黛玉、蘩漪、周朴园这样的人的时候，我们就会很坦然，因为，我们在文学作品中积累了深邃的精神。所以，我们不应该只是追求理性的发达，而也要充实我们的情感世界。

（录音整理：阎孟华　李国元　统稿：李福建）

换眼看幽默和雄辩："他圆其说"和"逻辑错位"

一、交流之难和万物之灵的局限

幽默和雄辩在社会生活中，属于人际交流范畴。人需要交流，是人的本性决定的；交流之难，也是人的本性决定的。

关于人，自古以来，有许多定义，古希腊亚里士多德把人定义为"无毛的两足动物"。这个定义挺好玩。两足动物很多啊，所有的鸟类，鸡啊，麻雀啊，猫头鹰啊，天鹅啊，都是，但是，它们都有羽毛。没有羽毛的，就只有人了。但是，这只是一个动物的形态的定义，并不深刻，没有把人的伟大表现出来。马克思把人定义为：能够制造工具，有目的的劳动者。这个人就比较伟大了。能制造工具，人就强大了。本来，人在动物界是比较弱小的。和狮子老虎没得比。就是和老鼠比，那繁殖力也大大不如，好家伙一年能生好几次，每次又不是一个，常常是几个甚至十几个。（笑声）但，因为有了工具，就给马克思主义者一种信念：改造世界，甚至创造人本身。而当代西方文化哲学家卡西尔在《人论》中认定，能够使用象征符号，是人的最大特点。这话说得太文雅，好像有点神秘。其实，说白了，也就是人会讲话。其他的动物都不会讲话。狗会吗？不会。它只会乱叫。它那个叫声，为什么很难听？既没有声母，又没有韵母，又不押韵。（笑声）有人说，鸟会讲话。这话可能有道理。鸟叫比狗叫好听多了，而且可能是押韵的，有音乐的旋律，怪不得有鸟语花香的说法呢，甚至古书上还说，孔子的女婿公冶长听得懂鸟语。但是，我们说人会讲话，其功能是交流，也就是人与人互相听得懂。人家听不懂，就不能交流。交流是很伟大的功能，因为能交流，人才会改造世界，才有科学研究，才有电灯、汽车、原子弹等。鸟可能有语言，肯定很简单，交流有限，因而，它会唱歌，但不会发明五线谱啊什么的。(笑声)

人讲话的声音，肯定没有鸟那样好听，鸟的鸣叫，是比较自由的，随意的。而人的语音作为象征性质的声音符号，不是随意的，是社会认同的结果，约定俗成的，因而是听得懂的。照理说，有了社会认同的声音符号，人与人之间交换思想、情感，应该是很顺利的、很充分的。但，事实上，人与人交流，虽然语词是共同的，但交流却经常是困难重重的。这是因为语言不仅仅是交流的工具，而且是文化价值传统价值的载体。而这种意义，不仅仅来自传统，而且来自个人的经验。对于同一个现象，有不同的看法，不是由于一时的原因，而是长期的实践和文化经验的熏陶。一个人的思想，不但是自己多年的经历形成的，而且是多少世代的文化传统的积淀构成的。就是同样的话语，在不同语境中，也会产生不同的意义，比如，我们口头上常用的"同志"这个词，意思就很多，最初是国民党把党内的仁人志士，叫作同志(在党外叫作先生)，后来共产党，就把这个词扩大到广大群众之中，表示在政治立场上认同。而在英语中，同志 comrade，又有同性恋的意思。

正统阶级斗争的学说，认为人与人交流不畅，是因为人属于不同阶级。什么藤结什么瓜，什么阶级说什么话，不同阶级没有共同语言。阶级立场，实际上是一种群体的利益立场，出于不同利益，就有不同的语言。举一个例子：我国领导人和美国人进行商务谈判。美国揪着中国存在着盗版现象不放，想给吴仪来个下马威，开场白便显现出来者不善，"我们是在和小偷谈判"。在外交上，这是很粗野的，我国领导人毫不留情地顶了回去："我们是在和强盗谈判，请看你们博物馆里的展品，有多少是从中国抢来的。"美国代表口中的"小偷"，概念是扩大化的，实际上是把所有的中国人，包括中国政府的代表，都包含在内。而吴仪则针锋相对，把"强盗"的概念扩大化，把美国代表说成是强盗。

用阶级和群体利益来解释人们缺乏共同语言，这种说法，固然不能说错，但是不够严密。因为，明摆着就是同一个阶级，甚至同一个家庭，也往往因为难以沟通而激烈冲突，而吵得一塌糊涂。于是，又有一种学说进一步解释说，人与人之间不能顺利交流，是因为文化价值观念不同，这在国际上看得最为明显。巴勒斯坦和以色列，本来是邻居嘛。孔夫子说，有朋自远方来，不亦乐乎。在近邻呢，应该是，更加乐乎。但是，近邻却最容易吵架，这似乎有了共识，甚至一种国策，叫作远交近攻。越是近越是不能沟通。为什么这样？越近就越要吵，要打，炸弹飞来飞去。就是因为近邻之间，交流很方便，但是沟通很少。口头上、书面上，老是不能沟通，就是只能靠拳头了，拳头的延长就是导弹了。这不仅是在国际上，在国内也一样。就是同样文化背景的人们，也经常闹得血肉横飞。人与人之间的沟通困难，不能简单地归结为集体的因素，无可回避的是，还有人的个体因素。人与人之间交流的困难，是和人的本性有关的。钱钢在《唐山大地震》中写道：“在灾难中，那些失去自己亲人和财产的人们，互相帮助，互相体贴，无私地共享有限的生活资料。一旦情况好转，有了私有的可能，就打起来了，亲密关系就崩溃了。”

我在这里，顺便讲讲演讲的问题。

我国是个会议大国，每逢开会必有演讲。但是，在我看来，大多数当事人，不会演讲，也就是说，不懂得演讲是一种交流。我有当十几年演讲评委的经验，大量的演讲者都是用抒情的、非常美妙的语言，非常诗化的语言，像朗诵一样的，甚至还带着舞蹈动作。不过有的准备得很充分，有的准备得就不充分，有的就突然忘词了在那儿待着，眼睛往上翻，还有的吐舌头就更糟糕，有的没有信心就下来了。实际上这就拉大了听众与你的距离，我在那儿做评委，每逢有人打扮得很漂亮，我一看这样的人上台我就怕，因为她准备得太充分，演讲是一种交流啊，你所有的东西都准备好了，你就很难交流，你的思想成果都有了。如果今天我演讲，我也拿这个稿子来念，你们早走了。演讲、谈话或者交流是互相的、是双向的，包括你们之间都要交流的，那么我这样全方位运作，除了我的动作、我的眼神、我的身体语言、我的有声语言以外，还包括我用语言的情绪，还包括我一头想一头形成的观念，一头表达，又一头寻找最恰当的词汇这个过程，都跟你们在交流，都不是一个现成的东西。而如果一个演讲者上来以后，让我感觉到他是在背一个现成的讲稿，虽然他没有拿稿子念，但是我能看到透明的玻璃在他的眼前，我可以看到他眼神里的恐惧，他最怕的某一段的某一行会忘掉，他还没到那个地方就怕了，结果到那儿真的就忘掉了。

美国有一本卡耐基的演讲书说道，演讲必须准备，但演讲不能完全准备！你们看布什演讲，他是有稿子的，但一开头他就开玩笑。他在清华大学演讲，他开头就说，“我的夫人和我的国务秘书相处得很好”，底下哄堂大笑起来。像克林顿在北大演讲，同学们就提出来一个问题说：“如果你在北大演讲的时候，我们有人示威你怎么办？”他是马上就要反应出来的，不可能事先有所准备。克林顿讲：“至少让我感到不孤独。”你看他多幽默。如果所有的演讲者都事先准备得好好的，只能阻断交流。整个演讲是交流的过程，是观念形成的过程，是思想形成的过程，是情绪积累的过程，这样才能和你们形成一个互动的、互相创造的氛围。现在我们如果不懂得这一点，就会经常发生一些很奇怪的现象，大家都会上来背稿子。他们以为稿子写得很美丽，我听起来都是陈词滥调。所以演讲者上台，成功的要义就是要创造一种互动的、交流的氛围。

我曾经有幸听过大演讲家的演讲，我曾经听过苏加诺——印尼的国父——的演讲。是1956年，在清华大学听的。他当时风头很盛，进了清华大学校园就很热闹，许多大学生就涌上去，我们是北大的，我们就坐在那儿不敢动。那个时候比较开放，安全系统不像现在那么严密，好多人一起涌上去握手，车子就开不动了。要知道一个国家元首的车停在原地五分钟不动是很危险的事。而清华大学同学，尤其是女同学非常热情，几百个人拥上去，有的握不到，就摸他的衣服，甚至有很虚荣的女生摸摸他的衣服看看是什么料子的。（大笑声）但在保安的护送下，他终于去参观清华大学的图书馆了，我们就回到广场上。这一下坏了，当时的高等教育部部长，把我们臭骂一顿。等到苏加诺一上台，底下都傻傻的，都给骂懵了，我们头都低低地坐在小凳子上，苏加诺就看出来了，这个不好交流，在演讲开始以前通过翻译说："我有个建议，建议你们向前走一步，因为我愿意生活在青年中间。"那我们就向前走一步，然后往下一坐，又傻了。苏加诺说："我建议诸君笑一笑，因为我们面向一个美好的未来。"我们就笑，气氛马上轻松了。这是大演讲家，他能创造一种交流的氛围。他虽然用外国语讲话，但当时他给我的印象太深了，这么大的一个开国元勋跟我们这样平等交流，就缩短了心理距离，创造了一种和谐的欢乐的氛围。

我还听过郭沫若的演讲，他念稿子，很难听。还有宋庆龄的演说，她不会说普通话，完全是上海话，只有我听得懂，周围的人都听不懂。也听过茅盾讲话，像女孩子一样的。胡耀邦的讲话就比较精彩，完全没有架子，像红小鬼那样的，非常调皮。他有一次在北大讲话，差一点跌倒了，但是演讲非常生动。今天没时间了也不举例子了。我听过克林顿的竞争对手、原来的加州州长叫杰列·布朗的演说，正好 6 月份，他每天要做八到九次的演说，喉咙都讲哑了。我们那个大学，等他来演说，原计划是 10 点钟，但等到 11 点还没有来，迟到了差不多快 1 个小时。布朗到了以后，已经没有时间跟任何人握手了，但是他想向在太阳下晒着等他的忠实支持者表示一下，他本来要一个一个握手的，但如果这样下去，他下一场演讲又要迟到了。他从前面走到后面第三排，有一个坐着轮椅的人，布朗跟他握了一下手，所有的听众马上就鼓掌，大家马上就理解了布朗太忙了，不能一个个握手。坐着轮椅的人令布朗特别尊重，跟他握了就等于跟大家握了。然后布朗拿起那个喇叭来说："后面听到没有？"后面说："听不到。"他就把声音放大一点儿，就说："前面怎么样？"前面说："太吵了。"他说："我开始黄金分割了。"于是马上就开始演讲，气氛就缓和下来了。本来大家都很愤怒，等了半天你才来，虽然他抱歉的话都没有说一句，但是氛围就这样缓和了。

后来我听克林顿演说，克林顿没有他那么幽默，但是克林顿很热情，出口成章，稿子都没有，而且他就讲"美国的大学生学费问题"，因为当时美国的经济衰退，政府的拨款削减，他就讲，如果上台，如何减轻学生负担，以及如何贷款，用来为社区劳动来服务来偿还等等。这样就缩短了学生跟他的距离。

总的说来，一个人要会讲话，首先就要会交流。我刚才也说，我们国家领导人朱镕基是个最大的演说家，我有幸听过他两次演说，他一上台来就会把整个空气协调得非常和谐，互相交流，非常平等，一点架子都没有。我是参加作家全国代表大会，5 年一次，第一次是 1998 年底，下午轮到朱镕基作报告了。早就知道他比较会演说，因为他在清华当过学生会主席，演讲比赛得过第一名，但也没想到他那么会讲。他一上台就说："我来给你们作家作报告，我就心里打鼓，我是管经济的，满脑子都是抽象的数字，你们都是形象思维，我不知道我这个报告应该长一点好还是短一点好？"底下的人就喊一声："长一点好。"他说："长一点可能犯错误呢。"底下说："不会呀！"他说："那我就做长一点，但是底下有些同志觉得疲倦了，那就可以小憩片刻，有些同志还需要的话也可以自行方便，不过要分期分批。"他这么一讲，哄堂大笑起来，整个会场的气氛就不一样了。他讲："我们的股市不是有一点爆棚嘛，一下子涨到 1300 点，有一点儿过分了。"他就让《人民日报》发了一篇评论员文章，提醒当心股市风险，股市平息下去了。他说，他每天看西方的评论。其中有一个评论非常没礼貌，说，中国股市不正常，既没有牛市，也没有熊市，只有"猪（朱）市"。他说，骂人也不能这样骂啊，这是很没有礼貌的。他没有总理的架子，讲话妙趣横生，缩短了我们作为一个普通群众和总理的距离。

5 年以后，又听报告，朱镕基上来讲，他一上台我们就鼓掌了。他就说："我这个人是管经济的，讲经济不讲政治。"我们给他鼓掌，他说："不对，不对，我们要讲政治，都是你们鼓掌鼓得我血压都上升了，都讲错话了。"他善于让你和他之间的心灵达到一种沟通，这样就使得整个气氛非常和谐。

二、人的视而不见和无中生有

人们常常无视这种有关人类交流沟通的基本规律，常用一些非常肤浅的观念把它抹杀。什么"事实胜于雄辩""摆事实，讲道理""有理走遍天下，无理寸步难行"，这种观念用交流的实践来检验，是很脆弱的。我跟你交流，我的观点跟你的不一样，立场不一样，思想情感不一样，怎么解决呢？有一个客观事实摆在那里，是不以我们主观意志为转移的，事实是只可以做最后的裁判的。其实，根本就不存在离开人的显在的和潜在的观念、经验、趣味等等绝对客观的、中立的事实。为什么呢？因为人和人是不一样的，同样的事情，不同的人看起来，是不一样的。不然世界上为什么要有公安局？公安局里养这么多的人，开那么多的工资，还给他警车，给他大盖帽，耗费那么多的钱，为什么呢？就是同样的事情，不同的人，看同样的事情，就是不一样，没办法交流。摆事实，你就摆吧，我说的事实，和你说的事实，就是不一样。我说你踩我一脚，而你说我先踩你一脚，怎么交流？口头没法交流，还有别的办法，比如拳头。有了拳头以后，那就不叫交流，那是斗争。拳头阻断了交流，到公安局去交流。公安局裁决事实如何如何，是不是双方都服气呢？不一定，还不能做最后的定案，还得拿到检察院，看公安局论定的事实对不对。检察院定了，总是可以定案了吧？事实定下来了嘛。不行！还得拿到法院，你检察院认定的事实对不对？法院可能认为你事实不清，发还重来。折腾了几趟，又到了法院，事实认定清楚了没有？一个法官认定了，行吗？不行，还有好几个法官，合议庭的几个法官还得表决，4∶3，4 票赞成，3 票反对，枪毙，就枪毙了吗？不行。因为杀头这个事情，把人一分为二，这个玩意儿不那么有诗意。（笑声）当然，它杀下来，伤口不大，不是有个说法吗？杀头也只有碗大一个疤。（笑声）但是，头杀下来，比较可怕，杀错了，不可能再安回去。（笑声）不仅仅是杀头，就是判刑，脖子上没有碗大一个疤，也不好。把人家关上好多年，平反了，可是头发白了，青春像小鸟一样一去不回。青春的感觉，只有一回，无法补偿。老婆都嫁别人，孩子都上大学了。所以，对法院的判决，还可以不服上诉，上诉到高一级的法院。高一级的法院认定了，行了吧？不行，还得拿到最高人民法院审核。就是明摆着的事实，也得折腾这么多层次，而且还免不了有冤假错案。有一个行业，很神气的，很好赚钱的，律师，就靠搞这个复杂的事情吃饭，而且吃得比你们、我们都好。（笑声）为什么呢？

因为，人是有缺点的，缺点在哪里呢？就是看同样一个事实，由于感情、立场、文化背景、经验、兴趣、价值观念等等的原因，明明摆在眼前的事实看不见，看见的又不一定都是事实。人虽然号称万物之灵，但是，这个缺点，却使得人不太灵。由于这个不灵的缺点，人类才发明了公安局、检察院、法院，乃至陆海空军之类。

人性，人的心理缺陷，注定了人与人交流的麻烦。这是我们立论的出发点。为了把这一个基点说清楚，我举些好玩的例子。

有一个南山寺，寺里有一尊菩萨塑像，很有名的古迹。据说当年塑造这个菩萨的时候，请了一个非常牛气的雕塑家，此人非常傲慢，他说："我雕塑的菩萨，完美无缺，雕成以后，任何人挑出任何毛病，我将分文不取。"雕像完成以后，漳州府的有关官员觉得能够省一笔钱，并不是坏事，就发动漳州府的百姓，包括乡下老太婆都来看，但愿看出一点名堂来。结果男女老少去了一大堆，居然都找不到毛病！其中有个妇女抱着孩子去看热闹，这妇女也看不出问题来，可怀里的孩子大叫一声："妈，我看到毛病了！"周围人都在笑，小孩子能发现什么毛病。但他的母亲挺民主，说："那你说说看，究竟什么毛病？"孩子说："这个菩萨的手指太粗太圆！"我到漳州南山寺考察过，那个菩萨的手指真的太粗太圆，像香肠一样。何以见得是个毛病呢？（笑声）你凭什么不让人家菩萨的手指头长得比较肥一点呢？（更大的笑声）但孩子说不，这个菩萨鼻孔太小，如果他要挖鼻孔，根本伸不进去。（大笑声，掌声）我也去看过这个菩萨，果然是鼻孔太小。不过，我还有一个发现，就是，那菩萨的鼻孔不但太小，而且太浅，根本就没有深度。（大笑）

为什么那么简单的事实，许多大人看不到，小孩却看到了呢？因为人在观察对象的时候，脑袋不是照相机，外界的信息，不是来者不拒，而是有选择性的：跟自己的经验、兴趣、情感、爱好、价值观念一样的，就看得见，否则就视而不见。大人对挖鼻孔没什么兴趣和近期的经验，所以视而不见；小孩的兴趣却非常浓烈，而且有种种的技巧，故一望而知。（大笑声）

跟自己的意向无关的，就视而不见，这不是偶然的现象，而是人性的一种缺陷，这还只是缺陷的一个方面。另一方面是，就是明明不存在的事情，却又看到了。有一个郑人失斧（或者失履）的故事，说是一家人把斧子丢了，就怀疑邻居偷的，就留心观察邻居是不是小偷，越看越像小偷。后来呢？斧头找到了，证明人家不是小偷。就又留心去观察人家是不是小偷，结果是越看越不像小偷。这说明，人性的缺点是这么严重，明明存在的，他视而不见，明明没有的事，他又看见了，而且又不是幻觉。这类活见鬼的事情是很多的。（笑声）《红楼梦》上，贾宝玉第一回见林黛玉，一见面就说，这个姑娘，我见过的。这可真是活见鬼了。谈恋爱的人，往往生活在错觉之中，明明是一个普普通通的女孩子，偏偏觉得她美如西施，这就是情人眼里出西施的心理学根据。如果都是西施的话，那倒好了，我看在座的女同学可大有作为了，何必念什么硕士、博士呢，苦得要命啊！（大笑、鼓掌）

以往美国的行为主义的心理学告诉我们，外部有了刺激，人的心里就有了反应。后来，心理学发展了。皮亚杰的发生认识论心理学告诉我们，人并不是这样的，并不是绝对被动的，不是外部有了刺激就有反应，人并不是被动的照相机，人对外部信息，只接受那些与自己原本心理状态相一致的，接受了，就有反应，否则就没有反应。皮亚杰把这种原初状态的心理状态，叫作 schema，有人把它翻译成格局，有人把它翻译成图式。外部信息只有和这个图式相通，才有感觉。这种反应，皮亚杰把它叫作 assimilation，我们把它翻译成“同化”。有了同化作用，人才对外来的刺激有反应。我 1961 年到福建。福建这个地方，四季常青，鸟语花香。福建方言，在我听来如同“鸟语”，反正都差不多。其实，福建方言，很复杂的，有些地方离几十里地，就互相听不懂了。哪怕是讲普通话，福州、莆田、泉州人腔调各异，但是我对这些区别，就听而不闻，原因是不能同化。这样，从理论上来说，不是很悲观了吗？一旦不能同化，就永远没有希望听懂了。但是，经过 40 多年的生活，我现在上课，我的学生，只要一开口讲普通话，我从他的“地瓜口音”，就能知道他的“仙乡何处”。（笑声）连哪个县，哪个区的，有时都能猜个八九不离十。不是不能同化吗？为什么又把那么微妙的语音差异同化了呢？因为，在我的图式以外的那些信息，长时间，反复刺激，我的“图式”，尤其是那比较边缘的部位，就开始调整了，就逐渐有反应了，慢慢我的图式就逐渐扩大了。这个心理作用，皮亚杰把它叫作“调节”，英语叫作 accomodation，就是容纳、留宿、适应，或者说通融。在通融的过程中，人的图式就显现出了灵活的生命。

人与人之间，就这样，又有了交流的可能。

这也是人性的一个方面。

但是，调节是不容易的，要有一个过程。像我这样并不是太笨的人，辨别福建各地普通话的腔调，还花了好几十年的工夫才调节过来。这是因为人的心理图式虽有一定开放性，但又有一定封闭性。这就决定了在一个短时期内难以调节、难以同化。正是因为难以调节，全世界才都有公安局，都有检察院，都有法院，而且都有国防部。因为交流，包括口头的，甚至是书面的，字斟句酌，也还常常是聋子的对话，最后，就是拳头和拳头交流，枪杆子和枪杆子、导弹和导弹交流。美国人就喜欢用这种方法和阿拉伯人交流。

三、相爱的人反而不讲理

有人说，这是敌对国家，当然难以交流，如果不是敌对的，而是关系密切、情投意合的呢？比如，谈恋爱的人，是不是就比较好交流了？英国一所大学专门研究这个问题的学者，就有一种说法：向恋人学习交流，让交流像谈恋爱一样。这可真是太浪漫了。但是，这个道理不完全，有时，相爱的人，倒反不能交流。林黛玉最爱贾宝玉，爱得不要命，可是一见面就吵，就哭。越是相爱就越容易吵架。薛宝钗为什么不跟贾宝玉吵呢？因为她不爱他。（笑声）女孩子喜欢谁，就跟谁吵。这一点在座的男士可能有极大的参考价值啊！为了让你们印象深刻，我再举一个当代人的例子。我有一个学生，女的，她有一次给我看一篇散文，说只给你一个人看。原来她是写这几天她突然感到专门喜欢对一个男孩子生气。她在散文中说，我怎么变得这么爱生气了啊！后来，她来问我这个问题，我告诉她：“你在恋爱了。”（大笑声）她先是大吃一惊，后是恍然大悟。她问我怎么看出来的。我说，你对他不讲理了，你对他任性了，就说明你对他有特殊的感情了。

一个人对另外一个人的感情，如果是很一般，就很客气，很有礼貌，很尊重人家跟你不同的东西，有一种求同存异的倾向，而感情越良好，对于对方越关心，求同的倾向越是强，达到一个峰值，也就是最高点，对于对方的要求就接近全面求同。如果明知对方对自己也有感情，感情强烈，就是不讲理、苛刻，就有点专制了。我对那个女研究生说，我从你的文章里看出来，你对他专制了，喜欢看到他听话了，看到他服从了，像狗一样服从了，（大笑声）就说明你对他有特殊的感情了。

这种情况，也存在于母亲与孩子之间。照理说，母亲最爱孩子了。可是你去问问一些中学生，和母亲沟通得怎么样？你得到的回答可能是：过去都是严父慈母，可现在是慈父严母。母亲最爱孩子，但是最难沟通。举例说，在分数问题上，分分计较，不近情理。孩子只有一个，太爱了，就爱得专制了。尤其是，考试成绩的第几名啊，和上次比啊。

感情太好，反而不讲理了。爱情就是强烈的感情。情和理，是矛盾的，强烈的感情，就是强烈的不讲理。这也是人性的一种缺陷，当然也是人性的一种优越。动物就没有这样的水平，是不是？你们看到母狗和公狗生气吗，绝对没有的事。（笑声）人性的美好，就在这种不讲理之中。用康德的话来说，这就叫作审美。

不但中国这样，而且美国也是这样。美国女孩子是最坦率的了。有一个说法，如果你和一个美国女孩子相识还不到一天，你向她提出，是不是可以来个一夜情，她可以同意也可以不同意，并不觉得你这个人有什么神经病。可如果你才认识她一天，就提出要和她结婚，那她肯定感到你是个神经病。在美国大学里，时常有些煞风景的事，有一种就是约会强奸（date rape）。弄到听证会上，女方控诉男方，我说了no，他还是偏偏强迫我。男方说，你就是同意也是一样讲“no”“no”。女方说，那时我声音越来越低。而男方说，我就没有注意到声调高低，我关心的就是语义。（笑声）

这里涉及另一个方面的学问了，语义学（semantics）的问题。每一个词语，并不是固定的，像在字典里那样。实际上，词语在不同语境下，生成不同的意味。同样一个词语，有时这样的意思，有时，又是相反的意思。你对变化万千的内涵没有体悟，就不能有效地交流。王熙凤得知自己的丈夫贾琏在外面包了个二奶，说了一句：“这才好呢！”这个“好”字，和通常的所理解的“好”是很不一样的，是充满了杀机的。在鲁迅的《风波》里，七斤嫂对才从城里回来的丈夫七斤说：“你这流尸。”她真是希望他成为浮在水面的尸体吗？这里有多少关切和幽怨呀！我有一个朋友，在深圳做中学教育工作，他告诉我，他小时候，比较调皮，经常在外面玩得不想吃饭。他妈妈做好饭，喊他吃饭。他的名字叫作程少堂，他妈妈就很亲切地喊了：“少堂，吃饭啰。”他不予理睬。他妈妈喊了几声就有一点火了，就叫：“程少堂，吃饭！”这是比较正规了，比较严肃了，儿子马上就规规矩矩地坐到桌子边上了。无效交流很快地变成了有效的交流。

鲁迅在《论“他妈的！”》中论到旧时的骂人的话“他妈的”，使用率很高，是很不文明的“国骂”，鲁迅说，有时会变成类似“我亲爱的”：

我曾在家乡看见乡农父子一同午饭，儿子指一碗菜向他父亲说：“这不坏，妈的你尝尝看！”那父亲回答道：“我不要吃。妈的你吃去罢！”则简直已经醇化为现在时兴的“我的亲爱的”的意思了。

这是非常极端的，但也非常能够说明问题。侮辱人的话，在特殊的语境中，可能成为极为亲切的语言。同样的语言，是否能成为有效交流的手段，是要看对象的，要看特殊语境的。美国有一本谈交流的书上，第一章就开宗明义，就是你必须确立一个观念——你交流的对象，不管是你的同学、同事、父母、师长，或者亲人、谈判对手，你必须明确这一条：你不要以为他和你是一样的人，他们跟你不一样，他才是人。（笑声）他们的内心图式和你不一样，他的感觉、知觉、想象，在同样的词语面前，他才有自我。所以，在同样的情景面前，你看到的，他们看不到；他们看到的，你看不到。他思考的逻辑也和你不一样。不管他和你多么不同，你就是要尊重他。因为只有尊重这种不一样，在漫长的对话中，你们的心理图式才能相互开放，调节。学会交流，就是学会尊重和你不一样的逻辑，不一样的感觉。

我看过美国的《当代心理学》杂志，有一篇文章讲美国的家庭暴力，就连美国这样民主的社会、女权主义很厉害的社会，每年还发生200万次家庭暴力事件，当然这还是10年前的数字。什么原因呢？虽然两个人是相爱的，但两个人不一样：第一，男人心里有鬼。据研究，男人有一种多恋的倾向。在一些男人看来，恋爱是多元的，不是一元的，家里老婆爱着，外面的姑娘也爱着。这叫：外面彩旗飘飘，家里红旗不倒。第二，女人嘴巴比较厉害，口齿流利而且滔滔不绝，女人跟男人辩论的时候，男人理短就少讲话，不讲话，或者溜了。女人偏偏当场要男人认输，男人忍无可忍，最后就用拳头来对话。这在我们中国叫作“报以老拳”。（笑声）女人为什么老揪着男人不放，就因为她爱他，如果不爱了，爱的反面不是恨，而是冷漠，你去跟别人好了——正好，我本来就不爱你了。当然，感情不好的人更不好交流了，本来我就讨厌你，本来我对你就有成见。拜伦有诗云：

爱我的，我报之叹息，

恨我的，我报之以微笑。

互相敌对的人，明明你对我笑，而我觉得是冷笑，皮笑肉不笑。不但语义不确定，就是表情的含义也不确定。这就是人与人不能沟通的一个极端了。

从哲学上来说，我们每一个人都不是机器，不是一种载满数据的芯片，而是一个主体。什么叫主体？说通俗一点，虽然都是人，但此人就不同于彼人。因为不同，他才是人。有一句话说是，人心都是肉长的，这句话，有点片面。还有一句话，叫作人心不同，各如其面。二者加起来，才全面。这一点我们必须从哲学上、从科学上弄清楚。

四、事物的存在是不以人的感觉为转移的吗

有一个传统的哲学观念说，客观的存在是不以人的主观意志为转移的，跟人的感觉是无关的，你感觉到它，它也是存在；你感觉不到它，它也是存在。从当代哲学、当代科学角度看来，这个看法可能有些问题。我举一个例子：譬如说一朵花，大家说是红的，那么我说是灰的，那我就是错了？是不是？不管你看到花是红的，还是非红的，花永远是红的，这是真理，是不以人的意志为转移的。这句话对不对呢，也可能对，也可能经不起推敲，一朵花大家看来是红的，但色盲看起来是灰的，色盲是一种毛病。他看不出花是红的，花还是红的。红是客观存在，与人的主观感觉是无关的。让我们扩大一点思路。如果把这朵红花拿给狗来看呢？据我的科学知识，狗没有红的感觉，它看到的所有事物都是灰的！从我这里看下去，我看到你们是红男绿女，如果是狗在这儿，你们就都是灰男灰女。如果给蜜蜂来看呢？你们每个人不是一个头，而是六个头，因为蜜蜂是复眼。这就产生一个问题，人看这朵花是红的，狗看花是灰的；人看你们是一个头，蜜蜂看你们是六个头。究竟是谁对呢？对与不对，有没有标准呢？如果没有标准，花究竟是灰的，是红的？你们有一个头，六个头都是对的。这总有点不像话吧。如果有标准，那以谁的感觉为标准呢？一种是，以人为标准，花是红的，你们只有一个脑袋；一种是，以狗和蜜蜂为标准，花是灰的，你们是六头怪物。（大笑声）以狗和蜜蜂为标准？我们能够忍受吗？当然不能。那以谁为标准？以人为标准。这就是不能以动物的视觉为标准。但是，这就推翻了我们的预设：花是红的，人只有一个脑袋，是和人的感觉、人的意志没有关系的。这个道理，就是从物理学上讲，也是一样。花发出的是电磁波，它本身是没有颜色的，只有与人的视网膜发生作用传导到大脑，才产生了红的感觉。因而，花是红的，人只有一个脑袋，这样的认知，是跟人的生理特点联系在一起的。没有绝对的客观的、和人没有关系的、中立的事实。

所以我们不能迷信摆事实讲道理，事实一讲出来就带上你个人的主观色彩了，就带上你的立场、你的价值、你的利益、你的感情了。正是因为这样才有了“情人眼里出西施”“月是故乡明”“瘌痢头的儿子自己的好”。情人眼里为什么出西施呢？因为有感情，没有感情呢，仇人眼里，就可能是妖精呀，骚包呀！（笑声）月是故乡明，那你故乡的月亮就那么明亮，那我的故乡，就不明了？世界上究竟有几个月亮？这从马克思主义哲学，很好解释，我们看到的不仅仅是对象，而且是我的本体或本质的对象化，或者用皮亚杰的话说，是我主体图式的同化。

我曾经在四川外国语学院接受过半年的英语口语培训，当时一个美国人给我们讲课。他说：“任何一种语词所能够传达的实际上不是对象本身，因为它是声音，用声音传达对象是非常困难。”他举了一个例子：他在黑板上写了一个单词，barn（谷仓），他问底下的学生，你们想到了什么颜色？所有的中国的学生都想到了黄色，因为我们的茅草屋、黄泥墙、谷子都是土黄色。那个老师看到我年纪比较大，他就问我：“你还想到什么颜色？”我说：“还想到红色。”所有的中国学生都大吃一惊。我说：“我看过一本带彩色插图的牛津字典，美国和英国的谷仓都漆着红色的墙。”为什么大多数中国学生只想到黄色？因为他们的经验只有黄色。语言传达的、唤醒的，就是你的经验，而不是事物本身。由于人的文化背景的不同、价值观念不同，经验不同，同样的词语唤醒的东西往往南辕北辙，交流往往变成聋子的对话。

这说明，人性是有局限性的。对人性的这一点最为悲观的就是法国的一个大思想家德里达，他认为，人讲的一切话，都要被听者成见所同化，感觉所扭曲，为其价值所误解，人与人之间其实是不可能沟通的。就是读同一本书，也是一千个读者就有一千个哈姆雷特。但是，另外一个思想家伽达默尔，就说，虽然听者会用自己的观念、经验去同化，去扭曲，但总是有些相同的信息。他把这个叫作“共同视域”。这就是，一千个哈姆雷特，毕竟还是哈姆雷特，而不可能是李尔王。我想，就算是狗吧，它眼中花的颜色虽然是灰的，可是形状毕竟是花呀，并不是草坪呀！蜜蜂看出来人的头是六个，可是毕竟还是头呀！像你们似的少年英俊，如花似玉，很阳光，走在街上，回头率很高的呀！（笑声）并不是地瓜呀，更不是榆木疙瘩呀！（大笑声）所以人们还是要对话，还是能沟通。我们还是要讲究雄辩、幽默、演讲的种种技巧，如果没有这一点，人都不要对话了。人与人之间就只好用互相瞪眼睛、吹胡子来交流，这就和狗差不多了，连汪汪都不会了，还赶不上鸟语优美呢。（大笑声）其实，德里达可能也有一点吓唬老百姓。他有个悖论，自相矛盾。既然人与人之间不可能听懂，不可沟通，那你德里达是人，也应该不可沟通，不能听懂，明明认定大家听不懂，你又大讲特讲，是不是有点神经呢？（笑声）你讲了这么多理论，当然是希望大家听懂。如果能听懂，就说明，你的理论被证伪了。但是，人与之间交流是可能的这一点，又被证明了。

五、理论不能检验理论的真伪

交流的目的，如亚里士多德所说的“说服”。这是最大的困难。说服意味着要让对方放弃原来的观念。但是，人的观念由长期经验、文化传统积淀而成的，说服常常是在很短的时间之内，这几乎是不可能的。我们往往忘记了这一点，因为我们相信事实胜于雄辩，真理越辩越明，有理走遍天下，无理寸步难行。其实，那是空想！现实情况是，不管你是有理还是无理，不管你掌握多少事实，都是寸步难行。不存在一种中立的、不带主观倾向的事实，事实经过你的叙述以后就带上你的感情你的价值观念、你的偏见——每个人都有偏见，包括我在内，包括我讲偏见的时候，就有偏见——这正是交流叫人要命、叫人操心之处。但是，我们却把它看得太轻松了。我们的班主任老师做同学的思想工作，谈话谈 10 分钟或者是 1 个小时，就说做通了，可以说这是胡扯。问一下在场的哥们儿、姐们儿，你十几年形成的观念，班主任你真厉害啰，十几分钟、二十分钟就让人家改变了？你上当了，班主任，他骗你，照顾你的面子，慑于你的淫威！（大笑，掌声热烈）

现在我们都提倡思想开放，为什么要提倡？就是因为，人，自发地说，不开放。说得比较口语一点，就是有点顽固，认死理。不管你如何巧舌如簧，不管你理论水平多高，多么雄辩，往往都不能奏效。因为检验真理的标准，不是理论，理论都是有漏洞的，是不能证明理论是否正确的，检验真理，只有一个标准，那就是实践。但是，实践有个缺点，时间太长，凡事都等待实践，那代价就太大了。

伟大的思想家庄子对这一点看法是悲观的，他说，两个人辩论，不可能达到一致，请人来做裁判也没有用。裁判有三种可能：第一种是他本来同意你的意见，辩论不辩论，他反正都站在你一边；第二种，他同意我的意见，不管怎么辩论，他还是同意我的意见；第三种可能，既不同意你的意见，又不同意我的意见，并不因辩论就改变他反对我们双方的立场。虽然他这个观点有点儿绝对，但在说明人的观念不能通过辩论就能改变这一点上，还是有一定道理的。

所以，在交流的时候，第一技巧就是不迷信辩论，回避辩论。邓小平在改革开放初期，讲了一句话，只有三个字，“不争论”。他知道争论的局限性。辩论下去，耗费时间是无穷尽的。有时不是真理愈辩愈明，在一个时期内，恰恰是越辩越糊涂。等你把“左派”说服，时间也就浪费了。不争论，怎么办？实践，摸着石头过河，实践证明对了，做下去；不对，就改。这个原则不仅在政治上，而且在哲学上具有普遍意义。

这样一来就有一个好处，就是避免武断，避免迷信。错误的观念之所以流行，就是因为拥有权力，而权力是不讲理的。比如在宗教裁判所，争论地球中心还是太阳中心，布鲁诺明明是对的，坚持真理，结果是在罗马鲜花广场被活活烧死，而伽利略就只好一面做检讨，一面在心里说：“不！”他们被证明为人类伟大的思想家，不是靠辩论，而是靠历史的实践。当然，今天在我们生活中，普遍存在的是隐性的权力，财富、知识、地位都是一种权力，都可能造成迷信。实际上，如果我们讲话，不好好考虑相反的观念，就可能造成武断、迷信、迫使人家表面上听你，而心里反驳你、骂你。迷信，实际上并没有完全消灭。对某些权威的迷信、教授的迷信，包括我的研究生对我的迷信，都是愚昧的。政治上不要迷信，生活上不要迷信，不要迷信老师，要和他交流；也不要迷信书本，可以批判；也不要迷信班上有才子，也不要迷信女同学，不管多漂亮，也不要迷信，不要五体投地。（大笑声）要有一种挑战怀疑的精神，马克思女儿问他最欣赏的一句格言是什么，他答：是怀疑一切。

实际上人在现实社会当中，不管是在政治世界当中，还是道德世界当中以及生活的种种世界当中，任何问题都是有怀疑的余地。（听众：一夫一妻制呢？）一夫一妻制，也不是绝对合理的。彻底的辩证法是无所畏惧的。根据辩证法，一切事物都包含着对立面，在一定条件下，都必然会走向自身的反面。一夫一妻制也会走向反面。（大笑声、掌声）我看到一些男生比较开心，我劝你们不要兴奋，那是多少年以后的事。不要笑，马克思就讲过到共产主义社会家庭就要消灭。

六、雄辩的原则：他圆其说

凡事都等待实践，那代价就太大了，要等上一个历史时期，几十年，等到证明我对了，人也老了，老婆都跟人结婚，孩子都上大学了。都把现时责任推给实践，人就无所作为，人就白活了。不能太悲观，还是要交流，要讲究交流的有效性。要倾听对方的意见，尊重对方，特别是反的意见、反对你的论据。你的意见，你的观点，当然是要坚持的，不过你的观点，要用你的经验、你的材料来证明自己的观念，这叫自圆其说，是不够的。在科学上有一个很著名的命题：一切天鹅都是白的。按自圆其说的方法来论证：古人看到的天鹅都是白的，现代人看到的天鹅都是白的，外国人看到的天鹅和中国人看到的天鹅都是白的，但是你能不能够论证所有的天鹅都是白的，不能。相反，如果有一个人发现有一只天鹅是黑的，你的理论就被推翻了。结果就得出相反的结论：并不是“一切天鹅都是白的”就是绝对正确的。

通常的自圆其说，就是我们有一个观点，我们再找符合观点的例子来证明，这个理论是不可靠的，为什么呢？选择本身就意味着排除，把跟你论点不一致的东西都排除掉了，符合我的观点我都讲，不符合我的观点我就当它不存在，这不是自我欺骗和欺骗群众吗？

雄辩就是有利于我的论点和材料，我要认真地加以利用，不利于我的论点我也要去分析。用我的话说就是，不但要自圆其说，而且要达到他圆其说。要达到这个高度，就应该提倡一个原则：寻找黑天鹅！找白天鹅，没有用。找到一只黑天鹅你就改进了你的论点，说得夸张一点，就发展了真理。

什么叫雄辩呢？定义下起来很困难，古罗马昆体良有过《雄辩术原理》，但是，并没有讲雄辩术本身，只是讲些劳逸结合、因材施教等等。一般辞书的“雄辩”条目，也很简陋。我们还不如从操作性上来下一个定义。先举一个例子来说明：古希腊有个非常雄辩的人叫普鲁泰哥拉，他非常牛，非常会辩论。他说，任何人到我这里来学习雄辩，将来出去打官司一定赢的。如果第一场官司不赢，就不要付学费。来了一个小伙子，大概跟在座的年龄差不多，学了一年，拍拍屁股就走了。普鲁泰哥拉说，喂，学费呢？这个小伙子说，你去告我吧。法院判我交学费，就说明第一场官司打输了。我们有过约定，第一场官司输了，不交学费。如果法院判决我不交学费，那我就依法不交。普鲁泰哥拉心想海船翻在阴沟里了。去向一个朋友诉苦，那朋友正好是大法官。他说，这个不难，你去告那小瘪子，第一场我让他赢！判决不交学费，可，按照你们的约定，第一场官司赢了，就要交学费，而按照法庭的判决，不用交学费。这不够雄辩，雄辩就是不但符合法庭判决，而且符合你们的约定。你可以不服上诉，二审判决，我让他输，要交学费。按照约定，第一场官司赢了，要交学费；按照法庭终审判决，也得交学费了。

按我的理解，这就叫作雄辩。雄辩不仅仅是自圆其说，而且是他圆其说。不但按我的道理证明自己是对的，而且按对方的道理，证明自己也是对的。按照自己的逻辑，而且按照对方的逻辑同样能讲得通，这才是有效的交流。关键是要有本事把对你不利的论据、逻辑转化为对你有利的，这在英语修辞，辩论术中，叫作 Justify My Position in Your Terms。① 你的道理来证明我的立场，从理论上，看起来是一大进展。西方的论辩的原则本来是“双方必须属于同一话语共同体”，但是，最新的理论提出，发生于不同系统成员之间的论辩必须遵循以对方的话语来证明自己的正确。从理论上来说，这是一种创新，但是，这种创新不过是把历史上成功的辩论转化为普遍的理论而已。早在《韩非子》中就有以子之矛，攻子之盾的名言。

在中国先秦经典中这样的例子不胜枚举。

庄子有一个朋友叫惠施，二人都喜欢斗嘴皮子，都觉得自己挺雄辩。有一天两人出去旅游，走到桥上，桥底下有水，水里面有鱼，庄子随便发了个议论，那鱼游得很轻快，一

① 参阅“*Justify My Position in Your Terms: Crosscultural Argumentation in a Globalized World*”, Argumentation 13.3（1999）：297—315。《以你的道理来论证我的立场：全球化时代的跨文化论辩》，从东西方论辩实践出发，破除“论辩双方必须属于同一话语共同体”这一定论，在修辞理论界首先提出发生于不同系统成员之间的论辩必须遵循的基本原则。

定是很快乐的吧！惠子就说了，你又不是鱼，你怎么知道鱼快乐不快乐呢？对于惠子的抬杠，庄子可以采取两种办法，一是反驳他潜在的，或者是预设的大前提：我不是鱼，就不能知道鱼快活不快活，意味着只有动物的主体才知道其内在感觉，人就不能通过外部的动作来推想它的内在感受。辩论这样的大前提比较复杂，庄子采取了另一个办法：把这个大前提暂时当作正确的，拿来推理，得出荒谬的结果来，说明这个大前提是不正确的。这在逻辑上叫作导致谬术。庄子说，对，我不是鱼，不能知道鱼是不是快乐，但是，按你的逻辑，你又不是我，你怎么又知道我知不知道鱼快活不快活呢？庄子用对方的逻辑来反驳对方，把对自己不利的转为对自己有利的论据，这就是高度机智的境界。但是，庄子虽然机智，却没有意识到自己承认了惠施的大前提对自己不利的方面。于是惠施说，是的，既然你承认了我不是你，就不能知道你如何如何，但是，你不是鱼，不知道鱼是否快乐，则是肯定的了。庄子显然，被绕进了惠施的套子。但是，庄子没有让步，他说，请回到原本的论题上来。你说："汝安知鱼乐？""安知"，就是从哪里知道，你只有肯定我知道了，才能问我从哪知道。如果你认为我根本不知道，你也就无从问起了。庄子这样的反驳是不是圆满，是可以讨论的，但是，庄子死死抓住双方认同的前提是很机智的。后来有个郭象可能觉得庄子的说法不够完满，在《庄子注》中，对庄子的这个说法加以补充，他把重点放在另一个关键上：当你问我，你怎么知道鱼快乐不快乐的时候，你已经知道我不是鱼了（"是知我之非鱼也"），你既然不是我，怎么可能知道我不是鱼呢？[①]很符合庄子的思想。庄子做梦梦见蝴蝶，连自己是蝴蝶还是人都有点迷糊的。这是不是有点诡辩，是可以讨论的。两位大师在口才上孰高孰低，是很难说的，但所运用的方法是统一的，第一，从对方认同的前提出发。这是雄辩的前提。第二，双方的大前提显然不可靠，甚至有一点歪（除了自己亲身直接体验到的以外，间接地根据外部表现作出的推断均不可靠）。但其演绎过程都以对方大前提加以推演，得出与对方论断正相反的结论。从形式逻辑结构来说，讲的是正理，因而其雄辩性占了上风，但是从内容上来说，大前提不可靠，又有一点诡辩色彩。

这就涉及什么叫作诡辩？在英文中，是 sophism，词典上说，是颠倒是非黑白的议论，模棱两可或似是而非的推理，对原则的错误运用，特指对法律道德原则的错误运用。一般读者，读这样的定义，很难得其要领。定义应该是研究的结果，而不应该是研究的出发点。我们还是从一个感性的事实出发。

有学生问希腊老师，什么是诡辩？这位老师并没有给他们讲述一个定义，而是向

① 郭象的原文是："寻惠子之本言云，非鱼则无缘相知耳。今子非我也，而云：汝安知鱼乐者，是知我之非鱼也，苟知我之非鱼，则凡相知者，果可以此知彼，不待是鱼，然后知鱼也。故循'子安知之'云，已知吾之所知矣。而方复问我。我正知之于濠上耳。岂待入水哉。"

他们提出了问题。说有两个学生来到他这里，一个身上很脏，一个身上比较干净。但是浴室很小，只能容得下一个人。教师问："哪一个先洗澡？"

学生回答说："当然是身上很脏的先洗。"

教师说："错了。是身上比较干净的先洗。"

学生问："为什么呢？"

老师回答说："因为，身上很脏的没有洗澡的习惯，洗不洗无所谓。而躯体干净的那个，不洗澡就很难过。"

学生连忙说："对，应该是身上很干净的先洗。"

教师却说："不对，应该是身上很脏的先洗。因为，他太需要洗澡了。"

学生说："对，应该是身上脏的先洗。"

教师却说："不对。应该是两个一起洗。一个是因为有习惯，一个是因为很需要。"

教师说，这就是诡辩。诡辩的特点在其大前提，不是虚假、不可靠的，就是暗暗被偷换了的。当老师说，身上干净的先洗的时候，他的标准是有没有洗澡的习惯；当他说身上脏的先洗的时候，他的标准是谁有洗澡的需要；当他说，两个人一起洗的时候，又把原来所说的浴室只能容得下一个人洗的条件给取消了。

诡辩之所以仅仅是诡辩，而不是胡说八道，就是因为它多少要讲一点道理，这就表现在他在推理上，在局部形式上，而不是整体上，具有逻辑性。

相比起来，下面一个西方的经典笑话则更富有雄辩的色彩：

一天，古罗马的奥古斯都大帝在城外打猎，他突然发现田间有一个小伙子，容貌和自己长得非常像。于是，他策马来到这个年轻人的眼前，问道："小伙子，20 年前，你母亲是否在我家工作过？"这个年轻人当即回答说："没有。陛下，不过，我父亲曾经在你府上工作过。"

本来，奥古斯都是想暗示，这个小伙子是他父亲的私生子，这对小伙子的母亲，显然是带有侮辱性的。但是，这小伙子显然没有被皇帝的权威和瞬间的进攻所困，用对方的前提进行了机智的反击，言外之意是，如果我像你，那就说明，皇帝的母亲和自己打工的父亲有染。所运用的思维模式恰恰是皇帝提供的，以脸孔相像来暗示其上辈有不正当的奸情。从这个意义上来说，这是很雄辩，而语言又是惊人的简洁。

我们还可以举一些比较现代的例子。1906 年蒋介石在保定军校学习时，一次上卫生课，日本军医教官抓起一块泥土放在桌子上，说："这块土中有四亿个细菌，就像中国有四亿人口一样。"蒋介石一听这话，一阵怒火从心头升起，倏地站起，走上讲台，把泥土分成八块，指着其中一块说："在这 1/8 的泥土中，有 5000 万细菌，是不是也像日本有 5000 万人口一样呢？”其实，日本教官的立论，其大前提是虚假的，明显是拙劣的诡辩。蒋介石的机智在于，在他诡辩的基础上，进行雄辩。

七、雄辩高于诡辩

雄辩作为口头交锋的手段属于上乘，它与诡辩不同。诡辩的特点首先在于根据一个不可靠的、不确切的、不稳定的大前提，毫无保留地作长驱直入式的演绎，在表面的逻辑推理上好像没有漏洞，但是，漏洞在于它的出发点。阿Q摸了小尼姑的头，小尼姑抗议，阿Q说：“和尚动得，我动不得？”这就是诡辩，因为大前提是“和尚动得”，是毫无根据的。至于“我动不得”在推理上也很难成立。从今天的眼光看，即使小尼姑同意让和尚动手动脚，也不意味同样允许阿Q动。正因为这样，在今天的读者看来，阿Q的逻辑不仅仅是诡辩而且是无赖，没有道理还振振有词。惠施和阿Q不同，他在开头完全是诡辩，即根据一个不可靠的大前提来推理。如果他只是宣布自己的观点，完全不讲逻辑推理，那是武断，然而他不武断，到了后来他推理好像很严密，前提的不可靠和推理形式的可靠，是诡辩的特点之一。

有一个故事说，一人来到咖啡馆，要了一份咖啡。服务员端来了。此人说，不想要咖啡了，改用一杯价格相同的牛奶。服务员又端来了。此人喝了牛奶就走。服务员要他付账。他问什么账？服务员说，请付牛奶的账。他说，我的牛奶是用咖啡给你换的呀。

这个前提是虚假的。因为，咖啡虽然没有喝，但是，他并没有给咖啡付账，因而，咖啡并不是他的。

犹太人有一个故事，说是，一个坏蛋，谋杀了自己的父母，被送往法庭审判。这个坏蛋却要求宽大处理，理由是，他是个孤儿。这是典型的诡辩。因为他的大前提（孤儿），是不能成立的。原因，通常孤儿都是孩子以外的原因造成的，而这个坏蛋，却是自己成为孤儿的原因。按雄辩的思路，应该首先惩办他成为孤儿的凶手。但是，除了这一点以外，这个罪犯的理由，表面上还是能够自圆其说的。当然，这不是雄辩，而是狡辩。

一切诡辩在形式上都有狡辩的某种色彩。

按照雄辩的逻辑，任何一个命题反过来讲都不是没有道理的。“失败乃成功之母”有没有道理？有啊。“失败非成功之母”有没有道理？有啊。“成功乃失败之母”有没有道理？也是有啊。一切的观念在一定条件下，走向反面，这是辩证法。“知足常乐”有没有道理？有啊。“知足不常乐”有没有道理？有啊。“愚公要移山”，有道理，讲的是毅力。“愚公就不该移山”有没有道理？愚公太愚了！因为山在面前挡路，就要把山挖掉，这多累呀！你把房子搬到山的那边去不就行了吗？所以说，交流、雄辩，不仅是口语的技巧，同时是思维的技巧。雄辩之道，就是不管怎么讲，正面、反面，都是我有道理。你的道理是我的道理，我的道理还是我的道理。（大笑声）

当然，世界上没有绝对的道理，当然也就没有绝对的雄辩。就是上面所举的例子，非常经典，其中是不是也包含着某种不讲道理的道理？貌似雄辩，实质上诡辩。此话怎讲？那个普鲁泰哥拉的官司，其中有个漏洞，就是二审判决，属于第一场官司还是第二场官司？大法官说，这是第二场。如果我是那个小伙子，我说这是第一场的二审。如果是第一场的二审，那么还是第一场官司输了。大法官就不但不够雄辩，而且还可能有点诡辩。诡辩的特点，就是大前提是虚假的。就是庄子的故事，也有这种漏洞。

庄子说，你不是我，你怎么知道我不知道鱼是否快乐呢？

惠子说，你既然承认我不是你，就不能知道鱼快乐不快乐。但是，现在你肯定不是鱼，是绝对不可能知道鱼是否快乐的。

弄到最后，按照郭象的注解，庄子的逻辑是：你的大前提是我不是鱼，你从哪里得知我不是鱼呢？这就是诡辩最不好的形式了，就是极端武断。说服本来是要从双方认同的前提出发，庄子弄到这里，恰恰是不从对方认同的前提出发，我觉得我是鱼，就是鱼。你管得着吗？

八、自我调侃缩短心理距离

雄辩固然重要，还不是 100% 的重要。为什么呢？人是理性的动物，但人又是情感的动物。没有感情就变成机器人了。在辩论的时候，如果光是用理性也不成。有时，道理上讲通了，感情上还下不来呢。那怎么办？那就顶牛了。顶牛就是动感情，上火了，就有理讲不清了。

在许多情况下，聪明人就聪明在是不完全讲理的，不迷信雄辩的。贾宝玉和林黛玉讲理是没有用的。林黛玉恼火了，贾宝玉怎么办？

贾宝玉不理她，不行，她要哭；那贾宝玉跟她雄辩，更不行！她连理都不讲，还讲什么雄辩？那和稀泥，检讨，行不行？也不行，她还是要哭；干脆把她晾在一边，让她去哭，这个办法对你我，是个好办法。管她呢，谁让她不讲理的？把眼泪哭干了，问题就解决了。但是对贾宝玉不行。因为他爱她，她哭了，他心里疼啊！（笑声）不然，就开门见山，把话说明白吧，贾宝玉只好说："你死了，我当和尚去。"这不是很好了吗？该满意了吧？结果是，林黛玉索性大哭起来："啊，你就这样欺负我啊！啊啊啊……"（大笑声）这完全是不讲理！不讲理才好玩，才可爱啊。光讲理的话，就没爱情了。在座的，特别是年轻的姑娘，我这里提供一个历史的经验供大家参考，当你发现你最挑剔谁，最想找谁顶牛，跟谁不讲理，就说明有一种可贵的情感已经产生了。（大笑声，鼓掌声）

在交流的时候如果发生障碍，要研究一下究竟是理的问题还是情的问题。是不是恼火了、顶牛了、怄气了，这时候你不要再讲理了，要宣泄，宣泄一下，理顺情绪为先。

举个经典的例子。1946 年审判日本战犯，当时亚洲各国，还有美国、英国也参加进来，组成一个国际法庭来审判日本法西斯战犯。还没开始审判，各国的大法官就吵成一团，为谁坐在主席旁边第一个位置争执不休。这不仅是个人的，而且是有关国家地位和荣誉。当时指定的庭长就是澳大利亚法官。这家伙非常不像话，他想使两位英美派法官（特别是英国法官派特里克勋爵）坐在他的旁边，千方百计地把中国往后排。他最初的提议是按照联合国安全理事会五强为中心安排，即以美、英、苏、中、法为序，但是有人指出，按照联合国宪章，安全理事会五个常任理事是以中、法、苏、英、美为序的。他又提议说，我们不是联合国的组织，不必照五强居中的安排，可以按国名字母先后为序。但是，这样一来，事情更乱，居中央的是中、加两国以及法国的法官，英美法官反而离开他更远了。这样争来争去，都上了火。后来中国法官梅汝璈发言说："我们不妨找一个体重测量器来，看看各人的体重是多少，然后按照它来安排席次，最重的人居中，最轻的人就往旁边坐了。"这话引得哄堂大笑。庭长笑道："你的办法很好，但是它只适用于拳击比赛。"梅汝璈答："对对对，我认为这是唯一客观的标准。纵使我被安排在最边席，我就宣布辞职，让中国政府就派一个比我胖的人来替代我。"一讲完这话，大家都笑了。而笑是心理最短的距离。最后，采取了梅汝璈的主张，依照日本投降书上受降签字的次序。中国紧随美国之后，排在第二位。

梅汝璈用的是幽默的办法，幽默就是不讲正理而讲歪理引起了笑，但是可以缩短心理距离。而争论、雄辩虽然讲正理，但是，却可能扩大心理的距离。这说明，在发生争论的时候，雄辩固然重要，但是，在雄辩之前理顺情绪更重要，而理顺情绪的最好的办法就是幽默。精通交流的人，该讲道理的时候我就雄辩；该理顺情绪的时候就幽默。双方对抗了，陷在里面了，都火了，讲什么道理都没用，用幽默来缓解一下，宣泄一下，大家笑一下。笑可以缩短心理距离。

交流要有两手，两手都要硬。但是，我们目前的情况是，讲正理的、雄辩的这一手比较硬，而讲歪理的、幽默的这一手比较软。常常碰到这样的情况，你讲道理，讲到对方没有话说，但是，对方顶牛了，这个时候越雄辩越坏，幽默就大有用武之地。

举一个我们大学里的例子。20 世纪 90 年代福建师大学生宿舍比较紧，部分学生住在校外公寓。条件比较差一点，每逢礼拜六扫地。某寝室的室长对 8 个室员平均分配面积，突然有 4 个人罢工不干。什么道理呀？道理很清楚，我们住在上铺，每天上上下下，消耗的能量比较多，他们 4 人住在下铺，消耗能量比较少。分配大扫除面积应该给予补偿。室长就问，那你们说说怎么照顾？他们就说，住下铺的扫地板，住上铺的扫天花板。这个室长很有水平，知道跟这样不讲理的同学，本可以压他们一下，扫天花板？不是太便宜了？偷懒，是劳动观念的问题，我去辅导员那里汇报，等等。他知道这时威胁、雄辩都没有用，会导致对抗、成见，后遗症很大。他用幽默的办法，就说，对对对，你们这个办法很好。但是以后走路怎么办？是不是扫地板的走地板，扫天花板的，你们自己考虑吧！大家一笑，心理距离缩短了，情绪对抗就缓和了。实际上，走天花板是不可能的，用这种办法来拒绝，没有直接说出来，我对你的批评、进攻是让你自己悟到，让你在会心的笑中接受我的观念。笑，幽默的笑，缓解了对抗性，矛盾才迎刃而解。

我们的演讲比赛，有个通病，就是演讲稿写得太漂亮、太有诗意了，太美化了，几乎弄成朗诵表演，用一套书面语言，夹着许多套话、大话、空话、鬼话，没有几句是人话，不是缩短心理距离，而是扩大心理距离。

在交流的时候，人都希望自己聪明一点，形象高大一点。因而呢，好多人喜欢美化、诗化自己，让别人仰视他。但是这个办法不太好。你越是诗意，人家离你越远。要有幽默感，就要倒过来，不是美化自己，相反，你降低一下自己的姿态嘛！有什么关系呢？

举著名作家贾平凹为例。他在一篇文章《说话》中说他的普通话讲不好，常常自卑，被人瞧不起。他说："我曾经努力学过普通话，最早是我补过一次金牙的时候，再是我恋爱的时候。"这就把自己说得很寒碜，很虚荣。还有更寒碜的，他说自己说不好普通话，就自我安慰，普通话，就是普通人说的话嘛。但是，我会用家乡话骂人，骂起来很畅快，这就是自我贬抑。不怕把自己说得不堪。不怕丑，把自己说得不像话，反而显得挺可爱，让听众觉得，这个大作家，挺平易近人的，胸怀挺坦诚的，和我们一般读者差不多，甚至还不如。

许多人幽默不起来，都怪自己没有幽默细胞，埋怨遗传基因，都是娘老子害的。实际上幽默不起来，原因不完全在遗传，而在于自己没有放下架子，太执着于诗意地美化自己，不敢贬低自己。

要让自己幽默起来，有一个最简单的办法，就是不诗化、美化自己，而是相反，自我调侃，也就是自己调侃自己，嘲笑自己的缺点和优点，促成听众和自己之间的互动。

台湾一个主持人叫凌峰，他的最大缺点就是光头，显得很苍老。他第一次亮相，是在 20 世纪 80 年代的一次春节晚会上。主持人介绍他是台湾金马奖获得者、《八千里路云和月》

的制片人。他一上台，戴着个礼帽，长相还过得去。但在自我介绍的时候，他一下子把帽子脱下来，脑门上非常光啊。他说他在祖国大陆拍片，所到之处，由于他的这个长相，男同胞还可以忍受，但是，女同胞却忍无可忍。观众就大笑起来，报之以热烈的掌声。后来大概是 1992 年的一次金话筒晚会上，他和一个广东非常靓丽的小姐同台主持。他一上台，就说："很高兴，我又见到你，很不幸，你又见到了我。"为什么不幸？言外之意是说，自己丑啊。他接着说："但是，我这样的人主持晚会很理想。首先，就是男观众一见了我，一个个就自命不凡起来。"这时，底下的男观众就鼓掌了，也就是他成功地把观众调动起来了。他就指着那些鼓掌的人说："你看，自命不凡的人都来了。"这就叫作互动。接下去，他说："女同胞呢，见了我，也挺好，就是和我接近，也很有安全感。"底下又是一阵掌声。他就用这种办法来嘲笑自己的长相。这好像是"丑化"自己，但是，这个"丑化"是要打个引号的，因为，让人觉得他胸怀坦荡，台上台下互动，达到心领神会的程度。

中国古代文人的诗文，一般是以追求美化和诗化为主的，自我丑化，绝无仅有。而金圣叹批注《西厢记・拷艳》一折，一连写了十几个"不亦快哉"，不追求美化和诗化，坦然自我"丑"化：看人家放风筝，线断了，不亦快哉！幸灾乐祸向来是不登大雅之堂的，却堂而皇之地写在文章里。闷热天气，汗出如注，苍蝇纷飞，饭不能食，忽而大雨倾盆，身汗尽收，苍蝇尽去，饭便得吃。他高呼："不亦快哉！"猫抓了老鼠去，他欢呼："不亦快哉！"私处有癞疮，以热汤澡之，他也欢呼："不亦快哉！"这种事情本来似乎与诗意的美化距离很远，甚至有点"丑"的，但他的率性却是真性情，可以说是一种丑中之美。

本来，真性情的自然流露，是抒情诗的特征。抒情是美化，与幽默调侃搭不上界。若是真性情流露到不怕丑的程度，就有点儿荒谬感。事情一旦荒谬，就有点好笑了，也就有了幽默的性质了。越是荒谬，越是好笑，也就越是有幽默感。例如，金圣叹说自己想当和尚，又怕吃不成肉，如果允许当和尚的吃肉，他就马上用快刀把头发剃个干净。幽默中的自我调侃，把自己说得有点不堪，是一种以"丑"为美。关键是分寸感，不能太温，又不能太火，不管多煞风景的事，不能有伤大雅，不能给人品质恶劣的感觉。金圣叹写道，早上起来，听城中一个人死了，大家都不免叹息。他就不但不感到悲哀，而是感到"不亦快哉"。幸灾乐祸，如果是针对心地善良的人，就太恶毒了，但是，他事先问明了此人乃"一城中第一绝有心计人"，他的坦荡就能引起读者会心的微笑了。

金圣叹的可敬之处是把这种分寸感把握到十分惊险的程度："身非圣人，安能无过。夜来不觉私作一事，早起怦怦，实不自安，忽然想到佛家有布萨之法，不自覆藏，便成忏悔。因明对生熟众客，快然自陈其失，不亦快哉！"这里所说的"私作一事"，我不得不做注解，显然是指手淫。身为封建士大夫，居然坦率到自我暴露的程度，把自己的私事，主动、公开地披露，并觉得由此而得到解放，这是要有一点勇气的。这种自我暴露，可以说是化“丑”为美了。也许正是这一点激起了后世文人的激赏。

梁实秋先生就模仿这种“不亦快哉”的笔法，在《来台以后十二大快事》中，一连写了12个“不亦快哉”。梁先生毕竟是绅士，并不模仿金圣叹的自我暴露，而是继承他的自我调侃。其中有写到地上满是甘蔗渣的，不过梁实秋先生不是暴露世人的不知环境卫生，而是转而作自我嘲讽：烈日之下，口干舌燥，遂于路旁小摊之上，随手购得甘蔗一支，随嚼随吐，既可立解口渴，又可为扫地者创造就业机会，不亦快哉！林语堂也有《不亦快哉》之作，不过不如梁实秋的潇洒。自此“不亦快哉”之风，遂风行海内，绵延不绝。李敖作《不交女朋友不亦快哉》《不讨老婆不亦快哉》，极尽嬉笑怒骂之能事，以玩世的姿态写他的愤世之情：

> 得天下之蠢材而骂之，不亦快哉！
>
> 仇家不分生死，不辨大小，不论首从，从国民党的老蒋，到民进党的小政客、小瘪三，都聚而歼之，不亦快哉！
>
> 在浴盆里泡热水，不用手而用脚趾开水龙头，不亦快哉！
>
> 逗小狗玩，它咬你一口，你按住它，也咬它一口，不亦快哉！
>
> 以快速放领袖万岁歌，以慢速放蒋经国演讲电影，看了笑不可抑，不亦快哉！
>
> 看淫书入迷，看债主入土，看丑八怪入选，看通缉犯入境，不亦快哉！
>
> 拆穿柏杨，指其忘恩负义，且为“丑陋的中国人”，不亦快哉！

李敖虽然不满柏杨，但是其幽默和柏杨有一点相同，那就是不怕丑加不怕赖。故意把自己写得很不堪（看淫书）、很顽劣（以快速和慢速放影碟）、很任性（和小狗咬来咬去）、很散漫（用脚趾开水龙头），然而就是在这种率性和顽皮中，显示了他在政治上和学术上的原则性和坚定性，以自己的藐视世俗的姿态而自豪。他的幽默好在亦庄亦谐，以极谐反衬极庄。人说李敖演讲很强，但是，李敖还是怕场面不够火爆。他在北大演讲，说他演讲最怕碰到三种人：一种就是下决心不鼓掌的人；第二种，演讲过程中老上厕所的人；第三种人，是上了厕所不回来的人。他一说，底下就给他鼓掌了。这是幽默中的自我贬低。把自己说得挺可怜，人家不爱听，借上厕所为名，溜号。不怕丑，不怕人家说你演讲很“菜”，就笑了，人家就更觉得你可爱了。

20世纪末有四川文艺出版社俩编辑，发起《不亦快哉》征文，海内不乏名家响应，然而大多缺乏自我调侃之胸襟，且又无导致荒诞的气魄，惨不忍睹者有之，令人哭笑不得者有之，只有贾平凹先生的散文集《长舌男》中之《笑口常开》可谓得金圣叹之神髓，摘其一如下：

> 入厕所大便完毕，发现未带手纸，见旁边有被揩过的一片脏纸，应急欲用，却进

来一个蹲坑，只好等着那人便后，先走。但那人也是没有手纸，为难半天，也发现那片脏纸。如此相持许久，均心照不宣，后同时欲先下手为强，偏又进来一人，背一篓，拄一铁条，为拣废纸者，铁条一点，扎去脏纸入篓走了。两人对视，不禁乐而开笑。

自我调侃之要诀乃尽写自我之尴尬，越是把自己写得傻乎乎，越是显得心胸开阔坦荡，天真无邪之可爱，也就越是可笑。

如果说抒情以情为美，以智为美，而幽默则“以傻为美”“以痴为美”。

有志于在幽默谈吐方面自我磨砺的人，一定要明白，幽默最根本的性质是宽容、超脱地看人、看己。对人世间的纷争当然不是无原则地忍让，也不是以宗教的眼光把生活看得很虚无。不是鲁迅所反对的把刽子手的凶残化为大家的一笑，而是以更为宏观的历史眼光，从时间上、空间上拉开距离，再看眼前琐事，就觉得大抵是被狭隘的、一时的情绪束缚了，不值得过分执着、过分拘泥，这样就可能达到某种哲学家的高度。用历史的、哲学的眼光驱除胸中的俗气，在想象中，站在时间的远距离上回顾眼前的冲突，就不难变得宽容、变得博大，也就易于把褊狭、意气用事的情绪淡化乃至净化，在精神上达到比较纯洁的境界，这无疑是自我磨炼的必要基础。

没有这种境界，或者对这种境界绝对无知，最多也只能成为半吊子的滑稽家伙、活宝，永远也养不成自然的幽默气质。

我再举一个我家里的例子：还是十几年前，女儿在念小学。那个时候是要考试才能进重点中学，考不进重点初中这个事情就非常严重，一个是念大学就没希望，一个是我这个面子也完了。其实我女儿的成绩不错，每次考试的成绩都九十二三分，往往不过九十四，我觉得蛮好的。我在念四五年级的时候考八十几分就满意了，就觉得没有必要考那么高的分数，要那么高分数干什么？又不能当糖果吃。（笑声）但是我太太不满意，数落女儿：“不考 100 分，99 分也可以。”本来我就有一种雄辩的冲动，但是，在家里，和女人辩论，无非是两个结果：第一，是赢了。这没有什么光荣，但有一个后遗症，那就是马上就没有现成饭吃。第二，是输了，自尊心受到打击。所以每逢太太骂孩子，我总忍着。不知怎么，谴责的对象由单数的“你”，变成了复数的“你们”。

长期忍无可忍了，有一次终于爆发了，孩子考了 92 分，她又开始“你们”起来地唠叨。我说：“好吧，孩子成绩是不大好，那我们研究一下这个原因吧。”她说：“对，我们该认真研究一下原因了。”她说什么原因？我说：“大概有两个原因：第一个老师教不好。”太太还是比较善良的，不能说教师不好，人家邻居的孩子也有考 100 分、99 分的呀。我说：“那第二个就是我的孩子脑袋笨。”她说：“是吗？”我说：“脑袋笨也有两种可能的原因。第一种就是阁下的遗传不好，比较笨。”她说：“不可能，我是很聪明的。”我说：“这是事实。剩下就是第二种可能了，我比较笨。”她说：“那还差不多。”我说：“既然这样你就不要怪孩子了。孩子的父亲是谁给她选的？想当年你如花似玉，背后跟着一个连队，鄙人是最后一名，你满院子拣瓜，拣得眼花，拣到最后，拣了个傻瓜！（鼓掌声、大笑声）你不怪你自己还要怪她！”她就像花一样开始微笑了。（更大的笑声、鼓掌声）

在这个过程中，我表面上，是用了雄辩的技巧。第一，雄辩就是把所有的可能性都拿出来，有利于我的，她笨，是她不好；不利于我的，“我笨”，也是她不好。第二，实际上我的“雄辩”里面包含着一点诡辩，由于诡辩带来一点幽默，为什么？因为我把可能性简化了，省略了好多的可能性，大前提里面有虚假的成分。孩子学不好的第二个原因，是父母遗传不好，实际上还有第三种可能性，她不用功或者方法不对，这个就省略了。第三，说这个孩子头脑笨有两种可能性，不是父亲笨就是母亲笨，不是这样简单的，同样的父母生下来的孩子有的笨有的聪明。我家里就是个证明，因为我大姐的头脑就跟我成反比，她念小学四年级就念了 4 年，念到我到四年级和她同一个教室。遗传密码是很复杂的，我把它简单化了，我就把她骗过去了。用雄辩的形式和诡辩的前提，同时也用了一点幽默。幽默在哪里？首先，把她美化一番，说她当年如花似玉，后面跟着一个连队，她马上面带笑容，如花一般；其次，把自己“丑化”了一番，也就是自我调侃了一番。我头脑很笨，从最后一名变成第一名。借助把自己说得很差劲，把她引导到当年如何被我迷住的记忆中去，就把她解放了。（大笑声、掌声）

九、悲天悯人的高尚境界

这就说明我们在人际交流的时候得有一点机敏，该跟你讲原则的时候讲原则，跟你辩到底，当原则讲不下去了的时候，那就不要死心眼，来点幽默。讲一个古典的例子：在私塾里面，老师打瞌睡了，醒来以后学生就调侃他：“老师你刚才干吗了？”老师说：“我刚才去见孔子了。”学生也不去揭穿他，也伏在桌子上呼呼大睡。老师大吼：“干吗？”学生说：“我们也去见孔子了。”老师说：“见孔子，孔子跟你讲什么话？”学生说：“孔子说，他刚才没见你。”一般老师讨厌学生上课打瞌睡，我学过点幽默学，我对学生上课打瞌睡一般不会批评，我比较同情他们。我自己也有过上课打瞌睡的经历。我有一次大概是在 20 世纪 80 年代初期，天气比较热，上课上到三四节，那个时候也没有电风扇，就有学生打瞌睡了，很放肆，还发出鼾声来。装作看不见、听不见是不可能了，这个时候只好来点幽默。我说：“哎，各位同学，现在有位同学发出来美妙的音乐，你们知道我现在怎么想吗？”学生笑了，说都不知道。我说：“我觉得这是这个同学对我的最大信任。”学生问：“为什么？”我说：“他敢于在我面前打瞌睡，他是对我人格的信任。因为他拿准了我也不会给他小鞋穿，不会扣他的分数，而且他这一打瞌睡就使我想起了我美好的青年时代。因为我在上大学的时候，每逢周四就在教室上课，楼底下是幼儿园，每逢上课上到一定时候，幼儿园的学生就唱歌，歌声越是悠扬我眼皮越是沉重，起初我是坐在第二排，为了尊重先生只好就睁大眼睛，后来眼睛都睁不起来，太沉重了。我就想，如果睁大眼睛，让他觉得我是个好学生，那从本质上来说，是欺骗，我还不如小睡片刻。（笑声）睡这么 10 分钟，到第 11 分钟我就神采奕奕地、目光炯炯地瞪着老师，对老师就可以坦诚相对了。”学生就开始活跃起来，但是这位打瞌睡发出呼噜声的学生还是没有醒，我就说：“我们再来讲个故事好不好？”学生说：“好极了。”突然想起来了淮海战役，在战争打得正起劲的时候，毛主席召开军事会议。毛主席讲话正起劲的时候，底下的将军已经好几天没有睡觉了，有一位将军就发出了豪迈的鼾声，所有的人都紧张得不得了。毛主席不动声色，等到讲完了轮到别人讲话，毛主席走到他身边说：“嘘……讲话轻一点，那边有同志睡着了。”于是大家哄堂大笑，一下把那个同志就给惊醒了。我这么一讲他们就笑起来，他们一笑起来，那个同学醒了。我说：“这个同学已经清醒了，让我们热烈庆祝这个同学像那位将军一样清醒了，大家鼓掌。”

幽默不仅是一种方法，更主要的是一种心态。有一种悲天悯人的境界，把人世间的不如意，看成是人生本身的局限，看到人家的一些毛病和缺点，不要觉得自己有什么了不起，其实，从更高的角度来看，自己和那些有毛病的人差不多。那些你瞧不起的人的心理缺陷，你自己其实也未能免俗。有了这样的觉悟，人的心胸就变得博大。

契诃夫成名以后，家中不断有慕名而来的崇拜者。有一天，来了三个上流社会的妇女，她们一进来就力图表现出很有政治水平的样子提出问题：

> “安东·巴甫洛夫维奇（按：对契诃夫的尊称），您以为战争将来会怎样呢？”
>
> 契诃夫咳嗽了两声，想了一会儿（按：做出很笨的样子），随后温和而认真地说：“大概是和平。”

这是故意文不对题，人家本来问的是，战争的结局，是哪一方胜利，但是，契诃夫却回避了她们的问题，讲了一句毫无意思的笨话，但却不露声色，很放松，做出很认真的样子。

> 她们又问：“当然啦，可是哪一方面胜利呢？希腊人，还是土耳其人？”
>
> “我认为是强的一方胜利。”

这又是一句傻话，说了等于没说，不提供任何新的信息。

> “那么照你看来，哪一方是强的呢？”
>
> “那就是营养好、教育高的那一方。”

这仍然是一句空话，不但文不对题，而且很愚蠢。战争的胜负和营养和教育，没有充分必要的联系。这里，好像下决心不接触太太们关心的军事政治问题，但是三位太太并没有意识到这一点，她们仍然沉浸在对契诃夫高深智慧的无限崇拜之中。

一位太太赞美道："多聪明！"

另一位太太问道："您比较喜欢哪一方面啊，希腊人还是土耳其人？"

契诃夫和蔼地、亲切地、温和地微笑着说道："我喜欢蜜饯，您呢？您喜欢吗？"

当这位太太赞美他"多聪明"的时候，契诃夫早已识破了她们一伙的虚荣，居然还能够"和蔼"得起来，换一个人早就皱眉头不耐烦了，"亲切"更是难得，真是到了大智若愚的妙境。即使这样的情况下，他还是"温和"地微笑着。这种微笑，不是我国笑话书所说的"先笑不已"，先笑不已，是为故事、为他人而笑。而契诃夫温和的微笑，却不是为这几个女人的愚蠢而笑。他是平静的礼貌性的笑。在这样愚蠢的问题面前，还是心平气和，还是温文尔雅，还是保持着高雅的友好姿态，这是高度的宽容和超脱。他看出来，她们之所以显得这样愚蠢，原因在于，她们要在自己面前，装作对于严肃的政治问题很有修养的样子，这样做恰恰是弄巧成拙。契诃夫看出了她们内在的尴尬，是由于扭曲了自己的兴趣，他没有直接揭露，而是把她们引导到她们所熟悉的蜜饯方面去，这就是说，契诃夫看出了这些妇女除了家务，对于政治，对于国际时事，一无所知。他用这个问题把她们解放了出来。

"很喜欢！"太太们兴致勃勃地嚷道。

"它多么香啊！"其中一位太太认真地说。

于是这三位太太活泼地谈起话来，并且表现出她们对于这个蜜饯问题有非常广博和精细的知识。她们显然很高兴，现在用不着再费脑筋装出对她们从来未想过的希腊人和土耳其人的事情真正关心了。

契诃夫的幽默术在态度上始终采取"答非所问""文不对题"的办法，到了最后则干脆大智若愚地转移论题。契诃夫不怕在别人眼中显得笨拙，却回避在大庭广众之间揭露三位太太虚饰的深沉。他用不合逻辑的答非所问显示了自己的宽容，同时也把三位太太从故作高深的话题中解放出来，让她们恢复到自己的真实心灵世界中去。这样的幽默是最高的幽默，高到让对方感觉不到锋芒，但感觉不到锋芒并不等于没有锋芒，任何一个当时在场的人或者今天的读者，都可以感到契诃夫对三位太太的虚荣和浅薄洞若观火。同时也体悟到契诃夫对于人类虚荣心的悲天悯人的襟怀。

契诃夫式的微笑，和一般幽默的笑，也就是会心的微笑相比，别有一种高度。这种笑不是会心的，和对方不在一个精神层次上。这时的笑，只能是一种欣然独笑。这种幽默对我们最大的启示，可能是归结为精神优越感的潜藏。就这一点来说，这是幽默最根本的精神。

我收到一个深圳打工妹的来信，她说："你的幽默书很有用，有一次我使用了效果很好，但有一次失败了。我跟一个大姐姐住在一个房间里，她非常爱护我，我也非常依赖她，我们感情非常好，但是有一次糟糕了，这个大姐姐正在跟一个小伙子谈心的时候，我把我的录音机开得很响，但我自己并不知道，大姐突然火起来了：'你替我把录音机关上，要不然我把它和你一起扔出去。'我知道她是发火了，我想我本来可以顶她一句，后来一想，你的幽默书里讲，不要对抗，要缓解对抗，从对抗解脱出来。我就用你的方法跟她说：'用不到你扔，我自己把自己扔出去好了。'说完我就走开了。但是，走到门口的时候，我的眼泪流下来了。"这个打工妹问我为什么。我给她回信说，这是因为她的幽默还没有磨炼到炉火纯青的程度，她运用了正确的幽默方法（自我调侃），但她胸中的宽容、善良还没有达到相应的程度，就产生了这样微笑后的痛苦。我想，她应该对大姐有充分的同情。也许，这个大姐，年纪比较大了，长期等待着白马王子而耽误了青春，一旦和一个小伙子谈得入港，心情是十分投入的。此时，同屋的小姐妹，却突然制造噪音，也许在她看来，是破坏氛围，就突然情绪膨胀，发起火来，有点六亲不认。这在一般人来看，是缺乏修养的，显然是个缺点。但是，你既然是和她情同姐妹，就要比一般人更了解她，更能体会她的心情。有了小伙子，就不认小姐妹了，就算是缺点，难道不是陷入热恋中的人之常情吗？你应该对她更有同情心，你如果光觉得她可气，就不能算是理解她，就是光觉得可笑，也不算心胸宽广。你应该感到她可爱，哪怕是缺点，也是可爱的，人性嘛。虽然爱情八字没有一撇，就把友谊不当一回事了。有没有幽默细胞，往往就在这一点上看出分晓来。幽默是情感交流嘛，不是那么理性的嘛，不那么拘泥于理性的是非嘛！从理性的礼貌来说，这是个缺点，可从幽默的情感价值来说，这个缺点，是太可爱了。爱情使人不讲理呀。你要学会欣赏这种不讲理。

这里，涉及一个胸怀的根本问题，那就是心胸博大。幽默的博大，主要是对己和对人两个方面，主要是对他人要有一种悲天悯人的胸怀。就是人家的缺点毛病，也不能取疾恶如仇的立场，而是站在人类生存的高度上，把这种缺点、毛病当成人类的一种局限，这样，才能把个人的毛病，当成人类的毛病。不是他个人的，而是人类普遍存在的，因而就都能包容，能够欣赏，觉得可爱。乔治·桑塔耶那说：

> 我们所说的幽默，其本质是，有趣的弱点，应该和可爱的人性相结合。[①]

关键是，你能不能把人家的"弱点"看得"有趣"，能不能从个别人的"弱点"中，看到共同的"人性"，不管这种人性有多少缺陷，你能不能看出这些缺陷又是多么的"可爱"。桑氏进一步说，不管人家有多么荒唐，不管我们觉得这种荒唐是不是应该"摒弃"，但是，

① 孙绍振：《幽默基本原理》，广东旅游出版社2002年版，第222页。

越是荒唐的、负面的，也越能看出其“性格更为可爱”。这并不神秘，绝大多数人并不缺乏这种素质，证明之一，就是春节晚会，我们都会欣赏赵本山、陈佩斯，尽管他们所扮演的角色都是一些卖假货的、小偷，甚至是汉奸成性的家伙。但是，我们并不是以公安局的眼光去看他们，而是把他们当作人，看到他们即使沦落到不堪的地步，也自我感觉良好，就是做坏事，还觉得自己很有水平，流露出一种自鸣得意的劲头。看到这样的生存状态，我们就自然站在高处觉得他们不但是可怜、可笑，而且是可爱了。

十、贵在随机即兴

在家里写文章，准备演讲稿，要达到幽默的境界也许并不难，但是幽默的谈吐，是一种现场的反应，只有瞬间作出恰当的应对才有效。如果当时反应不过来，事后回到家里，即使想出再好的点子，也是白搭。要做到即兴现场反应，好像不假思索脱口而出的样子则不是一朝一夕所能奏效的了。关于这一点，我曾经有过失败的教训。

20 世纪 90 年代初，我写了一本有关幽默谈吐的书，十分畅销。中央电视台的一位部门领导，在香港看到了，就让当时还不十分出名的导演张海潮把我追踪到了。1992 年，在中央电视台做了 20 集的“幽默漫谈”。那个节目应该说做得并不怎么样。但是，从此以后，我就被当成对于幽默有研究的人士，经常被一些单位请去做讲座。听众并不太关心幽默的学问，他们最为热衷的是：日常生活中的幽默谈吐。有时候，纸条递上来，问得很刁钻，而且要马上回答。在一个商业学校的礼堂里，递上来的条子是：“如果你母亲和你太太都跌下了大河，你是会游泳的，你是先救妈妈还是先救太太？请回答，而且要幽默。”

这完全出乎意料，我只能承认，我无法回答，原因是我的幽默还没有遇到过这样严峻的考验。下面发出了一些笑声，虽然，其中充满了谅解，但是，却不能不使我感到遗憾。讲座结束以后，心里还有一点失落之感。后来，我在一本西方的幽默书里发现，原来是有现成答案的：先救太太，因为妈妈会游泳。这是符合我的幽默错位逻辑、歪打正着的理论的。从那以后，我更加苦心钻研，我对于幽默逻辑错位有了更多的体会。对听众递上来的条子，就逐渐有信心了。虽然时间很紧迫，但是只要歪理歪推，总能对付过去。后来福州一所军事通讯性质的高等学校，请我去讲幽默。快结束时，递上来的条子是：“如果我在听您的报告时，忍不住放了一个屁，很响，又很臭，身边又是女同学，怎么办？”

我一点准备没有，读条子的时候，我还不知道怎么回答。我一头念条子，一头就胡诌起来。我说，你可以对坐在身边的女士抱歉道：“对不起，报告很精彩，启发性很强，我觉得有许多想法和他交换，但是，老头子一直讲个没完。我实在憋不住了，发出了声音，还有一点气味。真是不好意思。”

底下哄堂大笑。又有条子递上来：“这是什么方法？”我回答：“从幽默的逻辑结构来说，用的是同音异义。憋不住的屁和憋不住的话，都是一种声音；从幽默的心理状态来说，是自我调侃。”底下报之以掌声。又有一次，条子上的问题是：“如果请女朋友吃饭，结账时，却发现没有带钱，怎么办？”

我的回答是：“你先使劲骂那些请女朋友吃饭又不带钱的家伙。骂得越凶越好，骂得差不多，叹一口气说，我今天全骂自己了。”事后，我想了很久，虽然当时听众都给我鼓掌了，还很热烈，但是总有些美中不足。我想可能是幽默的逻辑结构，并没有达到密合的程度，要做些修改才好。我想了好久，觉得应该这样说：“你骂这种人，是小气鬼，贪吃鬼，没有资格做人，连鬼都配不上，不要脸的鬼。骂得差不多，摸摸口袋，叹一口气，可是，你（指着对方），今天可真是碰见鬼了。”

我觉得这样可能更幽默一点，因为，在二重逻辑反衬中，第一重的“鬼”和第二重的“鬼”同音异义，结合比较紧密。四五年前，我应邀到福建省经济管理干部学院去做报告。一个学生递上来一个条子，说：“我们班主任今天本来布置我参加一个会，但是为了听您的报告，我没有去。如果您是我，如何向班主任交代呢？”不知从哪里来的灵感让我的舌头活动起来，我听见自己说：“主任，你也年轻过，当年你是不是也曾经有过为了一个好报告而逃会的历史记录？如果你从来没有，请允许我从明天开始向你学习；如果也和我一样，逃过会，那从现在开始，让我们互相学习既逃会又不让班主任生气的经验。”

台下的听众，为我的思想的迅速投胎而鼓掌欢呼。

当然，这里的幽默，首先缩短自己和班主任的距离，把他当年的调皮记忆勾引起来，还要加上时间的诡辩性：如果你和我一致，就在今天互相学习；如果不一致，从明天开始，事实上是今天就不学习了。这是一种偷换概念的方法。

当时，我并没有细想其中的奥妙，直到我把自己的幽默理论反复思考了许久，才明白，我的口头表达来自内心的幽默，而内心的幽默是一种自动化的反应，正如我们说话时，无法去想什么语法修辞一样，真正有幽默感的人，并不是受什么幽默方法指挥的，相反，幽默方法倒是受幽默感指挥的。如果要说有方法，最根本的方法是，让心灵充分自由，把心交给他们，当双方的心态达到高度的自由时，就会达到一种“无法之法，是为至法”的心领神会的境界。

今天的时间已经超过了，谢谢大家如此耐心地听我老头子饶舌。

（录音整理：商增涛　统稿：李福建）

第二辑

演说朱自清

今天一进会场就很意外的开怀。昨天有关人士给我打“预防针”，后天是清明节，放假，不少调皮的，也就是头脑灵灵光的，早就提前学习杜牧，在这细雨纷纷的时节，去借问酒家何处有了。今天来的人可能很少，希望我神经坚强一些，我当然无所谓，相信自己脸皮的厚度，自尊心的弹性，是足够的。但是，进来之后。居然座无虚席，都是非常阳光的、非常漂亮的，特别是男同学，平均颜值都高过女同学（笑声）。当然不论男女，都是满脸春光，眼睛里闪耀着期待真理播种的神色。让我老头子顿时产生一种返老还童的感觉，虚荣心有点膨胀。马上我想起了我的朋友舒婷，什么？男朋友还是女朋友？当然女朋友，她是女的嘛。当然，不是美国人所说的 girl friend 那种超级亲密的意思，而是好朋友，括弧女性。这里讲讲，你们不要乱传，传到她丈夫陈仲义耳朵里，要和我打架的，他是足球运动员，我吃了眼前亏，你们赔不起。（笑声）

那是一九八七年、八八年吧，美国一所大学邀请舒婷去朗诵她的诗歌。当年，去美国是相当稀罕的，首先，拿到中国公民的护照不容易，其次，美国领事馆的签证这一关，也挺悬，弄不好就是拒签，白忙活。1990 年，我去德国，那时是西部德意志联邦，国家公派去进修的，光是填表，到北京去，就折腾了一个星期。回来等签证，56 天。舒婷比我早两年，前后折腾了两个月。从美国回来后，她告诉我，美国大学，特别选择了礼拜六晚上，还广告满天飞，中国诗人，普通话，福建方言朗诵，大肆宣传。她走进会场，好生奇怪，居然不是什么会场，就是个小小的咖啡室。等了一会儿，人来齐了，几个呢？一共八个。办了两个月的签证，居然只有八个听众，当然，还有一个是会议主持人，加上一个，就是舒婷。相比舒婷那样样的记录，我的虚荣心变成了自豪感，最初的感觉是，这是老夫的人气啊。起码二十倍于舒婷！（笑声）但是，走进来转而一想，不一定啊，如果题目不是讲

朱自清，而是讲孙绍振啊什么的，来的人可能就和舒婷差不多了，台阶上也许有人，但是可能是来看我的洋相的。（笑声）

一、有一种爱是沉重的持久的内疚

朱自清太丰富了，一下子讲不完，我选择《背影》和《荷塘月色》，用解剖麻雀的方法，对他前期思想和艺术进行解密。

这两个作品，诸位在中学时都念过，肯定觉得都懂了。如果我同意你们都念懂了，来讲什么呢？讲废话、空话、套话，不是我老孙的强项。我之所以要讲，就是肯定诸位没有真懂。这一点，恕阿拉直言。这个“阿拉”不是普通话，也不是你们南京话，也不是朱自清先生的扬州话，而是上海话。为什么要“阿拉”一下呢？因为这朱先生这篇《背影》不是在家乡扬州写的，而是到上海去“阿拉”了一下才写的。

语文啊、文学啊，这个东西，有一种天然的感染力，让人一见钟情，让人陶醉，尤其是像《背影》《荷塘月色》这样的经典，没有难度，一望而知，没什么看不懂的。早在一百多年前，中小学语文改用白话文，老师就非常苦恼，学生都一望而知了，上课讲什么。叶圣陶先生就转述过中学老师的苦闷，“语体文没有什么好讲的”。后来呢，有些老师就想出些点子来，制造些难点，最流行的法宝，就是段落大意的划分啊。本来，我想，这不是小小儿科吗？可是，当了十几年大学教师，遭遇一次挫折，才知道，这可是个高精尖的难题。那是1978年，朋友的孩子在高中念书。老师布置预习《鸿门宴》，分段落大意。孩子分不来。她爸爸找到了我，让帮帮孩子的忙罢。这篇文章我相当熟悉，但是，从来就没有考虑过分段。按我的理论，第一，分段属于形式逻辑的划分，按照不同的标准，可以有不同的分法。可是我知道，中学教参里有权威的、标准的、唯一的答案。第二，一切逻辑的划分都是相对的，假定的。文章是个整体，划分只能是相对的，不能绝对化。绝对的划分，就可能把文章整体，文章的脉络，也就是文章的生命线割断。我做大学生的时候，读过亚里斯多德的一本什么书，他说，人的手是很美的，如果把它从身体上割下来，就可能是很可怕的。当时，我很有感触，在笔记上，还加了一句，手割下来，固然可怕，若是换成头，比如美女的头是很美的，如果割下来，那就很恐怖了。出于这样的考虑，我就老老实实对朋友说，我会教语文，什么都会，就是不会分段。朋友生气了，孙绍振，你不要太懒惰了，凭着多少年的友谊，就不能劳您大驾，动一动脑筋吗？我没有办法，只好钻研了一番，划分了一下。应付过去了。过了很久，至少有一两年罢。偶尔和孩子聊天，说到《鸿门宴》

的分段。第二天正好老师提问到她，她就按我的划分说了一下。那老师听了半晌说不出话来，沉吟了好久，才从牙缝里说了四个字："绝对荒谬。"（大笑声）

划分段落大意，还是小儿科，后来，特别是近年来，引进了一系列西方的所谓教学新理念，不加分析批判，和中国传统不结合，照猫画虎，挟洋自重，花样越来越玄乎，越来越离谱，越搞越糊涂。特别是照搬美国商业化的托福式的刁题、怪题，天花乱坠，吓得人一佛出世，二佛升天。我的胆子比较小，更是灵魂出窍，如果让我今年去考大学，不但北大考不上，就连师专都没有希望。当然，我已经大学教授当了几十年了，这些花样奈何我不得，但也不免为小孙女忧心。我们领导，反复地讲不折腾，但是语文课程却不断地折腾，至今好像还没有搞过瘾的样子。特别是什么多元解读。完全忘记了我们改革开放的立国之本，实践真理论，热衷贩卖洋人花样翻新的品牌，没有真理，没有本质。把英国人的，一千个读者就有一千个哈姆雷特奉为金科玉律。国人大多不知，一切谚语、格言都是片面的。拿着这个洋谚语来硬套，解读没有正确错误，不讲品位高下。鲁迅说过，一部《红楼梦》，经学家看到易，道学家看到淫，才子看到缠绵，革命家看到排满，流言家看到宫闱秘事。[①]这样的真知灼见，对他们来说，完全像李白所说的犹如春风过驴耳。其实，他们什么也没有看到，看到的是他们自己。根本没有动脑筋分析一下，一千个哈姆雷特中有多少是假哈姆雷特，非哈姆雷特，反哈姆雷特。而真哈姆雷特，只有一个。以假乱真，鱼目混珠，比之真假美猴王更能忽悠人，假美猴王只有一个，而假哈姆雷特，则是天花乱坠。

反本质，废真理，洋教条泛滥成灾，把本来很明明白白的课文弄得迷离恍惚，举一个好玩的例子，有个颇有点名声的特级教师说，《背影》写的不是亲子之爱，而是生命之背影，死亡之流。你看，文章里写，祖母死了，父亲写信说，大去之期不远了。可是又关心自己的孩子。再加上自己，不是四代人吗？反正都是要死的，而生命却是只有一个背影。其实，朱先生的父亲不过是说说而已，他才五十岁，二十年后，七十岁，他才过世。但是，网络炒作是盲目的，一大批粉丝起哄。如此这般，居然在网上大红大紫。

凭良心说，并不是吃饱了撑的，而是任务太艰巨，说得不好听一点，智商、学养都不够用。他们不知道，当好语文老师和数理化老师不一样，是要有点才气的，有点灵气的。数理化老师，走进课堂，学生拿着课本有好多是看不太懂的，有的还是直发懵的。所以数理化老师很牛啊。你不懂，得听我的，不听，你一辈子不懂。但是，语文老师走进课堂，学生摊开课本，一望而知，就是有个别不认识的字，课文下面有注解。不难一望而知，如果老师讲的和他们看到的一样，学生就觉得你没有料，觉得倒霉，浪费青春。如果只讲一次课，学生尊师和重道的起码教养还是有的，不会交头接耳，也不偷偷看手机。这和美

① 《绛洞花主》小引载《集外集拾遗》。

国大学生不一样，美国大学生听不下去，抬脚就走人，用北京话来说，就是“大爷颠儿了”。期中评估（evaluation）给你打个低分。我国学生比之美国高雅多了。他知道你在讲空话，但还是两眼睁得大大地看着你，做出很专注，期待真理播种的样子，但是，他眼大无光，目中有人，但是这个人不是你，他脑海里浮现着另外一个可爱的人儿的笑盈盈的形象。（笑声）

那么，是不是应该让这些语文老师下岗，或者像一位作家所说，统统“回炉”。可是炉子是用火来烤的啊，那不是太野蛮了吗？这既不合法，也不人道啊。

据北大中文系入学调查，在中学课程中，语文课属于受欢迎中的倒数第二，这样说有点不好听，换一种说法，受欢迎的程度排在最不受欢迎的课程前面。（笑声）

不管怎么说，对于辛勤劳动，把生命奉献给中学语文老师来说，是不是太悲催了？

问题出于哪里？拿这个问题去问那位“回炉”专家，他肯定也是张口结舌。

其实，稍稍有点学养，回答这个问题很简单，关键在价值观念上，这是个美学问题，抽象度太高了，从概念到概念的演绎，还可能是空转，不如从感性材料出发，把《背影》作具体分析，当作麻雀解剖，让诸位有真切的感觉。

大概2002年，武汉有一个编写课本的小组。他们很认真，也想出奇制胜，就把以往所有经典文本，包括朱自清的《背影》，在中学生中，做民意调查。结果大吃一惊。对于《背影》，百分之八十五的中学生，表示不喜欢，反对进入中学语文课本。理由有两条，第一，《背影》中的父亲，没有诗意，形象很不潇洒。第二，这个父亲从火车站的月台上爬下去，越过铁道，爬上对面的月台，违反了交通规则。这样的人能够歌颂吗？这好像不是没有道理。课本的编者，从善如流，决定把《背影》取消。消息传出去以后，家长们纷纷奋起抗议，义愤填膺；这个经典文本，养育了一代又一代的青少年的心灵，居然你们如此野蛮，把它打入冷宫。是可忍孰不可忍。编者害怕了，连忙声明，辟谣，没有取消，只是把它放到下面一册去而已。事情就这样蒙混过去了，但是问题的是非并没有解决。

不可否认，朱自清的父亲违反了交通规则，爬月台的姿态也笨拙，没什么诗意。但他为什么就感动得朱自清流下了眼泪呢？父亲对他无微不至地关爱，请茶房照顾他。朱自清原来觉得他是白啰嗦，茶房只懂得钱，托他们只是白费唾沫星子；暗笑他太“迂”，父亲讲话又那么土，真是一点也不潇洒，净给他丢脸，巴不得别唠叨了。但是，父亲爬了一下月台，什么也没讲，就感动得朱自清流下了眼泪。

这里面有隐含着深刻的情感的奥秘，这不是随便来个什么哈姆雷特就能蒙混过去的。

朱自清的《背影》是1925年写的，八九十年来。分析《背影》的文章不下百篇，不乏出自权威的人士之手，最权威的就是朱自清的朋友叶圣陶先生，当年还是年轻的作家、教育家。他不像一般作家那样坎坷，而是芝麻开花节节高，从小学教师当到教育部长。他说朱《背影》是歌颂父爱的，特点是把大学生当个小孩子来关怀。这话，挺到位，我想诸位都会赞同。五四当年，母爱是被赞美的。后来就有理论家，根据弗洛伊德常说，叫做的恋母情结，五四主流是批判宗法制，家长制，父亲往往是被批判的，理论家就给了它一顶帽子，叫做审父情结。朱自清却反过来，写父爱，而且写得很是独特，不可重复。这种独特性，是艺术的生命，但是，能把这种独特性、唯一性，概括出来，却经历了世纪争鸣。叶圣陶第一个把父爱的特点概括出来。以后成百篇的文章，没有一个能超过他的。至于刚才提到的什么生之背，死之流，简单是精神的空洞，智商的倒退，逻辑的混乱，痴人说梦。

叶圣陶的文章代表了百年来的最高水准。没有问题，但是，是不是就到顶了，没有发展的余地了呢？如果是，那我们就靠重复叶圣陶那几句话过日子，是不是白活了？

坦率地说，叶圣陶讲得并不完善。

他讲父爱，把大学生当小孩子爱，但是，他忘掉了一点，大学生起初并不买账，不领情，甚至反感，觉得给他丢脸，巴不得他少讲几句。可是父亲坚持自己爬过月台为儿子去买橘子：

> 走到那边月台，须穿过铁道，须跳下去又爬上去。父亲是一个胖子，走过去自然要费事些。我本来要去的，他不肯，只好让他去。我看见他戴着黑布小帽，穿着黑布大马褂，深青布棉袍，蹒跚地走到铁道边，慢慢探身下去，尚不大难。可是他穿过铁道，要上那边月台，就不容易了。他用两手攀着上面，两脚再向上攀缩；他肥胖的身子向左微倾，显出努力的样子，这时我看见他的背影，我的泪很快地流下来了。

父亲对儿子那么无微不至的关爱，儿子没有感觉，而笨拙的爬月台动作却让儿子哭了。这就是说，儿子感到了父亲的爱。这就是艺术生命的焦点。从这个焦点中发射出来的道理是很深刻的：亲子之间，是不平衡的。八九十年来，不管是民国时期的课本、还是台湾的课本，香港、澳门的课本，一直都是把它选入课本。雄辩地显示了它的不朽。因为它揭示了爱与被爱之间的一种种特殊矛盾。那就是，爱与被爱往往是隔膜的，爱与被爱是不平衡的，这种不平衡并不是静止的，而是发展的，而发展，仍然是不平衡的。被爱的，顿悟了，感受到父亲的爱，内心惭愧，感到沉重，但是并没有沟通。儿子明明被感动得流下了眼泪，却马上擦干，不让父亲知道，而父亲从一开始，对儿子的顶撞，儿子的不耐烦，儿子的嫌弃，没有感觉，他心里只有为儿子亲自爬过月台，尽一份心。儿子感动了，他也没有感觉，这是一种不在意回报的爱。这一点正是朱自清的亲子之爱，跟同样表现亲子之爱的冰心的散文最大的不同。冰心的亲子之爱，是水乳交融、心心相印的；爱，被爱，共享幸福。不论从思想上，还是从艺术上看，朱自清都比冰心深刻而且具有历史价值。如今在中学语文课本中，冰心表现母爱的散文很少了。而朱自清的《背影》一直是永葆青春。

但是这一点，至今还有人不理解。散文家、诗人余光中，还是我们福建人，他对朱自清不买账。他说朱自清的许多散文是“浪得虚名”。当然，他承认《背影》写得还不错，但是一篇不到二千字的散文，居然流了四次眼泪，当场哭还不够，还要反复哭，男子有泪不轻弹，这没完没了地哭，眼泪也太不值钱了。

也许在他看来，父亲爬月台，儿子感动了，流下了眼泪。爸爸回头，让他看到，对他说，爸爸，我错了。爸爸替儿子擦干眼泪：没什么啊。别哭了，傻孩子。（笑声）可是，如果这样写，《背影》就煞风景了，甚至可以说，就完蛋了。这样写，爱就没有任何隔膜了。从理论上说，心心相印的爱，是诗，如果把执迷于心心相印，把散文写成诗，那就不是散文的艺术了。即使是抒情，也要保持心灵的错位，才有散文的美。散文才不至于被诗同化。散文就是散文，散文可以有诗意，但是，不能向诗投降。20 世纪 60 年代杨朔把每一篇都当作散文写，风靡全国，殊不知那是画地为牢。新时期以来在理论上杨朔模式受到批判，在实践中被突破，是必然的。因为人性是太复杂了，太丰富了，没有一种文体能够将人性全面表现，每一种文体仅能表现其一端，多种文体各显神妙。亲子之爱无疑是最温馨的，这在诗歌中，最能充分表现，但是，亲子之爱并不是只有温馨，还有严酷的一面。丰子恺早年有一组漫画叫做“似虐之爱”，言简意赅，对亲子之爱的特殊性揭示得很深刻。在《背影》发表九十年以后，我遇到一件事，又一次体会到《背影》的深邃。

只要是个正常人，都会感到母爱比父爱更温馨，更富于诗意。但是，女儿告诉我，她念中学的时候，几个闺蜜私下闲聊，最难沟通，但是，正是母亲最常瞪眼睛，骂人。过去都说严父慈母，可轮到他们这一代，母亲比父亲更严厉。特别是考试，本来胜败乃兵家常事，可是考分稍有退步，一看妈妈的脸色，就知道今夜有暴风雪。就是多考了几分，也别指望无条件表扬。最莫名其妙的是，一个同学考了九十九分，母亲拿着卷子，不但没有犒赏，反而叹了一口气，往沙发上一倒，说：“我就不明白，为什么你就拿不下这最后一分！”（笑声）母亲为什么这样不讲理？因为她最爱你。这样的福分，我想在座诸君，多多少少都享受过。（笑声）

我曾经在深圳一所中学讲过这个故事，一位中学教师说，你讲得太对了。我班上有个女孩子，是个篮球运动员，非常阳光的，是那种有点“野”的女孩子。她作文里写，有一次下大雨，她打篮球打得浑身湿唧唧。扑哧扑哧地走进大厅，往沙发上一倒，打开遥控器，看电视。顿时，背后一声绝望的尖叫，妈妈喊起来：“哎呀呀呀，浑身这么湿这就坐在沙发上。着了凉怎么办？老天爷啊！”女孩子想，你与其耗上这么多时间啰嗦，还不如拿条毛巾来，让我擦擦干净，换换衣服嘛。正在想着，哎，妈妈果然拿了干毛巾来了，一头擦着，一头数落。好容易数落完了，衣服也换了，本来太平无事了，可突然又听她大呼小叫：“哎呀呀呀，鞋子扑哧扑哧的，都是水啊，脚底最容易受凉。明天考试怎么办？还不赶快换鞋子。”又啰嗦开了。女孩想，你啰嗦什么，拿鞋子来换就是嘛。正在这样想，妈妈把鞋子拿来换上了。孩子接着看电视。又听妈妈大叫起来：“我的老天啊，还看电视啊，还不去休息一下啊。”摸摸头，有没有发烧啊，躺下躺下……唠唠叨叨。好好好，我就躺，我就躺。刚往下一躺，又叫起来了，作孽啊，被子没有盖，这不着凉了吗，老天爷，哎呀呀呀。她女儿想，你与其这么嚷嚷，还不如给我盖个被子呢。她就闭上眼睛，装作睡着了。妈妈突然安静了，她感到妈妈蹑手蹑脚走过来，轻轻把被子给她盖上了。女孩子感动了，觉得鼻子一酸，忍不住嗤的一声，流下了眼泪。她感到妈妈头伸过来看，连忙把头埋进被子，不让她看到。

真真的感动，是在内心深处的。是带着惭愧的，是隐秘的，隔膜趋向重合了，但是，不会合二而一。爱在错位重合之间往复运动，这是人性。不但是亲子之爱，而且是男女之爱，也不可能水完全水乳交融，绝对心心相印。相反，爱得越深，越是有隔膜。你们念过《红楼梦》没有？林黛玉为什么和贾宝玉老吵架，林黛玉为什么老是哭个没完，因为她爱贾宝玉。反过来说，薛宝钗为什么不跟贾宝玉吵架，为什么不哭，因为她不爱贾宝玉。爱就是要哭的，女同学们啊（笑声），爱得越深，越是有一种强烈的愿望，那就是心心相印，没有一点错位，女孩子一旦爱上你，还有一个特点那就是让你听话。张洁在《方舟》中写，就是要看到他的“服从”，托尔斯泰在《安娜·卡列尼娜》中写，就是要你眼睛里有“狗一样的驯服”。（大笑声）爱就是时时刻刻想着占领对方的全部感知。但是，这是违反人性的，人的情感是不可能完全覆盖的，不是有个谚语吗？叫做人心不同，各如其面。如果不爱，不存在独占对方全部情感的欲望，井水不犯河水。情感没有重合部分，也就没有错位。但是，爱了，又不可能全部重合，就有了眼泪，就有了痛苦，就要吵吵闹闹，哭哭啼啼。爱情是不讲理的。罗马的小爱神，是盲目的，随随便便一箭就射中你。一旦爱上了，所以就很专制。爱的专制，专制的爱，男同学们啊，这是你们的命运，也是你们的幸福。你们要学会享受专制啊，不会享受专制的就枉为七尺男子啊。（大笑声）恩格斯说，爱情的痛苦是人类最大的痛苦。我要补充一句，相爱是最幸福，是最大的幸福。亲爱的男女同学们，我以林黛玉的名义告诉诸位，爱就是神经质的，就是精神不正常的。爱的眼泪是前世欠下的，你非还不可的。爱是要死要活的，患得患失的，是恐怖的，有时还是要死人的。杜十娘死了，茶花女死了，林黛玉死了，安娜.卡列尼娜死了，巴金《家》里面鸣凤死了，曹禺《雷雨》里，四凤死了，一代一代死下去。一代一代还要爱下去。这是人类生存的悖论，人在爱这方面拿自己是没有办法的。非常普遍的，非常深刻的道理，连大诗人余光中都不懂得。

哦，扯得太远了。但也不太远。就是为了说明朱自清感动得流泪，为什么不让他爸爸看到。道理很深刻，至今还没有人讲清楚。至于这一段的语言，就更没有人看出艺术的奥妙了。

这一段很是感情的高潮啊，情绪的转折啊！在一般的情况下，是要抒情的，要形容的，要夸张的，要渲染的，是不是？但是这里，他恰恰没有用抒情，没有用夸张，没有用渲染，而是用非常简洁的叙述。诸位，你们回忆下：“父亲走到月台边，穿过铁道，跳下去又爬上去。父亲是一个胖子，走过去自然要费些事。我本来要去的，他不肯，只好让他去。我看见他戴着黑布小帽，穿着黑布大马褂，深青布棉袍，蹒跚地走到铁道边”。有些老师说，这个父亲不是不潇洒，而是非常朴素，黑布马褂、深青布棉袍。非常土气啊！这就是没看懂，我告诉他们，马褂、长袍一点不朴素，当时是礼服。有身份的人，才马褂长袍。没有身份的人、体力劳动者才穿短打。孔乙己那样沦落，潦倒不堪了，他到咸亨酒店喝酒，始终不肯脱下那个长袍。为什么？这是身份文化符号。这是第一。第二，马褂。是民国建立以后，定下来的中国礼服。孙中山、蒋介石在正式场合照相，都是长袍马褂。你们留心一下，鲁迅、蔡元培，在正式场合也是这样，一般劳动者去上工，去扛麻袋包，去砌墙，穿上长袍马褂，不是笑话吗？不知道你们看过电影《白毛女》，恶霸黄世仁那个土地主结婚的时候，也穿着长袍马褂。朱自清的父亲送儿子去北京上大学，穿上马褂，是非常体面的。但是，居然不顾礼服，就爬起月台来，这说明，他心里只有为儿子尽一份心。

“走到铁道边，慢慢探身下去，尚不大难。可是他穿过铁道，要上那边月台，就不容易了。他两手攀着上面，两脚再向上攀升。”两手攀着上面是比较高嘛，啊，他怎么攀？他两个脚往上收。男孩子们，亲爱的，想一想，你往上爬，要领是什么？让身体高过月台的水平，是吧？哪里要用劲呢？手臂用劲嘛。引体向上，小儿科嘛，一下就上去了嘛。而朱自清的父亲，两脚再向上攀缩。双手没有力气啊，倒腾两只脚，有什么用？（笑声）两脚往上收，白费劲啊。肥胖的身子向左微倾，还是无效，但是，决心却不改。力不能胜，还是顽强挣扎，身体侧过来，一副狼狈的样子。正是因为这样，朱自清看他的背影，眼泪流下来了。在抒情的高潮完全用叙述啊，一点形容没有啊，不是像写《荷塘月色》之美，一连用十四个比喻，排比句啊，渲染诗意啊。可是这里却是，用一句套话，白描，一点诗意也没有。正是因为这样，这个刚才顶撞父亲的朱自清流下了眼泪，这是感动的原因。本来，作为散文，本来可以明确指出，父亲手臂力气不够，所以才这样折腾得狼狈不堪，那样写的话，散文艺术就完蛋了。这种叙述的艺术在于，不讲原因，只显示结果，让你去想象原因。

原因不讲，从效果讲，不用抒情，用叙述，但是，这是抒情，可又没有形容，没有渲染，没有夸张，没有排比。他力不能胜，勉为其难完成了任务。这父爱的特别之处在哪里呢？他爱儿子，儿子不买账，不领情，顶撞他，他没感觉。儿子被感动了，他也没有感觉。至于违反交通规则，就更没有感觉了。心里没有自己，没有交通规则，没有潇洒不潇洒。就是他做出了自己，自己替儿子服务一下，儿子的愧怍不愧怍，有没有流泪，根本没有在意，反正心里就很轻松了。

这正是文章的精粹。要读懂这一点，其实不难。但是，好多老师、好多学者，都没读懂，为什么？就是因为只会欣赏抒情，欣赏十四比喻，不会欣赏叙述。而这是文学欣赏的难点，欣赏抒情是很容易的，欣赏叙述是很难的。连余光中这样的大散文家，在这点上可能是有点局限性。

这里没读懂，为这一点预备的伏笔，就更读不懂了。而不懂得伏笔，就更不懂朱自清的匠心和苦心了。

请你仔细回想，开头那一段，有几句话，轻描淡写，你们可能都忘掉了。如果读懂了，就不会忘掉，这里面有矛盾。我念一下给你们听。“那年冬天，祖母死了，父亲的差使也交卸了，正是祸不单行的日子。我从北京到徐州，打算跟着父亲奔丧回家。到徐州看见父亲，看见满院狼藉的东西，又想起祖母，不禁簌簌地流下了眼泪。父亲说：‘事已如此，不必难过，好在天无绝人之路！’”我现在问你们，这里面有没有矛盾，用词不当的地方？我觉得，第一个，祸不单行。“那年冬天，祖母死了，父亲的差使也交卸了”，祖母死了，当然是“祸”。第二，“差事交卸”，词义是中性的，工作移交，我交了，你接替。我去做别的工作。这不能算是“祸”吧。第三，“祸不单行”是说两个都是“祸”，那么“交卸”就应该是“祸”了；第四，父亲说“好在天无绝人之路”。老太太过世了，差使交卸了，怎么就面临“绝路”了呢？绝路之感从何而来？这里面就隐藏了一个很重要的秘密。

阅读理论，美国有文本中心论，叫做新批评，完全根据文本，应该说，是有一点道理的，但是，这种理论太绝对化了，完全不管作者生平，也不管时代背景。这样的文本就封闭了。遇到《背影》这样的经典不够用了，怎么办？我们国家传统阅读理论，叫做知人论世，这是孟子先说的。《孟子・万章下》中说：“颂其诗，读其书，不知其人，可乎？是以论其世也。”文本中读不透的地方，从作家的生平中去探究，可能就豁然开朗。《背影》中的“祸不单行”，“绝人之路”，结合一下朱自清的生平，就不难找到答案。

《背影》其事发生在 1917 年，朱自清正在北京大学哲学系读预科，祖母过世，他回扬州奔丧。父亲安慰说天无绝人之路。这是身陷绝境的感觉，近百年来，许多学者都忽略了。幸亏 1996 年，出了一本《朱自清年谱》，只印了两千册，还不如一个大学校的宣传学习材料。非常幸运，我弄到一本，获得了独家之秘，就有了本钱超越叶圣陶了。

朱自清回扬州奔丧，父亲时任徐州榷运局局长，是个盐务管理官员，职掌转运事宜。你们知道，盐务是国家专营的，局长是个肥缺。按现在来说，可能是处级干部。比之在宝应当的那个科长，级别高了不少，油水也是大大的。朱自清父亲可能太得意了，我来念一段年谱：

> （朱自清的父亲）纳了几房妾。此事，被父亲当年从宝应（江苏省）带回的淮阴籍潘性姨太太得知，她赶至徐州大闹一场，终至上司怪罪下来，撤了父亲的差。为打发徐州的姨太太，像样花了许多钱，以至亏空五百元，让家里变卖首饰，才算补上窟窿。祖母不堪承受此变故而辞世，终年七十一岁。[①]

朱自清的父亲名叫朱鸿钧，本来祖父给他取“钧”这个名字，期望值是很高的，“钧”本指重量，引申为重大，特别是有关国家大事的，故执掌政务叫做秉钧，“鸿钧”就更是当大权的意思了。可是，这位鸿钧大人，才当了个处级干部，头脑就有点膨胀，居然娶了几房姨太太。本来，在宝应任上娶了一房，带回扬州。一到徐州，又“纳了几房妾”。年谱可能不好意思说究竟几房，我想应该在两房以上吧。就算两房吧，也太放纵了。朱自清的母亲作为正房夫人，倒无所谓，而那个宝应的姨太太，却自我感觉极好，爱情独霸性很强，大为恼火：错位幅度大到分裂，有了我大姨太太嘛，你还要小姨太太，小小姨太太，卧榻之旁岂容他人夺宠。立马跑到徐州大闹一场。当时已经是民国了，一夫一妻制是写在成文法里的。官员、富豪纳妾仍然司空见惯。官方是法不责众，不告不诉。当时北大有个“进德会”，其中一条就不纳妾。说明此风甚盛。潘姨太一闹，公开化了。上司不得不怪罪下来，撤了父亲的职。

朱自清用心良苦，为父亲打了掩护，把“撤职”说成差事“交卸”，这里透露了朱自清难言之隐。事情还没有完，那几个姨太太，要打发一下，给一定的赔偿，用今天的话来说，就是青春损失费嘛。父亲花光自己的积蓄不算，还亏空了五百元。1917 年，五百元就是五百个银圆，当时一个银圆至少半两以上，五百个就是二十五斤以上，拿起来是要用麻袋装的。让家里变卖首饰，才算补上了窟窿。祖母不堪承受此变故而辞世。祖母被气死了，这第二祸，是更大的祸。更悲惨的是，造成了严重的后果，年谱上说“经此变故，朱家彻底破产”。按理说，五百银圆，虽非小数，对于朱自清家，不至破产啊。要知道，从高祖、祖父到父亲，一直是官宦世家，祖父老爷子当过海州的“承审官”，主管民事刑事案件的法官，不太小啊。年谱上说他家“积蓄颇丰”。朱鸿钧当过江西石港的盐务官、江苏宝应厘捐局长，转而当徐州榷运局长。要知道民国初年，官员的俸禄是很丰厚的，鲁迅在教育部当

① 姜建、吴为公：《朱自清年谱》，安徽教育出版社 1996 年版，第 13 页。

个佥事，科长，每月工薪就有三百银圆。朱鸿钧虽不在中央，但身份是处长，工薪可能不比鲁迅低吧。就算花天酒地，把自己的工薪挥霍一光，朱家也不至于为五百银圆破产吧。问题在于，就在五年以前，辛亥革命成功，扬州的原清明扬州镇守使徐宝山，成立军政府，以“协饷”为名，以杀头为要挟，对朱家进行敲诈。朱家老爷子为了家人的安全，为了自己的“老面子”，只得捐出大半家财。“朱家家道由此中落。”不得不出卖旧宅，《背影》开头用“满院狼藉”，掩饰了过去。老爷子“终因心力交瘁，不堪勒索而辞世”[①]。这就是说，朱家本来已经在破产的边缘了，朱鸿钧这么一折腾，真成了压倒骆驼的最后一根稻草。的确，朱家是破产了，《背影》开头说，连丧事都是借钱办的。朱家破财而不能保祖父之命，对祖母已经是丧夫的惨痛打击。家道中兴的希望本来在大少爷朱鸿钧身上，儿子却这样不堪，闹出这样的丑闻，希望完全破灭。加之，朱家特别的传统，高祖月笙在扬州为官，饮酒不慎，坠楼身亡，夫人跳楼以殉。在这样的传统氛围中，祖母实在承受不起第二次彻底破产的打击，七十一岁，在当时算是高龄，所谓风烛残年了，几度受伤的生命之火的熄灭就是很自然的了。

这一连串的大祸。朱自清用“祸不单行”，掩盖了三者之间的因果关系，特别是第二、第三个大祸，更属难言之隐。

光是这三大祸，还不到“绝路”的程度。父亲差事交卸了，再找就是了。问题在于，留下了个长长的尾声，父亲从此终生找不到差事，朱自清用“赋闲”两个字带过去。

朱父口头说，天无绝人之路，实际上，是“天竟绝人活路”的无奈。

结合朱鸿钧这样的遭际，朱自清的父亲的哭，可能并不仅仅是为父爱而哭，同时也是为自己而哭，为自己对父亲的爱不体谅而哭。

叶圣陶说，父亲的爱表现为把大学生当小孩子来关怀，但是，这只是文章的前半部分，而且，他忽略了，儿子对父亲是心有不满，可以说，憋着一肚子气，父亲对自己越是关顾，他越是不领情，越是反感，越是觉得他不像样。但是，从爬月台开始，他渐渐感到，父亲做出这样不光彩的事，把祖母气死了，面临着家庭的经济破产、生存的绝路，一切后果都是自己造成的。在成年的儿子面前，父亲的尊严是丧失殆尽的，应该是有精神负担的，应该是很狼狈的。但是，这个自尊心负担沉重的家长，似乎一切都忘却了，一心只有为儿子尽一份心。为儿子买了橘子以后，扑扑衣服上的尘土，心里很轻松似的。这个父爱让朱自清感到一种忘我的亲情。父亲虽然有错，虽然有过失，但是，对自己的爱这样忘我。而自己却粗暴地拒绝。

做父亲有所过失，就不能爱吗，对这种完全忘我的爱，粗暴地拒绝难道不是自己的卑

① 姜建、吴为公：《朱自清年谱》，安徽教育出版社 1996 年版，第 13 页。

微吗？自己难道不应该为此而惭愧吗？朱自清这样的眼泪的性质是双重的，一是为父亲的爱，一是为自己的惭愧，自己的后悔，为自己的不端而愧疚，而忏悔，这种愧怍是不敢，也没脸向父亲道歉的。

事情过去了，愧疚没有结束。余光中批评他说，一篇两千字的文章，哭了四次，的确没有冤枉朱自清。第一次是奔丧之后，父亲送别，看着父亲爬月台，第二次是看着父亲的背影在人群中消，第三次是，父亲来信说，说是现在提筷子，写字，胳膊都酸，想到大去之期不远了。又流下了眼泪。其实，“提筷子，写字，胳膊都酸”，并不是什么大毛病，加之父亲才五十岁。只是有点感伤而已。事情过去八年了，为什么还流泪？这也许是对父亲的愧疚，潜藏内心，随时触发。第四次，近几年来，每逢想起，他的背影就出现在晶莹的泪光中。这第四次眼泪，倒是让我有点狐疑了，朱自清真是太多情了，就那么一次的愧疚，怎么会成了永恒的，对自己苛刻到八年后也不能原谅？

从这个意义上说，我倒是有点觉得余光中先生的异议可能不无道理了。

我再念一段给你们听：“他少年出外谋生，独立支持，干了许多大事”，这是对父亲的一种表扬。其实，这个表扬是没有根据的。父亲不过当过科长，处长，处长当得那么狼狈，算不了什么“大事”啊。然后呢，“哪知老境却如此颓唐！他触目伤怀，自然情不能自已”，“情郁于中，自然要发之于外，家庭琐屑便往往触他之怒”。父亲老境颓唐，发发脾气，“家庭琐屑往往触他之怒”，这也不能算太乖张啊。《背影》开头不是说了吗他“赋闲”在家嘛。可以理解啊。也怨不得自己啊。为什么要哭呢？再看下面，哭的原因，有所透露：

“他对我渐渐不同往日。最近两年的不见，他终于忘却我的不好。”

关键是“终于忘却我的不好”，朱自清的在火车站那回的“不好”，父亲当时根本就没有在意啊。不可能日后耿耿于怀啊。“不好”，从何说起啊？但是，“我的不好”，白纸黑字，朱自清是自我坦承了的。这个“不好”，不是南京火车站的不好，而是另有原因。只是惦记着我的儿子。感动得流下了眼泪。这是怎么回事，怎么不好了。事情过去八年了，不是很和谐吗？儿子很爱父亲，父亲不但很爱儿子，还爱儿子的儿子。但是，“家庭屑往往触他之怒”。你们想象一下：父亲、母亲，后来，还有朱自清的几个儿女，再加上他那个宝应姨太太，都在扬州，祖孙三代，阖家团圆，加上朱自清写文章的时候，已经从北大毕业了，有了工作。小日子应该过得很红火啊。但是，父亲从那丢了差事以后，一直“赋闲”，从 1917 年到 1944 年逝世，二十七年没有找到工作。这就造成一个后果，家庭经济非常紧张。

正是因为这样，朱自清没有按照原定计划，念四年大学，而是修满学分，提前一年毕业。1920 年，朱自清拿着北大毕业文凭，到杭州第一师范去教书。工资是多少呢？ 70 块大洋，不算太少，但也不算太多。北京大学教授，陈独秀他们 300 大洋，胡适是 260 元，后来也涨到 300 元。一般工作人员，比如图书馆管理员毛泽东，工资多少呢？你们猜一猜，大洋 8 块。朱自清拿了 70 块钱，差不多是毛泽东的九倍，算不少了。但朱自清在杭州，他就寄一半 35 块钱回家。如果按照毛泽东那样生活的话，八块钱可以养活一个人，35 块钱，四八三十二，那可以养活四五口人。朱自清那时虽然已经结婚还没有孩子，扬州家中，也就是父母妻子和父亲的姨太太四口，加之扬州地方开销比大城市小。但是，这是五四运动时期的事，五四运动以后，可能物价涨了。我给你们念一个材料。当时的柔石，旁听北京大学哲学、英文和鲁迅的《中国小说史略》。柔石家里开店，有些钱。父母寄二百银圆，够开销好几个月。住北大红楼附近的学生宿舍，隔壁是冯雪峰、潘漠华。每月食宿费、住房费、吃饭费，多少钱？ 20 元到 30 元，买书的钱至少 10 块，差不多要 40 块钱才能过。这是朱自清大学毕业两年以后。朱自清在杭州第一师范教书，带着妻子，两口子，35 块钱，小日子并不富裕。而扬州家里三口人，城市虽小一点，过惯了富豪生活的父亲，35 块钱，日子怎么过？这就有了“家庭屑”，触父亲之怒，那怪谁呢？怪朱自清。

朱自清就辞去了在杭州工作，到扬州第八中学当教务主任。省得了两头“开伙仓”，估计扬州的工资绝对不会不低于杭州。“家庭琐屑”可以少一点嘛。实际情况是不但没有减少，反而更严重了。

朱自清八月回到扬州受聘教导主任。可是在九月，就突然辞职走人了。表面上是和校长偏袒一位同事有关，实际上是，这个中学的校长啊，和朱自清的父亲很熟悉。父亲就跟校长讲了，我儿子的工资，你发到我这里好了。朱自清连 35 块都没有了。这个父亲真是有点家长专制，而且用今天的话来说，是原教旨主义的。朱自清敢怒不敢言，但是，行动却很出格。教务主任才上任了一个月，就不辞而别，拂袖而去了。他这一走，造成的后果是他父亲原教旨主义的家长制大发作，压力全转移太太头上。朱自清回忆说：“那回我从家乡一个中学半途辞职出走。家里人讽你也走。哪里走！只得硬着头皮往你家去。”（《给亡妇》）这就是说，父亲把他妻子赶出了家门。

从这里，我们可以理解在《背影》中说父亲“忘却我的不好”，怎么不好法呢？第一，找个借口跑掉了。然后，就到上海、杭州、温州，转来转去，教书，为文，工资在我手里，我寄多少就是多少。家庭琐碎啊，看不见，心不烦。第二年，1922 年 9 月，干脆把妻子和两个孩子接到杭州。“小家庭这样组织起来了”（《给亡妇》）。

“小家庭组织起来了”，这就是说，从扬州那个祖孙三代的大家庭独立出来了。

此时他在多所中学任教，时有兼职，文学创作活跃，稿酬当不无小补。经济条件应该有所改善。故 1923 年，暑假回扬州探望父母。但是，三个月后，孩子却增加到三个。怎么照顾？干脆把生母从扬州接来温州。一家六口。固定工薪却不再是七十大洋了。当时，江浙军阀混战连年，“三十多元的月薪，要拖两三个月才能领到，一个学期常常只能拿到三个月的薪水，朱自清因为家累重，收入入不敷出”[①]，朱自清经常因为经济问题，向朋友借钱。他是一个非常淳朴的人，平和中正，自尊心受伤，心里很痛苦。想来对扬州家中的供给不会增加多少。家庭琐碎更多，父亲的怒气自然就更大。特别是，借口帮忙照顾孩子，把生母接到浙江温州白马湖，等于正式宣告和父亲分为两家了。用今天的话来说，思想的分歧上升为组织的分裂，实际是和父亲宣告：我过我的小日子，你过你的好日子，不管有多少牢骚就跟那个泼辣的宝应姨太太去发罢，那个泼辣女人和你闹起事来，你自己去对付罢。父子关系当然更僵了。《背影》中有一句话“最近两年的不见”，轻描淡写，就是1922到1925年，两年多没有回家。从上海、温州到扬州并不遥远，惹不起还躲不起吗？等于说，和父亲毫无感情瓜葛了。这是《背影》所说的“我的不好”的第二层意思，显然带着忏悔的意味。

1925年，朱自清时来运转，他的朋友俞平伯推荐他去当时的清华学校，清华当时还没有成为大学，但经过十年的筹措，设立了大学部和研究院（国学门）。本来是请胡适的，胡适推荐俞平伯，俞平伯嫌清华太遥远，当时北大红楼在北京市中心，而清华远在西郊，不下一二十公里。他不像蔡元培校长，有公家的马车。坐人力车（黄包车），费时，费钱，从清华到北京城里，雇一小毛驴，比较便宜。俞平伯就推荐了朱自清。

正在为生计、为学潮苦恼不堪，打算离开教育界的朱自清，十分兴奋，来不及搬家，一个人在暑假期间到清华，当了国文系教授。工资大大提高，究竟多少？大概不会低于北京大学教授，至少有二百银圆以上罢。对父亲的经济接济自然提高，情绪有所缓和。但是，父亲身边只有那个凶悍的女人，情绪没有地方发作。朱自清寄钱回家，钱收下，信不回，显然是施加精神压力。两个犟脾气就这么僵持着。后来父亲终于找到妥协的由头。来信说，我当时没有耽误你读书，你也不能耽误孩子读书。你四个孩子怎么弄得过来啊？这是1925年。加上“大去之期不远”，把朱自清深深触动了，关系渐渐缓和，人生苦短啊，弄不好有子欲孝而亲不在的遗憾。身为四个孩子的父亲的朱自清，为父亲的亲情所动，反思自己的“不好”，无声的眼泪，浸透了八年来潜在的内心愧怍。不但为当年在火车站的内疚，而且为多年来的无情的举措。据朱自清弟弟朱国华回忆，他在《文学周报》上读到《背影》，立刻拿给朱自清父亲看。这个脾气很坏的朱鸿钧，读着读着就流下了眼泪。儿子忏悔了，父亲也谅解了。为什么不马上把生母和孩子送回杭州，而是过了两年，才让亲生母亲，带着两个孩子回扬州，自己和太太武钟谦和两个孩子去了北京？这是因为“家庭琐屑”。除了他经济问题以外，还有一个因素，那就是那个非常凶悍的宝应的姨太太，跟他母亲，还有和

① 姜建、吴为公：《朱自清年谱》，安徽教育出版社1996年版，第7页、第9页。

他妻子有矛盾，是可以想象的。朱自清在《给亡妇》中说过：自己从扬州突然半途辞职出走。太太被赶出了家门。情感的伤害，两年的时间的疗程不够，最后折衷，自己和妻子带着两个孩子到北京，让生母带两个孩子回扬州。

按常理来说，分裂的两个小家庭，又统一为一个大家庭了，万事大吉了。但是，亲子之爱从隔膜到交融，心路历程艰难而曲折。爱的伤痕至少还留下一点余波。这一点，渗透在朱先生的另一篇杰作《荷塘月色》中。

读不出其中的隐衷，不但读不懂《荷塘月色》中的精彩，反而几乎是举国一致地歪曲。

二、有一种自由叫做享受孤独

《荷塘月色》是1927年7月写的，八九十年来，有非常多的解释。据赖瑞云统计，在20世纪90年代为止，共六种解释。有四种说朱自清此时为动摇于革命与不革命之间而苦闷。权威学者引用了朱自清当时写的《那里去？》。朱先生说自己属于“petty bourgeoisie”（按法语：小资产阶级），“彻头彻尾，沦肌浃骨是petty bourgeoisie的。离开了petty bourgeoisie，我没有血与肉”，[①]也知道“只有参加革命或者反革命，才能解决自己的惶惶然”，但是“在行为上主张一种日常生活的中和主义”。还是别提超然为好，可又不安心于超然，证据是《一封信》中所说：“最终的选择还是‘暂时逃避’。”当然逃避是不轻松的：“这几天似乎有些异样，像一叶扁舟在无边的大海上，像一个猎人在无尽的森林里……心里是一团乱麻。也可以说是一团火。似乎挣扎着，要明白些什么，但似乎什么也没有明白。”[②]钱理群先生在1993年第十一期的《语文学习》作了更为细致的阐释：朱自清被南方四一二大屠杀弄得目瞪口呆，深感性格与时代的矛盾，既反感于国民党，又对共产党心存疑惧，产生了不知“哪里去”的“惶惶然”，“认为一切政治暴力都是毁掉了我们最好的东西——文化”。作为五四启蒙知识分子，有一种负罪感。《荷塘月色》的宁静的境界恰是作者的“精神的避难所”。[③]

把《荷塘月色》作为“精神的避难所”，有没有道理？有道理。我充分尊重。但是，我觉得这个道理还不够精确。那么多学者，种种说法，说来说去，从价值观念来说，总是把眼光局限在是社会功利性的价值，其实，这主要是一篇抒情散文，其价值，应该是情感的审美价值。局限于小资产阶级的苦闷，至少有两点值得深究。第一，用小资产阶级知识分

① 朱自清：《哪里去？》，《一般》第4卷第3期，1927年3月。
② 朱自清：《一封信》，《清华周刊·副刊》，1927年9月27日。收入散文集《背影》。
③ 钱理群先生发表在《语文学习》1993年第11期。

子是众多人群的普遍性，并不能揭示出朱自清的个性。从理论上说，普遍性的内涵小于特殊性，正如水果的内涵小于苹果一样。反过来说，特殊性的内涵大于普遍性，正等于吃了苹果就大致知道水果是怎么一回事，而光知道普遍性的（水果）的定义，却不知道苹果的味道。同样是小资产阶级，老舍、冰心、巴金都有苦闷。解读《荷塘月色》的任务是揭示朱自清的个性，不同于一般小资产阶级的特殊性。仅仅说是小资产阶级的苦闷是空洞的；第二，就是明确了朱自清的个性，也不足以将《荷塘月色》彻底解密。因为个性是心理多方面的统一，有其矛盾的各个侧面；个性又是立体的，有其表层和深层，有其意识和潜意识。个性在不同时间地点条件下的心情瞬息万变，丰富多彩，矛盾重重，分别表现在不同的文章中。

《荷塘月色》这样的短文，不可能写出他全部的个性，一个晚上的一次散步，只是他个性的一个片断。不可否认，朱自清有政治性的苦闷。他对共产党人有相当的同情。例如对北大同学、早期共产党领导人邓中夏在思想上有过很深的共鸣。在1924年，他有新诗《赠友》，后来改为《赠A.S.》，这个A.S.就是邓中夏，诗歌就对邓中夏在《中国青年》上的《贡献于新诗人之前》的响应。邓氏在文章中提醒新诗人，不要陶醉于“怡情陶性的快乐主义”，“怨天尤人的颓废主义”甚至是“无病而呻”，“多做能表现民族伟大精神的作品”“特别多做儆醒已死的人心，提高民族的地位，鼓励人民奋斗，使人民有为国效死的精神”“新诗人须从事革命的实际活动”“坐在深阁安乐椅上做革命的诗歌”，没有“亲历其境”，“空嚷革命而不去实行”“作品也就不受什么深刻地感动了”①。朱自清读后写下了《赠友》②。收入《踪迹》时改为《赠A.S.》。朱自清以极罕见的热情，激昂的音调，歌颂革命者英勇无畏，“要吹倒那不能摇撼的黄金的王宫”，实现“建立红色天国在地上”的伟大理想。这是三年前的事。那时他入世未深，思想颇为激进。如今却在矛盾中，只能苦闷傍徨。

《荷塘月色》一开头说是，“这几天心里颇不宁静”。学者们不约而同地联系到“四一二政变”，但是，我觉得这明显不妥啊。“四一二政变”是四月份，文章写在七月下旬，中间是三个多月啊，四月、五月、六月及七月初，为什么就没有一点苦闷。可见，心里不宁静，不一定是政治性质的。就算是政治苦闷，也不会早上起来就苦闷，到晚上睡觉以前都苦闷，跟老婆在一起苦闷，跟老婆不在一起也苦闷。这是不是变成政治机器人了吗？根据我的想法，作为一个精神丰富的人来说，的确有苦闷，这种苦闷在不同场合，有不同的性质。

不宁静的原因其实很简单。由于“四一二政变”，时局不稳定，学生要求提前放假。当然，也许是借口，学生最好每天放假。学校就提前，原来八月放假，提前到七月。对于朱

①《中国青年》第十期。

②《中国青年》第28期，1924年7月，转载到《我们的七月》时才改名为《赠A.S.》。

自清来说，这么长的假期，两年没有回家了，跟父亲关系虽然缓解，但是见了面，父亲会不会饶过自己呢？原教旨主义会不会跟自己算总不孝的总账呢？弄不好“触他之怒”就糟糕了。是不是和老婆商量一下呢？不能。老婆在他出走那三个月被家人羞辱的心灵伤痕，最好不要触动。没有人好商量，到荷塘那边散散心吧。

那个荷塘日日经过，平时并不怎么样，小煤屑路、不知名的小树。白天很少人走，夜晚有点吓人，是个鬼地方啊。但是，今天月光很不错，应该有另外一副样子吧。散散心，可能就宁静一点吧。没有想到，一到何塘“好像来到了另外一个世界”。同样的荷塘就变成不同的样子。因为心情不同啊。怎么不同？“我也超出了平常的自己”，这句话很关键。钱理群先生他们所分析的政治苦闷，那是平常的自己。但是这时却是超出了平常的自己，跟平常的自己不一样。这说明，他有两个自己，一个是平常的自己，一个是此时此刻的自己。平常的自己怎么样？“爱热闹也爱冷静，爱独处也爱群居”。热闹也好，冷静也好，独处也好，群居也好。但是，今天不一样，

> 像今晚上，一个人在这苍茫的月下，什么都可以想，什么都可以不想，便觉是个自由的人。白天里一定要做的事，一定要说的话，现在都可不理。这是独处的妙处，我且受用这无边的荷香月色好了。

“独处的妙处”，这是文章的灵魂。孤独成了享受。为什么呢？“自由”。自由在哪里呢？“什么都可以想，什么都可以不想。”“白天里一定要做的事，一定要说的话，现在都可以不理”。意思是完全没有外在的压力啊。主张政治的苦闷的，在这里可以找到论据，自由啊，国民党白色恐怖，不自由啊。但是，《荷塘月色》全文读下来似乎没有政治啊。

从理论上说，自由这个范畴起码有四种内涵。第一种，相对于自由散漫，和纪律是对立的统一，上课迟到啦，校园里打架啦，违反纪律。第二种，是哲学的自由，相对于必然而言的。自由乃是对必然的认识。这是斯宾诺莎提出的名言，被马克思肯定了，毛泽东也用过。什么叫自由啊？你驾驭它必然性、规律性，就叫自由啦。譬如，你去游泳，头闷下去吐气，头侧过来吸气，这叫做自由式啊。可你觉得不自由，为什么要这么强制，我偏偏头闷到水里吸气，头抬起来吐气。那这种自由。最多坚持十分钟，你只有上救护车的自由了。也就是失去自由了。第三种自由啊，是伦理的自由。比如，我现在结婚了，又爱上了一个女孩子，自由恋爱嘛。不行，你结婚了，你就没自由恋爱的自由了，因为这里你负了责任。责任和自由是对立的统一，责任是限制你的自由。第四种自由，是政治的自由，对专制而言，独裁而言。

按下慢表，我们细读文本，分析朱自清的“自由”属于哪一种？

因为自由，享受到独处的妙处。所以这本来并不怎么样的荷塘在月光特别美好，一连

用了十四个比喻来形容的荷塘月色之美，特别是那个微微的花香，像远处高楼上渺茫的歌声似的。用飘渺的听觉来形容嗅觉；荷塘里面光和影的旋律，像小提琴上奏着的名曲，用美好的音乐来形容画面。很精彩，精彩在哪里？好多年没有人说得出，幸亏20世纪60年代初，钱锺书先生写了《通感》。老师们望风景从，终于有了理论上的权威解释。但是，许多同仁忽略了，一通比喻后面他又补充一句，“这时最热闹的”，你们还记得下面是什么吗？哦，“是树上的蝉声和水里的蛙声。但是，热闹是他们的，我什么也没有”。这个时候并不完全是宁静，还有热闹一面。但是，朱自清先生的感官拒绝了热闹。这是抒情诗文最起码的技巧，并不是像有些先生们所讲的，要观察，什么东西都写出来，而是进行选择，符合你感情的加以同化，不符合的，就充耳不闻。朱自清享受着心灵不受任何外部干扰的“独处”的宁静，以至于外部的喧闹声音完全听不到。那么，内心宁静不宁静呢？

看下去，好像并不宁静，他想了些什么？前几年，香港教育局请我给中学骨干老师讲课，讲到“热闹是他们的，我什么也没有”，课文就完了。我说，下面还有啊。听课的老师说，没有了。我说请打开电脑，果然，下面还有梁元帝的《采莲赋》等等，删掉这么多，文章被腰斩了，都没有感觉。从这里，你们可以想象香港的语文水平菜到什么程度。教了好多年的《荷塘月色》，还没有念过全文，怪不得中学生里弄出那么违法的“烂炒派”。

梁元帝的《采莲赋》开头一句，“妖童媛女”：妖童，青春靓丽的帅哥，媛女，时髦的靓妹。干嘛呢？题目是“采莲赋”，其实，这些是帅哥靓妹，根本没有采莲。而是“荡舟心许”，眉目传情。“鷁首徐回，兼传羽杯”，鷁首就是这个船上画的鸟头，慢慢地转过来嘛，兼传羽杯，羽毛一样轻的杯子，互相传递，喝酒，那完全是在调情嘛。女孩子很有技巧，说是要离开，但是“櫂将移而藻挂”，刚刚要划开，那个水藻把桨给挂住了。“船欲顷而敛裾”，船还没有离开，就要翻掉的样子，这么危险才有帅哥关注啊，快快帮忙，把裙子要捞起来。

朱自清在这里留下了矛盾，本来宁静的蝉声和蛙叫都充耳不闻，热闹是他们的，我什么也没有。可现在脑子里，却神往青春热闹的场面。本来说什么都可以想，什么都可以不想，那现在想了什么？男女调情的场面。那是宫体诗，帝宫如此，老百姓怎么样？还怕你不明白，想到《西洲曲》，民歌。“采莲南塘秋，莲花过人头；低头弄莲子，莲子清如水”。中学语文课本里注解，莲子是什么？哎，莲就是“怜”，就是爱，莲子就是lover。（笑声）这个朱自清非常老实，反衬他内心的寂寞，向往某种青春的欢畅。怕你还不明白，接着特别反复说明：先是“这是一个热闹的季节、风流的季节”，后是说“可惜我们早已经无福消受了”。

但是，他这样想，是很自由的啊。这个自由来自“独处的妙处”。

余光中先生读不懂这个“独处的妙处”，批评说，这个朱自清真奇怪，晚上散步居然不带太太（大笑声）。我看了以后一肚子恼火，请允许我讲了句粗野的话“你管得也太宽了”（笑声）。你还让不让人家活？人家写的就是这段心灵的独处啊。有那么半小时的自由，有一位学者的篇论文，说朱自清这时内心充满了一种骚动（笑声），那平常群居的时候，把它压下去了，超出平常的自己，独处了，思想上自由一下，总可以的吧。

就这么想得很自由，很过瘾的时候，不知不觉走到家里了。刚才迷迷糊糊唱着儿歌的妻子和孩子完全睡着了。赶快把门带上。

这一笔很关键啊，关键在哪里？独处的自由结束了，太太、孩子就在眼前，恢复了平常的自己，那就意味着不能自由乱想了，因为太太、孩子，提醒着责任，家庭的责任，所以就在七八月间，朱自清终于回扬州探亲了。

现在我们可以回答自由的内涵，四种之中，朱自清写的是哪一种啊？那就是和责任对立统一的自由，属于伦理性质的。和许多学者所设想的反对专制的自由没有关系。当然，这也不意味着，朱自清的苦闷仅仅是伦理性的，政治性苦闷仍然没有解脱。这年九月写了《一封信》，在那封信里是渗透着政治苦闷的。但是，那是心灵的另一个层次。

你们可能要质疑，这样的分析，还可能是孤证，还不能雄辩地证明独处的妙处在自由。那么，你们读过《桨声灯影里的秦淮河》吗？在那里的朱自清是很有头面的，他和俞平伯一起到你们南京，那秦淮河有歌妓唱歌，他是很想听听的。但是，那时不是独处，俞平伯就在后面，就不太自由了。人家拿个折子给他点歌。他很想听一下，未免假正经，说不要不要，很希望俞平伯说要。但俞平伯，也不要，人家就非常扫兴地走掉了。朱自清心里十分遗憾。潜意识仍然十分“骚动”起来，坦承他的“顾忌”，就是：“在众目昭彰的时候。道德律的力，本来是民众赋予的；在民众的面前，自然更显出它的威严了。我这时一面盼望，一面却感到了两重的禁制……在众目睽睽之下，这两种思想在我心里最为旺盛。她们暂时压倒了我的听歌的盼望，这便成就了我的灰色的拒绝。”

不在独处中，就没有自由了。

我说了这么多，就是告诉诸位，对朱自清，还有对任何一个作家，都不能简单化理解。朱自清的精神是立体的，多层次的。在散文中，写自己内心深层次的孤独，水平是很高的，从世界文学史上看，是第一流的，比美国梭卢的《瓦尔登湖》我觉得要好一点。那个美国人，老是一个人在湖边，东想西想，说的不过就是和寂寞为伴就不寂寞了，翻来覆去就是说不平常的自己，根本没有意识到在不平常的和平常的自己之间沉浮，思绪才不致单调，几十万字就这样平面滑行下来，实在是太啰嗦了，看得我烦死了。但是，今天时间已经超过了起码半小时，我没有办法讲他的啰嗦了，我再饶舌下去，就比那个美国人更要烦死诸位了。

非常感谢大家的耐心，据我观察，没有一个上厕所的，更没有上了厕所不回来的。

（笑声，掌声热烈）

（现场对话，略）

（卢风华据录音整理，作者修订于2022年5月6日）

岳阳楼和醉翁亭：范仲淹和欧阳修不同的精神载体

今天这个题目是比较有挑战的，还有些冒险，以前我在你们这里讲的都是叙事性的，强大的故事性，情节很曲折，讲起来不需要引用原文，大家都会有所感应。今天讲的这个题目是散文，必须引用原文，但是我又不喜欢用多媒体，多媒体在我看来是一种束缚，弄得不好，就成了倒霉体（笑声）。但是我还是鼓足了全部勇气，为了表现对这个岳阳楼和醉翁亭文化经典的尊重，我今天就不坐了，我就站着跟你们讲。（掌声热烈）

为什么要选这个题目？我感到了极大的迫切性，前一阵我收到一个会议通知，就是台湾、香港和内地的学者组织一个散文教学的研讨会，请我参加，很快收到参加会议的教授们的论文，我一看，我就不想去参加了，有些论文写得好“菜”。有篇论文是关于散文教学中的写景问题：散文“写景”，分五个方面：第一个，视觉写景，用眼睛看的；第二个，听觉写景；第三个，嗅觉写景；第四个，触觉写景；第五个，味觉写景。这好像不无道理。人和客观世界接触，唯一的通道就是人的感觉，感觉有眼、耳、鼻、色、身。一般人只是用眼睛看，视觉感性，用五官全部感知的比较少。根据心理学研究，人接受的信息 85% 左右是从眼睛接受的，他把眼耳鼻舌身五官排列下来，也觉得是一种创见吧。可我一看呢，就不想参加了，为什么？这样的文章很让人倒胃口，写文章如果是眼耳鼻舌身这样排列下去写的话，很幼稚，充其量不过是美国新闻记者最小儿科的方法。我看过一个美国新闻记者的回忆，20 世纪 30 年代，他大学毕业到上海一个叫“字林西报”的英文报纸工作，初次采访，老报人就跟他讲，那边失火了，你要写得吸眼球，你不能光看到失火，你要让读者感觉到尸体烧焦的气味，感到那火焰热气冲着脸庞。当时上海的租界上发生了惨案，他采访了，想弄出一个醒目的标题，正在苦苦思索，主管走过来跟他讲，这很容易么，刚才你讲，走进去的时候，地上都是鲜血，警察都差一点儿滑倒了，这就是标题。这是什么技巧呢？以动作效果写视觉，血流下来，如果很少，很快就凝固，连老练的警察都会滑倒了，说明很有厚度，表面会凝固了。这是起码的技巧，这谈不上艺术，也谈不上散文，我觉得参加这样的会议，来去六七天，浪费我的生命，因为对手太弱。（笑声）但是呢，他们用种种办法引诱我，比如请你到香港教育大学做报告，给你讲课费。还有自称是朋友的先生从深圳来访，握手言欢，笑容可掬，广东教育厅请你评课，再给你广东水平的讲课费，我听了以后更加不想去了。（笑声）我堂堂一表，清高自重，岂能为了捞钱就委曲屈自己！我这老脸往哪儿搁？他反复动员，说什么正是因为你品味高才让你去啊！（笑声）这句话深深地打动了我（大笑），我这张老脸，虽然不是什么小鲜肉，潇洒走一回的机会，还是不能放弃哦。（大笑）

当然，主要是我觉得这个问题带着根本性，很有讲讲的必要。从哪里讲起呢？不要从理论到理论，从经典讲起，经典散文，是不是就用眼睛看、用鼻子闻、用耳朵听，是这样吗？你们底下有人在嘀咕，好像没有错啊。有许多经典的论述为证，法国的莫泊桑就讲过，他的老师弗洛拜耳告诉他，你要写一堆篝火，一定要找两堆篝火来仔细观察，不看出这堆篝火和那堆篝火不一样的地方不罢休；写两棵树，一定要找两棵树来比较，不找到两棵树各自的特点，就不要停止观察；写人也是一样。这个方法似乎好一点，但是我还是觉得不但比较疏浅，而且有问题。第一，不管对什么事物，你一直盯着看，没日没夜地看，不但看不出特点，反而造成事与愿违，叫做熟视无睹。不要说，火，树，就是花，你老是观察，能看出什么名堂来吗？哪怕是美人，老是盯着看，就是人家不说你流氓，你也会产生审美疲劳。（大笑）第二，这种观察，它的预设是人的感觉是不变的，不管你带着什么样的情感，对象都是同样的。

上海一所中学，教师上完了《背影》问同学，哪里最好？答案是一致的：爬月台最好。为什么最好？四个小组“自主合作探究”，或者用时髦的话说，“学习共同体”。四个小组代表先后汇报，结论是一样的：作者善于观察。但是，后来有一位北京语言大学的副教授发表文章说，《背影》很糟，应该从课本中删去，因为父亲，“违反了交通规则”（笑声）。这位副教授也观察了呀，他观察的结果不但不生动，相反很煞风景。

这里就提出了一个原则问题，怀着不同的情感，看同样的对象，特点是天差地别的。朱自清有情感就被感动得流下眼泪，没有感情，用交通警察的眼光看就只能公事公办：批评，罚款。同样是霜打的红叶，杜牧说，“霜叶红于二月花”，秋天的霜叶，比春天的鲜花还要美好。戚继光看霜叶则是“繁霜尽是心头血，洒向千峰秋叶丹”，而王实甫写崔莺莺送别丈夫时，却是“晓来谁染霜林醉，总是离人泪”。霜叶是离别丈夫的妻子的眼泪染红的。有了感情，感觉就发生变化了，王国维先生总结中国古典诗话说，一切景语皆情语。景观的形态、性质是由感情决定的。这在中国古典诗话中，有很精彩的总结。我们清朝有个诗话家，对此现象上升到理论上加以概括诗性作品，和散文不同，散文，就像把米做成饭，米形大致是不变的，而诗性的、抒情的，就像米变成酒，叫做“形质俱变”。这是个很了不起的发明啊。这个理论，比之英国的伟大诗人雪莱说的“诗使它触及的一切变形”，要早上一百年，但是，雪莱的说法被学者们奉为经典，而我们这个“形质俱变”，不但讲形态变了，而且性质也变了，他应该比雪莱强得多。可是这个的理论家叫做什么名字，几乎没有人知道，当然，我孙绍振是例外。（笑声）他姓吴名乔，吴乔。我希望你们记住他的名字。因为他不但比雪莱早一个世纪，而且比雪莱深刻，雪莱不过说是变形，而吴则说不但形变了，而且质也变了。米变成酒了。霜打的红叶，变得比春天的鲜花还美，变得是战士的鲜血，还有妻子的眼泪染红了。

这一点是抒写景观的基本原则，这一点是那些只讲五官写景的教授是一窍不通的。

请允许我把问题再推进一步，如果不在现场，根本没有眼睛、耳朵等的五官感受，能不能写得很棒呢？哦，下面有同学在嘀咕，不可能呀。我请你回忆想一下中学语文课文，有没有直接到现场，也写出经典杰作来的呢？有啊。范仲淹的《岳阳楼记》就是。当时他压根就没去直接观察。当然，范仲淹究竟是不是一辈子没有去过岳阳楼，在学术上是有争议的，有资料说他晚年去过，这个我们不纠缠。我可以肯定的是，写岳阳楼的时候，绝对没有去。我们余秋雨大师，就犯了一个小小的错误，让人给揪住了，他说范仲淹来到岳阳楼，把酒临风，心旷神怡，宠辱皆忘，写出来千古绝唱。

其实，范仲淹跟一帮大臣搞“庆历新政”，实际上就是裁减官员，精简机构，得罪了一大批官僚，遭到围攻，皇帝动摇了。范仲淹呢，处境不妙，但很清高，就自动请辞，到边防前线守卫国土。去了哪里呢？陕西邠州。我可以对学者们吆喝一下，不要白费劲了，休战罢。俺老孙有铁证如山。当年，他的朋友滕子京造成了岳阳楼，把抒写此地风光的名人诗文收集起来，觉得还不够，江山要有名人捧啊，就写信给范仲淹，请他写一篇序。这时范仲淹在哪里呢？滕子京写他的信，一开头就有范仲淹的头衔：“邠府四路经略安抚资政谏议”[①]。邠州在陕西彬县，他是那里的行政军事长官，跟胡人打仗，很厉害。据传，胡人听到他的名字就怕。在这种情况下，他有可能跑到湖南岳阳楼去吗？

当时的交通不发达，就是今天自驾游，通过高速公路也要1050公里。其实滕子京也没有指望他亲临岳阳楼，只捎给他的一幅《巴陵胜景图》，你就看着，大笔一挥吧。再看《岳阳楼记》先是写道“淫雨霏霏，连月不开”，注意，“连月”这两个字，意思很明白，就是

① 滕宗谅：《求记书》。“六月十五日尚书祠部员外郎天章阁待制知岳州军州事滕宗谅谨驰介致书恭投邠府四路经略安抚资政谏议节下”。

一个月接着又一个月。这就是说，如果亲临实境，他起码要在岳阳楼待上两个月以上。这还不算，他接着又写“春和景明”“上下天光，一碧万顷”，那就是说，等阴雨过去，又待了好一阵。为了写这篇文章，他要擅离前线起码两个月以上。在严酷的军事、政治斗争中，就是严格保密，特级机密，也保不定被政敌抓住小辫子，弄不好，军法从事，要丢脑袋的啊。那么多毕生献给古典散文的学者，考证范仲淹亲临岳阳楼现场的文章，引经据典，角角落落里的有关文献都搜罗了出来，是不是都是白费劲？悲剧就在没有仔细看《岳阳楼记》，而我这样非专业的小人物，因为仔细读了文本，轻轻松松占了便宜。

当然，范仲淹军务在身，忠于职守，把滕子京的信放在一边。过了一年，他还是被贬到河南邓州，现在的河南省南阳市。从邓州到岳阳有多远？519.6公里。一个被下放的官员，政治生命是有点玄的。哪敢千里迢迢，擅离职守，为朋友造楼写捧场文章？好在公务不那么紧张了，有点空闲时间，想起了朋友的嘱托，也没有去观察，就凭着《巴陵胜景图》在邓州的花洲书院，留下了千古雄文。

滕子京也是文人，也是因为主张抗敌而受到打击的，按那位教授和莫泊桑的观察理论，五官一起动员，天天站在岳阳楼，观察洞庭湖，应该写得更精彩啊，但是，他就写不过根本就没有去过岳阳楼的范仲淹，滕子京的文笔今天看来，实在是有点差劲：

> 东南之国富山水，惟洞庭于江湖名最大。环占五湖，均视八百里；据湖面势，惟巴陵最胜。频岸风物，日有万态，虽渔樵云鸟，栖隐出没同一光影中，惟岳阳楼最绝。①

只有“渔樵云鸟，栖隐出没同一光影中”一句还算鲜活，但是其中的“同一”显然是多余的。栖隐出没同光影中，不是更精炼吗？说到岳阳楼怎么美，就有点词语就不够用了，拿得出的就只有三个“最”：洞庭湖名声最大，巴陵最胜，岳阳楼最绝。说他词语不够用了，是不是有点苛刻？一点也不。请看他写岳阳楼词《临江仙》就不但是词语不够，而是词穷到底了：

> 湖水连天天连水，秋来分外澄清。君山自是小蓬瀛。气蒸云梦泽，波撼岳阳城。
>
> 帝子有灵能鼓瑟，凄然依旧伤情。微闻兰芷动芳馨。曲终人不见，江上数峰青。

双调临江仙，一共就十句，四句是偷别人的。（笑声）我随便念啊，湖水连天天连水（笑声），这句就够菜的了。正面是“秋来分外澄清”，这样简陋，是不是有点对不起洞庭湖？（笑声）“气蒸云梦泽，波撼岳阳城”，这句挺精彩，可惜是抄袭的，这是大诗人孟浩然的名句啊，要抄也得找个小诗人，不太出名的句子，保险一点嘛，居然明目张胆，毫不害羞（笑声），就像最近网上炒得很热的某大学那个博导一样（笑声）。最后是：“曲终人不见，

① 方华伟编：《岳阳楼诗文》，吉林摄影出版社2004年版，第8页。

江上数峰青”，好像还挺精彩，可惜又是抄袭的，是唐朝大历十才子钱起的名句。一共十句诗，就偷了四句，当然，这个人还是有可爱的一面，他的抄袭是公开的。让你们打分，看在没有偷偷摸摸分上，心地宽厚一点，六十分，如果碰到我的老师吴小如那样的学术警察，绝对是零分。

天天看着洞庭湖、岳阳楼，就这么个水平，这里就产生理论问题了，文章的好坏，不是全靠观察的，还要有高度的想象，想象就放飞心灵，自由飞翔。忽略了想象莫泊桑和佛洛拜尔，都不对。这位很热爱诗文的滕子京，并不是瞎子，而是一直看岳阳楼，用莫泊桑的办法不停地观察，熟视无睹了，看傻了。拘泥于现实的感知，束缚了他的想象力，压抑了它的主体心灵。而范仲淹拉开距离，离得远一点，千里之外，想象更自由。这在《文心雕龙》里叫做“神思”：“目既往还，心亦吐纳”。不仅靠观察和想象，而且更重要的是，心里有多少吐出来：其实，滕子京给他的那幅“巴陵胜景图”，我到岳阳楼去看了一下，不知是不是真迹，反正画得很差（笑声）。就是再好，也没有用。因为画是视觉的，瞬间的、静止的，而散文则是全感官，全情志，而且是动态的，时间上是连续性，画要和散文比，就得动起来，可惜那时没有动画片。（笑声）

我们来看范仲淹的原文：登上岳阳楼，可以看到，洞庭湖“衔远山，吞长江”“北通巫峡，南极潇湘”。“衔远山”，这倒有点可能。远远看到湖中有个小小的君山，至于吞长江，光是八百里洞庭湖就非目力所能全睹，还要看到长江，看到北面的巫峡，南面的潇水湘江，他既不是千里眼，也没有望远镜啊。

当然，范仲淹并不完全是凭空想象，他是苏州人，也许童年时期在太湖边某些回忆被激发起来了。“予观夫巴陵胜状”，“予”就是我啊，压根都没去“观”呀，不是骗人吗？但是，文学艺术不是地理科学，是有权想象的，在古典诗话中叫做以无为有，以假为真。艺术就是假定的。所以范仲淹就放开想象了，洞庭湖啊，“衔远山”，嘴巴含着遥远的山啊，“吞长江”，把长江吞进来，因为洞庭湖的水是从长江流进来的，“浩浩汤汤，横无际涯，朝晖夕阴，气象万千”。范仲淹这样的想象胜过滕子京，范仲淹笔下的洞庭湖的宏伟，不但是想象，而且是他的情志，他的气魄，他的胸襟的宏伟。这是滕子京根本没有的。光凭眼、耳、鼻、舌、身的理论根本就是美国记者的小儿科，对中国的传统理论一窍不通。

如果实在不通，你懂一点佛经也好么，佛经就说六根清净，这个六根是什么呢？眼、耳、鼻、舌、声以外，还有一个“意”，光有外部的感觉是不够的，还要有“意”，内在的心意。人为什么感觉不同，就是第六根的心意，情感、思想不同，外部的信息，外部的条件，跟你偶然相遇，这叫有缘，产生了生命的幻觉。这第六根的“意”，就是中国《诗大序》中的“诗言志”的“志”，“情动于中”的“情”。有了情志想象飞扬起来，超越外部的感觉，聚焦起整个生命，文章就精彩了。

话说回来，为文当然不排除观察，更重要的不光是用五官，而是用心，用“意”去感应，把多年的经验，整个的生命，在为文的瞬间调动起来，凝聚起来，盘活起来，文章才能超常发挥。

这绝对不是个别现象。这里顺便提一下，范仲淹的战友欧阳修，范仲淹政治改革失败了，官场上倒霉了，欧阳修，“慨言上书”，碰了个更大的钉子，坐了牢。后来下放到安徽滁州当了个地方官。他也写了一篇很著名的《醉翁亭记》，第一句，环滁皆山也。后来有个清朝的文人去看一下，滁州根本就没有被山围着。宋朝的山到了清朝怎么就没了，地质变化太快了吧，有没有地震啊（笑声）。有人写文章说：滁州离琅琊山好远啊，近处只有个小丘。但是呢，欧阳修气魄很大，环滁皆山也，没人去跟他较真。有人给他辩护了。朱熹说，看到一个最初的抄本，欧阳修开头的原来不是这一句，而是非常详细地写了十几二十个字，四面的山的状况，通通都被删掉了，只剩下一句，“环滁皆山也”。我觉得朱熹是个老实人，怎么搞的也参与了这个炒作（笑声），可能朱熹也没有去过滁州，别人一炒作，朱熹上当了。我问过去过滁州的福州人，他说，环滁皆山也，用来形容福州还差不多，这么精炼的词语，用来形容滁州，真是可惜了。

这说明经典之文，真假互补，虚实相生，想象自由造成的伟大的艺术成就啊，一个人一辈子写很多文章，真正留在文学史上的，上千年后还能脍炙人口的，没有多少啊，哪怕有一篇，这个人就没有白活了。苏联诗人叫马雅科夫斯基，写过一句话：写上一首小诗，让它活上小小的十年，这就不错了。很可惜，我们现在许多文章，不要说过了十年，就是过了一天，就没有生命了。这当然也包括我的，不过，我幸运的是享受到一个例外，我有一篇文章活了十年还不止（笑声），如今三十多年了，1981 年写的《新的美学原则的崛起》，写出来以后被围攻，全国性的，形势挺严峻啊，弄得我破帽遮颜。女儿在幼儿园，都感到有压力了，回来就问：妈妈，精神污染是不是爸爸搞的？（笑声）我的太太的回答很干脆：“放屁！”（大笑）这篇文章现在成为经典了，陈思和的当代文学史上就有“新的美学原则在崛起”的标题，手稿被中国现代文学馆拿去保存起来，手稿啊，用笔写的，现在作家都没有手稿了，都在电脑上。手写的稿子很稀罕哦。现在我自己都没有了，我早知道就不给他，那是在 80 年代，我不知道留到今天，手稿会很值钱啊，可以拿到香港拍卖行去拍卖的（掌声），好遗憾，白白丢掉了发个小财的机会（笑声）。

回过头来，说正经的。景观的描写是很重要的，更主要的主体心灵的强大优势。要把自己精神气质，把自己的整个的胸怀表现出来。关于观察的问题堂而皇之的胡言乱语太多了，光有理论的反驳是不够的，更重要的是从文本上去全面检验。

洞庭湖是不是永远像范仲淹写的那样浩浩汤汤，横无际涯？晚明袁中道，他真的去游了洞庭湖，还写了一篇《游洞庭湖记》，他说洞庭湖啊，并不是永远是那么样浩浩淼淼的，他说只在春夏之交时湖水浩荡，过了这个时候，它就不那么浩荡了。秋冬之时，旱季时候，洞庭湖水看上去像什么啊？这里有四个字你们要仔细琢磨，“如匹练耳”，如就是像，一匹练白绸布，像一条小溪。

由此可见，范仲淹的经典之作，并不是严格地、准确地反映现实。但是这并不影响他的经典性，为什么呢？形质俱变，情为主，景为宾。情决定景的性质和形态。写文章不单是表现客观的对象，形质俱变的“质”，就是主人公的精神气质。借助外部景观的变化，表现人的特殊的精神天地。

诸位，我说精神天地，还要加上特殊的，是不是有点太夸张啊？我觉得：非也。

莫泊桑说要写出对象的特点，但是光是岳阳楼的特点，似乎很不全面。因为对象的特点很多，选择什么的特点，是由人来决定的。

就是在范仲淹笔下，同样的岳阳楼，在不同的人眼中，并不是一样的。文章明明写着，在去国怀乡，忧谗畏讥的人眼中，岳阳楼的宏伟景象引起的是“感极而悲”。在“宠辱皆忘”的人士则是“其喜洋洋”，而在范仲淹则都不是，不以物喜，不以己悲，而是“先天下之忧而忧，后天下之乐而乐”。永远是忧愁的。

这就是说，形象的构成是不但客观对象有特点，而且更重要的是，主观的情志也要有特点。“迁客骚人，多会于此，览物之情，得无异乎？”范仲淹用一个字来概括，那就是“异”字。就是同样被贬谪的官员，到了这里也有不同的感受。他说，有两种情况，一种是，“阴雨霏霏，连月不开，阴风怒号，浊浪排空”。看来你们中学教师没有让你们白白背诵，现在都背诵起来。“日星隐曜，山岳潜形，商旅不行，樯倾楫摧。薄暮冥冥，虎啸猿啼。”天气是很阴暗的，太阳、月亮都给它遮住了。山岳潜形，山都看不见了。商旅不行，生意都不能做了。情感很压抑的。“薄暮冥冥”，到了傍晚，光线暗淡，氛围阴惨，相当凄凉。但是范仲淹是个将军，不像苏东坡，只是个文化智者，在《赤壁怀古》中想象，就是豪杰风流，甚至还有红颜知己，小乔初嫁。而范仲淹即使在阴暗的氛围中来了个神来之笔：“虎啸猿啼”，猿啼是悲凉的，巴东三峡巫峡长，猿鸣三声泪沾裳。这是通用的典故。但是，范仲淹空前，也许是绝后地把它和虎啸整合起来，悲凉就变得豪迈，虎虎有生气。洞庭湖一派浩淼的大水，不用考证也可想象，就是有老虎，它往哪里藏啊？这不是范仲淹造谣，而是一个将军的英雄气概。当然，他的处境和他一些下放官员一样，去国怀乡，忧谗畏讥，怕人家在皇帝面前讲他的坏话，但是即使这样，范仲淹写出来仍然在“猿啼”的悲凉中渗透了“虎啸”的豪迈，透露出他雄伟的精神风貌。

但是换了一种季节，春和景明了，一般人就换了一种心情，登斯楼也，心旷神怡，宠辱皆忘，把酒临风，其喜洋洋者矣。把酒临风，喝酒要对着风来喝。这就是非常潇洒啊，关键在于，宠辱偕忘，不管你是提拔还是下放，我都无所谓，都要享受这自然景观的美好。这个“宠辱偕忘”的精神品味相当高。很符合孔夫子的“用之则行，舍之则藏”，也符合孟子的“穷则独善其身，达则兼济天下”的准则。范仲淹似乎也应该这样潇洒超脱呀。但是范仲淹说，春和景明就痛快，阴霾满天就悲凉，还不够，不够“异”。“古仁人之心，或异二者之为。”范仲淹在这里说得很委婉，很谦虚，不直接说，我的精神境界比“宠辱皆忘”还要高。我的理想是境界是“不以物喜，不以己悲”。人应该不因为环境顺利了，就得意了，就“把酒临风”，快乐、潇洒。环境阴暗，遭遇不幸，就非常悲哀。那应该怎么样呢？“不以物喜，不以己悲”，不管环境怎么变化，不管自己怎么得意，都不能快乐。那该怎么办呢？应该超越个人的荣辱。当你痛苦的时候，要想到百姓的痛苦，当你快乐的时候，要把国家的忧患放在心上。具体说就是“居庙堂之高则忧其民，处江湖之远则忧其君。是以进亦忧，退亦忧”。不管是处于顺境还是逆境，处在高位的时候，掌权的时候，你为老百姓而忧愁，你被下放的时候，不掌权的时候，你为国家忧愁。在朝要忧，在野也要忧，这就永远是忧了。难道没有权利欢乐一下吗？当然，欢乐是可以的，可有个条件，“先天下之忧而忧，后天下之乐而乐”。天下还没有感到潜在的忧患的时候，你就要为之担忧；而全天下人还没有快乐，你就不能快乐。

这个要求太高了。天下人没有忧你就要忧，现在你们听报告，考进了东南大学，这样的名校，你们，还有你们的父母，都很快乐，但是，你们有没有考虑到那些没有考上大学的，他们的心情是多么的失落。你们有没有为国家遭遇帝国主义的霸凌感到忧愁？帝国主义的包围，会不会影响到国民经济的发展，使你们未来的就业形势变得严峻？这说得太高调了，具体说，爱情偷偷地来了，你一味沉浸在一种糊里糊涂美妙的感觉里，就是很幸运，花好月圆。但是，后面的问题还多着呢，结婚，买房子，贷款，银行利息，一大堆问题，你还没有感觉到，我已经替你忧愁了。你们贷款付完以后，再买第二套的时候，能不能乐呢？不一定，你儿子又长大了，又要贷款了。（笑声）这样下去就永远不要乐了嘛！是的，要天下人都快乐了，自己才能快乐，天下人什么时候，才能快乐啊，他说的“天下”，全世界，我们不去死咬文嚼字，天下应该包括亚欧美非洲。就算仅仅是全中国罢，不要说在当时，在北宋，就是一千年后，我们谁敢说，十多亿同胞大家都同样的快乐了。可是范仲淹说，只要有人不快乐，我就不能快乐。那就是他永远不快乐，永远是一个忧愁的容器。①

这样的逻辑的特点，就是绝对化的，从理性来说，是不完全面的，但是，这是抒情逻辑，就是以绝对化取胜的。同样是把酒送别，王维说："劝君更尽一杯酒，西出阳关无故人。"而高适说"莫愁前路无知己，天下谁人不识君"。究竟哪一个是胡说呢？这就是抒情逻辑的绝对化，正是这种抒情的绝对化，允许范仲淹永远把人民、国家的忧患放在第一位，自己好像永远没有权利快乐。这就是诗化的想象的崇高的理想。

这不仅仅是他的人格理想，人格的升华，而且是在一种特殊境遇下的自我勉励。为什么？他处境很不好，他有政治理想，他想改革国家的长期不能解决的弊端，因为北宋赵匡胤接受了五代十国军阀混战的教训。他自己就是一个军阀，用政变的办法自己夺了政权，当了皇帝，他不同于刘邦，夺得政权以后，把可能拥兵自重，成为独立王国的军事功臣一个个都杀了。这太残忍了，太不人道了。他想出了一个办法，就是不能让武人有太大的兵权，兵权没有限制，他就搞独立王国，造成军阀混战。他比较文明，杯酒释兵权，开个宴会，痛饮一番之后，哥们儿，把兵权交出来，去享受荣华富贵，最好是广置田产，沉迷酒色，妻妾成群，没有政治野心。他又想了一个办法，叫"更戍"，就是将无长兵，兵无长帅，军区司令老给你调来调去，这个兵就不是你私人的了，

这就造成了一个严重问题，国防力量非常薄弱。把权力交给文官，鼓励大家都去读书，考科举。把当官作为人生最高理想，秀才、举人、进士，一级一级地考，最后是殿试，皇帝亲自主持，让你从少年考到青年、壮年，甚至是老年。唐朝二百九十年，一共才有七千四百四十八位进士。北宋南宋加起来二百一十九年，进士就达三万九千名，有一半还不是考上的，而是皇帝特批的。考了多少回，年纪都老大不小的了，就送你一个进士出身。有了这么多进士学位，就要分配官职，就产生了问题，第一，官员太多、财政开支不了。第二，军事力量薄弱了。国土面积缩小，有时弄到敌人兵临首都城下。范仲淹就是要改变这个状况，裁员，得罪了大量的官员和候补官员。他就主动上陕西前线。献身保卫国家的事业，仗打得还算不错，但是还是遭到贬官，他的心情是非常压抑的。他没有为自己的命运而忧愁，而是自我勉励，自我鼓舞，自我升华。即使不在中央王朝了，也不能像一般迁人骚客那样世俗，那样为自己患得患失。即使忧愁也要为国家，为百姓，而自己要快乐，要等到天下人都快乐了以后。虽然，明知不知道什么时候天下人都快乐了，实际上是先天下之忧而忧，是永恒的忧；后天下之乐而乐，是永恒的不乐。

---

① 其实，他打胡人取得胜利的时候，他应该是快乐过的。他在欣赏风景的时候，也是快乐过的。请看他的诗作《野色》："非烟亦非雾，幂幂映楼台。白鸟忽点破，残阳还照开。肯随芳草歇，疑逐远帆来。谁会山公意？登高醉始回。"在大自然的美好景观中，他不是很开怀地欣赏得充满了醉意吗？

这太绝对了。这完全是感情的抒发，而强烈的情感是以绝对化为特点的。

从这个意义上来讲，我们可以得出一个结论：文章写得动人，它主要靠什么呢？固然前面用感官描写岳阳楼洞庭湖的景色，语言非常动人，是非常有才气的，但是，最动人的，流传至今、一代一代成为我们的精神财富和艺术瑰宝的是，绝对化的“先天下之忧而忧，后天下之乐而乐”。

经典之所以经典，就在于它借助某种景观强烈地表现出他的崇高的精神，景观不过是一个虚化了的平台，让他的精神在这个平台上自由地放飞。

刚才我讲了欧阳修写那个环滁皆山也是不可靠的，他的文章也是很经典的。积极参与新政的欧阳修，失败了，范仲淹被排斥了，政治上处于逆境了，他还不识相，一身正气到有点傻气，“慨言上书”，为新政辩护，一度弄到皇帝恼火，坐了牢房，后来被贬为滁州知州。这个时候，他作为战友，他的心情，按照范仲淹的逻辑，应该和他一样先天下之忧而忧啊。

他就不但一点不忧愁，而且非常快乐，他的心情恰恰和战友相反。写了一篇经典之作《醉翁亭记》，他的快乐是很有特点的。第一，山水之美。西南的琅琊山：“蔚然而深秀”，第二是写水（酿泉）：“水声潺潺而泻出两峰之间”。从日出到云归，从阴晦到晴朗，从野芳发的春季，到佳木秀的夏日，再到风霜高洁的秋天，到水落石出的冬令，四时之景不同，而欢乐却是相同的。第三是亭子：“翼然临于泉上。”山美，水美，亭子更美。但是，更美的是他喝着酒来欣赏风景的姿态：明明喝得很少，却又很容易醉。明明年纪不太大（才四十岁左右），却是自称为“翁”，“醉翁之意不在酒，在乎山水之间也”。范仲淹不是说，不以物喜，不要以风景美好，就快乐，可是欧阳修就是要为美景而快乐，而且喝着酒，醉醺醺地，快乐得忘掉了自己太守的身份。在范仲淹那里是先天下之忧而忧，那是永恒的忧；后天下之乐而乐，是永恒的不乐。但是，欧阳修反其道而行之，先天下之乐而乐。当然，他并不是没心肝，而是和一般老百姓，一起快乐，在范仲淹那里，岳阳楼就是忧愁的载体，而欧阳修的醉翁亭则是快乐的载体。

在欧阳修这里，不管挑担的，步行的，弯腰曲臂的，酿泉为酒的，打了鱼的，拿着蔬菜的，就都可不请自来，他的聚会，用你们的时髦的话说，就是 party 是开放性的，谁都可以来。自由自在，都很欢乐，好像大学都没有为衣食而愁。为劳苦而郁闷，没有物质负担，精神压力。这实在像陶渊明的《桃花源记》了。如果全抄《桃花源记》，欧阳修也不要写了。欧阳修这里有个特点，不只是物质生活没有压力，而且人物之间的关系很平等，他反复提起“太守”，提了九次，但是在喝起酒来，和太守共享。太守和老百姓没有什么等级的区别，太守也没有架子，游戏地自由地喧哗。大家在太守面前大叫大喊，太守自己也随便乱喝，不在乎自己姿态，不讲礼节，不拘礼法，自己越是醉醺醺，歪歪倒倒，越是自由、潇洒，没有主客之分，没有官民之别。太守和百姓都忘掉了等级，人与人达到高度和谐，这是欧阳修不同于桃花源的地方。桃花源确实是找不到了，而这是太守写的是很现实的。

更精彩的是在下面，不单太守欢乐、老百姓欢乐，山里的鸟叫起来，鸟也很欢乐。“禽鸟知山林之乐而不知人之乐”，鸟只是感到人们很快乐，凑热闹而已。而人们也知道“从太守游而乐，而不知太守乐其乐也”。人们只知道和这样的太守一起欢乐，但是，不知道太守就是因为大家快乐才快乐。太守乐什么？乐你们的乐，你们乐了我就乐。在范仲淹那里，只要有人不快乐，我就没有权利快乐，而在欧阳修这里，只要有人快乐，我就快乐。至于天下人，是不是还有不快乐的，暂时靠边。这是不是有点先天下之乐而乐的意味？

太守是谁？庐陵欧阳修也，鄙人姓欧阳，名修，前面的太守都是第三人称，突然告诉你，这是真的，太守就是鄙人，行不改名，坐不改姓，庐陵欧阳修。把自己的籍贯都亮出来，你还能不相信吗？

表面上看，欧阳修是在和范仲淹唱对台戏，实际上，他们的在艺术上，在美学上的原则是一样的。范仲淹的先天下之忧而忧，后天下之乐而乐，是绝对的忧，而欧阳修的先天下之乐而乐，只要有机会和老百姓一起快乐，就尽情享受快乐。这也是绝对化的。抒情逻辑和理性逻辑不同，理性逻辑是要讲究全面的，不能绝对化的，而抒情逻辑则是以片面的，不全面，绝对化取胜的。

这就是范仲淹和欧阳修的文章，都是伟大的艺术的奥秘所在。

所以我们看到，这说明文章之所以精彩，不在于他跟范仲淹相同，而在于同中有异，相同的地方是把老百姓放在第一位，不同的地方，范仲淹说，要天下人快乐，我才快乐，而欧阳修则说，只要我身边的百姓快乐，我就快乐，哪怕不是天下人，我也因为他们的快乐而快乐。我就是比天下人先快乐一下，就算是只有一天，也把它当作节日。

不知道你们现在体会到了没有，我为什么拒绝到香港去参加那样的会，后来为什么又接受了他们的邀请，因为我可以提高他们一下，我忘掉自己清高自尊，让他们享受一下豁然开朗的快乐，我也因此享受一下与他们一同快乐的快乐。（笑声）

（记录整理：宋里、闫琦，作者修订）

演说苏东坡

——调寄余秋雨《苏东坡突围》

在中国古典诗歌史上，只有一个人能和李杜有得一比，那就是苏东坡，他真是伟大，甚至比李杜更伟大，可就是没人讲他伟大。今天我要来发一点狂论，用苏东坡的话来说，那就是“老夫聊发少年狂”。其实，苏轼写这首词的时候在山东密州当行政长官，那时他才40岁。按今天的标准来说，应该是青年，居然敢称老夫。这也许是宋朝的风气，年纪稍大一点，称老就容易受人尊重。欧阳修才40岁左右，就自称醉翁。当然，那时人的寿命比较短，据学者研究中国人的平均寿命，秦汉时20岁，东汉22岁，唐朝27岁，宋朝平均寿命才30岁，历代皇帝的平均寿命，也才39.2岁。[①] 平均寿命这么低，有一种说法，原因是儿童死亡率高。如果不计儿童死亡率，则宋时平均年龄达50多岁。

苏东坡四十岁和号称万岁爷的平均的年龄差不多，那当然是可以自称老夫的，我今年拥有当时苏东坡两倍以上的年龄，更有资格倚老卖老，聊发双料的少年狂。

苏东坡的才情，他的豪迈，他的潇洒，他的浪漫，可与李白相比，但是他有超越李白的强项，那就是学问。李白有天才，苏东坡也有天才，但是李白没有学问，苏东坡有。苏东坡做的那些策论如论先秦六国之败，诸葛亮为政之失等雄文，皆是俯视千载，驱遣经史，笔阵横扫，情思奔泻，针砭时弊，规制国运，富铁肩道义之雄风，有倒流三峡之词采。这是李杜望尘莫及的。他在流放的时候研究《论语》，有《论语说》五卷。《论语》是语录、对话，苏东坡在逻辑上把它系统化了。按余秋雨的研究，说是到了朱熹那个时代，《论语》才系统化了的，苏东坡早过朱熹差不多一百年，他还研究《易经》，著有《易传》九卷。易

① 数据来自1996年第5期《生命与灾祸》中林万孝的《我国历代人平均寿命和预期寿命》一文。文章因为加密，网上看不到全文。

经那多难懂啊，简直是天书，李白肯定没有耐心做这样的学问。

最关键的是，苏东坡还是个政治家，大政治家，李白、杜甫连小政治家都不是。虽然杜甫诚心诚意想在政治上有所成就，他的政治理想，叫“致君尧舜上”。如果得到重用，能使皇帝超越尧舜的水平，“再使风俗淳”，使得黎民百姓道德、精神境界高度纯净。杜甫不能成为政治家，有一个原因，他不会考试，考了两次都失败了！他自己公开说过“忤下考功第，独辞京尹堂”(《壮游》)。和他差不多同时的，贾至、李颀、李华等都考上了。考不成就不考了吧。他 39 岁还献了《三大礼赋》歌颂皇帝圣明。唐明皇让他试了一下文章，给了他一个小官：京兆府兵曹参军。新唐书职官志说“兵曹参军事各一人，正九品上”，九品，是个芝麻小官。安史之乱，皇帝逃到甘肃灵武，他追过去尽忠，连一个非常小的官，都不会做，还不识时务。他的朋友书呆子房琯打了败仗，杜甫傻乎乎去辩护，结果碰了一鼻子灰。李白一直没有参加科举有一种可能是，他不是官宦出身，也不是农民出身，而是商人后代，工商杂类，无与仕伍，没有资格参加科举。他就不走这条“高考”的独木桥，干脆写诗营造名声，再通过某种门路，直接让皇帝赏识。当然，还有一种可能是才气太大，不拘一格，考试的种种规格他受不了。

苏东坡之所以能够成为政治家，后来还那么有名，亏得科举这道门槛。历代科举，录取率是很低的，难度是很大的，孟郊考了多次，穷到把家具都卖了（借车载家具，家具少于车），弄到五十多岁，才考中进士，才写出了“春风得意马蹄疾，一日看尽长安花”。而苏东坡一考就中，才 21 岁，而且是兄弟两个一起考中。当时的考试程序相当复杂，先是从四川家乡跑到开封府考一场，及格了，还不算数。第二年正月，礼部复试，又及格了，还不算。最后由皇帝殿试，从 21 岁考到 22 岁，和他 19 岁的弟弟同时进士及第，这事当时传为美谈的。

我们讲现在讲素质教育，他素质又好，应试也行。我们应该向他学习，不要老是埋怨高考太刁难。

当然，我还是佩服苏轼兄弟的，当然也佩服我自己，在应试和素质统一这一点上，我们应该是遥遥相对，息息相通。（同学大笑）

李白和杜甫在应试这一点上，就不行了，都没有文凭，不如苏东坡，不如诸位，甚至不如我（学生大笑，鼓掌）。李白和我都是把生命奉献给诗，这一点是相同的，但是，也有很大的不同，他老有一种大政治家的幻觉，说自己“奋其智能，愿为辅弼”，把全部智慧和能耐发挥出来，可以当宰相。我就没有这种雄心大志，我在中学里，最大的官，就是小班学习委员（同学大笑），连当学生会主席的野心都没有。当然，我不如李白有心机。他通过某种后门，据说玉真公主，还有他的道士朋友吴筠进入最高权力中心，受到了皇帝的欣赏，可以发挥他的“智能”了吧？可是呢，他对官场明规则、潜规则一窍不通，极端的自由散漫。当时杜甫就写他：“李白斗酒诗百篇”，这显然夸张，至今李白留下来的诗大约是九百篇，如果按杜甫的说法，就是李白喝了九大杯酒的结果。但是，诗是想象的，是有权夸张的。但是杜甫又是很现实的，接着说他，“天子呼来不上船，自称臣是酒中仙”。你要当宰相，皇帝请你去议事，你说不行，你要睡大觉，我是酒界的仙人，这怎么成？当然，后世有人同情他，说他得罪了权贵，小说家演绎，什么高力士脱靴啦，杨贵妃捧砚啦，不太可靠。事实上，李白是有点俗气的，现在《唐诗三百首》中还有他吹捧杨贵妃的诗《清平乐》三首。说她是生活在王母娘娘群玉山头，美丽得如瑶台月下仙子。“若非群玉山头见，定向瑶台月下逢”，还有什么“一枝红艳露凝香，云雨巫山枉断肠”，这显然牵涉到性事，将之诗化，是不是很肉麻？何况那时杨贵妃民愤很大，安史之乱，长安沦陷，唐明皇出逃，半路上，兵谏，不把杨玉环杀了，就不干了。此时的杨玉环应该是江青式的人物。歌颂她，应该是李白的最大败笔，人生最大的污点。就艺术水准而言，所用语言，大抵也是套话，陈词滥调，二流半水平。但是，《唐诗三百首》的编者，那个蘅塘退士，居然把它当作杰作选进去了。他在艺术鉴赏上，说得好听一点，是看走眼了，不好听，用《红楼梦》的话语就是糊涂油蒙了心！最糟糕的是，这个蘅塘退士叫孙洙，这是非常遗憾的，他居然也姓孙。（同学大笑）

后来，唐明皇觉得李白根本没有什么政治才能，就很客气地“赐金放还”，送了点钱让他走路。他就索性游山玩水，求仙问道，“五岳求仙不辞远”（《庐山谣寄卢侍御舟》）可实际上是不甘寂寞的。等到安史之乱发生，新接位的皇帝肃宗李亨，让他的兄弟永王李璘，在东南这一代巩固后方。这位李璘呢，可能有点雄心，也许是野心，就扩大地盘，招兵买马，无非是大展宏图吧。抓枪杆子不够，还要抓一下笔杆子，扩大社会心理认同感。正好李白就在附近（庐山），把他请去了，其实当他花瓶，清客。李白却兴奋起来，就歌颂李璘，《永王东巡歌》一写就是十一首。幻想就更膨胀了，说是“但用东山谢安石，为君谈笑静胡沙”。你是要用我，我是谢安呐，随便下下棋谈谈天，符坚的大军就望风披靡啦。李白本来想象是政治家，现在又变成军事家了。这样吹吹就算了，但是，他实在是头脑发热，连话语都犯了原则上的错误：“试借君王玉马鞭，指挥戎虏坐琼筵”，称永王为王，可以，但是称他为“君”，这个问题就比较粗。天无二日，民无二主。永王成了君，把北方的真命天子往哪儿放？连起码的政治常识都没有，还想吃政治饭！北方皇帝的老哥，本来就担心老弟在南方这块富饶而未经战乱的土地上坐大，功高震主，尾大不掉，就找了一个借口，派一个大将去把他消灭。[1] 派的谁呢？也是个著名的诗人——高适。[2] 这个人诗写得不如李白，打仗可比李白强多了。三下五除二，永王璘逃到岭南死于非命。李白就当了俘虏。这下可惨啦，下了江西浔阳监狱。虽然，他参加永王璘的集团，才一个月都不到，罪名却属于谋反的性质，要杀头的。他也写了诗托人送给高适，但是，手握两处节度使的军权的高适掂量案情严重，这个政治性质太敏感了，沉默以对。李白的妻子去求见，高适没有接见。在这种罪名幸亏当时正在南部审查刑事案件的掌握军权的宋若思，他妻子知道宋的父亲和李白在京城是密友，就拿了李白申诉状去求他。宋若思把李白从监狱里保了出来，还安排他作为自己的幕僚。这时，李白又乐观起来，竟然还请宋若思，让他代笔上书鼓吹自己"怀经济之才，抗巢、由之节。文可以变风俗，学可以究天人""使天下归心""特请拜一京官"，安排一个相当高级的职位。57 岁的李白，受了一年的牢狱之苦，居然还这样天真！

其实 他不知道，皇帝认为李白就是李璘的帮凶，本想处斩他。幸亏，三年前，李白在京城在刑场上救过一个军官，郭子仪，现在是平叛的最大功臣，是他恳求肃宗饶恕李白。据传，郭子仪甚至提出免除自己的官位，保全李白的生命。皇帝终于被说动了，宽大处理。然而死罪可恕，活罪难饶，就判了个流放夜郎。为什么是夜郎？不是有个谚语夜郎自大吗？典出《史记·西南夷列传》，唐代在文人中应该是常识性的。[3] 你不是会吹吗？那就到那个最会吹的地方去 PK 吧。李白这时不仅是政治上犯罪，而且道德上破产，在士大夫中绝对孤立。杜甫在怀念他的诗里说"世人皆欲杀，吾意独怜才"（《不见》），整个中国除了杜甫，没有一个人同情他。

流放是个什么罪名？隋唐时期，笞、杖、徒、流、死五刑制正式确立，流放仅次于死刑。虽然不像"笞""杖"那样要打烂屁股，但是，要被押解到边远地方去劳改。流放的远近，按照罪行的轻重划分，以首都长安为起点，分为三千里、两千五百里和两千里三等。到达流放地后还要自己种一年田。除非得到皇帝的赦免，不然终身不得返乡。妻妾必须要跟随。李白流放时，有没有小老婆，似乎是没有。不过他结过几次婚，现任太太宗氏和她的弟弟一起来浔阳送行，一直送到九江，没有随行。李白有写给她的诗说"南来不见豫章

---

① 讨伐永王璘可能是个冤案。《旧唐书》卷十《肃宗本纪》至德元载十二月："甲辰（二十五日），江陵大都督府永王璘擅领舟师下广陵。"他是江陵大都督，当然有权下江陵，说他"擅领"是没有理由的。《旧唐书》卷一百七《永王璘传》："十二月，擅领舟师东下，甲仗五千人趋广陵，……璘虽有窥江左之心，而未露其事。"可见并没有确切的证据说明他有谋反之意。

②《旧唐书》卷一百一十一《高适传》："上奇其对，以适兼御史大夫、扬州大都督府长史、淮南节度使。诏与江东节度来瑱率本部兵平江淮之乱，会于安州。师将渡而永王败，乃招季广琛于历阳。"又云："未过淮，先与将校书，使绝永王，各求自白。"

③"滇王与汉使者言曰：'汉孰与我大？'及夜郎侯亦然。以道不通，故各以为一州主，不知汉广大。"

书”(《南流夜郎寄内》)，说明太太还留在南昌。有一种可能，战乱时期，纲纪废弛，又是著名大诗人，官方睁一眼，闭一眼了。

伟大诗人，本来心雄万夫，当不成大军事家、政治家，求仙学道，弄个长生不老也不错啊，可是到头来，落得个劳改犯的下场。我才疏学浅，没有研究过唐朝的流放犯的具体待遇，是不是像《水浒》中的林冲、宋江那样脸上刺字？那种制度还没有形成。至于夜郎，现在学者有争议，按司马迁说，则是在云南，学者也有说是贵州遵义附近：铜梓，还有说湖南西部。反正是两三千里之外啊。李白后来夸张地说：“夜郎万里道，西上令人老。”(《经乱离后天恩流夜郎忆旧游书怀赠江夏韦太守良宰》)这么远的地方，可不是旅游，骑马、乘车是不可能的，官路驿道还好，可是有些地方是没有官路的，免不了翻山越岭，也有些连脚都难走的路。当然，最初是有时，也走水路，从江西逆长江而上，李白《上三峡》中有云：“巴水忽可尽，青天无到时。三朝上黄牛，三暮行太迟。三朝又三暮，不觉鬓成丝。”李白得意时写到生命苦短，也有黄河之水天上来的豪迈的，这次长江航行就不但没有了奔流到海的气势，相反有一种度日如年的哀痛：“三朝又三暮，不觉鬓成丝”。伍子胥出逃楚国，过昭关，一夜愁白了头发，那是传说，李白这下子，可真正体会到了三夜就白头的煎熬。这样痛彻骨髓的绝望感失去了李白一贯的浪漫。想想看，他已经58岁了，身份是个老囚徒，律令规定是要戴上铁镣某种刑具的，是不是像京戏里那样戴上枷锁？不过京戏里的枷锁是道具，也许是泡沫塑料的，很轻的，囚犯的枷锁可能是有相当分量的。是不是要像林冲那样受到解差的虐待，无从查考了，没有。从理论上说，但是沿途的餐饮住宿都要自己支付。没有银子，官家垫付，到了流放地官家分发农具、种子、牛羊等等，一年后偿还，还要给国家缴纳税赋！实际上，由于他的大名，又是当时国家最高军事长官郭子仪的恩人，一路上，还是有些粉丝，甚至官员留他住下，最长的，在江夏，竟然住了两个月，游山玩水，吟诗作对。但是，毕竟他的身份还是一个罪犯，带着有形的和无形的国家的刑具和罪名。

我们的浪漫诗人，当年贺知章在长安一见他就说他是天上谪仙人，这是天上下凡的，他自己也常常在诗里面飘飘欲仙，连皇帝的召见都要搭架子，居然弄到戴着刑具徒步千里的程度，可真是海船翻到阴沟里了。“巴水忽可尽，青天无到时”流放犯的苦日子几乎是没有尽头的。就在他叹息收不到太太的家书的时候，那是乾元二年二月，公元759年，安史之乱第四年，《大唐诏令集》卷八四《以春令减降囚徒制》载：“其天下见禁囚徒死罪从流，流罪以下全免。”李白大运亨通，流放犯全部赦免。但是，这时交通不便，赦书还没有到达，老人家还要徒步走几百里的冤枉路。皇帝为什么大赦呢？关中大旱。李亨可能觉得老天对我有意见了，做事情太过分了。这就是李白后来在诗中所说的：“五色云间鹊，飞鸣天上来。传闻赦书至，却放夜郎回。”（《经乱离后天恩流夜郎忆旧游书怀赠江夏韦太守良宰》）天才诗人李白的命运戏剧性太强了。真是乐极生悲，否极泰来，一会儿被命运宠爱，一会儿又被命运惩罚，噩运坏到极点突然好运从天而降。李白逆来顺受，连苦笑都没有学会，就时来运转了。真心的大笑本来是不用学的，但是，他毕竟老了，不会像当年得到皇帝诏命的时候那样“仰天大笑出门去”，但是，写了《下江陵》：

朝辞白帝彩云间，千里江陵一日还。

两岸猿声啼不住，轻舟已过万重山。

政治上、道德上的压力一下子解除了，政策落实了，恢复了自由身。同样是舟行，完全没有了“三朝又三暮，不觉鬓成丝”的悲苦。那两岸的猿声，本来在郦道元的《水经注》中是“巴东三峡巫峡长，猿鸣三声泪沾裳”，这时，却不但一点悲凉之感都没有，相反把李白陶醉得忘记了千里之遥，崇山之险，归心似箭的躯体，变成了轻舟飞越万山。这首诗被后世的诗评家认为可以列入唐人七绝“压卷”之作。到湖南岳阳楼的时候，又写了“云间连下榻，天上接行杯。醉后凉风起，吹人舞袖回”（《与夏十二登岳阳楼》）。李白连劳改犯的心灵伤痕一点也没有留下，一下子又飘飘欲仙了。我也说不清，他是太孩子气了，太可爱了，还是太健忘、太可恨了，用福州话说，就是太没心没肺了。虽然如此，由于流放路上的折磨，元气大伤，剩下的寿命不过两三年了。

命运对伟大诗人开了不止一次的玩笑，直到他死后一年多还不饶过他。新皇帝即位，居然一纸诏书来到当涂，任命他为左拾遗，这是一个荣誉性的职位，但是，人们找不到他，他已经乘着他最后的诗歌中自诩的大鹏杳然而逝一年多了。这个玩笑开得有点恶毒，伟大诗人地下有知，不知道能不能又一次孩子气地仰天大笑，还是哭笑不得。

从气质上看，他就不是政治家的料，可是苏东坡是政治家。

苏东坡有过政治实践，一度掌握过中央和地方的相当权力，对国家有担当，有政治主张，大义凛然。作为一个正直的政治家，他的人格是很光彩的，坚持自己的观念，不顾安危。王安石变法，当然是对的，但是搞得太猛，吏治太腐败，好事变成了坏事。比如说有一种叫“方田均税法”，土地多交的税少，土地少的反而多了。王安石提出，重新丈量一下。田多多交，田少少交。但是，上有政策，下有对策，丈量的人收了贿赂，地主的田变少了，农民的田变多了，农民就非常恼火。好多人咒骂王安石，在家里点了香诅咒，但愿他早死。在这种情况下，苏东坡就变成了反对派。虽然他和王安石互相欣赏，但是互相争辩，毫不容情。对于变法，他曾经多次上书批评皇帝，小而至于宫中节日购灯与民争利，皇帝听从了，大而至于变法，作《上神宗皇帝书》不过瘾，又来个《再上神宗皇帝书》，其中有这样的语言：

今日之政，小用则小败，大用则大败，若力行不已，则乱亡随之。[①]

这样的行文，虽然是在尽争谏之责，但是，意气用事，情绪化也跃然纸上。厉行变法的神宗居然没有龙颜大怒，实在是够宽容，但是，内心的不快也是可以想象的。

有一次苏东坡主持科举，有一个我们福建的邵武的考生阿谀变法，吕惠卿（王安石的手下，一个品质恶劣的小人）把他弄成第一名，苏东坡坚决反对，殿试最后皇帝拍板。苏东坡认为这是原则问题，评价准则应该批评时政，这个考生阿谀逢迎，将败坏科场风气。皇帝定了，无法改变。他没有像杜甫那样，去歌颂皇帝写什么《三大礼赋》，而是写一篇同题而唱反调的文章《拟进士对御试策》，评击时政，把当时的表现轰轰烈烈变法比喻为“乘轻车，驭骏马，冒险夜行，而仆夫又从后鞭之”。这等于说皇帝推行新政无异于盲人瞎马。

作为考官，居然这样放肆，个性太张扬了，太任性了，也许还太天真了。

宋史苏东坡传后有“论曰”有这样的总结：

“既而登上第，擢词科，入掌书命，出典方州。器识之闳伟，议论之卓荦，文章之雄隽，政事之精明，四者皆能以特立之志为之主，而以迈往之气辅之。故意之所向，言足以达其有猷，行足以遂其有为。至于祸患之来，节义足以固其有守，皆志与气所为也。”[②]

而旧唐书李白、杜甫的传记，只是诗人而已，后面就没有任何这样的赞语。

苏东坡这样得罪皇帝，在中国历史上并不是个别的，但是，确系中华文化精神的精华所在。在皇帝专制绝对化的传统下，这样犯颜直谏，不但要冒着政治前途，而且是生命的危险。但是，就是在君权天授的体制下，中国文化，主要是儒家文化孕育出成仁取义的豪杰，前赴后继，不亚于西方的布鲁诺，在罗马鲜花广场，反抗地心说，在火刑中献身的精神。

当然反对派中也有正派人，如王安石不理解他的思想，阻挠他的任命，但是，对他的人格学问还是很尊重的。而且他有政绩，在苏州留下了苏堤，[③]杭州本来近海，水很咸，居民很少，唐朝官员，包括白居易治理了一番，留下了白堤，到了宋朝水利失修“水几无矣。

① 《东坡全集》，四库全书，集部，别集类，北宋建隆至靖康，东坡全集，卷五十一。

② 《四库全书 · 史部》，正史类，宋史，卷三百三十八。

③ 宋史苏东坡传：“杭本近海，地泉咸苦，居民稀少。唐刺史李泌始引西湖水作六井，民足于水。白居易又浚西湖水入漕河，自河入田，所溉至千顷，民以殷富。湖水多葑，自唐及钱氏，岁辄浚治，宋兴，废之，葑积为田，水无几矣。漕河失利，取给江潮，舟行市中，潮又多淤，三年一淘，为民大患，六井亦几于废。轼见茅山一河专受江潮，盐桥一河专受湖水，遂浚二河以通漕。复造堰闸，以为湖水蓄泄之限，江潮不复入市。以余力复完六井，又取葑田积湖中，南北径三十里，为长堤以通行者。吴人种菱，春辄芟除，不遗寸草。且募人种菱湖中，葑不复生。收其利以备修湖，取救荒余钱万缗、粮万石，及请得百僧度牒以募役者。堤成，植芙蓉、杨柳其上，望之如画图，杭人名为苏公堤。”

清河失利，取给江潮，舟行市中，潮又多淤，三年一淘，为民大患”。水很少，等待潮水来才行舟，又留下了淤泥，三年就要清理一次。老百姓挺苦恼的。苏东坡把它治理了一下，留下了苏堤，这才有了上有天堂，下有苏杭的美誉。他在徐州为官，抢救水灾，亲临第一线，置安危于不顾。受到朝廷的表扬。

皇帝虽然开明，欣赏他，可他老是触犯龙颜，日积月累，潜移默化，皇帝容忍度降低了。这一切，都为他后来遭到流放，聚结着危机。加上小人从中捣鬼，抓住了他写的一些诗说是他毁谤圣上，皇顶不住，就治他的罪了，流放了，和李白差不多了。但是，他的政绩显赫，遭难时，许多老百姓为他焚香祈祷，他的人格魅力强大，被冤时，朋友冒着风险上书解救，遭到惩罚。司马光和黄庭坚等还被罚了三十斤铜。

除此以外，苏轼超过李白、杜甫，他还是一个散文家。他的散文可分为两类，一是，思想性很深邃的策论和史论，二是艺术性的散文。他在中国散文史上是有地位的，是唐宋八大家之一。当年进京殿试，副试官是梅尧臣，一看苏轼文章就激赏不已，呈主考官欧阳修，更是觉得既有儒家风范，又个性锋芒，语意敦厚、朴实，颇有古文大家气度。宋仁宗看了他的文章，曾经对皇后说，我为子孙得了两个太平宰相。欧阳修后来看了他的书信，说：“读轼书，不觉得汗出，快哉！快哉！老夫当避此人，让出一头地也。更三十年，无人道着我也。可喜可喜！”①

他你们都读过《记承天寺夜游》，才一百个字不到，就写出竹柏之影如藻荇，乃月色积水空明之效果，而欣赏竹柏之影，又是心灵闲适的效果，全篇都是散文句，好像随意得很，却成为经典。不像李白《春日宴桃李园序》那样用了那么多的骈句，摆足了做文章的架势。苏轼的《石钟山记》不是像李白仅仅是游山玩水而已，而且是上升到智性，批评了“事不目见耳闻，而臆断有无”，连郦道元都没有逃过他的批评。

他还是一个散文理论家，他的理论千年以后还很经典，写散文要怎么样才好？“大略如行云流水，初无定质，但常行于所当行，常止于所不可不止，文理自然，姿态横生。”（《答谢民师书》）他又是大书法家，我特地跑到赤壁去看了他手书的《赤壁怀古》，还在前面自拍，意在把那百分之一秒的微笑，刻在时间的唇上。很可惜由于技术不行，没拍好，打开给你们开开眼界。我不懂书法，也不知道那是真的还是假的。反正我这个人是真的。嘿嘿。（同学大笑）

他还是个画家，大画家，画竹是很有名的，特别善于墨竹。画家文与可，在京都是他的同事兼朋友。大画家米芾在他流放时专门去访问他。更可贵的是，他还是绘画理论家。

---

① 欧阳修：《文忠集 · 与梅圣俞书》，《四库全书 · 集部》别集类，北宋建隆至靖康，《文忠集》卷一百四十九。

他还发展出一种画论，反对形似，说："作画以形似，见与儿童邻。"总结了中国文人写意画，逸笔草草，不求形似。他还提出诗画合一的理论，本来画是画，诗是诗，是吧？但是他在《书摩诘〈蓝关烟雨图〉》中说："味摩诘之诗，诗中有画；观摩诘之画，画中有诗。"（东坡题跋）这是说，诗与画的好处在皆长于视觉意象。他更杰出的贡献在于把诗写到画里去。西方的油画家，一般不是诗人，绝对不会把诗写到画里去的，但是，中国大概从魏晋以来，就有诗书画合一的传统。因为西方写字用鹅毛，画画用刷子，鹅毛根本蘸不动油漆。中国人画画、写字、写诗都用软软的毛笔，蘸的都是墨水，自然而然，渐渐就把字写到画里去了。这种题款，在唐以前是没有的，有时，只是把自己的名字题在不起眼的地方，叫做藏款。随着文人画的兴起，苏轼、文与可、米芾开始在画上展示书法，或诗或文，后来就把画里表达不尽的意味用诗写到画上去。清人方薰《山静居论画》云："款题图画，始自苏米。到元明遂多。"到了石涛，扬州八怪，几乎每画必题，造成中国诗书统一的奇观。应该说，他和大画家米芾是开风气之先，不仅把书法写到画里去，更大胆地把诗歌与书法融化到画里去。本来诗是画的附属品，到了苏东坡手里，居然诗比画还精彩。他的题画诗相当多，有位陈才智，把苏轼的题画诗汇编成一本。

最著名的是题在他的朋友惠崇和尚《春江晓景》上的："竹外桃花三两枝，春江水暖鸭先知。蒌蒿满地芦芽短，正是河豚欲上时。"如今惠崇的画已经为时间淘汰了，他的题画诗却千年不朽，其中的"春江水暖鸭先知"，脍炙人口，成了哲理性的格言。

他敢于把诗写到画里去，可能与他还是一个书法家有关系。

他的诗画合一论是很有中国文化传统精神的，没有中国文化底蕴是看不懂的。20 世纪 90 年代，我在华盛顿参观美术馆的中国馆，有好多中国画。一个中国教授带着儿子去看画，那个孩子已经美国化了，就说："怎么搞的，画里面怎么有好多字写进去了？"父亲就讲："这是诗啊。""这不是把画给破坏了吗？"爸爸就讲了半天，孩子还是莫名其妙。我就插了一句，这不是"破坏"，而是中国人跨文体的独创。宗白华先生有过评价，在画幅上题诗、写字，藉书法以点醒画中的诗意。中国诗书画统一，举世无双。发展到郑板桥画竹，用草书的笔法画竹竿，隶书的笔法写竹叶。有时，诗句占据了画面很大空间，不但不破坏画境，相反提高了诗书画三种艺术合一的意境。在西洋画上不管是写实的，还是抽象的，题上诗句，肯定不伦不类，破坏幻境。①

他还是一个哲学家，他研究过佛学，研究过道家，把儒家的入世思想，道家的顺道无

① 宗先生的原话是这样的："在画幅上题诗、写字，藉书法以点醒画中的笔法，藉诗句以衬出画中意境，而并不觉其破坏画景（在西洋画上题句即破坏其写实幻境），这又是中国画可注意的特色。"（《论中西画法的渊源与基础》，《美学与意境》，人民出版社 1987 年版，第 151—152 页）

为，佛家的出世思想融为一体。所以从文化素质来讲，他是中国文化更全面的代表。

说了这么多，差一点忘记了，苏东坡他还是个美食家。在中国饮食文化史上，有贡献，他推广的东坡肉，至今还是一道名菜。（学生哄堂大笑）这一点李白不可望其项背。李白只会夸耀他饮食有多豪华：“金樽清酒斗十千，玉盘珍馐值万钱。”（《行路难》）这没有什么，无非就是钱多。明显有诗的夸张，还是从曹植的“归来宴平乐，美酒斗十千”（ 名都篇）中套来的。苏东坡流放到海南岛蛮荒之地随遇而安，享受特产：“日啖荔枝三百颗，不辞长作岭南人。”这个美食家叫我佩服得五体投地有两点。第一，诸位，请设想一下，一斤荔枝大约是五十颗吧，三百颗，是多少？六斤。你们能吃得下吗？福建莆田是产荔枝的，那里的人吃荔枝超过半斤，就要流鼻血的。苏东坡写自己贪吃的一句诗，增加了荔枝的文化含量。不过可惜的是，现在产荔枝的地方，不拿它当文化，而是拿它当广告。是明显的是，把他和杨贵妃弄到一起，用李商隐的诗“一骑红尘妃子笑，无人知是荔枝来”来提高商品价值。不知别人怎么样，反正我的感觉是，斯文扫地。这个暂且不去管它。第二，我好奇的是，他一个流放的官员，又是花甲之年，如何每天从树上采下这么多荔枝？他的办法真叫人佩服。他让猴子上树去摘，猴子贪吃，慌慌张张，荔枝就掉到地上，成就了苏东坡的口福。

他实在是太有才了，文化成就太全面了。宋朝近三百年的诗史中，他的诗与黄庭坚并称“苏黄”。他的散文与一代文宗欧阳修并称“欧苏”，他的书法，是“苏黄米蔡”宋四家之首。其书用墨丰腴，轻重错落，大小悬殊，天真妩媚。黄庭坚在《山谷集》中说：“本朝善书者当推（苏）为第一。”杜甫说李白斗酒诗百篇，我是不太相信的，但是，苏东坡的喝醉了稍稍醒来就索取文房四宝，写他的“醉书”。我曾经跑到赤壁去，看那石头上他写的《念奴娇·赤壁怀古》，后面就有他自述是醉书。这个书法大师，真是太浪漫了，和陶渊明喝醉了以后，随便写下诗句，等到酒醒了，再编辑一下，有异曲同工之妙。

中国文化到了宋朝，经两三千年的积累，达到高度兴盛。陈寅恪说：“华夏民族之文化，历数千年之演进，造极于赵宋之世。”（《邓广铭〈宋史职官志考正〉序》）诸位，我引用这位大师的话，是要提醒大家，宋朝虽然武功不强，不如唐朝，但是文化综合水准上却超越了唐朝。和苏东坡同时，文化天宇上可谓星汉灿烂，范仲淹、欧阳修、王安石、司马光、梅尧臣，李公麟、米芾、文与可、黄庭坚、秦少游，还有他的父亲苏洵、弟弟苏辙，每一个都发出不朽的光华，在繁星争辉的天空。苏东坡这颗星是特别夺目的，他的文化成就，是全方位的，他的光华是赤橙黄绿青蓝紫，是彩虹式的。

但是，诸位请注意，每逢我说“但是”的时候，往往是特别重要的，因为我独特的见解，我的老年狂，往往就在“但是”之后，而不是在“但是”之前。

但是，回到但是上，光有这些，他还很难称得上伟大，他最了不起的是把这多方面的文化素养，诗情画意、人格精神，道家、佛家和儒家的哲学修养，还有他的天才，集中到一个焦点上，凝聚在他的词里面。如果没有在词的艺术上的贡献，苏东坡就不是苏东坡了！正是在词里，凝聚了他伟大的气节、人格的精华，体现他的艺术天才——中国文化全面的结晶，让一千多年后我们享受到和他零距离的精彩。

但是，我又要但是了(同学笑)。他并不是一开始就写词的，现存的史料证明，他是在当了杭州通判以后，才开始填词的。但是，请允许我再但是一回(同学笑)，他开始的词写得不太出色。光凭这个时期的词，他还只是一个比较不错的词人，但是，(同学笑)我还要但是，还不能成为伟大词人，他要成为伟大词人，光靠他自己天生的才气不行，光靠他自己用功还不行，但是，我不说但是了，说而且行不行？(同学笑)还要一个条件，那就让他遭遇一回大难，让他面临死亡的威胁，把他折磨个半死，让他从一个有作为的清官，一个旷世才子，像李白一样被流放，没有房子住，甚至饿肚子，自己走后门，开一块地——东坡，来耕种。所以也就有了苏东坡这个平民化的名字。本来苏轼的“轼”是一辆车厢上面用来扶手的横木。车子上有车厢是贵族，甚至是君王才有的。“魏文侯过其闾而轼之”，是凭轼致敬的意思。他的志向是辅佐帝王。而东坡则成为地地道道的农夫。只有经历了这样大起大落的折磨，他的全部天才，才能从逞才使气的放浪形骸中解放出来，在艺术上，在思想上得到辉煌的升华。

这是苏东坡的不幸，可是，这样回避一下但是，(同学笑)却是中国文化的大幸。严峻的苦难造成了最灿烂的辉煌，也许这是历史的规律吗？不一定的，李白遭难以后所写的作品并不比遭难以前好。而苏轼是在灾难中，以宏大的气度把词的视野解放了，把它带到时代的江河，生命的原野，以一股气贯长虹的浩然之气，横扫了词坛。他为词坛开疆拓土，他自己可能也没有想到，就这样，日后被奉为一代豪放词宗，成为这个领域里的无冕之王。他不会打仗，宋代会打仗的文士不多，但是，居然有一个“气吞万里如虎的”将军成为他的追随者，那就是辛弃疾。中国词坛上，苏辛珠联璧合，艺术上的成就堪与李杜争光。

如果没有词，没有跟词相结合的赋，哪怕他是一个政治家，也没有什么特别了不起。在中国历史上，这样大义凛然、不要命的，舍生取义的政治家、通晓儒家道家佛家哲学的学者多了去了。他的绘画、书法在中国美术史上，算不上第一流的。正是他把词带到中国文化史的昆仑之峰，正是由于在昆仑之峰，他的散文、书法、绘画，他的文论，他的哲学，甚至于他的人格，才变得更重要，闪现出伟大的、夺目的虹彩。

但是，这是最后一个但是(同学笑)，要真正理解他的伟大贡献，我们必须先要看一看在他的豪放之风席卷词坛之前，词的艺术处于一种什么样的状态。只有这样，才能说明苏东坡的伟大。

要对中国诗歌史做出历史贡献难度是太大了。艺术的积累不是以年月日计的，天才的产生的概率，不是平均数的，是带着偶然性的，因而是以世纪计的。从沈约搞平平仄仄，四个世纪以后，近体诗才出现李杜。要在词这个领域里积累起与唐诗并驾齐驱的成就，产生堪与李杜媲美的伟大词人，甚至超越李杜的天才，历史不能不耐心等待。事实是，历史等待了两百年，只等来了一个李煜，也算是天才罢，但是只是小令，还没有长调，其艺术成就比李杜还差不止一个档次。历史还要等待两百年，加起来四个世纪，苏东坡出现了。中国诗歌史上与唐诗的万丈光焰可以争辉的时代开始了，与李杜可以相得益彰的巨星出现了。这颗巨星出现在人类文学史的天宇上，特别炫人眼目，因为这时欧洲的天空还处在中世纪的黑暗之中。欧洲人还要等两个世纪，文艺复兴的启明星才出现在地中海的一个半岛上。

苏东坡的辉煌说来话长，请允许我卖一下关子，下一次讲吧。请你们稍稍耐心等待。不过不需要待四个世纪，也不需要两个世纪，只要等二十四小时，我就不是偶然，而是必然地出现在这个讲坛上。

（同学热烈鼓掌，欢呼）

（蒋烨林据录音整理，作者修订）

演说两个李清照

——调寄梁衡《乱世中的美神》

一

今天呢，3月13日，是一位女诗人的生日，这位诗人是中国文学史上，声誉最高的女诗人。她主要是写词的，她留下的诗词，后人把它收集起来，用上海话说，杭不朗 / 一塌括子，有九十首，可靠的也就五十首左右，只及到李白的十分之一，杜甫的二十分之一，却获得了千古第一才女的桂冠。她是谁呢？

相信你们大家都猜到了，她就是李清照。如果李清照还活着，现在是900多岁，好老啊，也许老态龙钟，也许形容枯槁，满脸皱纹，像核桃一样的，看起来很可怕了。但是，我们读她的词，好像她还活着，二三十岁，最多四十岁，音容不老，风韵长存。要为她庆生，做她的庆生派对，要选一首词，作为生日的主题，你们最青睐哪一首呢？

李清照留下了许多千古不朽的名句，最为脍炙人口的当然是《声声慢》："寻寻觅觅、冷冷清清，凄凄惨惨戚戚。"许多读者就是这样走进李清照的艺术世界的。多少年来，李清照在读者的心目中，就定格为深沉郁闷、忧愁、凄凉、孤独，面色苍白的形象。其实，这只是她生命画卷的一部分。从整个人来说，很不全面。实际上，她是一个大家闺秀。父亲李格非，中过进士，是北宋的文学家，官当到礼部员外郎，母亲是状元王拱辰的孙女。丈夫赵明诚的父亲赵挺之，做到御史中丞，还当过丞相，相当于中央政府总理。家庭社会地位是相当优越，文化水准高，书香门第，耳濡目染，养成她高雅的文化品位。

在李清照那个时代，男性的文化霸权很强横的，对女性的性别歧视是制度化了的。女子三从是，在家从父，出嫁从夫，夫死从子，女性是男性的附属品。四德是，妇德：遵守上面三条规范就是有德了。妇功：除做针线，别的就是多余的了。妇容：女为悦己者容，男性可以为知已者死，女性的生命价值就是让男性观赏。妇言：唐朝那么开放的时代就有了“笑勿露齿”的规范了(《女论语》)。整个体制，就是让女性认命，自卑，使劲相信自己智商低男人一等。长期的压抑使得女性失去了自尊，自信。已婚女性明明是正妻，却自称为妾，未嫁女性则自称为奴，奴家，连小女孩，都自称为小奴家。女性无才便是德，一般没有文化，不识字，是正常的。大家闺秀当然可以有文化。写词，可以，有才，也可以，但是，不管怎样，改变不了头发长，见识短的共识，总不能女子有才就瞧不起男人吧。李清照在这方面相当叛逆，她就敢瞧不起男人，瞧不起所有写词的男人。不但这样想了，而且还公开写成文章，将上下百年的词坛权威纵笔横扫。

文章叫做《词论》，文风相当率性，口气大得吓死人，严格说来，吓死男人，因为那时绝大多数女性基本是不会阅读的。她的《词论》根本没有大家闺秀的温文尔雅，更谈不上我们印象中凄凄惨惨戚戚。当时举国享有盛名的当红词人柳永，被她贬为“词语尘下”，也就是语言俗气，等级太低。张先以一句词获得“云破月来花弄影郎中”的雅号，宋祁以“红杏枝头春意闹”被誉为“红杏尚书”，在她看来，虽时有妙语，实在支离“破碎”，个别句子不错，但是，整首不统一，鸡零狗碎。不足成为“名家”。甚至晏殊、欧阳修、苏东坡这些文坛、词坛的领袖啊，她也不屑：虽然学问很大，所作只能算是“小歌词”，小儿科，好像是用贝壳去舀“大海”，不过是“句读不葺之诗”句子长短不齐，没有经过修饰的诗，不能算是合格的词。真是胆子大到有点包天了，要知道，他父亲李格非，以“苏门后四学士”为荣啊。至于王安石、曾巩，名列唐宋八大名家啊，她说，写文章还马马虎虎，写出词来，就读不下去。因为根本他们不懂得“词别是一家”。①

“词别是一家”这句话很重要，她非常自信自己的艺术纲领：不要搞错，词和诗和散文，不是一家，不是一路工夫，并不是“诗余”。这一点“知之者少”你们懂得的人太少，晏几道、贺铸、秦观、黄庭坚这些大名人，就算是懂一点，但是风格太低，好像穷人家漂亮女孩，缺乏高贵气质。一言以蔽之，所有这些男性大家、名家都不行，只有她行，她写的才叫词。

名列中国古代四大才女：其他三位，卓文君、蔡文姬，上官婉儿，都以诗出名，但是，不管是《白头吟》，还是《胡笳十八拍》，都谈不上一代诗风的领袖，更没有恃才横扫男性诗人。作为女性，就才情的自信而言，如果不说她是中国最早的女性主义者的话，至少也

① 李清照：《词论》。参阅孙秋克评注：《李清照诗词选》，中州古籍出版社2011年版，第172页。

可以说，她是最早的女性优越主义者。

这个女人，话说得这样狂，这样野，不可一世。公然摆出一副词坛巾帼英雄的姿态，旁若无人，自信到自恋的程度。这样看来，她形象好像不太悲苦、凄凉、孤独嘛，是不是？印象中面色苍白，被凄凉郁闷压倒的弱女子，在艺术上居然有这样雄视古今的气魄。难怪后世有评论家骂她，“妄评”，瞎说，胡说八道。这些人可能没有仔细读她的全部词作，不理解在词的创作上，她可真是心比天高。在《渔家傲》中曾经和老天对话：“仿佛梦魂归帝所。闻天语，殷勤问我归何处。我报路长嗟日暮，学诗谩有惊人句。”她语出惊世的追求，无法在世人中得到共鸣，只能向老天诉说。批评她的人没有注意到，在横扫一切的笔阵中，留下了一个男人，也是一个词人，那就是李后主。是手下留情，还是饶他一马？或者心怀敬意，对这个男人实行宽大政策？我们下面再说。

当然，她这样横空出世的评论免不了是有些偏颇，可后世多数评论家并没有对她一棍子打死。原因是什么呢？我想，从理论上来看，第一，她对词这一体裁有独特、坚定的文体意识：第一不能以文为词，故所以，不能因为位列唐宋八大家，散文写得好，就注定词也是高水平，这个没问题，我同意。第二，不能以诗为词，就是像苏东坡那样，也不行。从词的独特性来说，不无道理。这一点，我有保留地同意。苏东坡的确有时不顾词律，例如，著名的《赤壁怀古》中，“浪淘尽，千古风流人物”其中的“浪淘尽”“尽”该不该是仄声，就有争议，故黄庭坚手书本，改为“浪深沉”，当然，这一改，“浪淘尽千古风流人物”，时间的宏大意味就荡然无存了。“多情应笑我，早生华发”，前五言，后四言，有人以为应为前四后五。就改为“多情应是，我笑生华发”。也不见高明。

她对苏东坡的词，对豪放派，看不入眼。是出于对词的艺术形式的坚守。词和诗不同，广东人讲话，唔要搞错哦！

词的性质，从根本上说呢，是歌词，是先有乐曲，根据词牌，把文字填进去。所以为诗叫做写诗，而为词，则叫做“填词”。词要受到乐曲的制约。豪放派往往不顾乐曲规范，不讲究五音、六律、清浊。在她看来，就有点侵犯了词的神圣规范了。至于婉约派柳永，不是和她一样依曲填词吗？她也有点不屑其“语词俚下”，也就是语言不雅，感情太俗。她追求的是高贵典雅。虽然难免矫枉过正，但是，在坚持词的文体独立性，是很有理论价值的。因为直到她死了差不多一千年，还有学者认为，词是“诗余”，和诗差不多，诗的下脚料。实际上不是，词不是诗的才情横溢，漫出来一点成为词，不是的！词，“别是一家”是另外一种文体，诗和词，不是父子关系，而是兄弟关系。诗不是词的老子，词不是诗的儿子。你们有没有注意到，我这样说，不是很妥当的，是不是有点男性中心主义作怪？对于她，更准确地说，应该是，诗与词应该不是母女关系，而是姊妹关系。

最早的词不是从诗衍生出来的，而是起自民间，可以说是民歌体，跟绝句、律诗风格完全不一样。20世纪初，发现了敦煌曲子词，才证实了，词早在唐朝的开元天宝年间就非常盛行了。

词的形式的独特规律比较深邃，她感觉到了，她有独特的情致，又有形式坚守，水平就不同凡响了。当然，是自发的，没有抽象出理论。把艺术奥秘用理论语言概括出来，难度是很高的，可能不亚于论证哥德巴赫猜想。这并不奇怪，我们讲了至少几千年的汉语，语言学者，大师连什么是主语，吵了近一百年，还没有最后的结果。词话家，上百年，还有近百年的大师，王国维啊，唐珪璋啊，叶嘉莹啊，他们的学问比我大太多了，还不能从理论上概括出词与诗的不同规律，不值得大惊小怪的。

但是，请允许我诚实地、正经地说，我发现了一些规律，可是，我不能马上就说，那样太枯燥，你们没法感觉，不好玩。我想最好的办法是，从具体作品中分析出来，让你们开开心心地享受一下词的艺术。拿个案文本，作细胞形态的分析，也就是“细读”，但是不能像美国新批评那样，完全不管作家的生平经历和时代。

李清照18岁的时候，和太学生赵明诚结婚了。那时没有自由恋爱这档子事，都是包办婚姻，但有传说李清照还是比较时髦的，不完全是包办，一次和赵公子在庙里相遇了。两个人是怎么看上，没有文献记录。是不是李清照长得很漂亮？没法说。散文家梁衡先生在《乱世中的美神》中说：“她一出世就是美人胚子”，我不大相信。没有文献根据，没有照片，也没有当时的画像。就是有，也可能不像。中国那时的山水花鸟已经有了很高的水平，但是人物素描比较差。虽然在唐朝就有了洛阳龙门石窟中那卢舍那大佛，据说那是照武则天的形象塑造的，李清照没有那样的幸运。一般的人物画水平很低。这也不奇怪，西方也一样，那时还是中世纪黑暗时期，人物写实造型，要达到达·芬奇、米开朗琪罗、拉非尔那样的准确性，还要等四百年。至于说李清照是美“神”，我就更不同意了。她不是神，她是人，活生生的人。

她凭什么吸引了赵明诚？我有发现，凭她作为女人的眼睛。很水灵，很有魅力，用今天你们的话来说，对小伙子很有杀伤力。怎么见得？她的《浣溪沙》中有一句“眼波才动被人猜”，这里的“眼波”在字面上是无人称的，实际上是她的体验，眼波一动，这个“波”字，用得多好。如果说眼珠一动，说眼皮一动，说，眼光一动，就煞风景了。“波”是动的，起伏的，轻飘飘的，当然，这个“眼波”并不是她的发明，比她早的王观的《卜算子 . 送鲍浩然之浙东》中就有“水是眼波横”。但是，那是说，你看到水就是我的眼光。李清照这里眼波一动，这么一飘，对方就有触电的感觉，就胡思乱想了。顾恺之说，传神写照正在阿堵中，阿堵，就是眼睛嘛，是不是？这就是李清照少女时代灵魂的截图，千载不变，永不褪色。很调皮，很狡猾的，阁下胡思乱想是你自找的，与俺无关。有时，她还敢主动挑逗。在《点绛唇》中写自己打罢秋千：

见客人来，袜划金钗溜，和羞走，倚门回首，却把青梅嗅。

表面上是见了陌生男人，害羞，慌慌张张开溜，可到了门口，又回过头来，眼睛勾勾的，又装作是在嗅青梅。这样的词出于大家闺秀之手，真使人不敢相信。果然，从清代到当代，都有大学者表示怀疑，觉得不合身份，又不敢唐突说它不好。只好说，这首词只是对唐代韩偓的《偶见》的“演绎”。《偶见》如下：

秋千打困解罗裙，指点醒醐索一尊。见客入来和笑走，手搓梅子映中门。

韩偓的立意是：打秋千的女孩子见客，笑着逃到了门中。韩偓所写是“偶见”，偶然旁观，第三人物陈述，看到她逃避，带着笑，并不慌张，看着她走到中门手搓着梅子，搓着梅子干什么？没有交代。在旁观的男性看来，女郎在中门搓着梅子，这姿态就够美的了。

李清照既有继承，又作了关键性的改造。她的词句没有人称，并不是第三人称，而是女性的第一人称，汉语的特点决定了中国古典诗词不同于欧洲诗歌，无人物往往就是第一人称。写的是女性的自我形象：第一，含羞逃离，袜子和金钗掉了，都顾不上，没有笑，不言而喻，慌慌张张；第二，溜到门口，却“倚门回首”，这是关键，既然慌张，为什么还要回头？可见慌慌张张是假的，是不是有意夸张作态？第三，回头是看人家，还是等人家看自己？由你去想象；第四，为什么要把韩偓的手把青梅“搓”，改成“嗅”呢？这里的文章很大，女性自我保护心理很微妙。《女论语》不是规定女孩子“笑勿露齿”吗？用花挡住嘴巴，我就不露牙齿，可用眼睛勾你。汉语中有个词造得很精彩，叫做“眼神”，这是英语、俄语都赶不上的。眼神，眼神是传神的，眼波的力量是很神的。外部可见的行为，有规矩约束，你管得住，但是，眼神，心灵的微信，是看不见的，你管不了，却能逗引男性眼光欣赏。李白在《长干行》写过少女“春心亦自持”。自持，就是自我克制，为什么克制？元稹在《莺莺传》中说，“无礼之动”“毋及于乱”但是，怎么自持？李清照在这里，展示了外部动作自持，为了掩盖内心自持不了，封建教条管不住，自己也管不住自己青春的萌动。

这里还有一点逗引男性的机灵、狡黠，小诡谲、鬼花样，交织着自持与自得，活灵活现，就是女性的青春之美，美在春心萌动，美在刹那间的回首，嗅梅，风情万种，欲盖弥彰。这样充满了时代特点的、深邃的美，老学究读不懂也就算了，居然到了当代，还有作家读不懂，说什么“美人胚子”，美人胚子是脸蛋漂亮，不是美，漂亮的脸蛋活不过百年，免不了化为冢中枯骨，美是情感的灵性，春心的萌动，不可抑制，拥有穿越千年的生命，因为虽然时代不同了，现代女性，包括在座的女同学，人性在这机智、狡黠、自持与逗引异性这一点上，似乎仍然心有灵犀。

相比起来，“美人胚子”，是不是太空洞，太干巴，太苍白了。

请允许我设想，李清照就是用这种女性撩人的眼神，勾住了赵明诚的心。当代一些画家，画了不少李清照，我一看就气不打一处来，都成林黛玉那样弱不禁风。林黛玉哪里敢在陌生人面前这样公然用眼睛撩人？

当然，还有一种说法是，赵明诚很欣赏她的词。

赵公子在才华上也是有自信的，遇到这个艺术自信得眼空无物的老婆，多少有些压力。有一个传说，在元朝人写的《琅嬛记》中，这本书，都记载些鬼鬼怪怪的事，不太可信，但是下面这则应该是可信的：关于李清照的一首词，很著名的《醉花阴》：

> 薄雾浓云愁永昼，瑞脑消金兽。佳节又重阳，玉枕纱厨，半夜凉初透。
>
> 东篱把酒黄昏后，有暗香盈袖。莫道不销魂，帘卷西风，人比黄花瘦。

她把词寄给她在外做官的丈夫，赵明诚很自尊，觉得自己的才情不一定比她差，就花了三天三夜，闭门谢客，一下写了五十首词，批量生产，和她的词混在一起，请一个朋友，叫陆德夫的，品评一下，哪一首好。陆先生非常认真地推敲了一番，最后说，这几十首词里面有三句写得好。哪三句？“莫道不销魂，帘卷西风，人比黄花瘦”。你看看，最后，最好的，还是李清照的，她老公就不得不服气了。

陆德夫说得当然不错。我们许多研究宋词的专家引用一下，表示自己有学问就满足了。我不是宋词学者，却是很不满足，这位陆先生只是感觉，没有讲出道理来。当然，他是差不多一千年前的水平，直觉挺不赖的，但是，如果我们就停留在近一千年前的水平上，不是白活了吗？一千年前，这位陆先生，读过黑格尔，懂得辩证法，读过康德吗？脑袋里有审美价值的观念吗？知道从微观的细胞形态分析出逻辑层次和历史积淀吗？他不懂，不是我们懒惰的理由。彻底的具体分析是无所畏惧的，而且应该是充满自豪的，从他头上跨过去是理所当然的。

我是不是吹牛？你们当裁判。

“薄雾浓云愁永昼”，为什么要“薄雾浓云”？因为是写愁，大白天，光线要暗淡，光是“薄雾浓云”这样的词语，算不得有才气，才气表现在“愁永昼”白天太长了，为什么觉得日子太长，因为“愁”，难以消磨，烦闷，百无聊赖。“瑞脑销金兽”，“金兽”指的是香炉的形状，是兽形的，金兽，是铜，瑞脑是瑞脑香，点着了，冒出香味来，是很华美的环境啊，心情应该愉快啊，但是，一个“销”字，古代汉语同“消”，消失，“消”就是看着香烧完，过程太慢了，默默地感到这时间有点难熬。再加上“佳节又重阳”，秋天最美好的节日。宴殊就有“芙蓉金菊斗馨香。天气欲重阳”。但是，心情不太好。关键在“又”，又一年过去了。暗示年华消逝，丈夫不在身边，女性普遍的隐忧啊。就怕老，容华白白浪费。“玉枕纱厨”，枕头是非常豪华的玉枕，纱厨是透明的蚊帐，“半夜凉初透”，也不是太热，可以睡得很舒坦嘛。注意，半夜了，还没有睡着，应该是失眠了，忧愁啊，苦闷啊。但是，“东篱把酒黄昏后”，有典故的，是陶渊明“采菊东篱下”，这个愁，就有点典雅了。“把酒”，不在室内，而是跑到篱笆边饮酒，有陶渊明的菊花做伴，就更典雅了。“有暗香盈袖”。更有陶渊明没有感到的菊花的香气。香味是看不见的，所以叫“暗香”。看不见，闻得到，说明独自默默体验。“莫道不销魂”，“销魂”两个字，用得很险。“销魂”本来形容因羡慕或爱好某种事物而着迷，极度欢乐或者惊恐等而失神，神魂颠倒，销魂荡魄，这里用来形容像陶渊明那样饮酒，欣赏菊花，独自一人，不但闻到常人忽略了的气味，而且感到高雅的香气就充盈着自己的衣袖，这就和陶渊明的典雅交融，和陶渊明零距离了。

从白昼到半夜的忧愁，和经典诗意交融起来，“销魂”，就变成了自我陶醉，用你们的话来说就是郁闷变得有点滋润，香气只有自己闻到，不和任何人分享。“莫道不销魂”，用了反问句，谁说这样的情境不令人陶醉，强化而委婉。更精彩的是“帘卷西风，人比黄花瘦”。西风，卷起我的帘子来，这秋天的信使，提示年华的消逝。“把酒黄昏”和开头的“愁永昼”联系起来，完全是愁苦吗？似乎是，但是又不是，人消瘦了，但是和陶渊明的菊花，暗香就在衣袖之内，有陶渊明的风范了，隐忧就发生了质变，即使身体消瘦了，这样的忧愁，也很令人陶醉。离愁别绪，江淹在《别赋》里说：“黯然销魂者，唯别而已矣”。但是，在李清照笔下，“销魂”带上了潇洒的，滋润的，陶醉的意味。令人着迷，忧愁就成了一种雅致的品位。

其神韵，就在审美价值大幅度超越了实用价值。

这个“瘦”字用得很绝，李清照很喜欢把人体的消瘦变成花的凋零，但是又回避了凋零，在《如梦令》中是“绿肥红瘦”。显得淡雅，“绿肥红瘦”为后代词人反复袭用，就变成了典故。

唐朝的女性风行以肥为美，张萱的《捣衣图》和周昉的《簪花仕女图》女性都是很肥硕的，出土的唐女俑，也都是胖胖的，好像是以水桶式的身段为美的，那时没有骨感美人，当然也没有减肥这回事。连书法，如真卿的字都是丰腴的。但宋朝可能风气变化了，宋徽宗的字就是瘦金体，以瘦为美了。但是李清照说“人比黄花瘦”，瘦而美，至少在这里，并不完全是贬义的，她还写过“露浓花瘦，薄汗轻衣透”。前文是“蹴罢秋千，起来慵整纤纤手”（点绛唇）。至于后来女性瘦到如弱柳扶风，就是病态美了。这是我的想法，也许是轻率概括，我不怕武断，好在是非自有你们公论。实际上，这时是重阳节，每逢佳节倍思亲，应该是想念丈夫想得销魂，想得陶醉，即使瘦了，也在玩味忧愁的滋味吧。这里的忧愁的情感是很复杂的，很丰富的，要用语言直接讲出来是很困难的。在李清照死了七百年以后，有个英国诗人雪莱在《西风颂》里倒是不经意说清楚了："甜蜜，虽然忧愁"（sweet though in sadness），后来又被徐志摩借用到《莎杨那拉》里干脆写成"甜蜜的忧愁"。

当然赵明诚写词可比较平庸，他老婆的那样的写词的才气是几百年，上千年才出现一个。他也不怪老天，但是，他有他的长处，他在做学问上比较厉害，特别在金石古董书画方面有很高的修养。金石就是古代的青铜器和碑刻，他们的古董书画，据说是堆了十几个房间，就有了一个很有名的故事。说的是赵明诚想写一部《金石录》，记载所收的古代青铜器、古代石碑等，这是一部三十卷的大书。她丈夫过世以后，她在《金石录后序》中说到两人每每饭后，饮茶，谈论积如山的书史。讨论某事出于何书，比赛记忆，打赌，谁猜对了，就先喝茶。她往往能说出，出于哪一书，哪一卷，哪一页，甚至哪一行。李清照赢了，赢了之后，她就哈哈大笑，把茶翻在衣服上。在纪念亡夫的文章中，她回避直接说赵明诚记忆力不佳，但是，很含蓄地说"余性偶强记"，为自己学术记忆力超越丈夫而自得。夫妻两个人就陶醉于茶香之中，很是恩爱，很是幸福。跟我们现在的小青年一样，没事双方打赌调情，秀恩爱，小日子过得相当红火。

李清照这时并不是那样愁苦的。我们来看看李清照新婚不久的《减字木兰花》。

卖花担上，买得一枝春欲放。

买一枝花回来啊。到了春天还没完全开放，含苞待放，是吧！这全是大白话啊，散文啊，但是，这样的连续性叙事，正是词不同于诗的地方，

泪染轻匀，犹带彤霞晓露痕。

泪染轻匀，有露痕，一方面像眼泪一样，另一方面又如同彩霞，这是不是堆砌词藻啊？是不是俗气啊？但是，关键是下面，意脉、感情一个转折。

怕郎猜道，奴面不如花面好。

不用"彤霞晓露"的辞藻了，用大白话，"怕郎猜道"，有点害怕，自己没花漂亮，这个"怕"字是个诗眼。既然怕了，怎么办呢？还是要戴。

云鬓斜插，徒要教郎比并看。

情感又是一转折，本来不好比，但是，还是要比，怎么比呢，不是正正规规插在头上，这里"斜"字是第一个诗眼，斜斜地插，歪歪地戴，这哪里像大家闺秀啊，是不是有点疯啊？我们又一次看到李清照的肖像了。

这里有第二个诗眼："徒要"，这个字有两种解释，一是徒劳的意思，白白的，明明知道是徒劳，还是要比，就是"要"你比比看，怎么样？第二种解释，是"只"的意思，只让老公看，明知自己不如花美，还"要"他比。你敢说我不如花美吗？是不是强逼丈夫说

自己更漂亮？是不是有点撒娇啊？公然把和丈夫调情写到词里，幸福到不怕人家说放浪啊？李清照的形象哪里是凄凉啊，是沉浸在恩爱的欢乐之中，李清照为自己留下了风情万种的动画，青春佻挞，千年不老啊。

就词的质量而言，精彩在于：第一，这样坦然，一点大家闺秀的矜持都没有，把调情写到词里，公开化。第二，充分发挥了词这种形式的优越性。那些大学问家，只说，词这种形式的民间来源，但是，没有落实到它的艺术情趣上去，这样公然的佻狎，在近体诗中，大家闺秀是要回避的，要写也要放在言外的意境中的。举一首可能并不出名的诗人的作品，唐朝李端的《听筝》、

鸣筝金粟柱，素手玉房前。

欲得周郎顾，时时误拂弦。

女生主动示情，是以不公开为上的，故意弹错，引起男生的目光，最聪明的技巧就是这样。李清照就大胆得多，可以说是“疯”得多了。还有一个原因，在形式上，句法上，词有着和诗不太相同的特点。许多专家在这一点几乎毫无例外地忽略了。

坦率说，我可能和李清照有一点相通，那就是我也有狂，有点野，有点疯，我发现自己有一点不算小的发现：词和诗的区别不但在依附于乐曲，而且在句法结构上不太一样。

它不像近体诗那样凝炼。近体诗句之间相对独立，单句足意，一句就是一个意思，句间的连接成分是留在空白中的，对仗的句子，在逻辑上的跳跃性更强。如释皎然《诗式》所说：“似断而复续”，说的是，在时间、空间、逻辑的表层，似乎是断的，而在情绪上则是连续的。比较特殊的是流水对，或者流水句，如前面所举的“欲得周郎顾，时时误拂弦”就是流水句，两句在逻辑上是有明确的联系的，但是只是两句。词的句子往往是组合短句，在句法上有很强的连贯性。往往一首词就是一连串的句子，这得力“领字”引出复合短句，造成词的整首在句法上的连贯性。这一点，太专业了，以后细讲。

诸位，如果允许我用一句话来概括词在句法上的特点，那就是：由连续的句子构成的叙述性和抒情性的交融。

“卖花担上，买得一枝春欲放”后面的“怕郎猜道”“云鬓斜插”，如果是近体诗，后面的连续词语应该省略，只能是：

卖花一枝春欲放，犹带彤霞晓露痕。

奴面不如花面好？徒要教郎比并看。

暂且不讲平仄、韵脚，作为近体诗的绝句，或者叫古绝吧，这应该比较庄重，质量也不算差，但是，绝句的精炼性，是优长也是局限，省略了“怕郎猜道”，“云鬓斜插”，排斥了句法上的连续性，就牺牲了妻子佻挞、撒娇的神态。

词从表面上看，句子长长短短，好像很自由，其实，形式强制性要比近体诗严酷，不像近体诗一体只有一种规格，而是章有定句，每句长短皆有定言，每一个词牌都不一样，平仄也各各不同。驾驭起来，难度要大得多，但是，李清照的天才就在于驾驭着严酷的局限性，发挥出优越性，获得了比近体诗更大的自由。当然，这种自由，也不完全是李清照绝对独立的发挥，她是有继承的。我前面说过她在《词论》中，把大大小小，前前后后的词家，横扫了一通。只是没有扫到李后主，为什么？这是因为，她对李后主还是有所师承的。

王国维说“词至李后主而眼界始大，感情遂深，遂变伶工之词，为士大夫之词”。他称赞的可能偏向于李后主的后期的家国之思的深沉，其实李后主的词在亡国之前就相当精彩了，从内容来看，并没有什么“眼界始大”“感慨遂深”，而是他把伶工之词提高到更高的艺术境界。主要的是，他发挥了民间诗体不同于近体诗句法上的连贯性。

以《一斛珠》为例，连贯性的句法表现了动作的连贯性：把抒情性和叙述性水乳交融地结合起来：

晚妆初过，沈檀轻注些儿个。向人微露丁香颗。一曲清歌，暂引樱桃破。

罗袖裛残殷色可，杯深旋被香醪涴。绣床斜凭娇无那。烂嚼红茸，笑向檀郎唾。

女主角显然是贵族，动作连贯，风情更加平民了。这在近体诗中，甚至歌行体中，不要说贵族，就是平民，女性风情往往是相当含蓄、内敛的，“早知潮有信，嫁与弄潮儿”，“忽见陌头杨柳色，悔教夫婿觅封侯”，以精致的暗示见长，最多也不过是李白《长干行》中，“常存抱柱信，岂上望夫台”。情感蕴含于意象群落和典故的深层意脉，

而李后主笔下的这位女性，却是毫无顾忌的公开化的大动作。全诗就是一连串的动作组成，化妆、歌唱和饮酒，不过是铺垫。其醉态，一方面有女性的娇弱（绣床斜凭娇无那）连站都站不稳了，另一方面则是“烂嚼红茸，笑向檀郎唾”，表面上是对男性的公然冒犯，把男性尊严完全不放在眼里，以敢于冒犯来表达对男性的情感的绝对把握，完全沉醉对自己的狂放的陶醉中。这种醉，不是为酒而醉，而是为情而醉。醉得忘乎所以，肆无忌惮，是不是有点孟浪？这简直可以斥之为疯，用今天的话来说，是太骚包了。以骚包为荣。（大笑声）这哪里像在帝王宫廷之中的森严的等级制度下的嫔妃。情感爆发为公开动作的叙述，比之直接抒情更加直接。读着这样的词，我们完全忘记主人公是嫔妃和皇上，给读者最强烈的感受是平常男女之间的调笑，甚至放荡。

从这里，你们有没有感觉到，李清照的自我形象，和李后主笔下的这个女性，有一脉相承之处？李清照的基因，早在南唐时期就存在了。

伶工之词又是从哪里来的呢？其实，民间早就有了，只是专家不太明白，直到 20 世

纪，敦煌曲子词发现才确定早在开元天宝时期在宫廷就流行了，连帝王都热衷于词的创作。从唐明皇、杨贵妃，到后蜀的宣宗，都是十分着迷。至于民间，也是广泛盛行。敦煌曲子词不少是随便写在佛经讲座稿背面的，听那么严肃的佛学，疲倦了，就唱唱曲子词来调节精神。这种曲子词在两百年间，成为流行歌曲，从宫廷到民间，风靡一时。

以李隆基为例。作为帝王，他的五言律诗，不但很有帝王气象，而且有文化深度。如《经邹鲁祭孔子而叹之》：

夫子何为者，栖栖一代中。地犹鄹氏邑，宅即鲁王宫。

叹凤嗟身否，伤麟怨道穷。今看两楹奠，当与梦时同。

这首五言律，不像唐太宗的《帝京篇》那样堆砌华丽的词藻，更没有盛唐诗人那样夸张浪漫的情感，而是从容地把千年历史的视野，凝聚在孔子的廊庙楹柱意象之间，既有对圣人当年理想不遇的感叹，又有追慕其志的雄心。整首诗，谨守五律之古朴，文化理想，不作直接抒发，开头、结尾两联，是流水句，句间有联系，中间的两联对仗，属于正对，用了典故，不算精彩，都是可以独立的。仰慕古圣之情蕴含在景象和深层的意脉之中，故显得浑厚。后来被清人收入《唐诗三百首》不是偶然的，但是，他的词却是另外一种样子：如，《好时光》：

宝髻偏宜宫样，莲脸嫩，体红香。眉黛不须张敞画，天教入鬓长。

莫倚倾国貌，嫁取个，有情郎。彼此当年少，莫负好时光。

这样的词和诗的区别是很明显的，首先在内涵上，看不出帝王之尊，好像完全是个平民，而且是个少女，欣赏自己的美貌，向往如意郎君，白马王子，及时行乐，享受美好青春。不以宫廷嫔妃的哀怨，贵族女性的矜持为美，直截了当，把对自己的夸耀，对爱情的理想，公开讲出来。这是另外一种艺术，也就是李清照所说，“别是一家”的趣味，一种崭新的艺术生命力，正是因为这样，吸引了帝王，让他写这样的作品不觉得丢份。这说明，这不是从属于诗的下脚料，不是“诗余”，这是一种与近体诗不同的新兴的诗体。

从这里，你们是不是感到，李后主笔下的那个妇女的精神状态和李隆基这个女性又有一脉相承之处。

这种一脉相承，还表现在艺术上新的方法。

近体诗，单句足意，回避直接显示时空和因果的连续性，而在词中，不取单句独立。李隆基的《好时光》：“宝髻偏宜宫样”看来是可以独立的，但是，下面是“莲脸嫩，体红香”，都是女性的体貌，显然是连续性的，至于“眉黛不须张敞画，”从句法看是可以独立的，但是，接下来的“ 天教入鬓长”，显示前面眉黛、脸嫩、体香，是原因，后面不须张敞画是结果。(为什么不用郎君画眉呢？因为天生的眉毛就长到鬓角里了) 接下去：“莫倚倾国貌”，句法上独立的，但是，逻辑上和下面的“嫁取个，有情郎”是目的性的直接表达。虽然自己美貌无比（倾城貌），理想的丈夫，不在美貌，而在“有情”。再加上青春年少，才不辜负美好的年华。这里的连接句子的“不须”和“天教”是因果关系，不过是先有果，后有因。是直接的联系。最后的：“彼此当年少，莫负好时光。”则是最高的目的。

词和诗不一样，诗是相对独立的几个句子的组合，王国维说，一切景语皆情语，把意韵放在意象群落之间，逻辑关系是潜在的，留给读者的体悟的空间是比较大的，故含蓄，所谓含不尽之意尽在言外，其极致乃是不着一字，尽得风流，这是近体诗艺的最高追求：意境，从根本上说，属于间接抒情。而词则是几个小句子，用因和果、动机和目的联系起来的一个大句组。句组中逻辑关系比较清晰，不太讲究含蓄，故像《好时光》这样的词，都是直接抒情，间接抒情的意境在这里无用武之地。

从这里，我们可以清楚地看到李清照的“怕郎猜道，奴面不如花面好。云鬓斜插，徒要教郎比并看”，这样的艺术渊源可以追溯到开元天宝时期。不过李清照以她的天才将之发扬光大，提升到一个更高的历史水平。

补充说几句。大诗人的代表作，凝聚着最高的艺术成就，为世人所知，这是规律性的，但是，满足于其代表作也有问题，那就是不全面。所以鲁迅就说，要关注全人。比如对于陶渊明，就不能仅仅是静穆悠远的“采菊东篱下，悠然见南山”，也要知道他还有金刚怒目的一面：“刑天舞干戚，猛志固常在。”对于李清照也一样。她的“凄凄惨惨戚戚”，在艺术上代表了她的最高成就，但是，太执着了，可能就看不见她表现女性爱情佻挞方面的灵性，特别是她对词的句法的连续性，叙述性与抒情的交融的艺术成就可能视而不见，造成自我蒙蔽。

世事难料，李清照 44 岁那年，“靖康之变”，金兵入侵中原，徽宗、钦宗父子两个被俘虏了，王朝被迫南逃。赵明诚被朝廷任命为江宁知府，就是今天的南京。金军入侵，打过来了。李清照劝丈夫留下来，赵明诚知识分子嘛，有老九的软弱性啊，当时整个赵宋王朝有点不抵抗主义啊，一下子顶不住，没有留下来，还以朝廷的旨意，要李清照一起逃。凭良心说，李清照的丈夫，学问挺大，但在诗词上、在政治方面是比较平庸的。

李清照是天才，赵明诚充其量是个庸才。

李清照感慨万千，路过项羽自刎的乌江，有感于项羽的壮烈，写了一首很有名的《夏日绝句》，这是很有名的诗，不是词啊。

生当作人杰，死亦为鬼雄。

至今思项羽，不肯过江东。

她用这个典故说，项羽在战败的时候，宁肯战死也不愿逃走，表现了她在民族危亡的时候阳刚的豪气。

当然，李清照自己可能也没想到，丈夫赵明诚在江南湖州的任上，得了病，死了，47岁。丈夫逝世了，她这么年轻，还在中年嘛，红火的小日子戛然而止，悲痛可想而知。为丈夫写下了祭文：“白日正中，叹庞翁之机捷；坚城自堕，怜杞妇之悲深”，饱含着血泪，把自己比作哭倒长城的孟姜女。安葬赵明诚之后，大病了一场。

这以后的李清照，发生了什么事呢？为什么词风发生了那么巨大的变化？她的形象完全改变了呢？时间差不多了，下一次，跟你揭示另外一个李清照。

二

朋友们，大家好。

我们讲李清照。大概是以赵明诚去世为界，把李清照的词分为前后两期，前期的李清照，我们看到她风情率真、浪漫佻挞的肖像，到了后期，生命发生了重大的改变，她的词风也就改变了。我们看到了另外一个李清照，面色就比较凄凉、忧郁了，比较苍白了。她的不朽，在于，把凄凉忧郁的美发挥到了极致。

按鲁迅的说法，仅仅看到后期的，是不全面的，但是，鲁迅以他的权威和近千年的读者抬杠，基本是白费劲，大家还是觉得李清照就是一副凄凉忧郁的面孔。因为，李清照最高的艺术成就并不在歌颂项羽的阳刚风格，甚至也不是青年时期的风情万种的风貌。因为那样的水平在古典诗歌中并不是最精彩，最领先的。李清照之所以是李清照，就是因为她在表现女性的悲凉、凄苦、忧郁，在艺术上突破了当时乃至后世最高成就。由于时间关系我们只能以她一首最著名的词作细胞形态的解剖。这就是《声声慢》。我们来慢慢地念一下。

寻寻觅觅，冷冷清清，凄凄惨惨戚戚。乍暖还寒时候，最难将息。三杯两盏淡酒，怎敌他，晚来风急？雁过也，正伤心，却是旧时相识。

满地黄花堆积。憔悴损，如今有谁堪摘？守着窗儿，独自怎生得黑？梧桐更兼细雨，点点滴滴。这次第，怎一个愁字了得！

这是宋词婉约派的经典。近千年来，大多数词评家都在赞赏她的开头十四个叠词。“寻寻觅觅，冷冷清清，凄凄惨惨戚戚”。词话家说，会写词的人多了去了，但是没有人敢一下子用十四个叠词，而且还一点没有做作、堆砌的感觉。大批评家罗大经说，诗中用叠词有历史的，过去有用三叠字的，两句连用三次的，有三联叠字者，有七联叠字者，只有李清照，起头连叠十四字，一个女人，能创造如此，实在令人佩服。还有人具体指出：元朝著名曲人乔吉，他写《天净沙》：

莺莺燕燕春春，花花柳柳真真。事事风风韵韵，娇娇嫩嫩，停停当当人人。

这样的句子，跟李清照“寻寻觅觅”比起来，不但犯了模仿的大忌，而且点金成铁，化神奇为腐朽，堆砌得没有什么情感深度，完全是拙劣的文字游戏。这个乔吉，文献上说他“美姿容”人还蛮漂亮的，但这种模仿，实在不漂亮，有点傻乎乎。韩愈也写过类似这样的诗，我们今天就不去念了，那些叠词生僻，非常难念。一口气连用了七个对仗的叠词，也是十四个字，但是，给人以有牙齿跟不上舌头的感觉。韩愈写散文是了不得的，历史的评价是“文起八代之衰”，可在诗中这样的堆砌，在我看来，诗起八代之傻。

为什么李清照的叠字用得这么好啊，成为不朽的经典，原因固然在于韵律的特殊，叠词作为一种语言的现象，是汉语的特点；其次在词里如此大规模地运用是出格的。当然，唐以后，文人写词，早就有了脱离音乐的倾向，密集的意象，华丽词藻，成为通行的技巧，早就在五代时期成为风尚。但是，李清照带来的却是近体诗的高端技巧的革新。

她的好处在于，第一，同样是十四个叠词，都是常用字，普通词汇，大白话，轻松自如。近千年来，词评家们往往被她叠词的韵律迷了心窍，忘记了她的叠词的成功主要原因在于，表达了她的感情的深沉，达到了高度的和谐，在逻辑上有巨大的特点，千年来没人能说出来，我告诉你们这个奥秘很简单，你们竖起耳朵听听，我是不是吹牛？

一开头就是“寻寻觅觅”，好在哪里？第一是，从逻辑上来说这是没来由的。你要寻什么？不清楚。好就好在不清楚寻找什么。第二是，寻到了没有呢？没有下文，好就好在没有下文。这在逻辑上是跳跃的，这不是民间词的优长啊。第三是“冷冷清清”，跟“寻寻觅觅”有没有关系啊？有没有逻辑联系啊？也没有，在逻辑上断裂的，不连贯的。接着说，“凄凄惨惨戚戚”，问题更为严重了，冷冷清清变成了凄惨。其实，这里的意脉隐含着连贯，提示着一种特别的情绪，一种不知失落什么的失落，不知寻觅什么的寻觅，断断续续的隐忧。

我前面讲过，词在句法上的特点是叙述的连贯性，而省略连贯性，跳跃性从根本上来说，是近体诗的特点。李清照虔诚强调“词别是一家”，疯狂地批判名家，尤其是苏东坡的以诗为词。前提是词和诗不是一家，坚决划清界限。其实，她不是理论家，理论上不无偏激，实际上写起词来，她又不由自主地用上了近体的句法，断断续续。我们应该庆幸，她没有死心眼地拒绝近体诗，相反往往把近体诗，把诗的精英文化艺术带进了词的大众文化之中。在技巧上，把两家合成一家。

有了这两家的本钱，李清照才敢于写孤独，冷清，凄惨；一个凄惨不够，还再来一个；

还不够，还要加上一个“戚戚”，悲切之至。这种悲戚，是迷迷糊糊的，说不清寻觅什么，也不在意寻到没有。只是感到有一种失落感，看不见、摸不着，说不清的。

在逻辑上不连贯的寻寻觅觅，冷冷清清，凄凄惨惨戚戚，精致地表现了可以意会，几乎不可言传的情绪朦朦胧胧的，飘飘渺渺的，若有若无的凄凉和忧郁。

把两家合为一家，让她能充分表现不在意识层，而是在潜意识中的那种凄凉悲愁的浮动。

“乍暖还寒时候，最难将息”。是秋天，初秋吧，这个时候一会儿暖一会儿冷。最难将息，在意识层次，将息什么？将息身体、调理身体。但是在潜意识里，最难将息的却并不是躯体，而是心理。为什么？她用什么来将息、调理？用“三杯两杯淡酒”。喝酒怎么调养身体呢？尤其对古代女性。是借酒消愁？酒是淡酒。有一个学生曾经问我，为什么是淡酒不是浓酒？李白不是美酒美到“斗酒十千”吗？范仲淹不是写过“浊酒一杯家万里”，不是浊酒吗？她是淡酒。这个酒不太浓。因为醉翁之意不在酒，是打发这漫长日子的情绪不是很强烈，不是很清晰，因为淡才雅致。因为是淡酒，所以敌不过“晚来风急”。风急了，冷了，挡不住寒气。其实是，这酒没用，因为潜意识里的孤独感、凄凉感是没有办法驱散的。

如果光光是为了挡寒的话，喝喝酒就暖和了，就在意识层次了。“怎敌他晚来风急”，风是凉的，风是从哪里吹来？外面吹来。空间转换，目光从狭窄的住所转移到天空上去了：“雁过也”。这个“也”字，不简单。一般在近体诗里是不用的。是不是有点轻松的感觉呢？突然冒出来的语气词，有当时口语的味道，应该是挺开朗的嘛，但是，不。这个大雁，是季节的符号，说明秋天来了；“曾是旧时相识”，老朋友了。本该“有朋自远方来，不亦乐乎”嘛，可李清照却乐不起来。绿肥红瘦，风雨迎春，尚且悲不自禁；秋天来了，群芳零落，更该悲了。本来“悲秋”在中国古典诗词就是传统，李清照的悲凉，又因为旧时相识而加重。其实，鬼才知道眼前飞过的大雁就是不是去年的。其实，我倒是希望李清照在天空有一个旧时相识，也就是老朋友的。但是，那样不但是胡思乱想，而且就没有诗人潜意识的萌动了。这个雁，又一年了，年华消逝，很沉闷：更有一层提示：鸿雁传书啊。早年她给丈夫的信中，就说：“云中谁寄锦书来，雁字回时，月满西楼。”（《一剪梅》）而此时，李清照已是家破夫亡，老公死了，即使大雁能传书，也没对象啊，这自然更令人神伤。

李清照的天才就在于把忧愁写得既非常精致，又深入到多层次的潜意识中去的。

潜意识的第一个层次是，没有来由的寻寻觅觅，没有结果的寻寻觅觅。

潜意识的第二个层次是，最难将息，心理调整不但失败，而且由于大雁的出现更加悲伤了。

下半阕，上升到意识层次，郁闷的沉重递进。

心事更加沉闷。“满地黄花堆积，憔悴损，如今有谁堪摘？”黄花是菊花，一年一度凋谢，这比“绿肥红瘦”更加惨，不但憔悴，而且有点干枯了。“有谁堪摘”。有人解释，说这个“谁”字，是“什么”的意思，胡说，脑子进水了。我们不去管它。有人头脑比较正常，说是人的意思，“谁”，人称代词，指“什么人”，至于具体是什么人，虚指还是实指？就不要死心眼了。年华消逝，却无人怜爱，是不是人老珠黄，这就又潜意识里的事了，南宋蒋捷的“时光容易把人抛，红了樱桃，绿了芭蕉”全在意识层次，就不如李清照要沉闷啊。

以上三个层次的沉浮：都集中在一个焦点上，那就是时间过得太快了，年华消逝得太没有价值了。无可奈何。几乎是绝望了，青春年华，只剩下满地枯败的花瓣，那还怎么往下写啊？

下面的意情感脉络，精彩在于来了一个更大的转折，那就不是怨时间过得太快，而是时间过得太慢。

“守着窗儿”，看着菊花凋谢啊，舍不得离开啊！毕竟是孤孤单单一个人，冷冷清清，不如守着窗子，透透气。但是，潜意识里，时间是那么漫长。为什么？这里有个暗示，因为“独自”，一个人，孤独、孤零、孤单，怎么能熬到天完全黑下来？天完全黑下来就看不见那个憔悴的菊花了，眼不见，心不烦嘛。

这是潜在意脉的第四个层次。对老天放弃抵抗，无可奈何，时间和她作对，偏偏黑不下来，只能忍受排遣不了的孤单。

这是非常关键的一点。读李清照的词，要读懂其精彩，关键在这里：情感潜在脉络的跳跃性起伏转折。前面是怨时间过得太快了，一年又过去，现在是时间过得太慢了，一个傍晚都熬不过去。

下面是第五个层次，是全词的高潮。完全是对自己、对天都认命了，忍受时间慢慢地过去。好容易熬到黄昏了，可是，“梧桐更兼细雨，到黄昏，点点滴滴”眼睛什么都看不见了，视觉休息了，心情可以宁静了罢？听觉却增加了干扰。那梧桐叶子上的雨声，一滴一滴的，发出声音来。秋雨梧桐，本是古典诗词中忧愁的意象，在她以前，晚唐的温庭筠《更漏子》就有“梧桐树，三更雨，不道离情正苦。一叶叶，一声声，空附滴到明”。李清照这样写不是涉嫌抄袭吗？应该说，有一点。但是，温庭筠只是把情绪固定在“夜长”“衾寒”这一个静止的点上，李清照却脱胎换骨，把它放在起伏的思绪中，她不是一味嫌时间过得慢，而是和时间过得快对比：把梧桐雨声的缓慢，放在归雁之快后面，黄花憔悴是无声的视觉，桐叶雨滴是有声而持续的听觉。在双重的对比中，表现不可排解，不可逃避的孤独、失落、凄凉。这个“点点滴滴”，用得很有才华。一方面是听觉的刺激，虽然不太强烈，但是非常的漫长、持续，没完没了；另一方面点点滴滴，是和开头的叠词寻寻觅觅呼应，构成完整的、叠词的首尾呼应结构的有机性，情感上顺势作层次性推进。最后归结为“这次第，怎一个愁字了得”。次第，就是缓慢的过程，从意识到潜意识，层次，起起伏伏，从怨时间过得太快，到怨过得太慢，凝聚在一个焦点“愁”字上，反复转折了那么多层次都没有直接说出来，直到最后，才把“愁”字点出来，都集中在这个主题上，从情绪到话语，高度统一，水乳交融。把孤单、孤独、孤零写得这么含蓄，这么委婉，这么缠绵，这么丰富，这么优雅，这么高贵。《声声慢》就这样成了宋词婉约派的经典。

从这一点上说，她有理由瞧不起柳永，甚至对同代人周邦彦，提也不提，周邦彦写女性写偷情，写到“玉体偎人”“灭烛来相就”“雨散云收眉儿皱”，上不了台面。

正由于她把近体诗和词两家的优越性，水乳交融地结合起来，忧愁作为中国古典诗女性的悲凉的母题，到她笔下，就异常丰富，可以说，云蒸霞蔚，万途竞萌。

《声声慢》，用了那么多的意象，意脉递进了那么多的层次，说不清，道不明，这是近体诗的含蓄风格，直到最后又说“这次第，怎一个愁字了得”，又把愁字说出来了，这是曲子词的直白。但是，这样的直白对“愁”这个字却是不信任的，愁字太贫乏了。

李清照把女性的忧愁的感觉，施展得如此丰富、深厚，可谓达到了极致，读者在她艺术的境界里愉快地感到，常用在口头的忧愁，贬值了，对于李清照在读者心灵中唤醒的这一切，显得太简单了，太空洞了。

把“一个愁字”说出来，好像是终于说清楚了，但是，李清照的精彩就在于，她笔下的忧愁，是迷迷糊糊的。愁不但是说不清的，而且是说不下去的：“生怕离怀别苦，多少事、欲说还休。”李清照有时，表现它是有重量的：“只恐双溪舴艋舟，载不动许多愁”。愁还是找不到原因的：“新来瘦，非干病酒”，也“不是悲秋”。更是摆脱不了的：“此情无计可消除，才下眉头，却上心头”，就是对着楼前流水消愁，它也不会减少只会增加：“终日凝眸。凝眸处，从今又添，一段新愁。”就连做梦吧，都是坏梦，只好起来剪灯花“独抑浓愁无好梦，夜阑犹剪灯花弄”。她更高的才气是，把忧愁的缠绵不绝发挥到出奇制胜的是，干脆不正面写忧愁，反面衬托忧愁，“如今憔悴，怕见夜间出去，不如向，帘儿底下，听人笑语”，如今老了，晚上不敢到大庭广众之间，最多就是在窗帘底下听别人的欢笑，往日节日的欢乐，在回忆中的隐痛，是不堪重温的，但是，用词写出来，却是令人陶醉的，是很美的，是对灵魂的抚慰。

在中国古典诗歌的忧愁母题中，李清照不但是极端丰富的，而且是很独特的。

李白以鸿图大志不得志而愤激，杜甫为国计民生而忧愁，范仲淹为未能驱除异族顽敌而忧郁，辛弃疾为不能光复河山而忧愤，都是慷慨豪迈的，都是正大光明地火一样公开出来的，而李清照的忧愁则是私人的，表达不清的，秘密的，偷偷的，让愁苦成为一种诗的陶醉，成为一种审美的享受，她就这样建构了她独特的艺术王国。

她以 73 岁跌宕起伏的生命为词，把宋词婉约派诗风提上顶峰。风华绝代，以致她的后继者，无可企及。同为女性的朱淑贞以“断肠”为题写女性的忧愁：“把酒送春春不语。黄昏却下潇潇雨”比之李清照就缺乏那种持续性的缠绵，至于“下楼来，金钱卜落；问苍天，人在何方？”，“恨王孙，一直去了；詈冤家，言去难留”（《断肠迷》），“悔当初，吾错失口，有上交无下交”（《断肠迷》），“分开不用刀，从今莫把仇人靠，千种相思一撇销”（《断肠迷》），按李清照的《词论》可能在就比较俗了，在民间曲子词中这样的写还有些天真的趣味，对于文人来说，就缺乏风骨了。宋以后许多男性词人和李清照的词，一般都相形见绌，比较惨。如清代文坛领军人物王士祯的《点绛唇・其一・春词和李清照韵》

水满春塘，柳绵又蘸黄金缕。燕儿来去。阵阵梨花雨。

这半阕沉溺于写春景，都是鲜丽的。后半阕暗示女性的忧愁：“情似黄丝，历乱难成绪。凝眸处。白蘋青草，不见西洲路。”从精神状态到语言，完全是套路化的。王世祯可能是自我感觉太好，和李清照，根本是关公门前舞大刀。我们复习一下李清照的原作《点绛唇・蹴罢秋千》：

蹴罢秋千，起来慵整纤纤手。露浓花瘦，薄汗轻衣透。

见客入来，袜刬金钗溜。和羞走，倚门回首，却把青梅嗅。

李清照的原作，则是少女的含羞、慌张和调皮，装模作样，表面含羞，却又留恋，眉目逗引关注，假装鼻嗅梅花，精神状态鲜活。李清照的形象，就这样穿越了时空，定格在我们面前，九百三十多岁，青春永葆，永不褪色。读这样的词，想其神采，并不遥远，近在身边的当代少女，眼波流动，卖弄风情，其声音笑貌常常能从李清照词中得到诗化的解读。

2021 年 2 月 23 日　星期二

演说蘩漪

今天这个题目对我说来是一个挑战，对你们东南大学理工科大学生，更是这样。这在文学理论界是一个相当尖端的问题，要把这个问题讲清楚，是一种冒险，是灵魂的冒险。但是我还是愿意讲一讲，因为我在你们这里讲座，长达十多年，获得的掌声，让我感到温馨，你们和我达到的默契，是在北大都没有达到的。（掌声）特别是，你们有些同学挺有才气的，提出的问题，在最初一刹那，完全是出乎意料，让我有点懵，但是，在现场，我这个人有个小小的缺点，就是爱面子，不愿意说，啊呀，这个问题我答不出，那多难堪哪。于是我就一面想，一面答，一面答，一面想，滔滔不绝，让你们来不及质疑。我今天，坦白交代，当时，有些答不出的，我就不提，答得上的，就故意啰嗦，罗嗦得你们忘记了我什么地方答不出，呆呆地地听得入迷，就稀里糊涂地用手掌给我鼓励了。（大笑声）但是，我并不满足这样糊弄你们，回去以后，就仔细思考，还查阅一些资料，有些的确是我还没有弄懂，比如说，你们问过《红楼梦》中王熙凤的“一从，二令，三人木”，我就把你们忽悠过去了。幸亏，我后来查阅，学术界真是众说纷纭，没有什么一致认同的答案。（笑声）

但是，今天讲《雷雨》里面的蘩漪，那么复杂，那么震撼，又那么叫人困惑。我向你们保证，绝对不是忽悠。（笑声）这个形象是曹禺 23 岁的时候创造出来的，那是 20 世纪 30 年代初期，八十多年过去了。据我不完全统计，有关蘩漪的论文不下四百多篇，这还不算专著，但是，在我看来，好像没有一篇能够把她讲得很令我信服的。一些大学教授，还是很著名大学教授，简直是讲得很傻。（笑声）大学教授写这么“菜”的文章，这太伤我们教授的自尊了。（模仿宋丹丹小品东北口音，笑声）

至今，蘩漪这个形象是个谜，至少，在许多人心目中是这样，当然这里不包括我。（笑声）我所说的“谜”，意思是很难说得很清楚，说得大家都能认同，说得经得起历史考验。

从这个意义上说，《雷雨》里面的谜，不止一个，据我看，至少有三个。周朴园是一个谜，一般的意见，周朴园是个伪君子，这显然太粗糙了。第二个是周萍，他知道犯了严重的错误，要痛改，这不是很好吗？但是好像是并不是一个正面形象。第三个，最大的谜，就是蘩漪，她坚决不让周萍改，拖住他，却好像是一个正面形象。

这对我们的智商，是一个极大的挑战。

这个形象，从普通观众到学者，都觉得非常震撼。曹禺自己讲，蘩漪是《雷雨》里面最《雷雨》的。是《雷雨》里面最富有艺术魅力的。在中国文学史上，在中国现代文学史上，从来没有出现这样一个人物，以后也没有出现这样的人物。

一、罪大恶极的蘩漪为什么值得曹禺赞美？[①]

蘩漪给我们最大的困惑是，一下子，你不知道从理论上该如何肯定她，或是否定她。这个女人，作为后母，但和丈夫的前情人的儿子发生了奸情，这显然是不道德的，是乱伦的。这种关系是肮脏的，对不对？那么，戏剧一开头，她面临的冲突是什么呢？与她发生奸情的周萍，感到悔恨，要逃离，带着另外一个女孩子离开这个家。而蘩漪恳求他，不要离开。她对他的离开、悔恨，极其藐视，甚至痛恨，不择手段进行阻挠，破坏。她利用她的女主人的权利，毫无道理地把周萍的所爱的对象，家里的女佣人，非常纯洁的四凤，连同她的父亲一起开除，以便维持她已经破产了的爱情。恰逢四凤的母亲，就是梅侍萍，回来探亲，她主动约谈，要求她把四凤带走。她的阴谋手段无所不用其极，特别严重的是，她知道第二天周萍要走了，晚上要到四凤家里去幽会。她就冒着雷雨去追随、去窃听。周萍从四凤的窗子进去，准备鲁大海一回来，就从窗子里跳出去。蘩漪知道四凤的哥哥鲁大海仇恨他，就从外面将窗子扣上，弄得鲁大海回来，周萍逃不掉，发生了冲突。这显然是非常自私甚至邪恶的。

她发现这一切并没有改变周萍带着四凤走的决策，对周萍说：你无论如何你不能走，你走了我就没命了。你干脆把我带走吧。你想想看一个后母，叫自己丈夫前妻的儿子，带着自己私奔，这种事情，谁做得出来？这样的女人，从道德伦理来讲，是个什么样的烂女人啊！是吧？周萍拒绝了：她甚至妥协——“我求你，你先把我带走，即使日后，你把四

① 《雷雨》有许多不同的版本，其蘩漪的形象在不同政治气候下，多所修改。最早的版本是1936年文化生活出版社的，1951年开明书店《曹禺选集》为适应新的形势蘩漪形象修改甚大，蘩漪的形象被改得面目全非。1954年人民文学出版社《曹禺剧本选》，1961年人民文学出版社《曹禺选集》，有所恢复，仍程度不同地修改。2010年新华出版社，《曹禺经典戏剧选集》，全部恢复1936年版本。本文主要根据1936年本，适当对照1961年本关于蘩漪部分进行论述。

凤再接来也好。”就情愿跟她共享一个丈夫。她完全不要自尊，不要脸，不要地位，但是还是遭到拒绝。她知道自己的儿子周冲，18 岁，非常爱四凤，就把她儿子喊出来说，你看，你爱的四凤要跟着他走了，让他阻挡他们。遭到儿子的拒绝。

如果在日常生活中，碰到这样一个女人，我们还能把她当人吗？作为妻子，她背叛了丈夫；作为后母，她乱伦；作为母亲，居然利用、伤害儿子的纯洁的感情。这个女人是不是太邪恶了？是不是叫人毛骨悚然？

但是，对这样一个女人，曹禺自己呢，却说，是值得“怜悯和尊敬”的，是“值得赞美的”。值得“佩服”的。有一位很有水准的教授说：“曹禺有时会乱说，他有一次说，我很爱蘩漪，蘩漪是我心目中的理想的东西。”[①]但是，曹禺并不是随便乱讲的，他虽然毫不留情地写出了她的“罪大恶极”，但是，在《雷雨》的序里仍然非常认真地称赞蘩漪：

> 我想她应该能动我的怜悯和尊敬，我会流着泪水哀悼这可怜的女人的。我会原谅她，虽然她做了所谓“罪大恶极”的事情——抛弃了神圣的母亲的天责。我算不清我亲眼看见多少蘩漪。（当然她们不是蘩漪，她们多半没有她的勇敢。）她们都在阴沟里讨着生活，却心偏天样地高……在遭遇这样的不幸的女人里，蘩漪自然是值得赞美的。[②]

蘩漪损人利己，道德卑劣，不要脸，邪恶的一方面，是很容易看到，不难用理性的语言阐释的，但是，她的值得同情，值得怜悯，甚至值得赞美，在情商比较高的读者那里是可以意会，然而达到可以言传，则需要比较高的智商。曹禺在序中还说：“有一个朋友告诉我：他迷上了蘩漪，他说她的可爱不在她的‘可爱’处，而在她的‘不可爱’处。”在曹禺那么多的朋友中，为什么只有这么一个用这么精粹的语言看出了蘩漪的可爱呢？曹禺说：“诚然，如若以寻常的尺来衡量她，她实在没有几分赢人的地方。不过聚许多所谓‘可爱的’女人在一起，便可以鉴别出她是最富于魅惑性的。”[③]这就是说，从世俗的角度看，她是不可爱的，比不上一般人眼光中“可爱”的女人，看出她的可爱，她的“赢人”，需要另外一种眼光，另外一种准则，另外一种价值观念。这种价值在蘩漪身上体现得淋漓尽致，使她作为一个艺术形象，在中国现代文学史上、现代戏剧史上放射着炫目的光彩。许多学者对这个形象的艺术成就，应该说已经取得共识。但是，几乎没有学者，意识到，对蘩漪的赞美，就意味着对另一种共识，即所谓真善美统一的信条构成了挑战。

有一个规律性的现象是许多研究评论家忽略了的，那就是：大凡一个划时代的艺术经

① 陈思和：《中国现代文学名篇十五讲》，北京大学出版社，第 186 页。
② 《“雷雨”序》，《曹禺经典戏剧选集》，新华出版社 2010 年版，第 500 页。
③ 同上。

典出现的时候，现成的理论必然显得苍白，失去阐释的功能，变得很贫乏。在蘩漪这个精致的艺术形象面前，显得残破，这是不可避免的。你们非专业的读者，可以不管这一切，光凭直觉欣赏就行了，但对文学理论研究来说却不能回避这个严峻的挑战，不能不发展、突破我们的理论。

这样一个邪恶女人，是怎样变成一个艺术上美的形象呢？

通常我们讲，真善美的统一，美的必须是真的，必须是善的。但这个蘩漪这样的艺术美的形象，却不是善的，而是恶的，她的所作所为，无疑属于恶的范畴。

有学者为了维护“真善美的统一”的原则，就设法为她辩护，也为周朴园辩护：说他和蘩漪都是牺牲品。为什么呢？周朴园遗弃梅侍萍，也就是周萍的母亲，是为了娶一个“富家小姐”（这是鲁侍萍对周朴园说出来的）。而侍萍的身份是老妈子的女儿。那是三十年前的事，把她赶走，留下来大儿子周萍，二儿子好像要死了，就让她带走，后来侍萍投河自杀，但是，被人救了，周朴园不知道。

坚持真善美统一的学者，从这里找到了周朴园也是牺牲品的论据，跟富家小姐结婚，因为门第。但是，周朴园和侍萍同居生了两个孩子，是明知侍萍的门第的，以门第出身为由驱逐鲁侍萍，那就意味着周朴园是被迫的。说赶走鲁侍萍为了给一个富家小姐结婚，给人一种印象，这个富家小姐就是周蘩漪。她也是门第婚姻的牺牲品。

但是这里有漏洞，仔细分析一下，年龄不对。开幕时，人物表上，周朴园 55 岁，周蘩漪 35 岁。30 年前，周蘩漪才 5 岁。这样的婚姻不可能。人物表上说，周萍出场时 28 岁，那是周朴园和梅侍萍恋爱两年以后生的。那时周蘩漪才 7 岁，周朴园怎么可能娶蘩漪呢？那个富家小姐，如果是蘩漪的话，正常的婚龄，应该多大呢？算 20 岁吧，过了 30 年，蘩漪现在也该 50 岁了。如果是这样，28 岁的周萍可能和她搞恋爱吗？从人物性格上看，蘩漪那样高傲的人，会明知人家家里有两个私生子，还愿意嫁给周朴园吗？至于后来和周萍发生关系，年龄相差那么大，如果我是周萍的话，不可能。（笑声）除非信奉佛祖以身饲虎的精神的人，哪怕乱伦也要救赎她于精神崩溃，毁灭一下自己也无所谓。我想问一问在座的男同学，怀有这样大无畏的精神的，请举手。（大笑声）没有一个人举手。没有这样的自我牺牲精神，这很正常，如果有一个人举手，那就有两种可能，第一，他精神不正常，神经有毛病。（大笑声）第二，那就是他有救赎精神，在他看来，在座的同学，还有我，都太猥琐了，精神都太平庸。（鼓掌声）

我想，解读文学作品啊，不能仅仅从读者的眼光出发，还要从作者的眼光出发。把自己当作作者，设想自己是作者，我就是曹禺，设想他如何进行艺术构思的。这样，才能体会到他的苦衷，才能不但知其然，而且知其所以然。

为了让她和周萍能够谈恋爱，至少要把蘩漪年龄降到35岁，35岁的女人和28岁的青年，发生点越轨的事情才有可能，是吧？但是，这样一来，就留下漏洞了。他让蘩漪说我17岁被勾引到这里，是吧？说明30年前的事与她无关，这当中留下了13年的空白。我大胆地说一句，天才的曹禺的漏洞也有点太不天才了。（笑声）为什么呢？曹禺在数学上不太行。（笑声）艺术家嘛，数学不行是正常的。而我在中学时代，数学可能比曹禺强得多了，所以我不是艺术家。（笑声）如果让我来写《雷雨》，我就不会老是讲30年前，而是说少一点，例如，20年前，但是，那时蘩漪是15岁，周萍才8岁，不行，既不能和周朴园结婚又不能和周萍谈恋爱。再说少一点，10年前，那样，蘩漪是25岁，周萍是18岁。这样可以马马虎虎，但是，10年前的周朴园是45岁，哪里有个45岁的富豪，还不成家，把一个老妈子的女儿养在家里，还带着18岁的私生子的？这不通嘛。曹禺太年轻了，才23岁嘛。想象不如我这年过古稀之年的人老练。（笑声）可以原谅的嘛。（笑声）孔夫子的忠恕之道是传统的美德嘛。（笑声）

好在观众只在乎艺术形象，并不在意年龄上数学的准确性，像我这样对于年龄很敏感，而且很自豪的读者是很少的。（笑声）观众更不在乎的是，那13年中，是不是有另外一个女性，嫁给了周朴园，成为牺牲品，像一位学者所分析的那样，因为不能获得周朴园的爱情，闷闷不乐，郁郁而死。[①] 观众根本不去想那种舞台以外的，没有影子的事。

这些漏洞，对于艺术经典来说，实在微不足道。拿这个漏洞来推想一个什么女士的故事和《雷雨》的阅读是毫无关系的。用来说明周朴园是被迫结婚的牺牲品，是犯了我国古典诗话中所谓“穿凿”的毛病。至于说蘩漪，她明明说了17年前，是周朴园勾引了她的。哪里有什么封建婚姻的牺牲品的根据？

二、蘩漪的“疯狂”和“被疯狂”

还是把注意集中到周蘩漪这个人物上吧。无疑，这个人真是太邪恶了，邪恶到疯狂的程度。

分析的焦点应该是她的疯狂，周萍这样说她，她自己也这样说自己。这种疯狂具有双重性，一重是，从周朴园到周萍都认为她疯了，全家上上下下都认为她有点疯，但是，她的疯狂，并不是生理病理意义上的疯狂，而是情感的疯狂。她是为了保住自己的爱情，一步不成又来一步，计算得很精明，在破坏周萍和四凤的爱情上，她的神经清醒得很。第二

① 陈思和：《中国现代文学名篇十五讲》，北京大学出版社，第188—189页。

重疯狂，是她坦承自己是疯了，她的这种自白是，绝望到最后一搏，不顾罪大恶极，坚持她的生命底线。

这种疯狂更深刻的根源乃是她和周朴园的关系。

有论者说周朴园是伪君子，周蘩漪也说他是伪君子。我觉得，说周朴园是伪君子，也许并不十分准确。是不是伪君子，我等一下细说。我想，与其说他是伪君子，不如说他对周蘩漪是一种精神的统治者，周蘩漪是反抗者，问题在于他怎么统治？周朴园有没有打她一下，有没有骂她一句？没有。相反，周朴园非常关心她，觉得她有病，一是花大价钱，二是特别认真，不是请一般的医生啊，请最好的医生，他当年德国的同学来给她看病。他对蘩漪的压迫，关键在给她吃药这一场，把这一场读懂了，才可能读懂蘩漪的疯狂。我们来细细欣赏一下。

四凤把药煎好了，周朴园问："药呢？"周蘩漪说："倒了。我让四凤倒掉了。"周朴园就问四凤："还有吗？"四凤说："药罐里还有点。"

周朴园非常沉着地说："倒了来。"

周蘩漪说："我不愿意喝这个苦东西。"

周朴园提高了声音说："倒来！"

第一次"倒了来"，蘩漪反抗，不喝。第二次更简短，"倒来"，就两个字，很明显，周朴园根本不把蘩漪的话当话，不管你同意不同意，坚持自己的意志，他不觉得有申述理由的必要，没有讨论余地，这其实就是命令。虽然命令是发给四凤的，实际上是发给蘩漪的。命令是很严厉的，但是，用语却是很简洁的，平和的，只有两个字"倒来"。显示他的权威是不可动摇的。

这时，周冲，蘩漪的儿子，说："爸，妈不愿意喝，何必这样强迫呢？"注意"强迫"，这两个字，把问题的实质点明了。周朴园已经习惯于强迫，已经不觉得强迫是强迫了。在他看来强迫是正常的，而不接受强迫是不正常的。是有病的，所以周朴园才会说：

> 你同你妈都不知道自己的病在哪里。

周朴园向周蘩漪低声说："你喝了，就会完全好的。"注意"低声"，刚才高声说"倒来"，是对女仆四凤的。现在对妻子，则是"低声"，并不严厉，不凶啊。这表明他自信他的坚持，能够治好太太的"病"。实际上，读者看得出来，正是这种文雅的强迫，蘩漪的精神才受到无情的压抑，蘩漪要反抗的就是这种文雅的压迫，而蘩漪越是反抗，他越是让他觉得她有病。

这是周朴园强迫蘩漪的第一步。

周朴园强迫的第二步是，对四凤讲："把药送到太太那儿去！"

周蘩漪说："好吧，先放这儿。"

这说明，蘩漪妥协了，缓兵之计，还是不喝。但是，周朴园的自信毫不含糊："不，你现在就喝！"

周蘩漪反抗，但是不直接对周朴园，而是说："四凤，把药拿走！"

周朴园说："喝了它！不要任性！"（笑声）

你们笑了，笑什么呢？我想是"任性"这两个字。原本是大人对小孩子气的口气，是居高临下的。当然，你们笑，还有一个原因，大概是我很像周朴园的样子。（大笑声）

周朴园的第二步，比之第一步的两个字，变成四个字（不要任性），应该说，比较好一点，他讲道理了：第一条理由是不要任性，第二条理由是，当着孩子的面，更不要任性。为什么？当着孩子的面，违抗我的命令，有损我的尊严和家庭的秩序，给孩子以不良影响。这个德国留学生，完全没有西方文化对女性的尊重，而是中国式的家长专制。也许，这里有曹禺的一层苦心，五四前后，德国还是威廉皇帝君主立宪的专制政体，故曹禺不让他像胡适、徐志摩等从英美归来，而是让他从德国归来。

周蘩漪声音都颤了说："我不想喝。"

周朴园怎么办？还有他的第三步。

如果是一般没有修养的家长，强迫性语言无效，可能是很粗暴的，怎么办？就会吵起来，甚至报以老拳，不。周朴园很文雅的，德国留学生啊。他是真心关心她的病啊，不喝，病怎么会好？一定要喝，那怎么办？

周朴园这第三步，真是太绝了，他保持着情绪的平静，对周冲说："冲儿（蘩漪的儿子），你把药端到母亲面前去。"

在周朴园看来，仆人的分量不够啊，儿子的恳求，压力该够了吧。周朴园专制，但是，文雅得游刃有余。周冲只好把药端到蘩漪面前，周朴园接下来的话仍然很简短："请母亲喝。""请"，你看，周朴园多么有修养，但是，这种修养中又隐含着多么不尊重妻子，不尊重儿子。专制家长的每一个字都要不折不扣地落实。周冲拿着药说："爸，你不要这样啊。"周朴园说："我要你说。请母亲喝。"这里曹禺着力表现的是，周朴园用对小儿子的压迫来迫使妻子就范。表面的语言越是文明（请），隐含着的专制越是严酷。其效果是周冲痛苦地含着泪，向母亲说："您喝吧，您就为我喝一下吧，要不然父亲的气是不会消的。"注意，"父亲的气是不会消的"。周冲说，父亲生气，但是，从前面周朴园的话来看，一点也没有生气的字眼啊。这就是曹禺的厉害了。字面上，非常平静，一心为了妻子的病能好起来，实质上，是一步步精神逼迫。

周蘩漪觉得孩子在恳求，自己不喝，孩子怎么办呢？就说："留着晚上喝不成吗？"又一次缓兵之计啊，晚上喝不喝，谁管得着呢?

周朴园的第四步，就更冷峻了。

周朴园说：“蘩漪，当了母亲的人，处处应当替孩子着想。”这话说得冠冕堂皇，不是为我周朴园的权威着想啊，更重要的是，退一万步，就是“自己不保重身体，也应当替孩子做个服从的榜样”。这是关键，这是冲突的深层次了。本来是喝药是为了蘩漪的身体，现在的问题的性质变了，保重不保重自己的身体，是小事，服从不服从我的意志才是大事。

懂得这一点才能理解这场戏的深邃。

周蘩漪四面看看，望着朴园，又望着周萍，拿起药，落下眼泪，想喝：“哦，不，我喝不下。”蘩漪也是好样的，不管你怎么强迫，我就是喝不下。后果怎么样呢？一般没文化的丈夫，就说：四凤、鲁贵，来，把它灌下去。那就不仅仅不是周朴园了，而且《雷雨》的主题就被破坏了。这里的专制，不是物质的，不是暴力的，而是精神的，是情感的粗暴，是以文雅的形式表现出来的情感的专横。

周朴园还有他的第四步：他对大儿子说：“萍儿，劝你母亲喝下去。”周萍为难，蘩漪就是不喝，叫我怎么劝呢？周朴园不管：“去，去！走到母亲面前，跪下！劝你的母亲！”

诸位啊，这一步表面上是以儿子下跪的孝心感动母亲。实质上是，在精神上是野蛮到极点。你们想想看，这是五四时期，又是在一个西洋留学生的家中，一般情况下，对父母的礼节早就不该是下跪，而是鞠躬，却让一个28岁的，只比后母小7岁的青年，当着仆人，当着兄弟的面朝她跪下，何况她又不是亲母亲，而观众还知道他是她的情人。这对周萍，对蘩漪来真是情何以堪，或者用比较通俗的语言说，多么尴尬，多么惨烈。如果在一般平民百姓家里，不是习惯于这个家长的意志不可违抗，周萍完全可以拂袖而去，甚至把门一甩，去你的罢。(大笑声)但是，周萍不敢这样反抗，可见周朴园的权威，全家都已经习惯于服从了。专制已经成为铁的常规。

周朴园这个专制的水平，专制得文明的水平，就表现在他自己没有动手，没有大发雷霆的话语和表情，对妻子完全是循循善诱的姿态，对儿子是绝对威严的语气，没有一句多余的话，甚至没有一个多余的字。曹禺的艺术水平和思想深度，实在是太令人惊叹了。这叫做语言的冷暴力。我想在座的同学没有一个曾经见识过这样高雅而野蛮的冷暴力。

蘩漪泪流满面，身体发抖。蘩漪望着周萍，不等周萍跪下来，就说道：“我喝，我喝，我现在就喝！”拿着碗喝了两口，气得眼泪也涌出来，她望着周朴园严厉的眼神和苦恼的周萍。咽下愤恨，一口气喝下，就跑出去了。

通过周朴园和蘩漪的冲突，读者看到了蘩漪这样一个被看成有精神病，疯子的根源，她的感情，她的精神，被无情的、严酷的专横窒息了，她反反复复的反抗，变成了无可奈何的屈辱。当然，周朴园不知道，周萍和蘩漪的情感，而观众眼中则多了一层野蛮。

这不是一般的思想的专制，而是一种情感的专制，不是一般的暴力，而是情感的暴力。正是这种仅仅诉诸平静语言的冷暴力，造成了蘩漪的疯狂。

周朴园认为蘩漪的“精神有点失常”，他的定性的精神病是生理的，应该用药物来治，完全不知道她的病是心理的，情感性质的。强制性的喝药，不但无补于事，而且适得其反。他的话就是法律、他的话就是命令。而蘩漪的拒绝喝药乃是对他这种冷暴力的反抗，他不理解，把它看成精神病。所以，蘩漪跟他讲：“哼，你说我有病，就是真有病，也不是医生能治得好的。”她知道自己的病就是困兽犹斗。而在周朴园看来，按他的绝对专制逻辑行事就是精神健全，违反他逻辑就是精神不正常。

对此，我得出第一个结论，蘩漪表面上是有点疯狂的。但是，蘩漪的精神并没有失常，她的所谓疯狂，更准确地说是被疯狂。而在周朴园，按他的逻辑，不只是蘩漪，而且是周冲、周萍精神都不正常，这是他亲口对他们说的。他们也是被疯狂，只是他们没有反抗。周朴园用自己横暴压制周围的一切人。而从蘩漪的角度来说，他这样的专制才是疯狂的。是一种平静的疯狂。其实双方的精神都没有失常。而是相互情感逻辑错位到极点。

三、蘩漪无爱情不能活，与娜拉、子君不同

接下去，周朴园和蘩漪之间的错位还进一步展开。

蘩漪接着跑到楼上去了。周朴园还要叫住她，还想管她，她的反抗激化了。对周朴园的神气活现，表现得很不屑：“你简直叫我想笑。”非常瞧不起他：“你忘了自己是什么样一个人了。”说着哈哈大笑起来。这在周朴园看来是疯，但是，这是对周朴园奉为神圣的那一套表示蔑视。她的这种尖声大笑，我是模仿不来的。我想，你们当中有表演才能的同学，可能会学得像的。（笑声）

周萍他讲了一句非常能说明问题的话：“父亲一向是那样，他说一句就是一句的。”

周蘩漪说：“他说一句我要听一句，那是违反我的本性的。”这话把矛盾冲突的性质点明了：一方面是专制的、精神的冷暴力，迫使她违反本性地生活，另一方面是非常强烈的个性的自由。违反自己的本性是没法活的，后来，她对周萍说：“你不要离开我！你不能离开我！我在这个家活不下去了！”主要是精神上太窒息，太喘不过气来了。她说：“你明白刚才的情景，这不是一天的事情，年年如此，天天如此，是违反我的本性的。那位专家科大夫免不了天天来的，让我吃药，吃药，吃药，吃药！渐渐伺候我的人一定多，像怪物似

的守着我，都认为我是神经病。到处都偷偷地听着我说话，慢慢地谁都要小心点，不敢见我，用铁链锁着我，那我就真成了疯子了。”

把这一点读懂了，就不难明白被疯狂的严酷程度，这种被疯狂是一种氛围，不仅是周朴园一个人，而且是周朴园的权威造成的一种共识，一种铁的精神囚笼。在蘩漪的感觉中是：“监狱似的周公馆，陪着阎王。”

那么周萍就讲了：“我明白你。”你不听他的话就得了？蘩漪就说：“我希望你还是像以前一样，是个诚恳的人。”意思就说周萍不诚恳，我能不听吗？我认为这句话曹禺写得不是很到位。因为蘩漪可以不听，可以不顾一切，周朴园拿她也没办法。其实蘩漪不但不听他的，而且反抗他，甚至嘲笑他了，已经公然瞧不起他了。但是，她还是认为自己在这个家里活不下去。原因在于，没有爱情的安慰，她是不能活的，所以她认为，不听他的，这话是空话，是不“诚恳”的，是“玩世不恭”的。蘩漪说，希望你像过去那样诚恳，那就是像过去那样真心地给以爱，心口如一。的确，这就是视真正的爱情为生命，在二三十年代，蘩漪可以溜啊，可以跑啊，五四时期很流行的易卜生的《玩偶之家》，女主角最后从家庭出走了，不当丈夫的玩偶了。但是，鲁迅分析，这是空想。他在《娜拉走后怎样》中这样说：

> 娜拉毕竟是走了的。走了以后怎样？伊孛生并无解答；而且他已经死了。即使不死，他也不负解答的责任。因为伊孛生是在做诗，不是为社会提出问题来而且代为解答。就如黄莺一样，因为他自己要歌唱，所以他歌唱，不是要唱给人们听得有趣，有益。伊孛生是很不通世故的，相传在许多妇女们一同招待他的筵宴上，代表者起来致谢他作了《傀儡家庭》，将女性的自觉，解放这些事，给人心以新的启示的时候，他却答道，“我写那篇却并不是这意思，我不过是做诗。”[①]

所谓做诗，是可以超越现实生活，只是情感的审美。而生活则是散文的，没有了物质保障，跑的结果还是要回来啊。所以，鲁迅在同一文章里还说，弄不好，还会当妓女。故后来，他写了《伤逝》。女主角子君本来是很坚决的，我就是我自己的，毅然从封建家庭中出走。可由于爱人被局里开革了，物质生活失去了保障，不得不又回到家里，最后死了。鲁迅提出问题是爱必须有物质条件的，没有物质条件，爱是死路一条。实际上，鲁迅这种说法，太现实主义了。也许还可以说，太不全面了。她的同居者，许广平，就是从广东家里逃婚出来，和他谈起恋爱来。并没有命中注定要回去，也没有当妓女。而且诸位可能不知道，许广平在广东大学当助教有工资，她和鲁迅同居以后，一直保留着三百元大洋。为什么？万一，她和鲁迅有了什么过节，她可以用这三百元养活自己。

蘩漪也是个知识女性，她也可以走许广平的路，读书、当教师都是可以的。退一万步

---

① 《鲁迅全集〈第一卷〉》，人民文学出版社 2005 年版，第 165 页。

说，她担心的不是钱，她不是娜拉，阻碍她出走的不是物质经济基础。在这一点上，周朴园倒是很慷慨的。当梅侍萍意外地出现在他面前的时候，他主动开出了五千大洋的支票，而且，后来还表示要寄给她两万元。你们知道吗？这是多大一笔款项啊。梅侍萍在外地做校工，每月工资才八元，一年不超过一百元。五千元，就是五十年的工资啊，而两万元，则足以使她成为一个不小的财主了。可以推想，蘩漪离开的话，经济上是没有后顾之忧的。但是，即使有了物质上的保证，她也还是觉得没有活头。她说，在这个家里，活下去，是违反她的本性的，她的本性不能受制于她不爱的，她厌恶的男人。而离开了这个男人，变成没有男人，不受制于这个男人，而没有男人爱，也是不行的。

从这个意义说，曹禺《雷雨》的立意似乎比之鲁迅的《伤逝》不但有所不同，而且还要更精神化一点，更审美化一点。鲁迅所担心的物质保证，根本不在曹禺的考虑之中。因而蘩漪对爱的追求是极端的，不要命的，不顾一切的，没有任何调和、妥协的余地。因而她整个身心处于一种看似疯狂的状态。

这种疯狂有两面性，一面是她的情感，她的反抗，她的追求不被理解，是被疯狂。还有一面，是她自己本身的疯狂，不过这种疯狂，不是神经疯狂。这种疯狂，表现为她居然叫周萍把她带走。她说："即使你走，你带着我走。"这就是把自己和周萍的乱伦公开化，这个时候周萍说："你疯了！"这就不是被疯了。儿子在自己父亲矿上工作，把后母拐到矿上去，荒谬绝伦嘛，这就是我要说的，情感的疯狂，疯到什么程度啊？周萍不答应，蘩漪甚至于退一步，说："日后甚至于你要把四凤接来一块儿住，都可以。只要你不离开我。"这可是真疯了，一夫二妻，她也干。她的本性是婚姻自由，是以男女平权，一夫一妻制为基础的，但是，她对爱的渴求，到了反文明的程度。更值得注意的是，蘩漪的这个疯狂啊，还没有达到顶点。她真正到绝望极点的时候，甚至利用儿子周冲的感情来破坏周萍和四凤的爱情。这个时候她不但是失去理智，而且是失去母性。

周冲莫名其妙来了。周蘩漪说："冲儿，你为什么不说话啊？你难道见着自己心上喜欢的人叫人抢去，一点不动心吗？你为什么不抓着四凤问？你为什么不抓着你哥哥说话啊？"周冲讲不出话来。她居然这样骂她的儿子"你你你……难道是个死人？！"这还像一个妈妈对儿子讲的话吗？周冲比较善良、比较纯洁，说："不不不，我突然发现到我好像不真是爱四凤，我好像是太胡闹了。"蘩漪就非常失望，怎么讲了一句话呢，我来念给你们听：

你不是我的儿子！你不像我！你简直是个死猪！（笑声）

这样骂儿子，很可笑，是不是？但是，也很可怕。真是吓死人了，母亲对儿子竟然讲出这种话来。这就不是追逐爱情，而是失去了母性，不但是恶，而且是丑了。（这时手机响）非常抱歉，请允许我停一下。"哦，我在上课。"（说完就挂了电话。笑声。）"这也是个死猪！居然在人家上课的时候来干扰。”（笑声）蘩漪继续骂她的儿子，“你真是没有一点男子气。我要是你，我就打了她（四凤），杀了她，烧了她。你真是个糊涂虫，没有一点生气，你还是你父亲的小绵羊，我看出你了！你不是，你不是我的儿子！”她说过她是不能违反自己的本性生活的，但是，迫使儿子违反自己的天真的本性，难道就是她的本性吗？周萍就讲了：“你这样讲话还是周冲的母亲？”蘩漪说：

我不怕！你告诉他，我现在不是她的母亲啦！

她完全不顾周冲的伤害，她的“本性”是完全扭曲了，完全变态了，完全异化了，彻底丑化了。蘩漪彻底敞开自己的内心：你的母亲早死啦！早叫你父亲压死了，闷死了！现在我不是你的母亲，她是见着周萍活了的女人！这实在太可怕了，太丑恶了。但是，在这可怕的、丑恶的自白中，有一点值得沉思的，属于五四时代精神的东西，那就是个性解放，爱情至上。为了爱情不要母爱的天性，不要脸，甚至不要命，只要爱情。个性解放到完全没有隐私，可以火一样地公开自己：

我也是一个要男人真爱她，才能真正活着的女人。

这是要害。蘩漪的形象的核心就在这里。她为什么这么变态，这么邪恶，这么不要脸呐？原因干脆说出来，当着自己儿子的面说出来，“我是需要一个男人爱的”，这是要害。她可以走啊，她可以离婚啊，她可以跑掉啊，但是不行，她要有男人爱。她在家里也可以活啊，也可以假装喝药偷偷倒掉啊，但是没有男人爱，就不值得活，这是一个很深刻的揭示。就这样一个人啊，特点是说她把爱情看得比生命，比母亲的尊严，妻子的职责以及人伦看得更重要。为了这一点爱，什么都不顾。

周萍说：“她病了。”这里的“病”，不是周朴园所说的“病”了，可能比较接近她的精神病态了。蘩漪说：“胡说！我没有病！我没有病！我神经上一点病都没有！”这句话是对的，我很正常，我很清醒，我要个男人的爱，没有男人的爱我活不下去。不管是在周家这个“阎王殿”还是到外面。“啊，你不要以为我说胡话，我忍了多少年了，我在这个死地方，监狱似的周公馆，陪着阎王十八年了。我的心并没有死。”即使在她所说的周公馆这样的“活棺材”里，她几乎是在等死。

注意，这就是五四期间个性解放的极端。“你的父亲叫我生了冲儿，然而我这个心，我这个人，还是我的。”那就是说，有了孩子，有了母性，但是，生命的价值还不够。还有一个属于自己的我，为了这个我，什么都不要，哪怕不要母性，跟四凤分享也可以。这时她的疯，内涵是复杂的，一方面，在周萍甚至周冲看来这是完全失去人的自尊，人的起码理性，完全是疯狂了，另一方面，从蘩漪来说，又不完全是疯狂的。因为她有她的情感逻辑，她的生命价值，她的爱情至上，她的为了爱情牺牲一切的毅然决然：“我没有孩子，我没有丈夫，我没有家，我什么都没有，我只要你说，‘我是你的’。”这种疯狂的自白，有她的情感逻辑，她的极端的个人主义，这就是曹禺在序中所说的她的“勇敢”。这种疯狂，有点像狂人日记中的狂人，最疯狂的，恰恰是最清醒的格言。蘩漪表面是疯狂的，实质上是自由的执着，这是不是，令人想到五四时期那种彻底的，不妥协的反叛精神，不惜以恶抗恶，以丑抗丑的决绝。

四、极端个性解放的历史特征

蘩漪的形象的历史的深刻在哪里呢？就是在五四时期，有这样一个女性，作出这么邪恶的事情来，仅仅是为了绝对自由的，不受伦理道德约束的，才值得活着。她可以出走，但没有爱不行。她可以混，像一般的家庭妇女那样，但在不爱人的身边不行。爱就是她的生命。她表面上看是爱情至上主义者，但实际上爱里面包含着个性的绝对自由。为了爱情，不惜破坏别人的爱情，只顾自己。这种极端的自我中心的女人，表面上看这是个邪恶的女人，道德败坏的女人。从道德来讲是个负价值的女人。但是不可忽略的是，曹禺对这样的女人是赞美的。曹禺在《雷雨》最初的序里，这样写：

> 她有火炽的热情，一颗强悍的心，她敢冲破一切的桎梏，做一次困兽的斗。虽然依旧落在火坑里，情热烧疯了她的心，然而不是更值得人的怜悯与尊敬么？[①]

她的恶，她的丑，都只是问题的一面，问题的另一面，是她的反抗，“她有火炽的热情，一颗强悍的心，她敢冲破一切的桎梏，做一次困兽的斗。虽然依旧落在火坑里，情热烧疯了她的心，”正是因为这样，曹禺才说，她值得我们怜悯和尊敬。曹禺甚至把她和两类人相比，一类是“阉鸡似的男子们”。他们“为着凡庸的生活怯弱地度着一天一天的日子”。一类是和“许多所谓‘可爱的’女人”相比，“她是最富于魅惑性的”。曹禺为什么肯定他朋友的说法“她的可爱不在她的‘可爱’处，而在她的‘不可爱’处”，就是因为，这种不可爱，是反抗的，疯狂地反抗的。疯狂是决不屈服，是她的所说的周公馆的阎王殿，活棺材，精神的活阎王逼出来的，义无反顾，即使是恶的，也是恶的反抗，即使是丑的，也是丑的反抗。哪怕罔顾世俗的任何伦理，也无所顾忌。正是因为这样，曹禺不但要怜悯她，尊敬她，甚至说要赞美她。他赞美她什么呢？

她明明是“阴沟里讨着生活”，但是，却“心偏天样地高”，高什么呢？就是敢于“冲破一些桎梏”，包括外在的家长冷暴力，内在的自尊、母性。明知是无效的“困兽的斗争”，

---

① 《雷雨·序》，《曹禺经典戏剧选集》，新华出版社2010年版，第500页。

明知是“依旧落在火坑里”，但是，她的个性张扬，她的热情，超越了理性，超越了实用，以一种“烧疯了”一切，包括她自己的姿态出现。把她隐私的感情公开出来，火一样地公开出来，“热情烧疯了她的心”。疯狂，就是勇敢。按照自己的本性生活，疯狂一把。这就是曹禺所说的“心偏比天样地高”。她的高度就是按照自己的本性生活，豁出去了，我就不要脸了，我怕谁？曹禺说，“这总比阉鸡似的男子们为着凡庸的生活欺骗地过着一天天的日子更值得人佩服吧。”阉鸡似的男子，指的是谁？可能是周萍。在曹禺笔下，蘩漪不但在精神上是值得赞美的，而且在外表上，曹禺也把她写得很美。曹禺介绍蘩漪，是非常文雅的家庭里出来的，懂得诗书，很高的文化修养，表面上是一个非常优雅的女人，能够给人精神安慰，能够被人爱，应当被人爱的，但她到底是一个女人啊，但是她却得不到。她出场的时候，有一段舞台提示：

> 当她见着她所爱的，红润的脸色和快乐散布在脸上，两颊的笑窝也显示出来的喜悦，你才觉得她是能被人爱的，应当被人爱的。你才知道她到底是个女人，跟一切年轻的女人一样，她会爱你。[①]

注意啊，她的可爱处，是她是“能被人爱的，应当被人爱的”。但是曹禺说，她受到压制以后她就有点野性，这种野就是疯狂。在初版的序中，曹禺这样说：“她恨起你来也会是一只恶狗，如一只饿了三天的狗，咬着它最喜欢的骨头。不声不响地狠狠地吃了你。”曹禺把极端个性解放的蘩漪比作狗，令我想起了郭沫若《女神》中的《天狗》：

> 我剥我的皮，
> 我食我的肉，
> 我嚼我的血，
> 我啮我的心肝，
> 我在我神经上飞跑，
> 我在我脊髓上飞跑，
> 我在我脑筋上飞跑。
> 我便是我呀！
> 我的我要爆了。[②]

从这里，可以看出当年个性解放的狂热的特点，不仅仅是从外部的压抑中获得解放，而且是从自身从肉体到神经/脑筋中得到解放，不是一般的解放，而是自我“要爆了”式的解放。曹禺对蘩漪的介绍，很突出她的野和她的美。不过以上所引均出自1936年的版本。

---

① 《雷雨》第一幕，新华出版社2010年版。
② 《郭沫若全集·文学编》，第一卷，人民文学出版社1982年版，第55页。

1949 年以后曹禺觉得把不道德的人写成这样，不太符合当时主流意识形态。50 年的版本，把它全删掉了，50 年代中期，强调五四文化传统了，曹禺把它改成这样：

她的脸色苍白，面部轮廓很美，眉目间看出来她是忧郁的，遇见的火燃烧着她，眼光时常充满着一个年轻妇人失望后的痛苦和欲望。她常常抑制着自己。

下面是他改得最突出的地方，

她的性格中有一股不可抑制的蛮劲。

“蛮”哪，“蛮横”的“蛮”。“他使她能够忽然做出不顾一切的决定。”“不顾一切”，比之“狗咬骨头”委婉得多了：

她爱起来像一团火那样热烈。恨起来也会像一团火把你烧毁！①

这就比较文雅了。比之“饿了三天的狗咬着它喜欢的骨头”就不那么丑了。但是，是在烧毁对方这一点上，没有多大变化，最大的变化，本来她的疯狂之火，是把自己也烧毁了的，被省略了。最后到了本世纪，曹禺恢复了原来的“饿了三天的狗咬骨头”。

蘩漪的反抗，是一种恶的反抗。这恰恰是更深刻地反映了五四时期那种狂飚突进时期的个性解放的精神风貌。从文学理论上说，曹禺的笔下蘩漪比之鲁迅笔下的子君更有历史深度，从美学理论上说，曹禺的蘩漪，提出的挑战，比之鲁迅的《伤逝》要深邃得多。

五、以恶为美的美学原则

现在我就不能不正面回答开头就提出来的美学问题了：为什么这么恶，这么坏的人，会变成这么美的艺术形象。

我们把她放到历史语境，母题史中去作同类形象作谱系性的比较。

“五四”新文学中，婚姻爱情题材有成系列的女性形象。例如，比他早一点，巴金，写到女性的反抗封建宗法专制。我们印象最深的两个人，一个鸣凤，对不对？她和觉慧恋爱，但是高老太爷要把她嫁给老头子做小妾。鸣凤非常善良的，也是女仆啊，她来觉慧处，告诉他危机迫近，但是，觉慧在忙，告诉她说我过几天来找你。还在他嘴唇上吻了一下。鸣凤绝望了，明天就要出嫁了，决计自我牺牲，自杀了。当觉慧感觉到问题严重，去追的时候，鸣凤已经浮在水面上了。鸣凤的形象是善的，美的。这是善与美的统一。

还有一个女性，是谁呢？梅表姐。她跟觉新感情非常好，但是又没有能有情人终成眷属。但是结婚后的觉新还是爱她，梅表姐也爱着觉新。巴金如果没有文学才能的话，那这

① 《曹禺选集》，人民文学出版社 1978 年版，第 18—19 页。

个梅表姐就消失了。不！巴金想了一个办法，兵荒马乱的，又让梅表姐回到高家的院子里来，觉新对她还是旧情深厚，同时又真心诚意地爱着妻子瑞珏，她也非常漂亮，非常善良。觉新就在两个女人之间动摇。他是，梅表姐非常妇道，也没有什么妒忌之心。这就形成了一种感情的错位的。梅表姐和瑞珏都是很善又是很美的。都是美与善的统一。

在世界文学史上，当然也有比较丑的，但长得丑不一定不美啊，雨果的《巴黎圣母院》中，有个伽西莫多，爱上了美女爱斯梅拉达。他就不表白，一直到她死了，他就是死在她身边。虽然丑，但他感情是美的。丑的外表和美的内心构成高度的张力。联系到中国现代文学史，也有类似的角色。谁？《骆驼祥子》里面的虎妞。她也是追求爱情的啊，在黄包车场里的苦力车夫啊，有什么像样的人啊，唯一的选择就是祥子。她乘骆驼祥子喝醉了，把他摆平了。（笑声）她怕骆驼祥子不认账，拿个枕头放在肚子上。我怀孕了！你祥子往哪儿跑？这女的虽然长得丑，道德上也不善，而且对待那个更穷苦的妓女小福子也很恶毒。但是她有追求幸福的权利啊，也是她的本性啊。可她还没恶到蘩漪这种程度吧。这个形象，也是有经典性的，那就是恶与美的交织。把恶转化为艺术的形象的美的，我还想到一个人物，张爱玲《金锁记》中的那个曹七巧，对吧？她陷于畸形的婚姻，嫁给一个残废人。由于长期的压抑，享受不到恋爱的幸福，他对人世的爱情，都持一种敌视态度。她内心没有爱，她也不让别人爱，她恶毒到她对自己的儿女都进行报复。不让他们正常地恋爱，享受幸福。这是一个非常恶的女人，她的人性和母性都丧失殆尽，就从外表来说，她保持着温文尔雅，但是，她没有不要命地、不要脸地反抗专制，她内心没有美，因而，这个形象是恶与丑的统一。

在中国现代文学史上，找不到这样一个大胆的作家，把一个女人写得像蘩漪这样恶到这个程度，又显得这么光彩。这个形象叫人惊叹，蘩漪很恶，甚至肮脏，是吧？但是，她恶中有美。美在她以她的本性为生命，美在遵从本性而被疯狂，美在反抗，以恶抗恶，不惜以毁灭自己来施展自己的本性，美在疯狂地张扬自己的个性。从艺术上说，这是一个美与恶的统一，以恶为美的典型。我觉得，这一个美的经典，但是，并不是纯粹的美，她是一朵恶之花。

从以上一系列形象谱系中，我深深感觉到，真善美的统一的常识，在这一系列的形象面前，遭到了挑战。实际上，真善美在艺术里往往不太统一。

去年我给你们讲到《红楼梦》里有一个角色，王熙凤。她做了那么多的坏事啊，害死了那么多人啊，耍弄了那个贾瑞啊。还整死了尤二姐啊，还杀死了鲍二家的。人命好几条，她的贪污啊，腐败啊，导致了贾府的被抄家，但是，曹雪芹还是把她写得很能干，很漂亮，很机灵，很聪明，甚至于说她的才能超过了男性。以至于对面那个宁国府要办丧事，男性那么多，都不行，要她去主持。这也是美与恶的统一，她也是一朵恶之花。

但是曹禺这个更厉害了，她不像王熙凤那样表现在外部世界，而是在内部心灵变态了，连母性都不要了。从这个意义上来讲呢，曹禺对于自己这个角色的偏爱是很值得我们深究的。真善美的统一是有它一部分的道理，像巴金《家》里的鸣凤等，还有《雷雨》中四凤、梅侍萍是真善美的统一，对不对？但是在王熙凤、蘩漪这里，恰恰是真善美不统一。真善美发生了错位、纯粹从道德的价值来看，蘩漪是负价值，但是从情感的角度来看，她忠于自己本性，公然地把自己的丑陋揭露出来，把自己的隐性的理想直白出来："我就是要有人爱！"这一点的感情极端，也有它的价值，说得文雅一点，就是审美价值。审美的情感，并不一定就是美好的感情，应该是人的全部感情，包括并不美好的，包括丑恶的感情。波德莱尔在《论泰奥菲尔·戈蒂耶》中说：

> 丑恶通过艺术的表现化而为美……这是艺术的奇妙特权之一。[①]

我们对人生，我们对艺术作品，不能只有一种价值观念，真善美的统一。真的就是善的，善的就是美的，三者的统一性，并不是全部，而是片面的。非常善良的并不一定太美。我去年讲过，谁啊？薛宝钗，非常善良，我给她辩护过，没有任何道德问题，她也没有去争取跟贾宝玉结婚，她也没有去陷害林黛玉，群众关系也是最好的，但她不是最美的，她是在《红楼梦》里次于林黛玉的。所以她在一次行酒令时，抽到一个签，"任是无情也风流"。无情，主要是爱情的无情，给她的美打了折扣。她的美是善之美，是美与善的统一，她的情感质量不如林黛玉，我曾经下过一个结论：她是一朵善之花，是一朵冷艳的花。

真善美是统一的。这话说起来好像我们大家共识了，但是，用作品来衡量的话，就往往有漏洞。我提出一个理论，真善美有统一的一面，不是完全背离的，我说如果完全背离的就会诲淫诲盗，是吧？但是，还有一种情况，真善美既不是统一的，也不是完全背离的，它是互相错位的，拉开一点距离，有丑恶的一面，同时又没有背离。就是不是同心圆，又不是分裂的，而三个同心圆相互交叉的，而是错位的，在不分裂的前提下，错位的幅度越大，那个震撼力越强。蘩漪越是不要道德，越是不要脸，越是震撼。

真善美是三种价值错位，真的不一定是美的，为什么呢？艺术都是虚构的。昨天讲《三国演义》，鲁迅讲这个诸葛亮写得不好，"多智而近妖"，不真实啊，他能预报天气啊，他会借东风啊，他能知道自己什么时候死啊，怎么延长自己寿命啊，鲁迅的批判，一点没有影响它的经典性啊。因为艺术都是假定的，是真假互补，虚实相生。为什么我们挂一幅画在墙上，要一个框子。一幅画要裱起来，就是在框子以内，那是假的，框子以外是真的。

---

① 波德莱尔：《论泰奥菲尔·戈蒂耶》，《波德莱尔美学论文选》，人民文学出版社2008年版，第78页。

譬如齐白石那个虾，它真的还是假的？假的。对不对？但如果你把真的虾挂在那里，挂七天以后什么样？马上有一种不好的味道嘛。但是齐白石的虾你挂七年，挂七十年，你发财了。这叫艺术。把真跟假之间的关系弄清楚，才能进入艺术之门，这是第一。因为假定的才能寄托感情，感情是主观的，通过假定才能寄托在客观对象上。第二，善跟美有统一的一面，但是善和美也有不统一的，譬如薛宝钗。虽然善，她就从美的角度来说是冷艳的，缺乏感情的生命是不完整的。蘩漪骂她的孩子，“不像个男子汉！”“你应该杀了她，烧了她，才像我的儿子！你如果不这样，你就不是我的儿子！”从道德来说怎么样啊？是恶。但是从情感的美来说，它极端，这是美。

在古希腊，和理性学问相对的是 Esthetics 是情感范畴，直到近代才被鲍姆嘉通弄成一种独立的学问，Esthetics，东方没有这样的学问，日本人借汉字来翻译成美学。从古典文学来说，情感的就是美的，对不对？至少是在 19 世纪以前，就是这样，但是，这个翻译是有问题的，给我们的错觉就是艺术作品啊，只能写美好的感情，如果写邪恶的感情呢？如果写像蘩漪这样恶魔一样的感情呢？所以到了 19 世纪末，在诗歌里首先就出现了一个流派，叫什么流派？叫象征派，象征派的艺术纲领，不是在美里求美，而是丑中求美，以丑为美。啊，你们在中学里念过闻一多的《死水》，念过没有？那就是以丑为美。就是说它这个 Esthetics 它包括人的恶的感情，恶的道德，但是强烈的感情，这叫以丑为美。因而，从这个意义上来讲，曹禺之所以值得佩服，就是因为他在五四新文化婚姻爱情母题中，敢于把个性解置于恶的极端中来表现，从这个意义说，曹禺的蘩漪比之巴金的《家》中的鸣凤、比之鲁迅的《伤逝》中的子君，比之《骆驼祥子》中的虎妞，都来得深刻，在美学上有更大的突破。

六、周朴园：善之丑

为了把这个美学问题，更充分地阐释清楚，我们来分析周朴园，这是蘩漪的对立面。有好多学人说他是个伪君子。周朴园固然做了很多坏事，首先在社会上压迫工人，是吧？承包哈尔滨大桥的时候淹死了很多工人，这个是他在社会责任上肯定是恶的，这是赤裸裸的，谈不上伪君子的问题。这是《雷雨》的背景。周朴园的性质在他家庭里的人际关系中展开的。不少论文认定他是伪君子，伪在哪里呢？伪在对梅侍萍的态度上。表面上很怀念她，家里照侍萍生孩子的时候那样窗户一直关着，一系列家居摆饰都留在原来的地方，照片还放在桌子上，也不怕周蘩漪妒忌。但是侍萍一出现呢？他就害怕了，说：谁让你来的。以为是鲁大海、鲁贵等的让她来敲竹杠。又说，我们都这么大年纪了，不要这么哭哭啼啼的。这可以说明他是虚伪的，对不对？提出来带着四凤永远离开这里。还主动地开了一张支票给她，5000 块。鲁侍萍啊，在济南做小工，一个月工资多少？ 8 块。他写的应该二三十年代之间的事。那个时候一个普通的洋车工人一个月能赚三四块钱，毛泽东在北大图书馆工作，我到校史馆里看他领工资的单子，一个月 8 块钱。可周朴园的这张支票是真的，不是空头支票，而且是主动给她的！这还不算，还跟她的儿子讲，在他们离开以后，准备他们安家，再寄给她 2 万块。你算算看，2 万块够鲁侍萍干 200 年的了。给这么多钱，他完全是虚伪的吗？好像不对头。

周朴园的伪，不在于在金钱、物质上，在实用价值上他是善的，他忏悔是真的，他吃斋啊，他念经啊，他公开说“我要忏悔”，跟他儿子也坦白，这一辈子就做错这一件事。这个威严、专制、自以为道德模范的家长，很坦率啊，不虚伪啊，在承认自己有错误，在道德上有亏欠，甚至于可以说十分真诚。到最后，周蘩漪把周朴园叫出来，周朴园看到鲁侍萍，和周萍、周冲都相见了，然后，周朴园告诉周萍，说：“这个就是你的生母。”周萍说：不相信，不敢相信，不愿承认。

然后周朴园就大义凛然地对他斥责：“混账！萍儿，不许胡说！她没有什么好身世，也是你的母亲。不要因觉得脸上不好看，就忘了人伦的天性。”啊，这个周朴园还是蛮真诚的，虽然人家穷，不认母亲是不道德的。从实践理性上来说，他尊重伦理道德规范，很尊重人的天性的。他公然地对着她的面忏悔。“萍儿，原谅我，我一生就做错了这一件事。”你说他说的是假话吗？绝对是真的，他公然忏悔。关键是怎样忏悔？他对侍萍说：“我们可以明白谈一谈，痛痛快快的，要多少钱吧。”开出了 5000 元的支票，这“算是弥补我的一点罪过”。从道德上来说是善的。给钱了以后，他就觉得心安理得了。承认自己罪过，但是他以为这个钱是可以补偿情感损害的。鲁侍萍接过支票，慢慢地把支票撕了，说了一句话：“我这些年的苦，不是你那钱就算得清的。”

这是关键，这笔钱是个实用价值，而感情则是 30 年的精神痛苦。在周朴园看来，认为这个 5000 块钱大大超过了 30 年的精神和感情的痛苦，就是实用大大超过了情感的价值，他不但不是虚伪的，而且是非常真诚的。他以为他是做了大善事。但是，鲁侍萍这么穷，一个月才 8 块钱，她为什么要撕掉？情感价值超越了这 5000 块钱的实用价值，所以侍萍是善与美的统一。而周朴园主动奉上一大笔钱，这从道德上讲是善的，并不是恶的，但是，以金钱的实用性来否定情感的价值，却是丑的。可以说是道德的善转化为情感之丑。故周朴园的形象善与丑的交融。这种丑由于和前面对蘩漪的冷暴力结合，周朴园的形象，从严格的美学意义上讲，乃是一个丑的形象，而不是一个恶的、虚伪的形象。

周蘩漪和梅侍萍两个人在物质生活上，是一个天上一个地下，但是，有两点相通。第一，她们同样受着周朴园的精神摧残。梅侍萍是被抛弃的情感摧残，这是有形的；而周蘩漪呢？没有被抛弃，她的痛苦是忍受阎王殿里冷暴力，这种摧残使她宁愿不要脸也不能活下去。她们两个人坚持的却是同样的价值。什么价值？感情价值。那就是把精神的价值看得高于实用价值。侍萍不要大笔钱，蘩漪也不在乎很高的物质生活条件，家里有仆人、有花园哪，是吧？但是，没有爱情就不行。两个人遭遇、社会地位相反，在情感价值上却息息相通。在这一点上体现了曹禺的美学思想，情感价值高于一切。不过在鲁侍萍那里是用蔑视金钱的形式来表现，而周蘩漪以对冷暴力的恶的反抗来表现。从这种反抗、复仇中，让我们从中看到什么？五四时期个性解放的火花，火花哪怕要烧死人的，它还是火花，在侍萍那里火花是高雅纯洁的，而在蘩漪这里，是邪恶的。道德理性跟情感理性拉开最大的距离的时候，在艺术上更光彩。

总起来说，我今天讲了一个道理，就是说我们看人、看事，不能只看到一面，就是科学的真理和道德的善和情感的美是完全统一的，我们看到人、理解人的时候，有的时候也可以看到三者的差异性，我把这种现象，叫做错位。

所以从这个角度来看，昨天我们许多同学提出关于诸葛亮的问题。鲁迅就说过，《三国演义》里面，诸葛亮被罗贯中写得“多智而近妖”这从科学的真说是有道理的，但是，艺术是虚构，是假定，就是要通过假定来展示人物内心的情感的丰富、复杂。有同学认为诸葛亮这个人，明知蜀国兵力不足，据《三国志·蜀书·后主传》直到他投降，才只有十万兵力，不到一百万人口。根本不可能打败曹魏，何必劳民伤财，北伐，不去，不是更好吗？对蜀国更有利吗？这话没错，这是从科学理性来讲的。按照这种理性，干脆早早投降，更好，甚至不要到四川开辟什么根据地，赤壁之战也不要打，打了，老百姓更痛苦了，这是什么？科学的实用理性。这种立论的前提是人是理性的，人性是非常美满的，但是，非常可惜，人性是不美满的，社会是不美满的。在不美满的社会里面，暴力争夺统治权充满了人类的整个历史，在争夺的过程中，人的精神、人的品格、人的情感，人的内心的奥秘，人的生命的质量，被充分激发出来，具有高度的审美价值，跟理性的真和实用的善，有时统一，有时是错位的。如果从理性、实用性，从老百姓的角度来讲，安居乐业最好了，干脆让曹操来做皇帝算了，皇帝姓刘、姓曹、姓孙，都无所谓，是吧？不打仗当然最好，但是已经打了怎么办呢？文学作品的意义就在揭示出人的感情的奇观，诸葛亮的多智是由于盟友周瑜的多妒逼出来的，又碰到敌人曹操多疑，于是多智的更加多智，多疑的更加多疑，多妒的更加多妒，多妒的活不下去了，发出了“既生瑜，何生亮”哀鸣，揭示了妒忌心理的近距离，现成可比性的规律。没有鲁迅所反对的“近妖”的假定，我们就没有草船借箭，赤壁之战的艺术享受。

就是这样，我们懂得艺术享受，就是理解人，哪怕是这样邪恶的女人、坏女人、烂女人，也可能有精神的、艺术的光彩。所以曹禺才说，蘩漪是值得赞美、值得同情的、值得佩服的。

再反过来说，周萍这个人，很可能就是曹禺所讲的“阉鸡”一样的男子，不敢担当，看到危机就溜了。当然这个话讲得比较简单一点，我们后面还可以研究啊，我只能做一个试探性的解释。好吧，我们留点时间来对话，好吧？欢迎大家质疑，好不好？（鼓掌声）

附：

现场问答

问：教授您好，我是一名工科生，之前读过您的《名作细读》，感觉您今天的演讲比您书里写的还要激情一些，还要更有意思。我对于“恶之花”这个词最初来自是波德莱尔的诗集，很有意思。我听完您这个讲座，对于《雷雨》中间的角色理解，请您指正一下……

孙：请允许我打断一下，你刚才说，有问题要我指正一下，可是听到现在，我还没有听到你的问题。(大笑声)

问：哦，就是为什么要说只有周蘩漪算是“恶之花”，说周蘩漪她道德上边很恶，但是情感上边是真实的，恨和爱都很强烈，所以她是美的，是一朵花，是罪恶里边开出的一朵花。但是，其他的人也会有恶啊，为什么不值得一提？

答：请坐下，你的序言太长了，但是，并没有把我搞糊涂，我总算明白了整个的问题(大笑声)，我认为是这样，我们人生并不是只有一种价值，应该有三种价值，真善美，有统一的一面，比如刚才讲的周冲，这是真善美的统一。他爱四凤，他是无条件的，她穷，他要把他的钱拿出来给她去念书，完全是空想，四凤不爱他，躲着他，他也要爱。等他发现四凤是不爱他，他马上就说就当我们是朋友，是这样一个人。那就是真跟善、善跟美是统一的，这样的人当然也不错，充满了诗意，但是他是空想的。

如果三者完全统一了，那就没有必要分别提出三个范畴了。例如周朴园，他的善和美之间的错位，我刚才可能没有讲得很彻底，他一直在怀念、一直在忏悔，包括在儿子面前忏悔，他是真的。但是一旦真的鲁侍萍出现在他面前的时候，本来她怀念忏悔是一种美的感情，但鲁侍萍出现的时候马上害怕了：“谁叫你来的？”还以为是鲁贵叫她来敲竹杠的。说：“老实说吧，你要多少钱？”给你5000块。这个是很实用的，你不能讲他是恶的，应该是道德上没问题，应该是善意。但是他这个善意的善跟他的情感恰恰是相互矛盾的。如果纯粹从情感上来说，这个时候他就不应该害怕，你一直在怀念侍萍，侍萍终于来了，你应该惊喜啊，是吧？用钱来了结，这就表现出，他的情感趋近于零。这时候我们就不难发现，作家把放在两种环境之中，一种是常规的。他与“恶之花”蘩漪相处，是“善之丑”。另一种是打出了常规的，他与善之美的侍萍相对的。侍萍不来，他感情表现得是很强的，鲁侍萍一来，他就没有感情了，他就用实用的善把感情的美消灭了。而侍萍则相反，认为感情是无价的，高于实用价值，所以她把支票撕了。但是，在这个问题上，他不虚伪，在对待侍萍，他的慷慨，是善的，但是把情感看得等于零，他是丑的。有感情叫美，美学嘛，就是 Esthetics，它相对于理性的 physics and metaphysics。情感一旦等于零了之后，他就是丑的，所以我说他是善之丑。

谢谢。（鼓掌声）

问：教授，像周蘩漪这样的人物，虽然做了很多坏的事情，但是我们探究她做这些事情的原因，探究她背后的情感，探究她的生命来研究她为什么做这件事情的时候，发现了人性的精彩，更觉得她这种行为是可以原谅的，像这种过程会不会影响我们对正义本身的客观态度？

答：谢谢你啊，这个提问蛮深刻的，就是说这样的人做出这么邪恶的事情来，可是我们对她可以尊敬、原谅，佩服她的勇敢，是不是会毒害了我们青年，对不对？（笑声）

这个就是有三种价值观念，如果从道德价值来说，我们是不能向她学的，我想在座没有一个女孩子有这样的勇气做出这样的行为来。因为我们是理性的，是受到道德的约束的。但是，我们作为人，是要理解这样的人的，对她们这样的恶人，也要有一种悲悯情怀。才能真正懂得人。

人的感情世界是很丰富的。情感也是人的一部分，不懂得情感，就不懂得人的全部。我们学校里的课程，从小学、中学到大学，绝大部分是理性的，如果仅仅只是对人的理性加以发展，对于人来说，是不全面的。故西方教育理念中有一种，叫做“情感教育”，在我们中学语文课程标准里叫做人文性。在西方它是跟宗教联系在一起的。而我们这个民族，不像西方和中东有那么深厚的宗教传统。我们的寺庙里，进香的人，跟菩萨做交易，今天我给你进香，保佑我发财啊，像香港黄大仙庙，人们跪在地上，面前水果啊，红烧肉啊，等等。有人就认为中国没有严格意义上的宗教。蔡元培从德国留学回来，在五四时期就感到中国人的宗教观念薄弱，他就提出用美育代宗教。我们讲的，一方面我们要有道德，第二方面如果光有道德、光有理性，那这个人就是半边人，甚至于不是人了。人不但是理性的，同时也是情感的，如果人没有情感，既不爱老婆，也不爱孩子，也不爱家乡，也不爱同学，也不爱漂亮女孩子或者漂亮小伙子，那么这样的人可能是用机器来操作的，这就不是人了。

人在吃饱穿暖了以后，就要把自己的情感世界、被压抑的情感世界要释放出来，所以通过文学作品来认识人，来体会人。包括人的妒忌、人的智慧、人的多疑等。今天讲的是在爱情方面，有这样一种奇观，为了有一个人爱她，为了被爱才活得下去，什么不要脸的事都干得出来。通过这种形象去体会人的内心宇宙的丰富。曹禺对蘩漪是既有批判，又有赞赏的，他强调她的恶，就是不让你去学她。当然，就现状来说，你们在学校里，也没机会让你学。（鼓掌声）

问：教授好，听了您刚才对人物分析的精彩演讲，我一直在想一个问题，曹禺为什么写这部剧？还有一个小疑问，能不能从这部剧人物形象来研究作者当时的心情和环境，比如说身边的人和事物？

答：好，请坐。这个问题不难回答。他当时写出来是30年代，实际上是五四新文化运动高潮时期的思想，就是女性的个性解放。中国的封建礼教使得女性不敢正视自己的情感世界，甚至不了解自己的情感世界。就是在五四时期，许多作家往往着重女性的情感世界的美，男作家写出来的女性都是美的，女作家写出来的女性往往倒有比较“坏”的，像丁玲的《莎菲女士日记》，那种个性解放得比较自私的，甚至玩弄男性的，还有张爱玲那样的《金锁记》，我刚才已经说过了，坏得连儿女都没有爱。曹禺这样一个男作家，他第一次把一个女性写得那么恶又那么美，什么原因呢？就是他发现，中国女性对自己感情压抑，不敢正视。习惯了被包办，反正先结婚后恋爱，或者先结婚不恋爱，孩子生很多出来，全世界第一。（大笑）那么曹禺觉得这太不人道了，她觉得女人和男人一样需要爱，曹禺不是明明白白写了吗？她应该是被人爱也能够被人爱的，这样才是“女人”。建议你们仔细研究一下《雷雨》的序言，还有周蘩漪第一次出场时曹禺的对她的介绍，这在导演那里叫做舞台提示。曹禺的意思是，作为女人，如果没有爱，就变成恨，就复仇，就把你拿得像狗骨头一样啃，如果狗骨头都不让啃，我就把你毁了，把自己毁了，无所谓。曹禺希望有这样的个性解放，也就是他所谓的“勇敢”，当然，这不是说大家都去学她的榜样。他作为艺术家，只是展示出有这样一种精神现象，他希望能够震撼一下。但是，现实生活中，我的感觉，他是一个温和的人，他是一个正直的人，他在生活中遭遇到横逆，并不像蘩漪那样，野性地反抗，而是比较妥协的，内心有矛盾，但是在外表上，并不激烈。所以，他把《雷雨》总是改来改去，以适应主流意识形态。在这一点上说，他是比较软弱的。也许他自己感到自己的软弱，所以才向往一种不顾一切的“野”和“蛮”吧。

问：教授您好，我想问的问题是，您说，女性的个性解放难道就是指她们为了依附一个男人，并且获得他的爱？这就是作者心目中的个性解放吗？其实，这是不是也是精神不

独立的体现？谢谢！

答：这位女同学提的问题太深刻了。她很有说话的技巧，她用间接的、女性的委婉修辞，指出了我的矛盾。（笑声）周蘩漪的爱就是个性独立自主，但是又要依附一个男人，这还有什么独立自主呢？这应该引深思。蘩漪的爱是依附吗？她的爱，不是任何男人，就是她所认定的一个。如果就是男人，那她可以依附周朴园嘛，是吧？或者说你周萍走了我再换一个嘛，是不是？但是她说我在这里本来已经死了，是周萍的出现，让我活了，真正体验到自己的生命，从这个意义上来说呢，我觉得她还不完全是依附，她是有选择的。我们如果讲依附的话就是人身依附，依附男人的权势，依附男人的地位，依附男人的物质生活条件。对于蘩漪来说，她与子君、娜拉不同，她没有物质上顾虑，只有情感的需求，需要被人爱。啊，在那个环境里面只有这么一个人可以爱。你看周朴园不能爱，剩下还有什么男人？还有鲁贵，（笑声）鲁大海（大笑声），都没法爱，啊，当然，她如果，不陷入周萍的情感的话，还有一个人，那就是给她看病的德国大夫（大笑声）当然，这不是不可能，徐志摩的妻子陆小曼，就和给她的治病的医生有过暧昧的关系。但是，她在周公馆，被关在活棺材里，她又不是那种浪女人。所以我想用“依附”这两个字好像不是太全面，应该说别无选择。如果再来一个人，比她更高贵一点，说不定她就转移了呢？对不对？那当然也有不转移的，有些人尽可夫，水性杨花的妇人，动摇在两者之间，越多越好的也有，是吧？像那个觉新，又爱他的老婆，又爱梅表姐，照样也是一种奇观。当然日子也很难过就是了。谢谢。

问：教授您好，听了您对刚才那个女生的问题，其实我还是有一点疑问，就是蘩漪她对于周萍的是纯粹的精神上的爱，非他不可的爱，是不是只是出于一种自己的需求？

答：你的问题又进一步了，是来逼我啊（笑声），究竟她是真的爱呢还是一种需求？你的意思可能不是欲望的需求吧？我想在最初应该是一种真的爱，后来在失去的时候是精神上最后一根稻草的需求。曹禺说她是非常优雅的，懂得古典诗文，很高的文化修养，受过很高的文化熏陶。最初当然在周朴园的窒息下，喘不过气来，突然来了一个这么青春气息的男子，又没有血缘关系，就这么好上了，是吧？但是一旦失去了以后，就变得更珍贵，这是一种普遍规律。没有他就不能活。别无选择，就是一种精神的需求。别无选择很可怕的。我曾经写过一篇文章被人骂的，后来我不敢再放在我的文集里的。我说鲁迅讲过，贾府上焦大是不会爱林妹妹的，是吧？我说如果把他们两个人都放到荒岛上去，全世界只剩一个焦大一个林妹妹，林妹妹也很难说不会爱上焦大。（笑声）因为别无选择。

因为我看过苏联的一部小说叫《第四十一》，你们知道这部小说吗？俄语叫 СОРК ПЕРВАЯ，《第四十一》，一个红军女战士叫马柳特卡，她非常痛恨白军，她是神枪手，百发百中，一共打死了四十个白军。就是打第四十一个的时候没打中，把他俘虏了。这个白军军官是很文雅的，蓝色的大眼睛，她非常痛恨。上级派她押解这个俘虏，上级交代，如果这个家伙，要逃跑，就毙了他。走水路，乘船，船翻掉了，剩下两个人到了荒岛上，马柳特卡和那个蓝眼睛的白匪军官，两个人怎么样？你想象怎么样？两个人要互相帮助吧？烤火吧？烤干衣服吧？衣服烤的时候要脱下来吧？（笑声）事情后来就很自然，两个人就恋爱啦。但是，这个作家叫拉甫列涅夫，好厉害，就在他们在谈得甜甜蜜蜜的时候，让海面上来一个船。红军女战士希望是红军的，白匪军官希望是白军的，来了以后，是白军的。那个白匪军官就欢叫着冲过去“哇！我们的……”红军女战士马上就说：“回来！你给我！”红军女战士想起指导员和她讲过，如果他要逃跑，你把他枪毙掉。这个时候，那船正在过来，马柳特卡“啪”一枪，那个白军军官就倒在海滩上了。这里红军女战士怎么样？你想象吧，怎么样？马柳特卡冲过去，抱着白军军官的尸体大哭起来：“哎呀，我的蓝眼睛啊！”（笑声）这叫审美价值和实用理性的冲突。就是说到了别无选择的时候可以相爱，但回到人类社会就相互仇恨，但是，把他打死——又哭起来，这就是人的心灵奇观哪。别无选择，人性的爆发条件是，远离社会，别无选择，什么事都可以发生，谢谢你，提了这么一个好问题。

问：教授您好，您讲很多“冲突”对吧？就情感的冲突很难解决，很难得到妥善的解决，那我们在现实生活中有这些冲突，那应该怎么去面对？（笑声）

答：在现实生活当中，我们还是实用理性为主，但是还是要理解人，要同情人。譬如说你发现有这样一个邻居，她竟然跟着丈夫的儿子乱伦，那么从道德上来说甚至是法律上来说她要负责任，但是另一方面，你要把她当成“人”。你要理解她的感情。莫言最近在哥伦比亚大学还是哪里讲话，他说我作品当中写的人有好人有坏人，我不用阶级眼光去看他，不是资产阶级一定坏，无产阶级一定好，不管他是好人坏人，他首先是人。这是艺术的任务。所以呢就说他作为道德来说他是堕落了，但是他作为一个人来说他堕落得有原因，多多少少有值得悲悯之处。我有一个想法，供大家参考，那就是对陷入罪恶的人，除了从法律上看，罪有应得之外，我们还要从佛祖的眼光去看。想想看宇宙几十亿年，而人的生命不过百年，一生下来，就向死亡前进，一去不返，多少可贵，可是这些人，却犯了罪，不是在牢狱里受苦，就是死于枪下，这样的人，坏人，是很不幸的。是不是？

超越了实用理性的，不是没有价值，还是有价值，叫审美价值。买一个向日葵，你把它挂在屋檐下，晒干，将来吃，是实用价值，但画一个向日葵，那个梵高的向日葵，那没有用啊，不能吃的，是吧？也不一定很真实，但是它很值钱，它是审美价值，懂了吗？蔡元培回来讲说要美育代宗教，来熏陶我们的感情，哪怕他杀人犯，他还是人。所以说我们监狱管理啊，讲人性管理。法律处分是理性的，但是对待这个人，哪怕是死刑犯也把他当成人，这就是人道主义，最高层次的人道主义。

苏联作家叶夫图申科有一部小说写的是，在卫国战争时期，有一个小偷，有一个流氓，专门在这个铁路上抢劫军用品、民用品，成立一个流氓团伙。他俘虏了一个女孩子，把女孩子作为他的对象吧，或者叫做情人吧，那后来此人被红军追捕，打死了，这女孩子哭了。人家就问她你哭什么？问她："他是好人吗？""不是好人。""他是坏人吗？""不是。""那么他是什么人？""他是一个不幸的人。"

周朴园也是这样，他是一个不幸的人，我们说他是"善之丑"，他在家庭里面自以为是家长的权威，道德模范、表率，是吧？但实际上他生活在一个精神的孤岛上，没有人理解他，他也不理解他身边的。他自己以为一片好意对待他妻子，但是他妻子恨死他了，是吧？所以从这个意义上来讲，最不幸的人是生活在精神孤岛上的人，不懂得人的情感的人。那个人在我看来就是干面包。懂得人的丰富复杂以后，我们有道德价值善的选择，有科学的真的价值的选择，同时有人的情感美的选择，从中看到人的内心的丰富，这才是一个真正的人道主义者，在知、情、意的意义上的全面发展的人。谢谢。

（掌声热烈）

2015 年 4 月 22 日

（整理：蒋烨华）

天眼看科学家：造福人类还是毁灭地球

非常高兴又一次与你们见面，刚才你们领导已经从爱因斯坦讲起，这触发了我的灵感。爱因斯坦无疑是20世纪最伟大的自然科学家，另一方面，也是一个伟大的人文主义者，爱因斯坦是一个真正的人、一个全面发展的人。他作为一个伟大的科学家开辟了物理学、自然哲学的一个新时代。他的人格、他的理想、他的业绩，对世界历史的影响是无与伦比的。这一点，大家可能耳熟能详了。但是，作为一个人文主义者，他的形象，可能在我们心目中并不那么清晰。

他早就明白宣言：一个科学家如果没有人文精神，就有可能制造杀人的武器，成为杀人的罪犯。在这一点上他的朋友——海森堡就走上了相反的道路，海森堡走到希特勒那边去了，为希特勒制造原子弹，幸亏没有造成，要不然可真是人类的悲剧。海森堡也是一个伟大的科学家（Werner Heisenberg，1901～1976），31岁就获得了诺贝尔奖。他在青年时代非常崇拜爱因斯坦，奉爱因斯坦为自己的学术思想导师。在量子力学出现以后，海森堡不顾爱因斯坦的反对，毅然加入“哥本哈根学派”，他提出的测不准原理，终于成为物理学界所公认的量子力学正统。在科学上，海森堡有一种“吾爱吾师，更爱真理”的精神。但是，在人文精神上，他却屈服于形势的压力，他很怯懦，居然违背科学家的良心，为希特勒效劳。也许他有身不由己的苦衷。1937年纳粹的反犹太运动升温，矛头指向海森堡，说他的学术是“犹太物理学”“白色犹太人”，是叛徒，应该去集中营。经过了长达一年的审查，后被宣告无罪，从此海森堡为了撇清自己，成为原子弹计划的负责人。对此海森堡辩解说：“官方的口号是利用物理学为战争服务，我们的口号是利用战争为物理学服务。”这样的话恐怕骗鬼都不会相信。其实，海森堡对原子弹后果是清楚的。1941年他在给一位朋友的信中写道：“人类有一天会认识到，我们实际上拥有足以摧毁整个地球的能力。因此我们很可能会将自己带向世界末日。”海森堡的悲剧说明，科学家和一般平头百姓不同，平头百姓犯错误，影响很有限，而成就卓越的科学家犯错误，就可能给人类带来灾难，成为历史的罪人。

第二次世界大战以前，不止一个国家的科学家在进行制造原子弹的试验，有一位科学家，甚至把自己的实验室给炸掉了。希特勒知道这种武器威力巨大，组织了一大批科学家，在阿尔卑斯山脉底下进行试验。这件事情被一个意大利的科学家费米知道了。费米并不是犹太人，但是他的夫人是犹太人，他流亡到了美国。他非常紧张地跑到美国海军部。为什么是海军部？因为海军部的钱最多。美国海军部也不懂这个原子弹有多厉害，对什么链式反应、原子能量释放的理论更是一窍不通，费米的英语讲得磕磕巴巴，还夹着一些意大利的单词，连机灵的参谋军官都听得稀里糊涂，但是美国海军部的那些官僚们还是很有礼貌地向他道谢，请他“继续努力”，把他敷衍走了。费米就觉得非常痛苦、非常无奈、非常愤怒，非常义无反顾。但是，他人微言轻，没人理他。这时，恰好有一个匈牙利青年科学家叫作西拉德，此人曾经是爱因斯坦的学生。他找到了爱因斯坦，让爱因斯坦以他伟大的影响上书罗斯福总统，让美国尽早制造原子弹。爱因斯坦起初还很犹豫，他说：“大自然把原子能禁锢着，我们有权利把它释放出来，用它去杀人吗？”西拉德说：“我们是为了自卫，为了对付德国法西斯制造原子弹。”“但是，如果在我们制造出原子弹之前，德国法西斯已经完蛋了呢？”“那就把炸弹封存起来，永不使用。”“能保证做到这一点吗？”

西拉德太年轻了，后来的事情证明西拉德的确太天真、太幼稚了。当然这是后话。当时爱因斯坦就写了信给罗斯福。西拉德很会找门路，他找到了罗斯福总统的好朋友经济学博士萨克斯。博士终于见到了总统。那是 1939 年 10 月 11 日，第二次世界大战已经爆发。萨克斯向总统朗读了爱因斯坦的信。听完了爱因斯坦的信，总统的眉宇之间流露出一丝倦怠和厌烦。萨克斯很会察言观色，一看苗头不对，就撤退，说再见。总统可能觉得有点抱歉：那明天早上，你来和我一起用早餐，我们再谈。

罗斯福是美国一个非常伟大、非常英明的总统，是美国唯一一个连任了四届（三任半）的总统。罗斯福或许是听不懂，或者是由于其他原因，就是没有理爱因斯坦。我现在分析罗斯福没有理爱因斯坦的原因可能有两个：一个是罗斯福毕竟不是一个科学家，他不知道原子弹有多厉害，他想象不出来，他缺乏科学的想象力。也许他以为科学家像诗人一样讲话都有点耸人听闻；第二个原因，我想更实际一点，造原子弹要花多少钱呢？我想诸位不知道，我具体也不知道要花多少钱，但是我根据一个电影资料推算出来那个钱是不得了的。美国爆炸了两颗原子弹，迫使日本宣布无条件投降以后，苏联就感到紧张，斯大林就决定造原子弹。于是他把科学家从前线召回来，组织了一个小组，来设计原子弹制造的许多方案、程序以及做种种的预算。我看到一个资料，当这个科学家向苏联的共产党政治局汇报说，如何制造原子弹，制造原子弹技术问题，方案都弄好了。所有的政治局委员都欢欣鼓舞。只有一个政治局委员，想到一个问题：钱！他就非常小心谨慎地、非常胆怯地问了一句："要花多少钱？"这个科学家想了一下："具体的多少钱我现在不好说，但是我做了一个估计，大概相当于我们刚刚过去的这场战争的全部费用的两倍。"

你们要知道，苏联在第二次世界大战中死了1000多万人，光彼得格勒被围了18个月就饿死了好几十万人，一直到德国法西斯毁灭了以后。我看茅盾的《苏联见闻录》中说，苏联的老百姓，一个人一天只能发400克的面包，也就是8两面包。这一场仗打下来就穷到这样的程度。据说苏联有4/5的家庭都死了人，在这种情况下，要再拿两倍的钱来制造原子弹，所有的政治局委员都吓坏了，一个个都不敢吭声了，都愣住了！就在这时候，一个小个子的政治局委员站起来，拍拍科学家的肩膀说："我支持你。"此人的名字叫作约瑟夫·维萨里昂诺维奇·斯大林。（笑声）这个斯大林的气魄是很大的。我估计当爱因斯坦第一次跟罗斯福建议制造原子弹的时候，原子弹的厉害罗斯福可能想象出来了，但是一算账，这个钱要花得海了去了，于是就没理爱因斯坦。

这个萨克斯和罗斯福是非常要好的，互相是可以用小名来称呼的，可以说是哥们儿，用文雅的语言来讲就是密友。他觉得要说服罗斯福用这样直截了当的话语不一定奏效。他回到旅馆以后，就一直坐在小公园里的长椅子上，等他想好主意以后，天已经亮了。这就是说，一夜没有睡觉。早上他来到罗斯福面前。总统略带一点讥讽的语气说："你有什么高招呀？"萨克斯说："我来讲一个故事吧。"罗斯福表示愿意听。这个故事这是样的："当拿破仑横扫欧洲的时候，威震欧洲大陆，只有英国他没有办法，要打英国就必须得有海军，得有舰队，英国是海上的霸主，法国跟英国打起来不一定占便宜。来了一个美国人叫富尔顿，他把蒸汽机装备的轮船模型给拿破仑看。拿破仑那时已经是皇帝了，问：'你这是什么意思？'富尔顿说：'如果拿我的蒸汽轮船来装备你的舰队，不用挂帆，不管刮什么风，都能横渡英吉利海峡，一定能打败英国。'拿破仑一看是美国人，骄傲的法国人认为美国人是野蛮人，充满了冒险家、骗子、异教徒等等，而且没有文化，没有历史。拿破仑不大相信他，就把他打发走了，结果拿破仑的海军跟英国的海军打仗……"

罗斯福打断他的话说："可是美利坚合众国的总统并不想做拿破仑。"

"可是柏林那个冒险家却是野心勃勃，要征服全世界呢！刚才那个小故事，有人认为不过是一个趣闻，但是，一位英国历史学家却认为，如果当时拿破仑慎重考虑一下，19世纪的历史，也许完全不同了。"

总统终于领悟了。让人拿来一瓶拿破仑时代的白兰地，举杯说："你的意思是不是说，我们应该跑在纳粹德国前面，否则他们会把我们炸得粉碎是吗？"

于是，罗斯福决定集中一大批最优秀的科学家，当然包括相当的财力，来组织了一个计划——“曼哈顿计划”，进行制造原子弹的试验。在盟军欧洲诺曼底登陆之后，美国人有点担忧，不敢过分快速进军，怕希特勒已经有了原子弹，狗急跳墙。在盟军的先头部队中就有一个科学家小组，专门检查德国的原子弹制造状况。直到在阿尔卑斯山脉的地下实验室中，找到柏林的文件，由于财政紧张，停止原子弹的实验，才放心大胆地进军。在等到原子弹造成了以后，已经到 1945 年。德国法西斯已经失败了，意大利的墨索里尼也已经完蛋了，只剩下日本法西斯这只瓮中之鳖。这个时候要不要再用原子弹，就发生了争论。美国从破译的密电中获悉日本准备投降，鹰派的政客就觉得非得用不可，不用，就白浪费了，好像是苏联打赢了一样，因为是苏联首先攻克柏林的！再加上苏联出兵关东（中国东北），已经箭在弦上了。更重要的是，杜鲁门觉得日本投降以后，和苏联的冲突不可避免，他要用原子弹的威力，给斯大林一个印象：美国不是那么好碰的。爱因斯坦和他所代表着人类良知的人文主义者，就非常反对，说：“日本法西斯其实肯定是要失败了，就不要用了，一炸下去就是人类的灾难。”但是爱因斯坦的话，他们听不进去。鹰派占了上风，当时就决定丢两个。其实，也只能丢两个，因为一共造了三个，第一个已经在试验中用掉了。

在这里面还有一个插曲，本来决定是要炸日本的东京啊什么的大城市，炸它的要害，炸它个痛快！但是，美国人还是有点儿人文精神、人道主义的。他们在炸德国的时候，教堂是不炸的。我参观过法兰克福的历史纪念馆，在“二战”期间那个城市被炸成一片废墟，只剩下城市边缘上的几个教堂的塔尖。现在我们到德国去旅游，还能见到欧洲最伟大的科隆大教堂。这当然可能是因为美国飞行员大都是基督教徒。当美国空军开始准备轰炸日本本土时，东京等等的大城市都是目标。这就急坏了一个中国人，梁思成——梁启超的儿子、林徽因的丈夫。他是一个建筑学家，古建筑家，生怕美国飞机炸到日本一个文化古城——奈良。他居然赶到美军设在重庆的指挥部，向布良森上校陈述保护奈良古城的重要性，古建筑一炸就没有了，不可再生，千万不能炸，还递交了一份关于奈良城中古建筑的图纸。对于一般人来说，这的确是难以想象的。日本侵略给中华民族带来的灾难和痛苦，他有痛切的体验，加之，他的妻子林徽因的弟弟，作为中国空军的驾驶员，在和日本飞机作战的过程中壮烈牺牲。国仇家恨，他完全可能为日本国土遭到轰炸感到兴奋。但是，他却没有选择仇恨，而是以理性战胜仇恨。战争之后，在大轰炸中幸免的奈良，因其保存完好的古代建筑，被评为世界历史文化名城。在获得这个称号的 30 周年纪念的那一天，日本的《朝日新闻》上，登载一篇文章《日本古都恩人梁思成氏》。

话再回到原子弹轰炸上来，美国的军方炸了广岛不过瘾。日本政府还在顽抗，天皇御前两派还在论战。美国人就决定再丢一个，丢到什么地方？（听众：长崎。）不，原来决定的不是长崎，在一个叫作小仓的地方。当时的天气预报没有现在这么先进，丢原子弹也不像现在用导弹去丢，而是用飞机载过去，往地下一看：糟糕，云雾一团，只好回头，经过长崎，这个地方云雾中有一个空洞，钻了进去，咚！一下丢下去了。这在《杜鲁门回忆录》里有记载。

这个时候，爱因斯坦就非常的痛苦。报纸上一方面，出现了“广岛已成焦土”“长崎已成死城”这样的标题，另一方面又出现了爱因斯坦——“原子弹之父”的文章。原子能量的释放正是他的 $E = MC^2$ 为原子弹奠定了理论基础。有一本爱因斯坦的传记，这样写他听到原子弹爆炸时的感觉：

轰隆一场巨响，天空出现了一个大火球，它比一千个太阳还亮，它向世人活生生地展现了爱因斯坦的伟大公式。然而，在爱因斯坦的想象中却出现了另一幅图景：这一千个太阳，没有给人世间带来温暖和光明，却在世界上投下了一千个阴影。他的心被一只巨手抓住了，那只手即使在他入睡的时候，都会不时地扭动。

爱因斯坦的痛苦在一片胜利的欢呼声中没有得到解脱，事情已经这样了，第二次世界大战不久就结束了。由于对美国政府的这种野蛮残暴行为强烈的反对，他受到了中央情报局的调查、监视，甚至于迫害。

和海森堡相比，爱因斯坦作为一个伟大的科学家和伟大的人文主义者表现出了完整的人格，他应该享受到人文精神的最高荣誉。拥有这种人格这才是一个真正的科学家，一个完整的人。这一点，应该成为我们培养科学家的最高理念。

我在这里以爱因斯坦为例，强调科学家的人格修养，可能把问题简单化，因为科学家的人格是多种多样的。既有像爱因斯坦这样的，有甚至比爱因斯坦更加光辉的布鲁诺那样的，坚持“日心说”，宁死不屈，最后被烧死在罗马的鲜花广场上，也有像哥白尼那样的，比较善于保全自己的，他的“日心说”在他生前不出版，到死后出版！还有一种比较折中的，就是伽利略，他最后做了一个违心的检讨，就像我们当年“反右派”“文革”时期做检讨一样。当然，他的思想已经流传下来了，当然，从人文精神上来说档次就差一点。我上午到你们南京的总统府去参观，我看到蒋介石的一份检讨，蒋介石1927年北伐战争胜利了，党内斗争斗来斗去，叫他下野，他就写了一份辞职书。他说，我能力有限，弄到现在，主义不能实行，老百姓还在受苦，同志们，先生们，我很惭愧，我不能再当国民革命军总司令了，我辞职。实际上他是假的，是假检讨，以退为进。他这种假检讨，今天看起来，骗鬼的，很好笑，很虚伪，但是，对他们那种搞政治的人来说，根本就无所谓。当然，我们也做过假检讨，可能在性质上是不一样的。当然最好不要检讨。

在“反右派”期间，我有一个密友，分配了，就要走了，临走的时候跟我讲了一句话，让我毛骨悚然，终生难忘。他说：“让我们学会自私吧！”就是说，寻求安全的办法很简单，就是干脆自私，不要讲什么真理不真理。不要管国家的命运，也不要管右派要不要反，不管今天还是同学、明天突然变成敌人，这些都不要管，不要心里不安，只要学会自私就行。这句话太简单了，但是可惜的是我老做不到。因此，我后来就不断地碰钉子，以至于我大学毕业以后留在北大了，做研究生，有人觉得我不可靠，就把我改为助教。改为助教意思是什么呢？就是可以调动，不到一年就从北大把我发配到福建华侨大学去了。你们的情况和我们不同，作为一个学者，作为一个科学家，不用像蒋介石那样假检讨，也不要像我们当年那样被迫自私。我觉得，直到今天，我们在人文这方面的教育是不够的，我们忽略了人类整个的精神宝库，像爱因斯坦那样的、像诺贝尔那样的精神。诺贝尔知道无烟火药发明出来可能很可怕，他自己的实验室就炸了，差一点丢了一条老命。他想：这个如果用来战争、用来打仗岂不是也就违背了科学良心了，后来就在诺贝尔奖里加了一个和平奖。他意思就是说：我的科学是为了和平服务的，不是为战争服务的。但是结果很糟糕，历史的发展不是以个人的意志为转移的，最后火药和原子能一样，还是被用在战争上，成为大规模杀伤性的武器。这是科学家所不能控制的，但是，这并不妨碍诺贝尔的精神活在我们心里，作为人格理想很值得我们去追求。

从这个意义上说，我们对于人类这种献身于科学、献身于人类美好和进步的精神传统，理解得比较肤浅，比较不够。一个真正的科学家，他对自己的国家、民族、人民，对自己的祖国应该负有一种不可推卸的使命。现在有一种盲目崇拜西方的思潮，这一点可能无可厚非，因为人家先进嘛，社会发展的水平高嘛！但是，光崇拜人家这些东西，是比较表面的。人家为什么有这么高的水平呢？同样是欧洲，为什么法国和德国就不太一样？法国还是二战的战胜国呢。为什么一到暑假，法国的工人就跑到德国去打工呢？就是因为德国的工资是法国的双倍嘛。

可要知道，德国早先，主要是第二次世界大战结束的时候，它是战败国，好穷困啊！主要工业区，一片废墟，没有东西吃。德国的经济学家就冒着危险到弗莱堡开了一个地下会议，达成共识。弗莱堡学派的共识，既不能是苏联式的计划经济，也不能是美国式的自由市场经济，而应是社会市场经济。这个社会经济政策最初并不被看好，德国被打败了以后，德国是一片瓦砾，饥饿得不得了，没饭吃。我看过德国的一个作家的回忆录：当时，他要去上班才有工资可拿，帝国马克贬值得没人要，大家都在街上闲逛。一天只在中午发两片面包，这个作家不敢一次把它吃掉，因为已经是冬天了，吃了，当时肚子是饱了一下，但到了下午四点半，他要回家，要到公交车站去，可那两片面包，可能早已消化了，他就有可能走不到公共汽车站，就饿得走不动了。回不去家，他的办公室又没有暖气，就有可能冻死在那里。在饥饿的逼迫下，北欧的美女，只要一杯咖啡，就跟黑人大兵去睡觉了。盟军提出问题："这样下去，谁来养活德国人"？美国曾经派了一个经济代表团到德国考察，得出的结论是很悲观的：5年以后德国工厂可以给每个德国人生产1双袜子，10年以后可以给每个德国人生产1件衬衫。德国完全陷入了绝境，盟军就决定进行经济改革。通知苏联占领区一起改，但是苏联人不干。英美战区就先改。按弗莱堡学派的原则，社会市场经济的原则，保护弱者，对有钱人进行限制，对德国的帝国马克贬值90%，对3000马克以上的存款只给你5%。这样一来，4个月以后德国的工厂就复活了，5年以后也就是1950年，德国复兴了，1955年德国经济就开始起飞了，20世纪六七十年代德国就变成欧洲的工厂。1990年德国成了欧洲经济的领头羊，工人工资比战胜国法国的工人还高一倍。很多浪漫的法国人宁愿到德国做一些德国人不愿意做的，比如巧克力流水线上的苦差事。更为突出的是，德国没有工人运动，没有罢工，德国经济的飞速发展、德国的安宁，都是遵循弗莱堡经济学派主张的结果。1950年选总统，第一任总统是阿登纳，他就是弗莱堡学派的传人，他被称为是德国经济复兴之父。

德国的弗莱堡经济学家真是令人赞叹，在希特勒统治还甚嚣尘上的时候，他们关切的并不是自己如何活命，而是希特勒垮台以后德国的经济向何处去，要走什么样的道路。在希特勒的特务统治下，盖世太保是非常野蛮的。他们冒着生命危险，偷偷溜到弗莱堡，秘密举行了会议，得出了一个结论：不能走苏联计划经济的道路，苏联模式的经济，中央集权的模式，没有市场竞争，没有竞争力；也不能走美国的道路，它完全是市场制，也不行，两极分化，穷的穷，富的富。我到美国以后就觉得美国跟德国、跟欧洲差别很大：虽然美国是世界上最强大、最有活力的国家，但有一个是突出的问题，大街小巷到处都是无家可归的人，美国英语有一个词叫homeless，就是无家可归，无论是纽约、旧金山还是华盛顿，黑人甚至有白人，没有房子住，没事就坐在大街两旁的椅子、公园的椅子上、地铁门口，或是商场门口，他们就呆呆地坐在那里，无家可归。为什么呢？绝对的自由竞争，有竞争力的上去了，没有竞争力的，黑人，就让这一部分人先穷着吧。国家对他们也有救济，给他们食品券，不给他们钱，是怕他们拿去吸毒，拿了食品券可以到市场换到吃的，100多美元食品券，可以吃饱。但是不管你的住房钱，住房很贵，像纽约这样的大城市要1000多美元，小城市，最起码也要200多美元，结果就造成一种奇怪的现象：世界上经济最发达的国家，却有那么多无家可归的人到处乱睡，躺在校园里的都有，加利福尼亚大学伯克莱分校，全世界第一流的大学，就有一个排球场被无家可归的人占住，就赖着不走，怎么办？美国是个自由主义国家，学校曾经把他们赶走，但他们又回来了，最后就让他们在那儿算了。但是，在德国就没有这样的问题，法律规定，每个人都有住房权，每人十几平方米。

还规定，到一定的时候，要粉刷，不然就违法了。我初到德国去租房，就有过周折。为了省钱，我和一个留学生共租一间，遭到房东的拒绝，我们本以为，这是民族歧视，后来才知道，十多平方米的房子两个人住是违法的。最后，找到一个神父，请他睁一只眼，闭一只眼。他很同情我们，马马虎虎同意了，但是，提出一个要求：不得两个人的头同时出现窗口，以免被警察发现，惹出麻烦。

这体现了弗莱堡学派经济思想的一个重要特征：第一个是，强调市场有竞争。第二个是具有社会主义性质。首先就说要保护弱者，它规定了童工、女工、残疾者有最低工资限量。其次，就是保险，比如医疗保险是强迫的。有许多可笑的事。有一个人，因为车祸，性功能可能受到一定的损害，其结果是伟哥的费用都可以报销。最后，就是对失业的要救济。20 世纪 90 年代，我在西德的时候，联邦德国的法律规定失业的工人要拿 70% 的工资。这样不是有可能养活懒汉吗？是呀，不但可能，而且有那么一些。我住在马克思的家乡——特里尔，花园一样的小城。在市里的公园门口，每天有几个懒汉，什么也不干。早上来了，脚边一排啤酒瓶，谈天说地到晚上，啤酒瓶空了，就回去了。第二天再来，好像是上班。拿失业救济金的人，时常接到通知，有什么工作了，你愿意去干吗？甚至介绍到美国去工作，在我们国家，不是大家头打破了往里挤吗？在德国不然，相当一部分，不干，理由是美国的假期比德国少。社会市场经济的原则就是，哪怕明知会产生一些人，没有自尊心，就让他那么过吧，反正大多数人不会这样。

现在我们回到弗莱堡学派，我们不能满足于对德国的知识分子的万分钦佩，现在是轮到我们中国知识分子，代表最先进生产力的知识分子，代表先进文化的知识分子，要想出办法来，针对中国的国情我们该怎么办？许多社会问题，不解决，就会增加不稳定因素。只有我们设计出非常好的方案——既能保证效率，又能有高度的社会公平，使得下岗的人能够再就业，才能稳定发展。

我们面临这样一个新的时代，这是一个恩格斯所说的，需要巨人也能产生巨人的时代。起码应该有中国的弗莱堡学派出现，有中国的“爱因斯坦”出现，既要有人格力量，又要有非常高的创造水平，让我们伟大的中华文明走向真正的复兴。当然，我们中国也不是没有这样的人，比如，经济学界的孙冶芳、顾准。这些人的事迹大家比较熟悉，今天就不讲了。但是，不管爱因斯坦、阿登纳，还是孙冶芳、顾准有多么大的差异，在一点上，是相同的，那就是他们做学术不完全是为了自己，而是为了一种使命，为了这种使命，可以奉献、牺牲。所以我们今天一方面要讲个人的利益，同时也不要忘记要讲一点使命、讲一点理想、讲一点公平，同时有的时候要做一点小小的牺牲，没有一点牺牲精神的人，只知道为自己生活的人，说得严格一点，就不太像人。（掌声）最近我有一个研究生被派到宁夏去，支援宁夏的教育，去一个比较穷的地方，连自来水都没有，要跑到井里去打水。她一听就哭了。我就感到非常惊讶，我就安慰她说：“你不要哭，这样的锻炼对学会做人，是必要的。”她说：“如果是你的女儿，你会不会叫她去？”我说：“那是肯定的，一定叫她去。”体验艰苦的生活是人生必要的一课。人过得太舒服了，精神就可能退化了。你们不像我们那样体验过长期的饥饿，我生下来是1936年，第二年1937年，日本人来了，逃到农村，没有干饭吃，只有稀饭。活到6岁，还不知道什么是玩具，也不知道什么是水果、糖果。刚刚端起饭碗来，一声“来了”！意思是日本鬼子来了，放下饭碗，又逃。这样的生活使我日后变得坚韧和有毅力。我说，你应该知道，我们的人民、我们的父母，我们的民族就是从这样的苦水里生长起来的。我1960年大学毕业，一个月的粮食定量就是27斤，最痛苦的事就是一进食堂就得算这一顿吃几两，多吃一两下顿就得少吃一两，要不然，总有一天就没饭吃，这种生活你该体验一下，然后你才会切切实实地感到，负有使命，就是吃苦。体验一下，人的精神才会完整。这个女孩子后来还是去支教了，后来还给我打了一个电话说：“老师非常感谢您，我来以后他们非常喜欢我，我也很喜欢他们，我们整天在一起很开心，除了工资比较低，我觉得他们很可爱。”

讲到这里，我想起来一件事，从1994年以来关于中国的前途问题，世界上发生了四次大的争论，都是西方人，或者是生活在西方的中国人发动的。他们都很为中国人担心，怕中国人没有饭吃，中国经济、金融会崩溃，等等。他们替中国居安思危，怕中国垮台，他们很悲观，希望我们和他们一样悲观。他们可能是好心，好人，但是，我们却不想和他们一样悲观。时间关系，我只讲第一次。那是1994年，美国有一位先生，美国的经济研究所的布朗教授，他提出来：中国现在的人口太多了，而且农业人口那么多，生产力又那么低。人口在不断地增长，耕地又在不断地减少。一旦中国人不能养活自己了，世界上没有一个国家能养活他们。中国人会把全世界的存粮通通买光。他说得有鼻子有眼的，很可怕，还有统计数字。但到5年以后，2000年这个问题已经解决了，我们现在的问题是什么呢？1993年、1994年我们国家总是歉收，产生了粮食危机，国家的粮食库存要到800亿斤左右才能以丰补歉，我们国家太辽阔了，不是这儿有灾害就是那儿有灾害。但是非常奇怪，从1994年以来到现在，到了今天，2002年，事情出乎我们的意料，大量的农村年轻人口都跑掉了，都跑到城市里打工了，家里都是老人，田还种得好好的，粮食还很多，我们的余粮是5000亿斤。这又造成了两方面的问题，一方面是粮食储存困难，一方面是粮食价格太低，从80块100斤降到60块100斤，最低的时候，降到40多块100斤，这也成了国家的包袱、政府的包袱。这个现实，很雄辩地否定了洋大人的忧虑，他们的人道主义，现在显得多余了。我们凭的是什么呢？粮食生产效率的提高。除了其他原因以外，有一个人的名字，我们是不能忘记的，那就是水稻专家袁隆平。他杂交稻的选育成功开辟了水稻增产的新途径，被国外专家惊呼为“奇迹稻”“冲击波”。虽然早在1926年美国就报道了水稻杂种优势，1968年日本又实现了三系配套，但他们都没有跨越应用于生产的鸿沟，袁隆平自豪地说，似乎造物者情有独钟——留给中国人去跨越。以他为代表的中国科学家近年来经过不懈探索，成功找到了形态改良、提高杂种优势水平、借助分子技术等三个成功技术路线，使得超级杂交水稻的增产计划在中国成为现实。我国杂交水稻育种研究走在世界前列，已于2004年、比计划提前1年实现了亩产800公斤的目标，正在实施第三期亩产900公斤的增产研究计划。目前全国籼稻种植面积已逾32亿亩，其中杂交籼稻已占80%以上，中国水稻产量正跃上一个新台阶。现在令我们很安慰的是，那位布朗先生已经不但不和我们争论了，可能也不那么悲观了。这种人，我们没有和他争论的必要，我们只要有一个袁隆平，站在他面前，什么话都不讲，就够他脸红的了。（热烈的掌声）我说了这么多，归根到底就是一句话，作为一个知识分子不能光为自己活着，作为一个知识分子的确需要有一点使命感，需要一点自我牺牲精神，需要一点儿吃苦的自觉，需要考虑一下自己的人格理想蓝图！

演讲结束！谢谢大家！

（整理：商增涛　统稿：李福建）

附录

谈“演讲体散文”的现场性和互动性①

当此公众现场交际空前发达之际，演讲之重要性，非昔日可比；演讲与为文不同，为两路功夫，提出“演讲体散文”正当其时。征之于友人，皆曰，于史无稽，无理无据，然纵观中外散文史，演讲体散文，并非个人之独创，其源头非但在中国，而且在希腊罗马，皆有深厚之历史积淀。当今之际，有重温历史，原始要终，在理论上确立自觉性之必要。

也许，在不少学人看来“演讲体散文”之说，不无突兀之感。散文是书面的，演讲是口头的，散文是审美的，演讲则是实用性的，二者似乎风马牛不相及。但是，演讲不但是散文的重要部分，而且还是散文经典的鼻祖。对于这一点，当代散文理论家心安理得地数典忘祖。处于六经之首，被刘勰称为“诏、策、奏、章”之“源”的《尚书》，很接近于当代政府文告、权威公文，由于具有“记言”的特点，强烈地表现出起草者、演讲者的情绪和个性。《盘庚》篇记载商朝的第二十位君王，告喻臣民，硬话软说，软话硬说，软硬兼施，把拉拢、劝导、利诱和威胁结合得如此水乳交融，其表达之含而不露，其用语之绵里藏针，其当时的神态活灵活现。这样的文章，虽然在韩愈时代读起来，就“佶屈聱牙”了，但是，只要充分还原出当时的语境，不难看出这篇演讲词，用的全是当时的口语。怀柔结合霸道，干净利落，透露出其个性化的情志，实在是杰出的情理交融的文学性散文。另一经典《论语》基本上是对话和议论，《子路、冉有、公西华侍坐》中的对话，无疑具有很高的审美价值，至于《孟子》中的大段对答，屈原的《渔父》，还有游说之士的机辩，都是直接交流，在性质上都带有现场互动性，而这恰恰是演说的特点。

在那书面传播不发达的时期，现场交流和互动，对话和演说，其重要性与方便性高度统一，只有庄严的仪式，才不避刻之于甲骨、铸之于钟鼎的艰难。

无独有偶，在古希腊罗马对话与演说式的直接交流也不约而同地繁荣。

① 本文原载于《粤港澳大湾区文学评论》，2021 年第 5 期，第 17—24 页。

一般西洋文学史家均以为希腊最早的三大文类是戏剧、史诗与抒情诗，几乎没有散文的位置，这是因为忽略了非韵文的对话体散文，柏拉图的经典之作《理想国》《苏格拉底之死》皆为对话，此外演讲是公众生活最重要的形式，经典之作出其类而拔其萃，如苏格拉底的《在雅典五百公民法庭上的演说》。可贵者，希腊不但有对话和演说的实践，亚里士多德还写出了与《诗学》并列的经典理论《修辞学》，后者主要论述演说术。全书第一卷阐述修辞学定义、演说分类、说服方式和题材；第二卷着重分析听众情感和性格以及论证方法；第三卷讨论文体风格与构思布局，涉及演说的立意取材、辞格运用、语言风格、谋篇布局、语气手势和情态等。在理论上归纳出了耸动听众的要素有三：诉诸人格（ethos）；诉诸情感（pathos）；诉诸道理（logos）。在这种悠久传统的孕育下，罗马时代就顺理成章地产生西赛罗那样的演说家和他的理论经典（《论演说家》，作于公元前 56 年）。演说风行西方近千年不改，到了十八世纪，在鲍姆嘉通（Alexander Gottliel Baumgarten，1714—1762）的《美学》中还说到："美学同演说学和诗学是一回事。"[①]

中国因为过早发明了造纸术，在直接交流的对话和演说日趋衰微之时，西方的演说经典却云蒸霞蔚。差不多每一时代之大政治家，都有其相应的经典的演说。举其要者就有西赛罗的具有煽动性的《对喀提林控告的第一次讲话》、华盛顿的《向国会两院发表的就职演说》、法国大革命时期革命家丹东的《勇敢些，再勇敢些》、罗伯斯庇尔被宣判死刑时的《最后的演说》、林肯的《葛第斯堡演说》、马丁·路德·金的《我有一个梦想》等。奇怪的是，文论相当发达的欧美却对这么重要的文体并未明确归纳到散文中去，至少作为文体没有得到西方百科全书的普遍认同。只有大英百科全书第 11 版（*Encyclopedia Britannica Eleventh Edition*）把演说和书信，讽刺的、幽默的文章和随笔列入散文条目下，把它当作诗歌、传奇等艺术的想象的文学形式。不无令人欣慰的是，在阿拉伯国家的现代文学概念中，演讲和诗歌、散文、演讲格言、寓言、小说故事、戏剧等同具文学性质。[②]

在中国，由于东汉造纸术的发达推动了传播的变革，现场交流因其欠缺可保存性而遭到冷落，大师的现场话语（谈话）只有在特殊情况下，才因其弟子事后的记录得以保存，如朱熹的《朱子语类》和王阳明的《传习录》者，然得以保存者属凤毛麟角。然而，先秦的演说和对话转化为一种以非系统性为特点的文体——"语录"。

这种情况到了辛亥革命前夕才有了变化，演讲突破了语录，恢复了系统性，产生了新的经典。如孙中山的《中国绝不会沦亡》《在东京民报创刊周年庆祝大会上的演说》，章太

① [美] 鲍姆嘉通：《美学》，刘小枫选编《德语美学文选》上卷，华东师范大学出版社 2006 年版，第 2 页。

② 叙利亚初中三年级《语文教科书》，洪宗礼等主编《母语教材研究》第七卷，江苏教育出版社 2007 年版，第 657 页。

炎的《在〈民报〉纪元节大会上的演说》，李大钊的《庶民的胜利》，蔡元培的《以美育代宗教说》，梁启超的《为学与做人》，鲁迅的《娜拉走后怎样》《魏晋风度及文章与药及酒的关系》《在左翼作家联盟成立大会上的讲话》，蒋介石的《庐山抗战演说》，宋美龄的《在美国众议院演说》，闻一多的《最后一次演讲》等，经典层出不穷，演讲作为一种现代公共交流方式已经积累了充分的经验，但是，作为一种文体，其不同于作文的特殊性，却并未得到起码的重视。在“左”倾思潮压抑个人情志时期，演讲和谈话被念讲稿所取代。以致至今政界、学界、商界人士离开了事前写成的书面发言稿，鲜有能够即兴讲话，达到情趣、谐趣、智趣交融者。在与世界学术、政治、文化、商贸交流方面，在演讲方面国民素质如此之欠缺，不能不令人扼腕。

幸而问题之严重性，已经引起权威领导之警惕。乃有某些学者、专家在座谈会上照本宣科，遭到当场打断，其旨显然在助其从套话中解脱出来。现场对话，言为心声，有话则长，无话则短，虽黄口幼儿皆可为之，但是，对于许多并不是没有水平的人士来说，离开了讲稿却往往患上失语症。个中原因，除了不能适应新时期之公众交流，经验不足以外，还在于在理论上把讲话、演讲、发言与写文章混为一谈。殊不知演讲与为文虽功能无异，皆为交流，然为文不在现场，与读者非直接交流，可反复修改推敲，以书面语告知思考之结果；而演讲在现场，交流具有直接性，其即兴性、互动性，口语的明快性，其灵感性、生成性、过程性，其鼓动性、幽默感，乃至率意性，其规律乃为缩短与听众心理距离。此等规律与为文乃两路功夫。故念讲稿，虽锦绣之文，或令听者昏昏欲睡，而即兴调侃，虽大白话，亦能耸动视听，引发共鸣，兼以身体语言达到全方位沟通，此时，虽一扬眉，一举手，亦能引发心领神会之笑声，甚至不经意之口误，也能激起掌声。此乃演讲之极境，讲者与听众化为一体。故演讲与为文不同，为文之作者为一人，而演讲之胜利乃讲者与听者共同之创造。

演讲，在我国当代社会生活中占有如此重要的地位，但其特殊规律的研究却长期没有得到应有的重视。我们的领导、教师、经理可能多达千万人以上，在工作、生活中，演讲（做报告）占去相当长的生命。但是，在我们的集会上，在我们的课堂上，把演讲与写文章混为一谈的习惯势力从来没有受到挑战，哪怕是一个很小的会议，念讲稿，眼睛不看听众，几乎成了天经地义的常规。从理论上来说，这就是混淆了为文与演讲的最基本的规律。把原始的演讲按照录音转成文字，不难发现，逻辑中断，用词错误，语法欠妥，修辞不当比比皆是。有时，情况严重到令人害羞的程度。但是，这并不妨碍讲座在现场有相当热烈的效果。

在整理于东南大学的演讲录音时，得到一个非常可贵的体悟：口头演讲和书面文章不同。文章是严密的、准确的，用书面语言写成的，但是，把它拿到会场上去准确地念一通，肯定是砸锅，原因就是文章是研究的结果，没有现场感，语言没有交流感，只是单向地宣示思想成果。演讲则是和听众交流。不管记录文字多么粗糙，只要有一定的口语，构成现场的交流和互动，形成共同创造的氛围，效果就非同小可。现场交流，不仅仅是有声的语言，而且包括无声的姿态等全方位的身体语言，包括潜在的表情暗示。念讲稿是严正的结论的告知，而演讲则是展示过程，思考的过程，选择词语的过程，观念和表达二者猝然遇合、孕育的过程。这是一个原初意念和语言从朦胧到精确定位，投胎获得生命的过程。念讲稿是现成的观念宣示，是静态的，而演讲生成过程则是动态的。这种动态不仅仅是演讲者的表演而且是为听众的反应所激发，迅速抓住那电光火石瞬间的灵感的过程。讲者和听者的关系，不是主动和被动的关系，而是平等交流、互动、共创的关系。

正是因为这样，在记录稿中存在的明显的逻辑断裂和语言的空白，在现场似乎并不存在。这些空白大都由一些心领神会、无声的姿态和眼神等非语言的成分填充。西方有一种说法，在现场交流中，有声语言的作用仅仅占到百分之六十左右，其余都是无声的、可视而不可听的信号在起作用。如果这一点没有错，那么世上就没有绝对忠实的记录稿，损失四成以上的信息是正常现象。即使有了录像，效果仍然不能和身临其境相比。这是因为，交流现场那种共创的氛围，那种双方心领神会是超越视觉和听觉的。正是因为这样，任何电视教学，都不能代替现场的课堂教学。

一个不可回避的问题就是演讲作为一种文体的特点。

在西方，演讲从古希腊罗马就是一门专门的学问，最初还是一门显学，就是在当代美国，在中学和大学课程中占有重要地位。但是念讲稿却风行神州大地，说明我国对于演讲术的基本原理的蒙昧。其不言而喻的预设前提是演讲就是书面语言的有声传达，甚至在发行全国的中学语文教科书中，口头交流竟然就是朗诵，而朗诵则是以书面语言为主的。而在古代希腊，演讲的耸动听众的资源大约有三个方面的交流：诉诸人格的说服（ethos）、诉诸情感的说服（pathos）和诉诸道理的说服（logos）。这一切都着眼于现场交流。我们流行的做法充其量不过就是其中之一，那就是诉诸道理的说服手段（logos）。事情明摆着，演说交流要达到感染对方的效果，不仅光凭诉诸道理的 logos，还要有诉诸人格的 ethos 和诉诸情感的 pathos。念讲稿，就是见稿不见人，就是忘记了演讲感人除了道理以外，还有人格。什么是人格呢？至少包括个性、情绪，现场的躯体、仪表、姿态、表情等。拿着稿子念，就把眼睛挡住了。而眼睛，是灵魂的窗子，恰恰就是最主要的交流渠道。美国卡内基演讲术，甚至要求，演说都要让在场的每一个人都觉得，你看到了他，你的眼睛在和他作无声的交流。这当然是不可能的，但是其间隐含的道理很值得深思。

作为一种交流文体，演讲语言和书面语言有着巨大差异。交流，和为文的不同就在于首先要缩短与听众的距离，不仅仅是思想的距离而且还是感觉的距离，这一点要落实在口语的运用上。我在东南大学这样讲到曹操：

《三国演义》，虚构了曹操（被陈宫逮捕以后）在死亡面前，大义凛然，英勇无畏，视死如归。他慷慨激昂地宣言：姓曹的世食汉禄——祖祖辈辈都吃汉朝的俸禄，拿汉朝的薪水，现在国家如此危难，不想报国，与禽兽何异啊？也就是，不这样做，就不是人了。燕雀焉知鸿鹄之志哉——你们这帮小麻雀哪里知道我天鹅的志向啊！今事不成，乃天意也——今天我行刺董卓不成，是老天不帮忙，我有死而已！用上个世纪五六十年代形容英雄的话语来说，就是在死亡面前，面不改色心不跳啊。这时候的曹操就是这样一个英雄："老子今天就死在这了，完蛋就完蛋！"（笑声）没有想到，他这一副不要命的姿态，反而把人家给感动了。感动到什么程度？这也是虚构的，说：我这官也不当了！身家性命，仕途前程，都不要了，咱哥们就一起远走高飞吧。从文学手法来说，这叫做侧面描写，或者用传统的说法叫做烘云托月，也就是写曹操，却用他在陈宫心理上的效果来表现。把曹操大大地美化了一番。

讲的是一千多年以前的政治斗争，如果完全依赖古代语言，则可能导致现场听众毫无感觉。相反，如"拿汉朝的薪水""就不是人了""老天不帮忙""面不改色心不跳""老子今天就死在这了""完蛋就完蛋！""一副不要命的姿态""咱哥们一起远走高飞吧"等，这样的语言显然不是古代语言，甚至不是书面语言，而是当代日常口语。挑选这样的语言来表现古代的事情，是因为，原本的书面语言比较文雅，难以激发现场听众的反应，而当代口语则不然，它与当代生活和心理体验有直接的联系，因而，比较鲜明，比较明快，听众的经验和记忆比较容易得到瞬时激发。这里，当代的话语，如"面不改色心不跳""完蛋就完蛋""老子今天就死在这儿了""哥们儿"，绝对是曹操当年的人士讲不出来的。这里，最主要的不是回到古代，而是带着当代的话语经验进入古代历史语境。这就分成两步，第一，先要迅速唤醒当代的感觉，然后才是形成某种对于古代观念趣味性描述。这种描述要带一点趣味性，不可忽略的是，语言中带着反讽的意味。再举一个例子：

宁教我负天下人，不教天下人负我。这就是恶棍逻辑。我已经无耻了，不要脸了，我不承认我是人了，你把我当坏人，把我当禽兽好了，当狗好了。我就什么都不怕了。用某些流行的话语来说，就是，我是流氓我怕谁。（听众大笑、鼓掌。）

当代口语的反复叠加，好处就是把它挟带的感情强化到淋漓尽致的程度，保证其超越了古代语境，才能把演讲听众的互动效果推向高潮。我们的教师、学者在讲课、做报告前，明明早已有了著作，有了讲稿，为什么还是开夜车备课呢？主要就是做话语转换，把书面语言，转换成口头语言。口语当然不如书面语言严密，但是，它挟带的情感色彩，能够迅速引起共鸣。一般地说，演讲者和听众的地位和心态不同，进入会场之前，心理距离是极其巨大的，首先就是对于演讲者的陌生感，其次就是对于题目的陌生感。最严重的还是，各人心里有各人的快乐与忧愁，家家都有一部难念的经。这就使得他们和演讲者期待其高度统一的凝神状态有着极大的距离。演讲者必须在最短时间里，把他们五花八门的陌生感挤出脑海，以期缩短演讲者与听众的心理距离。古代的事情，离他们的切身感受很远，再用古代汉语来讲述，等于是拒人于千里之外。用当代口语叙述古代的事情，不但把听众带进当代，而且把听众带到现场，让他们从你的用词中，感受到你的机灵，在词义的错位中，感受到你的率真和谐趣，你的幽默感。他们的陌生感就可能慢慢淡化，和你之间的心理距离慢慢缩短。

陌生感是交流之大忌，陌生产生隔膜，隔膜就扩大心理距离，距离最为严重的就是互相没有感觉。书面语言，尤其是学术语言的过分运用，或者滥用，在演讲现场，容易造成隔膜，尽可能少用系统的书面语言，穿插种种当代口语，有利于缩短演讲者和听众的心理距离，使之在感觉上达到“零距离”。我这样讲在《三国演义》产生以前，有一本《全相三国志平话》，那是很简陋的，我这样说：

> 那里面讲到诸葛亮奉了刘备的命令，到东吴去说服孙权、周瑜和根本没什么部队的刘备（只有一两万人吧）联合起来抵抗曹操。就在人家的会议厅里边，曹操的来使带来曹操的一封信，叫孙权投降。当然这封信写得根本没有曹操的水平。你拉拢人家投降也写得稍微客气一点，也要有点诱惑力嘛，这个曹操的信怎么写呢？你赶快投降，孙权！你不投降，“无智无虑”，不管你有没有头脑，不管你是不是聪明，统统地悉皆斩首——你如果不投降，我一到就不客气，通通的，死啦死啦的。（听众笑）孙权看了这封信，身为江东一霸（他的坟墓就在你们南京，明孝陵的边上，吴大帝墓），这样一个大帝啊，讨虏将军啊，看了这封水平很低的信，怎么样？居然吓得浑身流汗；流汗流多少呢？“衣湿数重”，把衣服都湿了几层，这要有多少汗啊！（听众笑）我看肯定还有些其他的排泄物了。（听众大笑）

这里拉近感觉的方法是：第一，尽可能把感觉遥远的事情往听众的经验近处拉，吴大帝的坟墓就在你们南京；第二，把套语转化为具体的感觉，如“衣湿数重”，不但有汗，而且有其他的排泄物。红色电影里的日本鬼子的话语“死啦，死啦的”，这些话语的运用，其目的就是要把演讲者和听讲者之间的感觉合而为一。感性口语的讲述，就是遇到要上升到理论上，也不能放松，说到曹操因为主动行刺董卓而逃亡，被陈宫逮捕之后威武不屈：

> 从艺术上来说呢？这样的虚构好在哪里？好在写他原来不是个坏人，是个好人，

大大的好人，英勇无畏，慷慨赴义，这样一个热血青年后来却变成了坏人、小人、奸人。《三国演义》的了不起，就在于表现了其间转化的根源在这个人物的特殊的心理。这个好人、义士，心理上有个毛病：多疑。

就算在讲比较抽象的文学理论，也不能用太多的理论语言，因为太抽象不容易理解，也难以感觉。这里的“好人”“坏人”，就是把抽象的语言变成感性的口语，把判断明快化，逻辑单纯化。为了单纯化，还把句法也单句化了，完全是简单句，短句，连接词统统省略。推理的时候，不惜作些排比重复（不是个坏人，是个好人，大大的好人，英勇无畏，慷慨赴义），这样可以加强感情的分量，又可以减缓节奏，为什么？和听众一起思考。如讲情节就是把人物打出常规，以揭示内心深层的奥秘：

我们看《西游记》，孙悟空、唐僧、猪八戒、沙和尚西天取经，一路上妖怪很多，一个个妖怪都想吃唐僧肉，孙悟空顺利地把它们打倒，打不倒、打不过，怎么办？很简单，找观世音，妖怪再胡闹，观世音就把它消灭了。再往前进，又碰到一个，老叫观世音不好，就再换一个人，如来佛，又把妖怪给消灭了。（听众笑）可是读者却连妖怪的名字都忘掉了。因为，在打的过程当中，孙悟空、唐僧、猪八戒、沙和尚的精神状态，有没有打出常规，有没有深层的变化？没有什么奥秘。都是同心同德，一往无前。这就不是好的情节。但是，有一个妖怪我印象绝对深刻——白骨精。当然不是因为她是一个女妖怪。前排的女同学不要见怪，我对你们印象比她还深。（听众笑）

从理论语言来说，这是比较啰唆的，很明显，这是有意为之，这么不厌其烦、反反复复。一些地方，还插入了一些自问自答。这在论文中，可能是多余的，但是在讲座中，则有一种提神作用，同时也可以放慢推理节奏。面对东南大学这样重点大学的学生，这不是太婆婆妈妈了吗？不然，这是为了保证交流的全面性。会场上，几百人，你不能光和那些素质高、理解力强的、反应敏锐的听众交流，那样的人士最多只占三分之二，还有三分之一的人士，你落下他们，他们就可能要开小差，要做小动作，还要发出蜜蜂一样的声音。因而，需要等待，怎么等待？不能停顿下来等待，用层层推进的办法，语句分量不断加重、观念在排比中推进。这样已经理解的，因为强化的层递性，理解加深了，不觉得重复啰唆，而不那么敏感的，也可以在强化的过程中赶上你的速度。一旦可以下结论了，可以很干脆，不一定要拖泥带水，可以下得很明快，很干脆，很果断。因为，结论在层层推理的后面，是演讲者和听众有序互动、共同思考的结果，而不是像某些论文，先把结论亮出来，然后举例子。先下结论后举例子，可以说是演讲的大忌。结论有了，听众从根本上就停止思考了，也就无法交流互动了。

在这些方面做得到位，可以保证交流的顺畅，但互动、互创的氛围还不一定饱和，还不一定达到高度和谐。为了创造出高度的和谐和互动的氛围，就得有一点趣味，通常我们最为熟悉的是理趣和情趣。演讲的内容虽然是理性的，为了吸引听众，当然要争取把事情和道理讲得有趣，一般地说，这就是理趣。林肯在葛底斯堡的演说，其最后说到民有、民享、民治（of the people，for the people，by the people）不但道理深刻，而且文字上，把那么复杂的事情，只用介词的微妙的变化来表达，就充满智慧的趣味，或者理趣。但是，光有理趣，或者智趣，很难形成现场交流的持久、专注。现场的互动的交流，需要更强烈的趣味，那就是情趣和谐趣。情趣当然是很重要的，马丁·路德·金的《我有一个梦想》，就用气魄宏大的排比句，来表现激情，进行煽动。他面对十万听众，以极端强化的情绪，强调黑人的要求很小，林肯早有承诺，却拖延了一百年，至今没有兑现。这种风格，应该说，更适合于政治鼓动，而且如果没有特殊的文化历史背景，太过强烈、持久的煽情，会造成疲倦，给人以矫情之感。而学术思考，要引人入胜，过度的抒情和鼓动，肯定是不宜的，抒情往往夸张，容易变成滥情，一旦导致滥情，很可能破坏心领神会互动的氛围。在当今的历史语境下，人们对夸张的滥情是反感的，因而从某种意义来说，学术演讲，似乎应该更多地依赖谐趣，也就是幽默。

> 《西游记》和《水浒传》（英雄仇恨美女）有所不同，它所有的英雄，在女性面前都是中性的，唐僧看到女孩子，不要说心动了，眼睛皮都不会跳一下的。在座的男生可能是望尘莫及吧，因为他们是和尚啊，我们却不想当和尚。孙悟空对女性也没有感觉。沙僧更是这样，他的特点是，不但对女性没有感觉，就是对男性也没有感觉。（大笑声）不过唐僧是以美为善，美女一定是善良的。孙悟空相反，他的英雄性，就在于从漂亮的外表中，看出妖、看出假、看出恶来。可以说，他的美学原则是以美为假，以美为恶。你越是漂亮，我越是无情。和他相反的，是猪八戒，他对美女有感觉，一看见美女，整个心就激动起来。他的美学原则，是以美为真。不管她是人是妖，只要是漂亮的，就是真正的花姑娘，像电影中的日本鬼子口中念念有词的：花姑娘的，大大的好。（大笑声）他是中国古代小说中，唯一的一个唯美主义者。（大笑声）三个人，三种美学原则，在同一个对象（美女）身上，就发生冲突了。

这里的幽默感来自两个方面：一是，把事情说得和语义上错位，如分别给《西游记》中三位主人公三种“美学原则”，而且把猪八戒说成是“唯美主义者”；二是，来自于对听众进行轻度地调侃，前面把白骨精和前排的女同学相比，而且请她们不要见怪，“我对你们印象比她还深”。又如，说在座的男生见了女性绝对不会像唐僧那样无动于衷。这些在学术论文中是绝对不许可的，然而在演讲中，却是交流互动的亮点。

幽默在学术演讲中之可贵是因为其难能。学术理性所遵循的是理性逻辑，是讲正理的，而幽默逻辑是一种“错位”逻辑，讲的是歪理。我国相声艺人有言：理儿不歪，笑话不来。在演讲中，把正理和歪理，把理性和诙谐结合起来，不但需要水准而且需要一种把语言个人化的勇气。在讲到中国女娲造人的神话和《圣经》上帝造人时，我得出结论：我们是母亲（女娲）英雄创造了人类，《圣经》里是男性，是上帝创造了第一个人。接下去这样说：

> 当然，这一点不能说绝了。因为我们的汉字里，还有一个字，那就是祖宗的“祖”字。这个偏旁，在象形方面，是一个祭坛，而这边的而且的“且”字，则是一个男性的生殖器的形象，里面的两横，就是包皮，很形象的。（笑声）不要笑啊，我据很严肃的学者考证啊。它的确是在座男同学无论如何都要认真遮挡起来的那个部位。（笑声）这在今天来看，是很不严肃的，是吧？但在当时可能是很庄重的，是受到顶礼膜拜的。这玩意儿，有什么可崇拜的？可了不得啦。庙堂里那些牌位，包括孔庙里、祠堂里那些牌位，包括我们所有祖先的，为什么搞成那样一个样子？你们想过没有？就是因为，它仿照而且的“且”啊。（笑声，掌声）在很长一段时间里，不管是皇帝，还是老百姓，都要向这样而且的“且”磕头的啊。而且……（大笑声）这一磕，就磕了上千年。磕得忘乎所以，都忘记了这个而且的“且”原本是什么玩意儿了。甚至皇帝们称自己的前辈为太祖、高祖的时候，也忘记了，太祖、高祖的原初意义，应该叫人怪不好意思的。太，可能就是天下第一吧，太祖，就是天下第一生殖器啊。（大笑声，鼓掌声）而高祖，就是高级的那个东西，有什么了不起的嘛？！（鼓掌声，欢呼声）据考证，东南亚一带，至今仍然有拜石笋的风俗，石笋就是而且的“且”字的另一种形象，不过那个很庞大、伟大，而且，（大笑声）你们不要笑，我说的这个而且，不是那个而且，（大笑声）一般人，没有那么庞大、伟大，就是了。（大笑声）而且，（笑声）好，糟了，从今以后，我不能再说这个连接词了，而且，（大笑声）连讲“祖国”都感到亵渎了。（大笑声）

这种演讲风格，好像和马丁·路德·金不太相同，马丁是面对广大群众的集体话语，而这里，更多的是个人的话语，把表面上神圣不可侵犯的现象，用导致荒谬的办法，说得很幽默，完全是为了交流，达到和听众的感觉的零距离，如果允许给以命名的话，应该叫做“即兴调侃，率性而言”。这肯定不是现成的讲稿早已准备好的，而是针对现场信息而随机创造的。正是这种随机的创造，把演讲者的个性，演讲者的人格 ethos 和情绪 pathos，充分地表现出来。这样的谐趣，完全是个人的率性和听众的率性的共鸣，这恰恰是学术所要防止的。

从这个意义上来说，这样的演讲虽然讲的是学术理性，但作为一种文体，已经不属于学术文类，更多的属于文学。从根本上来说，它就是散文，和当前最为流行的学者散文、审智散文在精神价值上异曲同工。